최정희 소설 전집 1

녹색의 문
속 · 녹색의 문

최정희소설전집편집위원회

손유경 | 서울대학교 국어국문학과 교수
한경희 | 한국학중앙연구원 신집현전 태학사 과정생
나보령 | 국립한국해양대학교 동아시아학과 조교수
이병순 | 한국공학대학교 지식융합학부 교수
장영은 | 성균관대학교 동아시아학술원 초빙교수
유승환 | 서울시립대학교 국어국문학과 부교수

최정희 소설 전집 **1**

녹색의 문 | 속 · 녹색의 문

초판 인쇄 · 2026년 3월 25일
초판 발행 · 2026년 3월 30일

지은이 · 최정희
엮은이 · 최정희소설전집편집위원회
펴낸이 · 한봉숙
펴낸곳 · 푸른사상사

편집 · 지순이, 김수란
등록 · 1999년 7월 8일 제2-2876호
주소 · 경기도 파주시 회동길 337-16(서패동 470-6)
대표전화 · 031) 955-9111~2 | 팩시밀리 · 031) 955-9114
이메일 · prun21c@hanmail.net
홈페이지 · http://www.prun21c.com

ⓒ 최정희, 2026

ISBN 979-11-308-2363-8   04810
ISBN 979-11-308-2362-1 (세트)
값 42,000원

녹색의 문
속·녹색의 문

최정희소설전집편집위원회 엮음

푸른사상
PRUNSASANG

　최정희 소설 전집 간행 의사를 접한 주변의 첫 반응은 '아직 없었느냐'는 것이었다. 전집이 없다는 것이 의아하다는 말은 전집이 있을 법한 혹은 있어야 할 작가를 향한 말이다. 20세기 전반을 가로지르며 작가, 배우, 기자로 활약한 최정희(1906~1990)는 역동적 한국 현대사의 충실한 기록과 그 이면에 대한 도발적 폭로를 수행한 프로페셔널한 전업 여성작가였다. 일제강점기 민중의 현실과 지식인의 고뇌, 해방기의 민족적 혼란, 전쟁과 분단이 야기한 젠더 구조의 재편성에 이르기까지, 최정희는 한국 현대사의 계급, 민족, 젠더의 핵심 이슈를 우회하지 않고 그대로 관통하면서 수많은 논란과 빛나는 문학적 성취를 낳은 우리 문학사상 최고의 문제적 작가이다.

　"나는 이런 것을 보았다." 산문집 『젊은 날의 증언』(육민사, 1963) 한 챕터 제목이기도 한 이 문장은 작가 최정희의 치열한 글쓰기가 개인과 사회를 향한 그의 철저한 응시에 뿌리내리고 있었음을 암시한다. 그 시선은, 눈에 보이지 않는 인간의 내면이나 직관적으로 포착되는 영혼의 움직임에 가 닿기도 하고, 노골적 폭력이나 격정적 사랑을 향하기도 하며, 눈앞에 전개되는 처절한 인간사와 그 이면의 진실에 접근하기도 한다.

　여섯 명으로 이루어진 최정희소설전집편집위원회는 최정희의 이러한 면모가 더 많은 독자에게 더 잘 이해되고 더 입체적으로 파악되기를 바라는 마음으로 전집 발간 작업에 임하였다. 이미 푸른사상사에서 최정희의 장편소설 『떼스마스크의 비극』과 『그와 그들의 연인』을 발행하신 이병순 선생님(3권 책임편집)은 흔쾌히 이번 전집에 두 작품을 그대로 포함시켜주셨다. 대학원 수업을 통해 확보한 귀한 pdf 자료를 사심 없이 공유해준 유승환 선생님(4권 책임편집)이 아니었다면 발간 작업은 훨씬 더디게 진행되었거나 아예 착수조차 되지 못했을 것이다. 원문 대조 등의 고된 작업과 시력·체력을 맞바꾼 한경희 선생님(1권 책임편집)과 나보령 선생님(2권 책임편집), 장영은 선생님(4권 책임편집)께 감사드린다. 손유경(5권·6권 책임편집)은 이 기획 전반을 조율하였다.

텍스트 입력이라는 더없이 고단한 작업을 맡아준 서울대학교 국어국문학과 대학원의 서욱희, 변하연, 민선혜 세 분 선생님의 노고에 각별한 사의를 전하고 싶다. 최정희 작가의 사진을 제공해주신 김채원 작가님과 세심하고 다정하게 일을 진행해주신 푸른사상사 편집부에도 깊이 감사드린다.

2026년 2월

편집위원들을 대신하여 손유경 씀

녹색의 문

속 · 녹색의 문

녹색의 문

하숙집

권농동 ××번지는 창경원(昌慶苑) 담장을 옆구리에 끼고 앉은 고옥(古屋)이었다. 집은 낡았으나 창경원 담장을 넘어 들려오는 온갖 새 소리 짐승의 소리도 좋으려니와 봄이면 봄대로 꽃향기에 취하게 하고 여름은 녹음이 마당에 짙은 그늘을 지어 주다가 가을이면 나뭇잎들이 온통 이 집 마당을 향해 떨어지는 것 같아서 즐거웠다.

이 집의 방(房) 수효는 아래채와 뒤채까지에 여섯이었다. 이 여섯 개의 방에 학생을 쳤다. 처음엔 여학생만 치다가 여학생은 빨래를 하느라 물을 쓰고 세수를 하더라도 두 세 번 헹구고 하느라고 물을 쓰곤 하는 것이 귀찮아서 주인네는 차츰 차츰 여학생은 내어 보내고 남학생을 치게 되었다.

그런데 유보화(柳寶化) 도영혜(都英惠)만은 남아 있게 되었다. 유보화와 도영혜는 이 집에서 제일 낫다는 건넌방에 있었다. 여름이면 서늘하고 겨울이면 더운 것이 이 방의 특색일 것이다. 그래서 그랬던지 유보화는 삼년을 꼬바기[1] 여기만 있었고 도영혜 역시 오년째나 여기 있게 된 셈이었다. 그러니까 그들이 여학교에 입학하면서 부터의 하숙이었다.

주인네와 유보화들 사이엔 자연 정이 들어서 주인네는 남학생을 바꿔 들이면서도 보화들에겐 학교를 졸업할 때까지 그냥 같이 있자고 말했다.

다른 방 학생들은 그대로 괜찮았다. 저녁이거나 토요일 오후 일요일 같은 때 노래를 맘대로 부른다든가, 하모니카를 분다든가, 활동사진 변사 흉내를 낸다든가 하는 것쯤이고 개중에 기껏 찝쩍거려 본다는 것이 변소에 갈 때 크지 않은 소리로,

---

1 꼬박이 : 꼬박의 힘준 말.

"안녕히 다녀 나오십시오."

한다든가, 그렇지 않으면 학교에 가고 오는 때면 가끔

"안녕히 가셔서 안녕히 공부하시고 안녕히 돌아오셔서 안녕히 만납시다."

하는 정도에서 그치는 것이었으나 바로 웃방 학생은 그렇지가 못했다.

방이 바로 벽(壁)을 사이로 한 웃방인 데다가 또 공교롭게도 웃방과 아랫방을 사이로 한 벽(천장 쪽으로)엔 목침만한 구멍이 뚫어져 있는 것이었다. 물론 목침만한 구멍은 괜스레 뚫어 놓은 것은 아니었다. 전등(電燈) 하나로써 아래 웃방을 똑같이 밝히고자 해서 뚫어 놓은 구멍이었다. 말하자면 주인네들이 전등요금을 덜 내고자 해서 뚫어 놓은 구멍이다.

이렇게 된 웃방에 남학생이 있었다. 이 남학생은 사립(私立) C중학(中學) 오학년이라고 했다. 다른 방 학생들처럼 저녁으로나 토요일 오후, 일요일 같은 때 떠들어대는 것도 아니고 또 어디로 나돌아다니는 것도 아니고 그렇다고 같은 하숙에 있는 다른 방 학생들과 어울려서 노는 것도 아니었다. 다른 방 학생들과는 서로 인사하고 지내는 일도 없는 모양 같았다.

학교에 갔다 오면 공부하는 모양이었다. 종종 학교 동무들을 두 셋 데리고 와서 한참씩 모퉁이 쪽에 가서 무어라 무어라 알아 들을 수 없는 소리로 웅얼거리다간 동물원 물소보다 큰 소리로 고함을 치는 일이 있었다.

입고 크고, 눈도 크고, 키도 크고, 코도 크고, 모두 크기만 해서 소리도 그렇게 크나 보았다.

이 웃방 학생이 이렇게 큰 소리로 고함을 치게 되면 도영혜는 눈이 번들번들해서 안절부절을 못하는 것이었다. 큰 소리로 고함을 칠 때 뿐 아니었다. 웃방 학생이 오면서 한 사오일 뒤부터 도영혜는 그러기 시작했다.

처음엔 전등 구멍으로 가만히 저쪽 기색을 살피는 모양이더니 차차로 누가 어쩌지도 않는데 웃기도 하다가 전과는 다른 목소리로 하지 않아도 좋을 말을 하다가 그러다간 괜스레 안방 영감님을 불러서 이야길 걸기도 했다. 이렇게 안방 영감님을 불러서 이야길 거는 것은 안방 영감님이 웃방 학생을 잘 생겼다고 칭찬하기 때문이었다. 그리고 큰 소리로 고함을 치는 것도 힘을 기르느라고 그러는 것이라고 안방 영감님은 오히려 그것을 좋게 여기고 있기 때문이었다.

그래서 도영혜는 웃방 학생이 오면서 부터 버썩 안방 영감님과 가까와졌던 것이다.

안방 영감님은 도영혜가 이렇게 이야길 걸면

"큰 학생 또 왜 그러나?"

하고 허우적거리며 건넌방 샛문을 와서 열었다. 영감님이 샛문을 열면 도영혜는 날개치듯 푸득푸득 웃어대면서,

"할아버지! 할아버지! 나 할아버지가 좋와서 불렀어."

했다.

그러면 영감님은 또 그 큰 입을 벌름거리며,

"그래, 그래. 큰 학생이 좋다니 좋네, 좋와. 젊은 사람들이 좋다니 좋네."

하고 신바람이 나서 흐믈흐믈 웃었다.

이럴 때면 유보화는 안방 영감님과 도영혜를 다른 데도 말고 머리통을 쇠망치로 퐁퐁퐁 뚜들겨 줬으면 시원할 것 같았다.

유보화 뿐 아니라 안방 할머니도 그러했다. '큰학생' '큰학생' 하면서 유보화보다 나이가 위인 도영혜와 이야기라도 더 잘 하곤 했는데 웃방 학생이 오면서 부터는 그렇지가 않았다.

도영혜가 예사롭지 않게 굴면 안방 할머니는 눈살을 찌푸리고 혀를 차면서,

"시끄러서 어디 살겠우. 내 보내든지 해야지. 계집애두 꼬릴 쳐두 좀 얌치머리[2]가 있게 쳐야잖아……"

하고 뒷소리를 했다.

그러면 영감님은,

"아따 걱정두 팔자야. 남이야 꼬릴 치든 대가릴 젓든 마누라가 무슨 상관야.

---

2 마음이 깨끗하여 부끄러움을 아는 태도인 '얌치'를 속되게 이르는 말.

다 젊은 시절엔 그리는 건데. 젊은 한 때 안 그러구 언제 그리겠나……."
하고 마누라를 꾸중했다.

그러면 또 마누라는 약이 바싹 올라서,

"아이구 이 주책 덩어리 영감아, 제발 주책 좀 작작 떨어요. 그래 그 한때가
있어서 그 꼬라지가 됐남? 그래 지금이라두 어디 한 번 더 나서 보지."
하고 영감에게 달려들었다.

도영혜가 아니더라도 종종 영감 마누라는 이 비슷한 말을 해 가며 싸움질하
는 일이 있었다.

영감이 젊었을 때 기생 외입에 빠져서 돈을 몽땅 없앤 것이 싸움의 원인이 되
어 있었다.

일이 이렇게 되자니까 자연 편이 짝 갈라졌다.

하숙집 영감님과 도영혜가 한 패가 되고 하숙집 할머니와 유보화가 한 패가
되었다.

할머니는 도영혜만 미워할 뿐 아니라 영감님이 '잘났다고' '좋다고' 칭찬하는
웃방 학생까지 미워했다. 할머니는 웃방 학생이 도깨비 모냥 웅얼거리는 것이
싫었고 또 가끔 치는 그 큰 소리에 간담이 써늘해진다고 머리를 내저었다.

유보화도 할머니와 같았다. 웃방 학생이 혼자서 웅얼웅얼하는 것도 듣기 싫
었지만 가끔 가다가 물소보다 큰 소리로 외치는 때면 정신이 산란해서 견딜 수
없었다.

봄이 곧 눈 앞에 보였다. 창경원 담장을 넘어 이쪽으로 가지를 벋은 나무들이
촉촉해지고 그 촉촉한 가지 사이로 바람이 간지럽게 기어다녔다. 이렇게 되면
동물원 짐승들은 누가 어쩌지도 않는데 제대로 깃을 퍼덕인다, 소리를 지른다,
하곤 했다. 학기말 시험은 어느 해나 늘 이맘 때에 있었다.

유보화는 삼학년에서 사학년으로 올라가는 시험이고 도영혜는 졸업시험이
었다. 둘에게 있어서 다 중요한 시험에 틀림 없었지만 도영혜겐 더 한층 중요하
지 않을 수 없었다.

그런데 웃방 학생은 며칠째 줄곧 칠 팔 명의 동무들을 데리고 와서 하루 종일 웅성거렸다. 시험공부를 하는 것도 아닌 것 같았다. 크게 떠드는 것은 아니지만 칠 팔 명의 숨소리만 넘어온다고 치더라도 조용할 수는 도저히 없는 것이 아니겠는가.

거기다가 도영혜는 연방 웃방에만 신경을 기울이고 있었다. 신경만을 기울이는 것이 아니라 마치 웃방 학생들과 한 자리에 앉아서 그들과 같이 행동(行動)하는 얼굴을 하고 있었다.

책은 공연히 펴놓고 있는 것이었다.

웃방 학생들은 저녁 늦어서야 헤어져 갔다. 점심도 매식을 하는 모양이고 저녁도 또 그렇게 먹는 모양이었다.

며칠을 줄곧 이렇게 하던 어느 날 저녁이었다. 웃방 학생들이 헤어져 간 뒤에 혼자 창경원 담 모퉁이로 나갔다. 또 예의 그 웅얼웅얼하는 소리를 한 바탕 치르고 나더니,

"여어잇 으으왓."

하고 고함을 쳤다. 여느 때보다 더 큰 소리였다. 유보화는 또 정신이 산란해서 견딜 수 없었다.

그렇건만 도영혜는 눈을 번들거리며 온통 자기가 소리를 치는 듯 근육을 곤추세워 가지고 안절부절을 못했다.

"망할 것 썩어나 지거라."

유보화 입에선 자기도 모르는 사이에 이런 욕설이 나왔다.

"여어잇 으으왓."

밖에선 또 한 번 큰 소리가 났다.

"아가리가 크기 때메 소리두 저렇게 클 거야."

이때까지 눈을 번들거리며 근육을 곤추세우고 있던 도영혜가 미간에 금을 지으며,

"넌 아이가 왜 그러냐? 남이야 아가리가 커서 소리가 크든 말든 네게 무슨 상

관야, 남더러 망할 것이니 썩어지라느니 그게 할 소리냐? 그 학생이 큰 아가리 루 해로운 소릴 하는 걸 너 한 마디나 들은 일 있니? 쓸 데 없는 소리 하는 걸 한 마디나 들었나?"

하고 유보화에게 눈을 흘겼다.

웃방 학생이 온 뒤로 자기에게 대한 태도가 달라진 것은 분명하지만 이렇게 정면으로 자기를 나무람하며 웃방 학생의 편을 들고 나서리라고 까지는 짐작지 못했던 것이다.

유보화는 부아보다 서러움이 치밀어 올랐다.

"언니 그래 그것의 역성을 들어요? 난 그것의 소린 한 마디 안 들어요. 듣기두 싫어요."

이렇게 쏘아붙이기는 하는 것이나 눈에선 눈물이 나왔다.

그러나 도영혜는 그것도 모르고,

"너 그 학생 하는 말을 주의해 들어봐. 그 학생은 사상가야, 혁명가야. 요새 동무들 데리구 와서 그러는 것두 까닭이 있어. 왜놈들이 우리 조선 민족을 아주 저희들 종을 만들려구 우리 조선 사람들한테서 언어(言語)까지 뺏어 가려구 그 러잖니? 전국적으로 학교란 학교에선 우리말 과목을 쑥 빼놓구 우리말을 하는 학생은 벌을 주구 그러잖니? 웃방 학생은 지금 그렇게 하구 있는… 즉 다시 말 하면 일본제국주의 식민지 정책에 항거하려구 하는 거야. 학생이니까 학교에 서 스트라익을 일으키려구 그리는 거야. 조선 사람은 조선 말을 해야 한다구, 제 말을 못하는 민족은 생명을 잃은 죽은 사람이나 다름 없으니 우리는 폐지한 조선어를 다시 학과 과목에 넣어 줘야 공부하겠다구, 그래서 스트라익을 일으 킨다는 거야. 지금 우리 민족 대부분이 왜놈이 돼 가구 있구, 뜻 있는 지사(志士) 들까지두 꿈쩍을 못하는 이때 일개 작은 학생의 몸으로서 혈안이 되어 날뛰는 왜놈들 식민지 정책에 항거하려는 그 의기가 어떠냐 말이다? 난 그 학생 말을 들음 피가 뛰어서 못 살겠는데 넌 어째 아이가 그러냐?

이렇게 말을 어른처럼 조리 있게 하는 것이었다.

유보화도 모르는 것은 아니었다. 지난 동계방학에 집에 갔을 때 그는 아버지에게 학교에서 조선어 과목을 폐지했다는 것과 학교에서 뿐 아니라 가정에 돌아가서도 일본 말을 쓰라고 한다는 것과 매주(每週) 토요일은 전교생을 강당에 모아놓고 '미소기'³를 한다는 것 등을 이야기하면서 아버지와 같이 우울해 한 일도 있었다. 그러나 더 절박한 감정은 그것이 아니었다. 웃방 학생과 도영혜 때문에 부글부글 끓어오르는 것이었다.

"난 그런 걸 몰라요. 언닌 언제 그런 걸 다 그렇게 자세 들었어? 언닌 용키두 하구려."

유보화는 도영혜가 웃방 학생들의 하는 일을 알고 있는 것이 못마땅해서 견딜 수 없었다. 도영혜는 유보화의 이런 심정을 아는지 모르는지,

"너 아까 웃방 학생이 얼마나 좋은 말을 했는지 들었니……."
하고 물었다.

"글쎄 난 그것의 말은 한 마디두 안 듣는대두 왜 그래요?"
하고 유보화는 말하는 중도에 쏘아붙였다. 그러니까 도영혜는 또,

"애, 글쎄, 남 얘기나 마저 듣구서 말해라. 그 학생이 이런 말을 했단다. 새는 죽을 무렵에 슬픈 소리루 울구 사람은 죽을 때 좋은 말을 한다구. 그러니까 우리두 마지막이니 좋은 말 좋은 일을 하자구 그러더라. 얼마나 훌륭한 말이냐. 얼마나 위대한 말이냐?
하고 역시 조리 있게 어른처럼 말하는 것이었다.

"여어잇 으으왓."
밖에선 또 소리가 났다.

"자식 지랄하네!"
도영혜가 지나치게 웃방 학생을 들고 나서기 때문에 유보화의 입에선 점점

---

3 죄나 부정을 씻기 위해 냇물이나 강물로 몸을 정갈히 하는 일본 전통 의례를 뜻하는 일본어 *禊*(みそぎ).

더 심한 욕설이 나왔다.

유보화는 이렇게 욕설을 내뿜고 나서 안방으로 쿵쿵쿵 건너갔다.

"할머니 저 자식 좀 소리 치게 말아요."

영감님이 먼저 알은 체를 하고 말을 걸었으나 유보화는 안방 샛문을 열고 들어서자 할머니에게 말했다.

"그러잖아두 큰 학생하구 옥신각신하는 소릴 들었어. 그것 참 하루 이틀두 아니구 성가셔서 못 견디겠는 걸."

할머니가 이렇게 말하니까 영감님은 또,

"고만 게 뭐가 시끄럽단 말인가. 못 들은 척하구 공부함 되잖나."

했다.

"할아버지두 저 지랄하는 걸 어떻게 못 들은 척해요? 할머니 저걸 내보내세요."

"원 저렇게 다급할 수가 있나. 큰 학생은 눅직하니 가만 앉아서 공부하지 않나?"

"언니 공부하는 줄 아세요?"

유보화는 도영혜의 편을 들고 나서는 영감님이 미웠다.

"늙은이가 주책 떠느라구 그러잖니. 남 놀아난 걸 봐두 신바람이 나서 야단법석이니……."

할머니는 이 말 끝에 참 오래 혀까지 끌끌끌 찼다.

"마누란 쓸 데 없이 저래 공연히 도끼눈을 해 가지구 그래. 인제 나이가 찬 사람들이 좀 놀아남 어쨌단 말인가. 자연법측을 어쩔 수 있나 허허허. 그건 자연법측이야…… 허허허."

할머니 말마따나 영감님은 신바람이 난 것 같기도 했다. 영감이 그러니까 마누라는 화가 더 치밀었던지 발딱 일어서서 뒷문을 패앵 열어젖혔다.

"아아니 저게 웬 일이야? 저 높은 델?"

뒤꼍 문을 패앵 열어젖힌 할머니가 어리둥절해서 이렇게 부르짖었다.

그 바람에 유보화와 영감님도 이끌리어 할머니 등 뒤로 옆구리로 밖을 내다 보았다. 웃방 학생은 땅에 있는 것이 아니고 창경원 높은 담장에 두덩실 올라서서 소리를 치고 있었던 것이다.

초승달이 떠서 밖은 안개 낀 아침처럼 뿌우연 했다. 뿌우연한 속에 웃방 학생의 커다란 체구가 눈에 들어왔다.

"저게 미쳤나봐?"

유보화는 이렇게 말했다.

"젊은 사람들이란 좋긴 좋다. 하늘엔들 못 올라갈까?"

영감님은 이렇게 말했다.

"또 시작이야? 아이구 주책두……."

할머니는 이렇게 말하며 팔꿈치로 영감님을 박아 주었다. 그리곤,

"학생! 웃방 학생 이 사람, 내려오게. 남 생각두 해야지."

하고 할머니는 웃방 학생에게 올려다보고 소리를 쳤다. 웃방 학생은 이어 알아 들은 양으로

"네에 내려갑니다."

하고 자세를 고쳤다.

"야 이 사람 김영서군 내려오지 말구 게 있게나. 건들건들 참 멋이네. 얼마나 좋은가. 젊은 기운이라 거길 다 올라가구, 늙음 생각 뿐야. 못 올라가지 못 올라가……."

영감님이 영탄조로 이렇게 말하니까

"어서 내려와요."

하고 할머니는 날카롭게 올려다보고 소리쳤다.

할머니의 목소리가 더 날카로운 것은 웃방 학생 김영서에게 가는 부아보다 영감님에게 있는 것 같았다. 웃방 학생 김영서는 좀 떨어진 거리(距離)에 서 있는 오동나뭇가지로 건너 뛰었다. 철봉하듯 오동나뭇가지를 휘어잡으면서 언젠가 영화에서 본 타잔 같이 그렇게 건너 뛰었다.

"저것 좀 보지! 저게 젊은 사람 아니구 될 일이야? 좋지 좋아."

영감님은 연방 입을 벌룽거리며 손벽이라도 칠 자세로 서서 좋아했다.

그런데 유보화는 몸에 소름이 오싹 끼쳤다. 떨어지면 어쩌나 하는 마음에서였다. 아니 그 마음과 함께 그 높은 데서 뚝 떨어지기나 했으면 하는 마음도 있었다.

그와 동시에 타잔같이 쉽게 오동나뭇가지를 휘어 잡으며 건너 뛰는 광경을 건넌방에 있는 도영혜가 보았으면 어쩌나 하는 마음도 생겼다. 또 그와 동시에 자기가 안방으로 건너온 뒤에 도영혜는 마음대로 밖을 내다보고 있었을 것 같은 생각도 들었다.

유보화는 김영서가 오동나무에서 땅에 발이 채 닿기 전에 건넌방으로 쿵쿵쿵 구르며 왔다.

아니나 다를까, 과연 도영혜는 뒤꼍 미닫이를 마음대로 열어젖히고 웃방 학생 김영서의 하는 짓을 내다보고 있는 것이 아닌가. 흰 얼굴에 달빛이 서리어서 더 희어 보였다. 이글이글한 큰 눈은 횃불을 켠 듯 굉장한 광채를 발하고 있었다.

유보화는 도영혜와 삼년을 한 방에서 자고 먹고 하면서도 그처럼 고운 도영혜의 얼굴은 처음 보았다. 또 그처럼 불이 나는 눈을 보기도 처음이었다.

"언니 뭘 그렇게 보구 있우?"

이 말과 함께 유보화는 도영혜가 열어 놓고 있는 미닫이를 드륵 닫쳐 버렸다.

"문은 왜 닫니?"

불꽃이 뚝뚝 떨어지는 눈으로 도영혜는 유보화를 노려보았다.

"그까짓 거 봄 뭘 해요?"

"뭐가 그까짓 게냐? 꼭 로미오 같구나. 너 왜 접때 영화 구경 갔지? 그때 본 로미오야, 꼭 그래."

정신이 있는지 없는지 구별하기 어렵도록 도영혜는 눈을 번득이며 이렇게 말했다.

“그게 다 뭐가 로미오예요? 그까짓 게 다 뭐가……?”

“애 모르거던 가만히나 있거라. 너 그 담장에서 오동나무루 후울쩍 뛰어 건느는 걸 보기나 하구서 그러니? 뛰는 게 아니라 날으는 거야. 어쩜 그렇게 멋질 수 있을까?”

이 말을 하는 도영혜는 천장을 응시하며 몸을 비비꼬았다. 유보화는 말을 더 하려고 하다가 웃방 학생 김영서가 텁썩텁썩 들어오는 기척이 들려서 그만 두었다. 자기가 뭐라고 말하면 도영혜는 으례 또 뭐라고 대꾸를 할 것이니까.

유보화는 도영혜가 하는 말을 웃방 학생 김영서에게 들리고 싶지가 않았다. 도영혜의 숨 쉬는 소리조차도 들리고 싶지가 않았다.

도영혜는 웃방 학생이 방에 들어오자 이어,

“보화야 이리 온.”

하고 좀 큰 소리로 뾸루퉁해 서 있는 유보화를 부르며 그의 손을 잡아 끌어다 가슴에 안았다. 그러니까 유보화의 눈에선 준비나 하고 있었던 것처럼 눈물이 좌르르 흘러내렸다.

“언니 나 어떡함 좋아? 나 꼭 껴안아 줘 응?”

하며 유보화는 도영혜의 가슴패기를 파고 들었다. 여느 때보다 한층 뭉클해 오는 도영혜의 가슴패기를 유보화는 전신에 깨달으면서 또 다시,

“언니, 나 더 더 꼭 껴안아 줘요!”

하고 파고 들었다.

도영혜는 유보화가 하라는 대로 해 주었다. 그리면서 큰 소리로,

“그래 껴안아 주께, 터지도록 껴안아 주께.”

하고 똑 연극 배우처럼 말했다.

웃방 학생 김영서는 아랫방에서 이러는 것을 알고 있는 양으로 재채긴지 마른 기침인지 분간할 수 없는 것을 두어 번 재쳤다.[4] 그까짓 게야 그러거나 말거

---

4 ‘재채기하다’를 뜻하는 것으로 보임.

나 대수로울 것이 없었다. 그저 행복했다. 그저 만족했다. 다시 도영혜는 자기를 극진히 사랑하는 것이라고 알았던 것이다.

그러나 그것은 오산(誤算)이었다. 그렇게 강렬히 껴안으면서 한 말도 온통 거짓이었던 것을 유보화는 단 얼마 안 되어서 이어 알게 되었다.

그날 밤 유보화는 도영혜 가슴에 안긴 채로 자리에 들어갔다. 자리에 들어가서도 도영혜는 여전히 껴안아주었다. 유보화는 그런 채로 잠이 들어 버렸다. 그런 채로 잠이 들어 버렸기 때문에 눈이 얼른 띄었던지 모른다.

눈을 뜨니까 사방이 고요한데 전등 불만이 환히 켜 있고 도영혜는 곁에 없었다. 유보화는 더 살필 사이도 없이 후닥닥 일어났다. 그러면서 방안을 둘러보았다.

"아 저기?"

눈에 뜨인 도영혜는 서 있었다. 그냥 서 있는 것이 아니다. 전등 구멍에 얼굴을 들이밀고 서 있었다. 키가 모자라서 발 밑엔 자기의 책상과 유보화의 것을 포개어 받치고 서 있었다.

유보화는 뚜렷이 그것을 보고 있으면서 말이 나오지 않았다.

한참이나 멀거니 쳐다만 보다가

"언니 거기서 뭘 해?"

하고 소리쳤다.

도영혜는 깜짝 놀라 뛰어내리면서,

"계집애두, 왜 잠두 안 자구 이렇게 성가시게 굴어? 아잇 귀찮아……."

하고 포개 놓았던 책상을 제대로 놓으며 짜증을 내었다. '성가시다' '귀찮다'는 말이 도영혜 입에서 나올 줄은 몰랐던 것이다. 어릴 때 돌담이 와르르 무너져서 굴러 떨어진 일이 있는데 꼭 그때와 같이 유보화는 정신이 아찔 했다.

이럴 때 웃방 학생 김영서가 또 재채긴지 마른 기침인지 분간할 수 없는 것을 두어 번 재쳤다. 웃방 학생 김영서의 이런 기척이 들리자

"으엉엉 엉 망할 자식. 어디서 생겨난 거야."

“으엉엉엉.”

유보화는 발을 퍼더버리고 울음을 터뜨렸다. 당황한 것은 도영혜였다.

남이 다 자는 밤중에 울음을 터뜨리는 것만 해도 이만저만 한 일이 아닌데 거기다가 웃방 학생을 욕설까지 퍼붓는 것이었다. 또 자기가 한 일도 금세 아래채 뒤채 안방에 알려질 것이 아니냐.

도영혜는 얼른 유보화의 입을 손으로 틀어막았다. 틀어막아도 소리는 났다.

도영혜는 하는 수 없어 입을 막는 것을 그만 두고 조금 전에 그를 껴안던 것처럼 그렇게 살뜰히 껴안으며

“보화야 고만 해라, 응? 내 껴안아 주께.”

하고 달래었다. 그러나 이제는 속지 않았다. 금방 자기더러 ‘성가시다’ ‘귀찮다’ 한 것은 누구더냐? 바로 아까 자기를 껴안고 ‘뭐라’ ‘뭐라’ 한 것도 거짓말이 아니었더냐?

“망할 자식 어디서 생겨난 건데 와 가지구 그래, 어엉엉.”

아무리 생각해도 웃방 학생의 일이 괘씸해서 견딜 수 없었다. 도영혜에게 ‘성가시다’ ‘귀찮다’는 말을 하게 한 것은 웃방 학생 김영서인 것이다. 웃방 학생 김영서가 오기 전엔 도영혜는 언제나 자기에게 살뜰하기만 했다. 잠시라도 곁에서 떠나게 못했다. 학교에 갈 적에도 같이 가고 올 적에도 같이 오고 했다. 혹 도영혜가 먼저 돌아오게 되고 자기가 나중 돌아오게 되는 경우가 있으면 도영혜는 대문 밖에 몇 번을 나와 보고 했는지 모른다. 그러다가 돌아오는 것을 만나면 몇년만에 만난 것처럼 반가와하며,

“네가 없음 공부두 안 되구 방에 있기두 싫다.”

고 했던 것이다.

“으엉어엉 망할 자식 망할 자식, 망할 자식!”

유보화는 머리를 마구 내흔들면서 ‘망할 자식’을 연발했다. 웃방 학생 김영서는 자기더러 그리는 줄 알겠건만도 아무 소리도 없이 잠잠했다.

재채긴지 마른 기침인지 분간할 수 없는 그것조차도 재치지 않았다.

아래채 뒤채 학생들도 깬 모양이었다.

안방에서도 깬 모양이었다.

도영혜는 유보화를 달래다 못해 가만 내버려두고 짜증이 잔뜩 나서 뭐라고 입 속으로 주절거리며 자리에 누워버렸다. 유보화는 울 대로 울다가 한쪽에 개 킨 대로 있던 자기 이부자리를 펴고 따로 누었다. 도영혜와 삼년을 같이 있는 사이에 한 번도 혼자 깔아 본 일이 없던 자리였다. 혼자 자리 속에 들어간즉 바 람이 앞뒤로 파고들어서 잠이 오지 않았다. 도영혜는 이불을 뒤집어 쓰고 죽은 듯이 있었다.

웃방 학생 김영서는 잠이 든 모양으로 길고 높은 숨소리가 넘어왔다.

애증교착(愛憎交錯)

이튿날 유보화는 하숙에서 기숙사(寄宿舍)로 옮겼다. 그렇지 않아도 학생 감 독이 벌써부터 유보화, 도영혜들에게 기숙사에 들어올 것을 몇 번 권유한 일이 있었다. 되도록이면 저학년(低學年)보다 고학년(高學年)을 기숙사에 넣으려는 것 이 학교의 방침이기도 했던 것이다.

기숙사에 들어갈 수속을 밟아 놓고 유보화는 싫은 대로 도영혜를 찾았다.

"언니 나 오늘 기숙사에 들어가요."

하고 그의 눈치를 살폈다.

그랬더니 도영혜는

"그래? 사사끼(학생 감독)가 또 들어오라구 그리던?"

했다.

그런데 이 말을 하는 도영혜의 눈빛은 달라졌다.

웃방 학생 김영서 때문에 가지는 눈빛과는 같지 않으나 아뭏든 그와 비슷한 것이었다.

(옳지 내가 떠나는 걸 좋아서 저러는구나. 나 없는 데서 둘이 좋아 지내려고

저러는구나. 그 전등 구멍으로 실컷 넘겨다 보고 좋아하려고 저러는 구나……)

유보화는 이렇게 짐작하고,

"아뇨, 내가 들어온다구 했어요. 웃방 그 자식 뵈기 싫어서……."

하고 톡 쏘아붙였다.

유보화의 쏘아붙이는 말이 떨어지자 도영혜는 그 번쩍하던 눈빛이 시뻘겋게 되면서,

"쟨 학교에 와서 까지 남 욕질이야. 애 듣기두 싫다. 웃방 학생이 어쨌다구 밤낮 망할 자식이니 그 자식이니 하냐?"

하고 눈을 흘겼다.

"아니거든 언니나 실컷 좋아하구려!"

유보화는 이렇게 또 쏘아붙이곤 넓고 긴 복도를 통통통 한 걸음에 달려 밖으로 나왔다.

학교가 파하자 기숙사 심부름하는 권서방을 데리고 권농동으로 갔다. 도영혜는 어느 새 벌써 하숙에 가 있었다. 학교에서 유보화가 그렇게 쏘아붙였고 또 자기도 유보화를 그렇게 나무람하면서 눈을 흘겼건만 도영혜는 유보화의 소리를 듣자 미닫이를 열어젖히며,

"짐군까지 벌써 데리구 왔구나. 계집애 고집두 세기두 하다. 그래 여긴 이제 죽여라 못 있겠단 말이지?"

하고 큰 소리로 떠들었다. 웃방 학생이 들으라고 연방 그쪽을 보아 가면서 ―

유보화는 아니꼬와서 대답도 하지 않고 안방 할머니한테로 들어가서 기숙사로 간다는 말을 했다.

안방 할머니와 영감님은 벌써 도영혜가 떠드는 소리를 듣고 마주 나오려는 참이었다.

"작은 학생 기숙사에 간다지? 아 그래 벌써 짐군까지 데리구 왔나?"

하고 영감님이 말했다.

"이런 별일이 생길 줄 알았듬 여학생만 치는 걸 그랬어. 구찮더래두…… 작은

학생 섭섭하다. 학골 졸업하도록 같이 있을 줄 알았더니……."
하고 할머니가 말했다.

"고만 일에 뭐 옮기구 어쩌구 하나? 눌러 있지 그래. 젊은 애들이라 그저 맘 내키는 대루 하러 드니까 그렇지. 끌끌끌 젊은 땐 그렇지, 그렇지, 그게 좋은 게야."

영감님이 또 젊은 사람을 추켜들고 신바람이 나 하길래 유보화는 좀 빨리 일어섰다. 그새 벌써 도영혜는 권서방과 함께 고리짝과 이부자리와 책상 책 등을 지게에 짊어지도록 만들어 놓았다.

웃방 학생 김영서는 생전 안 부르던 노래를 불렀다.

노랫소리가 나자 도영혜는 또 그 예의 번들거리는 눈을 번쩍거리며 정신이 공중 떠 있었다. 유보화가 짐을 지워 앞세우고 떠나기 시작하는 것도 모르고 웃방 쪽에만 정신을 팔고 있었다. 정신이 그쪽으로 쏠려 있기 때문에 몸뚱이가 온통 그쪽으로 비틀어져 갔다.

노랫소리는 밖에 나와서도 들렸다.

"망할 자식."

유보화는 권서방 뒤를 따르면서 또 이렇게 입 속으로 웃방 학생을 욕질하는 것이었다.

도영혜가 따라 나서면서 자기의 떠나는 것을 애석해 주었더라도 이렇게는 하지 않았으리라.

도영혜는 유보화가 밖에 나와서야 따라 나오면서,

"잘 가라, 보화야 낼 만나자."

하고 안방 할머니나 영감님보다도 더 먼저 안으로 사라졌다. 안방 할머니는 주머니에서 하숙비가 얼마 남았다고 하며 내어 주고도 골목 어귀에 까지 나와 주었다. 물론 영감님도 같이 나와 주었다.

큰길에 나선즉 할머니도 영감님도 보이지 않았다. 하숙집도 보이지 않았다.

걷는 길은 넓고 쳐다뵈는 하늘은 넓었다. 넓은 길 위에 그리고 높은 하늘 위엔 네모진 목침만한 전등 구멍이 뱅뱅 떠돌았다.

그리고 그 구멍으로 웃방 학생 김영서와 좋아하는 도영혜의 얼굴이 나타났다.

"너 같은 것하군 생전 만나지두 않는다. 학교에서 만나더라두 말두 않는다."

이 말과 함께 또 유보화는 망할 자식 하는 소리도 입 속으로 몇 번이나 씹어 뱉곤 했는지 모른다.

기숙사엔 차순과 한 방에 있게 되었다. 클라스만 다를 뿐으로 차순은 유보화와 같은 학년이었다.

테니스 선수로 교내엔 물론 스포츠계에 널리 이름을 떨치고 있는 학생이었다. 나이는 유보화와 같았으나 키도 클 뿐 아니라 육체가 발달한 탓인지 유보화보다 두어 살 더 먹어 보였다.

차순은 전에 몇 번 유보화에게 친구를 맺자는 편지를 한 일이 있었다. 그럴 때마다 유보화는 도영혜가 말려서 친구를 맺지 못하고 말았다.

"언니는 언니구 차순은 친군데 어때요. 언니두 차순을 동생처럼 사랑함 되잖아요?"

유보화가 이렇게 조르면 도영혜는,

"난 너만 사랑함 고만야, 다른 앤 싫어. 너두 나만 사랑해 줘 응?"
하고 유보화를 껴안아 주든지 유보화의 뺨을 자기 뺨에 갖다 대든지 하곤 했다.

그러한 경로를 거쳐 왔기 때문에 유보화는 학생감독에게 차순과 함께 있게 해 달라고 굳이 졸랐던 것이다. 차순이와 둘이서 좋아 지내는 것을 도영혜에게 보여 주고 싶었던 것이다.

차순은 유보화와 한 방에 있게 된 일이 너무 기뻐서 몸이 공중 뜬 것 같다고 했다. 테니스를 쳐도 공이 라께뜨에 헛맞는다고 했다.

유보화가 기숙사에 들어오던 이튿날이었다. 상급생들이 쑤군거리며 둘씩 들어왔다 갔다 했다. 스트라이크를 일으킨다는 것이었다. 스트라이크 대장은 도영혜라고 했다.

학교 당국에의 요구조건(要求條件)은 다음과 같다고 했다.

一, 조선어 과목을 넣어 줄 것.

二, 일 주일에 한 번씩 전교생을 강당에 모아 놓고 하는 '미소기' 시간을 폐지할 것과 매일 아침 하는 신사 참배를 폐지할 것.

三, 배달의 피를 받은 배달의 딸에게 일본 여성을 만들고자 혈안이 되어 날뛰는 교원 ××, ××× 등을 배격한다.

유보화는 이어 이 스트라이크는 도영혜가 웃방 학생 김영서의 본을 따서 하는 짓이로구나 알았다. 자기가 없은 뒤에도 영혜와 김영서는 둘이 서로 좋아하면서 이러한 일을 꾸며낸 것이로구나 알았다.

유보화는 부아가 바싹 났다.

수군거리며 몰려 왔다 갔다 하는 상급생들은 도영혜 도영혜 하면서 일종 도영혜를 하나의 영웅인 양 떠 받들었다.

유보화는 입가에 쓴웃음이 나 돌았다.

도영혜 도영혜 하고 떠 받드는 상급생들에게 문득 문득 도영혜와 웃방 학생 김영서의 이야길 해서 폭로하고 싶었다. 아니 꼭 하려고 그 기회만 보고 있었다.

이러고 있을 때였다. 도영혜가 유보화를 찾아왔었다. 그는 유보화를 데리고 학교 뒤꼍으로 갔다. 전에 도영혜는 여기서 유보화에게 편지를 주었던 것이다.

도영혜는 그리로 들어가자 곧 유보화의 손을 덥썩 잡으며

"너 스트라잌 일으키는 걸 알구 있겠지?"

하고 물었다. 유보화가 대답할 새도 없이 그는 또 이어

"김영서씬 잽혀갔단다. 지난 새벽에 형사들이 떼를 지어 와서 하숙집을 둘러싸구 잡아갔단다."

하고 숨이 차는 듯 바삐 이야기했다.

도영혜가 웃방 학생 김영서를 어른같이 '김영서씨'라고 부르는 것이 유보화에겐 우습게 들리기도 했으나 그것을 우습다고 오래 생각할 여유가 없었다. 웃

방 학생 김영서가 잡혀갔다는 도영혜 말에 유보화는 가슴이 써늘했기 때문이다.

유보화는 얼굴을 푹 숙이며,

"그래요?"

하는 말 이외엔 더 말이 없었다.

"잽혀갈 때 그 엄숙한 얼굴, 그 태연한 태도, 아아 난 잊을 수 없다. 그러구 묵묵히 끌려가는 그 뒷모양…… 다 죽은 줄만 알구 있던 조선 사람 중에두 그런 위대한 인물이 있었다는 걸 알았다. 보화야 우리두 김영서씨처럼 싸우자, 죽더라두 싸우자. 우리에게서 언어(言語)까지 빼앗아 버리려는 악독한 일본 제국주의에 항거해야 한다. 우릴 일본 여성으로 맨들려는 일본 제국주의 식민지 교육 정책에 반기를 들어야 한다. 보화야 알지? 너 알지?"

도영혜는 흥분해서 몸을 떨면서 연설조로 말했다. 언제 그는 그렇게 그런 힘든 말을 배워 알았을까 싶도록 달변이었다.

그러나 역시 유보화는 그런 생각을 오래 하고 있을 마음이 없었다.

도영혜의 말을 듣고 있는 사이에 그는 도영혜를 미워하던 생각이 사라지고 가슴에 뭉클 하는 무엇이 와서 가로 놓이는 것을 깨달았다.

"언니 저두 싸우겠어요. 죽음을 각오하구 싸우겠어요. 죽는 것 같은 건 무섭지두 않아요."

하고 또박 또박 말했다.

"고맙다, 보화야."

도영혜는 유보화의 손에 다른 한 손을 더 얹으며 이렇게 말했다.

"아녜요. 언니 미안해요. 부끄러워요."

진실로 유보화는 미안하고 부끄러운 생각이 가슴에서 소리라도 치고 뛰어나올 것만 같았다.

그러나 스트라이크는 그들의 뜻대로 이루어지지 못했다. 학교 당국에선 사전(事前)에 눈치를 알아 채고 사태가 벌어지기 전에 수습을 했다.

도영혜 외의 세 학생에게 정학처분을 내렸다가 모두 졸업생들이므로 소위 관대한 처분을 내려서 그냥 그들은 그대로 무사히 졸업하게 되었다.

무사한 것은 좋았으나 피를 각오한다고 하고 죽음을 각오한다고 서둘렀던 일이 뜻과 같이 되지 않았으므로 그들은 원통하고 분할 밖에 없었다.

비록 그것이 어느 혁명가나 사상가의 뿌리 박은 견고(堅固)한 사상에서 움직인 것이 아니고 하루 아침에 흥분과 감상(感傷)에서 움직이게 된 소녀의 행동이라 할지라도 오랜 억압에 시달리기는 마찬가지였으므로 어느 혁명가나 사상가의 뿌리 박은 사상에 진배 없는 그들의 감정이기도 했던 것이다.

이러한 민족적 감정의 흥분을 잠시나마 같이 겪은 도영혜와 유보화는 다시 친밀해져갔다. 전날과 같은 그러한 애정(愛情)의 세계(世界)와는 달랐지마는. 더구나 도영혜는 이미 그 세계와는 멀어졌지마는 그러나 아뭏든 어떠한 형태(形態)로서나 가까와진 것만은 틀림 없었다.

도영혜는 동경외국어학교에 간다고 하면서 학교를 졸업한지 한 달이 넘어도 서울에 머물러 있었다. 그는 전부터 외국어학교를 졸업해 가지고 불란서나 미국으로 간다고 했다. 그것이 그의 이상(理想)이었다.

벚꽃과 살구꽃 같은 일찍 피는 꽃들은 다 지고 잎이 연둣빛으로 물들어가던 어느 날 도영혜는 학교에 나타났다. 학교를 졸업한 뒤에 처음이었다.

빨간 유우똥[5]치마에 분홍 미색 사아땡[6]저고리를 입고 구두도 뒤축이 높고 코가 뾰족하게 새로 지어 신었었다. 유독히 희어멀끔하던 얼굴이 더 희고 둥글어 보였다. 키도 커 보였다. 그는 완전히 어른이 다 된 성싶었다.

선생들과 학생들은 모두 휘황찬란한 도영혜의 옷차림새에 눈이 둥그래졌다.

"도영혜 너 안 갔구나. 언제 떠나니?"

5　뉴똥의 비표준어.
6　새틴의 비표준어.

하고 진심으로 그의 거취를 걱정하려는 선생도 있었지만

"인제 하이칼라만 하구 돌아다닐 참인가?"

하고 빈정거리는 선생도 있었다. 아무 말도 없이 눈부시는 그의 차림새를 못마땅해서 눈 흘기는 선생도 있었다. 이런 것은 도영혜가 전날 스트라이크 대장이었기 때문에 가지는 적의(敵意)에서였을 것이다.

도영혜는 어느 선생의 말에나 벌름벌름 웃어가며

"인제 곧 가요, 인제 곧 가요."

하고 대수롭지 않게 받아 넘겼다. 그리곤 급한 듯이 유보화더러 조용히 할 이야기가 있으니 저리 기숙사로 올라가는 언덕쪽 잔디밭께로 가자고 끌었다. 마침 점심 시간이라 유보화는 도영혜가 하자는 대로 그리로 발을 옮겨 걸었다.

하늘이 맑게 개이고 맑게 개인 하늘에 구름이 온갖 모양으로 움직이고 있어서 하늘은 만국기(萬國旗)를 띄운 것처럼 찬란해 보였다.

햇빛은 따사롭고 바람은 부드러웠다. 화단에 보승 보승 피어 있는 희고 작은 꽃에는 나비가 앉았다 가기도 했다. 어느 높은 나무에선 고운 새 소리가 들리기도 하고 —

도영혜는 두어 걸음 걷다가 무뜩 생각해 낸 것처럼

"김영서씨가 무사히 나왔다."

라고 말했다. 그런데 도영혜는 참으려고 애를 쓰는 모양이면서 입이 얼굴 밖에까지 나오게 웃는 것이었다. 좀 더 빨리 말할 것을 웃음이 나오려고 해서 두어 걸음 걷다가 했는지도 모른다.

선생들이 이런 말 저런 말 할 적에도 벌름벌름 웃으면서 대수롭지 않게 받아 넘긴 가슴 속에 가득 차 있는 웃음 때문에 그랬던 것인지도 모른다.

이렇게 입이 얼굴 밖으로 나오게 까지 웃고 있는 도영혜의 얼굴은 그가 입고 있는 빨간 유우뚱치마의 큼직큼직한 문채와 같이 어른거렸다. 그래서 도영혜는 조금 전보다도 더 어른이 되어 보였다. 그래서 웃방 학생 김영서씨라고 부르는 것이 전혀 어색하지 않게 들렸다.

그런데 그러한 것이 유보화에겐 또 싫었다. 그것은 웃방 학생 김영서가 무사히 나왔다는 말을 들었기 때문에 오는 감정(感情)인지도 모른다. 아뭏든 유보화는 웃방 학생 김영서가 잡혀갔다는 말을 들었을 때와 같지 않았다. 무사히 나왔다는 말을 듣자 어쩌나 하는 생각에서 가슴이 철렁하기 까지 했다.

"그럼 인제 언닌 웃방 학생하구 약혼이나 하구려."

불쑥 이런 말을 하고야 말았다. 유보화의 불쑥 나온 이 말에 도영혜는 또 입이 얼굴 밖으로 나오게 웃으며,

"계집애두 약혼은 무슨 약혼이냐? 그이가 나하구 약혼 하잔단 말을 들었냐?"

상대방의 얼굴을 뚫어지게 들여다보았다.

유보화가 어디서 그런 말을 들었을 리 없음을 번연히 알면서도 행여 그 말이 근거 있는 말이기나 했으면 하고 바라는 얼굴이었다.

"우리 고모아주머니두 S대학생을 '아무개씨' '아무개씨' 하구 줄곧 좇아다니더니 약혼을 하던 걸."

이 말에 도영혜는 약간 실망한 기색을 보이다가

"계집애두 내가 뭐 줄곧 좇아다닌다더냐? 아이 참내……."

하며 하늘을 향해 드러누웠다. 그는 구름이 만국기처럼 찬란한 하늘을 멀거니 쳐다보고 있었다. 하늘이 푸르고 잔디도 푸르고 또 잎들고[7] 부풀어오는 속에 도영혜의 그렇게 누워 있는 유독히 흰 얼굴과 또 찬란한 옷 차림새는 하늘과 잘 대조(對照)가 되었다.

한참 말이 없다가 도영혜는

"그인 말이 없는 사람이야. 무슨 말이든 하는 일이 없단다."

혼잣말같이 이렇게 중얼거렸다.

"그럼 언닌 웃방 학생하구 이얘길 못해 봤우?"

"이얘기? 이얘긴 해 봤지. 네가 기숙사루 옮기던 날 비로소 말해 봤지."

---

7 '잎들도'의 오식으로 보임.

그는 말을 더 계속하려다가 그만두는 눈치였다.

"뭐라구?"

좀 사이를 두었다가

"널더러 왜 옮겨가느냐구 그러더라."

하고 대답했다.

"제가 뵈기 싫어서 간다구 그러시지."

"난 암말두 안 하구 가만 있었다. 그랬더니 그이 말이 네가 꼭 자기 외사춘 누이동생 같다는구나. 외사춘 누이동생이 너처럼 제 성미에 맞잖음 다짜고짜루 남 욕질이구 울구 트집을 부린다나. 그래두 자기는 그 누이동생이 젤 좋대. 나이두 너하구 동갑이야, 열 일곱이래."

도영혜는 이런 말을 하고 나서 후떡 엎드리면서,

"보화야, 너 김영서씨하구 연애해라."

하고 유보화의 기색을 살폈다. 유보화는 이 뚱딴지 같은 말에 골이 나서,

"듣기두 싫여요. 그것하구 그래 연앨 해요? 에구 그 망할……."

하며 앉았던 자리에서 일어서려고 했다.

자기는 연애 같은 건 할 생각도 하지 않지만 이담에 하게 되더라도 웃방 학생 김영서 같은 것 하곤 하지 않으리라는 생각이었다. 하늘에 문 달린 집 보리밭처럼 푸른 문(門) 안에 살고 있는 어느 나라 왕자(王子)와 같은 눈이 서늘한 그런 남자와 하리라는 생각이었다.

그런데 이런 생각은 그의 아버지가 그에게 길러 준 사상(思想)이었다. 유보화의 아버지는 딸의 커가는 귀여운 모습을 바라보면서 '우리 보화는 하늘에 문 달린 집에나 시집을 보내야지. 지상(地上)엔 보낼 데가 없다'고 늘 말씀했다. 아버지의 이런 말씀을 듣고 있는 유보화는 하늘이 문이 달렸으면 그 문은 보리밭처럼 푸를 것이라는 생각도 하고 또 그 문안에 사는 남자는 어느 나라 왕자와 같이 눈이 서늘하리라는 생각도 해 보았던 것이다.

"애 또 욕이냐? 이리 앉기나 해. 넌 밤낮 김영서씰 망할 자식이니 그까짓 거니

하구 업신여기지만 너 그이 어디가 못마땅해서 그러냐? 키가 후리후리 크겠다, 공부 잘 하겠다, 사상이 좋겠다, 인물이 잘 생겼겠다, 얼마나 좋은데 그러냐?”

“그러게 언니나 실컷 좋아하구 연애두 하구 약혼두 함 되잖아요.”

유보화는 도영혜의 긴 말을 중도에 자르고 일어선 채로 쏘아붙였다.

바람이 확 불어왔다. 도영혜의 어깨에 까지 길게 자란 단발이 살랑 나부꼈다. 그러자 희고 탐스런 목덜미가 드러났다.

유보화는 도영혜가 웃방 학생 김영서와 연애를 하고 약혼을 하면 김영서는 저 희고 탐스런 목덜미에도 입을 맞출 것이라는 생각을 했다. 고모아주머니와 약혼한 대학생도 자기가 보는 데서 고모아주머니 이마에도 뺨에도 목덜미에도 입을 맞추곤 하는 것이었다.

“앉기나 해라. 넌 그래 김영서씨하구 내가 약혼했음 좋겠단 말이지?”

하며 또 그는 하늘이 찢어지게 높은 소리로 웃고 나서

“난 그이가 참 좋다. 그이 때문이라면 뭐나 하겠다. 스트라잌을 일으키겠단 생각두 그이가 아님 생각이나 했겠냐? 그이가 잽혀 가는 그 엄숙한 장면을 보구 나니까 어디 가만 있겠더냐. 그래서 그 무서운 서슬에두 용감히 그런 생각을 냈던 게다. 성공 못한 게 분하긴 하지만……”

하고 이야기가 더 계속되는데 유보화는 자기의 추측이 어그러졌음을 알고,

“그럼 스트라잌은 웃방 학생이 시켜서 한 게 아니었구만?”

이렇게 넌지시 물었다.

“시키지 않어두 잽혀 갈 때, 그 엄숙한 장면을 보구 어떻게 가만 있느냐 말이다. 아뭏든 난 그이 때메 힘이 생기구 열이 생긴다. 그이가 한 달 열 엿샛만에 나오는 새 얼마나 쫓아다녔는지 너 모르지? 감옥으루 변호사한테루 검사한테루 외사춘 누이라구 하구 쫓아다녔지. 뭐 무섭구 부끄런 것두 없더라. 그이가 무사히 나온 건 검사 덕이야. 왜놈 중에두 맘 존 사람이 있더구나. 꼭 징역을 살 건데 검사가 봐 줘서 나왔어. 그래서 학교에서두 졸업장이랑 줬대. 밤낮 최우등만 하던 학생이니 안 그래? 인제 동경 간대. 나두 그이하구 같이 떠나겠다.”

고 말했다. 유보화는 다시 앉으며 언제 가느냐고 물었다. 김영서와 같이 간다는 것은 싫지만 떠난다는 말은 섭섭했던 것이다.

"낼 저녁차루 떠난다구 차표랑 산다구 그러더라. 나두 인제 정거장에 가서 차표랑 사겠다. 다른 준빈 다 됐으니까……."

"아니 그래 같이 가잔 말 안해요?"

"응…… 같이 감 가는 거지 뭐."

도영혜는 확실한 대답은 못하고 그냥 얼버무렸다. 그러는 것을 보고 나니 그가 밉기도 하지만 측은스럽기도 했다. 이것은 떠나는 정(情)을 아끼는 마음에서 오는 감정이었던지 모르지만—

"그 자식 그래 저 때메 두 달 지경이나 앨 쓰구 남아있었는데 차표랑 같이 서둘지 않아요? 정말 망했네…."

"보화야 욕하지 마라. 그일 욕함 내 가슴이 아프단다……."

이번엔 뒤집어 누우며 가슴에 손을 얹고 노랫조로 말했다. 그리고 도영혜는 어린애 같았다. 그래서 유보화는 하늘을 향해 누워 있는 그의 얼굴 위에 자기 얼굴을 들여대고,

"나 안 그럴께. 언니 동경 가서 연앨 하구 좋와하시우, 응……."

이렇게 눙쳐 주었다. 이것 역시 떠나는 정을 아끼는 마음에서 오는 감정이었던지 모른다.

그러나 도영혜는 이 말에 또한 좋지 않을 수가 없었던지 또 그 입이 얼굴 밖에까지 나오는 웃음을 웃는 것이었다. 도영혜가 그렇게 웃으니까 유보화도 따라 웃었다. 그러니까 도영혜는 아주 마음을 턱 놓고 더욱 웃었다.

오후의 공부 시간이 시작되는 종소리가 들려오지 않았다면 둘이는 더 많이 웃었을 것이다.

"그럼 가겠다. 정거장엔 나오지 마라. 오늘 저녁으루 떠날지 안 떠날지 모르니까."

"나오래두 안 나갈 테예요. 그것 뵈기 싫어서……."

"아이 글쎄 그이 욕좀 제발 하지 말래두 그래. 너 나 보구 연애랑 약혼이랑 하람서 그일 자꾸 욕함 날더러 욕하는 거지 뭐냐?"

"난 그것 정말 뵈기 싫어요. 이 세상에서 젤 미운 게 그거예요. 그렇지만 인제 다시 욕 안할게 언니. 이게 마지막 욕일 게요. 인젠 욕하재두 할 수 없잖아요?"

"그래 잘 됐다. 인젠 욕두 못하구 싹 가버릴 테니."

도영혜는 또 노랫조로 이렇게 말하며 깔깔 웃었다. 유보화도 따라 웃었다. 유보화가 웃으니까 도영혜는 역시 마음을 턱 놓고 더더 웃었다.

둘의 웃음 소리는 구름이 만국기처럼 찬란한 하늘로 거침 없이 흩어져 올라갔다.

봄의 서곡(序曲)

모란이 제물에 활짝 피는 무렵이었다. 하늘에서 녹색(綠色) 물을 내려 붓기라도 한 것처럼 천지(天地)는 푸름으로 꽉 차 있었다.

유보화가 보랏빛 바탕에 피가 맺힌 듯한 동백꽃 무늬가 다닥다닥 붙은 자리옷(유까다)을 입던 것도 바로 같은 무렵이었다. 자리옷은 차순이가 사 준 것이었다.

자리옷을 입던 날 저녁 자리에 먼저 누운 차순은 자리 속으로 들어오려는 유보화를 황홀한 시선으로 올려다보며,

"어마나 참 멋이로구나. 세살은 더 먹어 뵌다. 세살은…… 아 그 까무레하게 덮였던 복숭털두 금세 후딱 어디루 날러가 버렸구나. 넌 그게 남보다 유난히 많었는데 인제 어른이다, 어른……."

이렇게 수선을 피웠다.

한 방에 있는 다른 학생들도 차순의 말이 맞았다는 시선으로 모두들 보고 있었다.

이튿날은 일요일(日曜日)이어서 유보화는 배가 아프다는 핑계로 자리에 그냥

누워 있었다. 실상은 머리가 아팠으나 머리가 아프다는 말은 할 수가 없었다.

그는 밤을 한 잠도 안 자고 꼬빡 새웠던 것이다. 기숙사에 들어오던 날부터 차순과 한 자리 속에서 자긴 했지만 그렇게 밤을 꼬바기 새워 보기는 처음이었다.

곁 사람의 눈도 있고 해서 초저녁엔 으례 자리를 따로 깔아 놓긴 하나 곁사람이 잠든 눈치면 그들은 언제나 한자리 속에서 잤다. 유보화보다 차순이가 여기엔 더 열심이었다.

차순은 도영혜 모양으로 꼭 껴안고만 자는 것이 아니라 뺨도 비벼 보고 입도 맞춰 보고 또 가슴도 주물러 보고 하는 것이었다. 처음 얼맛동안은 이러는 것이 좋지가 않았다. 도영혜한테 껴 안기는 것만 사뭇 못했다. 못하다기보다 싫증이 났다. 뺨을 비비는 정도라면 모르겠는데 입을 맞춘다든지 가슴을 주무르는 때면 근지러운 것 같기도 하고 후더분한 것 같기도 해서 얼른 제 자리로 가 버리곤 하는 일이 많았다.

그날 밤은 그렇지가 않았다. 저도 차순과 똑 같은 짓을 했던 것이다. 그것은 도영혜한테 껴안기는 것에 비할 것이 아니었다. 도영혜한테 껴 안기는 것을 잔잔히 내리는 비에 비긴다면 이것은 사나운 폭풍우(暴風雨)와 같은 것이라고나 할까?

아침 식사가 지나서 얼마쯤 되니까 기숙사는 조용해졌다. 모두들 외출(外出)을 한 것이었다. 차순도 유보화 더러 같이 나가자고 조르다가 혼자 나가고 없었다.

주위(周圍)가 조용해지니까 열린 창으로 푸르른 빛과 냄새가 홍수(洪水) 밀리듯 밀려들었다.

가슴이 터지는 것 같았다. 그는 일어나서 창을 닫쳐 버렸다. 그래도 그것들은 유리를 뚫고 들어오는듯 밀려 들었다.

이번엔 일어나서 커튼을 쳐 버렸다. 방은 완전히 푸른 세계(世界)와는 차단(遮斷)되어 있었다.

그는 안심하고 자리에 다시 누웠다. 그런데 자리가 편편치 못했다. 편편치 못하다기보다 방은 우물 속과 같이 깊은 것 같았다.

그는 가슴이 답답해 왔다. 가슴이 아픈 것 같기도 했다. 학교 운동장에서 테니스 치는 공 소리가 가슴에 와서 팽 팽 구멍을 뚫어 놓는 것 같기도 했다. 어느 성당(聖堂)에서 울려오는 종소리가 가슴에 쇳조각을 박는 듯 아프게 와 닿기도 했다.

그는 벌떡 일어나서 자리옷을 벗으려고 했다. 밖으로 나가려는 생각에서였다.

그런데 그가 일어서자 그의 앞에 마주 서는 사람이 있었다.

그는 깜짝 놀랐다. 그러나 다시 자세히 보니까 그것은 벽(壁)에 걸린 거울에 비친 자기였던 것이다.

처음엔 고모아주머니라고 알았다. 꼭 고모아주머니 같았다. 다른 때도 아니고 고모아주머니가 S대학생을 아무개씨 아무개씨 하며 쫓아다니던 때의 고모아주머니였다.

어제 저녁 자리옷을 입은 자기더러 차순이가 세살은 더 먹어 보인다고 하던 말이 머리에 떠 올랐다. 어른이라고 하던 말도 떠 올랐다.

정말 자기는 고모아주머니나 도영혜 같이 어른이 되느라고 생전 안하던 짓을 하고 생전 안 하던 생각을 하는 걸까?

그는 자리옷 앞자락을 헤치고 차순이가 밤에 주무르던 자기 가슴을 내려다보았다. 그리고 보니까 하룻밤 새에 자기 가슴은 도영혜 가슴 만큼 붕긋한 것 같았다.

그는 한 손을 그 붕긋한 한 쪽에 갖다 대어보았다. 지난 밤 차순이가 주무르던 때와 같은 감촉이 손 끝을 통해 전신(全身)에 자릿하니 퍼졌다. 또 다른 한 손마저 남은 한 쪽 붕긋한 위에 갖다 대었다. 한 쪽에서보다 양 쪽에서 오는 감촉은 더 한층 강렬(强烈)했다.

그는 양 쪽 손으로 자기를 껴안았다. 그러니까 저도 모르는 사이에 몸이 부르르 떨려왔다.

바람이 불었나 보았다. 유리창에 나뭇가지들이 출렁이는 것이 보였다. 그러자 그는 깜짝 깨달은 것처럼 자기를 껴안았던 손을 풀고 자리옷을 호다닥 벗어 버렸다.

그리곤 그는 난 어른이 안 될 테야, 그까짓 어른은 돼서 뭘해 —

이렇게 입 속으로 중얼거렸다. 그는 진실로 어른이 되는 일을 원치 않았던 것이다. 어쩐지 어른이 되는 일이 그에겐 무섭기도 했던 것이다.

그는 카루톤(畫板)⁸을 차려 들고 밖으로 나왔다. 머리가 수수하고 마음이 복작복작할 때면 스케취하는 것이 그에겐 하나의 버릇처럼 되어 있었던 것이다.

밖은 눈이 부시었다. 더구나 어둠컴컴한 방에서 그처럼 신고(辛苦)를 겪은 그였기 때문에 더 심했던 것이다. 푸르른 잎사귀들은 온통 삼박이며⁹ 보화에게로만 다가 오고 있었다.

그는 띠잉 하던 머리가 금세 씻은 듯이 가벼워지는 것을 깨달았다. 운동장에서 치는 테니스 공소리도 가슴에 팽 팽 구멍을 뚫는 듯 아프지 않았다. 공 소리는 마치 하늘 저멀리서 달려오는 말발굽 소리 같은 것이기도 했다.

유보화는 학교로 내려가는 언덕 길을 건득건득 걸어 내려갔다. 바람은 지구(地球)의 사방(四方)에서 불어오듯 동서남북(東西南北)으로 몰아들었다. 그러나 그것은 결코 세차지는 않았다. 유보화의 머리카락과 치맛자락을 알맞게 휘날릴 정도였다.

기숙사에서 학교로 내려가는 사이에 제일 큰 화단(花壇)이 있었다. 유보화는 바람에 가벼워진 몸을 사뿐히 옮겨 화단으로 들어갔다. 진정 그의 몸은 꽃을 찾아 날아드는 나비처럼 가벼웠다.

그는 모란이 탐스러운 앞에 가까이 갔다. 그러나 아주 가까이 간 것은 아니었다. 한 삼 미터 가량 떨어진 거리(距離)에 자리를 잡고 앉았다. 그런데 그림이 그

---

8   그림을 그릴 때 사용하는 화판을 의미하는 일본어 カルトン.
9   삼박이다 : 눈이 감겼다 떠졌다 하다.

려지지가 않았다. 이 미터 가량 떨어진 거리에 앉아 보았다. 그래도 그려지지가 않았다. 일 미터 가량 떨어진 거리에 앉아 보았다. 그래도 그려지지가 않았다. 아주 가까운 거리에 바싹 다가앉았다. 거리가 가까울수록 진해 오던 냄새가 띠잉할 지경으로 휘몰아들었다. 아니 뭐가 뭔지 모를 지경으로 그것은 온 전신을 휩싸고 돌아들었다. 냄새 뿐 아니라 모란만이 가지고 있는 그 독특한—공단같이 미끄러우면서도 공단과는 같지 아니하고 풀솜과도 같이 부드러우면서도 풀솜과도 같지 아니하고 흐뭇하게 취하게 하면서 또한 손 끝에서 부터 발 끝에까지 알 수 없는 기운(氣運)을 느끼게 하는 것—그것 때문에 유보화는 어쩌는 수가 없었다.

그림을 그릴 수 없게 하는 것도 그것—그놈의 것이었다. 그것은 간밤에 체험(體驗)한 차순의 가슴에서 느낀 것 같은 것이기도 했다.

그런데 어쩐 일일까? 그놈의 것은 그림 위에는 조금도 옮겨와지지 않았다. 옮겨 보려고 애를 쓰면 쓸수록 그것은 화지(畵紙) 위에서 뺑소닐 쳐 달아났다.

그 대신 그것은 보화의 코로 입으로 온 몸뚱이로 숨이 막히게 휘몰아들었다. 유보화는 화지와 연필을 던져 버렸다. 그리고 모란꽃 포기에 몸소 달려들었다. 부드러운 것도 미끄러운 것도, 흐뭇하게 취하게 하는 것도, 또한 손끝에서 부터 발 끝까지 알 수 없는 기운을 느끼게 하는 그것조차도 깨닫지 못하면서 정말 그는 아무 것도 느낄 여유(餘裕)가 없이 모란꽃 이파리를 마구 뜯어 부숴 비볐다.

조금 전 그가 그의 몸을 양 손으로 껴안았을 때 몸이 부르르 떨리던 것처럼 그는 그렇게 부르르 떨면서 꽃 이파리를 마구 뜯어 비볐다.

이러고 있을 때였다.

"유보화!"

하고 뒤로 어깨를 홱 젖히는 손이 있었다. 유보화는 그제야 꿈에서 깬 것처럼 고개를 돌려 뒤를 보았다. 미술(美術) 선생 서남령(徐南領)이었다.

테니스를 치고 있어서 그런지 꽃을 망가뜨리는 일이 화가 나서 그런지 아뭏든 상기(上氣)가 된 얼굴이었다. 땀도 흐르고 있었다.

최정희 소설 전집 **1**

그러나 유보화에겐 그것보다 먼저 긴 머리가 약간 흩날리는 이마 아래 서늘하게 생긴 눈이 시야(視野)로 들어왔다. 그것은 숲(森林)을 뚫고 떠오르는 달과도 같이 유보화의 가슴을 타악 트이게 하는 것이었다. 자기도 의식하지 못한 일이지만 이때까지 유보화는 가슴이 답답하니 꽉 막혀 있었던지 모른다.

서남령 선생은 유보화가 사학년이 되면서 새로 들어온 선생이었다. 동경 미술학교를 나오자 바로 이 여학교에 부임해 온 젊은 선생이었다. 부임해 오던 날 교장의 소개한 말에 의하면 동경미술학교를 우수한 성적으로 졸업한 전도 유망한 청년 화가(畵家)라는 것이었다. 그리고 교장은 또 덧붙여서 그림도 잘 그리지마는 멋장이로 생겼기 때문에 학생들 사이에 인기를 독점할 우려가 있다는 말도 했다. 새로 부임해 오는 선생을 소개할 때 마다 이런 따위의 익살을 부리는 버릇이 있었지만 아뭏든 서남령 선생을 소개하는 말에 서남령 선생은 얼굴보다 귀가 더 붉어졌고 선생들과 학생들은 다른 때보다 더 많이 웃었던 것만은 사실이었다. 더 많이 웃을 수 있었다는 것은 교장 말에 진실성(眞實性)을 인증(認證)한다는 것을 의미(意味)하는 것이 될 것이다. 그리고 학생들은 또 그가 조선인 선생이라는 데서 호감을 갖는 듯했다. Y학교 선생 중에 조선인으로 이렇게 젊고 교장이 지적(指摘)한 소위 멋장이 선생은 이 서남령 선생을 제외하곤 한 사람도 없을 것이다. 남자 선생으로선 Y학교에만 십 오년을 있었다는 조선어 선생을 하다가 조선어 시간이 없어진 뒤론 공민(公民)을 가르치는 김옥진 선생과 수학 선생 이근배, 생물(生物) 선생 한병용 세 선생 뿐이고 그 외의 남자 선생은 모두 일본인이었다. 여선생은 조선인 선생의 수가 많았지만.

"뭣을 하구 있는거야?"

테니스를 치고 있어서 상기가 된 것이 아니라 틀림 없이 서남령 선생은 꽃을 망가뜨린 일에 화가 나서 상기가 되어 있는 것을 유보화는 알았다.

그러나 유보화는 그것이 문제가 아니었다. 그에게 있어서 중대한 문제는 눈에 대한 것이었다. 하느님이 사람을 만들 때 사람의 눈을 머리통 뒤에 갖다 붙여 놓았다든지 혹은 귀 밑 어디에 갖다 붙여 놓았더라면 어쨌을까 하는 것이다.

머리통 뒤에도 귀 밑 어디에도 갖다 붙여 놓지 않고 면상(面上)바로 정면(正面)에 그것도 하나가 아니고 밸런스가 똑 맞게시리 두 개를 박아 준 것이 신통하고 고마웠던 것이다.

더구나 서남령 선생의 눈 같이 서늘하게 생긴 눈이 머리통 뒤에나 귀 밑 어디에 붙어 있다면 그것은 아무 것도 아닐 것 같이 생각되었다.

유보화는 앉았던 자리에서 벌떡 일어났다. 서남령 선생이 꽃을 망가뜨린 일에 상기가 되었거나 말았거나 그런 것은 전연 자기의 알바가 아니라는 듯 선생의 눈을 빤히 들여다보면서 마치 그 눈 속으로 들어가기라도 할 것처럼 눈썹 한 대 움직이지 않고,

"선생님, 하느님이 참 고맙잖아요? 사람 눈을 얼굴 바로 정면에다, 그것두 한 개가 아니구 두 갤 딱 박아 준 게 말예요."
하고 말했다.

전연 예상치도 않았던 이 말에 서남령 선생은 당황한 기색을 보이다가 그담엔 뭐가 어찌 된 셈인지 모르겠다는 듯 어리벙벙한 기색이었다. 그렇게 되니까 눈이 더 한층 하늘 빛처럼 푸르러지고 커지는 것이었다. 서남령 선생은 당황하든지 어리둥절하게 되는 때면 눈이 곧 그렇게 되는 모양이었다.

얼마 전 미술 시간에 스케취할 때 일이었다. 날씨도 화창하고 바람도 안 불기보다 부는 편이 낫다고 생각되리 만큼 알맞게 불었다.

서남령 선생은 학생들에게 꽃을 그리라느니 나무를 그리라느니 지적해 주지 않고 각자(咎自)가 제 마음대로 자기 눈에 들어와지는 것으로 하라고 말했다.

학생들은 자기 눈에 들어와지는 것을 찾기 위해서 기숙사 마당으로 혹은 학교 뒤뜰로 이리 저리 뿔뿔이 흩어졌다.

유보화는 학교 마당 화단에서 꽃을 하기로 했다. 함박꽃이었다. 함박꽃이 아직 활짝 제대로 피지 않고 봉오리를 지어 오므리고 있고 한 두 송이가 약간 벌어지려고 하고 있었다.

나비는 연방 와서 앉았다 가곤 했다. 한 놈도 아니고 몇 놈이 와서 앉았다 가

곤 했다. 그는 스케취를 하다 말고 나비를 잡아 버리기에 열중했다.

얼마를 그리고 있었는지 자기도 몰랐다. 선생이 왜 그렇게 나비를 쫓는 거냐고 말하지 않았더면 줄곧 그리고 있었을지도 모른다.

그때 유보화는 나비가 꽃에 와서 앉았다 가곤 하는 것을 처음엔 아무런 의식을 못하고 있었다. 그러다가 여러 마리가 자꾸 와서 앉았다 가곤 하니까 스케취하는 데 약간 방해가 되는 것을 깨달았다. 그렇게 깨닫게 되니까 와락 성가신 생각이 나면서 나비는 꼭 웃방 학생 김영서와 같은 것이로구나 하는 생각이 들었다.

"선생님 도대체 남학생이란 없었음 좋겠어요. 성가시구 귀찮아서요. 막 잡아서 죽여 버렸음 좋겠어요."

나비를 쫓아 다니고 난 뒤라 숨이 차서 헐떡거리며 유보화는 선생과 마주 서면서 이렇게 말했다.

그때의 서남령 선생의 눈이 바로 이 눈이었다. 그때에도 서남령 선생은 당황해 하다가 그담엔 어리둥절해 했던 것이다. 그래서 눈이 하늘빛처럼 푸르고 커졌던 것이다. 그러나 유보화는 그때까진 선생의 눈이 그렇게 좋다고 생각되지 않았다.

"더구나 하늘빛처럼 푸르구 큰 눈은 말예요. 그게 머리통 뒤에나 귀 밑 어디 붙어 있담 아무 것도 아닐 것 같아요. 하나두 좋지 않구 되려 웃음이 날 것 같아요."

이번엔 얼굴보다 귀가 더 빨개지다가 선생은 씽긋 웃어 버렸다.

바람이 불어 왔다. 화지(畫紙)가 펄럭거리며 자리를 옮겼다. 서남령 선생은 웃던 시선을 그리로 돌렸다. 그러자 그는 곧 좌향좌(左向左)의 자세(姿勢)를 지어 그리로 발을 옮겼다.

"뎃상두 확실하구 콤포지숀[10]두 좋은데 왜 그래?"

---

10 구성(composition)을 뜻하는 일본어 コンポジション.

서남령 선생은 스케취가 잘 안 돼서 꽃을 망가뜨리고 있는 것이라고 아는 모양이었다.

유보화는 대답을 아니했다. 모란이 가지고 있는 그 독특한 것 ― 차순의 가슴과 같은 감촉 ― 그것이 그려 안져서 그랬다는 말은 하고 싶지가 않았던 것이다.

그것보다 하고 싶은 말이 있었다. 이번엔 서남령 선생의 키에 대한 것이었다. 화지를 향해 걸어가는 서남령 선생을 바라보면서 유보화는 키가 좀 작다고 생각했다. 한치만 더 컸더라면 좋았겠다고 생각했다. 아니 한치도 말고 반(半)치쯤 더 컸어도 좋았겠다고 생각했다.

"선생님 몇 살이세요?"

유보화는 서양 영화에서 본 정형미용원(整形美容院)이 생각났던 것이다. 정형미용원에선 키가 작은 사람을 크게 할 수가 있었다. 철봉(鐵棒)대 같은 데 사람을 달아 매어 놓고 아래서 다리를 쥐어 잡아당겨 늘이곤 했다. 그런데 나이가 스물 다섯 이상은 잘 안 된다고 했다.

서남령 선생은 또 영문 모를 유보화의 이 물음에 어리벙벙해 했다. 그런 중에도 무슨 큰 무안을 당한 것처럼 얼굴보다 귀가 붉어지면서,

"왜?"

하고 유보화에게 반문했다.

"정형미용원에 가실 수 있나 해서 그래요."

이건 무슨 뚱딴지 같은 소릴까?

"키만 좀 크시담, 더두 말구 한치, 아니 반 치쯤이래두 좋와요. 그러시담 아주 멋장이실 텐데……."

웃는 수 밖에 없었다.

서남령 선생은 이번엔 입이 꽤 크게 벌어지고 그 큰 눈이 가늘어지도록 웃었다.

그래도 유보화는 웃지 않았다. 어느 한 군데를 응시하고 있었다. 그가 응시하는 시야(視野) 속에서 권농동 하숙집에서 본 웃방 학생이 창경원 담장에서 오동

나뭇가지를 철봉하듯 휘어 잡고 뛰어 내리던 모습이 들어왔다.

키가 무척 후리후리 했다. 그 후리후리한 키가 서남령 선생의 것이 되고 서남령 선생의 작은 키가 웃방 학생 김영서의 키가 되었으면 하고 유보화는 생각했다. 웃방 학생 김영서 같은 건 키가 작든 눈이 밉든 하등 상관할 바가 없었기 때문이다.

"유보환 장난꾸러기야."

아직도 어느 한 군데를 응시하고 서 있는 유보화에게 선생은 이런 말을 했다.

"선생님두, 남은 심각한 걸 얘기하는데 그래 장난이예요?"

하고 뽀루퉁해서 반박을 했다. 정말이지 자기는 조금도 장난으로 한 말이 아니었던 것이다.

"어린애가 지나치게 심각한 걸 기억하니까 장난 같을 밖엔……."

"선생님두 그런 소리 마세요. 제가 어린애예요? 전 어른이예요."

유보화는 서남령 선생의 어린애란 말이 못 마땅하게 들려 왔다. 아까 그는 기숙사 자기 방에서 밖으로 뛰쳐나올 적까지도,

'난 어른이 안 될 테야. 그까짓 어른이 돼서 뭘해.'

하고 어른이 되는 것을 싫어했지만 서남령 선생한테서 어린애란 말을 듣기는 싫었다.

칠월의 화창한 기운과 삼박이는 푸른 숲들과 그리고 지구(地球)의 사굽(四方)으로 부터 불어오는 듯한 바람, 이것들이 유보화를 금방 사이에 어린애에서 어른으로 성장(成長)시킨 것인지 모른다. 기숙사와 학교 마당 숲들이 밤을 자고 나면 무성해 가듯이, 아니 그것들은 금방 금방 보고 있는 사이에 숨이 가쁘도록 무성해 가듯이 유보화도 그렇게 성장해 가는 것인지 모른다.

유보화가 이런 것을 생각하고 있는데 학교 마당 테니스 코트에서,

"서선생님……."

하고 부르는 소리가 들려 올라왔다.

서남령 선생은 부르는 쪽으로 고개를 돌렸다가 다시 유보화 쪽으로 돌리며,

"어린애가 원통하담 어른으로 해 두지……."

하고 말했다. 그리고 다시 무슨 말을 더 하려다가 그만 두고 언덕길을 내려 달렸다. 달리는 것이 아니라 언덕진 길이라 달려지는 모양이었다. 그렇게 내려가는 서남령 선생은 그다지 작아 보이지 않았다. 한 치나 반 치쯤 더 클 필요를 느끼지 않으리 만큼 알맞아 보였다.

유보화의 시선은 서남령 선생의 뒤를 쭈욱 따랐다. 서남령 선생은 테니스 코트에서 라께뜨를 드는 것이었다.

'옳아 서남령 선생님은 테니스를 치셨구나. 그래서 상기가 되셨구나. 꽃을 망가뜨린다구 상기가 된 게 아니라 테니스를 치시느라고 상기가 되신 위에 꽃을 망가뜨리는 걸 보시고 좀 더 상기가 되신 모양이다.

그런데 서남령 선생님은 내가 여기 있는 줄 어떻게 알고 오셨을까? 처음부터 난 줄 알고 오셨을까? 또 일요일인데 서선생님은 왜 학교에 오셨을까? 전에도 일요일에 학교에 오신 일이 있었을까? 혹은 일직(日直)이신가?

유보화는 모두 궁금했다. 테니스 코트에서 부르지 않았더면 자기는 궁금한 이것들을 서선생님한테 온통 다 물어 볼 것을 그랬다고 생각했다.

그리고 유보화는 또 한 가지 궁금한 것은 서남령 선생이 자기가 무슨 말을 하면 얼굴보다 귀가 붉어지던 일이었다. 어린애 말에 어른이 얼굴보다 귀가 더 붉어질 수 있는 일은 있을 것 같지 않았다. 어른과 어른들 사이에라야만 얼굴보다 귀가 더 붉어지도록 되는 일이 있을 것 같았다.

'아니다. 서남령 선생은 날더러 어린애라구 하셨지만 속으론 날 어른 취급을 하는 게다. 난 이제 어른이다. 그렇지만 난 도영혜 모양으로 또 고모아주머니 모양으로 남자를 아무개씨 아무개씨 하고 쫓아다니는 짓은 하지 않겠다.'

이런 생각을 하고 있으려니까 그는 얼마 전까지도 도영혜가 어른이 되어진 것이 싫어서 견딜 수 없던 자기가 어른이 되어 가느라고 몸도 달라지고 생각도 달라지는 것이 계면쩍게 여겨지기도 했다. 그러나 또 한 편으로는 어릴 때 어머니랑 고모아주머니랑 자기더러 어린애 어린애 하면서 어디를 가도 자기네들끼

최정희 소설 전집

리만 가고 무슨 이야길 해도 자기네끼리만 하고 하던 일이 머리에 떠 올랐다. 같이 가자고 따라나서면 어린애들은 그런 델 못 간다고 하곤 했다. 또 하는 이야길 들으려고 하면 어린애가 어른들 이야기에 참견하면 못 쓴다고 꾸중을 주곤 했다.

대체 어른의 세계(世界)란 어떤 것일까? 비단 상자를 여는 때처럼 황홀한 것일까? 아버지가 들려 준 마술사(魔術師)의 이야기처럼 신비(神祕)한 것일까? 혹은 영화(映畫)에서 본 정글 속처럼 놀라운 것일까? 술만 먹고 산다는 독사(毒蛇)처럼 징그럽고 무서운 것일까?

아무 거라도 좋았다. 그런 여러 가지 세계를 보았으면 싶었다. 당해 보았으면 싶었다.

빨리 어른이 되자. 어른이 돼서 뭣이나 다 알고 뭣이나 다 해 보자. 어른이 가는 덴 어디든지 가고 어른이 하는 이야긴 뭣이든지 다 듣자.

그는 이렇게 속으로 중얼거리며 스케취하던 것도 그 자리에 그냥 그대로 버린 채로 서남령 선생이 내려가던 언덕 길을 마구 달려 내려갔다.

바람이 그다지 세지도 않은데 머리카락이 흩날리고 흰 블라우스와 검은 스카트는 똑같이 바람에 잔뜩 부풀어서 그는 하나의 고무 풍선처럼 되어 언덕 길을 내리달리는 것이었다.

서남령 선생은 게임에 지지 않았다. 이기기 때문에 줄곧 코트에만 있었다.

처음엔 코트를 멀찌막이 서서 유보화는 초조로이 기다리고 있었다. 그러나 그래도 서선생은 코트에서 나오지 않았다.

유보화는 화가 더럭 났다. 화가 나니까 서남령 선생이 라께뜨를 들고 공을 안 놓치려고 이리 저리 앞뒤로 뛰어 왔다 갔다 하는 것이 참 작아 보였다.

(에구 쫄보가 뭘 한다구 저 야단야. 테니스란 키가 후리후리 큰 멋장이나 하는 건데 아무나 하는 줄 알구….)

부아가 너무 성이 나서 나중의 첫 소리는 입 밖에까지 튀어 나왔다.

“유보화아! 유보화아 이리 와서 해요.”

유보화의 생각은 전연 모르고 아래쪽 코트로 바꿔 가던 서남령 선생은 그제 야 유보화를 보았던 모양으로 이렇게 그를 향해 손짓하며 불렀다.

유보화는 감는 줄에 달린 연(紙鳶)처럼 서선생의 손짓해 부르는 방향을 향해 주척주척 걸어갔다. 금세 쫄보라고 한 말은 자기가 한 말이 아니었다는 듯이 주 척주척 서남령 선생을 향해 걸어갔다.

"보화 너 풀레일 불러라."

같은 사학년이나 클라스가 다른 송애선이가 유보화에게 말했다. 송애선은 차 순과 한 짝이었다. 그러니까 그는 차순과 함께 Y학교의 주장(主將) 팀이었다. 차 순은 후위(後衛)고 그는 전위(前衛)였다. 그들 팀이 이름을 날리는 때마다 차순보 다 송애선의 명성이 더 날리었다. 그만큼 송애선은 테니스에선 귀신 같은 존재 라고들 했다.

그는 벌써부터 서남령 선생과 짝을 지어 치고 있었던 모양이었다. 아까 언덕 위의 서남령 선생을 불러 내린 것도 송애선임에 틀림 없었던 것이라고 유보화 는 짐작했다. 그리고 서남령 선생이 게임에 지지 않는 것도 송애선 때문이라고 짐작했다. 가만 보니까 서남령 선생의 실력은 차순이만 훨씬 못한 것 같았다.

"풀레이."

유보화는 제법 자신 있게 소리를 쳤다. 원 테니스 선수(選手)는 못 되지만 교 내(校內) 경기(競技)엔 언제든지 클라스를 대표(代表)해서 나서는 선수라 그다지 자신이 없지도 않았다.

라께뜨를 잡기만 하면 서남령 선생 팀 같은 건 문제 없이 척척 내어쫓을 것 같 기도 했다. 송애선이가 제 아무리 귀신 같다고 하지만 몸도 작고 키도 작고 팔 다리도 형편 없이 가늘어서 유보화 자기에게 비하면 어린애 같은데 귀신같지 않아 귀신 할아버지 같음 별 수 있으랴 싶은 생각도 들었다.

여전히 서남령 선생 팀이 이겼다.

유보화는 오학년생과 한 팀이 되어 서남령 선생 팀과 맞서게 되었다. 오학년 생이 뒤에 서고 유보화가 앞에 섰다. 말하자면 유보화가 전위를 본 셈이었다.

본래부터도 게임이 있을 때면 유보화는 전위를 보았다. 원 테니스 선수는 아니더라도 교내 게임에선 과히 져본 일이 없도록 그만한 실력은 가지고 있었다. 테니스 코취가 여러 번 선수가 될 것을 간청한 일도 있었지만 유보화는 운동 선수가 되기는 싫은 마음이어서 응낙지 않아 온 터이었다.

그런데 어쩐 일일까? 라께뜨는 공을 하나 못 받고 저대로 허공을 두르다가 말아 버렸다. 간혹 맞는다면 공은 라인 밖으로 날아가서 아우트만 되었다. 그래서 유보화의 팀은 잠깐 사이에 제로 게임으로 쫓겨 나왔다.

부아가 나서 견딜 수가 없었다. 귀가 웽 울어지고 다리가 후들후들 떨렸다.

"망할 것."

유보화 입에선 이런 소리가 나왔다. 그런데 누구를 향해서 나온 소린지 자기도 모른다. 서남령 선생인지 송애선인지 그렇지 않으면 자기 자신인지 그것도 모른다. 혹은 차순인지. 옆에 있지도 않은 차순을 끌어 넣는 것은 언젠가 차순이가 하던 말이 머리에 떠올랐기 때문이다.

"너하구 같이 있는 게 너무 좋아서 몸이 공중 뜬 것 같으면서 라께뜨에 공이 헛맞는다."

고 하던 그 말이었다.

또 이겼다. 송애선 팀이……

금방 들어간 팀이 여지 없이 지고 나오자 유보화들이 다시 들어섰다.

"망할 것."

유보화는 입에서 이런 소리가 또 나왔다. 여기 누구를 향해 한 소린지 자기도 모른다. 게임에 꼭 이기고야 말겠다는 말인지도 모른다. 망할 것이란 이 말은 그가 웃방 학생 김영서를 욕해 버릇했기 때문에 걸핏하면 튀어나오는 것인지도 모른다.

또 졌다. 해가 다 져서 공이 보이지 않을 때까지 유보화는 지기만 했다. 벌써 그만 둘 것인데 유보화가 자꾸 더 하자고 우겨서 공이 보이지 않도록 했던 것이다.

나중엔 발 밑에 땅이 밟혔는지 어쨌는지도 모르도록 그는 벌벌벌 떨렸다.

처음 일이었다. 마라리아를 앓아서 열이 사십도(四十度) 이상(以上)을 낸 일이 있을 적에도 그는 이처럼 떨리지는 않은 것 같았다.

오랜 시간을 기가 막히게 떨고 난 탓이었던지 유보화는 병이 덜컥 나고 말았다.

교의(校醫)는 급성기관지염(急性氣管支炎)이라고도 하다가 마라리아라고도 하다가 나중엔 감기 몸살이라고 했다.

정양실(靜養室)에서

그래서 유보화는 신사(新舍) 정양실에서 며칠 정양을 하기로 되어 있었다.

정양실은 포플라와 높이를 겨눌 수 있도록 언덕 위에 덩그렇게 올라앉은 벽돌 양옥(洋屋) 이층이었다.

신사의 다른 방도 다 그렇지만 특히 이층 정양실은 어느 방이나 태양과 바람의 혜택(惠澤)을 많이 입기 위해서 방과 방 사이만 제외(除外)하고 삼면(三面)으로 유리 문이 쭈욱 달려 있었다.

누워 있어도 하늘도 볼 수 있고 멀리 북악(北岳)도 볼 수 있고 언덕 위로 혹은 언덕 아래로 높게 낮게 서 있는 나무들도 볼 수 있었다.

남창(南窓) 앞에는 덕[11]을 타고 바라 오른[12] 등나무가 덩굴을 무수히 뻗고 있는 것이 즐거운 위에 처마 밑에 지은 비둘기장에 비둘기들은 줄곧 구구구거리며 날아갔다 날아왔다 하곤 했다.

유보화는 여기서 금요일까지만 앓으리라고 마음 먹었다. 금요일 세째 시간엔 서남령 선생의 미술 시간이었던 것이다.

---

11 널이나 막대기 따위를 나뭇가지나 기둥 사이에 얹어 만든 시렁이나 선반.

12 바라 오르다 : 기어오르다.

   최정희 소설 전집 **1**

그러나 마음 먹은 대로 돼지지 않았다. 교의는 폐염(肺炎)이 될 염려가 있다고 하면서 간호원더러 흡입기(吸入器)를 부지런히 쐬이도록 일러 주었다.

그런데 이 흡입기란 것은 쐬는 일이 그에겐 참으로 성가시고 싫었다. 입을 쩌억 벌리고 누워서 그놈의 것에서 나오는 증기(蒸氣)를 들이마시고 있느라면 가슴이 답답하기도 하려니와 누가 들어오다가 보면 어쩌나 하는 마음 뿐이었다.

다른 사람도 아니고 서남령 선생이라면 어쩌나 하는 생각이 줄곧 머리에 돌고 있어서 그는 바람이 유리문 흔드는 소리에도 흡입기 쐬던 입을 얼른 다물어 버리고 비둘기 서성대는 소리에도 입을 얼른 다물어 버리곤 했다. 그리곤 출입문 쪽을 눈이 아프도록 내다보곤 했다.

그러면 간호원은 괴상한 얼굴을 해 가지고 유보화에게

"왜 그리느냐?"

고 물었다. 그리면 유보화는 웃으면서,

"벌린 입보다는 다문 입이 예쁘거든요."

하고 대답했다.

그래도 간호원은 못 알아듣고 또

"병이 얼른 나아야지 예쁜 것만 찾음 뭘해."

하고 퉁명스럽게 말했다.

유보화는 턱이 삐죽 나오고 입이 또 그 턱을 더 삐죽하게 보이도록 불룩 두드러진 간호원의 길게 생긴 얼굴을 빤히 올려다보면서

'저 여자에게 흡입길 쐬어 줄 경우가 있어서 쐬어 준다면 저 여잔 두드러져 나온 못 생긴 입을 아주 쩍 벌리고 있을 것이다. 아주 쩍 벌린 저 여자의 입은 동물원 물소 입 만큼 클 것이다.'

라고 생각했다.

그런데 동물원 물소를 생각해 내니까 동물원 물소보다 큰 소리를 치던 웃방 학생 김영서의 입이 문득 생각났다.

웃방 학생 김영서의 생각이 나니까 또 이어서 도영혜의 생각이 났다.

도영혜와 웃방 학생 김영서는 지금쯤은 뭘 하고 있을까? 학교에두 안 가구 둘이 하숙집 방에서 좋아하고 있을까? 둘이 좋아 지내기에 정신이 없어서 도영혜는 편지 한 장두 없는 것이다, 망할 것.

그러나 그는 그전처럼 못마땅하지가 않았다. 부아가 고와 오르지도 않았다.

도영혜와 웃방 학생 김영서의 일이면 도무지 견딜 수 없도록 못마땅하고 부아가 나던 것이 대수롭게 여겨지지 않는 일이 이상했다. 그 대신 전과 달라진 것이 하나 있었다. 그것은 웃방 학생 김영서와 서남령 선생과를 비교하는 마음이었다. 말하자면 웃방 학생 김영서가 더 멋장이냐, 서남령 선생이 더 멋장이냐? 하는 마음이었다.

못마땅하고 싫고 성가시고 밉긴 했어도 웃방 학생 김영서가 초승달이 안개낀 아침처럼 뿌우연 하던 밤 창경원 담에서 오동나뭇가지를 철봉하듯 휘어잡고 뛰어내리던 모습은 분명히 멋장이였다. 타잔 이상이었다.

아무래도 서남령 선생은 그런 짓은 못할 것 같았다. 또 하더라도 그렇게 멋들어지지는 못할 것 같았다.

그러나 서남령 선생의 눈은 분명히 웃방 학생 김영서보다 좋을 것이리라고 생각되었다.

"임간호원은 눈이 좋은 사람이 더 멋장이예요, 키가 큰 사람이 더 멋장이예요?"

유보화는 끝내 흡입기에 쐬이기에 열심인 간호원에게 묻고야 말았다.

혼자 판단을 내리기보다 간호원의 보좌(補佐) 역할(役割)이나마 비는 것이 좀 나을 것 같았던 것이다.

"글쎄? 나 모냥 너무 커두 숭업지만 키가 그래두 좀 커야 멋있지."

간호원은 유보화의 묻는 바 뜻을 잘 못 알아들었다.

"여자가 아녜요. 남자 말이예요."

"남자? 남잔 더구나 그렇지. 남잔 커야 멋쟁이야. 그런데 우리 학교엔 멋쟁이 선생이 하나두 없어……"

유보화는 이 멋장이 선생이 하나도 없다는 간호원 말에 낙망하지 않을 수 없었다. 그러면서도 또 그대로 가만 있고 싶은 생각은 없었다.

"왜요? 미술 선생 서남령 선생이 멋쟁이 아녜요?"

하고 그의 동의(同意)를 청했다.

"미술 선생님은 키가 좀 적지만……."

"키는 좀 적지만 눈이 얼마나 크시다구요?"

"그래 눈은 크시지……."

"크기만 한가요? 서늘해 뵈잖아요? 하늘빛처럼?"

"글쎄 나야 언제 남선생들 얼굴을 자세 볼 기회가 있어야지. 여선생들은 정양실에 잘 오지만 남선생들은 전혀 안 온다니까…… 밤낮 골골하는 김옥진 선생 외엔…… 김옥진 선생은 인제 늙어서 틀렸어. 이제 소화가 안 된다, 이제 허리가 아프다, 이제 가슴이 결린다, 이제 감기가 들렸다, 밤낮 약이라니까…… 구찮아서 원……."

간호원은 딴 말을 하고 있었다.

"다른 선생님들은 통 안 오세요?"

"왜 여선생님들은 자주 오지. 여선생은 남편이 앓아두 약이요, 아이가 앓아두 약이라니까…… 병원엔 안 가구 학교 것만 가져간다니까……."

"아니 남선생님 말이예요."

"글쎄 남선생들은 안 온다니까. 그러니까 미술선생 얼굴두 잘 보아 두지 못했다는 말 아냐…… 그래 그렇지 우리 학교에선 미술선생이 젤 멋쟁일 거야. 다른 선생들이야 보잘 것 있나……."

여기서 딱딱하기 짝이 없는 올드 미스 임간호원도 삐죽히 나온 턱을 추켜 들고 후후후 웃었다.

이제야 이야기가 맞아 들어가는 것 같았다.

"사사끼(일본인) 선생은 키가 너무 크지?"

"그러니까 별명이 기린 아냐?"

"그러니까 남자두 너무 큼 숭업지 뭐예요? 키가 크기보다 눈이 큰 게 났지 뭐예요?"

서남령 선생의 작은 키를 합리화(合理化)시키기 위해서, 그리고 서늘한 눈을 찬양하기 위해서 유보화는 이런 말을 해야 했던 것이다.

"그렇다구 수학 선생 이근배씨모냥 땅딸보면 어쩌게…."

여기서 둘이는 웃었다. 흡입기의 증기는 온통 다른 데로 쏠려 가도 둘이 다 모르고 있었다.

"키 작구 까불잖는 게 없다구 이근배 선생은 너무 깝죽거려……."

"남선생님들을 통 모르신다더니 너무 잘 아시누마……."

"이근배 선생이야 벌써 한참 되구 또 깝죽거리니까 이 쪽에서두 어렵잖게 대할 수 있으니까 그렇지. 그렇지만 서남령 선생님은 갓 오시구 아직 총각 아냐? 그러니까 어디 맘대로 쳐다볼 수나 있어?"

여기서 간호원은 길게 생긴 얼굴 전체에 활짝 붉은 기운을 띠었다. 유보화는 간호원의 귀가 붉어지나 자세 올려다보았다. 그러나 이 간호원은 귀가 더 붉어지는 버릇은 없는 모양이었다.

"서선생님은 무슨 일이 생김 얼굴보다 귀가 더 붉어지데요."

자기 얼굴이 붉어져 있음을 유보화가 알고 하는 말인 줄 간호원도 알아챈 모양이었다. 더 더 붉어지면서

"그렇드군, 서남령 선생님은 애기 같아……."
하고 또 후후 웃었다.

유보화도 따라 웃었다. 간호원의 말이 우스워서가 아니라 서남령 선생의 이야기는 뭐나 간에 흥미가 있고 뭐나 간에 재미가 났던 까닭이다. 간호원도 서남령 선생 이야기엔 흥미가 있고 재미가 나는 얼굴이었다. 유보화와 함께 신바람이 나는 것을 보니까…….

"그럼 서남령 선생님 별명은 애기라구나 할까요? 다른 선생들은 다 별명이 있는데 서선생님은 아직 없거든요……."

간호원은 연방 더 신바람이 나 웃으면서

"애기? 애기? 애기보다 삐삐 편이 낫잖아? 삐삐! 얼마나 귀여워."

하고 말했다.

유보화도 간호원의 말과 마찬가지로 삐삐 편이 났다고 여겼다. 그렇게 낫다고 여기면서 그는 출입구 쪽으로 시선을 보내고 있었다.

삐삐와 같이 귀여운 서남령 선생이 보고 싶었던 것이다.

밖은 바람도 없는 듯 유리문들은 까딱도 안하고 가만 있었다. 높게 혹은 낮게 서 있는 나무에서 매미들이 매암매암 한낮이 길다는 듯 아우성치는 소리만이 들려왔다.

서남령 선생 이야기로 해서 올드 미스 임간호원과는 갑자기 가까와졌다. 유보화가 흡입기를 쐬다가 입을 다물든지 해도 간호원은 퉁명스럽게 굴지 않았다. 그리고 임간호원은 유보화 혼자 적적할 것을 염려하여 밤이면 샛문만 터놓고 동무해 주더니 아주 유보화 방으로 자리를 옮겼다.

그날 밤 둘이는 오래도록 서남령 선생 이야기로 보내었다. 유보화는 낮에 정확한 단안(斷案)을 내리지 못하고만 —

눈이 좋은 게 멋장이냐? 키가 큰 게 멋장이냐? 하는 화제를 다시 끄집어내었다. 밤에도 여전히 이야기는 서남령 선생을 찬미하는 데로 흘러갈 뿐 정확한 단안을 내리지 못한 채 말았다.

혹 간호원이 더 좀 늦게 잠들었더면 어쨌을지 모른지만 간호원은 한참 이야기하다가 도중에 코를 골며 자버렸다.

유보화는 잠이 오지 않았다. 눈이 점점 말똥말똥해 가기만 했다.

그는 자리에서 벌떡 일어나 한편 쪽만 열려 있는 유리문을 돌아가며 죄다 열어젖혔다. 풀 향기 꽃 냄새 온갖 외계(外界)의 싱싱한 냄새들이 왈칵 자기를 향해 다가들었다.

문을 꽉 닫았을 적에도 들이밀던 그것들이었는데 문이란 문을 죄다 열어 젖혔으니 오죽 할 것이랴? 그것들은 냄새만 풍기는 것이 아니라 소왈소왈 무엇을 속삭이기도 하는 것이었다.

일찍 떴던 달이 벌써 서산(西山)으로 꼴딱 넘어가고 하늘엔 별들이 굵게 떠 있었다. 별이 유독히 굵어 보이는 탓일까? 별들도 깜박거리며 무엇을 속삭이고 있는 것 같아 보였다.

저것들은 어디를 향해서 누구와 더불어 속삭이는 것일까? 저것들은 벌써부터 미리 저희들끼리 약속하고 숲은 별을 향해서 별은 숲과 더불어 속삭이는 것이 아닐까? 이렇게 생각하고 있으니까 유보화는 자기도 그것들 축에 한 몫 끼었으면 싶은 마음이 불같이 일어났다.

그것들 축에 한 몫 끼인다면 자기는 하늘 높이 둥둥 뜨는 새처럼 즐거울 것만 같았다.

이런 것을 생각하고 있으려니까 그는 또 정말 하늘 높이 둥둥 뜨는 새 모양으로 몸이 털보다 가벼워져 오는 것을 깨달았다. 그리고 금세까지 소왈소왈 속삭이기만 하던 숲과 깜박거리는 별들이 온통 소리를 높여 코러스를 부르며 저희들 자리를 옮겨 다가오는 것이 아니겠는가. 숲들은 병정처럼 우쭐 우쭐. 별들은 솔개가 땅에 내려앉을 때처럼 나풋나풋. 그리면서 그것들은 성가(聖歌)와 같이 우렁차고 경건(敬虔)한 노래를 불렀다.

유보화는 눈을 크게 떴다. 가슴에 두 손을 얹었다. 그리곤 자기도 그들 코러스에 맞추어 노래를 불렀다. 그가 항상 잘 부르는 아베마리아를 불렀다. 어느 때보다 크고 높은 소리로 불렀다.

"웬 일이야? 보화, 유보화?"

간호원이 허공 뛰어 일어나며 눈이 둥그래졌다. 아래층에서 사감이 자리옷 바람으로 올려 달렸다. 아래층 학생들과 위층 정양실에서도 깬 모양이었다. 아래 위층이 들썩거렸다. 권농동 하숙집에서 어느 날 밤 도영혜 때문에 울음을 터뜨려서 아래채 위채 할 것 없이 죄다 깨게 하고 안방 할머니와 영감님까지 잠을 깨게 하던 그때와 비슷한 광경이었다.

"너 미쳤니? 지금 어느 땐 줄 알구 그러냐? 밤중야 밤중! …… 앓는단 애가 밤

중에 노랜 무슨 노래냐?"

사감은 매우 쌀쌀하고 무서운 눈초리를 유보화에게 보냈다. 그러나 유보화는 아무렇지도 않은 얼굴로

"선생님 저걸 보세요. 이리 오셔서 저걸 내다보세요. 선생님두 저걸 보심 노래 부르게 되실 거예요."
하고 밖을 향해 연방 손짓하며 사감 선생님을 이끌었다.

사감은 영문을 몰라 하는 얼굴로 또 그리고 캄캄한 밖을 내다보라는 유보화의 태도가 정상(正常)이 아닌 것만 같아서 마음 내키지 않는 얼굴로 유보화가 손짓하는 바깥을 목을 약간 내어밀어 보는 것이었다.

"어때요? 선생님, 밤이란 잠 자게 마련해 놓은 게 아니지요. 하느님이 심술쟁이어서 이렇게 좋은 걸 자기 혼자 즐기시려구 우리들더런 잠 자라구 한 거 아녜요?"
하고 겁도 나고 부아도 나 하는 사감 얼굴을 들여다보며 물었다.

그러나 사감의 눈엔 아무 것도 보이지 않는 모양이었다. 사감은 유보화가 하는 말조차도 알아 듣지 못하는 모양이었다. 그래도 하느님이 심술장이어서라는 말귀는 알아 들었던지,

"너 하느님을 노엽히는구나. 너 암만해두 미쳤다. 아 그래 쥐어박아두 모를 깜깜 밤중에 뭣이 어쨌다구 이러는 거야? 남 잠두 못 자게……."
하고 유보화를 향해 사감은 쥐어박기라도 할 자세를 짓는 것이었다.

"사감 선생님은 진정하시구 내려가셔서 주무세요. 제가 유보화 학생을 진정시켜 잠들두룩 하겠에요."

간호원이 이렇게 말하니까 사감은 유보화를 향해 들었던 주먹과 흘기던 시선을 간호원에게로 돌리면서,

"잘 조치해요. 이게 웬 꼴이람, 누가 이걸 안담, Y학교 기숙사엔 귀신이 드나든다구 안 하겠어?"
하고 자리옷 자락에 바람이 일도록 아래로 내려갔다.

간호원은 우선 열어 젖힌 문을 돌아가며 닫았다. 그리고 유보화더러 푸욱 자라고 했다. 병자는 잠을 잘 자야 병이 얼른 낫는다는 말도 했다. 그러나 유보화는 도무지 잠이 오지 않았다.

그는 간호원이 잠 들기를 기다려 자리 밑에 넣어 두었던 도화지와 연필을 끄집어내었다. 그림을 그리고자 했던 것이다. 그런데 정작 연필을 들고 보니 그림은 안 그려지고 낙서(落書)만 하고 싶었다.

눈이 좋은 게 멋장이냐?

키가 큰 게 멋장이냐?

이런 말을 써 놓기도 했다.

그리고 눈이 좋은 게 멋장이냐? 한 아래 가위를 그려놓고, 키가 큰 게 멋장이냐? 는 아래엔 보자기를 그려 놓았다.

가위는 보자기를 싹둑 싹둑 썰 수가 있으니까.

그리고 기린의 몸뚱이에 사사끼 선생 얼굴을 갖다 붙여 놓기도 했다. 낮에 간호원이 그를 기린이라고 하던 것이 기억되었던 것이다.

학생들은 사사끼 선생을 가부리[13]라는 별명으로 불러왔다. 가부리의 눈 비슷한 눈을 가지고 있어서 그렇게 불렀으나 가부리보다 기린 쪽이 훨씬 더 실감이 나기 때문에 유보화는 기린에 가부리의 눈을 가진 그의 얼굴을 그려 놓았던 것이다.

그 다음엔 다리가 짤막하고 딱 바라진 바둑 강아지에다가 이근배 선생 얼굴을 그려 놓았다. 여기엔 스몰 보이라고도 쓰고 땅딸보라고도 써 놓았다.

이것 역시 낮에 간호원과 하던 이야기가 기억에 떠 올랐기 때문이다. 아기와 같은 얼굴에 서늘하게 큰 눈을 그려 놓기도 했다. 그리곤,

"선생님은 보리밭처럼 푸른 문 안에 사는 하늘의 왕자. 하늘 빛을 받아서 눈이 그렇게 푸르십니까?"

---

13 가오리를 의미하는 방언인 듯함.

이렇게 쓰기도 하고

"저는 지금 선생님의 그 푸른 눈이 말할 수 없이 보고 싶습니다."

이렇게도 썼다. 그런데 그는 이렇게 보고 싶다고 써놓고 보니 서남령 선생이 더 보고 싶어서 견딜 수 없었다. 보고 싶은 생각이 너무 간절하니까 다른 선생들은 다 한 번이나 두 번씩 정양실에 다녀 가는데 서남령 선생은 한 번도 와 주지 않는 일이 부아가 났다. 그래서 그는 선생님은 보리밭처럼 푸른 문 안에 사는 하늘의 왕자라느니 보고 싶다느니 하고 금방 자기가 써 놓은 문귀를 박박 지워 버렸다. 아기와 같은 얼굴도 지워 버렸다. 종이가 찢어지도록 열 번 스무 번 지워 버렸다. 그리곤 그는

"망할 것! 망할 것!"

하면서 연필과 도화지를 그대로 팽개쳐 버리고 이불을 푹 뒤집어 썼다.

땀이 철철 흐르는 것도 모르고 잠이 들었다.

그에겐 본래부터 부아가 몹시 나든지 무엇을 골똘히 생각하든지 하게 되면 잠이 소롯이 오는 버릇이 있었다. 그는 이튿날 아침 늦게 까지 푸근히 잤던 것이다.

간호원이 아니었더면 그가 함부로 팽개쳐 버린 도화지가 아침 일찍기 올라온 사감 눈에 띄었을 것이나 간호원은 그것이 눈에 뜨이자 이어 잘 조처를 했기 때문에 무사했다. 그 대신 그 도화지로 해서 간호원과 유보화는 얼마나 많이 웃었는지 모른다.

고양이 같은 여자(女子)

도영혜한테서 편지가 온 것은 유보화가 정양실에서 나오던 날이었다.

좀 더 있어야 한다고 교의가 말함에도 불구하고 나왔다. 그것이 바로 미술 시간이 있는 금요일이었다. 서남령 선생은 정양실에 한 번도 오지 않았던 것이다.

도영혜의 편지는 다음과 같았다.

《사랑하는 어린 동생 보화에게 ―

보화야 잘 있느냐? 나는 너를 만나던 그날로 떠나 동경에 왔다. 벌써 두 달이 다 되어가나보다. 그 동안 편지 한 장 못한 것은 김영서씨가 여기 와서 또 잡혀 갔었단다. 그랬다가 이십 구일 구류를 살고 한 주일 전에야 나왔기 때문이다.

너 보화야 상상해 보아라. 의지가지 없는 이역(異域) 수만리 타국에서 사랑하는 ― 내 목숨보다 더 중한 그이를 잃어버린 뒤의 내 처지를 ―

보화야 나는 정말 하늘이 무너지는 것 같았다. 나는 아주 미쳐서 스물 네시간의 삼분지 이는 그이가 갇혀 있는 스가모(巢鴨)경찰서 앞에 가 있 었다. 글쎄 그이가 나온 뒤에 보니까 유치장에 있다가 나온 사람보다 내 가 더 빼빼 말랐더라니까. 그래도 나는 그이를 위해서 그이의 몸이 얼른 춰서기[14] 위해서 김치도 담그고 고향 어머니한테서 고추장도 보내오게 하 고 고기 장조림도 하고 또 이 외에도 그이가 좋아하는 음식을 만들기에 바쁘게 지낸단다.

그렇게 지내면서도 나는 조금도 고단하지 않으니 웬일인지 모르겠다. 그렇게 잠이 많고 물러 빠진 내가 잠은 안 자고 바쁘게 지나도 아직 몸살 한 번 앓아 본 일이 없단다. 그이를 위해선 목숨을 바쳐도 시원치 않으니 까 그러나보다. 이제 또 시장에 나가 장을 봐 와야 되겠다. 오늘은 이만 한다. 곧 회답 해다고.

칠월 십 이일

너의 언니로부터》

여기에 유보화는 곧 답장을 썼다. 도영혜가 김영서의 이야길 그렇게 많이 늘 어놓고 김영서가 도영혜의 목숨보다 중하다고 했는데도 유보화는 하나도 부아

---

14 춰서다 : 병을 앓거나 몹시 지쳐서 허약하여진 몸이 차차 회복되다.

가 나지 않았다.

　도무지 그런 것은 대수롭지가 않았다. 오히려 도영혜는 김영서를 더 지독히 사랑해도 좋을 것 같은 생각이었다. 그래서 도영혜는 그러한 편지를 자기에게 날마다거나 혹은 하루 건너큼씩 보내 주었으면 좋을 것 같은 마음이었다. 그리고 유보화 자기도 도영혜한테 날마다거나 혹은 하루 건너큼씩 자기의 마음을 모조리 알려 주고 싶은 마음이었다.

　유보화는 서남령 선생의 하늘빛처럼 서늘한 눈을 보고 난 뒤로부터는 가슴에 안개가 낀 것처럼 답답해지기만 하는데 이 답답한 가슴을 도영혜한테서 편지로라도 토해 놓았으면 좀 시원할 것 같았던 것이다.

　도영혜는 김영서를 사랑하고 있기 때문에 자기의 마음을 잘 알아 줄 것 같기 때문이었다.

　《사랑하는 언니에게 —

　기다리고 기다리던 언니의 편지는 오늘에야 받았어요. 언니 인젠 날마다 편지해 주세요. 이 편지 받고 곧 회답해 주세요.

　그런데 언니 저에게 참 답답한 문제가 하나 생겼어요. 저는 이 문제 때문에 잠도 바로 못 자고 밥도 바로 못 먹어요. 아침에도 기숙사 방 동무들과 이 문제에 대해서 토론을 하다가 결과를 못 짓고 말았어요 그건요, 이런 문제예요.

　이 세상에서 눈이 좋은 사람이 멋장이냐? 키가 큰 사람이 멋장이냐? 하는 문제예요.

　언니는 어느 편이 멋장이겠어요? 키가 커단 사람보다 눈이 좋은 사람이 더 멋장이 아니겠어요? 전에 우리 할머니께서 그러시는데 사람 몸뚱어리 전체의 값이 만냥(萬兩)이라면 눈이 구천냥이라구요. 그러니까 십분지 구(九)의 가치(價值)를 점령(占領)하고 있는 눈이 좋은 사람이 멋장이 아니겠어요?

　언니도 가만 생각해 보세요. 눈이 퉁사발 같이 툭 불거져 나왔든지 또 빈대 눈깔 만큼 작든지 한 것이 키만 뻘쭉이 크면 뭘 해요.

　언니 하늘빛처럼 서늘한 눈을 생각해 보세요. 그런 눈이 말이에요. 머리통 뒤에나 귀 밑 어디에 아무 데나 붙어 있지 않고 면상(面上) 바로 정면에 두 개가 알맞게 박혀 있다는 사실, 이게 얼마나 대단한 일입니까?

　그렇지만 언니는 키가 큰 사람이 멋장이라고 할 거예요. 웃방 학생 김영서가 뻘쭉이 크기만 하니까요. 그런 걸 생각함 언니한테 편지 쓰고 싶은 생각도 없어지는구면요. 그래도 언니한테 밖에 호소할 데 없으니 언니 이 문제에 대해서 곧 회답해 주세요. 언니의 회답을 고대하겠어요. 종소리가 들립니다. 저의 제일 기쁜 미술 시간이에요.

　이 미술 선생의 눈이 하늘빛처럼 서늘하대요. 그런데 좀 어쩌면 얼굴보다 귀가 더 붉어지며 부끄러워하는 버릇이 있기 때문에 별명은 뻬삐라우.

　언니가 졸업한 댐에 새로 오셨는데 저는 이 뻬삐 선생이 이 세상에서 제일 좋아요. 다른 시간은 하나도 하지 말고 진종일 미술 시간만 했으면 좋겠어요. 그래서 선생님을 진종일 볼 수 있었으면 좋겠어요.

　선생님은 자꾸만 보아도 싫지가 않아요. 보면 볼수록 더 보고 싶어져요. 이렇게 자꾸만 보고 싶은 선생님을 한 주일에 겨우 두 시간 밖에 시간이 없으니 제 마음이 어떻겠어요.

　다른 선생님들은 복도에서나 운동장에서나 그처럼 잘 눈에 뜨이는데 미술 선생님은 왜 그런지 눈에 뜨이지도 않아요. 그래서 저는 가슴이 답답해요. 안개가 몹시 낀 것처럼 답답해요. 그래서 잠도 못 자고 밥도 잘 못 먹어요. 동무들과 얼려서 놀기도 싫어요. 아무 것도 하지 말고 선생님 생각만 하랬으면 좋겠어요. 언니 이만 하겠어요. 선생님을 조금이라도 더 보기 위해선 빨리 교실에 가야 하지 않아요. 보아도 보아도 자꾸 보고 싶은 선생님을 저는 이제 보러 가는 거예요. 그럼 안녕하세요.

유보화 올림》

　도영혜한테선 곧 편지가 왔었다. 눈이 빠지게 기다리던 편지라 유보화는 편지를 채 받아 쥐기 전부터 봉투를 뜯었다. 편지는 검사에 걸릴 것을 염려해서 도영혜와 같이 졸업한 동무의 동생을 통해서 전해 왔었다. 그래서 하루나 이틀쯤 늦는 것이 유보화게[15] 안타까왔다.

　《사랑하는 보화에게 ―
　네 편지 받아 보았다. 네게서 편지가 왔다고 김영서씨한테 말했더니 좀 보여달라고 그러더라. 그래서 보였단다. 용서해라 응, 그이가 보자는 걸 어떻게 안 뵈겠느냐. 너도 네가 사랑하는 미술 선생의 말이라면 듣게 될 것 아니냐.
　김영서씨는 네 편지를 보고 나서 이제 유보화도 어른이 되었구나 하고 말하더라. 그리고 연애를 해도 참 괴짜로 남의 속 무던히 썩이면서 할 거라고 하더라. 그리고 또 널더러 뽀오드레르라나 아뭏든 불란서 시인(詩人)의 시에 나오는 고양이 같은 여자라고도 하더라.
　보화야 너 참 키가 큰 사람이 멋장이냐, 눈이 좋은 사람이 멋장이냐, 고 물었지? 김영서씨가 이 말에 어떻게 웃는지 몰랐단다. 더구나 언닌 키가 큰 게 멋장이라고 생각할 거예요. 웃방 학생 김영서가 키가 뻘쭉이 크기만 하니까요 하는 대목에 가선 아주 많이 웃더라. 나는 그이가 그렇게 웃는 걸 처음 보았다. 네가 물은 대로 내가 그이에게 묻잖았겠냐? 그랬더니 그이는 아무 말도 없이 웃기만 하더라. 자기가 눈도 좋고 키도 크니까 그러나봐. 미술 선생의 눈이 얼마나 좋은지 모르지만 김영서씨만야 하겠냐. 정말 네가, 말한 하늘빛처럼 서늘한 눈이란다. 너 밤낮 그이를 못마땅하게 여겨 잘 보지 않아서 그렇지. 정말 한 번 똑똑히 보아보렴. 얼마나 좋은 눈이라고…….

15　'에게'의 오탈자로 보임.

　　나는 좋다곤 생각하면서도 무엇에나 비길 줄을 모르는데 하늘빛처럼 서늘하다고 한 네 편지의 문귀를 보고나니 정말 김영서씨의 눈이야말로 그렇더라. 하늘을 보는 때와 같이 가슴이 넓어지는 눈이다. 그 위에 또 키가 크니 얼마나 멋장이냐 말이다. 너는 그이가 뻘쭉이 크기만 하다고 했지만 그이가 왜 뻘쭉이 크냐 말이다. 후리후리 멋들어지게 생긴 키란다. 남자가 커야 하지. 난 키가 작은 남자는 눈에도 차지 않아서 싫더라.

　　그런데 미술 선생이란 이가 키가 작은가보구나? 김영서씨도 그렇게 말하더라. 김영서씨도 남자가 키 작은 것은 틀렸다고 그러더라. 그런데 보화야…… 네 편지 때문에 나는 오늘 김영서씨와 참 많이 이야기할 수 있던 일이 기뻐서 못 견디겠다. 자기 하숙에 가면 공부에 방해가 된다고 꺼려하기 때문에 잘 가지도 못할 뿐 아니라.[16] 혹 가더라도 말도 못 붙여 보고 돌아오고 했는데 오늘은 한 시간 가까이 둘이 마주 앉아 이야길 했단다. 김영서씨는 훌륭한 사람이기 때문에 공부만 한단다. 같은 하숙에 있는 학생이 밤낮 여자들과 시시덕거리고 하는 것을 김영서씨는 매우 못마땅하게 생각한단다. 그런 것을 보면 볼수록 나는 김영서씨가 미덥고 좋다. 아뭏든 오늘은 기쁜 날이다. 그이와 둘이 마주 앉아서 한 시간 가까이 이야기했다는 사실이 꿈과도 같다. 이만 쓴다. 손이 떨려서 종이를 얼마나 버렸는지 모르겠다. 곧 회답해 다고.

너의 언니로부터》

　　유보화는 편지를 읽자 빡빡 찢었다. 물론 답장도 하지 않았다.

　　―키가 작은 남자는 눈에 차지 않아서 싫더라. 라고 한 도영혜의 일도 괘씸하기 짝이 없지만 자기더러 고양이 같다고 한 김영서의 말은 또 얼마나 분하고 원통하냐 말이다.

16　‘,’의 오식으로 보임.

유보화의 머리엔 어릴 때 할머니한테서 들은 옛날 이야기가 떠올랐다. 할머니가 해 주신 고양이 이야기에 의하면 고양이는 참으로 요망스런 짐승이었다. 배암만 못하지 않게 싫은 짐승이었다. 아뭏든 유보화는 이 세상에서 제일 싫은 짐승을 들라면 첫째 배암이요, 둘째 고양일 것이다. 그렇게 싫은 짐승을 김영서는 하필 자기에게 비할 것이 무엇이냐.

— 그럼 저는 뭔가? 늑댄가? 망할 자식!

유보화는 분하고 원통해서 한 동안 입 밖에 내어보지 않던 욕설을 또 퍼부었다. 그러나 그것으로 마음이 누그러지지가 않았다.

유보화는 끝내 미술 시간에 이 고양이에 대해서 질문하고야 말았다. 미술 선생은 자기 편이라고 생각되었던 것이다.

"선생님 전 참 분하구 원통한 일이 생겼어요. 절더러 고양이 같다구 하는 남자가 있어요. 고양이같이 요망스런 짐승을 글쎄 저 같다구 그리는 남자가 있어요."

자기 편이라고 생각하는 선생님인 까닭에 눈물이 나오려고 했다.

그러나 동무들은 물론 서남령 선생까지 유보화의 이 눈물이 나오리 만큼 심각한 사건을 온통 웃음으로 받아주었다.

"어쩜 선생님두 그러세요. 남의 불행이 그래 그렇게들 우스우세요?"

유보화의 이 소리는 너무 날카로왔다. 교실 안에 가득 찼던 웃음 소리는 이 소리가 나자 뚝 그치고 교실은 쓰르라미가 딱 끊인 뒤처럼 싸악 가라앉았다.

싸악 가라앉은 속에 유보화는 앞으로 뒤로 옆으로 모여드는 시선(視線)을 의식할 여유도 없이 눈물을 떨어뜨리고 있었다. 싸악 가라앉았던 교실은 다시 소란해져왔다. 앞에서 뒤에서 옆에서 쑤군거리는 소리, 속살거리는 소리, 킬킬대는 소리, 여러 가지 소리가 났다.

서남령 선생은 교단 복판에 떡 버티고 서서 유보화를 내려다보고 있었다. 유보화는 그렇게 내려다보고 있는 선생을 올려다보고 있었다. 눈물이 흘러내리는 눈을 깜박도 안하고 올려다보고 있었다.

“그렇게 하구 앉아 있으니까 고양이 같기두 한데······.”

서남령 선생은 웃지도 않고 또 예의 귀가 더 붉어지는 일도 없이 유보화를 내려다보며 이렇게 말했다. 다시 교실 안에 웃음 소리가 꽉 찼다.

유보화의 눈에선 눈물이 딱 멈추어졌다. 그는 금세 몸과 마음이 냉장고(冷藏庫)에 들었던 생선처럼 얼어 붙기라도 한 것 같았다. 자기 편이라고 생각되던 서남령 선생까지 자기더러 고양이 같다고 할 줄은 몰랐다.

“선생님 저 어디가 고양이 같이 생겼어요?”

유보화는 정말 가만 있을 수가 없었다.

“그러구 앉았는 그 모양새까지두 고양이 같은 걸······.”

서남령 선생은 또 이렇게 쉽게 말해 버렸다. 교실 안엔 또 까르르 웃음이 터졌다.

‘어쩌면 좋으랴?’

유보화는 약이 바싹 오른 얼굴로 서남령 선생을 쏘아 올려다보았다. 서남령 선생은 또 유보화의 그런 얼굴을 덤덤히 내려다보고 있었다.

그렇게 내려다보고 있는 서남령 선생의 시선은 온통 눈으로만 쏠려 들었다.

그런데 웬 일일까? 눈으로 쏠려드는 서남령 선생의 시선은 가슴에 와서 꽉 부딪치는 것이었다. 그냥 아픈 것이 아니라 아픈 것도 같고 쓰린 것도 같고 어떻게 형용할 수가 없이 그렇게 아팠다. 유보화로선 처음 겪어 보는 아픔이었다.

이렇게 되자 유보화의 얼어 붙은 듯하던 몸과 마음은 태양 앞에 눈 녹듯 스르르 풀려 오기 시작했다.

정양실에서 바람이 숲을 건드리고 가는 소리에도 귀를 기울인 것은 저 눈 때문이었다.

비둘기가 서성대는 소리에도 귀를 기울인 것은 저 눈 때문이었다.

무엇이 바싹 하는 소리에도 귀를 기울인 것은 저 눈 때문이었다.

흡입기를 쐬다가도 입을 얼른 다물어 버린 것도 저 눈 때문이었다.

유보화는 정양실에서 그처럼 안타깝게, 그처럼 괴롭게, 그처럼 아프게 서남령 선생을 기다리던 생각을 하는 것이었다. '고양이 같다'는 말이 분하고 원통하던 것은 씻은 듯 가 버리고 오직 선생님을 그리워 기다리던 생각만으로 머리는 꽉 차 있었다.

"선생님 어쩜 그러세요? 절 어쩌라구 그러세요?"

유보화는 머리를 바람에 몸씨질[17]하는 나무처럼 마구 내저으며 선생님을 향해 이렇게 부르짖었다. 다시 눈에선 눈물이 흘러내렸다.

"유보화, 고양이 같단 말이 그렇게두 서러운가? 고양이 같단 말이 그게 좋은 거야. 보화도 이제 어른이 됨 그걸 알아요."

서남령 선생은 유보화의 마음도 모르고 하는 말도 알아듣지 못했다.

"선생님은 삐삐예요. 그러기 때메 절더러 어린애라구 하는 거예요. 그러기 때메 제 말을 못 알아 듣는 거예요."

그래도 서남령 선생은 유보화의 마음을 모르는 것 같았다. 하는 말도 알아듣지 못하는 것 같았다.

유보화 자신이 서남령 선생에게 아직 한 번도 마음을 알려 본 일이 없었기 때문일지도 모른다. 정양실에서 서선생을 기다릴 적엔 만나기만 하면 온갖 궁금하고 좋은 말을 실컷 할 것 같았는데 무슨 일로 속에도 없는 말을 불쑥 해 버렸는지 자기 자신도 모를 일이었다.

"우리 이 시간엔 고양일 그립시다. 자기의 상상한 고양일 그립시다. 고양이가 안 됨 아무 거라도 좋아요."

서남령 선생은 이렇게 말하고 눈물이 흘러내리는 유보화의 얼굴을 얼마간 보고 있다가 자세를 변하여 창가로 걸어갔다.

유보화는 눈물에 젖을 대로 젖은 무거운 시선으로 그 뒤를 쫓았다. 동료들은 모두 화필을 들기에 분주했다.

바람이 슬쩍 들이치나 보았다. 서남령 선생의 약간 기인 머리가 이마 아래로

---

17 '몸부림'의 방언.

옆으로 흩날리었다.

어느 날 화단에서 유보화가 꽃을 망가뜨리다가 흘쩍 돌아다 보았을 때보다 더 보기 좋게 흩날렸다.

"참 좋다."

유보화는 속으로 이렇게 부르짖었다. 이렇게 부르짖고 있는 유보화의 가슴은 또 아팠다.

"유보화, 그렇게 앉구 있지 말구 어서 그림을 그려요."

'선생님은 어쩌면 저렇게도 바보 멍텅구리일까? 내가 이 세상에서 제일 좋아하는 것도 모르고 저러실까?'

유보화는 저도 모르는 사이에,

"선생님!"

하고 불렀다. 선생님은 얼굴을 이쪽으로 돌렸다.

"왜 그래? 보화."

유보화는 말을 못했다.

'선생님이 이 세상에서 제일 좋아요.'

라는 말이 나오지를 않았다.

그는 꿈쩍도 안 하고 앉아 서남령 선생을 보기만 했다.

"고양이란 요망스럽기만 한 게 아니야. 사랑(愛情)을 상징(象徵)하는 경우에 쓰이도록 된 귀엽고 사랑스런 짐승이라 너무 영물(靈物)인 때문에 요망스럽다구 했는지 모르지만 영특하다든지 지혜롭다든지 총명하다는 건 좋은 거니까. 그러기 때문에 미술에서나 문학에서나 고양일 많이 취재(取材)하는 거라구 봐요. 일본에 '후지다' 같은 사람은 고양일 무척 많이 그렸고 또 그리구 있어요. 그의 고양인 세계적으로 유명한 거요. 문학상으로 보더라도 시로써 산문으로써 고양이가 많이 취재되어 있어요……. 사랑하는 여자를 고양이에 비겨서 쓴 시인도 많이 있어요. 그런 걸 보더라두 아뭏든 고양인 누구에게나 귀엽고 사랑스런 짐승이란 걸 알 수 있어요. 또 우리 시인 고월이란 분도 봄을 고양이에 비겨서 쓴 시가 있어요. 고양인 우리에게 따사로운 것, 정다운 것을 느끼게 하는 겁니다. 그러구 보면 고양이 같다는 건 최대의 찬사(讚詞)일지두 모르지.”

유보화는 서남령 선생이 여기까지 이야기하는 사이에 눈썹 한 대 움직이지 않고 돌덩이가 되어 앉아 있었다. 눈물은 그러는 사이에 절로 그쳐 버렸다.

“유보화 이제 그려봐요. 고양이 때메 울기까지 되도록 쇼크를 받았으니 여니 때보다 더 좋은 게 그려질 거요. 자 어서 그리도록 해요. 또 고양이에 대한 재미있는 이야기두 마저 들려 줄께…….”

유보화는 아프던 가슴이 차차로 나아져 왔다. 아니 나아져 오는 것이 아니라 더 더 아프기 때문에 아프다는 감각조차 할 수 없었는지 모르겠다.

웃방 학생 김영서는 자기더러 미워서 그랬든지 고와서 그랬든지 모를 일이지만 서남령 선생이 자기더러 고양이 같다고 한 것은 이것은 분명히 큰 즐거움이 아닐 수 없는 것이다.

서남령 선생은 나를 사랑스럽게 여기는 것이다. 귀엽게 여기는 것이다. 내가 이 세상에서 선생님이 제일 좋듯이 선생님도 내가 이 세상에서 제일 좋은 것이다.

“선생님 저 고양일 그려요. 썩 잘 그려요.”

유보화는 돌덩이 같은 자세에 별반 변동도 보이지 않으면서 이렇게 말했다. 서선생님의 말씀과 마찬가지로 고양이를 그린다면 썩 잘 그릴 자신이 생겼던 것이다.

서남령 선생은 이야기를 시작하고 유보화는 그림을 시작했다.

— 비가 퍼부을 뿐 아니라 천둥이 울고 바람이 몹시 불어서 몇 백년 묵은 나무들이 뭉텅뭉텅 허리가 잘라지도록 사나운 날씨였다.

이런 날 사랑하는 사람과 떠나지 않으면 안되게 된 한 여인이 있었다. 여인은 사랑하는 사람과 떠나 배를 타고 자기 집으로 돌아왔다. 집에 돌아온 여인의 눈에는 사랑하는 사람의 모습 밖엔 다른 것이 보이지 않았다. 귀에는 사랑하는 사람의 음성밖엔 다른 것이 들리지 않았다.

그렇다고 사랑하는 사람을 찾아갈 수는 없었다. 바다가 가로 막혀서가 아니라 찾아가서는 안 되게 된 슬픈 사람들이기 때문이었다. 다시 만나선 안 될 사람들 사이기 때문이었다. 여인은 몸을 가눌 수가 없이 되어 갔다. 여인은 앓는 사람처럼 빼빼 말라갔다. 빼빼 말라가면서 여인은 폭풍우에 자기들이 심어 놓은 작은 나무가 침해를 받지나 않았을까 하는 것을 걱정했다.

이 작은 나무는 그들이 떠나기 전날 산에 가서 둘이서 심어 놓은 것이다. 자기들이 헤어진 뒤에 나무라도 자라거라 하고 심어 놓은 것이었다.

이렇게 하고 있는 어느 날 눈이 한 쪽 먼 흰 고양이가 여인의 곁에 와 앉아 있었다. 어디서 어떻게 왔는지 모르게 고양이는 야아옹 소리 한 마디 없이 여인의 곁에 와 앉아 있었다.

레오날드가 모날리자를 웃기려고 구해 온 고양이와 똑같이 생긴 고양이었다. 눈이 한 쪽 먼 것과 털이 흰 것 모두 모날리자를 웃기려고 구해 온 고양이와 같았다.

옆방에서 풍악을 잡혀도 웃지 않던 모나리자[18]가 한 쪽 눈이 먼 흰 고양이 때문에 웃었던 것이다. 그리고 보면 레오날드의 명화(名畵) 모날리자는 한 쪽 눈이 먼 고양이의 힘으로 되었던 것인지도 모른다.

흰 털을 가졌기 때문일까? 고양이의 눈빛은 너무나 푸르렀다. 여인은 고양이의 너무나 푸른 눈을 들여다보고 있다가 고양이를 덥썩 껴안았다.

"고양이야, 그이가 편안히 잘 있던가?"
하곤 고양이 몸뚱이에 얼굴을 비비며 흑흑 목메어 울었다.

고양이는 사랑하는 사람이 보내 준 사자(使者)인 것만 같이 여겨졌던 것이다.

그로부터 여인은 고양이와 함께 살았고 고양이와 더불어 이야기를 하며 지냈다.

고양이의 눈빛은 늘 한 가지로 있지 않았다. 여인이 그 사랑하는 사람이 보고 싶을 때면 고양이의 눈빛은 빨개지는 것이었다.

18　'모날리자'의 오식으로 보임.

또 그리고 그 사랑하는 사람이 여인을 보고 싶을 것 같이 생각되는 때엔 파아란 눈빛을 보여 주었다. — 서남령 선생의 이야기가 끝나자 유보화의 고양이도 끝을 마쳤다. 약속이나 한 것처럼 똑같이 마쳤다. 아니 그것은 기적(奇蹟)과도 같이 맞아 떨어졌다.

동료들은 서남령 선생이 미리 말했음에도 불구하고,

"고양일 못 그리겠어요."

하기도 하고

"고양이가 안됨 개라두 좋아요?"

하기도 하고

"전 꽃을 그리겠어요."

하기도 하고

"고양일 그리다가 호랑이가 됨 어떡해요."

하고 웃기도 하고

"고양이가 어떻게 생겨 먹었는지 생각나지 않아요."

하기도 했으나 유보화는 한 마디의 말 없이 서남령 선생을 스케취하는 것처럼 선생님만 보아가며 그리고 있었다.

선생님을 보면 선생님은 이야기의 주인공이라도 된 듯이 심각하고 엄숙한 얼굴을 하고 있었다. 조금도 삐삐 같은 데가 없었다. 귀가 붉어지는 일도 없었다.

'내가 선생님을 이 세상에서 제일 좋다고 생각하고, 보고 싶어하기 때문에 자꾸만 어른이 되어가듯이 서선생님도 나를 이 세상에서 제일 좋다고 생각하고 보고 싶어하기 때문에 저렇게 삐삐 같은 데도 없고 귀가 붉어지는 버릇도 없어졌나보다.'

고 유보화는 생각했다.

마치 자기 자신도 선생님이 이야기하는 서러운 여인이 된 것처럼 심각하고 엄숙해지는 것 같았다.

삼십 팔명 중 고양이를 그린 학생은 여섯 밖에 없었다.

나머지 학생들은 제각기 제 마음대로 그야말로 개도 그리고 돼지도 그리고 꽃도 새도 그렸던 것이다.

여섯명의 고양이 중에서도 고양이 같은 고양이는 유보화의 것 밖에 없다고 선생님은 말했다. 유보화는 서남령 선생이 이야기하는 고양이 그대로 그렸던 것이다.

한 쪽 눈이 멀고 털이 흰 고양이었다. 여인의 마음을 알아서 눈빛을 달리 하는 영특하고 총명하고 지혜로운 고양이가 머릿속에 횅하니 떠올랐기 때문에 유보화는 힘들지 않게 그릴 수가 있었던 것이다.

"어떻게 보면 눈빛이 파랗구 어떻게 보면 눈빛이 빨갛기두 한 것 같은데……."

서남령 선생은 유보화의 고양이를 보고 있다가 이렇게 말하고 교실에서 나가 버렸다.

다음 미술 시간에 다른 그림은 되돌려 주었으나 유보화의 고양이는 주지 않았다.

"선생님 제 건 안 주세요?"

하고 물으니까 서선생은

"그건 내가 보관해 두었어."

하고 간단히 대답해 버렸다.

유보화는 선생님의 이 간단한 말 한마디에 자기가 온갖 상상의 날개를 펼칠 대로 펼치는 것이었다.

선생님은 내가 선생님을 보고 싶어할 때 나의 고양이더러,

"고양이야, 유보화는 지금 내가 보구 싶다지?"

하고 물어볼 것이 아니겠는가.

또 그리고

"고양이야 나 유보화가 보구 싶다."

이렇게 말씀하기도 할 것이 아니겠는가.

유보화는 밤이나 낮이나 줄곧 이런 생각을 하면서 지냈다. 그리면서 자기는 이제 서남령 선생이 이야기해 준 서러운 여인이 되는 것이 아닌가 하는 생각도 하고 또 그 여인과 같이 빼빼 말라가는 것 같은 생각도 들었다.

아닌 게 아니라 차순은 유보화가 기운을 못 차리고 날마다 달라져 가는 것을 무척 걱정했다.

차순은 자기와 한 자리 속에서 자기도 싫어하고 말하는 것조차 귀찮아하는 유보화에게,

"왜 밥두 안 먹구 잠두 안 자구 그리느냐?"
라고 물었다.

그러나 유보화는 자기 마음을 알리지 않았다.

아무에게도 알리고 싶지 않았다. 도영혜 같은 것들에게 그 귀중한 비밀을 알린 것이 후회되었다.

끝내 유보화는 서남령 선생에게 마음의 말을 못해 보고 졸업했던 것이다.

졸업 후(卒業 後)

졸업식(卒業式)을 하던 날 유보화는 참 많이 울었다. '호다루노 히까리'를 부르면서 입을 도무지 아물리지 못하고 그냥 내쳐 울었다. 이 세상에서 그처럼 서럽고 큰 일이 또 있을 성싶지 않았던 것이다. 어머니가 돌아가셔도 그처럼 서러울 것 같지 않았고 하늘이 무너진다고 해도 그처럼 큰 일 같지 않게 여겨졌던 것이다.

서남령 선생에게 끝내 마음의 말을 못했기 때문에 더 서럽고 더 큰 일 같게 여겨졌던지도 모른다. 서남령 선생을 만나면 정작 하자던 말은 못하고 늘 생퉁 같은 딴 말을 하곤 했던 것이다.

유보화는 이러한 마음을 가진 채로 동경으로 가야 했다. 그는 학교의 추천으로 동경 여자미술학교로 가게 되었다.

기차에서 배에서 유보화는 자기가 어떻게 하고 있는 것을 알지 못했다. 자기가 앉아 있는 데가 어딘지를 알지 못했다. 그저 온통 서남령 선생의 생각으로 꽉 차 있었다. 기차도 서남령 선생으로 꽉 차 있고 배도 서남령 선생으로 꽉 차 있었다. 아니 온 바다와 온 육지(陸地)와 온 하늘이 온통 서남령 선생이었다. 사람도 나무도 산도 물도 다 없고 오직 서남령 선생으로 꽉 차 있었다. 옆에 같이 가는 차순이까지도 없었다. 아니 유보화 자기 자신도 서남령 선생으로 꽉 차 있는 천지(天地) 속에 녹아 없어진 것처럼 생각되었다.

동경에 가서도 마찬가지였다. 낯 설은 땅 낯 설은 사람들만 있는 곳이라 오히려 더했다. 견디다 못해서 어느 날 밤엔 차순이가 잠이 든 틈을 타서 서남령 선생한테 편지를 썼다.

마음에 있는 말을 대담하게 쏟아 놓았다. 편지로는 마음 놓고 무슨 말이나 쓸 수가 있었던 것이다.

그는 서남령 선생님이 말할 수 없이 보고 싶다는 말을 열 번은 더 썼다. 서남령 선생이 이 세상에서 제일 좋다는 말도 열 번은 더 썼다.

또 선생님도 자기를 이 세상에서 제일 좋아하느냐는 말도 물어 보았다. 제일 좋아하기 때문에 말할 수 없이 보고 싶으냐는 말도 물어보았다.

그리고 어느 미술 시간에 들려 준 서러운 여인의 이야기에서처럼 서선생님은 자기가 그날 그 시간에 그린 고양이와 더불어 살고 고양이와 더불어 자기의 이야기를 하느냐는 말도 물어 보았고 끝머리엔

— 당신은 보리밭처럼 푸른 문 앞에 사는 하늘의 왕자.

이런 말도 써 놓았다.

그랬다가 그는 쪽 쪽 찢어 버렸다. 문득 졸업식하던 날 일이 머리에 떠올랐던 것이다. 그날 울면서 유보화는 서남령 선생만을 살펴 보았다. 서남령 선생은 울지도 않을 뿐더러 슬픈 기색조차 보이지 않는 얼굴로 다른 선생들이나 마찬가지로 점잖게 서 있었다.

그리고 자기가 그렇게 울고 있는 것을 전혀 알은 체도 하지 않았다. 사은회(謝

최정희 소설 전집 **1**

恩會) 때에도 그랬다.

'서선생님은 날 좋아 안하는 거야……'

유보화는 혼자 이렇게 생각하고 자리에 누웠던 것이다. 그러나 그래도 보고 싶은 서남령 선생의 얼굴이 자꾸 눈 앞에 떠올라서 견딜 수 없었다.

더구나 그 서늘한 서남령 선생의 눈은 자기가 눈을 감으면 이맛전에 와서 조롱조롱 매달렸다. 그러다가 눈을 뜨면 그것은 천장으로 벽으로 구석으로 모두 숨바꼭질 하듯이 뺑소니를 쳐 달아났다.

유보화는 하는 수 없어서 다시 펜을 들었다. 이번엔 간단히 쓰기로 했다. 간단하더라도 서남령 선생님한테서 회답이 오게끔 썼다. 선생님한테서 회답이 오기만 하면 그때엔 자기도 길고 긴 편지를 보내리라는 마음이었다.

《선생님 안녕하셨어요? 저는 무사히 와서 차순과 자취를 하고 있어요. 아직 곳도 설고 사람도 설고 학교도 설고 해서 마음이 붙지 않아요.

그저 학교가 그립고 특히 스케취 대상이었던 화단이랑 교정이랑 그리워요. 선생님들도 보고 싶구요. 여기는 요새 밤낮 잔비가 내려서 마음까지 젖는 것 같아요. 다다미가 젖어 있기 때문인가봐요. 지금도 잔비가 내리고 있어요.

선생님 이만 쓰겠어요. 선생님 회답해 주세요.
　　　　5월 2일
　　　　　　　　　　　　　　　　　　유보화 드림》

졸업하기 까지 끝내 마음에 있는 말을 못해 보고 서남령 선생을 딱 만나면 생퉁같이 딴 말만 하다가 말아 버린 모양으로 그는 또 편지로서도 이렇게 딴 말만 써보내게 되었다. 서남령 선생한테선 일 주일 뒤에 회답이 왔었다. 엽서에 참 간단히 써 보내 왔었다.

　유보화는 이 짧은 글발 속에 행여 무슨 의미가 포개어져 있는가 해서 또 읽고 읽고 읽었다. 그러니까 엽서가 서남령 선생 얼굴 같이 보여져 왔다. 그는 엽서를 얼굴에 대어도 보고 가슴에 꼭 품어 보기도 했다. 밤에 잘 적에 베개 밑에 넣고 잤다. 가슴에 품었으면 더 좋겠지만 잠결에 잘못해서 구길까 보아서 베개 밑에 넣었다. 차순이도 모르게 이렇게 하고 있었다. 이렇게 하고 있다가 어느 날 저녁엔 소중히 알던 엽서를 마구 찢어 버렸다. 부아가 와락 치밀어 올랐던 것이다. 엽서엔 회답을 바라는 기색이라곤 조금도 없었다. 유보화는 서남령 선생에게 편지 할 때부터 회답 쓸 것을 준비하고 있었던 것이다.

　그랬는데 몇 날 몇 밤을 읽고 읽고 또 읽고 해야 엽서엔 회답을 바라지 않을 뿐더러 유보화 때문에 서남령 선생은 눈썹 한 대 움직이지 않는 것 같음을 알았다.

　'난 이렇게 아프구 서러운데 선생님은 어쩜 그러실까?'

　유보화는 이렇게 입 속으로 부르짖으며 머리를 설래 설래 흔들었다. 이것을 차순이가 보았던 모양이다.

　"너 왜 그러니? 그게 무슨 엽선데 찢구 야단이야, 수상한데……?"

하며 유보화를 훑어 보았다. 유보화는 잠깐 당황해 하다가,

　"아무 것도 아냐. 저어 미술 선생한테서 온 건데……."

하고 말을 얼버무려 버렸다.

　"야 말 말아. 이제 알았다. 너 그 엽서 찢는 얼굴 표정을 보니까 알려지는구나. 옳지 옳지, 서남령 선생 때메 기숙사 있을 때부터 밥두 안 먹구 잠두 안 자구 그랬구나. 나 참 바보야. 지금에사 그걸 알았으니……. 너 엽설 찢구 앉았는 그

얼굴을 안 봤음 아직두 모를 뻔 했구나. 야 그 심각하구 모진 얼굴 표정이 네가 서남령 선생을 좋아한다는 걸 내게 알려 주더라. 야 멋이다!"

차순은 이렇게 제 멋대로 지껄이며 손벽까지 치고 나서 다시 또 유보화를 자세 자세 훑어 보았다. 유보화는 무어라 대꾸할 말이 없어서 덤덤히 앉아 있는 수 밖에 없었다.

차순은 또 무슨 말을 더 하려는지 자리를 걷어차고 일어나 앉으며 유보화에게로 다가왔다.

유보화는 그렇게 다가앉는 차순이가 겁나기도 했지만 한 편으로는 안타깝고 답답한 심정을 차순이에게 털어 놓았으면 개운할 것 같은 마음도 들었다.

"너 서남령 선생이 그렇게두 좋냐? 하긴 제 눈에 안경이라더라만. 네가 편지해서 회답 왔구나. 그래 뭐라구 왔길래 그렇게 심각한 얼굴을 하구 찢냐? 너 그래 미술 선생한테 네 말을 알려 봤던?"

차순은 시비라도 가리자는 사람처럼 다가앉으며 이렇게 다변하게 묻는 것이었다.

유보화는 대답 대신에 차순의 얼굴을 말끄러미 들여다 볼 뿐이었다.

"너 가만 눈칠 보니까 꽁꽁 앓는 모양이 아직 말 한 마디 못해 보구 그러는구나. 똑똑한 줄 알았더니 아주 맹꽁일쎄. 아니 글쎄 좋면 좋다구 씨원 씨원히 말해 보는 거지 왜 말두 못하구 앓느냐 말이다."

"그런데 그거 잘 안 되더라."

차순의 얼굴을 말끄러미 들여다보던 그 얼굴, 그 눈 그대로 유보화는 말했다. 너무나 절박한 그의 감정이기 때문에 이런 말이 불쑥 나왔던 것이다.

"왜 안 되냐? 너 다른 선생들하군 썩썩 말을 잘하면서… 김옥진 선생 같은 이는 네가 말 잘하는데 놀란다구 늘 그러더라. 말을 하더라두 다른 사람이 생각두 못하는 멋진 말만 한다구, 아주 머리가 그만이라구 그러더라. 천재(天才)라구 그러더라. 그 천잴 한 번 발휘해서 미술 선생한테두 썩썩 말 못해봐?"

차순은 남의 비밀을 알았다는 것이 유쾌한 모양으로 마구 웃어 가며 말했다.

그러나 유보화는 웃지도 못하면서,

"다른 선생한텐 썩썩 잘하면서두 서선생님 한테 그렇게 안 되더라. 선생님을 만나기 전엔 말할 것 같다가두 막상 딱 만나구 남 말은 커녕 그저 가슴이 꽉 차면서 손발두 제대루 놀릴 수 없는 걸 어떡하니?"

"그것 또 묘하구나. 왜 그럴까 했다. 나두 한 번 그래 봤음. 손발이 제대루 놀지 못할 만한 일 당해 봤음……. 그렇지만 그건 천재들이나 하는 짓이지 이 둔재 노차순에겐 있을 수 없지 없어……. 하하하."

차순은 아주 입을 크게 벌리며 눈물이 나도록 웃었다.

"나두 처음엔 미술 선생한테두 말을 잘 했단다. 정형미용원에 가 보신 일이 있느냐구? 이런 말까지 물어보군 했단다. 어떻게 그런 말까지 다 할 수 있었던지 지금 생각함 부끄럽기두 하지만 신통하기두 한 것 같다."

"정형미용원은 또 뭐냐?"

"정형미용원이란 거 왜 있잖았어? 우리 그때 영화에서 봤잖아? 키 작은 사람 키 늘리는 델……. 왜 어떤 키 작은 남자가 키를 늘리느라구 고생고생하는 걸 봤잖아?"

"응 그래, 그래. 하하하……. 그렇지, 미술 선생 키가 작으니까 그랬단 말이지? 하하하……. 그래 그게 너다운 짓이야. 그런데 지금은 그렇게 안 된단 말이지? 그럼 말 못한단 말이지? 왜 안 될까? 난 모르겠는데……. 난 내 좋은 남자가 있음 주저 없이 좋다구 하겠네……. 그까짓거 뭐 속에 넣구 꽁꽁 앓을 것 뭐 있어. 연애하자구 그러지 뭐 하하하……."

"쟨 연애가 무슨 연애냐? 나 미술 선생하구 연애하고 싶어서 그런 줄 아니?"

유보화는 갑자기 싸늘한 표정을 지으면서 차순을 약간 흘겨보았다.

"뭐? 그럼 그건 뭐냐? 연애하구 싶어서 그런 거 아니구?"

"아냐, 난 연애가 아니야. 그냥 선생님을 사랑하는 거야……."

"어허 그것 연애지 뭐냐? 넌 여자지? 미술 선생은 남자지? 여자가 남잘 사랑한담 그게 연애 아니구 뭐란 말이냐? 야 이거 참 속 터지는구나. 글쎄 연애하면서두 안 한다구 빡빡 고집을 세우니 그게 무슨 애가 그러냐?"

차순은 이렇게 말하며 혀까지 쯧쯧 찼으나 유보화는 차순이가 생각하는 것같이 절대로 고집을 부리느라고 그러는 것은 아니었다.

차순은 유보화가 대꾸하기 전에 갑갑하다는 듯이 또 말을 시작했다.

"애애 그러지 말구 미술 선생한테 편지해서 결혼하자구 그래라. 마음에만 넣어 두고 그렇게 꽁꽁 앓지 말구……. 그렇게 자꾸 앓음 호박꽃처럼 노랗게 말라만 가지 소용없다."

"잰 점점 별 소릴 다 하네. 선생님하구 어떻게 결혼을 하자구 하니?"

유보화는 정말 파랗게 질린 얼굴로 차순을 쏘아붙였다. 차순은 너무 파래서 쏘아붙이는 유보화를 어이가 없다는 듯 한참 보고 있다가,

"너야말루 점점 별 소릴 하는구나. 미술 선생은 남자가 아니냐?"
하고 유보화의 얼굴을 뚫어지게 들여다보았다.

"남자야 남자지, 그렇지만 결혼 같은 건 난 생각지두 않어……. 선생님하구 어떻게 결혼하느냐 말이다."

"왜 못해? 이 맹꽁아, 선생님은 별 것인 줄 아니? 우리 언니 동창생두 저이 선생하구 연앨 하다가 결혼해서 지금 애랑 낳구 잘 살더라."

"아이 그 기분 나쁜 소리 하지 마라. 난 애 낳구 어쩌구 하는 거 젤 싫어. 앨 남젖통이랑 드러내놓구 그리는 그걸 어떻게 하냐? 난 싫어, 싫어……."

머리를 마구 흔들며 짜증을 내었다.

"아 하……. 천재들 하는 말을 둔재 노차순이로선 알아들을 수가 없노라."

차순은 맥이 빠졌다는 듯 이렇게 혼잣말처럼 중얼거리고 나서,

"넌 땅 속으로 쑥 들어가든지 하늘로 승천(昇天)하든지 해라."
하고 빈정대었다.

"왜? 내가 없어졌음 시원하겠냐?"

"너무 꼭 맥힌 소리만 하니 답답하잖냐 말이다. 연앨 하면서 안한다구 그러지. 결혼을 하라니까 또 아이 낳는 게 싫구 젖통 내놓는 게 싫어서 못한다지. 그

러니 땅 속으루 들어가든지 하늘루 올라가든지 해야 할 밖에 없잖니?"

차순은 이 말 끝에 깔깔깔 웃었다. 그러나 유보화는 웃지 못했다.

짜증이 나서 웃지 못한 것이 아니라 땅 속으로 쑥 들어가든지 하늘로 올라가든지 할 밖에 없잖으냐고 하는 차순의 말은 전에 아버지가,

"우리 보화는 하늘에 문 달린 집에나 시집을 보내야지 이 지상엔 보낼 데가 없다."

고 한 말씀과 비슷했기 때문이다.

"보화야……."

차순이가 불렀다. 유보화는 생각에 젖은 시선을 사르르 들어 차순을 보았다.

"너 그러구 앉아 있으니까 선녀 같다. 눈이 어떻게 신비한지 모르겠다. 네가 예쁜데 반한 나지만 그렇게 예쁜 널더러 애랑 낳라긴 아깝기두 해……."

차순은 이렇게 말하면서 웃지도 않고 유보화를 또 뚫어지게 보았다.

유보화는 차순의 시선을 피해서가 아니라 생각에 젖어있기 때문에 다시 눈을 내려뜨렸다.

"야 이건 점점 더 곱구나!"

차순은 이 말과 함께 벌떡 일어나서 책상 위에 놓인 거울을 들어 자기 얼굴을 들여다보는 것이었다. 그는 한참 말 없이 앞으로 옆으로 이리 저리 돌려다보다가,

"비관이야. 그다지 못생긴 얼굴은 아니로되 글어서 틀렸구나. 너두 체육학교에 들지 말구 유보화처럼 스마아트한 미술학교엘 들 거지. 왜 체육학교를 들어가지구 굴뚝쟁이모냥 그러느냐! 비관이야……."

차순은 거울 속을 들여다보며 반 웃음과 반 넋두리로 익살을 부렸다. 그래도 유보화는 웃음이 나오지 않았다. 연애니 결혼이니 아이를 낳느니 하는 말들이 가슴에 무거운 압력(壓力)을 주기 때문이었다.

들에서

그날은 일요일이요, 또 성가시던 비도 씻은 듯 개인 맑은 날씨였다. 유보화는 카루톤을 차려 들고 나섰다.

연애니 약혼이니 결혼이니 하는 이것 때문에 그는 그 동안 무척 많이 생각했고 또 마음이 상했던 것이다. 아무래도 자기가 서남령 선생을 생각하는 것은 연애임에 틀림 없다고 알았기 때문이었다. 연애임에 틀림 없다면 약혼도 하고 결혼도 해야 하고 결혼을 한다면 아이를 낳아야 할 터이니. 아이를 낳는다는 건 세상에서 제일 싫은 일이다.

유보화는 이런 생각을 하면서 서남령 선생을 생각하는 일을 그만 두자고 마음 먹었다.

그런데 그만 두자는 마음을 먹는다고 그만 두게 되지 않았다.

그만 두자는 마음을 먹으면 먹을수록 서남령 선생이 더 보고 싶어졌다.

유보화는 지리(地理)에도 어두우려니와 방향(方向)도 몰랐다. 카루톤을 옆에 끼고 발 가는 대로 걸었다. 환히 트인 들을 걷자는 것을 그의 발은 잊어버리지 않았다.

산이나 골짜기나 빽빽한 숲이 있는 데보다 넓은 들이 희망(希望)되었던 것이다.

햇빛은 따사롭고 바람은 부드러웠다. 그것들은 유보화를 여태까지 키워 준 고국(故國)의 그것들과 조금도 다름이 없었다. 자연(自然)은 어디서나 정다운 것이라고 유보화는 생각했다. 얼마를 걸었는지 모른다. 그의 희망대로 넓은 벌판이 나섰다. 벌판은 그냥 평평하게 펼쳐져 있지 않고 약간의 굴곡(屈曲)을 지은 구릉(丘陵)들이 엎드려져 있었다.

유보화는 그냥 펼쳐진 벌판보다 약간의 굴곡을 지은 언덕이 있는 것이 좋았다. 그는 엎드러져 있는 언덕 너머서 누가 부르기라도 하는 것처럼 앞을 향해 달렸다. 망아지 새끼처럼 달렸다. 그림을 그리자던 생각조차도 잊어버리고 달리기만 했다.

얼마나 달렸는지 모른다. 어디서 노랫소리가 들려왔다. 얼핏 들어도 귀에 익은 노래 같았다. 그는 발을 딱 멈추었다.

'어디서 들었던가?'

그는 곰곰이 생각해 보았다. 어느 동무가 잘 부르던 노래 같기도 했다. 어릴 때 삼촌이랑 고모아주머니랑 부르던 노래 같기도 했다. 한 사람의 소리가 아니고 여러 사람의 소리였다. 그것은 전에 기숙사에 있을 때 어느 날 밤 정양실에서 별과 나무들의 코러스처럼 우렁차고 또 경건하게 들려 왔던 것이다.

유보화는 딱 멈추었던 발을 다시 떼어 놓았다. 노랫소리 나는 방향을 향해 그의 발은 다시 또 달려가는 것이었다.

언덕을 넘었다. 또 하나의 언덕을 넘었다. 노랫소리는 더 높고 우렁차고 또 정확하게 들려 왔다.

노래의 가사(歌詞)가 조선 말로 되어 있는 것까지 알려졌다.

— 조선 사람이다. 조선 말이다.

그의 몸뚱이는 하늘에 날으는 듯 허공에 떴다.

그는 한사코 달리고 있었다.

마지막 언덕에 닿고야 말았다.

언덕 아래엔 타악 트인 벌판이 훤한 하늘 아래 끝 모르게 가로 놓여 있을 뿐이었다.

거기 검은 복장의 남학생들이 한 덩어리가 되어 노래를 부르고 있는 것이었다. 남학생들은 팔을 내저으며 혹은 모자를 내저으며 들판이 덜썩 떠나가도록 조선 말 노래를 부르고 있는 것이었다.

아이 어쩜!

유보화는 저도 모르는 사이에 입으로 부터 이런 소리가 새어나왔다. 그는 두 팔을 번쩍 들어 만세라도 부르고 싶은 충동을 받았던 것이다.

노래를 부르던 어느 하나가 이쪽을 보았나 보았다. 바람이 있었기 때문에 유보화의 옷자락이 나부꼈던 것이다.

"여어!"

소리를 치면서 손짓을 했다. 그러자 노래는 뚝 그치고 둘러섰던 남학생들은 모두 이쪽을 향해 얼굴을 돌렸다.

"여어. 여어……."

약속이나 한 것처럼 이번엔 똑같이 손을 흔들었다. 유보화도 마주 손을 들어 흔들었다. 아무 주저러움도 없이 저도 모르게 손이 올라갔던 것이다.

그들은 일제히 또 약속이나 한 것처럼 이쪽을 향해 걸어오는 것이었다.

걸어오던 중의 한 학생이 상대방을 알아볼 수 있는 지점에 이르자 발을 뚝 멈추었다.

말뚝 같이 꼿꼿한 자세로 멈추었다.

누구라는 것까지는 모르겠으나 아는 사람임엔 틀림 없었다.

다른 학생들도 발을 멈추었다. 먼저 멈춘 하나에게 그들은 혹은 입으로 혹은 눈으로,

"누구냐?"

고 물었다.

"아는 여자다. 유보화다!"

이 대답과 함께 꼿꼿한 자세로 멈추었던 하나가 이쪽을 향해 달리기 시작했다. 다른 학생들은 달리기 시작한 학생을 따를까 말까 주저하다가 그냥 서 있었다.

그들은 이쪽을 향해 뻥긋 웃어도 보이고 허리를 굽신해도 보였다.

혼자 달려온 학생은 김영서였다. 유보화가 욕설을 많이 퍼부은 웃방 학생이었다. 유보화는 얼굴이 확 달아올랐다. 동경 오면서 도영혜를 찾을 생각이 있으면서도 웃방 학생 김영서 때문에 늘 주저해 왔는데 이렇게 만났으니 어쩌랴.

— 키 작은 남자는 눈에도 차지 않아서 싫더라.

하는 도영혜의 말과 함께 김영서가 자기더러 고양이 같다고 한 말이 분하고 괘

씀한 데서 오는 적의(敵意)로 인하여 편지 거래를 끊었던 것도 도영혜를 찾지 못한 까닭의 한 조건이긴 하지만 김영서에게 망할 자식이니 개자식이니 하고 심한 욕설을 퍼부은 것이 겸연쩍어서 도영혜를 찾자던 마음이 늘 옴츠라지곤 했던 것이다.

"언제 오셨는데 이렇게 만납니까?"

김영서는 숨이 약간 차 하면서 불평스러운 어조로 첫 말을 떼었다.

김영서는 권농동 하숙집에 있을 때보다 키도 더 크고 몸도 더 크고 얼굴도 희어진 것 같았다. 아주 어른 같아 보였다. 유보화가 그를 얼른 알아볼 수 없은 것도 그 때문이었다.

유보화는 김영서의 물음엔 대꾸도 없이

"영혜 언니 잘 있어요?"

하고 물었다.

그러나 이번엔 김영서가 대꾸할 사이가 없이 언덕 아래로 내려갔다. 그의 동료들이

"김군 우리는 가겠네."

하고 올려받아 소리를 쳤기 때문이었다.

그는 내려가다가 돌아서서 유보화더러 잠깐만 기다려 달라고 말했다.

유보화는 김영서가 내려간 뒤에,

'이런 좋은 날씨에 이런 좋은 들에서 서남령 선생을 만날 수 있었으면……'

하는 생각을 했다. 정말 일분이 아니면 일초 동안이라도 만날 수 있었으면 하고 안타까와했다.

그렇게 되니까 오만가지 것이 시들해져 왔다.

조선 사람 조선 말이 반가와서 허공을 날 듯 달리던 충격이 언제 있었던가 싶었다.

기다려 달라던 김영서의 말 같은 것은 생각지도 않고 그와는 반대 방향으로 걷기 시작했다.

아무 것도 없었다. 오직 서남령 선생 뿐이었다. 우주(宇宙)에 비(比)하면 모래 알만도 못하게 작은 서남령 선생의 존재(存在)건만 어쩌면 이다지도 클 수 있을까? 우주를 꽉 채우고도 오히려 남음이 있는 것이라고 유보화는 생각되었다. 서남령 선생 이외엔 아무 것도 인정할 수 없었다.

"기다려 달랬는데 왜 혼자 뺑소닐 치는 겁니까?"

얼마를 걸었는지 그것도 모른다.

김영서가 참 많이 숨이 차 하면서 앞을 가로 막았다.

"…………"

할 말이 없다기보다 말하고 싶지가 않았다.

"이리루 감 어딘데 이리루 가시는 겁니까?"

갈 데를 작정하고 걸은 것이 아니었다. 어디라 없이 그냥 걸었던 것이다.

"여기 좀 앉읍시다."

김영서가 먼저 앉으면서 명령하듯 했다. 따라 앉고 싶어서 앉은 것이 아니라 명령하듯 하는 김영서의 말에 이끌리어 앉았다. 그런데 앉고 나니까 슬그머니 부아도 나고 또 성가신 생각도 들었다.

그는 진정 혼자 있고 싶었던 것이다.

"왜 남더러 앉으라는 거예요? 친구들은 어찌 하구 이리루 오세요?"

그러나 김영서는 유보화의 이 말을 어떻게 해석했는지,

"그만큼 욕두 많이 했으니 이제 좀 순편한[19] 얼굴루 대해 주시지."

하고 웃었다.

유보화는 김영서의 그만큼 욕두 많이 했으니 하는 말에 얼굴이 붉어졌다.

"미안합니다. 인제 욕 안 하겠어요."

"천사와 같은 이, 마리아와 같은 이……. 웃으니까 말입니다."

그는 처음 두 마디는 혼잣말처럼 중얼거리다가 얼굴을 바싹 유보화의 얼굴

---

19 순편하다 : 마음이나 일의 진행 따위가 거침새가 없고 편하다.

가까이 들이대며 마지막 말에 힘을 주었다.

"어느 땐 고양이 같다구 했다면서?"

유보화는 다가오는 남자의 얼굴을 피하면서 약간 빈정대는 어조로 말했다.

"고양이나, 천사나, 마리아나, 다 통하는 종족들인데 뭐……."

"어떻게 천사나 마리아가 고양이와 통할 수 있어요? 우리 사감 선생님이 들었음 고약하다구 펄펄 뛰시겠네……."

유보화는 전에 기숙사에서 어느 날 밤 하느님을 심술장이라고 해서 사감 선생을 노엽힌 일이 머리에 떠올랐다. 하느님을 심술장이라고 한 말에도 노여워하는 사감 선생은 하느님의 사자(使者)나 예수의 어머니를 고양이 같다고 하는 말을 들었으면 얼마나 하랴 싶었던 것이다.

"좋은 여자란 아무것과두 통할 수 있는 거니까……. 사탄과두 같을 수 있구 천사와두 같을 수 있구……."

유보화는 김영서의 이 말을 들으면서 김영서가 자기더러 고양이 같다고 한 것은 미워서 한 말이 아니었구나 하는 생각이 들었다. 그리고 고양이 같다고 한 것은 최대의 찬사일지도 모른다고 하던 서남령 선생의 말과 김영서의 말은 서로 통하는구나 하는 생각도 들었다. 이렇게 생각이 들게 되니까 우선 마음이 놓였다. 자기더러 그처럼 많은 욕설을 퍼부은 상대방을 미워하지 않고 있는 김영서가 고마웠던 것이다.

"영혜 언닐 빨리 만나게 해 주세요."

인제는 도영혜를 만나도 좋으리라는 생각이 들었던 것이다.

"그렇게 급한 걸 왜 이때까지 가만 있었어요?"

"누구랑 같이 있을 것 같아서 그랬어요."

"누구랑?"

"여기요."

"여기라니?"

"여기 말이예요."

유보화는 손짓해서 '여기'라는 것이 김영서의 대명사(代名詞)인 것을 가리켰으나 김영서는 또

"여기가 어딥니까?"

하고 물었다.

"웃방 학생 말이예요."

유보화는 김영서라고 그냥 불러 버리기도 안되고 그렇다고 김영서씨라고 하기도 싫었던 것이다. 아무개씨 하는 것이 싫다고 생각되기도 했지만 그보다 자기는 김영서더러 김영서씨라고 부를 아무 조건도 없다고 생각되었던 것이다.

"망할 자식 개 자식 말이지요?"

김영서는 벙끗 웃으며 농조로 말했으나 유보화는 이 말에 얼굴이 꽈리빛처럼 붉어졌다.

"제가 철이 없어서 그랬어요. 인제 다신 욕 안한다구 그러잖아요."

"어디서 생겨난 건지 모를 자식인데 욕 실컨 함 어때요?"

"제발 좀 잊어버려 주세요."

"그렇게 빨리 잊어버림 어떡하게요. 적어두 죽는 날까진 안 잊어버려질 건데……."

"너무 하세요. 그럼 전 어떡하라는 말이예요?"

김영서는 울상이 된 유보화를 가만 보고 있다가 씽긋 웃으면서

"어떡하긴 어떡해요. 한 번 어엉엉 울어 보시지. 어디서 생겨난 거야, 하구……. 망할 자식 개 자식하구……. 고상한 말은 못 되지만 그 말이 참 좋거든."

유보화는 울 수도 없고 웃을 수도 없었다. 그저 붉어지는 얼굴 그대로 앉아 있을 수 밖에 없었다. 햇빛은 어쩌자고 그렇게 내려 쪼이는 걸까. 또 김영서는 더 자세 자세 들여다보고 있는 것이 아닌가.

"그렇게 자꾸만 보지 마세요."

유보화는 견딜 수 없어서 벌떡 일어나며 짜증을 부렸다. 김영서는 어느 새 일어서서 말도 없이 유보화의 양 어깨를 꾹 눌러 앉혔다.

유보화는 앉으려는 생각이 없으면서 눌리워서 앉았다.

"좀 보면 어때요. 그렇게 보구 싶었는데 안 보구 어떡해요."

김영서는 이런 말을 하면서 유보화를 뚫어지기라도 하라는 듯이 보는 것이었다.

유보화는 하도 어처구니가 없어서 어떻게 했으면 좋을 바를 몰랐다.

"왜 내가 보구 싶어요? 별 일이 다 있네……."

"왜 난 보구 싶어함 안 되나요? 서남령 선생이래야 되나요?"

서남령 선생의 이름이 튀어나오자 유보화는 눈이 둥그래졌다. 그리운 서남령 선생의 이름이 반갑기도 하려니와 자기가 서남령 선생을 생각하고 있는 것을 김영서가 기억하고 있는 일이 놀라왔던 것이다.

"서남령 선생님 참 좋대요."

김영서가 알고 있는 탓으로 쉽게 나온 말이기도 하겠지만 유보화는 김영서가 뭐라고 할 것 같은 생각은 전혀 하지 않고 마음에 있는 그대로 내 뿜듯 말했다.

"누가 안 좋대요? 하늘빛처럼 서늘한 눈……. 참 좋지요."

김영서가 받았다.

"영혜 언닌 나뻐. 남의 편질 죄다 뵈 주구……."

"남자의 눈은 하늘빛처럼 서늘하구 여자의 눈은 별빛처럼 초롱초롱하구……. 아주 이상적이올씨다……. 우리 같은 퉁사발 눈은 죽어야 해……."

역시 웃으며 한 말이었다.

이 퉁사발 눈이라는 말에 유보화는 다시 붉어졌다.

"그 눈두 괜찮은데 뭘 그리세요."

유보화는 비로소 김영서의 눈을 똑똑히 살펴보면서 이렇게 말했다.

서남령 선생 눈만은 못하지만 퉁사발 같이 툭 불거져 나온 눈은 아니었다. 좀 크기 때문에 불거져 나온 것으로 보였던가 보았다.

"괜찮을 정도라? 감사합니다."

"도영혜 언닌 이 세상에서 젤 좋다구 그러데요. 사랑하는 사람한테서 좋단 말

들음 고만 아니예요."

빈정대느라고 한 말이 아니었다. 자기의 감정을 그대로 나타내어 한 말이었다.

다시 말하면 자기는 서남령 선생한테서 좋다는 말을 한 번 들어 보았으면 더 원이 없을 것 같은 마음이었기 때문에 한 말이었다.

"나두 그렇게 생각합니다. 사랑하는 사람한테서 칭찬받는 게 젤 반갑다구……. 그런데 난 사랑하는 사람한테서 욕만 먹었으니 서러울 밖에……."

"욕만 먹긴요? 영혜 언니가 욕을 해요? 그인 평생 가야 욕할 것 같지 않던데요."

"왜 이렇게 도영혜 말만 꺼내십니까? 현재 여기 뵈는 사람의 이야기만 합시다."

"현재 여기 누가 있어요? 아무도 없잖아요?"

"여기하구 거기가 있잖아요."

김영서는 유보화가 자기에게 '여기'라는 대명사를 쓰던 때의 하던 것처럼 '여기'라고 할 적엔 자기를 가리키고 '거기'라고 할 적엔 유보화를 가리켰다.

"둘의 이야기만 무슨 재미가 있어요?"

"이건 욕해 주는 것보다도 더 서러운데……."

"미술 공부 하시나요?"

"왜요?"

"서럽단 말을 자꾸 쓰시게?"

유보화는 김영서가 두 번 서럽다는 말을 쓸 때 두 번 다 고양이와 더불어 사는 서러운 여인의 이야길 해 주던 서남령 선생을 생각했다. 서남령 선생은 그때 서럽다는 말을 무척 많이 쓰면서 이야길 했던 것이다.

"서럽단 말은 미술하는 사람만의 전용어(專用語)던가요? 더 서러운데……. 법률하는 놈은 서럽단 말두 못 쓰게 됐으니……."

김영서는 이 말과 함께 눈을 껌벅하며 웃었다.

"왜 못써요? 써두 괜찮아요. 서럽단 말 참 좋잖아요? 그리구 서러운 것두 좋구요. 그렇지만 너무 서러우니까 몸이 아프구 세상이 귀찮기두 하더군요."

누가 어떻게 생각할 것 같은 것은 생각지도 않고 마음에 있는 대로 말해 버렸다. 그는 이 말을 하면서 참으로 아프고 쓸쓸한 표정을 했던 것이다.

김영서는 참으로 아프고 쓸쓸해 하는 유보화의 얼굴을 시무룩한 얼굴로 들여다보고 있다가,

"이제 아주 어른이 되셨군요."

했다. 유보화는 대답 없이 그냥 그대로 잠잠히 있었다.

김영서는 잠잠히 있는 유보화에게 다시,

"이제 머릴 따 내리지 말구 그냥 풀어 헤쳐 놓시지……."

하고 일렀다.

유보화는 김영서의 말은 들은 체도 아니하고 시무룩해서 건너다뵈는 숲만 바라보고 있었다. 숲 그 언저리엔 온통 서남령 선생 얼굴이 아물아물 했다.

"인제 가십시다. 계신 데까지 데려다 드릴 테니……."

김영서는 유보화의 마음을 알고 있었던지 낮은 소리로 이렇게 말하며 먼저 일어섰다. 그리고 그는 먼저 걷기 시작했다. 따라 일어서는 수 밖에 없었다. 일어서면서 유보화는,

"도영혜 언닐 만나야 하겠는데요."

김영서는 이 말에 대답 없이 묵묵히 있다가,

"만나시오."

할 뿐이었다.

"어떻게 만날까? 영혜 언닐 저 있는 데루 데리구 오세요."

이 말에 김영서는 갑자기 어성을 높이며,

"여잘 누가 데리구 다녀요?"

했다. 골이 난 것 같았다.

"여잘 데리구 다님 어때요. 저는 그런데 어떻게 데려다 준다구 하세요?"

하고 유보화도 골이 난 것처럼 소리를 높였다.

“여자가 아니니까 그러는 거지요.”

“어머나, 누가 여자가 아녜요? 제가 여자가 아녜요?”

“여자든가요? 난 여자 아닌 것 같아서 그랬더니…….”

“그럼 전 뭐예요?”

하고 유보화는 김영서를 쳐다보았다. 김영서는 쳐다보는 유보화를 살뜰한 눈으로 내려다보면서

“그냥 유보화…… 아니 에이올씨다.”

했다.

“그건 또 무슨 소리에요?”

하고 유보화는 눈이 동그래졌다.

“놀라실 건 없어요. 알파베트 첫자, 에이(a)란 말입니다. 에잇자의 모양은 대초(大草)[20]나 소초(小草)[21]나 정자(正字)나 다 예쁘구 곱지만 중에서두 소초(小草) 에이가 젤 예쁘구 고와요……. 이런 이얘긴 그만 둡시다.”

“왜요?”

“해두 좋지만 지금 그 심경으로로선 들으나 마나 할 거니까 그리는 겁니다.”

“말씀해 보세요. 에이가 어쨌단 말이예요?”

유보화는 어성을 더 높였다.

“그렇게 흥분할 일두 아닙니다. 보화양의 대명사가 ‘저기’라든지 여기라든지 이런 거 아니구 알파베트 첫자 소초 에이란 말입니다. 소초 에잇자나 보화양의 인상…… 아니 인상이라기보다 모습이라구 합시다. 꼭 보화양의 모습 같기 때문에 그렇게 붙여 봤단 말입니다. 싸늘히 차거우면서도 정을 느끼게 하는 얼굴, 나풀거리는 스타일 그건 틀림 없이 에잇자 같은 모습입니다. 소초 에잇자를 써

---

20 필기체로 된 로마자의 대문자.
21 필기체로 된 로마자의 소문자.

보십시요. 얼마나 예쁘고 곱다구. 무슨 새(鳥)같습니다. 새 중에서두 가장 예쁘구 고운 새지요. 그러구 에이하고 발음(發音)하는 그 음향(音響)은 또 얼마나 좋습니까. 영겁(永劫)으로 통하는 음향입니다. 또 에이는 모든 것의 시초(始初)입니다. 동시에 하나라는 의미로도 통합니다. 하나는 또 완전(完全)하다는 말입니다. 완전하다는 건 또 전체(全體)를 말하는 겁니다. 에잇자 하나만으로 왼 우주(宇宙) 전체를 느낄 수 있다는 말도 됩니다. 내가 이 에잇자를 보화양의 대명사로 발견하던 날 무척 기뻤읍니다. 보화양을 만난 것 만큼 기뻤어요. 그날부터 보화양은 나와 더 가까워진 것 같았읍니다. 멀리 떨어져 있지 않고 나와 함께 있었읍니다. 그날 나는 종이에 수없는 에잇자를 쓰군 했읍니다. 쓰면 쓸수록 에잇자는 틀림 없는 보화양의 모습입니다. 그날 이후로 내 일기장(日記帳)엔 유보화라는 이름 대신에 알파베트 첫자 에잇자가 씌였던 겁니다……."

김영서는 여기서 말을 잠깐 멈추었다.

잠잠히 듣고만 있던 유보화는 어쩌나 싶은 생각에서 가슴이 철렁했다. 다시 말하면 김영서는 자기를 사랑하고 있는 것이라고 알아채었다. 사랑하되 이만저만한 게 아니라고 알았다. 그것은 자기가 서남령 선생을 사랑하고 사모하듯 그렇게 김영서는 자기를 사랑하고 생각하는 것이라고 알았다.

젊은 사람들

유보화는 이 경우에 어떤 말을 해야 가장 적당할 것인가를 생각했다.

전 서남령 선생을 사랑하고 사모하고 있어요 할까? 도영혜 언닐 사랑하면서 왜 그리세요? 이렇게 말할까? 그렇지 않으면 전 아무도 사랑하고 싶잖아요, 그럴까? 여러가지 궁리를 하다가 그는 슬그머니 부아가 났던 것이다.

"왜 남의 이름을 쓸 데 없이 일기장에 올리구 그리세요?"
하고 쏘아붙였다.

"욕을 많이 했으니까 치부를 해 둬야 하잖어요. 어느 날은 어떻게 욕하구 어느 날은 어떻게 욕했다는 걸 허허…”

김영서는 한참 마음대로 웃었다.

“아닌 게 아니라 에잇잘 써 놓구 보면 심술이 잔뜩 나서 욕하는 얼굴이 젤 먼저 떠올라요. 그런 얼굴을 마주쳐 본 일은 없지만 그럴 때마다 웃방에서 지금 유보화의 얼굴은 이러리라 저러리라 하구 상상하구 있었기 때문인지 모르지만, 그 수 없이 많은 에이의 구십 구 퍼센트가 온통 심술부리는 모습으루 떠오른다니까……. 때로는 그 구십 구퍼센트가 또 온통 싸늘히 차거우면서도 나풀나풀 날아오듯 정다운 모습으로 뵈기도 하지만…….”

“함부루 그런 말 마세요. 도영혜 언니가 있으면서 왜 제 이름을 올려요. 영혜 언니 이름을 올리지 않구…….”

유보화는 김영서의 말을 중도에 막으며 또 쏘아붙였다.

“그거 안된 일이지요. 이 안된 일이 생기는 때 비극(悲劇)이란 게 벌어지는 겁니다. 아무 말도 말고 걷기만 합시다.”

유보화는 더 무슨 일[22]을 해야 할 것 같았으나 무슨 말을 했으면 좋을지 몰라서 아무 말 없이 걷기만 했다. 그러나 아무래도 마음이 무거워 와서 견딜 수 없었다.

“빨리 도영혜 언닐 만나게 해 주세요.”

“만나게 해 드리지오.”

그들은 신쥬꾸(新宿)에서 성선(省線)을 탔다.

둘이 다 말이 없었다. 김영서는 가끔 한숨을 쉬는 듯 보였다.

유보화의 숙소에 가기 위해선 ‘오쟈노미즈(御茶ノ水駅)’ 역에서 내려야 했다. 거기서도 한참 걸었으나 역시 둘은 묵묵하기만 했다. 그러다가 집 앞에 딱 와서야 김영서는 종이쪽에 주소를 적어 주면서,

“이리루 오심 도영혜 소식 알 겁니다.”

22　‘말’의 오식으로 보임.

하고 갔다.

이리로 오심 하는 말에서 유보화는 틀림 없이 도영혜는 김영서와 같이 있는 것이라고 짐작했다.

그러나 유보화가 이튿날 김영서가 적어 준 주소로 찾아갔을 때 도영혜는 거기 있지 않은 것을 알았다. 남학생들만 있었다. 그들도 김영서와 같이 있는 것은 아닌 것 같았다.

전날 들에서 유보화를 만난 학생들인 모양으로 차순에겐 잠잠하면서 유보화에겐 모두들 인사를 했다.

김영서는 유보화의 내방(來訪)을 좀 당황해 하는 기색이더니 이어 그 기색은 사라지면서 반가이 맞아 주었다. 급한 것은 도영혜를 만나는 일인데 학생들이랑 있는 데서 묻는 것이 어떨까 싶어 가만 있긴 했으나 도영혜도 없는데 앉아 있기가 안 돼서 곧 나오려고 차순에게 눈짓을 했다. 차순은 몸을 흔들면서 되려 자기가 눈짓을 했다.

가지 말고 더 있자는 눈짓과 몸짓이라는 것을 유보화는 이어 알았다.

유보화는 일어설 자세를 지으며,

"차순아 가자."

했다. 차순의 얼굴은 금방 흐려졌다.

"놀다 가십시요."

김영서가 유보화에게 하는 이 말에 흐려졌던 차순의 얼굴이 다시 밝아졌다.

"우리 다이아몬드 께임이나 하자."

한 학생이 말했다. 또 다른 학생이,

"그래 오래간만에 한 번 해볼까?"

하고 받았다.

"저희들은 전에 권농동 영서군 하숙에 늘 가서 성가시게 굴던 놈들이 올씨다. 인사 여쭌 일은 없어두 잘 알구 있읍니다."

한 학생은 유보화에게 이렇게 말을 건네었다.

“김군 인살 시켜 주게.”

이 말에 김영서는 세 학생의 이름과 학교명을 대면서 인사를 시켰다. 조도전 철학과에 다닌다는 오채영. 명치대학 정치과에 다닌다는 우경진. 경응대학 불문(佛文)과에 다닌다는 임창호, 셋이다. 김영서와 같이 중학을 나왔고 또 같이 스트라이크의 주동이 되었고 또 같이 붙잡혀 갔었고 무사해서 같이 동경에 왔다고 했다.

그들은 또 같이 앞으로도 어떠한 일이 있든지 행동을 같이 하고 보조를 같이 한다고 했다. 그들의 제일 처음으로 지킬 지조(志操)는 졸업하고 귀국한 후에 조선총독부의 관리(官吏)가 아니되는 일이라고 했다. 유보화와 차순도 이름을 대며 머리를 숙였다. 인사 소개가 끝나자 곧 다이어먼드 게임이 시작되었다. 남자 넷, 여자 둘 도합 여섯이어서 둘씩 둘씩 편을 무어[23] 세 패로 갈랐다.

김영서와 차순이가 한 편이 되고 유보화와 임창호와 한 편이 되고 남은 두 학생이 한 편이 되었다. 제비를 뽑았다. 차순은 김영서와 한 편이 된 것을 알자 손뼉을 치며 좋아했다. 그리고 연방 벌쭉벌쭉 웃으며 신이 나 했다. 김영서가 무슨 말을 하면,

“아 멋이다.”

하고 소리를 쳤다.

그럴 때마다 임창호가,

“귀청이 떨어집니다.”

하고 차순을 놀려대었다.

그리면 또 차순은

“제발 귀청 좀 떨어지십시요.”

하고 어깨를 으쓱 추켜 올렸다. 이 어깨를 으쓱 추켜 올리는 버릇은 그가 가장

---

23 뭇다 : 여러 조각을 한데 붙이거나 이어서 어떠한 물건을 만들다. 여러 사람이 한데 모여서 조직, 짝 따위를 만들다.

신이 나는 때 하는 몸짓이었다.

"영서씨 우리 꼭 이깁시다."

차순은 눈을 번득이며 김영서에게 똑 같은 말을 수 없이 했다.

이 말에 김영서는 또 번번이

"그럽시다. 이긴다는 건 젊은 사람의 사명입니다."

하고 대꾸해 주었다.

그러니까 임창호도 유보화더러

"우리두 이깁시다. 늙은 사람 안 되기 위해서……."

했다.

그러니까 차순은 또

"그건 김빠진 사이다 같은 소리올씨다."

하고 받아 넘겼다. 차순은 모두 초면(初面)이건만 벌써부터 알던 사이처럼 남학생들과 잘 어울렸다.

김영서가 말한 젊은 사람의 사명이라는 말과 차순이가 말한 김 빠진 사이다라는 말은 잠시도 쉴 새 없이 여러 사람이 되풀이들 했다. 그럴 때마다 방안엔 웃음꽃이 피었다.

유보화도 웃었다. 아무 것도 생각지 않고 그들과 같이 웃고 떠들었다. 그는 문득 권농동 하숙집 영감님 생각이 떠올랐다. 이것은 젊은 사람이니 늙은 사람이니 하는 언어(言語)가 가져다 주는 기억이리라. 권농동 하숙집 영감님은 젊은 사람 늙은 사람 하는 말을 많이 썼다.

하숙집 영감님 생각이 떠오른 탓일까? 도영혜가 그 자리에 없는 것이 쓸쓸히 느껴졌다. 도영혜의 일이 더 바싹 궁금해지기도 했다.

"도영혜 언니 어디 있어요?"

유보화는 게임하던 손을 멈추고 김영서를 보았다.

"연락을 못했읍니다. 요 댐에 해 드리지요."

김영서는 유보화는 보지 않고 말했다.

“그럼 가겠어요.”

다시 마음이 무거워 오기 시작했다. 그 동안 깜박 잊어버리고 웃고 떠든 것이 누구에게나 없이 죄스러웠다.

“애가 또 왜 이렇게 새무룩해지냐? 너 또 그 생각이 나서 그리는구나.”

차순은 흥이 깨어지는 것이 부아가 나서 유보화를 흘겨보며 두덜거렸다.[24] 차순이가 그 생각이라 함은 서남령 선생의 생각을 말하는 것이었다. 차순은 유보화가 서남령 선생 생각을 할 때면 언제나 새무룩해지는 것을 알고 한 말이었다.

그러나 유보화의 새무룩해진 까닭은 거기에 있은 것이 아니었다. 도영혜를 만나려고 간 곳에 도영혜는 있지 않고 생통 같은 딴 사람들 — 그것은 여자가 아니고 남학생들인 위에 그들과 웃고 떠들고 하는 것이 마음에 불안했던 것이다. 그는 아무의 만류도 듣지 않고 일어서 나왔다. 차순은 일어설 생각이 아니다가 하는 수 없이 따라나서며

“우리 이번엔 이길 건데…….”

하고 김영서만 돌아다보곤 했다.

차순은 숙소에 돌아와서도 김영서의 이야기만 줄곧 하자고 했다.

“아 멋쟁이던데! 나 그런 남자 처음 봤어…….”

“…………”

유보화는 차순도 도영혜와 비슷한 말을 하는구나 하고 생각했다. 누구나 자기가 좋은 사람은 제일이라는 생각이 드는 것이 우습기도 했다.

“그런 남자하구 연앨 좀 했음.”

“도영혜하구 하구 있는데 어떻게 하니?”

“도영혜하구 한다구 못할 거 뭐야. 경쟁을 하지…… 경쟁을 해서 이기지…… 이긴다는 건 젊은 사람의 사명인데……. 아 참 얼마나 멋진 소리냐!”

차순은 김영서가 하던 말을 되풀이하고 웃기까지 했다.

24　두덜거리다 : 남이 알아듣기 어려울 정도의 낮은 목소리로 자꾸 불평을 하다.

“큰일 났구나. 김영서가 모두 그렇게 좋으니…… 난 그 사람 소리치는 거랑 봐서 그런지 조금두 안 좋아. 너 그 사람 소리치는 거 못 들어 봤지? 권농동 하숙집에 있을 때 동물원 물소보다 더 큰 소릴 쳤단다. 창경원 담장에두 올라가서 소리 소리 치군 했단다.”

“왜?”

“힘을 기르느라구 그런다나!”

“야 더 멋이다. 동물원 물소보다 더 큰 소릴 칠 수 있는 남자 그거 얼마나 좋은지 넌 모르지? 난 그런 남자면 고만야. 우리 고향에서 난 그 비슷한 남자하구 연앨 해봤단다. 그런데 우리 오빠가 반댈 해서 그만 두었어. 개고기라구 못하게 하잖아 글쎄……. 그런데 김영서는 개고기 같지두 않더라. 점잖기두 한 것 같더라.”

차순은 이불 속에 엎드려서 이렇게 떠들어대었다.

“도영혜가 있는데 그렇게 좋아두 소용 없잖니?”

“도영혜 까짓 건 문제두 아냐. 유보화람 못 견딜지 모르지만.”

차순은 눈을 껌벅해 보이며 깔깔깔 웃었다.

“그 사람 날 좋아한다구 그리더라. 어저께 만났을 때…….”

“뭐? 요 깍쟁아 그래서 부리나케 오늘 갔더랬구나. 그린 걸 이 멍텅구린 멋두 모르구 따라갔네……. 너 아주 감쪽 같이 또 속였구나. 아이 분해…….”

차순은 웃지 않으면서 이렇게 말했다. 그렇다고 또 성난 것도 아닌 성싶었다.

“속이긴 누가 속이니? 난 그 사람한테 아무 흥미두 없어. 도영혜 만나려구 갔댔지 뭐.”

“그럼 너 왜 어저껜 그런 얘기가 통 없었냐? 김영서가 너한테 한 얘길 왜 안 했냐.”

“나한테 중요한 이야기가 아니니까 안 했지 뭐.”

“거짓말 마라. 요 깍쟁아 그럼 미술선생 얘긴 왜 감쪽같이 속이구 있었어?”

“그건 너무 중요하기 때문에 말하기가 두려워서 못한 거야…….”

"애 너 하는 소리란 밤낮 해야 뭐가 뭔지 알 수 없구나. 그렇게 중요하지 않다는 얘길 왜 지금은 또 하는 거냐? 김영서가 널 좋아한다는 얘기 말이다!"

"중요하지 않으니까 또 쉽게 이야기할 수두 있게 되는구나."

"아이구 아이구 속 터져라. 그러니까 밤낮 해야 네 소린 뭐가 뭔지 모르겠단 말이다."

"몰라두 할 수 없지 어떡하니. 난 조금두 거짓말 아니다. 김영서 이야기가 중요하지 않았기 때문에 너한테 이야기 안한 것만은 사실이다. 그게 말이다, 서남령 선생 이야기 같으면 좋아서 오던 길루 너한테 이야기했을지 모른다."

"말 마라. 그건 새빨간 거짓말이다. 그래서 미술 선생 애길 몇 달을 두구 속여왔구나……."

"글쎄 속인 건 아니래두 그래. 말하기가 두려워서 그랬다구 안 하니……."

"그런데 미술 선생 이야기라면 오던 길루 한단 건 또 뭐냐? 말에 모순이 있도다."

차순은 제 말에 허리를 잡으며 웃었다.

"조금두 말에 모순이 없다. 서선생님 이야길 네가 알구 있으니까 오던 길루 말하겠단 말이다. 모르구 있다면 숨겼을지 모르지만……."

"아뭏든 넌 별스런 아이야…… 네 말은 밤낮 들어야 알숭달숭하기만 해."

"알숭달숭할 것 하나두 없잖니? 난 그렇더라. 가장 중요한 비밀이라구 생각하는 건 누구에게나 말하구 싶잖은 마음두 있으면서 또 가장 중요하기 때문에 친한 친구 어느 한 사람에게만은 알리구 싶은 마음두 있더라. 넌 어떤지 몰라두……."

"애 애 그렇게 힘들게 어쩌구 어쩌구 할 게 아니라 너 그래 김영서가 좋으냐? 안 좋으냐? 그것부터 말해라."

"안 좋으니까 중요하지 않다는 거 아냐? 중요하지 않기 때문에 너한테 어저께 이야길 하지 않았다구 그렇잖니? 그러구 오늘 또 그 이야길 너한테 쉽게 할 수 있는 것두 중요하지 않기 때문에 하는 거라구 하잖니? 김영서가 날 좋아한다는 걸 알았을 때 처음엔 가슴이 나두 철렁하더라, 도영혜를 어떡하구 저이가 저러나 싶은 생각두 들구 또 난 서선생님 생각만 하구 있는데 어쩌나 하는 생각두 들구……. 그러다가 철렁하는 생각이 내가 안 좋으면 그만이지 뭐 하는 생각이 드니까 그냥 마음이 가뜬해지더구나. 그런데 안 된 건 김영서가 날 좋아하는 걸 도영혜가 안담 얼마나 슬플까 하는 거다. 천지가 무너지는 것 같을 거 아냐?"

"긴 말 할 것 없어. 인제 알았다. 그런데 이상두 하다. 그렇게 좋은 남자가 왜 중요하지 않을까? 김영서는 도영혜보다 널 좋아할 거야. 도영혠 괜히 제물에 제가 반해서 그러는 거야. 전에 너 하던 소릴 듣더라두 도영혜가 짝사랑을 하는 것만은 사실이야. 넌 행복이다. 좋아하려므나. 연애하려므나. 고렇게 빼지 말구. 나 같음 그런 좋은 남자가 하잠 당장 네 네 하구 달려들겠다."

"빼느라구 그러는 줄 아니? 내가 좋음 나두 얼마든지 네 네 할 수 있단다."

"아냐. 넌 암만 좋아두 그러구 달려들 성격이 아냐. 좋으면서두 안 좋은 척하는 성격이야, 깍쟁이 성격이야. 김영서가 좋으면서두 그래서 그러는 거야……."

"아냐, 그건 잘못 본 거야. 김영선 도영혜 애인이기두 하지만 김영서 같은 남잔 난 좋지두 않다구 그러잖니? ……"

"그런 남잘 안 좋다는 네 마음을 알 수 없구나. 넌 그래 그 골샌님 같은 미술 선생이 젤이냐? 그런 남잔 얼마든지 있단다. 나두 그런 남자하구두 연앨 해 봤어. 이내 싫증이 나는 거야. 한 번 껴안더라두 숨이 막히게 껴안는 남자가 좋잖아? 그런 골샌님 같은 건 여자 하잔 대루 하니 이거 원 속이 터져서 살 수가 있어야지…… 너두 인제 봐라. 미술 선생은 이내 싫증이 난다. 지금은 네 맘 자리를 그이가 꽉 차지하구 있으니까 김영서가 안 좋다구 그러지만 그이가 맘 자리에서 물러나가는 날엔 너두 김영서가 좋다구 쫓아다닐 거야…… 아니 네 솜씨에 쫓아다니진 않겠지만 불이 번쩍 나는 연앨 할 거야. 아아 그럼 난 누구하구 한단 말이냐?"

차순은 늘어지게 기지게를 켰다.

"넌 임창호하구 하렴."

“임창호가 누구냐?”

“나하구 한 편이던 사람 말이야.”

“넌 기억두 좋다. 난 김영서 이름 밖엔 모르겠는데…… 그 말라깽이 말이지? 키만 크구 몸이 너무 가늘어…….”

“그럼 철학한다는 학생하구 하든지…….”

“그건 어느 거야? 그 몽땅한 토시짝 같은 학생 말이냐?”

“그래. 참 똑맞는 형용이다. 똥똥하구 몽땅하지…….”

“애 틀렸다. 난 비록 굴뚝쟁이 같을망정 멋진 것과 연애하구 싶단 말이다.”

“그럼 명대 정치과에 다닌다는 그 학생? 그 사람 이름 뭐드라. 우, 먼데?…”

“우영진이야. 영진이란 건 나 연애하던 사람 이름하구 같기 때문에 알겠다. 그 사람은 좀 낫지. 멋은 없어두 키하구 얼굴하면 아쉰 대루 괜찮아.”

“넌 연앨 어지간히 해 봤나보다? 애인이 그렇게 많으니…….”

“많긴 뭘 많아? 그 골샌님 같은 작자하구 개고기 뿐인데. 골샌님 이름이 최영진이야. 죽은 최가 하나가 산 김가 셋을 어쩐다더니 이건 죽은 김가 하나두 못 당해낼 위인이냐? 글쎄 최가 중에두 예외(例外)가 있나부지…… 하하하…… 그런데 개고기란 작잔 그렇찮아. 이건 사람을 너무 휘둘러서 정신을 채릴 수가 없구나. 그 사람두 테니스 선수지. 난 그래두 그 사람이 좋은데 우리 오빠 아주 반대가 아냐. 남자란 건 그렇게 개고길 부린다 해야 좋은 거야. 너두 미술 선생인가 뭔가를 아예 일찍 단념하구 김영서하구 해라. 도영혜가 반하구 노차순이가 하루 저녁에 그만 너크 아웉 되는 거 봐라. 노차순이가 이래 뵈두 아무 남자에게나 쉽게 반하진 않는다. 적어두 좋은 남자가 아님 어림두 없다…….”

차순은 이 외에도 많은 말을 했다. 또 웃기도 많이 했다.

그러는 사이에 유보화는 그만 잠이 들어 버렸다.

잠이 들자 그는 꿈을 꾸었다. 꿈도 한 가지만 꾸지 않고 여러 가지를 꾸었다.

인어(人魚)가 되어 길고 흐늘거리는 꼬리를 저으며 바다 속을 헤엄치는 꿈도 꾸었다.

서남령 선생이 왕자가 되고 자기가 왕녀가 되어 나귀를 타고 어느 검둥이 나라에 이르니까 소철나무를 꺾던 검둥이들이 호산나를 부르며 영접하는 꿈도 꾸었다.

a가 공작보다 고운 새가 되어 칠색 무지개 찬란한 하늘을 훨훨 날으는 꿈도 꾸었다.

서남령 선생의 모습과 같은 글자를 찾아보려고 알파베트 에이에서 제트까지 읽다가 잠이 들어 버리는 꿈도 꾸었다.

김영서가 자기의 어깨를 꾹 눌러앉히는 꿈도 꾸었다. 그것은 전날 그와 만나던 들이 아니었다. 높은 절벽(絕壁)이었다. 그 아래로는 푸른 물결이 넘실거리는 바다가 가로 놓여 있었다. 발 하나만 삐쭉하면 바다로 떨어지게 되어 있었다. 그런데 절벽 끝머리엔 고운 꽃 한 송이가 피어 있었다. 꽃을 꺾으려고 발을 내디디며 손을 내밀려고 하는데 뒤에서 양 어깨를 꾹 눌러 앉히는 사람이 있었다. 김영서였다. 김영서는 들에서 자기를 꾹 눌러 앉히던 것보다 더 강렬히 꾹 눌러 앉혔다.

고맙다는 생각보다 부아가 치밀었다. 아니 꽃을 못 꺾은 일이 원통하고 분했다. 그는 어엉 엉 울고야 말았다.

"애가 왜 이리 울어?"

차순이가 흔들어서 눈을 뜨니까 베개가 흠뻑 젖어 있었다.

"너 미술 선생 꿈을 꾸었구나?"

차순이가 이렇게 물었으나 유보화는 아무 대꾸도 하지 않았다. 그렇게 한참 가만 있다가 그는 김영서가 강렬히 꾹 누르던 자기의 양 어깨에 두 손을 얹어 어루만져 보았다. 아직 강렬한 손자국이 남아 있는 것 같아서 그랬던 것이다.

벌 · 나비처럼

며칠 뒤였다. 김영서가 돌연히 찾아왔었다. 안주인이 손님이 왔다고 부르길래 도영혜가 온 것이나 아닌가 하고 달음박질해 내려갔더니 뜻 밖에도 김영서가 서 있는 것이 아닌가. 김영서는 유보화를 보자 인사하는 일도 없이 빙끗 웃기만 했다.

"어떻게 오셨어요?"

유보화가 이렇게 말하니까 김영서는 웃던 얼굴을 멈추고,

"좀 보구 가려구 왔읍니다."

했다. 유보화는 대꾸할 말이 나오지 않아서 마주 쳐다만 보았다. 그러나 김영서의 보고 가려고 왔다는 말이 싫지가 않았다. 자기도 김영서를 보았으면 하던 참이었던 것이다.

유보화는 절벽에서 김영서가 자기 양 어깨를 꾹 눌러 앉히던 꿈을 꾸고 나면서 부터 김영서를 한 번 보았으면 하는 생각을 가지고 있었다.

그런데 한 번 보았으면 하는 이 생각은 서남령 선생을 보고 싶어서 한 번 보았으면 하는 생각과는 달랐다. 절벽에서 김영서가 꾹 눌러 앉히던 꿈을 꾸면서 부터 유보화는 김영서의 강렬한 손자국이 남아 있는 듯한 양 어깨에 손을 얹어 어루만져 보는 일이 여러 번 있었는데 손을 얹을 때마다 그는 김영서를 똑똑히 보았더면 하는 생각이 들었던 것이고 다시 한 번 똑똑히 보았으면 하는 생각이 들었던 것이다.

차순이가 틈이 생기면 같이 가리라 벼르고 있던 참이었다. 차순은 교내 테니스 경기 때문에 줄곧 저녁 늦게야 돌아오곤 해서 같이 가자고 할 수가 없었다.

"좀 올라가십시다."

김영서는 마주 서 있는 유보화를 한 쪽으로 밀치면서 자기가 앞을 서서 자기 집처럼 성큼성큼 올라가는 것이 아니겠는가. 유보화는 어처구니가 없어서 밀치운 그대로 서서 올라가는 김영서를 보고만 있었다.

이것을 보고 있던 주인 여자가 웃으며,

"누구?"

하고 물었다.

유보화는 잠깐 머뭇거리다가

"오빠!"

하고 대답했다. 미리 준비도 하지 않은 말인데 불쑥 나왔던 것이다.

"아 그래? 어쩜 그런 오빠가 있었어? 참 잘 생겼네…."

하고 주인 여자는 눈웃음을 쳐 가며 감탄했다. 그리고 주인여자는 또,

"부모님이 좋으신가봐. 아들은 아들답게 딸은 딸답게 낳으셨어……."

하기도 했다.

유보화는 주인 여자의 말이 김영서에게 들릴까봐 초조로왔다. 그는 말이 끝나기도 전에 층층계를 구르며 올라갔다. 김영서는 벌써 앉아 있었다. 희뜩 돌아가 보더니

"같이 있는 말괄량이 올라오는 줄 알았네."

하고 웃었다.

"왜요?"

"막 구르며 올라와서?"

유보화도 따라 웃었다.

"좋은데."

이것은 웃는 유보화를 마주 보며 혼잣소리 비슷이 하는 김영서의 말이었다.

"뭐가요?"

"그렇게 맘 놓구 웃는 얼굴이……."

이 말을 듣자 유보화는 김영서 앞에서 마음 놓고 웃어본 일이 없던 것을 곧 알았다. 권농동 하숙집에서는 밤낮 욕설만 퍼붓느라고 웃지 못했고 들에서 만났을 땐 서남령 선생을 생각하는 마음 때문에 웃지 못했다.

"밥 좀 주시오."

"네?"

"밥 달라는데 그렇게 놀라실 건?"

"왜 여기 와서 밥을 달래서?"

“나 하숙에 들어갈 수가 없어서 그래요. 놈들이 또 찾는다는군!”

유보화는 가슴이 철렁 내려앉았다. 언젠가 도영혜 편지로 해서 김영서는 동경 와서도 잡혀갔던 것을 알았고 또 권농동에서도 잡혀갔던 것을 알고 있었기 때문이다. 그러나 그때는 그냥 남의 일 같기만 했던 것이다.

“또 그럼 어떡해요?”

진정 유보화는 자기 일 같이 걱정스러웠다.

“어떡하는 수 없지요.”

유보화는 더 다른 말을 묻지 않고 밥을 짓기 시작했다.

걱정만 될 뿐 아니라 불우한 나라에 태어난 까닭에 놈들에게 벌써 몇 차례씩이나 끌려 갔고 또 끌려 가게 될지 모르는 그가 가엾이 생각되기도 했다.

“그놈들이 왜 찾는대요?”

“조선서 요시찰인(要視察人)으루 통보(通報)해 오기두 했으려니와 가만 있잖으니까 그러는 거겠지요.”

유보화는 또 다른 말을 더 하지 않았다. 그렇게 몇 차례씩이나 끌려가 보았건만 그래도 그대로 나라와 민족을 위하여 제 몸 같은 것은 돌보지 않는 김영서가 도영혜 말이 아니더라도 위대하고 훌륭한 것 같이 여겨졌다.

그는 정성되고 살뜰한 마음으로 밥을 지었다. 아직 한 번도 가져 보지 못했던 마음이었다. 밥은 곧 되었다.

김영서는 숟가락을 들자 밥그릇이나 찬그릇이 움쑥 움쑥 들어가게 퍼 먹었다.

“어지간히 시장하셨던가 봐요?”

“네.”

“입이 미어지게 잡수시네요.”

“본래부터 그렇습니다. 아가리가 크니까 소리두 크겠지만, 아가리가 크니까 밥두 많이 들어가더군요.”

김영서는 웃으면서 유보화를 건너다보았다. 유보화는 권농동 하숙집에서 자기가 김영서더러 욕설을 퍼부은 말을 또 하는구나 하고 알아채렸다. 그런데 그때 그 말은 김영서가 듣는 데서 한 것 같지 않은데 김영서가 알고 있는 것은 도영혜가 말했던지 안방 영감님이 말했던지 했을 것이라고 짐작했다.

그러나 유보화는 얼굴이 달아오르지는 않았다. 김영서가 아가리 아가리 하며 밥과 찬을 퍼 넣는 입을 열심히 보고 있었다. 과연 그의 입이 큰가? 어쩐가? 를 보고 있는 것이었다.

"그다지 크지두 않네요!"

자세히 본 결과에 크지 않은 것을 알았다.

"그놈의 입이 조화군. 크다가 말다가 하니……."

"크다가 말다가 하는 게 아니구 전에두 크지 않은 걸 제가 크게 봤던 게지요."

"그럼 입이 조화가 아니구 그 눈이 조화군 그래."

"왜요?"

"미울 땐 크게 뵈구 고울 땐 그다지 크지두 않게 뵈니 말입니다."

김영서는 이 말과 함께 유보화를 건너다보았다. 유보화는 얼굴이 마구 달았다. 김영서가 그렇게 보고 있는 탓도 되겠지만 정말 김영서의 말대로 김영서가 고와지는 것이 아닌가 했다. 그리고 또 고와지면 어쩌나 하는 생각도 들었다.

"고와지긴 누가 고와진대요?"

유보화는 늦추어졌던 마음과 자세(姿勢)를 가누면서 지금껏 하던 것과는 다른 소리로 말했다.

"그만큼 미워했으니 이젠 좀 고와지면 어때요?"

"그런 강요(强要)는 하지두 마세요."

달아오르던 붉은 기운까지 가시도록 유보화는 어느 새 제 마음자리로 돌아갔다.

"빨개지다가 파래지는 싸늘한 얼굴 그건 더 고운데…… 소름이 끼치도록 고운 얼굴인데……."

김영서는 이 말과 함께 어간에 가로 놓인 밥상을 물리치면서 유보화를 덥석 껴안았다.

"이게 뭐예요?"

유보화는 손 발을 놀려 필사적으로 항거하는 것이나 김영서의 그 큰 몸뚱이와 굳센 팔 안에 꼼짝을 할 수가 없었다.

"이거 놓지 못……."

말도 할 수 없이 이번엔 입으로 유보화의 입을 꽉 틀어막았다. 망할 자식 개자식 이상의 욕설을 퍼붓고 싶었으나 입이 꽉 틀어막혀서 어쩌는 수가 없었다.

그러나 오래 그렇게 하고 있지는 않았다. 이어 풀어 주었다. 저만큼 벽쪽으로 가서 어깨를 들먹거리며 흑흑 울고 있는 유보화의 흐트러진 머리를 아무 말 없이 한참 가만히 쓰다듬어 주었다.

"울지 말아요. 우는 걸 보구 감 어떡해요. 보구만 가려구 했는데 그만……."

김영서는 이런 말을 하고 친구와의 약속이 있어서 가야 한다고 하면서 나갔다. 김영서의 발자취가 층층계에 사라지자 유보화는 절벽에서 떨어지는 것 같은 절망을 느꼈다. 어디서 오는 심리상태인지 자기 자신도 알 수 없었다.

'아이를 배었으면 어쩌나.'

하는 공포심이 가져다 준 것인지도 모른다. 아뭏든 유보화는 틀림 없이 아이를 밴 것이라고 알았다. 그는 남자와 여자가 껴안기만 하면 아이를 배는 것이라고 알고 있었다. 벌이나 나비가 꽃에 앉았다 가면 열매가 맺혀지듯이 남자가 여자를 껴안게 되면 껴안게 되는 때 아이를 배게 되는 것이라고 알았다. 유보화는 혼자 걱정하다가 차순이가 돌아오자 김영서가 한 일을 이야기하고 또 자기가 걱정하고 있는 일을 이야기해 들려 주었다. 그랬더니 차순은 한참 웃고 나서,

"너이 어머니가 널 어떻게 난 것을 넌 모르니? 이 맹꽁아 껴안구 자지두 않구서 앨 밴다구 그래? 그냥 그렇게 껴안는 건 골백 번 껴안아두 앤 안 배는 거야. 껴 안구 자야 배지."

했다.

유보화는 차순의 말을 알아들을 수가 없었다. 차순의 말을 빈다면 그야말로

알쏭달쏭 했다. 껴안는 것만으로는 아이를 배지 않고 껴안고 자야만 아이를 밴다니 잔다는 것은 어떤 것인가? 차순이가 너 어머니가 널 어떻게 낳은 것두 모르느냐?고 하지만 실상 아버지와 어머니가 껴안고 자는 것을 본 일이 한 번도 없었다. 또 S대학생도 고모아주머니를 껴안고 뺨에랑 이마에랑 입을 맞추는 것은 보았지만 껴안고 자는 것은 본 일이 없었다. 그런데 고모아주머니도 아이를 낳았고 또 어머니도 자기와 자기 동생들을 낳지 않았는가?

어릴 때 아버지와 같이 타곳에 갔을 때 꼭 한 번 본 일이 있는데 그러한 것을 껴안고 잔다고 하는 것일까?

자다가 눈이 훌쩍 띄우면서 아버지 쪽을 보았다. 잠들기 전엔 분명히 여자가 없었는데 아버지는 여자와 같이 누워 있었다. 이어 잠이 와서 오래 보지 못했지만 아버지와 여자는 이불 속에 잠들어 있지 않고 분명히 움직이고 있었다.

이튿날 아침 잠이 깨었을 때 여자가 보이지 않았던 까닭이었던지 자기는 밤에 있었던 일을 이어 잊어버렸으나 차순의 이야길 듣고 나니까 그때 그 일이 눈에 서언히 떠올랐다. 유보화는 아버지와 여자의 이야길 또 차순에게 해서 들려주고 그렇게 잠들어 있지 않고 움직이는 것도 잔다고 하느냐고 물어보았다. 차순은

"그래 그거 자는 거야…… 아뭏든 넌 행복이다. 그런 남자하구 껴안구 입 맞추구 했으니……."

하고 부러워했다.

차순은 아버지의 이야기 같은 것은 탐탁해 하지 않았다. 그러한 이야기보다 김영서의 이야기가 듣고 싶고 하고 싶은 눈치였다. 유보화가 몇 번씩 따져 묻는 말에 차순은 또

"글쎄 껴안구 입만 맞췄담 앨 배지 않아. 절대로 배지 않아."

하곤 이어 김영서의 이야길 끄집어내자고 했다.

유보화는 차순이 하자는 대로 할 수가 없었다. 차순의 이야길 듣고 나서도 공포감은 그대로 가슴을 누르고 있었다.

유보화는 아무래도 벌이나 나비가 꽃에 앉았다 가면 열매가 맺혀지듯이 남자가 여자를 껴안게 되는 때 아이를 배게 될 것 같이만 생각되었다. 껴안고 자야만 밴다는 것은 아무래도 잘 모를 소리 같았다.

유보화는 이틀 동안을 이것으로 해서 속을 썩히다가 아래층 주인 여자에게 물어 보고야 말았다.

주인 여자는 유보화들에게 각별한 친절을 베풀기도 하려니와 산파업을 하고 있어서 부지런히 아이 받으러 다니는 것을 유보화는 알고 있었다.

"아주머니, 아인 어떻게 배는 거얘요?"

"아니 유보화 아직 그걸 모르나?"

하고 주인 여자는 약간 놀라는 기색이었다. 그러자 유보화는 차순이가, 너 어머니가 널 어떻게 낳은 것두 넌 모르니? 하면서 맹꽁이라고 놀리었던 일이 생각났다. 정말 자기는 맹꽁이기 때문에 남이 다 알고 있는 것을 모르는가 보다고 여겨졌다. 부끄럽고 주저로운 마음이 왈칵 치밀었다.

"지금 열 아홉이라구 그랬지? 하긴 늦게 까지 모르는 사람두 있긴 해. 전에 내 친구 중에두 유양 모양으로 나이 스무살이 되도록 아이는 배꼽으로 낳는 거라구 알구 있는 일이 있었어. 그 사람 지금은 일곱 아이나 낳아서 기르는 어머니가 됐지만⋯⋯."

유보화가 부끄러워 말을 못하고 주저주저하는 것을 보고 주인 여자는 우선 이렇게 말을 해서 유보화의 마음을 달래어 놓은 다음

"왜 갑자기 그게 알구 싶어졌어?"

하고 눈웃음을 쳐 웃었다.

유보화는 주인 여자의 이런 태도에 다시 용기를 얻었다.

"네, 내가 남자하구 껴안기만 해두 아일 배는 거 아니냐구 그랬더니 차순은 껴안기만 해선 아일 배는 게 아니라구, 껴안구 자야 배는 거라구 그리잖아요? 그런데 껴안는 것하구 껴안구 자는 것하구 어떻게 다른지 난 그걸 모르겠어요."

주인 여자는 유보화의 말하는 얼굴을 들여다보면서 웃기만 했다. 말이 끝난

뒤에도 웃고 있었고 또 그대로 웃으면서,

"차순인 알구 있는데 보화는 어째 모를까? 차순이더러 어떻게 다르냐구 자세 가르쳐 달래지……."

했다. 유보화는 주인 여자가 너무 웃으니까 다시 부끄러워져서 아무 말도 못하고 있었다. 주인 여자는 웃을 대로 다 웃고 나서 자기가 가지고 있는 책을 가져다 유보화 앞에 펼쳐 놓았다. 생물학 비슷한 책이라고 유보화는 짐작했다.

주인 여자는 이 책 속에 있는 도해(圖解)와 또 자기가 손수 그림을 그려가면서 유보화가 말하는 껴안는 것과 껴안고 자는 것과의 다른 점을 자세히 가르쳐 주었다. 삼십분 이상을 가르쳐 주었다. 그래서 유보화의 벌이나 나비가 꽃에 앉았다 가면 열매가 맺혀지듯이 남자가 여자를 껴안게 되는 때 아이를 배게 되는 것이라는 사상(?)은 완전히 일소되었다. 또 그는 자기가 아이를 배지 않았다는 것도 알게 되었다. 김영서는 꼭 껴안고 입을 맞추었을 뿐이지 아이를 밸 수 있는 짓은 하지 않았던 것이다.

유보화는 허공에 날 듯 마음이 상쾌해졌다. 그는 콧노래를 부르며 층층계를 구르고 올라왔다. 그러다가 문득 며칠 전 김영서가 왔을 때 층층계를 크게 구르며 올라오던 일이 훌쩍 머리에 떠올랐다. 그때와는 전연 다른 기분으로 구르긴 했지만 ―

어디서 김영서의

"같이 있는 말괄량인 줄 알았어."

하던 음성이 들려오는 것만 같았다.

'어떻게 됐을까? 잡혀 가지나 않았는지?……'

이런 걱정을 했다. 그 동안 아이 배는 걱정 때문에 속을 썩히느라고 감감히 잊어버렸던 것이었다.

그날 유보화는 학교에서 돌아오자 이어 머리를 풀어 끝을 약간 지져 말아 올렸다.

"이제 머릴 땋내리지 말구 풀어 헤쳐 놓시지."

하던 김영서의 말이 생각났던 것이다.

보름달이 이지러지듯

그날도 김영서의 숙소에 갔으나 김영서는 있지 않았다. 주인은 유보화를 자세 보고 있다가 어떻게 되느냐고 먼저 물었다.

얼른 대꾸가 나오지 않았다. 며칠 전 자기 주인 여자에겐 오빠라는 말이 준비하고 있은 것처럼 나오더니 그 말도 나오지 않았다.

유보화가 머뭇거리는 얼굴에서 주인은 무엇을 눈치채었던지 김영서는 나흘 전에 하숙에서 나갔다는 것과 나갈 때 경찰에서 찾는다는 말을 했다는 것을 말한 다음 이틀 전에 ××경찰서에서 와서 김영서의 방을 수색하고 또 그에 대한 것을 주인에게 묻고 갔다는 말도 했다. 그래서 바깥 주인이 잘 아는 친구를 통해 무사히 나오게 하려는 참이라는 말도 했다.

유보화는 고맙다고 인삿말을 하면서 참 많이 허리를 굽혔다. 진정 주인들의 마음씨가 고맙게 여겨졌던 것이다.

일본 사람 중에도 조선 사람을 위하는 일도 있는 것을 그는 알게 되었다. 그리고 자기네들 주인들도 그런 사람 중의 하나라고 생각되었다.

그는 그렇게 좋은 주인들에게 김영서를 오빠라고 속인 일이 마음에 걸렸다.

유보화는 숙소에 이르자 주인 여자에게

"아주머니 요 먼저 왔던 그 남학생 오빠 아녜요."

하고 말했다. 여기에 주인 여자는 전보다 눈웃음을 쳐 웃으면서,

"옳아, 그래? 그럼 누구야?"

했다. 유보화는 또 말이 막혔다. 그럴 줄 알았더면 미리 준비나 할 것을 하고 생각했다. 한참 머뭇거리다가,

"몰라요."

하고 층층계를 구르며 올려 달렸다.

저녁을 짓기엔 아직 이르고 해서 그는 책을 펴 들고 앉았다. 그러나 공부가 머리에 들어오지 않았다.

김영서의 걱정으로 머리가 꽉 차 있었다.

오래 있게 되면 어쩔까? 심한 고문이나 받지 않는 걸까?

유보화는 경찰에 붙잡혀 가면 여러 가지 견딜 수 없는 고문을 받게 된다는 것을 아버지로 부터 들은 일이 있었다. 양 팔을 뒤로 꽉꽉 동쳐서 높이 달아매는 소위 비행기타는 고문도 있다고 했다. 얼마 안되어 혀가 한 발씩 빠져나오게 되는 고문이라고 했다.

발가벗겨 깔고 앉아서 고춧가루를 탄 물을 주전자로 콧구멍에 부어넣는 고문도 있다고 했다. 배가 북어 모양으로 불러오면 꾹 눌러서 아래 위로 물을 뺀다고 했다. 이것 역시 얼마 안 되어 기절을 하게 되는 고문이라고 했다.

물을 가뜩 채운 말 구유 같은 데 집어 넣어 물을 실컷 먹여서 기절을 시키는 일도 있다고 했다.

전기로 지지는 고문도 있다고 했다. 이 고문을 받게 되는 때면 몸이 공중 뛴다고 했다.

화젓가락으로 지지는 고문도 있다고 했다. 성문 사이에 방망이 같은 것을 끼우고 올라서서 밟는 일도 있다고 했다. 연필이나 철필대를 손가락 사이에 끼우고 꽉 틀어쥐는 고문도 있다고 했다. 이 외에도 여러 가지가 있다고 들었다.

유보화는 필통에서 연필을 내어 자기 왼편 네 손가락 사이에 끼우고 바른편 손으로 꽉 쥐어 보았다. 아팠다. 눈물이 쑥 나왔다. 제가 제 손을 쥐는 데도 이렇게 아픈데 그 몹쓸 놈들이 사정 없이 있는 힘을 다 내어 틀어쥔다면 얼마나 아플까 하는 생각에 쑥 나오던 눈물이 그만 멈춰졌다.

아프더라도 제발 손가락 사이에 넣는 고문이나 받았으면 하는 마음이기도 했다. 물을 먹고 기절하는 고문이거나 비행기 타는 고문을 받아서 아주 기절을 해 버리면 어쩌나 하는 마음이기도 했다.

그날 밤 유보화는 별로 깊은 잠이 들었던 것도 아닌데 도영혜와 둘이서 ××

경찰서에 가는 꿈을 꾸었다. 낮에 도영혜를 만나야 할 것 같은 생각을 했기 때문일까?

그런데 도영혜의 처소를 알지 못하는 일이 탈이었다. 김영서가 찾아오던 날은 미처 그것을 물을 수가 없었고 아뭏든 유보화는 도영혜의 처소를 알아 두지 못한 일이 후회되었다.

유보화는 다시 김영서의 하숙을 찾아갔다. 주인에게 도영혜의 처소를 알아 보자는 마음이었다.

그러나 주인도 몰랐다. 주인은 도영혜가 두어달째 보이지 않는다는 말도 하고 김영서에게 도영혜가 왜 안 보이느냐고 물으면 아프다고도 하고 조선 갔다고도 하더라는 말도 했다.

다음 날은 학교에도 나가지 않고 유보화는 도영혜를 찾아다녔다. 도영혜가 다닐 만한 학교를 찾았다. 도영혜는 권농동 하숙집에서 부터 동경 외국어 학교로 간다고 했던 것이다.

지리에 서툴긴 했으나 물어서 제일 먼저 동경외국어학교에 가 보았다. 그대로 밟아 공부를 했으면 삼학년일 터이고 제대로 공부를 못했으면 이학년도 될 수 있고 일학년도 될 수 있을 성싶어서 일 이 삼학년을 찾기로 했다. 도영혜는 있지 않았다. 문화학원 불문과에 가서도 그렇게 찾았고 또 다른 학교에 가서도 그렇게 찾았다. 그리다가 아테네 프랑쎄로 갔다. 이 학교에 도영혜는 다녔던 것이다. 그런데 도영혜는 일학년에 입학한 그대로 있었다. 선생의 이야기가 도영혜는 학교에 입학해서 부터 나오는 날보다 안 나오는 날이 더 많았는데 두달째는 아주 나오지 않는다는 것이었다. 김영서 하숙 주인의 말도 두어달째는 보이지 않는다고 하는 것으로 보아서 도영혜는 틀림 없이 조선 나간 것이라고 보화는 짐작했다. 앞이 캄캄했다.

의지가지 없는 이역 수천리 타국에서 내 목숨보다 더 중요한 그이를 경찰에 보낸 뒤에 내 처지를 상상해 보라던 도영혜의 편지를 조선 있을 때 받은 일이 있었지만 정말 그때의 도영혜가 동정되었다. 그리고 자기는 그때의 도영혜보다 더 기가 막히는 것 같이 여겨졌다.

유보화는 숙소에 돌아오자 도영혜한테 편지를 썼다. 도영혜의 주소를 분명히 아는 것도 아니었다.

사리원(沙里院)이라는 것만 알고 있을 뿐이었다.

《참으로 오래간만입니다. 그 동안 아무 소식도 없이 있은 것은 진실로 저의 잘못입니다. 용서해 주세요.》

이렇게 쓰고 있는 유보화는 진실로 꿇어 앉은 자세와 마음이었다. 자기 자신도 모르는 사이에 그리 되어졌다.

《그런데 언니 김영서씨가…….》

여기서 유보화는 붓을 멈추었다.

그는 '씨'를 붙이기가 겸연쩍었다.

그러나 김영서씨라고 쓰는 외엔 달리 도리가 없었다. 웃방 학생이라고 쓴다면 잡혀가서 고생하고 있을 김영서에게 미안하고 죄스런 생각이 들었다. 웃방 학생이라는 대명사는 욕설을 퍼부을 때 쓰던 것이기 때문이었다.

그냥 김영서씨라고 쓰기로 결심했다. 이렇게 어쩔 수 없이 절박할 때 그런 것이 문제가 될 게 뭐냐고 스스로 마음을 돌렸던 것이다.

《김영서씨가 또 불우한 생활을 하게 되었어요. 그런데 언니가 없으니 어떻게 해요. 저는 참 앞이 캄캄해요. 눈물 밖엔 나오지 않아요.》

정말 유보화의 눈에선 눈물 방울이 떨어질 것 같았다.

《언니는 왜 조선 나갔읍니까? 김영서씨는 그 속에서 어떻게 됐는지 모르겠어요. 언니가 있었으면 얼마나 좋아요. 언니 웬만하면 빨리 오시도록 해 주세요. 언니가 있어야 김영서씨를 어떻게 하지 않아요? 하루 빨리 오세요, 언니.》

이렇게 써서 그는 차순이가 학교에서 오기 전에 부쳤다. 도영혜가 조선 나갔다는 것을 차순에게 알리고 싶지가 않았던 것이다. 차순이가 그것을 알면 차순은 무척 좋아할 것 같이 생각되었다. 그리고 김영서가 잡혔다는 말도 차순에겐 아직 하지 않았다. 좀 더 지나 보아서 오래 끌게 되면 하려고 마음 먹었다.

김영서의 이야긴 되도록이면 차순에게 하고 싶지 않았다. 차순이가 김영서의 이야기만 나면 귀가 번쩍해 하기 때문이었다.

김영서는 걱정하던 것보다는 쉽게 나왔다. 유보화가 네 번째 들르던 날 아침에 김영서는 일 주일만에 나왔다고 했다. 유보화는 그 동안 매일 학교에서 한 시간이나 두 시간 일찍 나와 김영서의 하숙에 먼저 들르곤 했다.

지리가 서툴러서 아무 데도 다닐 수가 없던 그가 김영서로해서 동경 지리를 대부분 알게 되었다. 도영혜를 찾아다니느라고 그랬고 또 그의 학교에서 김영서의 하숙까지는 성선을 타고 걷고 해서 한 시간 반 이상 걸리는 거리였다. 그것 뿐 아니라 유보화는 김영서가 갇혀 있는 ××경찰서에도 가 보았다.

도영혜는 스물 네 시간의 삼분지 이는 그이가 갇혀 있는 경찰서 앞에가 살았다고 한 일이 있었으나 그렇게는 하지 못했다. 그렇게 하면 김영서에게 덜 좋은 결과를 끼칠 성싶어서 아무 것도 아닌 체하면서 그 앞을 매일 지나 다녔다.

그날도 유보화는 김영서가 나왔으리라는 생각은 못하고 학교에서 나와 경찰서 앞을 지나 김영서의 하숙에 이르렀던 것이다. 날마다 이렇게 그의 하숙에 들르는 것은 행여 김영서의 소식이나 들을까 하는 마음에서였다.

여느 날과 마찬가지로 조심스레 주인을 찾았더니 주인 여자와 하녀가 함께 쫓아나오며 김영서가 나왔다고 일러 주었다. 그리고 이층을 향해 주인 여자는 김영서를 불렀다. 김영서는 아래서 하는 소리를 미리부터 듣고 있은 양으로 부르자마자 층층계를 달려 내려왔다.

유보화는 허리를 꾸뻑 하며 웃었다.

"올라오시오."

김영서는 유보화의 손을 잡을 듯이 손을 내밀며 말했다.

"올라가서 이야기 많이 하시오. 아까도 말했지만 그 동안 유양이 어떻게 앨 쓰는지 보기가 딱했어."

주인 여자가 유보화와 김영서를 번갈아 보며 하는 말이었다.

층층계는 넓어서 둘이는 나란히 올라갈 수가 있었다.

"머릴 풀어 놓셨군요?"

층층계가 끝나는 데서 김영서는 유보화와 마주 서면서 그의 머리를 보았다.

유보화는 여기엔 대꾸가 없었다. 마주 선 김영서를 고문당한 자국이라도 찾는 눈으로 올려다보면서,

"그래두 쉬이 나오셨어요. 고문당하셨지요?"

하고 물었다. 김영서는 머리만 흔들다가,

"이번엔 나 아는 사람이 붙잡혔는데 증인 격으로 불려간 셈이니까 고문은 없었어요. 다른 일인 줄 알구 걱정했더니……,"

했다.

"전 비행기랑 탐 어쩌나 해서 몹시 걱정했어요."

"고마워요. 그런데 어떻게 갑자기 나 생각하는 마음이 생겼을까?"

이 말에 유보화는 대꾸를 못했다. 무어라고 할 말이 없어서 그는 먼저 방에 들어가 앉아 버렸다. 응석 부리는 어린애와 흡사한 자세로 ―

"그런데 그날은 왜 그렇게 울었어요? 우는 걸 보구 가서 어떻게 맘이 아팠는지 알아요?"

말을 마치자 김영서는 창턱에 가 걸터 앉았다.

"그것 때메 그랬지 뭐……."

"어느 것 때매?"

"껴안구 하는 거 때매[25]!"

유보화는 고개를 숙였다.

"나한테 껴안기는 게 그렇게 싫었어요?"

"전 그럭함 못 쓰게 되는 줄 알았거던요."

"못 쓰게 되다니? 어떻게?"

"그럭함, 그럭함, 저 어, 어린앨 배는 줄 알고 그랬어요……."

유보화는 말 끝을 얼른 맺고 무릎 속에 얼굴을 파묻었다.

"좀 어디 봅시다. 얼굴을……."

김영서는 창턱에서 일어나 유보화 앉은 데로 왔다. 그리고 그는 무릎 속에 파묻은 보화의 턱을 바른손 두 손가락으로 추켜 들었다.

"그 무슨 사람이 그래요? 아주 바보네."

유보화는 추켜 들리운 채로 김영서를 말끄러미 쳐다보면서,

"그렇지만 이젠 알아요. 쥔 아주머니한테 자세 들었어요."

했다.

응석부리는 어린애와 같은 자세를 그는 아직도 짓고 있어서 말소리도 또한 그러했다.

"참 어처구니가 없는 아가씨로군. 구름 위에서나 살아아겠군……."

김영서는 이런 말을 하면서 다시 창턱에 가 걸터 앉았다.

이 구름 위란 말에 유보화는 문득 아버지가 늘 말씀하던 '하늘에 문 달린 집'이 생각났다. 그러자 그 이야길 김영서에게 들려 주었으면 하는 생각이 들었다.

"그렇잖아두 우리 아버진 절더러 하늘에 문 달린 집에나 시집을 보낸다구 그리셨대요."

이 말을 하면서 유보화는 김영서의 눈을 들여다보았다. 김영서는 들여다보는

---

25 '때메'의 오식으로 보임.

유보화를 덤덤히 내려다보고 있었다.

"전 하늘에 문이 달렸으면 그 문은 보리밭처럼 푸를 것이라는 생각두 하구 그 푸른 문 안에 사는 남자는 어느 나라 왕자와 같이 눈이 서늘하리라구 상상했어요."

이 말에 김영서는 얼른,

"서남령 선생 눈 같이 말이지요?"

하고 픽 웃었다. 유보화는 바늘에 찔린 듯 오뜰 놀랐다. 자기가 그 동안 서남령 선생을 그다지 생각지 않고 있었던 것을 깨달았다. 그다지라기보다 전혀 생각지 않고 있었던 것이다. 아이를 배었으면 어쩌나 하는 것이 걱정되어 생각지 못했고 김영서가 잡혀간 것이 걱정되어 생각지 못했다.

그보다도 더 먼저인 것 같기도 했다. 그것은 김영서에게 양 어깨를 꾹 눌리어 앉던 꿈을 꾸고 나서 부터인 것 같기도 했다. 그 꿈을 꾸고 나서 부터 유보화는 몇 번이고 양 어깨에 남아 있는 듯한 강렬한 손자국을 양 손으로 어루만져 보는 버릇이 생겼던 것이고 그 버릇과 함께 김영서를 똑똑히 보았으면, 한 번 다시 똑똑히 보았으면 하는 마음이 생겼던 것이다.

이 마음 때문에 서남령 선생의 생각이 차츰차츰 떠나기 시작했던 것 같았다. 그렇게 일분 일초 사이에도 잊지 못하던 서남령 선생이 아니던가? 먼지만한 틈새도 용납할 수 없이 자기의 마음 자리를 꽉 채우고 있던 서남령 선생이 아니던가? 마음 자리 뿐 아니라 하늘도 땅도 우주 전체가 온통 서남령 선생으로 꽉 차 있지 않았던가? 그렇던 서남령 선생이 자기도 모르는 사이에 차츰차츰 멀어져 갔던 것이다. 마치 보름달이 차츰차츰 이지러지다가 그믐에 가선 형체도 없이 없어지고 말 듯이 그렇게 자취를 감추어 버리고 말았던 것이다.

그런데 어쩐 일일까? 그렇게 꽉 찼던 서남령 선생이 간데 없이 자취를 감추었어도 유보화는 조금도 서글프지도 않고 안타깝지도 않았다. 또 허전하지도 않았다. 그저 즐겁고 유쾌하고 든든하기만 했다.

이것은 창턱에 비스듬히 걸터앉아 휘파람을 불고 있는 김영서 때문일까? 그렇게 걸터앉아 휘파람을 불고 있는 김영서의 눈이 틀림 없이 자기가 상상하던 하늘의 왕자와 같아 보이는 때문일까? 바람이 들이치면 그다지 길지 않은 머리카락이 이마에서 나풀거렸다. 서남령 선생은 미술을 하니까 길게 길렀지만 김영서는 법률을 하니까 짧은 것이 되려 적당하다고 생각되었다. 머리가 길어서 그 좋은 눈을 아주 덮어 버렸으면 어쩔 뻔했을까 하는 생각도 들었다. 또 길게 내려뜨린 두 다리, 떡 벌어진 양 어깨, 코도 좋고, 입도 좋았다. 권농동 하숙집에선 온통 크게만 보이던 눈이며 코며 입이 하나도 크지 않았다.

그렇다기보다 보통 사람보다 큰 편이긴 하지만 키가 후리후리 크니까 이목구비(耳目口鼻)가 모두 굵직굵직하게 생긴 것이 오히려 알맞는 것이라고 생각되었다.

전에 도영혜한테서 받은 편지 문귀가 생각났다.

눈도 좋고 키도 크니 얼마나 멋장이겠느냐고 차순이가 하던 말도 생각났다. 차순이가 하던 말은 곁에서 외어주는 듯 또렷해 왔다.

"넌 행복이다. 그런 좋은 남자한테 껴안기고 입 맞추고 했으니……."

유보화는 차순의 말이 똑 맞아 떨어진다고 생각했다. 그렇게 꽉 찼던 서남령 선생 생각을 어느 새 잊어버리고도 서글프지도 안타깝지도 허전하지도 않은 것은 차순이가 말한 행복감 때문일 것이라고 알았다.

차순은 또 도영혜가 짝사랑을 하는 것만은 사실이야, 넌 행복이다, 좋아하려무나, 연애하려무나, 이런 말도 했다. 골샌님 같은 남잔 이내 싫증이 나는 거야, 껴안더라도 숨이 막히게 껴안는 남자가 좋잖아?

이런 말도 했다.

유보화는 실컷 연애를 하고 싶은 마음이었다. 싫것 껴안기고 싶은 마음이었다. 아무에게도 미안하다거나 죄스럽지 않았다.

서남령 선생은 편지의 답장조차 신통치 못하게 해 주지 않았던가? 또 졸업하던 날은 자기가 그렇게 우는 것도 모르고 점잔을 빼고 서 있지 않았던가?

정말 차순의 말같이 서남령 선생은 골샌님이야, 이런 생각을 하면서 유보화는 차순의 말이 죄다 맞아 떨어지는 것이 놀랍기도 했다. 또 그리고 차순의 말대로 도영혜 같은 건 문제도 하지 말고 김영서를 사랑하리라는 마음도 먹었다. 도영혜가 김영서를 아직 사랑하고 있더라도 그런 건 살피지 말고 사랑하리라는 마음도 먹었다. 그렇게 사랑하면 자기가 꼭 이기리라는 자신도 생겼다.

— 이긴다는 건 젊은 사람의 사명 —

이것은 김영서가 한 말이었다.

유보화는 김영서가 앉아 있는 창턱으로 갔다. 김영서는 휘파람을 여전히 불고 있었다. 내려다뵈는 들에는 첫 여름 꽃들이 각기 제 모습을 자랑하고 있었다. 모두 넘어가는 석양을 받아 더 고와 보였다. 구름은 저쪽으로만 가고 있었다.

"왜 이러구 계세요?"

김영서는 휘파람을 그치고 유보화를 물끄러미 보았다. 한참 말 없이 보고만 있다가

"이제 끝났어요?"

했다.

"뭐가 끝나요?"

"생각하는 거?"

"제가 뭘 생각하구 있는 걸 어떻게 아세요?"

"그 초롱초롱한 눈에 씌어 있는 걸."

"뭘 생각한 것 같아요?"

"하늘의 왕자와 같이 서늘한 눈을 가진 서남령 선생을……"

"아녜요 틀려요."

유보화는 도리를 흔들어 보였다.

"그럼 뭐요?"

"알아맞춰 보세요."

"글쎄 서늘한 눈이라니까……"

최정희 소설 전집 **1**

"서늘한 눈은 눈이래두 서선생님 눈은 아녜요. 이 눈예요."

유보화는 바른손 둘째 손가락을 김영서의 왼편 눈을 찌르기라도 할 듯이 가까이 가져가면서 가리켰다.

김영서는 오똘 피하다가 유보화의 내려뜨린 한 손을 끌어다 쥐면서,

"장난이 아니지요?"

하고 물었다.

아니라고 유보화는 고개를 끄떡여 보였다.

김영서는 유보화의 손을 쥐고 다른 한 손으로 살살 만져 주었다. 유보화는 꼭 쥐어 주었으면 싶었다. 손이 으스러지도록 쥐어 주었으면 싶었다. 그보다도 꼭 껴안아 주었으면 싶었다. 몸이 으스러지도록 껴안아 주었으면 싶었다.

그런데 김영서는 도무지 그럴 눈치가 아니었다.

"나 껴안아 줘요."

유보화는 걸음발 타는 어린애 모양 주척저리며 김영서에게로 다가섰다.

김영서는 살살 만지던 유보화의 손등을 이번엔 또닥또닥 두들겼다. 유보화는 김영서가 이렇게 하고 있는 것은 자기가 아직도 서남령 선생을 생각하고 있거니 아는 때문이라고 여겼다. 그리고 보니까 김영서는 골이 나 있는 것 같기도 했다.

"저 서남령 선생을 생각하구 있잖아요. 정말이예요. 빈틈 없이 꽉 찼던 서선생님은 어느 새 없어졌어요. 보름달이 차츰차츰 이지러져 가다가 그믐에 가선 아주 형체두 없게 없어지구 말 듯이 저두 모르는 새 없어지구 말았어요. 그리군 그 비인 자리에 어떤 다른 이가 들어와 자리를 잡았어요. 초생달이 차츰 차츰 둥그러 가다가 만월(滿月)이 되듯이 그렇게 제 마음 자리를 채우는 이가 있어요. 바루 여기 있는 이 이래요."

손이 잡혀 있기 때문에 턱으로 가리켰다. 김영서는 그래도 잠잠해 있었다.

유보화는 고개를 갸우뚱하고 김영서를 들여다보았다. 그러는 유보화를 김영서는 아무 소리 없이 보고 있다가,

"내가 말할 수 없이 나쁜 놈입니다. '망할 자식' '개자식' 이상의 나쁜 놈입니다."

라고 했다. 유보화는 권농동 하숙집에서 자기가 한 욕설을 빈정대느라고 그러는 줄만 알았다.

"제발 좀 빈정대지 마세요. 잘못했어요."

"잘못하지 않았어요. 유보화양이 잘 알아 맞추었어……."

"아녜요. 그저 몰라서 그랬어요. 이런 눈을 가진 이가 뭐 나쁘겠어요."

유보화는 또 턱으로 김영서의 눈을 가리켰다.

"그건 세상이 곱구 아름답기만 하거니 생각하구 있는 유보화양의 꿈입니다. 고운 꿈 아름다운 꿈 그대루 가지구 계시오."

김영서는 여기서 또닥또닥 두드리던 손마저 놓고 다시 휘파람을 불기 시작했다.

꾸노[26]의 자장가였다.

"이야기하다가 뭐예요?"

유보화는 김영서를 약간 닿치면서 말했다. 좀 더 강하게 닿치고 싶었으나 창턱에 걸터 앉았기 때문에 떨어지기나 하면 어쩔까 해서 그랬다. 김영서는 휘파람을 그치더니,

"구름 다릴 놓구 하늘과 땅 사일 왔다 갔다 하는 아가씨한테 차마 이야기할 수가 없오이다."

했다. 이 말은 김영서가 아까와는 다르게 입가에 웃음을 띠우면서 했다.

"그렇게 놀리지 마세요. 제가 언제 구름다릴 놓구 하늘과 땅 사일 왔다 갔다 했어요?"

유보화는 뾰로통해 보였다. 골이 난 것은 아니었다. 김영서가 웃으니까 그저 그렇게 해 보인 것 뿐이었다.

---

26 프랑스의 작곡가 샤를 프랑수아 구노(1818~1893).

그들의 가족(家族)

"요 뾰루퉁한 얼굴, 요건 누굴 닮았을까?"

이번엔 바른손 둘째 손가락으로 빰을 두어 번 살짝 살짝 눌렀다. 유보화는 대꾸는 하지 않고 눈만 약간 흘겼다. 눈은 흘겼으나 입가엔 미소가 떠돌았다.

"부모님 다 계시지요?"

손은 그대로 말만 했다.

"네."

유보화는 고개를 끄덕여 보였다.

"만나 뵈었으면……."

"왜요?"

"절하구 싶어서."

"절은 왜요?"

"이렇게 좋은 이를 낳아 주셨으니까."

이마에 내려진 머리카락을 추켜 올려 주면서 말했다.

"어머나!"

유보화는 그가 하는 대로 이마를 그에게 돌려댄 채로 부르짖었다.

"부모님 뿐 아니라 하늘에두 절하구 싶은 맘이 나요."

"…………"

기둥에라도 부딪친 것처럼 머리가 띵해졌다. 김영서의 절하고 싶다는 말이 가슴에 와 닿기 때문이었다.

김영서는 얼굴이나 체격만 멋장이가 아니라 속도 멋장이었구나 생각되었다. '겉볼 안'이라더니 정말 김영서는 안팎이 다 멋장이였구나 생각되었다. 이런 멋장이를 낳아 준 부모님께 유보화도 절하고 싶은 마음이 났다. 그리고 또 하늘에 절하고 싶은 마음이 났다.

유보화는 저도 모르는 사이에 허리를 굽혀 구름이 흐르고 있는 먼 하늘에 절을 했다.

"어허? 왜 이래요?"

"절했어요."

"절은 왜? 내 대신 하는 겁니까?"

"아뇨. 저두 절하고 싶은 맘이예요. 하늘에두 땅에두 또 그리구 부모님한테두
요……."

"누구 부모님요?"

"거기 부모님요."

"거기는 또 어디든가요?"

"여기 말이예요."

유보화는 턱으로 김영서를 가리켰다.

"이 대갈통 말입니까?"

김영서는 머리를 유보화의 가슴께로 가져갔다.

유보화는 가슴께로 다가오는 김영서의 머리를 바스키트 볼 받듯 덥석 받아
안았다. 그리고 방바닥에 털썩 앉아 버렸다. 끌어내리지 않을 수가 없었다. 끌
어내린 유보화와 끌려 내려온 김영서는 한 덩어리가 되었다. 한 덩어리가 되어
잠잠했다. 오직 석양(夕陽)이 비낀 벽에 한 덩어리가 되어 있는 그림자의 미동
(微動)만이 있을 뿐이었다.

"이거봐요. 이젠 '여기'니 '거기'니 하지 말아. 응….."

한참 뒤였다. 김영서가 이런 말을 했다.

"그럼 뭐라구 해요?"

"영서야아 함 좋찮아."

"그건 너무 하잖아요?"

"뭐가 너무해요? 난 보화야아 이렇게 부르구 싶은데…."

"그건 좋아요. 그럭하세요. 그렇지만 영서야아는 싫어요."

"왜?"

“여자가 뭘 그래요?…… 그럭함 어리광이랑 못부려서 싫어요.”

유보화는 몸과 머리를 한데 흔들었다.

“이런 게 어리광이란 게지?”

김영서는 몸과 머리를 한데 흔드는 유보화를 꽉 껴서 가슴에 안았다. 유보화는 가슴에 안긴 채로 김영서를 올려다보았다. 올려다보는 유보화의 눈이며, 이마며, 뺨이며 입에 마구 입을 맞췄다.

그래도 유보화는 빙그레 웃고 있었다. 행복감이 가슴에 용솟음쳤다. 김영서는 좀 있다가 눈과 이마와 뺨을 그만 두고 입에만 입을 가져왔다. 빙그레 웃는 입을 한참씩 내려다보다간 맞추고 보다간 맞추고 했다. 그것은 더 굳세고 힘센 포옹과 함께 계속되었다.

“저 아포로라구 부르겠어요.”

유보화는 다가오는 김영서의 얼굴을 두 손으로 받들며 이렇게 말했다.

그렇게 하고 있는 김영서는 희랍신화(希臘神話)에 나오는 아포로 상(像)과 똑같아 보였던 것이다.

“당치두 않은 소리. 나 같은 놈이 아포로가 되다니….”

“왜 못 돼요. 꼭 아포로예요. 얼굴두 잘 생기구 기운두 세구……. 저 인제부터 아포로라구 불러요. 그리구 그림만 하지 않구 앞으론 조각두 하겠어요. 조각을 하게 됨 처녀작으루 인간 아포로 상(像)을 맨들겠어요.”

“아포로? 아포로? 전 아포로가 될 수 없읍니다. 신이 될 수 없읍니다. 인간이었읍니다. 인간 중에두 말할 수 없이 더러운 인간이었읍니다. 보화양이 좀 더 일찍 내게 아포로란 이름을 명명(命名)할 수 있을 기회가 있었더면…… 더 빨리 오늘이 왔더라면 내가 더러운 인간은 되지 않았을 겁니다. 아닙니다. 결국 난 사람 외엔 아무것두 아닙니다.”

이런 말을 하고 있는 김영서의 얼굴은 달라져 갔다. 그는 가장 중대한 것을 생각하는 것처럼 침착한 얼굴을 하고 있었다. 안았던 유보화를 풀어 놓고 다시 그는 창턱으로 갔다.

유보화는 영문을 몰라 잠잠히 있었다. 김영서는 휘파람도 불지 않았다. 한참 동안 잠잠히 시간만 흘러갔다. 하늘에 흐르는 구름과 한 가지로 —

"나 거저 똥개라구 불러 주시오. 난 똥개밖엔 못 되는 놈입니다."

"그건 또 무슨 소리에요?"

"내 아명(兒名)이 똥개였읍니다. 난 영원히 아포로가 될 수 없는 놈인 걸 우리 부모는 미리 다 알구 있었던 게지요. 똥개 노릇 밖에 못할 놈인 걸 알구 있은 게지요. 보화! 똥개 밖에 못되는 데 비극이 있는 겁니다. 우리 부모가 똥개라는 이름을 내게 지어 줄 때 부터 이 비극은 마련되었던 것인지 몰라요."

김영서는 한숨을 휘 쉬었다.

유보화는 김영서의 말을 뜻의 알아 듣지 못했다. 똥개라는 이름이 더러워서 그러는 줄만 알았다. 더 깊은 내용이 있다고는 생각지 못했다.

"영남지방 사람들 그런 이름이 참 많데요. 영남만 아니라 우리 고향에두 그 비슷한 이름이 많아요. 개돌이니 쇠돌이니 개똥이니 쇠똥이니 하는 이름들이…… 그런 천한 이름이래야 장수해진다구 해서 잘들 그렇게 짓던데요. 그게 뭐가 그리 중대한 일이예요? 부모님한테 되려 감사하세요. 똥개 똥개 좀 재미나요? 조금두 더럽잖아요. 또 비극될 것두 없어요. 언젠가 들에서 존 여잔 천사와두 같을 수 있구 사탄과두 같을 수 있다구 그리셨잖아요? 그와 마찬가지루 아포로나 똥개나 결국은 꼭 같은 거예요. 좋면 그만 아녜요?"

김영서는 묵묵히 듣고만 있을 뿐 말이 없었다. 그는 다시 휘파람을 불기 시작했다. 라파로마를 불렀다. 유보화는 듣고만 있었다.

노래를 끝내고서였다.

"당신은 허공을 날으면서 안개나 이슬을 먹으며 사시오. 아니 아버지께서 말씀하셨단 하늘에 문 달린 집에나 사시오."

라고 했다.

유보화는 이 말에

"저 인젠 그런 생각 안해요. 하늘에 문 달린 집은 외로울 것 같아서 싫어요.

똥개랑 사는 이 지상(地上)이 좋아요."

했다.

똥개라는 대목에 가선 웃어 버렸다. 김영서도 피시기 웃고야 말았다. 유보화는 심각한 얼굴을 짓고 있던 김영서가 웃으니까 마음이 놓여서,

"저 똥개네 집에 가봤음 좋겠어요. 어머니랑 아버지랑 만나 뵈었음 좋겠어요. 절두 하구요."

했다. 김영서는 여전히 웃고 있다가,

"그런데 우리 집은 우리 지방에서두 제일 고풍(古風)이라서 아버지가 아직 상투 틀구 계서요."

하고 말을 떼었다.

"어마나 어째. 그럼 연세가 많으시겠네?"

"환갑이 지나셨어요. 어머니두……."

"어머니두 계셔요?"

"네."

"동생은?"

"없어요. 누님두 형님두 죄다 없어요. 나 하나뿐. 나 위루 칠남맬 낳서 죄다 죽었대요. 그래서 날더러 똥개란 이름을 지은 거라나요. 김영서란 이름은 소학교 들어갈때 지었어요. 지금두 집에 감 노인들은 똥개 똥개 불르지."

"저두 그럼 인제부터 똥개라구 부르겠어요. 똥개라구만 부르면 가엾으니까 똥개에 '씨'를 붙여서 '똥개씨'라구 불러요. 김영서에 씨를 붙이는 건 싫지만 똥개에 '씨'는 조금두 싫잖아요."

"똥개에 씨는 지나친 호산데……."

둘이는 한참 웃었다.

"그럼 집은 적적하시겠네? 식구가 단출해서?"

"그래두 이십명 식구가 밤낮 들끓어서 시끄럴 정도요. 머슴만 해두 사오인인데 그들 가족하구 또 친척들두 와있구 해서."

"아버지께선 뭘 하세요? 상툴 트셨으니까 별루 하실 것도 없으시겠지?"

"그래두 바쁘게 지내시지. 우리 지방에선 농사두 젤 크게 지으니까……."

"외사춘 누이동생 있다지요?"

유보화가 물었다.

"그건 어떻게 알아요?"

"들었어요."

도영혜한테서 들은 말이지만 도영혜 이름을 쳐들기가 싫었다.

"유보화 만큼 심술쟁이 떼쟁이지……."

"제가 뭐 떼쟁이 심술쟁이예요?"

"생각해 보시요. 권농동 하숙에서 얼마나 했느냐구. 욕두 잘두 하더니…… 그런데 욕하니까 점점 더 좋아지데. 그 뾰루퉁해서 욕하는 얼굴이 자꾸 보고 싶어서 못 견디겠데…… 외사춘 누이동생이 꼭 유보화양 같거든. 심술이 남 뾰루퉁해지는 거라든지 얼굴 모습이라든지 이까지두 똑 같아요. 하숙에 터억 가니까 누이동생 같은 소녀가 있어서 처음엔 깜짝 놀랐어요. 내가 보화양을 좋다구 생각하게 된 게 그날부텁니다. 그날부터 시작해서 오늘까지…… 그 철부지 어린애가 그렇게 좋을 수가 있었던 게 이상한 일이지…… 지금두 어리지만 그땐 아주 어린애였는데 사람 맘을 그렇게 흔들어 놀 수가 있었던지 몰라."

김영서는 이 말과 함께 창턱에서 일어나 유보화에게로 걸어왔다. 그리고 그와 마주 앉았다.

"심술쟁이 떼쟁인 누굴 닮아서 그래요?"

유보화는 입가엔 웃음을 지으면서 눈으로 김영서를 흘기다가,

"저 어머닐 많이 닮았대요."

했다.

"어머님이 보화양처럼 그러심 무서워서 어떡하나?"

"그래두 상냥하실 땐 또 지독히 상냥하세요. '똥개씰' 만나 보심 좋다구 그러실지 몰라요. 좋은 사윗감을 줄곧 골르구 있는 중이니까요."

이 말에 유보화는 두 무릎을 안으면서 '흐훗' 웃었다.

"아버지께선?"

"아버진 참 좋으세요. 지금 쉰 셋이세요. 중학 선생을 하다가 역사 시간에 학생들한테 뭘 잘못 가르쳤다나요. 그래서 감옥에 사년 계시다가 지금은 노세요. 타관으루 다니시면서 노시는데 돌아오실 땐 우리들 걸 많이 사오시거던요. 그럼 어머닌 막 바가지예요. 속 셈 없이 밤낮 그 모양이라구요. 그래두 저와 동생들은 아버질 참 좋아해요."

"동생들은?"

"넷이예요. 사내 둘 계집애 둘 제가 젤 맏딸이예요. 아버진 동생들보다 절 더 귀여워해 주세요. 아버진 저하구 취미가 같으셔요. 그림두 그리시구 시두 지으세요. 시를 읊으시느라구 소리를 치시면 어머닌 도깨비 모양으루 밤낮 웅얼거린다구 듣기 싫다구 짜증이시래요."

이 말에 김영서는 싱긋 웃었다.

"정신이 없었네. 저녁이 늦어서 가야 하겠어요."

유보화는 그제야 깜짝 깨닫고 시계를 보았다.

"같이 있는 말괄량인[27] 못 하나요?"

"걘 테니스 연급 때메 늦게 돌아와요."

하며 일어섰으나 마음은 그 방에 그냥 있고 싶었다.

— 나는 똥개 밖에 될 수 없는데 비극이 있읍니다. —

유보화는 이런 비명(悲鳴) 소리에 눈을 번쩍 떴다. 김영서의 비명이었다. 어느새 방안엔 달빛이 가득 차 있었다. 그런 속을 유보화는 두루 살폈으나 김영서는 있지 않았다. 캔버스를 메워 놓은 이젤이 서 있을 뿐이고 흙이 되어 자는 차순이가 있을 뿐이었다.

이상하다.

---

27 말괄량이. 이 작품에서는 '말광량이'와 '말괄량이'가 같이 쓰인다.

낮에 김영서는 아포로라고 부르겠다는 자기 앞에 아포로가 될 수 없는 더러운 인간이라고 똥개 밖엔 될 수 없는 데 비극이 있는 거라고 이런 말을 했으나 비명을 지른 일은 없었다.

유보화는 책상 위에 놓인 시계를 집어다 보았다. 열 두시 십 팔분.

'얼마 자지두 않았구만.'

아래층 시계가 열 두시 치는 소리를 듣고서 전등 스위치를 누른 생각이 났다. 그리고도 어둠 속에서 하던 생각을 한참 더 하다가 잠이 든 것 같다.

김영서한테서 돌아오던 길로 저녁을 지어 차순이가 오기를 기다려 먹고 나선 이어 자리를 깔고 누워 버렸다. 다른 때 같으면 책을 보든지 그림을 그리든지 했을 것이다. 그는 어느 날 저녁 책이나 그림에 손을 대어 보지 않은 적이 없었다. 하다 못해 테레핀 냄새라도 맡아 보아야 마음이 놓였던 것이다.

그는 제일 먼저 큼직하게 들어앉은 기와집 속에 상투 짜 올린 김영서의 아버지를 상상해 보았다. 그 다음엔 족두리에 큰 머리를 얹고 다홍치마에 노랑 반회장저고리를 입고 (다홍치마에 노랑저고리는 그다지 즐거운 색채는 못 되지만 족두리엔 그것이 맞는다고 그대로 하리라 생각했다) 상투 짜 올린 김영서 아버지에게 절하는 모습도 그려 보았다. 절할 때 진실로 정성된 마음으로 하리란 마음도 먹었다. 어머니한테도 그러리라 마음 먹었다. 그리고 선물은 물론 옷이나 버선으로 하겠지만 상투를 가지신 영감님이니까 갓과 망건과 탕건, 그리고 길고 좋은 설대[28]에 미술품으로 된 대통과 물부리를 끼어 드리리라 마음 먹었다.

어머니한테도 다른 색시들 모양으로 평범하게 하지 않고 옷이나 버선으로 하되 색다르게 하리란 생각이었다. 노인이라 흰 것 외엔 어쩔 도리가 없었으나 문채가 미술적으로 된 것으로 가리어 하다 못해 저고리 안섶이 아니면 치마 안자락에더라도 손수 수를 놓아 보리라는 생각도 했다.

외사촌 누이동생한테는 하늘빛 빛깔로 아래 위를 해주고 손수건과 부채에 그

---

28 담배통과 물부리 사이에 끼워 맞추는 가느다란 대.

림을 그려서 주리라는 생각도 했다.

그런데 그 외사촌 누이동생이 현재 뭘 하고 있는가를 물어보지 못했던 것이 유감스러웠다. 그것만 물어보지 못한 것이 아니라 김영서의 고향 지명(地名)을 물어보지 못했던 것도 안타까왔다. 영남이라는 것만 알고 그 외의 것은 조금도 모른다.

'이번에 만남 물어 봐야지.'

속으로 이렇게 별렀다.

그리고 보니 또 자기 고향이 원산이라는 것도 알리지 않았던 것을 깨달았다. 고향만 알리지 못한 것이 아니라 동생들이 모두 예쁘고 귀엽고 또 재주가 비상해서 그림과 음악과 무용과 공부를 썩 잘한단 말을 못했던 것도 알았다. 그런 말은 하지 않고 어머니가 바가지 긁는 흉만 본 것이 후회되었다. 처음엔 흉을 보자고 해서 본 것이 아니라 아버지 이야길 하다 보니 그만 어머니 이야긴 흉으로 변해 버렸다.

김영서한테 어머니 흉을 본 것은 참 잘 못된 일이다.

아버지가 걱정 비슷하게 하시던 말씀이 생각났다.

"보화는 새무룩해서 통 말이 없다가두 기분이 좋으면 안해두 쫄 말까지 해 버려서 탈이야."

아버지의 말씀 마찬가지로 안할 말을 해 버렸다. 어린 동생들 데리고 고생하시는 어머니가 가엾은 줄도 모르고 왜 그런 쓸 데 없는 소리만 했을까. 또 아버지는 남의 아버지처럼 항상 집에도 있지 않고 타관으로 떠돌아 다니시다가 겨우 돌아오시며 집안 일은 뒷전으로 여기시고 어머니 말마따나 도깨비처럼 웅얼거리기만 하시지 않는가? 어머니가 딱딱하니 어쩌니 하지만 아버지가 그 모양이시니 딱딱하지 않고서야 집안을 꾸려 나갈 도리가 있어야지!

'이번에 만남 어머니 이야길 좋게 해야지.'

속으로 이렇게 중얼거리곤 그래두 상냥하실 땐 아주 상냥하시다고 했으니까. 또 똥개씰 만나보심 좋다고 하실지두 모른다고 이런 말도 했으니까 괜찮긴 하지만 —

'아닌 게 아니라 어머니는 김영서를 좋아하실 거야.'

아버지의 주장은 겉(外面)이야 어떻든 간에 속(內面)이 되면 고만이라 하시고 어머니는 그렇지가 않아서 제 아무리 조선 천지가 횡한 속이더라도 사내자식은 외양이 훤칠하게 잘 생겨야 한다는 주장이었다.

이렇게 아버지와 어머니는 옥신각신하시다가 어머니가 기어이 주장을 세우시면 아버지께선 또

"우리 보화는 하늘에 문 달린 집에나 시집을 보내야지."

라는 말씀으로써 막아 버리곤 하셨다.

아버지께서도 김영서만은 싫다고 안하실 것이다. 김영서는 아버지가 주장하시는 내면(內面)을 갖추고 있지 않으냐. 내면을 갖춘 그 위에다 또 외면까지 좋으면 말할 게 없지 않으냐. 어머니 말씀마따나 제 아무리 조선 천지가 횡한 속이더라도 땅딸보 같은 키에 쥐레망손이 같은 얼굴이야 아버진들 좋아하실 리 만무한 것이었다.

김영서는 아버지와 이야기하더라도 조금도 꿀리지 않을 것이다. 그만큼 지식과 상식이 풍부하다. 법률을 하는 학생이 미술하는 사람처럼 아포로를 얼른 알아채리는 것만 해도 얼마나 장한 일이냐. 또 노래는 어떻게 그리 많이 알고 있을까. 그뿐 아니라 김영서는 아버지가 하신 감옥살이도 하지 않았던가. 말하자면 사상면에 있어서도 훌륭한 사람이다. 김영서는 삼년 동안에 천양지판으로 달라졌다. 외양은 또 얼마나 달라졌느냐 말이다. 아버지도 그 시원한 눈, 우뚝한 코, 꾹 다문 입, 후리후리한 키에 떡 억 벌어진 가슴, 이런 것을 보신다면 하늘에 문 달린 집 같은 건 잊어버리시고,

"우리 보화는 김영서한테 밖에 시집 보낼 데가 없어."

이러실 거야. 똥개란 김영서의 아명도 아버지는 재미있다고 생각하실 거야. 내가 거기다가 '씨'를 붙여 똥개씨라고 부르기로 했다면 허허 웃으실 거야. 유보화는 이런 생각을 골똘히 하다가 잠이 들었던 것이다.

고뇌(苦惱)의 자화상(自畵像)

"나는 똥개 밖에 될 수 없는 데 비극이 있다."

고 하던 말 같은 것은 생각지도 않았던 것이다. 그랬는데 어쩐 까닭에 그렇게 도 비명 소리는 커서 잠든 눈을 깨게 했던 것일까?

유보화는 정신을 가다듬어 김영서가 하던 말, 지금 금방 잠에서 깨게 한 비명 의 소리를 곰곰이 생각해 보았다.

김영서는 낮에만 비극이란 말을 한 것이 아니었다. 또 한 번 한 일이 있었다. 들에서 처음 만나던 날 비극이란 말을 했던 것이다. 그날 그의 말을 귓등으로 들었다고 하더라도 비명에 놀라 깬 탓인지 그 말만은 뚜렷이 기억에 새로와졌 다.

김영서는 도영혜와 유보화 둘의 이름을 함께 일기장에 올리게 된 데 비극이 있다고도 했다.

'무슨 비극이 벌어졌느냐고 물어봤덤 좋을 걸.'

유보화는 그때 김영서 말에 추궁 못했던 것이 후회되었다. 실상 그땐 그런 것 을 추궁할 마음이 아니어서 그랬지만 — 김영서가 하는 말이 도무지 대수롭지 가 않아서 그랬지만 —

'낮엔 또 왜 그냥 지나쳐 버렸던가?'

유보화는 낮에 김영서가 한 비극이란 말을 그냥 지나쳐 보낸 것도 후회되었 다. 너무나 지나친 행복감이 자기의 귀를 어둡게 했던 것이라고 생각했다. 귀가 아니라 사리(事理)를 판단하는 이성(理性)의 눈을 흐리멍덩하게 만들어 주었던 것이라고 생각했다.

곰곰이 돌이켜 생각해 보면 김영서는 비극이란 말만 했을 뿐 아니라 여러 번 침울한 얼굴을 보였던 것도 사실이다. 아포로가 될 수 없다면서 창턱에 가 앉았 을 때의 얼굴은 우울하지 않았던가.

"바보! 천치! 악마!"

부르짖으며 머리를 마구 흔들었다.

아무 것도 물어 보지 않은 자기가 바보 천치같이 여겨졌다. 그리고 또 어쩌면 도영혜한테 관한 것은 이때까지 등한히 해 왔느냐 말이다. 도영혜 같은 건 문제도 하지 말고 도영혜가 김영서를 사랑하고 있더라도 그런 건 살피지 말고 사랑하리라. 사랑하면 이기리라. 이긴다는 건 젊은 사람의 사명이라고 김영서가 한 말까지 되풀이 해 가면서 악마(惡魔) 같은 생각을 한 일을 생각하면 머리칼을 죄다 뽑아내도 시원치 않을 것 같았다. 몸뚱이를 갈갈이 찢어도 아프지 않을 것 같았다.

어서 날이 밝아라. 아침이 되면 김영서를 찾아가서 내가 한 말, 내가 한 행동을 전부 취소(이것은 그가 학교 동무들과 잘 쓰던 말이었다)한다고 말하리라. 그리고 도영혜와 사랑하라고 말하리라. 그렇게 되면 비극도 무엇도 자연 소멸이 될 게 아니냐고 말하리라.

유보화는 속으로 이런 생각을 하면서 거울 앞에 앉았다. 이젤에 메워 놓은 캔버스가 눈에 띄었기 때문이다. 칠 팔일 전에 캔버스를 메워 놓고도 손을 대지 못했다. 생각하면 온통 김영서로 해서 그랬던 것이다.

아이를 배었으면 어쩔까 하는 생각으로 며칠은 정신 없이 지냈고 또 며칠은 그가 잡혀간 것이 걱정되어서 정신을 못 차렸던 것이다.

거울의 자기 얼굴은 너무나 창백(蒼白)했다. 창백하다 못해서 비뚤어지기까지 했다. 도무지 자기 얼굴 같지가 않았다.

유보화는 비뚤어진 자기 얼굴 같지가 않은 얼굴을 더 더 들여다보았다. 그러다가 못에서 가운을 벗겨 입고 이젤 앞으로 갔다. 아침이 되기까지 그림을 그리리라는 마음이었다. 그림을 그리는 것으로서 온갖 잘못한 자기를 회복(回復)하리라는 마음이었다. 마음이 수수할 적이면 그러는 것이 그의 버릇이긴 했으나 이렇게 자기를 회복하고자 화필(畫筆)을 들어보기는 처음 일이었다.

그림은 동이 틀 무렵해서 끝났다.

유보화는 화필을 들면서 부터는 아무 것도 생각지 않았다. 생각해지지 않았다. 김영서도 도영혜도 생각지 않고 오직 화필만을 놀렸다. 곁에 자는 차순의 숨소리까지도 의식하지 못할 정도였다. 뉘우침도 두려움도 다 잊어 버리고 그림에만 열중할 수 있었다.

자화상(自畵像)이었다. 비뚤어진 얼굴이었다. 너무 창백해서 비뚤어져 뵈던 자기 얼굴 같지 않은 — 화필을 들기 전 거울 속에서 본 바로 그 얼굴이었다. 세상의 고뇌는 혼자 차지한 듯한 얼굴이었다.

유보화는 소름이 쪼옥 끼쳤다. 불길(不吉)한 예감(豫感)이 불시에 엄습해 왔던 것이다. 어쩐지 자기는 앞으로 자화상과 같은 얼굴을 지니고 살 것만 같은 생각이 들었다. 온 세상의 비극이란 비극은 혼자 짊어지고 살 것만 같은 생각이 들었다.

그는 화필을 들어 그림을 그리듯이 그림 위에다 마음 내키는 대로 굵다랗게 고뇌의 자화상이라고 썼다.

화필을 들 땐 더 말할 것도 없고 다 그리기까지도 이런 얼굴이 그려지리라는 생각은 못했던 것이다. 칠 팔일 전 캔버스를 메울 때만 하더라도 정상적(正常的)인 자기 얼굴을 그리려고 했다. 그보다도 되도록이면 서남령 선생한테 미술 시간에 들은 서러운 여인과 비슷한 자기를 그려 보리라는 생각을 했다.

“어어 너 그림 그리댔구나.”

차순이가 이불 속에서 일어나 앉으며 유보화를 보았다.

“…………”

“너 잠을 못 자서 그런가부다. 귀신 같구나, 얼굴이.”

차순은 이런 말을 하면서 기지개를 늘어지게 켜고 나더니 이부자리도 그냥 둔 채로 세수하러 내려가 버렸다. 차순은 테니스 경기가 있어서 일찍 학교에 가야 한다고 어제 저녁부터 서둘렀다.

유보화는 캔버스에 보자기를 씌워 놓고 밥을 짓기 시작했다.

김영서는 차순이가 학교에 간 뒤에 찾을 생각이었다.

그러나 차순이가 학교에 간 뒤에 갔을 땐 그는 학교에 가고 있지 않았다.

‘학교에서 돌아오는 길에 들르리라.’

그러나 그날 따라 동료들이 어느 장소에 모델을 구해다 놓고 같이 그리기로 되어 있어서 밤 늦게야 돌아오느라고 못 갔다.

‘낼 아침엔 꼭 가리라.’

그러나 또 못 갔다. 아침 일찍 어딜 가느냐고 차순은 반드시 물을 것이다. 그러면 바른 대로 대답하기도 싫고 또 거짓말하기도 싫었다. 돌아오는 길에도 들르고 싶지가 않았다. 왜 그런지 발이 그쪽으로 가지지 않았다. 이렇게 간다 간다 벼르기만 하면서 못 가고 있던 어느 날 학교에 갔다 오니까 주인 여자가 신문지에 싼 것을 주면서,

“오빠라구 하다가 아니라구 하던 미남자가 유양에게 전해 달라구 두구 갔어.”

했다. 그리고 주인 여자는 또 편지도 한 장 주었다.

편지는 도영혜한테서 온 것이었다.

층층계를 올라 밟는 다리는 어디 놓이는지 모르게 허둥거렸다. 방에 이르러 신문지 꾸러미와 도영혜 편지를 책상 위에 올려 놓은 다음 어느 것부터 먼저 떼어 볼까 하는 것으로 망서렸다. 모두 닿치기가 무서웠다. 그것들을 닿치는 것은 비극의 막(幕)을 여는 거라고 생각되었기 때문이다.

신문지 꾸러미만은 그렇지 않을지 모른다. 그렇더라도 도영혜의 편지가 그렇다면 신문지 꾸러미도 역시 마찬가지로 무서울 밖에 없는 것이 아니겠는가. 편지를 떼지 않더라도 유보화는 그 안에 씌어 있을 문귀(文句)가 뚜렷이 눈 앞에 나타났다.

김영서가 잡혀갔거나 말거나 네가 몸이 달아 할 게 뭐냐고. 그리고 권농동 하숙집에서 김영서에게 욕설을 퍼부으며 울고 불고 하더니 이제 또 좋아서 야단이냐고. 이런 말을 썼을 것 같았다.

너는 무슨 계집애가 그러냐. 남이 좋아서 죽겠다는 남자를 가로채어 가지고 사랑하느냐 말이다. 새침데기가 골로 빠진다더니 겉으로는 아닌 체하고 욕설만 퍼부으면서 속으로는 벌써부터 딴 생각을 가지고 있었구나. 그게 무슨 악마

같은 짓이야? 너는 악마다. 분명히 악마다. 나는 너 같은 악마는 칼로 폭폭 찔러서 없애고야 말겠다. 그러한 나쁜 짓을 하는 계집애는 이 지구상에서 흔적도 없이 없애 버리겠다.

도영혜가 곁에서 외치기나 하듯 이런 소리가 크게 들려왔다. 눈을 부릅뜨고 칼을 손에 든 도영혜가 금방 앞에 와 버찔러 서는 것만 같았다. 아니 금방 칼이 몸뚱이 어느 부분을 푹 찌르는 것만 같았다.

유보화는 몸서리를 쳤다. 전신에 서릿발 같은 차가운 것이 내돋는 듯함을 깨달았다. 그는 자기도 모르는 사이에 두 팔 안에 얼굴을 파묻고 눈을 감아 버렸다.

"쾅 쾅 쾅."

차순이가 돌아오는 것이었다. 아래층 주인 여자와 몇 마디 지껄이는 소리가 나더니 벌써 층층계를 올라오는 소리가 났다.

유보화는 신문지 꾸러미와 편지를 그대로 두어서는 안되겠다고 생각되었다. 얼른 그것들을 책상 밑과 서랍에 적당히 감춰 버렸다. 그리고 나서 그는 거울 앞에 가 앉았다.

거울의 얼굴은 어느 날 밤 그린 고뇌의 자화상 바로 그것이었다. 창백하게 비뚤어진 바로 그 얼굴이었다.

거울 앞에 가 앉은 것은 아무 일이 없은 것처럼 차순에게 보이고자 함에서였다. 또 그리고 자기 자신에게도 아무 일 없은 것처럼 안착된 몸과 마음의 자세를 지어 보이고 싶었던 것이었다. 다시 말하면 허둥거리는 자세를 남에게나 자기에게 보이는 것이 싫었던 것이었다.

"보화야아 사람 살려라!"

차순은 방에 들어도 서기 전에 이렇게 떠들었다. 차순은 유보화의 비뚤어진 얼굴 같은 것은 조금도 눈치 채지 못하고 벌쭉 벌쭉 웃으며 떠들었다.

"?……"

유보화는 차순을 쳐다만 보았다. 차순은 쳐다보고 있는 유보화를 덥석 껴안고 다다미 위에 나가 둥그러졌다.

유보화는 그래도 잠잠히 그가 하는 대로 내버려 두었다. 벌쭉벌쭉 웃는 것을 보아 결코 근심스러운 일은 아닌 것을 알았다.

"야 보화야 어떤 남자가 말이다, 나한테 편지를 준단다. 벌써부터 뒤를 슬슬 따르면서 성선(省線)두 같이 타구 하더니만 오늘사 편질 주지 않겠냐. 아주 멋장이루 생겼는데 이 굴뚝장이 같이 시꺼먼 노차순한테 반했다는구나 글쎄. 너 이거 읽어 봐라."

한참 뒹굴던 차순은 벌떡 일어나 앉으며 이런 말을 하고 나서 포키트에서 봉서 한 장을 집어내어 보화에게 던져 주었다.

연애(戀愛) 편지

《미지(味知)의 그대에게.

(이 시(詩)는 일명(一名) 구혼(求婚) 구연(求戀)의 시외다)

당신은 하나의 별!

무수한 별 속에서 내가 찾아낸 단 하나의 별

어제는 숲 속에서

오늘은 강가에서

멀리 나는 당신만을 바라보오나

당신은 땅우에 나를 아직 보지 못하여

이 밤도 헛되이 눈물로 지내노니

— 어느 시(詩)의 일 절 —

당신을 사모하는

이성배 드림》

“어때? 멋이지?”

“응……”

유보화는 읽긴 했으나 기억에 들어오지 않았다.

그의 전 신경은 온통 서랍에 들었는 도영혜 편지였다.

그리고 또 신문지 꾸러미였다.

“시인인게지?”

“글쎄?”

“아직 학생이니까 아주 진짜 시인은 아닐 거야.”

“글쎄?”

“키랑 얼굴이랑 김영서만 못하잖아. 아주 고만야.”

“그래?”

“그 동안 내가 늘 늦게 오잖았어? 테니쓰 연습 때메…… 그런데 늦게까지 ‘이 께부꾸로(池袋)’에서 꼭 기다리구 있잖아 글쎄.”

“그래?”

“벌써 한 열흘째 그랬단다.”

“그래?”

“넌 이 남잘 어떻게 생각하냐?”

“글쎄.”

“이건 뭐냐 밤낮 ‘글쎄’ ‘그래’가…… 정말 김 빠진 사이다로구나. 애 치어 버 려라.”

차순은 유보화 손에 쥔 채로 있는 편지(?)를 쎄려 채어가 봉투에 넣어 들고 아 래층으로 내려갔다. 주인 여자에게 자랑하려고 그러는 것이라고 유보화는 짐 작했다.

유보화는 자기가 신통치 않게 응대해 주었기 때문에 주인 여자에게로 내려가 는 차순을 말리려고 하다가 그것도 그만 두고 앉아 있었다.

차순은 아래층에서 실컷 이야길 하고 올라와서 휘파람을 불어가며 신이 나서 저녁을 먹었다. 유보화는 그저 그대로 가만 앉아만 있었다. 빨리 저녁을 먹고 차순이가 잠이 들어 주었으면 하는 생각 뿐이었다.

그런데 차순은 저렇게 즐거우니 잠이 얼른 들 수가 있으랴 싶은 생각이기도 했다. 또 한 편으로는 차순은 저러다가도 잠이 들려면 고대[29]라는 생각이기도 했다. 그리고 잠만 들면 누가 끌어가도 모르게 자니까 염려 없다는 생각이기도 했다.

과연 차순은 쉽게 잠이 들었다. 저녁을 먹으면서도 편지 이야기 그 남자 이야기만 하고 자리에 누워서도 그러더니 어느 새 잠이 들었는지 숨 소리 높게 자고 있었다.

유보화는 차순의 높은 숨소리를 듣자 이어 자리에서 일어났다. 이렇게 차순이가 잠들기를 기다린 것은 차순에게 숨기려는 생각에서라기보다 차순은 너무 떠들기 때문에 가뜩이나 수습할 수 없는 머리를 더 어지럽게 할 것을 우려해서 그랬던 것이었다.

그는 도영혜 편지를 먼저 보려고 서랍을 열었다. 본래부터 순순치 못하던 서랍이 빼애앵 하고 괴상한 소리를 내었다. 유보화는 서랍에서 손을 얼른 떼었다. 등골에서 진땀이 내솟았다.

그는 한참 또 가만 앉아 있는 수 밖에 없었다. 손을 다시 서랍에 가져갈 용기가 없었던 것이다. 시계가 재깍재깍 돌아갔다. 시계를 내려다보았다. 열시에 가까와왔다.

'될 대루 돼라.'

그는 이런 소리를 입 속에 중얼거리며 서랍으로 손을 다시 가져갔다. 크게 마구 쎄려당겼다. 괴상한 소리가 크게 났다. 그래도 그는 상관하지 않고 끝내 서랍을 빼내어 그 속에 든 편지를 집어 들었다. 또 아무 것도 생각지 않고 봉투를 떼었다.

유보화는 쏜살같이 빠른 시선으로 편지의 사연을 첫머리에서 끝 맺는 데까지

---

29 이제 막. 바로 곧.

훑어 읽었다. 예측했던 문귀가 없어 보였다. 다시 천천히 읽었다. 역시 없었다.

예측했던 문귀가 없을 뿐 아니라 도영혜는 결혼을 해서 살고 있다는 문귀가 뚜렷이 눈에 들어왔다.

내가 괜히 그랬구나. 김영서와 도영혜는 아무 일두 없는 걸 가지구 괜히 속을 북적북적 썩혔구나, 숨이 화악 내쉬어졌다.

다시 또 더 천천히 읽었다. 그렇게 읽어 내려가느라니까 불유쾌하기 짝이 없는 문귀가 수두룩한 것이 아닌가.

도영혜는 김영서가 아니더라도 이 세상에는 얼마든지 더 훌륭하고 좋은 남자가 있다는 말을 비롯해서 현재 자기와 결혼한 남자의 자랑을 늘어놓았다. 그 남자가 밤이나 낮이나 자기 곁을 떠나지 않고 사랑해 준다는 것이었다. 그래서 자기는 행복하다는 것이었다. 그리고 시아버지가 경부보(警部補)라는 자랑이었다. 이 대목에서 유보화는 가슴이 철렁했다. 그런 줄 모르고 김영서가 잡혀간 것을 알려 보낸 일이 후회되었던 것이다. 그러지 않아도 도영혜는 김영서가 제 아무리 시국(時局)에 반항했댔자 바다에 돌 던지기라고 빈정대었다 편지는 그 것으로서 그치었다. 잘 있으란 인사 한 마디 없이 끝났었다.

그리고 다시 살펴보니 안부의 말도 없었다. 궁금한 일이 한 두 가지가 아닐 텐데 도영혜는 어느 한 가지도 묻지 않고 시종일관으로 김영서를 깎아내리면서 남편과 경부보인 시아버지를 추켜 세우는 문귀만 나열시켰던 것이다.

유보화는 편지를 찢어 버리려다가 아무렇게나 접어 서랍 속에 넣고 책상 밑 신문지 꾸러미를 풀었다. 책이었다. 편지도 한 장 끼어 있었다.

유보화는 편지를 손에 든 채 한참 눈을 감고 있었다. 마음의 평정(平靜)을 얻자는 생각과 함께 도영혜와의 똑똑한 사실을 알지도 못하면서 괜히 억측을 했던 죄스러움에서 그렇게 했던 것이다. 마찬가지 마음으로 그는 한참만에 편지를 떼어읽었다.

《a양에게

책을 몇 권 보내 드립니다. 삼목청(三木清)[30]의 파스칼에 대한 인간의 연구나 기엘케고르의 우수의 철학(憂愁의哲學)은 철학과 문학을 함께 해득할 수 있도록 되어 있습니다. 읽기에 과히 힘들지 않으리라고 생각해서 철학서적으로선 우선 이것을 선택했습니다. 사상의 편력(思想의遍歷)은 현대 영국작가 학스레이의 것입니다. 이 책은 학스레이의 소론(小論) 수상(隨想)을 한데 엮은 것으로서 이 속엔 역사, 음악, 풍속, 사회, 이론, 교육, 경제, 심리학, 정치, 윤리(倫理)에 관한 즉 구라파의 연륜(年輪)과 운명(運命)을 기록해 놓은 하나의 서사시(敍事詩)입니다. 파스칼의 명상록(瞑想錄)과 몽테이뉴의 수상록(隨想錄)도 재미 있으리라 믿습니다. 보오드레에르의 시집은 더 재미 있으리다고 믿습니다. 고양이란 제목 아래에 씌어진 시가 삼 사편(三 四篇) 있읍니다. 읽어 보십시요. 우선 이것만 보내드립니다. 다 읽으시고 나면 또 보내 드리지요. 다음에 보낼 것도 골라 놓았읍니다. 스피노자, 니체의 것으로 철학은 골라 놓고 문학, 사회과학, 자연과학도 마련되어 있읍니다. 아뭏든 많이 읽기로 합시다.

힘의 원천(源泉)은 책입니다. 나는 소학교 때 철봉이나 들것으로써 힘을 길렀읍니다. 중학에선 웅변(雄辯)으로써 힘을 기르려고 했읍니다. 그런 힘도 필요치 않은 것은 아닙니다. 그러나 이것만으로는 완전한 힘의 소유자가 될 수 없읍니다. 지성(知性)의 힘이 결여된 힘은 완전한 힘이 못됩니다.

하루에 다섯 시간 이상의 독서는 꼭 하도록 하십시다. 당신은 남보다 빨리 느끼고 아는 예리한 머리는 가졌지만 인생에 관한 확호(確乎)한 눈, 말하자면 광범(廣範)한 시야(視野)가 결여되어 있읍니다. 이 결여된 것을 책을 읽어서 보충시킵시다. 오늘은 이만합니다.

김영서 드림》

---

30 일본의 철학자 미키 기요시(1897~1945).

최정희 소설 전집 **1**

편지를 다 읽고 나서 유보화는 또 숨을 화알 내쉬었다. 그러나 도영혜 편지를 읽으면서 내쉬던 숨과는 달랐다. 도영혜 편지를 읽으면서 내쉰 숨이 안도(安堵)감에서 쉬어진 숨이라면 김영서의 편지를 읽고 나서 쉬어진 숨은 만족감과 행복감에서 쉬어진 숨이었다. 그러기에 그는 입가에 빙그레 웃음을 띠우며 숨을 내쉬었던 것이다. 김영서의 편지는 쓸 데 없는 말이 한 마디도 씌어 있지 않은 것이 좋았다.

아버지의 편지를 받았을 때나 아버지의 말씀을 듣는 때처럼 든든했다.

편지의 내용이 아버지의 말씀과 비슷하기 때문이었으리라. 아버지도 김영서 모양으로 항상 책을 읽으라고 말씀해 주셨다. 논어(論語), 맹자(孟子), 노자(老子)를 읽고 성경을 읽으라고 말씀해 주셨다. 모든 진리(眞理)는 이들 책에 있는 것이라고 말씀해 주셨다.

그러나 아버지의 말씀은 좇지 못했다. 읽는다곤 하면서 종시 읽지 못하고 말았다. 힘에 부쳐서 못 읽고 했던 것이다.

김영서가 보내주는 책은 무슨 책이든 다 읽을 수 있을 것 같았다. 힘에 부치더라도 그가 하라는 대로 하루에 다섯 시간 이상 읽으리라 마음 먹었다. 읽고 또 읽으면 아무리 어려운 것이더라도 해득하게 되리라고 믿어졌다. 그렇게 되면 김영서가 지적한 인생에 관한 확고한 눈, 광범함 시야를 갖추게 되리라는 자신이 생겼다.

그는 편지를 고이 집어 봉투에 넣은 후 책을 하나 하나 들고 마치 귀여운 짐승이라도 애무하듯 정성스레 뒤적여 보았다. 어느 책에서나 냄새가 풍겨 나왔다. 김영서 방에서 김영서 몸에서 맡던 그 냄새였다. 자기 몸에도 옷에도 배어 있을 성싶은 그 냄새였다.

그는 며칠 전 김영서와 포옹했을 때 일을 생각했다. 그럴 때 그의 냄새가 코로 입으로 전신으로 스며들던 일을 생각했다.

그는 또 한 번 숨을 크게 내쉬었다. 이것은 김영서가 보고 싶어서 내쉰 숨이었다. 두 번째 내쉬었을 때보다 더 한층 웃음을 입가에 보이면서 내쉬었다.

책을 놓았다. 책상 위에 두 팔꿈치를 세우고 턱을 괴었다. 이렇게 하고 그는 김영서를 실컷 생각해보려는 것이었다.

그렇게 하니까 얼굴이 거울 속에 비치었다.

웃고 있는 얼굴이었다.

이때까지 보아 본 일이 없은 웃고 있는 얼굴이었다.

고왔다. 언젠가 들에서 김영서가 말한 천사와 같은 얼굴, 마리아와 같은 얼굴로 보였다.

며칠 전 고뇌의 자화상을 그리던 그 밤의 처참하도록 창백한 얼굴, 비뚤어진 모습은 찾아내려고 해야 없었다.

그는 거울 보는 것도 중지하고 펜과 종이를 갖추어 편지를 쓰기 시작했다.

《제 얼굴은 지금 참 고와요. 한 번도 이렇게 고와본 일이 없었읍니다. 이 얼굴은 아무에게도 보이지 말고 꼭 당신한테만 보이고 싶습니다.

제가 이처럼 고운 것은 도영혜가 결혼해서 산다는 사실을 알게 되기 때문인가 봐요. 당신과 하등의 관련이 없이 또 저와도 하등의 관련이 없이 된 것을 분명히 알게 되었기 때문인가봐요. 그리고 또 당신의 편지가 저를 너무 만족하고 행복하게 하는 까닭이라고도 생각되어요. 이 얼굴 이대로 영원히 살고 싶습니다. 처참하게 창백한 얼굴, 비뚤어진 얼굴은 다시 가지지 않기를 신에게 빌고 싶습니다.

저 진정 잘못했어요. 괜히 남을 의심했기 때문에 얼굴까지 비뚤어졌으니까요. 다시는 얼굴이 비뚤어질 생각 같은 건 하지 않고 당신의 교시(敎示)대로 책을 읽어 힘을 기르겠읍니다. 당신이 지적한 인생에 관한 확고한 눈, 광범한 시야를 갖추겠읍니다. 안녕히 주무세요.

— 당신의 a로부터》

"얘 좀 일어나라. 오늘 아침 따라 웬 일이냐?"

흔들리어 눈을 떠 보니 창이 환했다.

다섯시 치는 소리까지는 들으면서 책을 읽고 읽었는데 어떻게 잠이 들었던가 보았다. 책을 읽으려고 해서 읽은 것이 아니었다. 잠이 오지 않으니 그냥 내쳐 읽었던 것이다. 좋던 글턴 잠은 제대로 다 자는 차순을 부러워해 가면서 그는 파스칼의 명상록을 끝내었다.

차순은 무얼 쓰고 있었던 양으로 손에 철필이 쥐여 있었다.

"애 보화야 빨리 일어나 이것 좀 써다구."

"뭐 말이야?"

유보화는 선잠에서 깨었건만 정신이 맑았다.

"엊저녁 편지 회답 말이다. 연애 편질 써 달란 말이야."

"네 연애 편질 왜 내가 쓰나?"

"좀 써 줌 어떠냐? 난 당최 안된다. 비웃지 말구 어서 좀, 보화 아가씨야……"

철필을 집어 던지고 차순은 유보화를 덥석 안아 일으키는 것이었다. 그리곤 집어던졌던 철필을 유보화 손에 갖다 쥐어 주었다.

"나의 사랑하는 이성배씨에게라고 쓸까? 그냥 사랑하는 성배씨에게라고 쓸까?"

차순은 책상 위에 놓인 편지지를 들여다보며 이렇게 물었다. 침을 굴떡 삼키기도 했다. 벌쭉벌쭉 잘 웃던 웃음도 웃지 않았다. 어지간히 몸이 단 모양이었다.

그런데 유보화는 철필을 쥐고만 있었다. 한 마디도 써지지 않았다.

"애 빨리 써라."

"뭐라구?"

"아뭏든 '나의 사랑하는 이성배씨에게' 라든지 '사랑하는 성배씨에게'라든지…… 그것부터 써 놓아야잖니?"

차순의 말을 그대로 유보화는 받아 써 놓았다.

"애 이게 뭐냐? 둘 중에서 어느 쪽이든 나은 놈으루 쓰잖구서…… 다 써놓냐?"

차순은 골이 나는 모양이지만 참았다. 골을 내면 자기한테 손해라고 참는 눈치였다.

"그러지 말구 좀 탐탁하게 쓸 생각을 해 봐."

"글쎄 남의 편질 어떻게 쓰라구 그러냐?"

"네가 못 쓰면 누가 쓰겠냐? 그리지 말구 써 봐. 난 연애 편질 써본 일두 없구 구경해 본 일두 없다. 개고기하구 할 때두 그랬지만 골샌님하구 할 때두 편지질은 피차에 한 번두 한 일이 없었단다. 이 사람은 시인이니까 글 재주가 좋을 거 아냐? 그러니까 편질 쉽게 한 게거든."

이 말에 나도 연애 편질 받아 본 일두 써 본 일도 없다고 말하려다가 그만 두고 유보화는 밤에 자기가 쓴 김영서에게 보내는 편지를 내어 차순에게 읽어 주었다. 다 읽고 나니까 차순은,

"뭐? 당신의 '에이'가 누구야?"

고 물었다.

"편지 쓴 사람이지 누구겠냐."

"'에이'라? 넌 아니구…… 가만 있자…… '에이'라? 글투는 너 같은데 '에이'는 뚱딴지같이 어디서 끌어 온 거냐? Y나 B아님 H일 텐데……."

차순은 유보화의 얼굴을 살폈다. 유보화는 빙긋이 웃으며,

"'에이'에 대한 건 나중 천천히 말해 주마."

했다.

"'에이'가 너지? 네가 쓴 편지지?"

유보화는 대답 대신에 좀 더 많이 웃어 보였다.

"야 이것 봐라."

차순의 눈이 커졌다.

"김영서한테 하는구나. 도영혜 말이 들어 있는 걸 보니…… 야 이것 참 귀신이 곡할 노릇 아냐? 어느 새 그렇게 됐냐? 아니, 접대까지두 싫다더니, 중요하지 않다느니 하더니…… 요 깍정아 어쩜 사람을 그렇게 감쪽 같이 속이냐?"

차순은 어처구니가 없는 얼굴을 지었다.

"속인 거 아니다. 나두 모르는 새 그렇게 되어 버렸단다."

유보화는 더 웃으며 차순을 보았다.

"잘 됐다 잘 됐어. 글쎄 김영설 안 좋다는 건 모를 소리야…… 내가 그러게 뭐라구 했어? 골샌님 선생은 쉬이 잊어 버려지구 김영서가 좋아질 게라구 안 그러던? 그래 김영서한테서두 편지 왔댔구나. 거좀 뵈어 다구. 구경 좀 하자."

유보화는 서랍에 넣었던 편지를 내어 차순에게 주었다. 누구에게도 숨기고 싶지 않은 마음이었다. 하늘에도 땅에도 다 알려도 두렵지도 주저럽지도 않을 자랑스런 마음이기만 했다.

김영서 편지를 읽고 난 차순은

"이게 젤 첨 온 거냐?"

고 물었다. 그렇다고 하니까 차순은

"연애 편질 이렇게두 쓰는구나."

하고 다시 한 번 더 읽어 보았다.

"연애 편지라구 따루 식이 있구 본이 있겠냐? 그냥 맘에 있는 그대루 씀 되겠지."

유보화의 이 말을 차순은 한참 곱씹어 보고 또 유보화가 쓴 김영서에게 보내는 편지를 다시 더 자세 읽어 보고 나더니,

"그럼 나두 내 맘에 있는 그대루 쓸란다."

하고 책상에 엎드렸다.

한참만에 쓴 차순의 편지는 다음과 같았다.

《 ― 어저께 저녁에 주신 편지는 제 친구와 둘이 같이 잘 보았오이다.
회답을 쓰려고 새벽부터 낑낑거리다가 암만 해도 잘 쓸 수가 없으므로
친구더러 써 달라고 했더니 남의 연애 편지를 어떻게 쓰느냐고 하면서
제 마음에 있는 그대로 쓰라고 하는 고로 마음에 있는 그대로 쓸 작정을

하고 지금 쓰나이다.

굴뚝장이 같이 시꺼면 저 자신을 사랑해 주신다니 고맙소이다. 저도 이성배씨를 사랑할 작정을 하고 있오이다. 여름 방학에 우리 집에 같이 가십시다. 그런데 우리 오빠한테 얌전히 뵈서야 합니다. 우리 오빠는 개 고길 부리면 절대 마다고 하니까요. 우리 집에선 우리 오빠 말이면 고만 이에요. 공부 열심히 하시고 안녕히 계시기를 바라나이다. 꾿바이.

노차순 드림》

'나이다' '소이다'가 우습기도 하지만 곧이 곧게 있는 대로 털어 놓은 것이 견딜 수 없어서 유보화는 그만 웃고 말았다. 차순은 웃는다고 골을 벌컥 내었다.

"아냐. 네가 너무 솔직하게 쓴 게 우스워서 그린다. 그이두 이걸 봄 널 더 좋다구 그럴 거야."

그래도 차순은

"아무럼 미술가처럼이야 쓸 수 있냐."

고 하며 뿌죽이 입을 내밀었다. 그러는 차순은 어린애 같이 보였다.

유보화는 어린애 같아 뵈는 차순을 바라다보면서 자기는 차순이보다 훨씬 어른이 되어진 것을 느꼈다.

하룻밤 사이에 자기는 그렇게 성장(成長)한 것이라고 알았다. 그리고 그것은 모두 김영서의 힘이라고 알았다.

유보화는 꾸노의 자장가를 부르면서 창을 열어 젖혔다. 바람이 몸뚱이를 휘감았다. 숲이 쇠아쇠아 흔들렸다. 창턱에 걸터앉았다. 이번에는 라파로마를 불렀다. 휘파람을 불 수 있었으면 김영서가 하던 그대로일 텐데 하는 생각을 하면서 불렀다.

"쟨 남이 속상하는데 노랠 부르냐."

뾰쪽한 입채로 차순은 눈을 흘겼다.

"왜 속상하니?"

"편질 잘못 썼으니까 그렇지 뭐냐."

"그거 잘 쓴 편지다. 제 맘 그대루 표현한 게 좋은 거야…… 연애하는 사람이 그렇게 자신(自信)이 없어 가지구 어떡하냐? 연애하는 사람은 자신이 막 생기는 거야. 천하(天下)라두 뒤흔들어 놓을 자신이……."

유보화는 자신만만한 어조로 어른 같이 말했다.

그제야 차순은 눈을 껌벅껌벅 하면서,

"그래? 그럼 그대루 보내 버릴까?"

했다.

"글쎄 네 생각대루 해라. 난 이래라, 저래라 안 하겠다. 연애하는 사람은 어른이니까 남이 이래라 저래라 할 것 없잖아……."

"아이구 요 깍짱아……."

차순은 주먹을 쥐어 유보화에게로 향했다. 그러거나 말거나 유보화는 노래를 다시 부르며 또 다른 창을 열어 젖혔다. 바람이 또 몸뚱이를 휘감았다.

"아아……."

그는 노래를 그치고 두 팔을 번쩍 들어 올렸다.

뵈는 것 부딪치는 것 온통 다른 것만 같았다.

"야아 아주 좋아서 죽겠나보구나…… 그런데 도영혜 혼자 안달하다가 나가 떨어진 모양이지? 그래 화가 나서 결혼했나부지? 어서 산대?"

이 물음에 유보화는 신이 나서 도영혜한테서 온 편지대로 차순에게 모조리 말해 들려 주었다.

바람아 자거라

내쳐 즐거운 세월이 계속되었다. 봄에 꽃들은 온통 웃고 달려들었다. 여름의 녹음은 삼박이며 다가왔다. 가을의 낙엽은 더 좋은 앞날을 위해 손짓해 주었다. 겨울의 눈은 기도(祈禱)와 같이 조용했다.

이렇게 가는 줄도 모르게 즐거운 세월 속에 유보화는 책을 읽고 그림을 그렸다. 그리고 사랑을 했다. 그러다가 너무 크고 폭이 넓어서 어찌 할 도리가 없는 운명(運命)의 날개가 그를 휘몰아 쳤으니 그 첫째가 일본 제국주의가 거진 패(敗)할 무렵 학병제도(學兵制度)를 실시하여 학생들을 전쟁터로 몰아보내는 일이었는데 김영서가 여기에 걸리게 되었었다. 국내(國內)의 친일파(親日派)들이 학병 권유의 사명을 짊어지고 속속 동경으로 건너왔었다. 그것이 천 구백 사십 삼년 팔월이었다. 학병 권유자들의 권유강연이 김영서의 학교인 M대학 강당에서 열렸었다. 김영서는 여기에 참석하지 않고 피신해 버렸다. 김영서 뿐 아니라 피신한 학생들이 많았다. 학병 권유자들의 권유강연을 듣고 그 즉석에서 지원하는 학생도 있었다지만 병이라는 핑계로 이럭저럭 뺑소닐 친 학생들이 많았다.

유보화는 김영서가 피신해 있는 곳을 한 주일에 두 번씩 찾았다. 혹은 세 번이나 그 이상 찾는 일도 있었다. 피신한 곳은 김영서의 하숙집이었다. 주인들은 고맙게도 김영서를 자기 집에 숨겨 주었던 것이다.

유보화는 김영서를 만나기도 했지만 때로는 주인들한테서 안부만 알고 돌아오는 일도 있었다.

이렇게 하느라고 책도 그림도 손에 잡지 못했다.

이 일이 생기기 전까지는 그들은 일주일에 한 번 아니면 두 번을 만나기로 약속했던 것이었다. 토요일 오후와 일요일 외엔 만나지 않기로 되어 있었다. 피차의 향상(向上)을 위해서 만나지 않는 며칠 동안을 공부에 주력했던 것이었다. 만나서도 그들은 더 많이 양식(良識)을 위해서 이야기하고 연구하고 했던 것이다.

참 견딜 수가 없어서 약속한 토요일 오후나 일요일이 아닌 여느 날 유보화가 김영서를 찾아가는 때가 몇 번 있기도 했지만 — 또 유보화와 마찬가지로 김영서가 유보화를 찾은 일이 있기도 했지만 —

유보화가 처음 그렇게 찾아갔을 때 김영서는,

"웬 일이냐?"

고 놀래었다. 혹 무슨 불의의 변(變)이라도 있지 않은가 하는 얼굴이었으나 유

보화가

"보구 싶어서 못 견디겠는 걸 뭐……."

하고 어린 아이 같은 얼굴을 하면 김영서는 그제야 웃으며 더 다른 말 없이 포옹해 주었다.

그런 다음부터는 유보화가 그렇게 가는 때면 눈을 흘기며 약속한 날이 아닌데 왜 왔느냐고 이렇게 말하다가도 여전히 더 다른 말 없이 포옹해 주곤 하는 것이 버릇 같이 되어 있었다.

그러나 김영서가 유보화를 찾아오는 때면 언제나 차순이가 있고 혹은 차순의 애인 이성배가 있곤 해서 유보화가 김영서를 보고 싶어 가는 때처럼 할 수는 없었다. 그래도 즐거웠다. 바라보는 것만으로도 가슴은 얼마든지 부풀어 올랐다. 어느 날은 유보화가 학교에 가지 않고 집에서 그림을 그리는데 김영서가 찾아왔었다. 김영서도 학교에 안 가고 집에서 책을 읽다가 왔노라고 했다. 그날은 그림 그리기에 열중하느라고 차순이랑 있을 때와 마찬가지로 포옹도 키스도 하지 않고 더 좋은 그림을 위해서 두 사람은 오직 최선을 다하고 있었을 뿐이었다.

그날은 함박눈이 펑펑 쏟아지고 있었다. 벌써 땅도 집도 나무도 온통 아득한 속에 잠겨 있었다. 유보화는 눈 속을 헤쳐 김영서를 찾아갔다.

유보화가 온 줄을 알아챈 주인 여자는 종종걸음을 쳐 나오더니,

"김씨 아버지께서 오셨어."

했다. 그리고 다시 말을 이어서

"높은 양반들과 같이 오셔서 지금 저 방에서 김씨하구 이야기하는 중이요."

하며 위층 김영서 방을 눈으로 가리켰다.

유보화는 이어 주인 여자의 말을 알아 들었다.

며칠 전 김영서를 찾았을 때 이제 더 견딜 수 없을 것 같다는 이야기와 함께 아버지가 올 것 같다는 이야길 했던 것이다. 그때 김영서는 아버지가 혼자 오시지 않고 그곳 관리들과 도회의원들이 함께 온다는 말도 했다. 그래서 자기에게

학병지원을 시킬 것이라는 말도 했다. 학병지원 마감기일이 십 이월 말일(末日)까지라는 말도 했다.

"이리로 들어와요, 추운데……."

주인 여자는 자기네 방으로 유보화를 안내했다. 주인 여자와 마주 '고다쓰'에 몸을 녹이며 유보화는 전 신경을 김영서 방에 기울이고 있었다.

가끔 웃는 소리가 들리는데 웃음 소리는 김영서나 아버지가 아닌 것을 알았다. 유보화는 그의 아버지 웃음 소리를 들어본 일은 없지만 아버지의 웃음 소리는 결코 그렇지가 않을 것이라고 짐작했다. 더구나 그 경우에 있어선.

"이젠 벗어날 수가 없을 것 같아. 높은 사람들이 아버질 저렇게 모시구 왔으니…… 오늘 아침 누가 김씰 찾길래 없다구 하라구 하녀를 내보냈더니 하녀가 달려 들어오면서 김씨 아버지가 오셨다구 그러잖아, 그래서 김씨한테 전했지. 그랬더니 별말 없이 나가 맞아들이는 거야. 아버지가 오셨다는 데야 그냥 숨어 있을 수 없잖아……."

주인 여자는 진실로 염려하는 얼굴이었다.

얼마 아니하여 위층에선 모두 함께 어디로 가는 모양이었다. 주인 여자가 현관으로 나갔다.

"다녀오겠어요?"

"네 다녀 오겠어요."

김영서의 대답 소리가 났다.

유보화는 문께로 가서 약간 눈을 대고 밖을 살폈다. 상투 짜 올린 채로 갓을 쓴 김영서의 아버지가 보였다.

경황 없는 얼굴이었다. 절하고 싶던 그의 아버지를 이렇게 내다보는 일이 유보화의 마음을 아프게 했다. 국방복 입은 사람도 셋이 있었다. 경관복 입은 사람도 하나 있었다. 경관은 모자에 금테를 둘렀었다. 경부보쯤 될 것이라고 생각했다. 그러자 유보화는 도영혜 시아버지가 경부보라던 것이 머리에 떠올랐다. 혹 도영혜의 시아버지는 아닐까 하는 생각이 들었다. 마음이 무거웠다. 그러잖아도 도영혜 편지를 받은 이후로도 도영혜의 경부보 시아버지가 늘 마음에 걸려 그는 김영서에게 여러 번 이에 대한 말을 했다. 그러면 김영서는 번번히 괜찮다고 대답했다. 어떻게 괜찮을 것을 잘 알고 있느냐고 물으면 김영서는 또 아는 사람이라고 말했다.

아는 사람이란 이 말에 유보화는 그럼 도영혜 남편도 아느냐고 물었다. 그러면 김영서는 그렇다고 대답했다.

이렇게 되면 유보화는 도영혜에게 대한 일체의 것을 알고 싶은 호기심(好奇心)에서 온갖 것을 모조리 물으러 들었다. 그러면 김영서는 어지간히 대꾸해 주다간,

"그런 걸 너무 알게 됨 얼굴이 비뚤어질 염려가 있어요."

하기도 하고 혹은,

"고운 얼굴을 영원히 지니기 위해서 그만 둡시다."

이런 말로써 말머리를 돌려 버리기도 했다.

한 번만이 아니었다. 여러 번 그러한 일이 있었는데 그럴 때마다 김영서는 같은 말로 막아 버리곤 했다. 유보화는 더 물으려 하지 않았다. 그는 김영서의 막아 버리는 이 마지막 말에 어떤 의미(意味)가 내포(內包)되어 있다는 것을 깨닫지 못하고 있었던 것이다. 그것은 그가 도영혜의 결혼으로 말미암아 김영서와 도영혜는 이제 하등의 상관 없는 사이라는 것을 꽉 믿고 있는 까닭이었다.

"전쟁이란 참 죄악이야. 뭣 때문에 이 어진 사람들을 이렇게 괴롭힐꼬?"

현관에서 들어오며 주인 여자는 이런 말을 혼잣소리하듯 중얼거렸다.

"아주머니 지원하러 가는 건가 봐요?"

유보화는 떨리는 소리로 이렇게 물어보았다. 주인 여자는 유보화의 얼굴을 애처로운 듯이 바라만 보았다.

"다녀오게 될까요?"

"글쎄 다녀오게 되겠지."

객과 주인은 다시 말이 없었다. 하녀는 털실 바지를 짜고 있었다.

눈은 그대로 쏟아지는 모양이었다. 오히려 더 쏟아지는 모양이었다. 바람도 일기 시작하는 모양이었다. 문들이 덜컥덜컥 소리를 내었다.

김영서는 다 어두워 갈 무렵에야 돌아왔었다. 혼자였다. 아버지와 또 함께 온 사람들은 경북료(慶北寮)에 있다고 했다. 이 경북료는 경상북도 유학생들의 학병지원을 알선하는 처소라고 했다. 전엔 경상북도 유학생들의 연락사무실로 쓰이고 있던 데라고 했다.

김영서는 이 경북료에 갔다 왔다고 했다. 경북료에는 김영서의 아버지와 마찬가지로 자식의 학병지원으로 해서 들어온 부형들이 수십명이었다고 했다. 수십명에 달하는 부형과 함께 나온 학생들도 또한 수십명에 달했다고 했다.

경부가 연설을 하고 도회의원이 연설을 하고 또 무엇 무엇 하는 사람들이 각기 열을 내어 연설을 했다고 했다.

그들 중에는 학병지원을 하지 않으면 남방(南方)으로 징역을 보낸다고 위협하는 자도 있더라고 했다. 학병지원을 하지 않으면 부형의 귀국 알선을 해 주지 않겠다는 말도 하더라고 했다.

"아버지께선 뭐라구 말씀하세요? 지원하라구 하세요?"

유보화의 묻는 말에 김영서는

"생명만 지탱할 수 있거던 피신해 보라구 그러시던데…… 쌈에 나감 죽는 것두 무섭지만 그놈들하구 싸우는 널더러 그놈들 편이 돼서 싸우랄 수는 없다구 말씀하시더군요."

했다.

"그럼 어떡하실 작정이세요?"

"아버지 말씀이 그러시리라군 생각 못했는데……."

"그럼 피신하실 생각이세요?"

"오늘 밤 어떡할 걸 작정해서 낼 이야기해 드릴께……."

"지원하시든지 안 하시든지 하는 걸 말이예요?"

"아니 그건 아니구!"

“그럼?”

“글쎄 낼 아침 알려 드리지.”

더 묻지 않고 내일 아침에 다시 온다는 말을 남기고 유보화는 돌아왔다.

현관에 들어서자 주인 여자가 바삐 나와 전보 한 장을 말 없이 주었다.

전보를 펴 드는 손이 불길(不吉)한 예감(豫感)에서 덜덜 떨렸다.

아버지의 별세(別世)를 전하는 전문(電文)이었다. 그 자리에 풀썩 앉아 버렸다. 이것이 두 번째 날아든 검은 운명의 날개였다.

“아주머니 어쩜 좋아요? 나 어쩜 좋아요?”

눈물은 얼굴 전체에서 쏟아지는 듯 내려 흘렀다.

“저녁 차로 가야지?”

“…………”

저녁 차로 떠나야 마땅할 일이지만 김영서가 어떻게 되는 것을 모르고 떠난다는 것은 또 기가 막히는 일이었다.

“눈보라가 이는 모양인데…… 그렇더라두 저녁 차루 떠나야지…….”

유보화는 울던 얼굴 그대로 눈물을 꿀떡꿀떡 삼키면서 주인 여자를 쳐다보았다.

“어떡할 테야? 눈보라가 너무 심해서 원…….”

“눈보란 괜찮아요. 그렇지만…… 아주머니…… 오늘 저녁으론 저 못 가겠어요.”

유보화는 더 많은 눈물을 흘리며, 삼키며, 무슨 큰 의지나 되는 사람 앞에서처럼 주인 여자를 쳐다보고 애원하듯 이렇게 말했다.

그러나 십분을 지나지 아니해서 그는 저녁 차로 떠나야 한다고 결심했다. 지난 여름 방학에 집에 갔을 때 전에 없이 초췌하던 아버지의 모습이 눈 앞에 떠올랐다. 어머니도 전에 없이 고생 꼴이 흐르고 있었다. 동생들도 그러했다. 어머니는 유보화의 동경행을 중지시킬 것을 아버지한테 말씀했다. 그때 아버지는,

“일년만 눈을 꾹 감구 참아 보자.”

고 말씀했다. 어머니가 이런 말씀을 하게 된 것도 무리는 아니었다. 아버지의 사촌 동생이 아버지가 없는 틈을 타서 집의 토지를 팔아 가지고 멀리 만주로 떠나 버렸던 것이다.

많은 토지도 아니고 생계를 이어가며 겨우 자녀들의 교육비를 주선해 가는 형편이었는데 토지의 반(半) 이상이 없어졌으니 곤란할 것만은 사실이 아니겠는가.

"먹구 살아가기두 어렵겠는데 공불 어떻게 시킨단 말이요."

어머니의 이런 말씀에 아버지는 또,

"어떻게 되겠지, 지금 그만두긴 아까워……."

라고 말씀했다.

유보화는 아버지가 우겨 다시 동경에 왔던 것이다.

그는 짐을 복닥복닥 꾸려 놓고 시계를 보았다. 차(車) 시간이 오십분 밖에 남지 않았다.

김영서를 만나고 떠날 생각이 간절했으나 김영서 하숙까지는 왕복 한 시간 이상이 걸렸다. 택시로 가볼까 하는 생각도 해 보았으나 그만 두었다. 경황 없는 그에게 또 다른 비보(悲報)를 알리고 싶지 않은 마음도 있었다. 그리고 눈보라 치는 밤 무거운 비극을 안고 떠나는 모습은 보이기도 싫었던 것이다. 또 플랫폼에 남아 있을 그의 모양을 보기도 싫었던 것이다.

그는 생각다 못해서 편지를 쓰기 시작했다.

《숙소에 돌아오니 아버지께서 별세하셨다는 전보가 와있어서 저녁 차로 떠납니다. 시간이 급하여 찾아뵙지 못하고 그냥 갑니다. 내일 아침 들려 주시겠다던 말씀 못 듣고 가게 되어 발걸음이 내밟아 안 집니다. 저는 지금 하늘과 땅이 한데 들러붙은 것 같이 숨을 쉴 수가 없습니다. 눈보라도 그치고 날이라도 개었으면 또 나을 것 같아요. 장례식이 끝나는 대로 곧 돌아오겠읍니다. 부디 그 동안 신의 보호가 있으시기를 두 손 마주 잡아 빕니다.

눈보라치는 밤 유보화 드림》

장례식을 치르고 난 사흘 후에야 유보화는 집에 이르렀다. 눈보라와 풍랑으로 해서 기차와 연락선이 제 시간을 어기었기 때문이었다. 유보화는 방안에 발을 들여놓자 쓰러져 통곡했다.

"얘 그만 울구 아버지께 들어가 뵈어라."

얼마를 울었던지 울고 있는데 고모아주머니가 등을 흔들었다.

아버지를 뵈란 말에 유보화는 깜짝 눈물을 그치고 일어나 앉았다.

"아버지가 어디 계셔요?"

고모아주머니는 유보화를 데리고 아버지가 거처하던 웃방으로 들어갔다. 방이 비어 있는데 상청이 덩그렇게 들앉아 있을 뿐이었다.

"오빠 보화가 왔어요. 오빠가 못 잊어하시던 보화가……."

고모아주머니가 목멘 소리로 이렇게 말한 다음

"보화야 아버지한테 절해라."

했다. 그러나 그는 그냥 선 채로 있었다. 울지도 않았다. 그저 허무한 생각 밖에 들지 않았다.

"어서 절해라."

고모아주머니는 다시 말하면서 유보화의 머리를 눌렀다.

절을 했다. 유보화는 이렇게 허무한 절이더라도 김영서와 나란히 할 수 있다면 그래도 좀 나을 것이라는 생각을 하면서 했다.

그리고 김영서의 절을 받아 보지 못하고 돌아가신 아버지의 일이 안타까왔다. 지난 여름 방학에 김영서를 오게 해서 아버지 어머니한테 보여 드릴까도 생각했으나 남의 눈도 두렵고 또 졸업하기까지 참아 보자는 마음이기도 해서 그만 두었던 것이다.

"오빠가 널 보구 싶어서 그렇게 앨 쓰면서두 공부하는 걸 불러옴 어쩌느냐구

그러지 않아. 그러구 절대로 돌아가시지 않을 테니 널 불러오지 말라구 그리셨
단다. 돌아가는 순간까지두.”

“아버지 몰래 알려 주시지 않구서…….”

유보화는 아버지의 어지신 모습이 떠올랐다.

아버지는 타관에서 돌아오시면 아무도 방에 못 들어오게 하시고 자기 혼자만
을 불러 들여다 그림을 가르치고 글씨를 씌우고 시를 읊어 들려 주시곤 했던 것
이다. 그 어지신 음성 다시 들어 볼 길이 없고 그 어지신 모습 다시 뵈올 길이 없
으니 어찌 하랴.

유보화는 가슴이 터지는 듯했다. 그것 뿐 아니라 허전하기 짝이 없었다. 그것
은 산울림 뒤에 밀려드는 적막보다도 더 강렬한 것이었다. 신(神)은 무슨 필요
로 인간에게 이러한 감정(感情)을 체득(體得)시키는 것일까.

“이제 사랑으로 나가자.”

유보화가 이런 생각으로 울지도 않고 맨숭맨숭해 앉아 있으니까 고모는 아버
지에게 가는 유보화의 서러운 감정이 끝난 줄만 아나 보았다.

유보화는 움직이고 싶은 생각이 아니면서 고모를 따라 일어섰다.

사랑 방에는 고모부와 사촌형부와 그 친구들이 앉아 있었다. 낯선 여자도 둘
이 앉아 있었다. 그들은 어떤 문제를 가지고 논쟁을 하고 있었던 모양이었다.
모두들 긴장한 얼굴 빛이었다. 고모부는 어린애를 안고 있었다.

“남자가 폼프[31] 같은 거라면 여잔 뭡니까?”

사촌형부가 둘 가운데 한 여자를 향해 던진 말이었다. 얼굴이 갸름하고 눈이
아름답게 생긴 여자였다.

“너무 흥분 마십시요. 상주님께 인사나 드려야 하잖아요.”

옆에 앉은 얼굴이 좀 검고 속 눈썹이 긴 여자가 유보화를 향해 앉으며 이런 말
을 했다.

---

31 포주 혹은 뚜쟁이를 뜻하는 pimp를 이르는 듯함.

"참 그렇군. 인사하지……."

두 여자는 일제히 일어나 반경례 반 절을 하면서 인삿말을 중얼거렸다.

"아뭏든 폼프라는 덴 못 참겠어. 어째서 남자들이 폼프란 말입니까?"

이럴 때 고모부에게서 받아 안은 어린 아이가 반듯이 누웠기 때문에 오줌살이 위로 향해 뻗쳤다.

"그것 참 폼프[32] 같긴 한데……."

어린애의 올리 뻗치는 오줌살을 보고 있던 고모부가 한 말이었다. 이 말에 방 안엔 웃음이 찼다. 눈이 아름다운 여자의 얼굴이 약간 붉어졌다. 그러나 그는 이어 낯색을 고치며,

"제가 말한 건 그런 생리적인 조건만을 들어서 한 게 아닙니다. 정신 문제입니다. 다시 말함 남자에겐 도대체 영혼이 없다는 걸 말하기 위해서 한 말입니다."

"영혼이 없음 어떻게 살아요? 영혼이 없어지는 날은 죽는 거 아닌가요?"

"죽는다는 건 생명이 없어지는 거지요. 개나 돼지 같은 짐승들은 영혼이 없어도 살아 있잖아요?"

"결국 남잔 개나 돼지 같단 말이군요?"

몇 사람이 웃었다. 그러나 사촌형과 눈이 아름다운 여자만은 웃지 않았다.

고모 아주머니는 무릎을 탁 치고 — 어떻게 크게 쳤던지 오줌 싸던 아이가 뚝 그칠 정도였다. 무릎만 치지 않고 고모아주머니는,

"옳아, 그래. 남자들이란 개나 돼지와 같은 것들이야."

하면서 고모부를 희뜩 눈흘겼다. 희뜩 눈 흘기는 시선이 어쩌면 그렇게 증오(憎惡)에 가득찰 수 있으랴.

"쩟쩟쩟, 장소 여하를 막론하구 또 지랄이야."

이번엔 고모부가 혀를 차며 고모를 눈흘겼다. 고모나 똑같이 증오에 가득찬

---

32 '퍼올리다'를 뜻하는 pump를 이르는 듯함.

시선이었다.

유보화는 허무한 것, 슬픈 것조차 잊어버리고 그 두 시선에 어리둥절했다.

S대학생일 때의 고모부는 그런 시선으로 고모를 보아주지 않았다. 그리고 자기가 보는 데서도 뺨이랑 이마에랑 마구 입을 맞춰 주었다. 고모는 그럴 때마다 눈을 바로 못 뜨고 꿈꾸듯 잠든 듯 가만 있었다.

십년이란 세월이 흐르는 속에 고모나 고모부는 꿈도 희망(希望)도 다 보내고 오직 증오에 가득 찬 시선만을 간직하고 있는 듯했다.

"그래 개나 돼지가 아냐? 입이 똑바루 붙었거던 말해봐, 사람 많은 좌중에서……"

고모부는 혀를 차면서 언제까지나 고모를 눈흘기고 있었다. 웃는 사람도 말하는 사람도 없었다. 조용한 속에 고모 무릎에 있는 어린 것이 천장을 향해

"부부 어부 엄마 부부."

하며 저만 아는 소리를 지껄였다.

"당신 얘길 하기 싫음 당신 친구 얘기라두 한 번 해봐요. 초록은 동색인데…… 글쎄 그 궐잔 그저 여자람 따 먹는 게 일이라니까. 열 칠 팔세로부터 사십세 사이를 오르내리면서 닥치는 대루 따 먹는 게 일이야. 부끄럽거나 괴롭다거나 이런 마음은 통이 없대. 그저 따 먹을 수만 있음 얼마든지 따 먹는다는군 그래. 기생이건 갈보건 처녀건 유한마담이건 학교선생이건 그런 죽일 놈이 글쎄 어디 있어요. 피임약까지 가지구 다님서 여자 행각을 한대요."

고모는 숨이 찼다. 그래도 말을 끊으려고 들지 않았다. 다른 사람들도 잠잠히 들으려는 얼굴을 하고 있었다. 고모부만 곱지 못한 눈으로 고모를 흘기고 있을 뿐이지.

"내가 언젠가 그 궐자더러 그렇게 수 없는 여잘 따 먹구두 양심이 무섭잖으냐구 그랬더니 글쎄 이 궐자 하는 말 좀 들어봐요. 눈에 뵈는 것만 얘기해도 한이 없는데, 뵈지 않는 양심 같은 거 얘기할 게 뭐냐구 하잖아요. 현미경으로라두 뵈는 걸 가지구 얘기할 일이지 현미경으로두 뵈지 않는 양심까짓걸 얘기할 게

뭐냐구 그러잖아요. 뵈지두 쥐우지두 않는 양심 때문에 구애를 받는 건 쓸 데없는 일이라구 왜 만들어서 괴로와할까부냐구. 양심이 어쩌구 저쩌구 하는 건 공연한 괴롬을 사는 일 밖에 안 된다고, 이렇게 뻔뻔스런 소릴 하잖아요. 이런 것들이 그래 사람이얘요? 개들이지……."

"그런 남자한테 걸리는 여자가 어리석지. 여자들이 넘어 안 감 그런 남자가 생길래야 생길 수 없잖아요."

고모부의 친구가 말했다.

"남자보다 더한 여자두 있어. 파리 위에 날라리가 있다더니 여자 하나가 남잘 셋씩 넷씩 데리구 사는 것두 있어."

사촌 형부의 친구가 말했다. 차차 알고보니 이 남자는 눈이 아름다운 여자의 남편이었다. 아내는 남편에게 눈을 할낏 흘겼다. 그러나 증오에 까지는 이르지 않은 시선이었다.

"우리 여자들은 모두 열녑니다. 창부나 갈보더라도 열녀의 혼은 갖추구 있답니다."

얼굴이 검고 속눈썹이 긴 여자의 말이었다.

"그래서 한꺼번에 남잘 셋씩 넷씩 데리구 사는 여자가 있구먼요. 거짓말이람 내 그 여잘 여기 데려와두 좋아요. 실증을 뵈게……."

"그런 것들은 남자구 여자구 할 것 없이 저 수구문 밖이나 홍제원 화장터 근처에 실어다 버려야 해. 저희들끼리 거기서 하구 싶은 대루 실컷 하다가 죽게스리. 그런 것들 죽을 땐 누깔을 후떡 뒤집어 까구 죽을 거야. 죽은 뒤엔들 얼마나 미운 얼굴을 하구 있겠냐 말이야."

고모는 아직도 흥분이 가라앉지 않았다. 유보화는 고모의 말이나 — 즉 여자들의 하는 말이나 남자들의 하는 말, 이것은 하나의 이야길 뿐이지 실지로 그런 일이 이 세상 어느 구석에 있으려니 하는 생각도 없었으려니와 이 사람들은 이 폭포(瀑布) 같은 슬픔 속에서 무엇 때문에 하필 이런 화제(話題)에 열중하는 것일까 하는 생각이 들었다.

남자들과 여자들은 오래도록 이 화제에 열중했으며 고모와 고모부는 그들이 돌아간 뒤에 까지 여기에 대하여 한참 옥신각신했다.

고모부가

"당신 같이 악다구닐 부릴 여자가 천하에 다시 어디 있겠느냐."

고 하면 고모는 또

"당신 같이 지저분스런 남자가 이 세상에 또 다시 있을까보냐."

고 대꾸했다.

이마에랑 뺨에랑 입을 맞추고 맞추우고 할 적엔 고모와 고모부 둘이는 똑같이 온갖 좋은 찬사(讚詞)를 모조리 동원(動員)시켜서

"당신 같이 좋고 어쩌고 한 사람이 이 세상에 또 어디 있겠느냐."

고 했을 것이 아닐까? 직접 들어 본 일은 없지만 S대학생일 때의 고모부는 고모를 한 시각이라도 떠나지 않으려 했고 고모 역시 S대학생이 곁에 없으면 흥이 깨어진 얼굴을 하고 있던 일이 기억에 새로왔다.

그런데 그들이 십년이란 세월이 흐르는 사이에 온갖 밉고 싫은 언어(言語)를 총동원(總動員)시켜 서로 눈 흘기며 옥신각신하는 것이 유보화에겐 또한 슬프고 허무하지 않을 수 없었다.

김영서한테서 편지 온 것은 유보화가 온지 나흘째 되던 날이었다. 고모와 같이 아버지의 산소에 다녀오니까 동생들 책상 위에 편지 한 장이 놓여 있었다.

유보화는 그것이 김영서한테서 온 것이라고 이어 알았다. 아니 김영서가 거기 서 있는 것처럼 알려졌다. 덥석 집어 바삐 떼었다. 이처럼 빠른 동작을 취해 본 일이란 세상에 나서 처음일 것이다.

《나의 a에게 ―

지금 금방 차순씨가 갖다 준 편지를 읽었읍니다. 아버지께서 돌아가셨다는 사실, 너무 놀랍습니다. 그렇게 어지시고 좋으신 어른을 뵙지 못하고 만 일이 원통하고 분하기도 합니다. 차가 떠났을 것을 번연히 알면서

도 정거장에 달려가 보고 싶습니다. 차순씨가 아니더라면 나갔을 것입니다. 날개 젖은 새처럼 떨면서 먼 길을 혼자 가고 있을 당신의 슬픈 얼굴이 보여져서 차순씨가 옆에 있는 것을 잊어버리고 그만 울었읍니다. 그랬더니 차순씨가

'장인 영감이 돌아가신데 우는 사위란 세상 천지에 하나 밖엔 없을 거얘요.'

하고 빈정댑니다.

이렇게 울어지는 때 보화양이 곁에 있다면 얼마나 행복하랴 싶은 생각이 듭니다. 집이 날아가게 눈보라가 치더라도 당신만 곁에 있다면 행복할 것 같은 생각이 듭니다. 어쩐지 나는 보화양을 다시는 만날 것 같지 못한 예감(豫感)이 들면서 마음 전체가 떨립니다. 내일 아침 말씀해 들려드린다던 것 아직 확실한 플랜이 서 있지 않습니다. 오늘 밤중으로 결정짓겠읍니다. 다음 편지로 알려드리지요. 우선 이것만 씁니다. 너무 슬퍼 마십시요. 어떠한 경우에 닥치더라도 나(自己)를 곱게 가누어 가고 수습해 갈 수 있도록 하십시다.

이런 소릴 하면서도 자신(自信)이 하나 없습니다. 당신의 위력(偉力)이 이다지 컸던 것을 미처 모르고 있은 것 같습니다. 당신을 다시 만나는 날은 태양이 바뀌어질 것같이 생각됩니다. 눈보라라도 그쳐 주었으면 — 아 진정 눈보라라도 그쳐 주었으면 —

온 우주(宇宙)가 온통 비인 속에 나 홀로 서 있는 것 같아서 견딜 수 없습니다.

울지말고 계시오.

1943년 12월 눈보라치는 밤 김영서 드림》

겉봉을 뗄 때 눈물이 피잉 돌더니 정작 읽으면서는 오히려 또렷해지는 자기를 깨달았다. 어떠한 경우에 닥치더라도 나(自身)를 곱게 가누어 가고 수습해 갈

수 있도록 하십시다라는 문귀는 가슴에 와서 콱 박히는 것을 깨달았다.

그 동안 유보화는 물에 풀어질 대로 풀어진 종이처럼 자기를 가눌 수도 수습할 수도 없이 폴싹 가라앉은 자세로 탁 풀려져 있었다.

유보화가 오던 저녁으로 그들 가족은 가족회의(家族會議) 비슷한 것을 열었다. 그 회의의 결과(結果)를 간단히 말한다면 유보화는 다시 동경 들어갈 수가 없는 것, 또 다른 한 가지는 군수(郡守)의 아들과 결혼을 해야 한다는 것이었다. 아버지의 별세가 자기에게 이처럼 크나큰 변동(變動)을 일으켜 주리라는 걸 조금도 예측하지 못했던 것이다. 동경으로 다시 가는 것만은 어쩔 도리가 없을 것을 알았다. 자기만이 아니라 동생들 취학에 까지 지장이 생길 형편이었으니까. 오촌이 팔아 버린 땅 이외에도 아버지의 병환으로 땅은 거진 다 나가다시피 되어 있어서 공부는 고사하고 앞으로의 생계가 어려웠으니까.

"동경 다시 들어가는 건 단념하겠읍니다마는 결혼만은 아직 못하겠어요."
하고 유보화는 분명한 어조로 말했다. 가족들은 이구동성(異口同聲)으로 유보화의 뜻을 꺾으려고 했다. 군수의 아들과 결혼해야 할 첫째 조건이란 것은 결혼을 하게 되면 동생들이 그대로 학교에 다니게 될 뿐 아니라 앞으로의 생계도 피어갈 것이라는 것, 둘째 조건은 학병제도에 걸려서 피신해 있는 일가친척들을 군수의 힘을 빌려서 무사히 하자는 것이었다.

여기엔 아무런 대꾸도 할 수가 없었다. 그는 잠자코 마당에 나가서
"아버지이."
를 소리를 내어 불렀다.

달이 떠서 하늘이 넓게 시야(視野)에 들어왔다. 아버지의 어지신 음성이 넓은 하늘 어디서 밀어(蜜語)와 같이 들려왔다.

산도 눈이요, 들도 나무도 지붕도 온통 눈이 덮여서 아득하기만 한 속을 유보화는 그칠 줄 모르고 아버지를 부르며 걸어가고 있었다. 고모가 찾아나오지 않았더면 그날 밤 어느 때까지 그리고 갔을 것이다.

김영서에게선 다시 편지가 오지 않았다. 내일 아침 알려 드리지요 하던 그 내

일 아침에 김영서는 잡혀간 것이 아닌가 하는 생각도 들었다. 그러나 그의 아버지 말씀 마찬가지로 그놈들과 싸우던 그가 잡혀갔다고 해서 그놈들 편이 되어 싸우는 마당으로 나갔으리라곤 믿어지지 않았다. 그런 생각이 드니까 김영서는 그 내일 아침에 자결(自決)을 한 것만 같았다. 그러나 그러한 생각이 오래 가지는 아니했다. 김영서는 그런 어리석은 짓을 할 사람이 아니라는 신념(信念)이 들었던 것이다.

— 어떤 경우에 닥치더라도 나를 곱게 가눌 수 있고 수습할 수 있는 사람이라고 믿어졌던 것이다.

그렇다고 안타깝지 않은 것은 아니었다. 하루 종일 눈이 까매서 편지를 기다리고 나면 입술이 까맣게 타고 어지러움증이 나서 앉아서도 쓰러질 것만 같았다.

이러한 날을 유보화는 매일 계속하다가 어느 날은 자기의 어리석음을 깨달아 알았다.

김영서의 편지가 없는 것은 까닭이 있는 것이라고 알았다.

즉 김영서는 편지를 할 수가 없어서 못하는 것이라고 알았다. 편지가 단서가 되어 신변에 해로운 일이 생길까 봐서 못하는 것이라고 알았다. 이렇게 알고 나니까 또 한 가지 걱정이 생겼다.

김영서는 내일 아침에 편지를 써서 보낸 것이 어느 곳에 걸리어 그것으로 해서 붙잡힌 것이나 아닌가 하는 생각이 들었다. 이러한 생각이 드니까 또 자기는 결국 김영서에게 해(害)로운 존재(存在) 밖에 되는 것이 없다는 생각도 들었다.

차순에게 편지를 해서 알아볼까 하는 마음이다가도 그것도 그만 두었다. 차순은 이것 저것 아는 대로 곧이곧게 모조리 써서 회답을 할 것이라는 생각이 들었기 때문이었다. 김영서 하숙집 주인 여자한테 알아볼 생각을 하다가도 그것도 그만 두었다. 주인 여자는 차순이 모양으로 꾀가 없지는 않지만 그렇더라도 김영서가 어디서 어떻게 하고 있다는 이야기만은 쓸 것이니까 또한 두렵지 않을 수 없었다.

이래서 유보화는 차순이나 하숙집에나 또는 김영서 하숙에나 편지 한 장 못하고 있었다. 안부(安否) 편지조차 할 수 없었다. 그들은 모두 김영서와 자기와의 사이를 알고 있는 탓으로 회답엔 틀림 없이 김영서의 이야기를 쓸 것만 같았기 때문이었다.

그렇다고 기다려지지 않는 것은 아니었다. 편지만이 아니라 사람까지 기다려지는 데는 어찌 할 수가 없었다.

김영서가 온다는 것은 기적(奇蹟)이 아니고선 도저히 이루어질 수 없는 일이라고 알면서도 유보화는 그 기적을 바라고 있었다.

철조망(鐵條網)보다 더한 경계선(警戒線)을 뚫고라도 김영서가 자기 앞에 나타날 것만 같았다. 기차가 없고, 연락선이 없고, 비행기, 자동차, 이러한 것이 온통 다 없더라도 바람을 타고서라도 김영서가 자기 앞에 나타날 것만 같았다.

어느 날은 눈이 많이 왔었다. 하루 종일 그치지 않고 퍼부었다. 바람도 불었다. 동경 떠나던 밤과는 같지 않지만 꽤 세게 불어서 호흡(呼吸)이 자유로울 수 없으리 만큼 했다. 유보화는 눈을 쓸었다. 좀 오면 쓸고 좀 오면 쓸곤 했다. 김영서가 올 길을 내는 것이었다. 눈을 쓸고 있으려니까 저 멀지 않은 경사(傾斜)진 길 아래서 검은 맵시가 휘청휘청 올라오고 있었다. 유보화는 손을 멈추었다. 황소보다 크게 눈을 벌려 뜨고 아득한 눈 속을 뚫으며 휘청휘청 올라오는 검은 맵시를 살폈다.

"눈을 쓰십니까?"

군수의 아들이었다. 도무지 늠름하지 못하게 생긴 그가 김영서의 맵시처럼 휘청휘청 보여진 것은 아득한 눈 속인 탓이었을까. 아니 그렇다기보다 김영서의 환영(幻影)을 좇는 유보화의 시야가 흐렸던 까닭이리라.

"제가 쓸지요."

"놔 두세요."

"이리 내세요. 빗자를……."

"괜찮대두 왜 이래요."

유보화의 음성은 날카로왔다.

"들어가세요. 이렇게 바람이 부는데……."

군수의 아들은 빗자루를 빼앗으려 했다. 그러는 그의 새앙쥐 같은 눈은 퍼붓는 눈 속에서 까지도 말똥말똥 하기만 했다.

"제발 좀 안으로라두 들어가 주세요."

진정 유보화는 그가 곁에 있어 주지 말았으면 싶은 마음이었다. 돌아가 주었으면 더 좋겠지만 그리 쉽게 돌아갈 위인이 아닌 것을 유보화는 그 동안 몇 차례 만났기 때문에 잘 알고 있었다.

그는 처음에 사촌 형부와 같이 집에 왔었다. 회색 양복에 회색 외투를 입었었다. 그래서 새앙쥐 같이 보이는 것이 아닌가고 유보화는 생각했다.

두 번째 올 적엔 고모부와 같이 왔었다. 국방복에 또 그와 같은 빛깔의 외투를 입었었다. 회색 맵시보다 더 빈약해 보였다.

세 번째 올 적엔 혼자였다.

이날도 국방복 맵시였다. 검정 복장은 처음이었다. 검정 복장이란 스마트한 것인 줄 알았더니 그렇지가 못했다. 가뜩이나 작은 체구가 더 작아 보이기만 했다.

후리후리 크고 멋진 김영서의 검정 맵시가 눈 앞에 떠올랐다. 검정 복장은 김영서한테만이 어울리는 것인지도 모른다고 생각했다.

군수의 아들은 그저 그대로 가까이 다가서서 빗자룰 달라고 했다. 말똥거리는 눈으로 유보화를 뚫어지게 보면서,

"나 구찮게 굴지 말아 줘요."

이번엔 도리를 흔들며 애원에 가까운 소리로 말했다. 군수의 아들이 아니더라도 그에겐 귀찮을 밖에 없었다. 오직 한 사람, 김영서만이 와야 할 그 길이니 다른 대체물(代替物)이 어찌 용납될 것이랴.

눈 오는 겨울도 지나가고 봄이 오는 줄 모르게 와서 온갖 새가 재재재 울고 버들개지가 살져가는 어느 날 유보화는 한 장의 편지를 받았다.

발신인(發信人)의 주소와 이름은 다음과 같았다.

《— 서울 권농동 백 오번지 이금순 —》

도무지 기억에 없는 이름과 주소였다. 혹 전에 있던 권농동 하숙이 아닌가 하는 생각도 했으나 그것과는 번지가 달랐다. 어느 동창생이 아닌가 하는 생각도 했으나 아무리 기억을 더듬어 보아야 알 수가 없었다.

그러나 편지를 읽고 나선 이성배가 한 노릇이라고 유보화는 이어 알았다. 필적(筆跡)도 그러려니와 문장도 그러했다. 편지의 내용은 서울에 와 있다는 것, 유보화의 동경 두고 온 짐들을 죄다 자기가 맡아 가지고 왔다는 것, 속히 서울 와 달라는 것, 자기 자신이 유보화의 집을 찾아올 생각도 했으나 사정이 있어서 못 온다는 것 등등이었다. 유보화는 펄쩍 뛰었다. 그는 저쪽 방에 어머니한테로 달려갔다. 숨찬 소리로

"어머니 나 서울 가겠어요!"

했다.

"뭐? 갑자기 서울엔 왜?"

어머니는 놀라는 기색이더니 차차 조용해지면서

"서울에 누가 왔다냐?"

고 물었다. 어머니는 김영서가 서울 온 것으로 아는 모양이었다. 딸이 입술이 까맣게 타도록 김영서의 소식을 기다리는 것을 어머니는 알고 있었고 딸과 한 가지로 또 은근히 김영서의 소식을 기다리기도 했던 것이었다.

"네 여자 이름으로 편지가 왔지만 동경서 잘 알던 이성배란 사람 같아요. 내 짐이랑 죄다 가지구 서울 왔대요. 학병 문제 때문에 자기 이름을 숨긴 것 같구만요."

"누군지 분명 치두 않은 사람을 하망중에 어떻게 찾아 간다구 그러니?"

어머니는 걱정스런 낯색을 지었다.

"염려 마세요. 틀림 없이 이성배란 사람일 거예요. 혹 아니더라도 가 보겠어요, 어머니."

서울이 아니라 세상 끝까지라도 그는 가 보아야만 할 것 같았다. 편지 한 사람이 이성배가 아니고 전연 모르는 사람이더라도 동경에 있다 온 사람이라면 가 보지 않을 수 없는 마음이었다. 사람이 아니고 그것이 혹 도깨비라도 가 보지 않을 수 없는 마음이었다.

어머니는 딸의 간절한 표정을 묵묵히 살피다가

"서울까진 여비가 좀 덜 들 테니까 그럼 시원히 가보구나 오너라."
했다.

그 동안 딸이 동경 다녀오겠다고 몇 번 간청했을 때 어머니는 여비를 주선할 수가 없어서 딸의 청을 못 들어 준 일이 있었다. 어머니는 그것을 늘 가슴 아파하는 눈치였다. 일가 친척들은 군수의 아들과의 혼인을 성사시키려고 애를 쓰건만 어머니는 딸과 한 마음이었던 것이다. 우선 군수의 아들은 외양이 초라한 것이 비위에 들지 않을 뿐더러 딸을 지극히 사랑하던 남편의 뜻을 받들어서도 조건이 붙는 군수의 아들과의 혼인은 찬성할 수가 없는 어머니였던 것이다.

"어머니 서울 감 나 거기서 취직하겠어요. 그래서 우선 재균이하고 보은일 데려다 공불 시키겠어요."

"그랬음 오직 좋겠냐만 월급이 얼마 돼서 둘씩 데려다 공부시킬 수 있겠냐."

"월급이 얼마 안 되더라두 방을 얻어 자취함 될 거예요. 어떡허든 재균이하구 보은일 데려가겠어요."

유보화는 꼭 그렇게 되리라고 믿었고 또 그럴 자신(自信)도 있었다.

"그럼 그래라."

어머니는 딸의 소원을 들어 주었다. 한 번 안 된다면 고만이던 어머니도 아버지의 별세로 무한히 약해진 것이라고 알았을 때 딸은 가슴이 아프지 않을 수 없었다.

그 뒤 사흘만에 유보화는 여장(旅裝)을 꾸려 떠났다. 권농동 백 오번지의 이금순은 추측대로 이성배였다. 유보화는 그의 편지를 받았을 때보다 더 펄쩍 뛰었다. 이 세상에서 그 이상 반가울 사람이 다시 어디 있으랴.

제일 먼저 동경서 언제 나왔느냐는 것, 김영서의 소식을 아느냐는 것부터 물었다. 그런데 이성배는 여기에 대꾸하려 들지 않았다. 그래도 유보화는 끊지 않고 묻기만 했다.

"떠나실 때 못 만나셨던가요?"

"불행한 일은 없었어요?"

"그이 아버지께선 나오셨는지요?"

"살아 있긴 합니까?"

유보화가 연거푸 이렇게 물으니까 이성배는 얼굴을 붉히며

"행방불명된 자식을 내 알 게 뭡니까."

했다. 놀라기보다 어리벙벙했다.

동경 있을 때의 이성배는 김영서를 존경하느라고 하지 않았던가.

유보화들한테 김영서도 오고 이성배도 오고 해서 한데 모이게 되면 이성배는 김영서 앞에 조심스런 태도로 앉아서 김영서의 이야길 듣고 하지 않았던가. 그 태도는 선생 앞의 제자와 같아 보였다.

"학병 때메 피신해 있나 보군요. 어느 때쯤 그렇게 됐는지 모르세요?"

"보화씨 물어볼 것도 없어요. 그까짓 자식 그것두 사람 새끼라구 물어 보세요. 년놈을 만나기만 함 아주 죽여버릴 작정이니까……."

유보화는 가슴이 철렁 내려앉았다. 무슨 사건이 벌어진 것이라고 직각했다.

"무슨 일입니까? 자세 말씀해 주세요."

"년놈이 같이 행방불명이 됐어요. 도망을 갔단 말입니다. 김영서 그놈하구 차순이란 년하구……."

청천의 벽력 같은 것이었다. 유보화는 근육이 굳어지는 것을 깨달았다. 눈을 껌벅일 수도 입을 놀릴 수도 없었다.

그러나 그 자세는 이어 풀렸다. 김영서는 절대로 그런 짓을 했으리라고 믿어

지지 않았다. 더구나 말괄량이라고 늘 빈정대며 멸시하던 차순이와 함께 행방 불명이 되었다는 것은 믿을 수가 없었다.

"그럴 리가 없어요. 절대로 그럴 리가 없어요."

절대라는 대목에 힘을 주었다.

"절대요? 흥 절대라는 게 어디 있어요, 절대가 없다는 걸 뻔히 우리가 보구 있잖어요?"

이성배는 김영서에게만 함부로 구는 것이 아니라 유보화에게도 아무렇게나 대하는 것이었다. 동경서는 말 한 마디 행동 한 번 허술히 한 일이 없었고 늘 조심하는 태도가 아니었던가.

"믿기 때문이예요. 그이한텐 그런 일이 있을 리가 없어요. 학병분제[33] 때메 피신해 있을 거예요. 그 밖엔 아무 일두 없을 거예요. 함부로 남을 의심하지 마세요. 남을 의심하구 억측하는 건 결국 자기한테 손해더군요. 이성배씨두 아시는 일이니까 말합니다만 도영혜와두 아무 일 없은 걸 제가 얼마나 억측하구 의심하구 한 줄 아십니까. 권농동 하숙집에서 부터 그이가 도영혤 좋아하구 사랑한 줄만 알았어요. 동경 건너가서도 꼭 그렇게 좋아하구 사랑한 줄 알았어요. 그랬는데 도영혜완 아무런 일도 사건도 없잖았어요? 도영혠 딴 남자와 결혼해서 잘 살잖아요? 그런 걸 제가 억측하고 의심해 가지고 사건을 만들었거던요. 나중 그렇지 않은 걸 알았을 때 참 부끄럽구 미안했어요. 이제 이성배씨두 부끄럽구 미안할 때가 올 거예요, 두구 보세요. 제 말이 맞나 안 맞나……."

"원 천만에. 무얼 가지구 그렇게 자신만만한 소릴 해요. 난 볼 걸 다 보구 들을 걸 다 듣구 왔는데…… 차순이란 년 그년이 당신 편질 가지구 가서 그 길로 붙어 버렸대. 그런 개 돼지 같은 의리두 도덕두 양심도 몰각해 버린 년놈들이 어디 있단 말이요? 그래 그 개 돼지 같은 놈을 믿는단 말이요? 인심(人心)은 조석지변(朝夕之變)이란 걸 알아야 해요, 조석지변……."

---

33 '문'의 오식으로 보임.

이성배는 책상을 주먹으로 쳤다. 그리곤 한참 가만 있더니 다시 또 말을 계속했다. 여전히 흥분해 있었다. 그렇게 흥분하면서도 유보화를 건너다보는 시선이 좀 이상한 것을 유보화는 눈치채었다.

싫었다. 당신이라는 대명사도 싫었다. 그러나 싫다고 말하기도 싫었다.

이성배의 다음 말을 종합해 보면 차순과 김영서는 유보화가 떠나던 날 밤—그 눈보라가 천지(天地)라도 뒤집을 성싶게 사납던 밤 차순이가 유보화의 편지를 가지고 간 채 김영서 하숙에서 돌아오지 않았고, 또 그길로 김영서와 둘이 행방불명이 되었다는 것이었다.

이성배는 스가모집(유보화들의 숙소)에 가서도 알아보고 다까다노바바(高田馬場)집(김영서 하숙)에 가서도 알아 보았는데 두 집 주인들은 이구동성으로 김영서와 차순의 일을 괘씸하다고 했으며 유보화와 이성배를 지극히 동정하더라는 것이었다.

"그렇지가 않을 겁니다. 그날 밤 눈보라가 좀 쳤어요? 그래서 차순이가 돌아올 수가 없었을 거예요. 늦기도 하구…… 이튿날 아침은 그이가 어딜 피신하게 됐을 거예요. 그러니까 차순은 그일 도웁느라구 함께 따라갔을 거예요. 그것 뿐일 겁니다. 그 이상 다른 건 없어요."

"그걸 어떻게 알아요? 편지가 있었어요?"

"편지, 편질 할 수가 있어요? 숨어 있는 이가 어떻게 편질 합니까? 편지가 없어두 전 다 알아요."

"알기두 잘 하는군. 석달 넉달 편지 한 장 없는 놈을 그래 그렇게 믿는단 말이요? 나두 피신해 다니는 몸이지만 당신한테 편질 하지 않았던가요? 정성만 있음 못할 일이 어디 있게요? 정성이 지극함 석산에두 풀이 난다는데……."

여기서 이성배는 히죽 웃었다. 그가 이렇게 웃는 때면 얼굴 어느 구석엔지 저열한 기운이 보이곤 했는데 흥분해 있다가 갑자기 웃은 탓인지 그 저열한 기운이 더 농후(濃厚)하게 보였다.

우선 유보화는 이성배가 거처하고 있는 집 아래채 방에 있기로 했다. 이 집은

이성배 매부집이라고 했다. 매부는 고등계 형사라고 했다. 이 고등계 형사의 연
극으로 이성배는 동경서 나올 때 연락선에서 기차에서 무사했다고 했다. 앞으
로 학병으로 끌려 나갈 염려가 없다는 말도 했다.

그날 밤 유보화는 한 잠을 못 자고 꼬바기 새었다. 아무리 잠을 자려고 노력
했으나 되지 않았다. 눈을 감으면 ― 절대요? 절대라는 게 어디 있어요 ― 하던
이성배 소리가 귀에서 왜앵 울었다.

― 인심은 조석지변 ― 이라던 말도 귀에서 왜앵 울었다. ― 정성만 있음 못
할 일이 어디 있겠오. 정성이 지극함 석산에두 풀이 난다는데 ― 이 말도 귀에
서 왜앵 울었다.

그러자 철석 같이 믿어지던 김영서에게 가는 마음이 달라져 왔다.

이성배 말이 맞는 것 같이도 여겨졌다. 정말 절대라는 것이 없는 것 같았다.
우선 자기 자신부터 돌아다보았다. 천지가 아득해지도록 사랑하던 서남령 선
생을 싹 잊어버릴 수 있었던 것을 보더라도 절대라는 것이 없는 것은 분명했다.
또 이성배는 인심이 조석지변이라고 했다. 그 말도 맞는다고 생각되었다. 인심
이 조석지변이니까 천지가 아득해지도록 사랑하던 서남령 선생을 잊어버릴 수
있었던 것이 아닌가. 자기 뿐 아니라 고모와 고모부를 보더라도 그것은 틀림 없
었다. 고모와 고모부는 서로 그리워서 떠날 수 없어하던 일이 오래지 않은데 고
모와 고모부는 벌써 서로 미워서 눈 흘기며 오히려 떠나 있기를 원하고 있지 않
는가. 또 차순은 어떠했던가? 차순은 이성배를 하루라도 안 보면 미칠 것 같다
고 말했다. 말 뿐 아니라 하루를 빼놓은 일 없이 그들은 찾아가고 찾아오고 이
렇게 매일 만나서 즐거워했던 것이었다. 그랬는데 차순은 어디 가서 석달을 이
성배에게 편지도 소식도 없이 있지 않는가.

유보화는 또 차순이가 김영서를 찬양하던 여러 말이 기억에 떠올랐다. 차순
은 ― 그런 남자하고 한 번 연앨해 봤음 ― 이런 말도 했다. ― 한 번 껴안더라
도 숨이 콱콱 막히게 껴안는 남자가 좋다고도 했다. ― 도영혜 하고 사랑하더
라도 빼앗음 되잖느냐고도 했다. 차순은 분명히 이성배의 말대로 김영서와 행

방불명이 된 것이다.

눈보라가 사납던 밤 차순은 편지를 가지고 간 채로 그길로 돌아오지 않았을 것이다. 넉넉히 그럴 수 있는 차순이라고 유보화는 짐작했다.

'다 잊어버리자. 다 잊어버리고 불쌍한 어머닐 위해서 가엾은 동생들을 위해서 굳세게 살아가자.'

이렇게 굳세게 살자는 결심을 하는 것이나 눈물이 퍼붓는 듯 흘러내리는 것이었다.

딸의 일을 생각하며 잠을 못 이룰 어머니의 초췌한 모습이 보였다. 아무 것도 모르고 곤히 잠들고 있을 동생들의 귀여운 모습이 보였다.

'날이 밝으면 Y학교엘 찾아가서 취직 알선을 해 달라고 하리라.'

고 그는 마음 먹었다. 그러나 날이 밝아서 학교에 가려고 거울 앞에 앉을 때 얼굴이 볼 모양 없이 돼 있음을 알았다.

절망(絕望), 초조(焦燥), 슬픔, 불안(不安), 울화 이 여러가지 착잡한 감정(感情)이 한데 엉긴 얼굴이었다. 말하자면 자신(自信)을 완전히 잃은 초라한 얼굴이었다.

파경(破鏡)

유보화는

— 고운 얼굴 이대로 영원히 살고 싶노라 —

고 김영서한테 편지하던 날 밤 얼굴을 생각해 내었다. 만족감과 행복감에 푸들푸들 뛰기라도 할 것 같던 싱싱하고 밝고 고운 얼굴이었던 것을 생각해 내었다. 그날 밤 이후로 틈만 있으면 거울과 마주 앉던 일도 생각해 내었다.

정말이지 유보화가 틈만 있으면 거울을 보는 버릇은 그날 밤부터 시작되었던 것이다. 틈이 없더라도 틈을 내어 거울을 보았다. 아침에 일어나기도 전에 자리 속에 그냥 누운 채로도 거울을 보았다. 밥을 먹다가도 그림을 그리다가도 거울을 보았다.

그에게 있어서 거울은 언제나 즐거운 것이었다. 거울엔 자기 얼굴만이 비치는 것이 아니었다. 행복하고 만족한 자기 얼굴 뒤엔 김영서가 배광(背光)과도 같이 서리어 있었다. 그렇게 서리어 있는 김영서는 가만 있지 않았다. 항상 움직이고 있었다.

그 서늘하게 큰 눈으로 보아 주기도 했다. 그 넓은 가슴과 힘센 두 팔로 껴안아 주기도 했다. 그 궁글고 부드러운 음성으로 온갖 좋은 말을 들려 주기도 했다. 아포로와 같은 입술로 입맞춰 주기도 했다.

유보화는 앞에 놓인 거울을 다시 들여다 보았다. 역시 행복감도 만족감도 다 사라진 초라한 얼굴이었다. 그는 거울을 치워 버리려고 손에 들었다.

손이 너무 떨렸던 탓일까! 손에 들었던 거울이 빠지면서 재떨이에 가 부딪쳐 깨어졌다. 재떨이는 어제 저녁 이성배가 들고 들어온 것이었다.

"아이 싫어."

유보화는 입 밖에까지 소리를 내어 중얼거리면서 재떨이를 웃목에 팽개쳤다. 이성배를 집어 곤두치는 심사로 팽개쳤다. 유기로 된 재떨이라 방바닥에 떨어지는 소리가 쨍그랭 요란했다.

"왜 그래요?"

기다리고나 있은 것처럼 미닫이가 열리며 이성배의 얼굴이 들이밀었다.

전보다 머리에서 기름이 많이 흐르는 탓일까, 얼굴 전체가 커보였다.

"아무 것도 아녜요."

유보화의 소리는 날카로왔다.

"아 거울이 깨졌군 그래. 파경(破鏡)이라. 거울이란 거 묘하거던. 김영서하구 헤어지는 걸 알구 깨트러진 거란 말이야."

웃음 절반 말 절반. 유보화와 깨어진 거울을 여까람 보아가며 말했다.

"그런 소린 자신 없는 사람들만이 하는 거예요."

이성배를 쏘아붙이느라고 한 말이기도 하지만 자기 자신에게 한 말이기도 했다.

사실 거울이 깨어질 때 유보화는 소름이 오싹 끼쳤던 것만은 속일 수 없었다. 그와 동시에,

"아이 어쩜 좋아."

하는 비명(悲鳴)까지 흘러나왔다. 그는 이성배 말과 마찬가지로 파경(破鏡)은 김영서와의 영영 이별(離別)을 암시(暗示)해 주는 것이라고 직각했던 것이다.

"내가 왜 자신이 없어요?"

이성배는 히죽히죽 웃으며 방에 들어오더니 웃목에 가 떨어진 재떨이를 들고 아랫목으로 왔다.

"현대인은 그런 미신적인 언얼 사용해선 안돼요."

방에 들어오지 않고 밖에 서 있었다면 이다지 박아 주지 않았을 것이다. 그래도 좀 더 심하게 박아 주었으면 시원할 것 같은 마음만 자꾸 일어났다.

언제부터 유보화는 이성배에게 가는 미움의 불길이 이렇게 일어났는지 몰랐다.

재떨이를 팽개칠 적에 그 미워하는 감정이 노골화했지만 그보다 더 먼저일 것이라는 생각도 들었다.

차순이가 가지 않으면 그가 오고, 그가 오지 않으면 차순이가 가던 그때부터 였는지도 몰랐다. 이성배는 유보화들 숙소에 올 적이면 으례 먹을 것을 들고 왔다. 언제나 쩍쩍쩍 먹으면서 이야기하는 그의 입 언저리는 지저분해 보였다. 입 언저리가 지저분한 까닭에 웃을 때면 저열한 기운이 떠돌았던지 몰랐다.

이야기도 셈수에 드는 것은 들어본 적이 없었다. 남의 이야길 많이 했다. 주로 남자 여자에게 관한 풍문을 이야기했다. 이야기에서만 그치지 않고 자기류(流)의 판단을 내리어 비난을 하고 비방을 했다. 동경까지 와서 공부는 안하고 연애만 하는 것들이라는 말을 줄곧 했다. 그럴 때면 유보화는 이성배의 얼굴을 쳐다보았다. 동경까지 와서 공부는 안하고 연애만 하는 것들이 자기들 자신임에도 불구하고 남을 비난하는 그의 됨됨이가 짐작되었던 것이다.

"아니 이십세기 후반기에 난 이성배가 현대인이 못 됨 누가 된단 말이요? 어

참······."

"이십세기 전반기에 나서두 십 팔세기 이전일 수 있는 거예요. 플라톤이나 쉑스피어나 이런 성현(聖賢) 철인(哲人)들은 몇 세기 이전에 나서두 가장 새로운 현대인으로 우리들과 함께 살아 있을 수두 있구요?"

— 당신은 하나의 별

무수한 별 속에서 내가 찾아낸······

플라톤이니 섹스피어니 하는 말에서 자기도 좀 뽐내 보려는 생각이었던지 소리를 높여 읊었다.

"그거 차순에게 보내준 거 보았어요."

이성배는 소리를 똑 끊었다. 머리만 올려 쓰다듬었다.

그러다가

"그래요? 그년이 하두 꼬릴 치구 야단 법석이길래 적어 줬지요."

"이성배씨는 자기라는 게 없나봐요. 그래 차순이가 꼬릴 친다구 하기 싫은 짓을 했단 말이예요?"

유보화의 경멸하는 눈초리가 그의 몸뚱이를 한 바퀴 돌았다.

"심심풀이루 해 본 거지 정말 좋아서 그런 줄 알아요? 얼굴은 꿀뚝쟁이 같지, 목소린 양재기 두들기는 소리지, 다리는 기둥만 하지. 그걸 어딜 보구 정말로 좋아할까 봐."

"사랑하지두 좋아하지두 않으면서 행방불명이 됐다구 흥분하는 건 뭐예요?"

"제 먹기두 싫구 남 주기도 싫다는 거 있잖아요? 그저 그런 거지, 뭐."

"그렇담 삼년 동안이나 찾아 오구 가구 할 건 없잖아요?"

"내가 간 건 당신 보러 간 거지 그년 보러 다닌 줄 알아?"

유보화는 기가 딱 차서 말이 나오지 않았다. 이성배가 자기더러 서울 오라고 하고 짐짝까지 갖다 주며 친절을 베푸는 마음을 확실히 알았다.

"그런 말씀 마세요. 이성배씨의 교양을 의심하게 됩니다."

"난 그런 건 다 집어 치울 작정이요. 쇠쪼각을 주구 금을 사는 기쁨만이 내겐 있는 거요. 차순일 주구 유보화를 바꾼 그 기쁨만이 내겐 있단 말이요.”

지독히 농후한 시선을 보내며 말했다. 지저분하게 생긴 입 언저리에 웃음을 띠우고…….

유보화는 등골로 뱀이 기어가는 듯한 선뜩함을 깨달았다.

편지 한 장에 아무 것도 생각지 않고 펄쩍 뛰어 올라 온 자기의 무분별함을 뉘우쳤다.

“나 어디 좀 다녀와야 하겠어요. 나가 주세요.”

유보화는 차부새를 하면서 말했다. 그러나 이성배는 움직일 기색이 아니었다. 좀 더 가까이 다가오려는 자세를 짓는 것이 보였다.

머리를 매만지면서도 유보화는 그쪽에 눈을 보내고 있기 때문에 그것을 알고 있었다.

그냥 밖으로 나갈 생각이었으나 그러면 이성배가 확 달려들어 붙잡을 것만 같아서 앉은 채로 마음의 무장(武裝)만을 하고 있었다.

“어딜?”

이성배는 이 말과 함께 꽤 가까운 거리에 까지 이르렀다. 아직 몸 어디에 닿지는 않았으나 이제 곧 닿을 기맥을 보였다.

“얼른 다녀올께 기다려 주세요.”

억지로라도 부드러운 얼굴을 짓는 수 밖에 없었다.

그 자리를 벗어나기 위해선 거짓이라도 해야 했다. 실상인즉 학교에 갈 마음은 아니었다. 그것은 거울을 보았을 때 그만 둘 작정을 했던 것이다. 졸업 후 한 번 뵈온 일이 없던 선생들한테 초라한 얼굴을 보이고 싶지 않아서 이튿날 가리라 마음 먹었던 것이다.

“못 가요. 미술 선생이란 자를 찾아가려구…….”

끝내 이성배는 유보화의 허리를 확 끌어다 안았다. 마음의 무장을 단단히 하느라고 했지만 두 손이 다 머리에 가 있기 때문에 허리는 매우 간단하게 적(敵)의 두 팔 안에 포위되고 말았다.

유보화는 양쪽 손으로 그의 팔을 풀다가 양 쪽 손으로 그의 얼굴을 뚜들기고 뜯고 하다가 또 양쪽 손으로 그의 머리털을 꼬집어 당기다가 그래도 안 되니까 사지(四肢)를 버둥거리면서,

"이게 뭐야, 이걸 놓지 못해요!"
하고 악을 썼다.

악을 썼으나 결코 큰 소리는 아니었다. 누가 들을까봐 작은 소리로 했다. 누가 듣는다는 것이 그에겐 무서운 일이기 때문이었다.

그러는 사이에 몸은 반(半) 이상(以上) 적에게 정복(征服)되어 갔다.

적은 용한 재주를 가지고 있었다. 사지를 버둥거리던 것도 못하게 만들었다. 말도 못하게 만들었다. 양쪽 손으로 뚜들길 수도 뜯을 수도 없게 만들었다.

오직 숨이 딱딱 막히는 고통(苦痛)을 참는 외엔 아무런 것도 할 수 없었다.

"좀 쉬어요."

얼마의 시간이 흘러갔는지 모른다. 이런 소리와 함께 덮히는 이불을 유보화는 몽롱히 감각했다.

뭐가 뭔지 알 수가 없었다. 온갖 감각(感覺)이 딱 멈춘 것만 같았다. 살아온 세상(世上)도 살아갈 세상도 다 없는 것 같았다.

그는 죽는 길 밖에 없다고 생각되었다. 아무래도 그 길 밖엔 갈 데가 없다고 생각되었다. 그는 책에서 읽어 알고 있는 죽는 방법을 궁리해 보았다. 어느 방법이 가장 적당할 것인가를 궁리해 보았다. 그리고 죽은 뒤의 자기 모양을 상상해 보았다.

눈물이 양 쪽 눈에서 일시에 좌르르 흘러내렸다. 그렇게 좌르르 내리기 시작한 눈물이 끊일 줄 모르고 자꾸만 흘러내렸다. 나중엔 흑흑 느껴오기까지 했다.

얼마를 그렇게 했던지 모른다. 그러다가 그는 지쳐서 아무런 의식(意識)도 없는 상태(狀態)에 빠졌었던 것이다. 혹은 잠을 자고 있었던지도 모른다.

그가 몽롱하나마 의식을 차리게 된 것은 휘파람 소리에서였다. 꿈속 같이 몽롱한데 어디서 휘파람 소리가 들려왔다. 꿈속 같이 몽롱한 까닭인지 휘파람은

한 없이 먼 데서 들려오는 것 같았다. 바람 소리와도 같고 머언 너울(波濤) 소리와도 같았다.

휘파람은 라파로마였다.

유보화는 정신을 차리려고 눈을 뻔쩍 떴다. 발버둥도 쳤다. 마치 죽음에서 살아나려고 버둥거리는 사람처럼.

방안엔 어둠이 서리어 있었다. 어느 때인지는 모르겠으나 낮이 아닌 것만은 분명했다.

휘파람은 노래로 변했다. 휘파람은 그렇지도 않았는데.

어여쁜 비둘기
내 창에 오고

하는 음성은 김영서와 똑같이 우렁차고 맑은 것이었다.

그는 자리에서 일어났다. 죽기 전에, 전에 있던 하숙집에라도 한 번 가 보고 싶은 생각이 났던 것이다. 김영서가 있던 그 방이라도 한 번 보고 싶은 생각이 났던 것이다. 김영서를 알고 있는 하숙집 할머니와 영감님을 한 번 보고 싶은 생각이 났던 것이다. 김영서를 좋다고 하던 영감님을 한 번 보고 싶은 생각이 났던 것이다.

벌써 그런 생각을 못한 것을 그는 뉘우치기도 했다. 벌써 그런 생각을 했더라면 이성배보다 하숙집을 먼저 찾았을 것을 그랬다고 뉘우치기도 했다. 이성배보다 하숙집을 먼저 찾았더면 죽지 않고 살 수 있었을 것을 하고 뉘우치기도 했다.

조심조심해서 대문 밖에 나섰다. 이성배가 나타날까 싶어서였다.

골목 하나를 지나니까 곧 하숙집이었다.

'바로 옆에 두고 그랬구나.'

또 한 번 자기를 뉘우쳤다.

최정희 소설 전집 **1**

　발 익은 골목이라 어둠 속에서도 수월히 걸었다. 대문간도 그러했다. 대문은 열려 있었다. 전에도 밤 늦게 까지 열려 있곤 하던 대문이었다.

　웃방이 보였다. 불이 켜져 있었다. 김영서의 숨소리가 들릴 것만 같았다.

　유보화는 안방 문 앞까지 갔다. 할머니와 영감님이 그냥 있을 것을 알기 때문이었다. 그것은 마당에 있던 것들 ― 장독, 장작, 세수하는 데, 이것들이 모두 삼년 전이나 똑같이 그대로 그 자리에 있기 때문이었다. 그것들은 어둠 속에서 유보화를 반겨 주었다.

　“할머니 할아버지.”

　안방 문을 열며 불렀다.

　영감님과 할머니는 한참 쳐다보다가

　“아니 이게 작은 학생 아닌가…….”

하고 둘이 똑같이 유보화에게로 달려들었다.

　영감님은 이가 온통 다 빠지고 없는 모양이었다.

　말 소리도 전과 같지 않고 볼이 옴팍 들어간 때문인지 입이 참 많이 흐물덕거렸다.

　할머니는 허리가 더 꼬부라 들어서 작아졌었다. 기침이 심한 모양으로 그새도 몇 번씩 콜록콜록 기침을 했다.

　그래도 영감님은 유보화를 내쳐 눈을 가늘게 떠 들여다보면서

　“아이들은 나무 자라듯 자란단 말이야.”

하기도 하고

　“아 그래 그새 그렇게 몰라 보게 컸담.”

하기도 하고

　“젊은 사람들이란 좋기두 하지.”

하기도 했다.

　영감님이 이렇게 젊은 사람들을 쳐들어도 할머니는 가만 있었다. 영감님이 그런 소리만 하면 도끼눈을 해 가지고 싸우자고만 하더니 기침만 콜록콜록 짓

고 있었다. 바람이 지나가나 보았다. 나무들이 흔들리는 소리가 옛날 대로 들렸다. 담 저쪽 동물원에서도 옛날과 같이 새소리 짐승의 기척이 들려왔다.

"큰 학생은 아주 중년 부인네가 됐더라니까."

여전히 감격해 있는 영감님이 이런 말을 했다.

유보화는 자기 귀를 의심하면서

"도영혜 언니? 언니가 언제 왔댔어요?"

하고 물었다.

"그렇지, 큰학생 종종 오더니 요샌 잘 안 오네……."

"서울 있어요?"

"그래 서울 온지 오래지, 벌써 이태째 나지?"

하고 영감님은 할머니에게 물었다.

김영서와 도영혜

할머니는 도영혜가 남편과 갈라졌다는 것과 그 남편한테서 낳은 어린 것 하나를 데리고 본정서 다방(茶房)을 한다는 것도 말하고 현재는 다른 남자와 산다는 것과 그 남자는 권력가(權力家)인 위에 돈도 있어서 자기네들이 도영혜 덕을 많이 보았노라는 것 등 등을 말해 주었다.

"그럼 영혜 언니 다방 아시겠네요?"

유보화는 영감 할머니를 번갈아 보며 물어보았다. 도영혜를 만나야 하겠다는 생각이 불 일 듯 일어났던 것이다. 도영혜를 만난 후에 죽으리라는 마음이었던 것이다. 도영혜는 틀림 없이 김영서의 욕설을 퍼부을 것이지만 그렇더라도 김영서에게 관한 이야길 마지막으로 들어 보고 싶었던 것이다. 하숙 집 할머니나 영감님한테서보다 도영혜한테서 듣고 싶었던 것이다.

영감님은 서슴지 않고 데려다 주마고 하면서 앞장을 섰다.

종로 삼정목에서 그들은 전차를 탔다. 전차에 오르자 머리에 기름이 반지르

도는 남자가 훌쩍 보였다. 유보화는 이성배인 줄 알고 전신이 온통 떨려왔다. 그렇지 않아도 다리가 어디 놓이는지 모르게 후들거리기만 했는데 —

떨리기만 하는 것이 아니라 보이는 것 들리는 것도 분명하지 못했다. 사람이나 전깃불이 안개 낀 속에서 보는 것 같고 바로 타고 있는 전차의 음향까지도 먼 데서 들려오는 것만 같았다.

도영혜는 생각했던 이상으로 반가와하고 또 살뜰히 맞아 주었다. 하숙집 영감님 말대로 도영혜는 과연 중년 부인이 되어 있었다. 키나 몸만 성숙한 것이 아니라 마음도 어른이 된 것 같아 보았다.

유보화는 그것이 마음 든든했다. 자기의 온갖 일을 모조리 말해 들려 주더라도 받아 줄 것 같은 믿음성이 생겼다.

그에게 손을 잡힌 채로 층층계를 밟으면서 유보화는 도영혜가 손을 꼭 잡아 주기를 바랐다.

그리고 그의 손을 손에 힘을 넣어 잡았다.

이층은 그들의 살림방이었다. 도영혜는 유보화를 아무도 있지 않는 방으로 안내했다. 방에 들어가자마자 병과 글라스를 갖추어 병에서 글라스에 액체를 따르더니

"포도주 한 잔 먹어봐."
하고 유보화에게 주었다. 유보화는 하라는 대로 했다.

도영혜가 아니고 어린 아이의 말이더라도 그는 하라는 대로 하게 되어 있었다. 그만큼 그는 물에 풀어진 종이처럼 맥을 출 수가 없었던 것이다.

포도주는 달큼하기도 하려니와 바싹 말랐던 목이며 입 속을 축여 주었다. 가만 생각하니 아침을 먹는 둥 마는 둥해서 지난 뒤엔 하루 종일 물 한 모금 마셔 보지 않았던 것이었다.

"또 주세요."
또 받아서 물마시듯 벌떡벌떡 마셨다. 처음 것과는 달랐다. 가슴이 찌릿하며

사지(四肢)가 매시시해 왔다. 잠이 오는 것 같기도 하고 어지러움증이 나는 것 같기도 했다.

그래도 그냥 또렷해 있기보다는 나은 기분이었다.

"더요!"

또 글라스를 내밀었다. 이렇게 연거푸 몇 번을 거듭하고 나니까 가슴이 찌릿하며 사지가 매시시해 오는 정도가 아니고 가만 앉았어도 몸 전체가 비틀비틀 쓰러지려고 했다. 방안의 물체(物體)들이 뱅뱅뱅, 매암을 돌았다. 도영혜도 뱅뱅뱅 매암을 돌았다. 이성배도 뱅뱅뱅, 김영서도 뱅뱅뱅, 어머니도 동생들도, 돌아가신 아버지의 얼굴까지도 뱅뱅뱅 매암을 돌았다.

"엄마 엄마."

이렇게 여러 물체와 얼굴들이 뱅뱅뱅 매암을 도는 도중에 엄마 소리와 함께 방안에 나타난 어린 것이 있었다. 저 혼자가 아니고 어떤 여인네 등에 업혀서 나타났다.

그러자 뱅뱅뱅 매암을 돌던 물체와 얼굴이 총 스톱을 했다. 비틀거리던 몸, 돌아가던 정신이 제 자세(姿勢)에 돌아갔다.

아이의 얼굴이 김영서와 똑같기 때문이었다. 죽으려는 마당에서도 안 잊어져서 하숙집을 찾고 도영혜를 찾게 한 그리운 그 얼굴과 똑같기 때문이었다. 원망스러우면서도 한 번 보고 싶어 견딜 수 없는 그 얼굴과 그대로였다.

뱅뱅뱅 매암을 돌던 김영서가 거기 딱 멈춰 준 것 같은 착각을 일으켰다.

"어마나 이게 웬 일일까?"

유보화는 이 소리와 함께 두 팔을 벌려 들고 아이에게로 다가갔다. 아이는 몸을 홱 돌려 엄마 쪽을 향해 손을 벌리며

"엄마 내여갈 테야. 아즘마 무서워 무서워."

하곤 구원을 청했다.

종내 말 없이 포도주만 벌떡 벌떡 마시고 있던 도영혜는 이때까지와는 달리 낯색을 변하면서,

"얘 보화야, 내가 저것 때메 오늘 날 온갖 수난을 다 당하구 있는데 너까지 그런 태돌 취함 난 어쩌란 말이냐. 김영서의 아일 난 도영혜만 왜 수난을 맡아야 한다더냐. 아일 낳게 한 김영선 아무 일 없이 제 할 짓을 다 하는데 왜 나만 번번히 죽을 고패를 겪어야 한다더냐."

라고 고함을 질렀다. 손에 들었던 글라스를 집어 던지었다. 정그렁 저만큼 째리워 가서 박산이 되었다.

유보화는 아이에게로 가던 걸음을 딱 멈췄다. 벌려 들었던 양 팔을 그냥 든 채로 눈도 깜박이지 못하고 등발같이 서 있었다. 정신이 찬물에 부시듯 또렷해져 왔다.

무엇이나 다 알 수 있었다. 도영혜 말을 듣기 전엔 조금도 모르고 있던 일을 다 알았다. 김영서와 똑같은 얼굴, 그립고 보고 싶은 그 얼굴과 똑같은 얼굴을 보느라고 다른 것은 조금도 모르고 있었는데 이제 다 알았다. 정말 유보화는 아이의 얼굴이 김영서와 똑 같은 것을 보았을 때 도영혜가 김영서의 아이를 낳았으리라는 생각은 미처 못했던 것이다.

거기에 까지 미처 사고력(思考力)이 미치지 못했던 것이다.

그러나 이제 알 것을 다 알았다. 도영혜의 관한 이야길 물으면 그런 걸 다 알면 얼굴이 비뚤어질 염려가 있다던 김영서의 말도 알았다. 아포로가 못 되고 똥개 밖에 될 수 없는 데 비극이 있노라던 김영서의 말도 알았다. 김영서가 종종 까닭 모를 슬픈 얼굴에 한숨 짓던 것도 알았다. 그렇게 슬픈 얼굴을 짓다가도 그 얼굴을 고치려고 노력하는 때의 침통한 표정도 알았다.

"언니 용서하세요. 저 그래서 그런 게 아니예요. 그냥 반갑구 고마워서 그랬어요. 애기의 얼굴이 그이하구 똑같아서 그랬어요. 그이의 애긴 줄은 전연 모르구 그랬어요."

"아아니, 김영서가 뭐라구 안하더란 말이지? 김영서가 널 속이더란 말이지?"

도영혜의 어성은 점점 높았다. 엄마 무릎에 앉은 아이가 싸우는 줄 알았던지

"엄마 쌈해?"

하며 엄마 턱을 손가락으로 꽁꽁 눌렀다. 유보화는 그러는 아이를 건너다보면서

"그이가 절 속이려구 한 거 아녜요. 전 다 알구 있어요. 제가 슬퍼할까봐서 가만 있는 거예요. 그이가 침통해 하구 우울해 한 까닭을 지금사 알았어요."

하고 말했다.

"미안하다. 애인을 위해서 감추구 싸던 비밀을 이 못난 년 때메 알게 돼서……."

이제 아주 빈정대는 어조였다. 처음 맞아 주던 때와는 전연 다른 태도로 나왔다.

얼굴은 몹시 붉고 앉아서도 이리 비틀 저리 비틀 했다. 그래도 노엽지 않았다. 조금 전의 자기 모양으로 도영혜는 지금 방안의 물체와 함께 뱅뱅뱅 매암을 돌고 있는 모양이라고 짐작했다.

"언니, 좀 진정하세요. 그이 애기람 저 더 반가워요. 더 고마워요. 그 고맙구 반가운 애길 낳아 주신 언니 이 세상에서 젤 살틀하구 젤 가까운 사람일지두 몰라요."

말만이 아니었다. 진정 그러한 마음이었다. 그러한 마음과 함께 유보화는 도영혜가 몹시 가엾다는 생각이 들었다. 이 가엾다는 생각이 들게 되니까 이때까지 꼭 죽으려고 생각했던 마음이 수그러져지는 것을 깨달았다. 죽어서는 안될 것 같은 것을 깨달았다.

"저것 때메 오늘날 수난을 받아야하고 저것 때메 번번히 죽을 고패[34] 겪어야 하느냐?"

는 도영혜의 말을 들었을 때 유보화는 자기가 죽은 후의 도영혜는 더욱 수난을 받아야 하고 더욱 죽을 고패를 겪어야 할 것 같은 생각이 들었던 것이다.

"아주머니 아저씨 오셨어요."

아래서 심부름하는 계집 아인 모양이었다. 그러자 그 뒤로 중절모자 쓴 뚱뚱

---

34 '고패를'의 오탈자로 보임.

한 중년 남자가 방안에 들어섰다.

하숙집에서 들은 딴 남자와 산다던 그 남자라고 유보화는 이어 알았다.

도영혜는 무릎에 앉혔던 아이를 그냥 함부로 내동댕이 치듯해 일어나서 남자의 모자랑 스프링코트랑을 받으며 서둘렀다. 흥분했던 것은 언제였던가 싶게 그는 얼굴 전체에 웃음을 띠었었다. 그렇게 붉던 얼굴도 싹 가시었다. 어린 것은 그 자리에 벙벙해 서 있었다.

"이리 올까?"

손을 내밀자 아이는 곧 유보화에게로 쭈루루 왔다. 그 밖엔 갈 데가 없었던 것이다. 저를 업었던 여인네도 무엇인가 서두르고 있었다. 앞장을 서 올라온 계집아이가 세숫물 준비에 바빴다. 남자는 유보화에게 목례를 했다. 도영혜는 그제야 여학교 동창생이라고 소개했다.

도영혜와 남자는 곧 저쪽 방으로 갔다. 유보화는 안기어 있는 아이에게

"아가 이름이 뭐지?"

했다.

아이는

"승국이."

라고 대답했다.

"승국이. 승국인 아줌마가 안 무섭지?"

아까 무섭다고 한 아이의 말이 가슴에 걸려 있었다.

"안 무서. 나 아줌마 좋아."

아이는 무섭다고 한 말을 잊은 모양이었다. 유보화의 얼굴을 찬찬히 올려다보며 말했다.

아이의 시선에서 유보화는 가슴에 오는 것을 깨달았다. 그것이 전신에 퍼지는 것을 깨달았다. 가느다란 한숨과 함께 아이를 껴안았다.

아이는 팔 안에서 해해해 웃으며 파닥거렸다.

저쪽 방에서도 웃음 소리가 쏟아졌다.

“웃는다아.”

아이는 동작(動作)과 웃음을 뚝 멈추고 그쪽 방에 귀를 기울였다. 그러는 아이는 어른 같았다.

“승국이 몇 살이지?”

“니이샬.”

고사리손을 쳐들어 손가락 넷을 내밀었다.

아이 업었던 여인네가 어느 새 밥상을 들고 그 방으로 갔다. 미닫이가 열렸다. 아이는 얼른 일어서 열려 있는 미닫이로 기웃이 들이밀어 보았다.

“엄마 있다아.”

아이는 엄마를 오래간만에 본 것처럼 좋아했다. 그 방에 들어갈 생각은 하지 않았다. 터벅터벅 이쪽으로 도로와 유보화에게 안겼다. 그러는 아이는 쓸쓸해 보였다.

“승국인 저 방에 안 가?”

“야단쳐어.”

“누가?”

“아부지가.”

아이의 입에서 떨어진 ‘아부지’ 소리가 먼 데로 달아났다. 유보화는 아이를 한 번 더 껴안았다. 아이는 또 해해해 웃으며 파닥거렸다. 웃음 소리도 ‘아부지’ 소리와 마찬가지로 먼 데로 달아났다.

“승국이!”

“응.”

불러 놓았으나 할 말이 없었다. 아이에게 죽지 않고 아이와 같이 살겠다는 말을 할 수는 없었다. 죽은 뒤의 아이가 더 가엾을 것을 알고 있기 때문에 못 죽겠노라고 말을 할 수 없었다.

“아줌마 해 봐.”

아이를 불러 놓고 말이 없으니까 이렇게 졸랐다.

대답은 하지 않고 아이 뺨에 뺨을 들여대고 자장가 부르는 마음으로 몸을 흔들어 아이를 재우려고 했다. 아이는 오래지 않아서 잠이 들었다. 쉽게 잠든 것을 본 아이 업었던 여인네(식모)가

"손님만 오심 몹시 보채더니 아주 수월한데요."

했다.

손님이라는 것은 도영혜의 남자를 이르는 말임을 유보화는 이어 알았다.

남자는 사흘을 지내고 갔다. 과연 손님처럼 훌쩍 떠났다. 정거장까지 전송하고 들어오는 도영혜가 방안에 들어서기가 무섭게,

"엄마 엄마."

부르며 아이가 엄마 치마폭에 얼굴을 파묻고 반가와했다.

"에구 에구 내 새끼 그래 아줌마하구 맘마 먹구 코오 자구 잘 놀았어?"

그 동안 도영혜는 밤이면 남자와 같이 자고 낮이면 남자와 같이 돌아다니느라고 아이는 줄곧 유보화와 놀고 자고 먹고 했다.

"이번엔 네가 있어서 우리 승국이가 아주 잘 놀았어. 하나두 보채지 않구……."

도영혜는 유보화와도 이야기할 틈이 없었다. 도영혜들이 거처하는 방에서 한참 떨어져 있는 방에 있었기 때문에 더 했다.

도영혜는 그들이 포도주 먹던 방 — 자기들 방과 미닫이를 사이로 한 그 방에서 이 방으로 유보화와 아이를 옮기게 했던 것이다. 이 한참 떨어진 방에서 유보화는 아이와 함께 사흘 동안을 도영혜의 얼굴을 볼 수 없이 지냈지만 노엽다거나 송구스럽다거나 하는 마음이 나지 않았다. 자기가 있음으로써 아이가 유쾌하고 외롭지 않아 하는 일만이 다행하고 그리고 또 측은스럽기만 했다. 자기가 없었더면 아이가 얼마나 가엾은 처지에 놓여 있었을까 하고 생각했다.

"그런데 너 어떻게 왔니? 봄방학에 온 거냐?"

도영혜가 그제야 이런 것을 물었다. 유보화는 아버지가 돌아가셔서 동경서

돌아왔다는 것, 아버지의 별세로 말미암아서 집안 형편이 말이 못 되어 다시 동경에 갈 수 없게 되었다는 것, 그래서 서울 와서 취직을 하려는 중이라고 말했다.

이성배에게 욕을 당했다는 것, 이성배한테서 들은 김영서의 이야기는 하지 않았다. 속이려는 마음에서가 아니었다.

첫째는 죽지 말고 살아야 한다는 결심을 한 이상 처참한 몰골을 남에게 내보이고 싶지 않았던 것이다.

둘째는 죽지 말고 살아야 한다는 결심을 하도록 만들어준 슬픈 사람들 앞에서 자기의 슬픔을 털어내 놓기가 싫었던 것이다.

도영혜가 김영서는 어디 있느냐고 물었을 때에도 유보화는 김영서가 동경에 있다고 명확히 대답했던 것이다.

"그래? 그렇담 다행이다. 난 첨엔 반갑기만 해서 그런걸 살필 새두 없었지만 포도줄 마시면서 네가 하는 걸 가만 살펴보니까 심상찮은 얼굴을 하구 있는 것 같잖아. 옳아, 무슨 일이 벌어졌구나 하구 네 거동만 보구 있잖았겠니. 그래서 말 한 마디 없이 잠잠히 있었던 거다. 그래 이야기할 겨를이 없어서 말은 못하면서두 맘에 걸렸는데 아무 일 없다니 맘이 놓인다. 나 같은 건 이제 이렇게 된 팔자니 하는 수 없지만……"

하고 도영혜는 유보화를 건너다보았다. 유보화는 건너다보는 도영혜의 눈에서 육친과 같은 것을 느꼈다. 남자와 같이 지내는 동안 그냥 내버려둔 것 같은 것은 자기에게 대한 도영혜의 본심(本心)이 아니었다는 것을 정확히 알았다.

"언니 전에 편지엔 경위의 아들하구 결혼해서 행복하다구 하더니 왜 이렇게 됐어요?"

서슴지 않고 유보화는 물을 수 있었다.

"이것 때문 아니냐. 이것……"

얼굴 빛이 달라지면서 도영혜는 무릎에 앉아 사탕을 열심히 먹고 있는 아이를 내려다보았다.

"언니. 첨부터 자세 말씀해 줘요. 뭣 때메 다른 델 시집갔어요? 김영서하구 결혼 안 하구?"

이 말도 서슴지 않고 물을 수 있었다.

"소설 한 권두 더 되는 얘길 어떻게 다 하냐? 아래 내려가 봐야겠다. 얘긴 천천히 하지……."

도영혜는 이 말을 남겨 놓고 다방으로 내려갔다. 유보화는 또 아이와 둘이만 남아 있었다.

저녁 늦게야 올라온 도영혜는 앉자마자 유보화와 같이 마시던 그런 병과 컵을 갖추었다.

이번엔 유보화에겐 권할 생각도 하지 않고 자기가 따라서 벌떡벌떡 물마시듯 마셨다.

"너 이게 알콜이 얼마나 든 건지 알어? 소주보다 더 독한 거야."
하면서 유보화에게 컵을 내밀었다. 유보화는 대꾸 없이 도리를 흔들었다. 다시는 뱅뱅뱅 매암 도는 세계를 체험하고 싶지 않았던 것이다.

"그렇게 독하다면서 언니두 인제 그만 하시지."

"난 이게 아님 못 살아, 이게 너 보통 포도준 줄 아니? 삼십도 이상의 소줄 섞은 거다."
하고 도영혜는 또 컵을 들이켰다.

"언니 그리지 말구 이야기나 하세요. 김영서와 왜 결혼하지 못한 얘기……."

"그까진 얘긴 해서 뭣하나? 난 이 포도주면 고만이다. 이것 없으면 도영혜는 빼빼 마를 거야. 이 삼십도 소주 이상의 포도주가 도영혜의 구세주(救世主)야."

도영혜는 벌써 얼굴이 붉었다. 몸이 비틀거릴 정도는 아니지만 꽤 취해 가는 모양이었다. 유보화는 도영혜가 뱅뱅뱅 매암 보는 어떤 영상(影像)을 보고 있을 것이라는 생각을 했다.

분명히 김영서의 영상을 보고 있을 것이라는 생각을 했다.

"포도주가 무슨 구세주예요? 예수님이나 석가여래던가요?"

"애 그 게욱질[35] 나는 얘길 고만 집어쳐라. 예수? 석가여래? 그게 나하구 무슨 상관이 있더냐? 내겐 이 포도주가 예수요, 석가여래다. 난 이게 아님 잠을 못 자니까 말이다. 이 삼십도 이상의 알콜분을 마셔야 잠을 잘 수 있거던. 남자가 없는 밤은 이 알콜분이 강한 포도주가 있어야 잠을 자거던, 유보화 너두 한 잔 들어라."

도영혜는 마시고 난 컵을 유보화에게 주었다. 유보화는 컵을 받아서 탁자 밑에 넣어 버렸다. 이제 도영혜는 몸을 비틀비틀하기 시작했다.

"언니 고만 하세요. 이얘기두 그만 두구 누워 주무세요."

"애 컵을 내다구. 도영혜가 그렇게 쉽게 잠을 잘 수 있는 팔잔 줄 아니? 남자가 없는 밤엔 이걸 마셔야 해, 이걸."

포도주 병을 들어 흔들면서 소리를 쳤다. 유보화는 아이가 깰까 걱정되어 아이의 귀까지 이불을 올려 덮었다. 도영혜는 아이가 깨거나 말거나 그런 덴 관심이 있을 수 없었다.

"남자하구 숨이 막히는 밤을 치르기 전엔 잠을 자 낼 수가 없다는 도영혠 줄 알어야 해. 유보화! 너두 알지? 남자하구 숨이 맥히는 그런 세곌?"

유보화는 고개를 푹 숙였다. 이성배에게 욕을 당할 때의 일이 훌쩍 떠올랐다. 숨이 막혀서 견딜 수 없던 일이 훌쩍 떠올랐다. 도영혜는 지금 그것을 말하는 것이로구나 하고 짐작했다.

그러나 유보화는 그 숨이 막히는 세계를 알고 있노라는 말을 이제 새삼스레 할 수가 없었다. 그것을 알고 있노라는 말을 하게 된다면 자기의 온갖 이야기를 쏟아 놓아야 할 것이니까. 쏟아 놓게 되면 자기는 죽고 말아야 할 것이니까. 죽고 말게 된다면 도영혜와 아이는 어떻게 하느냐 말이다.

유보화는 대꾸 없이 가만 앉아 있었다. 도영혜는 또 벌떡벌떡 마시고 나더니,

"애 숨이 막히는 그 순간 그거 말이야. 천당두 지옥두 분간 못할 그 순간 이백

---

35 구역질을 뜻하는 방언.

퍼센트의 에네루기를 발산할 수 있는 그 순간 그거 말이다. 도영혜는 그 한 순간 때메 살구 있다는 걸 알아야 해."

　유보화는 금방 토해질 것 같아서 입을 꼭 다물고 앉아 있었다. 도영혜의 얼굴을 보면 더할 것도 같아서 시선을 돌려 아이를 보았다. 아이는 째애근 째애근 숨 소리 조용히 자고 있었다. 잠든 아이의 얼굴은 한결 더 평화하고 잘 생겨 보였다. 유보화는 김영서의 잠 자는 얼굴도 저러리라는 생각을 했다. 김영서의 잠 자는 얼굴을 유보화는 본 일이 없다. 깨어 있을 때만 알고 있다. 꼭 한 번 엎드린 얼굴은 본 일이 있다. 누구의 힘에 못 이겨 쓰러졌던지 둘이 다 한데 엉긴 채로 쓰러졌을 때 위의 위치(位置)를 점령(占領)한 김영서의 얼굴을 보았다. 그때 유보화는,

　"안돼요."

하고 위에 누르는 힘을 항거(抗拒)하며 벌떡 일어났다. 무엇인진 모르나 본능적(本能的)으로 항거했던 것이다. 김영서도 종이처럼 가볍게 몸을 일으키며,

　"안되지."

하고 부르짖었다. 그리고 늘 잘하는 버릇으로 창턱에 가 걸터 앉았다. 휘파람을 불었다. 바람이 들이치는 대로 머리카락이 흩날렸다. 상기(上氣)가 되어 얼굴이 붉었다. 숨결이 거칠은 때문에 휘파람이 끊였다 이였다 했다.

　"그걸 가리켜 환락의 향연이라구 하는 거야. 그 환락의 향연 그걸 김영서가 가르쳐 줬어. 보화야 정말 김영서가 너 안 가르쳐 주디? 정말야?"

　역시 대답을 하지 않고 도영혜의 그러고 있는 얼굴을 찬찬히 쳐다보았다. 그러고 있는 도영혜는 제 얼굴 같지 않았다. 몹시 취한 까닭인지 한창 날뛰던 그 한 때의 이성배 얼굴과 흡사했다.

　"얘 보화야 그렇게 노려보지 말아. 무섭구나. 내가 잘못했다. 내가 가만 있었덤 저것두 안 낳는 건데…… 내가 잘 못해서……."

　이성배의 얼굴과 흡사한 도영혜를 유보화는 어떤 눈으로 보고 있었던지 모른다.

"애랑 낳면서 왜 결혼은 안 했느냐 말이예요?"

유보화의 말씨는 날카로왔다.

"애 보화야 그러지 말아. 너까지 그런 얼굴루 가혹하게 굴면 도영혜는 어찌란 말이냐. 애랑 낳구두 결혼 못한데 도영혜의 슬픔이 있는 거야. 도영혜의 비극의 막은 그 때부터 열린 거야. 결혼만 했덤 도영혜두 현숙한 여편네가 됐을 거다. 많은 남잘 거치지 않구두 살았을 거다. 술을 마시지 않구두 잠을 잘 수 있었을 거다. 남자 없는 밤두 아무 소리 없이 잠을 잘 수 있었을 거다. 저 우리 애기 모양으루 저렇게 고요히 곱게 잠을 잘 수 있었을 거다. 그런데 왜 이렇게 안 잊혀지는지 모르겠다. 술을 마셔두 안 잊혀지구 많은 남잘 거쳐서두 안 잊혀지구 아 참 싫구나. 모두 또렷하기만 하구나. 애 보화야 내가 널 반가워하는 것두 김영서가 안 잊혀지는 까닭이다. 김영서의 애인이기 때문이다. 김영서가 널 사랑하구 네가 김영설 사랑하기 때문이다. 그렇지만 그것 때메 네가 또 밉구나. 싫구나. 묘한 감정이지? 도영혜가 김영서의 아일 낳기 때메 더 좋고 살틀하다는 네 말과 같이 나두 김영서의 애인인 네가 더 좋구 살틀하면서두 또 밉구 싫단다. 너두 이 복잡한 심리, 미묘한 감정을 지금 체험하구 있을 거야. 난 다 알구 있다. 도영혜는 길지 않은 세월 속에서 이렇게 여러 가질 아는 여자가 됐단다. 그래서 나이 스물 다섯에 중년부인이란 말을 듣게스리 늙었단다. 권농동 하숙집에 첨 찾아갔을 때 할아버지 할머니가 아 글쎄 날더러 중년부인이 됐다구 깜짝 놀라잖아. 하하하. 하숙집에두 왜 갔는지 보화야 너 알겠냐? 김영서가 안 잊혀져서 갔던 거다. 그가 있던 방, 그가 밟던, 마당 그 담장, 그 오동나무 아아 그것들이 보구 싶어서 갔단다."

도영혜는 긴 이얘길 그치고 두 팔 안에 얼굴을 파묻었다. 밖은 비가 내리고 있는 양으로 가끔 창호에 비바람이 지나가는 소리가 들렸다.

한참 동안은 내리는 빗소리만 있을 뿐이었다. 도영혜는 어째서 말이 없는지 모르나 유보화는 말이 나오지가 않아서 못했다. 도영혜더러 이제 더 이야길 계속하라는 말도 할 수가 없었다. 유보화는 그들을 위해서 자기가 살아 있은 것을 또 한 번 다행하게 여기는 외엔 다른 생각을 할 수가 없었다.

"그 밤두 이렇게 비가 구슬프게 쭈룩쭈룩 내리구 있었다."

한참 죽은 듯이 잠잠하던 도영혜가 두 팔 안에 얼굴을 파묻은 그대로 이렇게 말을 떼놓다가 무엇을 생각했던지 얼굴을 홱 추켜 들고 바른 자세를 지어 앉더니 다음 말을 이었다.

— 밤이 그다지 깊지 않았다.

시계를 보지 않아서 모르지만. 시계를 볼 여유조차 없이 김영서의 하숙으로 뛰어갔다. 대문이 잠겨 있었다. 현관문도 잠겨 있었다. 그래도 김영서 방에 들어갈 수 있었다. 이층 그의 방까지 올라가기엔 힘이 들었다. 그러나 힘이 들었다는 것을 나중 알았다. 손에랑 발에랑 팔에랑 다리에랑 얼굴에 까지 상채기가 나서 알게 되었다. 그것은 한 번도 그의 창가에 지붕을 훨씬 넘는 홰나무를 타고 그의 방에 들어가리라는 생각을 못했던 까닭이다. 한 번이나 두 번쯤 미리 그런 생각을 했더라면 훨씬 쉽게 또 아무 상채기도 나지 않고 올라갈 수가 있었을 것이다. 홰나무에서 그의 방 창까지는 일미터 가량의 거리가 있었다. 다리를 짝벌려도 창가까지는 닿지 않았다. 약간 뛰지 않으면 안되었다. 김영서가 창경원 담장에서 오동나무로 뛰어 옮기던 것처럼 뛰리라 마음 먹었다. 그러나 비오는 밤이 먹칠 같이 캄캄했다. 김영서가 담장에서 오동나무로 뛰어 옮길 적엔 밝지는 않았으나 그대로 초생달이 떠 있지 않았던가? 또 담장에서 오동나무로 뛰는 일은 홰나무에서 열려 있지 않은 창턱에 뛰어오르기보다 훨씬 쉬웠으리라. 비만 내리지 않았더면 김영서는 창을 열어 놓았을 것인데. 창을 열어 놓았더면 훨씬 뛰어오르기 쉬었을 것인데. 창은 열려 있지 않았을 뿐으로 걸려 있지는 않았다. 닫혀 있는 창턱에 어떻게 뛰어올랐는지 뛰어올랐다. 그렇게 뛰어오르게 된 것은 귀신이나 도깨비의 힘이라고 여겨진다. 아뭏든 창턱에 뛰어올랐고 창이 걸려 있지 않기 때문에 그 방에 들어갈 수 있었다. 불이 켜 있지 않았으나 늘 가던 방이요, 늘 보아서 잘 아는 방이라 익숙했다. 늘 가던 방이요, 늘 보아서 잘 아는 방이라고 하지만 실상 김영서가 없을 때만 가보곤 하던 방이다. 김영서는

그 방에 들어가는 것을 싫어했다. 찾아가면,

"공부하는데 왜 왔어. 어서 가시오."

하고 상을 찌푸렸다.

김치랑 깍두기랑 고추장이랑 또 이 외의 그가 좋아함직한 것으로 만들어 들고 가는 때에도,

"왜 이런 걸 가지고 와요? 제발 좀 그만 둬 줘요."

하고 상을 찌푸렸다.

처음엔 그것은 사양하느라고 해서 그러는 줄만 알았다. 그래서 그의 그런 말은 들은체도 아니하고 더 자꾸 만들어 들고 갔다. 한 번은 김치를 담가 가지고 갔을 때였다.

항아리를 들고 층층계를 다 올라가서 그의 방 미닫이를 이제 곧 열려는데 안에서 김영서가 쑥 내밀면서,

"냄새가 나서 그러니 가 줘요."

하고 사정 없이 미닫이를 닫쳐 버렸다.

"김치가 잡숫구 싶어서 조선 요릿집엘 종종 가신단 말 들었길래……."

김치 항아리를 들고 서서 조심조심 이렇게 말했다.

그랬더니 미닫이 안에서,

"김치가 냄새 난다는 게 아니오. 사람한테서 냄새 난다는 거요."

하는 소리가 사정 없이 터져 나왔다. 그 큰 소리를 있는 대로 지르는 것이다.

김치 항아리만 미닫이 밖에 놓아 두고 층층계를 밟아 내려왔다. 어떻게 층층계에서 굴러 떨어지지 않았던지 모르겠다. 눈물이 폭포수 같이 쏟아져 내렸다. 하늘과 땅을 분간할 수 없게 쏟아져 내렸다. 그로부터 스무 사흘 동안 앓아 누워 있었다. 앓아 누워서도 다른 생각은 하나도 하지 않고 김영서만 생각했다. 하자고 해서 하는 것이 아니라 그저 샘솟아나듯 그렇게 자꾸 보고 싶은 생각이 나서 편히 누워 앓을 수도 없었다. 편히 누워 앓을 수가 없다는 말은 틀렸다. 보고 싶은 그 생각 때문에 자꾸 더 앓아지는 것이었다. 앓는 동안에 김영서에게

편지를 스무 번 이상을 썼다. 쓰지 않은 날이 없었으니까 스물 세 번을 썼을 것이다. 어느 번이나 한 번 와 달라고 썼다. 제일 마지막엔 이제 곧 죽으려고 하니 유언이나 들어 달라고 썼다. 그 편지에 까지 김영서는 응대가 없었다.

더 앓아 누워 있을 수가 없었다. 빨리 일어나 김영서를 가 보아야만 살 것 같았다. 냄새가 난다고 하지 않아 구더기가 꾄다는 말을 듣더라도 가 보아야만 살 것 같았다.

그러나 그렇게 앓고 나서 갔는데도 김영서는 여전히 방에 서게 못하고 쫓았다.

아프다더니 어떤가 말 한 마디 없이 쫓기만 했다. 하는 수 없이 또 그가 있는 빈 방에 가서 그의 옷과 그의 책과 그의 이부자리와 그의 재떨이와 이런 것을 만지고 보고 냄새를 맡고 혓바닥으로 핥아 보곤 했다.

줄곧 그렇게만 했던 것이다. 혹 그가 있을 때 가는 일이 있더라도 미닫이를 열지 못하고 돌아서 오곤 했다. 소리 없이 조심조심 밟아 올라갔던 그 층계를 도로 밟아 내려오곤 했다. 미닫이를 열면 반드시 김영서가 왜 왔느냐고 쫓을 터이니까―

주인 집에서도 싫어했다.

"도양은 도둑고양이 모양으로 왜 그렇게 몰래 왔다 가곤 하느냐?"
고 비웃었다. 비웃을 뿐만 아니라 김영서가 없는 방에 들어가는 것을 지키고 있었다.

그러니까 자연 누구의 눈이나, 심지어는 하녀 뿐 아니라 그 집 바둑이의 눈까지도 피해야 할 밖에. 그러니까 도둑고양이란 소리를 들을 수 밖에. 그날 밤은 비가 온 탓인지 바둑이도 밖에 없었다. 혹 있었더라도 먹칠 같이 캄캄하고 비 오는 소리가 요란해서 사람의 기척을 알아 채지 못했던지? 바둑이가 짖기나 해서 집안 사람들이 온통 깨었더라면 도둑고양이라고 하지 않아, 직통 도둑년이라고 했을 것이다.

김영서는 자고 있는 모양이었다. 그가 어느 쪽으로 어떻게 누워 있는지 그것만은 몰랐다. 한 번도 그의 잠자는 것을 보지 못했기 때문에.

조심조심해서 책상 위에 놓인 스탠드를 찾아 불빛을 막아 서면서 스위치를 눌렀다. 불빛이 한 구석으로만 퍼졌다. 물론 김영서가 누워 있는 쪽은 그대로 어두웠다.

그러나 불이 안 켜졌을 때처럼 캄캄한 것은 아니었다. 아주 밝지 못할 뿐이지 무엇이나 다 보였다.

김영서는 책상 쪽에 머리를 두고 누워 잤다. 어떻게 그래도 그의 얼굴에 치맛자락 하나 스치지 않았던지 모르겠다. 비에 젖은 치맛자락이 스치기나 했더면 그는 분명히 놀라서 깨었을 것인데. 혹 스쳤는데도 그가 곤히 잠들어 있어서 몰랐는지는 모르지만. 깨어 있을 때의 김영서는 몹시 예민한테 잠 들어 있는 김영서는 둔했다. 창을 여는 소리도 스탠드를 켜는 것도 모르고 자는 것을 보면 ─

모든 것을 빗소리로만 알고 그랬는지도 모른다.

김영서는 베개를 높이 베고 잤다. 초록색 누비이불을 덮고 잤다. 베개와 누비이불, 그의 모본단 자줏빛 큰 이불, 연두색 요, 이것들에 얼굴을 파묻고 비비기를 수십 번해 왔으나 그에게 덮인 이불, 베운 베개를 보기는 처음이었다. 잠 자는 얼굴을 본 것도 처음이었다. 누워 있는 얼굴은 여러 번 보았다.

김영서는 앉아 있기보다 더 많이 누워서 책을 보고 있었던 것이다. 그날 저녁도 누워서 책을 보다가 잠이 든 모양이었다. 스탠드가 제 자리를 좀 벗어져 있고 베갯머리에 책이 놓여 있었다.

김영서는 반듯이 누워 있었다. 옆으로나 모으로 눕지 않고 천장을 향해 누워 있었다. 머리카락 하나 가리우지 않은 희고 넓은 이마, 잠이 들어서 까지도 꼭 다물고 있는 입, 그 입을 한참 보고 있다가 그만 그 입에 입을 갖다 대고 쪽 맞춰 버렸다.

머리와 옷이 젖어 있는 것도 잊어 버리고 ─

"이게 뭐야. 에잇 츠거워 츠거워."

이런 소리와 함께 김영서는 손으로 개나 닭 같은 짐승들이 물기를 떨 듯하면

서 눈을 번쩍 떴다. 곧 또,

"뭐?"

이런 소리와 함께 눈을 크게 뜨고 벌떡 일어나더니 뺨을 힘대로 철썩 후려갈 겼다.

그 자리에 엎어져 버렸다. 아파서가 아니라 서러워서였다. 그렇게 비 오는 밤에 그렇게 힘이 들게 홰나무에서 다리가 떨리는 창턱에 뛰어 올랐는데 참으로 간신히 방에 들어갔는데 김영서는 그런 건 조금도 모르고 때리기만 하니 울 수 밖에…… 홰나무에서 창턱에 뛰어오르는 것 같은 고생을 일년 이상을 해 왔는데, 김영서는 그런 건 조금도 모르고 때리기만 하니 울 수 밖에…… 일년 이상이 아니라 권농동 하숙집에서부터 시작되었으니까 이년 이상이었다. 그때부터 밤에는 잠을 못 자고 낮에는 공부를 못하면서 김영서를 사랑하는 일만 했던 것이다. 잠을 잘 수 없이 공부를 할 수 없이 사람을 사랑한다는 것 만큼 고생되고 고된 일이란 세상에 다시 없을 것이다.

권농동 하숙집에서 그의 방을 넘겨다보던 밤도 잠이 오지 않아서 그랬던 것이다. 잠만 잘 수 있었다면 그런 짓을 할 생각도 안 했을 것이다.

"츠거워요. 벗어요."

얼마를 울고 있었던지 정신 없이 울고 있는데 이런 소리가 들렸다. 번개 같이 빠르게 몸을 일으켜 김영서를, 과연 그런 말을 김영서가 했는가를 알고자 그의 입을 보았다.

"어서 벗어요."

김영서는 타는 듯한 눈으로 말만 하는 것이 아니라 벌써 옷고름을 끄르기 시작하고 있었다. 그러자 곧 그의 이불 속으로 삼켜 버렸다. 그는 팔을 벋어 스탠드를 눌렀다. 방안이 어두워졌다.

말 한 마디 없이 삽시간에 그와 나는 바늘 끝 하나 용납되지 않는 밀착(密着)된 거리(距離)를 가졌다. 머리털 하나 남지 않는 전신(全身) 전체(全體)를 온통 다 붙안았다.

흐드득 흐드득 소리를 내어 웃었다. 아무 것도 생각할 수가 없이 오직 웃을 수만 있었다.

이년 동안이나 그저 그냥 내버려두던, 아니 냄새가 난다고 까지 말하던 김영서가 금방 뺨을 찰싹 갈겨 때리던 김영서가 소와 맞붙어 싸우는 투우사(鬪牛師)보다 더 힘찬 힘으로 애무(愛撫)해 주는데 어찌 웃지 않고 견딜 수 있겠느냐.

그러나 웃음은 오래 갈 수가 없었다. 김영서의 애무가 오래지 않아서 끝났다.

그렇게 생전 끝나 주지 않을 것 같던 — 영겁에서 영겁에로 이어(繼續)갈 것만 같던 강력한 애무가 끝나자 김영서는 훌쩍 저쪽으로 드러누워 버렸다.

스탠드를 눌렀다. 방이 밝아졌다. 김영서는 이불을 머리에까지 올려 쓰면서

"불을 꺼."

라고 소리를 질렀다. 그 소리는 냄새가 난다고 하던 그때와 꼭같이 냉혹하고 거칠었다. 스탠드를 눌렀다. 방이 어두워졌다.

그의 옆에 가 누웠다.

"이거 뭐야? 이거 치어. 치어!"

김영서는 벌떡 일어나 스탠드를 눌렀다. 방이 밝아졌다. 그는 삽으로 똥이나 또 다른 불결(不潔)한 것을 떠 던지는 때처럼 두 손으로 떠밀어 던졌다. 그리고 요 위를 또 두 손으로 몇 번이나 쓸어 던진 다음 스탠드를 누르고 다시 누워 버렸다. 방이 어두워졌다. 또 옆에 가 누웠다.

금방 소와 맞붙어 싸우는 투우사와 같은 강력한 애무를 해 준 그이가 아니더냐.

오직 그것만이 뚜렷이 기억에 남아 있을 뿐이지 그 외의 다른 것은 잊어버렸었다. 이년 동안이나 한결같이 그의 냉혹한 학대를 받아오며 고생하던 일, 조금 전 뺨을 찰싹 갈기던 일, 또 금방 불을 끄라고 소리 지르던 일, 또 금방 똥이나 또 다른 불결한 것을 떠 던지는 때처럼 두 손으로 밀어 던지던 일, 이런 일들은 온통 다 잊어버렸던 것이다.

혹 잊어버리지 않았다손 치더라도 그런 것쯤은 문제 삼을 것이 아니라고 생

각되었다.

“에익 더러운 것.”

김영서는 이렇게 뱉고는 옷을 주섬주섬 주워 입는 눈치였다. 나는 스탠드를 눌렀다. 방이 밝아졌다. 김영서는 미닫이를 홱 밀어 던지고 층층계를 달리며 내려갔다. 현관 문 여는 소리가 났다. 안으로부터 ‘누구’하는 소리가 났다. 대답 소리가 없었다.

주인네들이 웅성웅성하는 소리가 났다. 층층계를 밟고 올라오는 소리가 났다. 밀어 던진 대로 그냥 있는 미닫이로 주인 여자의 얼굴이 들이밀었다.

주인 여자는 말 없이 입만 쩍 벌리고 뚫어지게 훑어보다가 도로 내려갔다. 주인 여자가 훑어보던 몸에 눈을 돌렸다. 온 몸에 실 한 올이 가리지 않고 있는 것을 알았다.

이불 속으로 들어갔다. 비는 더 세찬 기세로 퍼붓는 모양이고 아래층도 윗층도 모두 잠잠해 갔다.

김영서는 좀체로 들어오지 않았다. 어느 낭떠러지에 뚝 떨어지는 것을 깨닫고 눈을 떠 본즉 김영서가 차마 볼 수 없는 무서운 얼굴로 서 있었다.

“어디 가셨더랬어요?”

하고 물었다.

“더럽게 왜 못 가구 여기 있는 거야.”

김영서는 말이 떨어지자 머리끄덩일 잡아 일으키며 풋볼차듯 탁 차 버렸다.

그리고 보니까 김영서는 들어오자마자 그 모양으로 벌써 한 번이나 두 번쯤 차 버렸던가 보았다. 그제야 이불 속에 있지 않고 저만큼 내동댕일 치어 있는 것을 알았다.

“들어오시나 기다리다가 그만 잠이……”

“듣기 싫어. 빨리 일어나 가지 못해.”

김영서는 말을 채 맺지도 못하고 소리를 지르며 부르르 떨기까지 했다.

옷을 주워 입었다. 그러나 얼른 발이 떨어지지 않았다. 한 마디나 두 마디쯤 더 하고 싶은 말이 있었다. 다른 말이 아니라 끔찍하게 애무해 주던 그가 무슨 까닭으로 이다지 달라졌는지 그것이 알고 싶었던 것이다.

머뭇머뭇하고 있으니까

"빨리 나가지 못해."

이렇게 김영서는 외치면서 덜미를 잡아 끌었다. 꼭 개 끌 듯 끌며 층층대를 내려왔고 또 그렇게 해서 현관문 밖에 까지 내려와서 쌔려 던졌다.

용케 그래도 숙소에 까지 돌아올 수 있었다.

방에 들어가 앉기도 전에 방바닥에 엎어진 채로 통곡을 터뜨렸다.

그러다가 기절을 한 모양이었다. 눈을 떴을 땐 방안에 햇빛이 쨍쨍 들어차 있고 그 쨍쨍한 속에 남자가 앉아 있는 것이 눈에 들어왔다.

"정신을 차리십시요."

어디서 보았던가? 꿈 속 같이 분명치 못한 기억을 더듬어 보았다. 기억이 뚜렷해 오지 않았다.

"나 누군지 알아 보시겠어요?"

햇빛 때문에 더구나 떠 낼 수 없는 눈으로 남자를 자꾸 보기만 했다.

"나 홍찬구올씨다. 아시겠어요?"

고개를 약간 흔들어 보였다.

굵지 못한 남자의 음성이 뚜렷해 왔다. 마늘쪽 같은 남자의 얼굴이 차차 분명해 왔다.

"정신을 차리십시요."

고개를 좀 더 흔들어 보였다. 박꽃을 따 들고 박나비를 잡던 남자의 어릴 때 모습이 환등처럼 나타났다. 소년의 뒤를 따르며 박호 박호 연방 박호를 부르던 어린 모습도 나타났다.

버드나무가 쭈욱 늘어선 방천이 전개되었다. 마을 앞에 펼쳐진 들이 전개되었다. 그 한복판에 어머니의 얼굴이 크게 나타났다. 술을 마시고 곧잘 우는 어머니 얼굴이었다.

술을 마시면 어머니는 영혜야 공부 잘해서 훌륭한 사람 돼라. 미국도 가고 불란서도 가거라. 아비가 누군지도 모르는 불쌍한 너 까탄[36]에 어미는 술 장살 하는 거다.

이렇게 말하고 어엉엉 울었다.

"다시 해 드릴께."

남자는 이마에 놓았던 얼음 주머니를 갈아 주었다. 그제야 남자가 모르는 사이에 여러 가지로 서둘러 주었던 것을 알았다.

머리맡에는 얼음이 담긴 대야가 있고 포도주가 담긴 컵이 있었다.

"고마워요."

남자의 손을 덥석 잡았다. 눈에서 눈물이 쭈루루 흘러 내렸다.

남자는 포키트에서 손수건을 얼른 끄집어내어 잡히지 않은 다른 한 손으로 씻어 주었다.

"무슨 일이 있었읍니까?"

"…………"

젖은 눈으로 남자를 쳐다만 보았다.

"말 못할 사정이 있어요?"

남자는 또 한 번 눈물을 씻어 주면서 물었다.

똥이나 이외의 불결한 물건을 떠 던지는 때처럼 내 몸뚱이를 떠 던지던 김영서의 얼굴이 홱 지나갔다.

개 끌 듯 끌어 문 밖에 내동댕이치던 억센 손아귀가 홱 지나갔다.

그가 애무해 주던 기억 같은 것은 사라지고 없었다. 밉고 무서운 기억만이 남아 있었다.

김영서에게 당한 하룻밤의 이야길 남자에게 모조리 털어 놓았다.

남자는 또 한 번 잡히지 않은 다른 한 손으로 눈을 씻어 주면서

36　때문을 뜻하는 방언.

"내가 오길 잘했읍니다. 모레 고향 학생들 친목회가 있다구 알리러 왔더니⋯⋯."

하고 말을 끊었다.

"오시길 잘 했어요."

진실로 남자가 와 준 것을 고마와하고 다행해 했다.

이 남자를 이처럼 가깝게 느껴본 적은 없었다.

김영서와 같은 학교, 김영서와 같은 반, 같은 법학을 하고 있기 때문에 찾아가서 김영서의 이야길 들어 보고 김영서의 이야길 듣곤 할 때면 남자는 참으로 친절하게 이야길 들려 주었으나 고맙다는 생각도 해 본 일이 없었다.

남자의 마늘쪽 같은 얼굴을 보고 있느라면 김영서의 잘 생긴 얼굴이 더 간절해질 뿐이었다.

남자의 굵지 못한 음성을 듣고 있느라면 김영서의 궁그른 음성이 더 간절해질 뿐이었다.

"이거 조금만 드심 진정될 겁니다."

남자는 컵의 것을 권했다.

어머니가 술이 취하면 우는데 질색이어서 어른이 되더라도 술은 마시지 않으리라는 생각을 하고 있었지만 남자의 말대로 좇았다.

입에도 달고 또 그렇게 미리 알고 있는 탓인지 한 번에 마음이 가라앉는 것 같았다.

자꾸 달래서 마셨다. 남자는 또 하자는 대로 따라 주었다. 포도주 맛을 알게 된 것은 이때부터였다. 이 남자가 바로 경위의 아들 홍찬구였다.

그러니까 포도주 맛은 홍찬구가 가르쳐 준 셈이지. 홍찬구는 저녁 때쯤 해서 돌아가려고 모자를 썼다. 벌떡 일어나서 그의 모자를 빼앗았다.

"그만 것에 취하신 모양인데⋯⋯."

홍찬구는 얼굴을 찬찬히 들여다보았다.

"여기 있어 주세요."

그러나 홍찬구는 여전히 보고만 있을 뿐 대꾸가 없었다. 까닭을 몰라서 그러는 모양이었다.

"나 좀 어떻게 해 주세요."

"어떻게?"

"아무렇게라도 좋아요. 당신 맘대로 해 줘요."

홍찬구라도 붙잡아야만 할 것 같았다. 이것은 물에 빠지는 때 지푸라기라도 붙잡으려는 심리 그것일 것이다.

"영혜씨 정말입니까? 정말입니까?"

하며 홍찬구는 누워 있는 가슴 위에 얼굴을 파묻었다. 그는 무척 기쁜 모양이었다. 실상인즉 홍찬구는 여학교 사학년 때부터 사모한다는 것을 그의 중학 동창인 육촌 오빠를 통해서 말한 일이 있었다. 그러나 그의 마늘쪽 같은 얼굴, 언제나 쉬어 있는 굵지 못한 음성, 이것도 싫었지만 김영서 외엔 눈에 들어오는 남자가 없었으니까 그의 뜻을 받아 줄 리 만무했던 것이다.

홍찬구는 언제나 말대로 움직여 주었다. 누우라면 눕고 앉으라면 앉는 온순한 남자였다.

이년간이나 김영서의 학대를 받으며 고생해 온 탓인지 고스란히 움직여 주는 홍찬구가 더 이를 데 없이 만족하고 좋았다.

홍찬구는 아이에게도 끔찍이 했다.

아이가 갓 낳서부터 그는 아이 곁에서 떠나지 않고 알아 듣지도 못하는 아이에게 뭐라고 말을 붙이며 어르곤 했다.

그러다가 그것이 아이의 백날 되던 날이었다. 일가친척들과 또 가까운 이웃에서 모여 아이의 백날을 축복하는 아침 식사를 치르고 나서 고단했던지 낮잠을 잤다.

"이봐, 이봐."

눈을 뜨니까 홍찬구가 파랗게 질린 얼굴로 흔들어 깨우면서 아이의 얼굴을 정신 없이 들여다보고 있었다.

“왜 어떻게 됐어요?”

이렇게 묻자

“어떻게 된 게 뭐야. 이놈의 자식 좀 보란 말야. 바루 그 자식이야. 꼭 그놈의 자식 얼굴이야.”

하고 이때까지 한 번도 없었던 어조로 말했다.

당황히 아이의 얼굴을 들여다 보았다. 홍찬구가 그놈의 자식이라 함은 김영서를 두고 하는 말임을 알았기 때문이었다. 홍찬구는 종종 김영서를 일러 그놈의 자식이라고 해 왔다. 과연 아이는 홍찬구의 말대로 김영서와 같아 보였다.

“웬 일이야?”

모르는 사이에 이렇게 부르짖었다. 사실 그때까지 아이가 김영서를 닮은 것을 모르고 있었던 것이다.

“웬 일이야가 뭐야? 너 그놈의 자식하고 잤다구 하잖았어…….”

홍찬구는 이 말을 채 마치기 전에 뺨을 찰싹 때렸다. 그러자 거진 그와 같은 시각에 또 그의 뺨을 마주 후려갈기면서

“왜 잤다는 걸 인제사 알았어? 첨부터 알구 있잖았어? 첨부터 말하잖어?”

하고 대어들었다.

“이년이 사람을 때린다. 아 그래 그놈의 자식을 낳구도 사람을 때린다.”

홍찬구는 발발 떨면서 달려 들어 차고 밟고 했다.

이렇게 되자니까 온 집안이 다 알게 되었다.

그날 밤으로 승국일 업고 이십리나 되는 친정으로 돌아왔다.

별조차 뜨지 않은 흐린 밤이었다. 어머니는 허둥지둥 문을 벗겨 주면서

“너 이 밤중에 웬 일이냐? 아일 업구 이게 웬 일이냐? 홍서방은 안 왔냐?”

고 다급히 물었다.

“안 왔어요.”

“왜 혼자야?”

혼자 온 적이 없었기 때문에 어머니는 이렇게 물을 수 밖에 없었다.

“싸웠어요.”

“뭐? 너희들두 싸우냐? 난 또 무슨 큰 일이나 생긴 줄 알고 기겁을 했구나.”

어머니는 안심하는 얼굴빛으로 들어왔다. 결혼한지 일년이 지나서도 싸움은 커녕 항상 딸의 말대로 움직이는 사위로만 알고 있는 어머니였던 것이다.

남자(男子) · 여자(女子)

그러나 딸이 전부의 사실을 고백했을 때 어머니는 말할 수 없는 처참한 얼굴을 지으며

“너두 네 에미짝이 되었구나. 미국이나 불란서엔 못 갔더라두 시집은 잘 갔다구 맘을 놓았더니 너마저 에미짝이 됐구나. 너마저 애비 없는 자식을 낳았구나.”

아무 말 없이 처참해 볼 수 없는 어머니를 보고 있는 수 밖에 없었다. 어머니는 한참 잠잠히 앉아 있다가 술항아리 쪽으로 갔다. 사발에 그뜩 술을 담아 뻘떡뻘떡 마셨다. 한 번만 아니고 몇 번이나 그렇게 떠서 마셨다.

그 동안에 어머니 얼굴은 빨갛다 못해서 자줏빛이 되었었다.

“영혜야, 그럼 애 같이 생겼단 남잔 어디 있냐?”

술을 마시고 난 어머니가 비통한 어조로 물었다.

“죽었어요.”

어머니를 속이는 수 밖에 없었다.

“죽었어? 빌어먹을 놈 죽긴 왜 죽는단 말인고? 후유우 네 팔자두 그 뿐인 게지, 후유우.”

어머니는 어느 때까지 이렇게 한숨과 함께 많은 말을 하고 있었다. 이어 잠이 들어서 어머니의 말을 들을 수가 없었다.

홍찬구는 그 뒤 몇 번이나 찾아와서 아이는 다른 사람에게 주어 버리고 돌아가자고 말했다. 아이를 떼어 놓을 수도 없었지만 홍찬구에게로 다시 갈 마음은

조금도 없었다. 그 동안 홍찬구와 행복하거니 하고 살아온 것은 스스로 자기를 속인 것임을 깨달아 알았다. 더 어찌 할 수 없이 되어 있는 몸뚱이였던 까닭에 억지로 홍찬구와 무사히 살아 보려고 자신을 달래면서 살아왔던 것임을 깨달아 알았다.

마늘쪽 같은 얼굴, 빈약한 육체, 끌끌치 못한 마음씨, 언제나 쉬어 있는 음성, 이러한 홍찬구가 불만하면서도 나 같은 년이 별 수 있느냐고 또 이렇게 한 쪽으로는 자기를 누르며 살아온 것임에 틀림 없었다.

어머니는 물론 홍찬구의 말대로 하기를 바랐다.

"여자란 일부종사(一夫從事)를 못함, 평생 개만두 못하게 살게 되는 거야. 에미짝이 되지 말구 어서 가라. 어린 것은 내가 맡아 기르마……."

끝내 어머니 말대로 좇지 않으니까 어머니는 줄곧 술을 마셨다. 술을 마시면 주객(酒客)이 있거나 말거나

"빌어먹을 년 그래 에미가 뼈골이 빠지게 벌어서 공불 시켰더니 애비 없는 자식을 낳아 가지구 달려든단 말이냐? …… 네년은 에미만두 못한 년이야. 에민 그래두 쪽도릴 쓰구 나서 서방질두 했단다. 네년은 계집애루 서방질해서 자식 새낄 낳았으니 더한 년이지 뭐냐 이 더러운 년아…… 넌 인제 개만두 못해. 개만두……."

진실로 개만도 못한 년임을 알고 있다. 김영서에게 개만도 못하게 덜미를 잡혀 동댕일 치우던 날부터 몸뚱어리는 개만도 못한 년이 되고 말았다. 거쳐간 모든 남자들은 김영서가 덜미를 잡아 동댕일 치듯 동댕일 쳐 버리기가 일쑤였다. 그 방법이 다르달 뿐이지 어느 남자나 똑같이 개만도 못하게 동댕일 치고 가 버렸다. 동댕일 치우게 되는 대부분의 원인(原因)은 저놈의 자식 때문이었다. 승국이란 놈 때문이었다. 저놈의 증거물(證據物) 때문이었다. 저놈의 증거물만 없었더면 도영혜도 일부종사를 했을 것이고 요조숙녀란 말을 들었을 것이다. 에구 원통해라. 에구 분해라 —

도영혜는 여기까지 긴 이야길 계속하다가 통곡을 터뜨리는 것이었다.

그리고 누워서 고이 잠들고 있는 아이에게로 성난 짐승처럼 험악한 얼굴로 다가가는 것이었다.

유보화는 아이에게로 다가오는 도영혜를 가로 막았다.

"왜 이래요? 아일 어쩔 셈이예요? 잘 못한 건 언니면서……."

도영혜는 가로막는 유보화를 꼭 황소가 싸우는 때에 하듯한 눈으로 노려보면서

"오옳아. 너 김영서의 역성을 들구 일어서는구나. 그래 김영서 그놈이 잘하구 내가 잘못했단 말이지? 그렇단 말이지?"

하고 대어들었다.

"그럼 언니가 잘못했지 뭐예요? 왜 남의 밤에 도둑괭이 모양으로 들어가느냐 말이예요? 들어 안 갔덤 아무 일두 없을 것 아니겠어요?"

유보화의 어성도 높아졌다. 진정 도영혜가 한 일이 싫고 미웠던 것이다.

"애 유보화야, 김영서의 애인아, 김영서의 여편네야, 너 그래 김영서가 잘하구 도영혜가 잘 못한 것 같으냐? 도영혜가 잘못해서 저놈의 자식을 낳은 것 같으냐? 네 말대루 남의 방에 도둑괭이 모양으루 들어간 건 물론 내 잘못이다. 그렇지만 김영서가, 김영서가 날 가만 내버려 뒀더람 저놈의 자식은 안 낳을 게 아니냐 말이다. 첨부터 개 끌 듯 끌어내다 팽가쳤더람 저놈의 자식을 안 낳을 거 아니냐 말이다. 김영서 그놈이 내가 들어갔을 때 왜 가만 내버려두지 못했냐 말이다. 왜 제 할 짓을 다 하구 나서야 내다 팽가치느냐 말이다. 김영서뿐이 아니다. 남자란 죄다 그렇더라. 죄다 제 할 짓을 하구 나선 팽가쳐 버리더라. 난 그놈의 방에 들어갈 때까진 그런 건 생각지두 않았어. 잠 자는 김영서를 맘 놓구 실컷 보구만 있으려구 했던 거야. 그냥 내처 가만히 앉아서 보구만 있으려구 했던 거야. 그랬는데 그만 그의 입에다 입을 맞춰 버리구 말았구나. 꾹 다문 입이 반갑기두 하려니와 그를 그렇게 가까이 보구 있는 일이 기뻐서 나두 모르는 새 그만 그렇게 됐구나. 잠 자는 그를 실컷 보구만 있으려구 했는데 그만 그렇게 됐구나. 그렇지. 김영서가 깨지만 않았더면 무사했겠지? 내가 입만 안 맞췄

덤 아무 일 없었겠지? 그렇지? 유보화야…… 어엉……."

황소 같이 지릅뜨던 도영혜가 차츰 수그러지는가 했더니 차츰 맥이 풀린 소리로 혼자 중얼거리다가 그는 울음을 터뜨리는 것이었다.

"보화야, 유보화까지 날 팽가쳐 버리는구나. 너까지 날 개 끌듯 끌어 내동댕이 치는구나. 어엉 엉……."

도영혜는 울면서 손을 더듬어 유보화의 무릎을 찾았다. 무릎이 만져지자 그는 무릎에 얼굴을 파묻으며 더 흐느껴 울었다. 철 없는 어린애 모양으로 —

유보화는 그가 하는 대로 가만 내버려 두었다. 밖은 아직도 비가 내리고 있었다. 바람도 가끔 지나갔다. 창과 문이 흔들리도록 세찬 바람이었다. 도영혜는 그럴 때면 더 소리를 내어 울었다. 마치 바람의 탓이거나 한 것처럼 —

유보화는 어느 새 도영혜의 등을 쓰다듬어 주고 있었다. 자기 자신도 모르는 새 그리 되어 있었다. 욕지기가 나도록 싫고 밉던 도영혜가 그냥 측은스럽기만 한 것이었다. 그러면서 이때까지 느껴 보지 못했던 어떤 강렬한 힘(能力)을 유보화는 깨닫게 되는 것이었다. 아니 그것은 힘(能力)이라기보다 하나의 더 어쩔 수 없는 분노감(憤怒感)이었던 것이다

"언니 울지 말아요. 울긴 왜 울어요. 그까짓 남자들 때메 울 게 뭐예요. 이제부터 힘 있게 굳세게 살면 되잖아요? 그까짓 남자들 내동댕이 치면서 살면 되잖아요?"

이것은 도영혜에게 들려 주는 말이라기보다 유보화 자기 자신에게 들려 주는 말이었다. 가만 생각하면 자기 자신부터가 남자 때문에 얼마나 허둥거렸던가? 이성배한테 그 지경을 당하고 만 것도 김영서로 인하여 허둥거리는 데서 생긴 일이 아니던가?

유보화는 입술을 깨물며 몸을 부르르 떨었다. 남자와의 관련을 완전히 끊어 버리고 살자는 결심을 했던 것이다. 누가 잘하고 잘못하고를 가릴 생각도 없었다. 그저 그냥 여자의 수난(受難)은 남자로 인해서 발생되는 것이라는 생각만이 꼭 찼던 것이다. 그것은 조물주(造物主)가 천지(天地)를 창조(創造)할 때부터 미리

마련해 놓은 일인지도 모르나 그러나 유보화는 조물주의 법규(?)를 깨뜨려 가면서 까지라도 남자로 인해서 당해야 하는 수난은 받지 않으리라고 이를 악물었던 것이다.

한 번이나 두 번에서 그치지 않았다. 줄곧 그러한 생각을 거듭했던 것이다. 자기뿐 아니라 도영혜한테도 줄곧 똑 같은 말을 해서 들려 주었다. 그러면 도영혜는

"그렇지. 남자 없이 못살 것 없어. 그깐 놈들 때메 공연히 울구 짜구 할 것 없어."

이렇게 말했다. 그러나 말이나 생각대로 되어지는 것은 아니었다.

도영혜는 여전히 남자 없이는 못 사는 여자가 되어 가고 그래서 또 울고 짜고 하는 날이 흔히 있었던 것이다.

꽃이 지고 잎이 푸를 무렵해서 유보화는 까닭 없이 역기를 깨닫게 되는 일이 생겼다. 생선 비린내 같은 것이 코로 입으로 그냥 들이미는 것이었다. 처음엔 비웃[37] 먹은 것이 체한 줄만 알고 소화제를 먹곤 했으나 도무지 났지 않았다.

그러던 어느 날 낮잠에서 깨어난 도영혜가 누은 채로

"보화야."

하고 불렀다. 유보화는 그때 바로 학교에서 돌아오는 길이었다.

"네."

하고 대답하자 도영혜는

"너 암만해두 이상하다."

고 유보화의 얼굴을 찬찬히 올려다보았다.

"왜요?"

"너 월경 언제 했니?"

---

37 청어를 식료품으로 이르는 말.

“벌써요.”

“벌써라니? 이달에 있었니?”

유보화는 한참 말 없이 앉아 있었다. 그는 사실 그 동안 월경이 없는 것을 잊어버리고 있었다. 집을 떠날 때 금방 치르고 난 뒤엔 없었던 것을 그제야 알았다.

“없었어요.”

“전달엔?”

“없었어요.”

도영혜는 한참 말 없이 유보화의 얼굴을 그냥 보고 있다가

“이성배한테루 가거라. 이성배 아일 테지?”

했다.

유보화는 금방 하늘이 내려져 앉는 것 같음을 깨달았다. 아무 것도 보이지 않고 그저 깜깜했다. 그는 방바닥에 쓰러져 버렸다.

“식모, 물수건 좀 가져와.”

도영혜의 소리가 멀리 들렸다. 식모가 드나드는 소리도 멀리 들렸다. 금방 이마 위에 얹은 물수건도 멀리 느껴졌다.

“저 죽어요, 죽어요.”

이 소리도 자기 입에서 나오는 것 같지 않게 멀리 들렸다.

“그런 말 말아, 그리 쉽게 죽어지는 줄 아니? 그렇게 쉽게 죽어진담 도영혜두 벌써 열 다섯 번이나 죽었게. 아무 말 말구 내 말 들어라. 이성배가 너한테 와서 그렇게 애걸복걸해두 내 언제 널더러 그리 가란 말 한 마디나 하더냐? 내짝이 될까봐서 그런다. 이 볼 모양 없이 되어 가는 도영혜 짝이 될까봐서 그런다.”

도영혜는 물수건으로 이마에 뿐 아니라 목덜미며 가슴이며 손이며 할 것 없이 닦아 주면서 말했다. 유보화는 도영혜가 하는 대로 맡겨 두었다. 더 어쩔 도리 없이 몸을 가눌 수가 없었던 것이다.

“언니 너무도 무서운 일이예요. 제가 아일 낳는다는 것, 그것도 다른 이의 아이가 아니구 이성배의 아이, 어떻게 그럴 수가 있어요. 전 죽어야 해요. 죽는 수

밖에 없어요. 언니한테 지금사 이야기지만 그에게 욕을 당하구 나서 곧 죽으려구 했어요. 그러다가 권농동 하숙집에나 가보구 죽으려구 했……."

여기서 그는 말이 나오지 않으면서 눈물이 쏟아졌다. 도영혜는 말 없이 수건으로 눈물을 닦아 주었다.

"거기만 안 갔덤 저 꼭 죽었을 거예요. 거기 갔기 때메 언닐 만나게 된 거예요. 언니만 안 만났덤 전 꼭 죽을 거예요. 언니와 승국일 보구 나니 죽을 생각이 안 나요. 제가 죽음 언니나 승국이가 더 불행해질 것 같아서……."

몸을 가눌 수는 없으면서도 눈물과 말은 잘 나오는 것이었다.

"이제 언니나 승국일 위해서 살자던 생각두 가질 수 없어요. 저 자신이 가장 비참한 처지에 놓이게 됐는데 누굴 위해 산단 말이예요. 전 언니보다두 더 비참한 더 불행한 여자가 됐어요. 세상에서두 무섭구 싫구 징그런 남자의 아일 가지게 됐으니 말이예요. 그 사람과 같은 반지르르한 머리만 봐두 기절을 하겠는데 그 사람과 똑같이 생긴 아일 어떻게 낳을 수 있어요. 전 죽어야 해요. 죽어야 해요."

죽어야 한다는 대목에 가선 몸을 달달 굴렀다.

그날 밤 그는 죽는 방법과 죽기 전에 해놓을 일들을 생각해 보았다.

우선 서남령 선생을 만나서 학교를 그만 두겠노라는 말을 해야 하겠다고 생각했다.

서남령 선생은 유보화를 모 사립여학교 미술 선생으로 알선해 주었던 것이다.

학교를 마저 마치지 못했던 까닭에 서남령 선생의 성의와 노력이 아니었더라면 미술선생으로서 취임할 수 없었던 것을 알고 있기 때문이었다. 이튿날 그는 선생을 찾아 모교에 갔다.

"선생님, 전 학교를 그만 두겠어요."

이것이 서남령 선생을 만나서 처음 한 유보화의 말이었다.

"왜? 어디 편찮은가? ……"

서남령 선생은 유보화의 얼굴을 보았다. 이때까진 그렇게 보는 일이라곤 없

었다. 유보화는 서남령 선생의 시선을 피하면서

"저 많이 아퍼요. 집에 가겠어요."

했다.

서남령 선생은 한참 말 없이 창 밖을 내다보고 있었다.

"몸이 많이 아픔 하는 수 없지만 집 형편이 그렇다면서 도로 내려감 어떡해요."

유보화는 서남령 선생의 이 말에 신음 소리를 치고야 말았다. 사흘 전에도 어머니와 동생들한테 편지했던 것이다. 한 달만 기다려 주면 우선 큰 동생을 서울에 데려 오겠노라고. 그리고 다음 동생은 좀 더 있으면 데려올 수 있겠노라고 —

자기가 죽으면 어머니와 동생들의 처참하기 짝이 없을 것을 그는 알고 있었다.

그러다가 이성배의 아이를 낳은 뒤의 어머니를 또 생각해 보았다. 어머니는 일가친척 이웃들한테 딸이 처녀로 아이를 낳았다는 죄목으로 얼굴을 못 들게 될 것을 알고 있었다. 더구나 군수의 아들과의 결혼문제로 해서 어머니와 친척들 사이엔 벌써 알력이 생기고 있지 않았던가.

'…눈을 딱 감고 죽어야지.'

유보화는 다시 결심했다.

"저 암만해두 그만 둬야겠어요."

이 말 뒤에도 신음 소리가 처졌었다.

"유보화 정말 몸이 아퍼서 집에 가는 거요?"

종 소리가 들렸다. 유보화는 그제야 깜짝 깨닫고

"선생님 시간 아니예요?"

하고 물었다.

"아니, 파하는 시간이야. 점심 시간이니까 한참 시간이 있어요."

층층계를 밟고 내려오는 소리, 복도로 오고 가는 소리, 깔깔깔 웃는 소리, 떠드는 소리, 이야기 하는 소리, 노래 부르는 소리, 테니스 치는 소리, 배스키트볼

넣는 소리, 피아노 올갠 소리, 이런 소리 소리를 들으며 유보화는 또 한 번 신음 소리를 쳤다.

자기도 층층계를 오르내렸다.

복도를 걸었다.

피아노 치고 올갠을 쳤다. 테니스도 하고 배스키트볼도 했다. 깔깔깔 웃기도 하고 이야기도 하고 또 크게 소리도 쳤다. 그러다가 종이 울리면 교실로 뛰어 들어갔다. 파하는 종이 울리면 교실에서 나왔다.

서남령 선생한테 고양이 같은 여자를 질문하던 일이 생각났다. 서남령 선생한테 서러운 여자의 이야길 듣던 일이 생각났다. 서남령 선생을 사모하던 일이 생각났다. 밥을 못 먹고 잠을 못 자면서 사모하던 일이 생각 났다. 서남령 선생 외엔 아무 것도 없던 일이 생각났다. 온 우주에 오직 서남령 선생 뿐이던 일이 생각났다.

“선생님!”

선생님을 부르는 소리는 절규(絕叫)와 같은 것이었다. 서남령 선생은 유보화의 이 절규와 같은 소리에 하등의 반응도 없이 잠잠하고 있었다. 한참만에야,

“유보화, 유보화는 좀 약한 것 같아. 좀 더 나을 줄 알았는데, 좀 더 좋을 줄 알았는데……”

하고 덤덤히 말하는 것이었다.

“저 어느 새 이렇게 됐는지 모르겠어요. 저 왜 이렇게 못 쓰게 됐는지 모르겠어요.”

유보화는 고개를 떨어뜨리고 말았다.

“그렇게 얼른 못 쓰게 돼서야 쓰나. 못 쓰게 되구 안 되는 건 자기에게 달린 건데……”

서남령 선생의 이 말에 유보화는 고개를 들어 선생님을 보았다.

“선생님 그건 모르시는 말씀이예요. 못 쓰게 되려구 할 사람이 어디 있겠어요. 누구나 다 쓰게 되려구 악 쓰는 거예요. 저두 그랬어요. 남보다 더 쓰게 되

려구 앨 썼어요. 또 그리 되리라구 자신두 했어요. 선생님 말씀 마찬가지루 좀 더 나을 줄 알았어요. 좀 더 좋을 줄 알어요. 그랬는데 어떻게 하는 새 이렇게 되구 말았어요. 그러니까 전 죽어야 해요. 죽는 것 밖엔 없어요.”

서남령 선생은 피시기 웃었다. 유보화는 그러는 서남령 선생이 야속하게 생각되었다. 남이 죽음을 이야기하는데 어찌 웃을 수 있을까 싶었던 것이다.

“선생님은 죽는다는 걸 생각해 보신 일이 없으니까 웃으시는 거예요. 얼마나 무섭구 어렵다는 걸 모르시니까 웃으시는 거예요. 그 이상의 무섭구 어려운 건 다시 없는 거예요.”

어지간히 흥분해 있었다.

“그렇게 어렵구 무서운 죽음을 쉽게 하겠다니까 웃을 수 밖에. 다른 사람두 아니구 유보화가……”

웃지는 않았으나 아직도 웃을 수 있는 마음인 듯한 얼굴이었다.

“제가 얼마나 비참하구, 얼마나 불행한 처지에 이르렀다는 걸 선생님은 모르시구 하시는 말씀이예요.”

“비참하고 불행한 처지에 이른 사람들이 저마다 다 죽는다면 거리가 휑하니 비어서 어쩌게. 거리구 어디구 우굴우굴 들끓는 건 죽지 않구 살아 있는 사람들 때문이 아닐까.”

“죽지 않구 살아 있는 사람들은 저보다 덜 비참하구 덜 불행하니까 살아 있는 거예요. 선생님은 제가 얼마나 불행하구 비참한가를 들어보심 아실 거예요. 선생님을 찾아 뵙구 취직 알선을 해 줍시사구 할 때부터 전 비참한 구덩이에 빠졌던 거예요. 첨부터 선생님께 알려 드리지 않은 건 선생님을 속이려구 해서가 아니었어요. 비참하구 불행한 제 자신을 스스로 극복해 보려는 마음에서였어요. 지나간 일체(一切)의 것은 모조리 묻어 버리구 그 위에 굳센 발자국을 남기려구 했었어요.”

“잘 알구 있어. 유보화의 불행을 나는 벌써부터 짐작해 알구 있었어요. 유보화가 나를 찾아오기 전에 이성배라는 남자가 나에게 유보화의 행방을 물으러 온 일이 있었오. 그때 그 남자는 유보화의 남편이노라구 말했오. 그러나 나는 그의 말이 거짓이라구 이어 직각했오. 그는 내게 유보화의 행방은 나만이 알구 있을 것이라는 말두 했었오. 말하자면 처음엔 위협이었었오. 그리다가 내가 정 모르노라구 하니까 그제사 그리거던 유보화가 이제 찾아올 것이니 그때 행방을 잘 알아 달라구 부탁하구 갔오. 그리구 자기가 내게 왔더란 말은 절대루 말아달라는 말두 하구 갔오. 나는 그러마고 약속했오. 보화가 내게 오기 전에 그는 세 번 다녀갔었오. 세 번 다녀간 뒤에 유보화가 나타났었오. 나는 그와의 약속을 지키느라구 해서가 아니라 유보화에게 그 남자의 이야길 하기가 싫었오. 유보화가 다녀간 뒤에 남자는 또 찾아왔었오. 그러나 나는 유보화가 다녀갔단 말두 하기가 싫었오. 남자는 날마다 찾아왔오. 학교 테두리 밖을 빙빙 배회하기두 했었오. 나는 하는 수 없겠다는 걸 깨닫구 유보화의 거처를 가르쳐 주었오. 유보화 다시 한 번 지나간 일은 모조리 묻어 버리구 그 위에 굳센 발자국을 남길 생각을 하면 안 돼오? 유보화의 말과 마찬가지루."

서남령 선생은 긴 말을 마치며 유보화의 눈을 들여다보았다.

유보화는 선생의 시선을 피하려고도 하지 않았다.

"선생님 이젠 그럴 수가 없어요. 그럴 수가 없이 되었어요. 제 자신에게 욕될 뿐 아니라 부모 동생한테두 욕된 존재 밖에 안 되게 되었어요."

부모 동생이란 대목에 와서 그는 울고야 말았다.

서남령 선생은 유보화의 어깨에 손을 얹어 약간 흔들면서,

"울지 말아요."

낮은 소리로 달래었다.

울지 말라고 달래는 말에 그는 더 울어졌다. 그러나 그는 죽기 전에 서남령 선생한테 온갖 것을 모조리 이야기하겠다는 생각을 하고 있었다. 그래서 그는 울려지는 울음을 참아가며 이야길 시작했다.

유보화는 우선 이성배의 아이를 배게 되었다는 것을 말한 다음, 김영서와 도영혜와 도영혜의 아이를 말했다. 그리고 여기서 그는 이성배에게 욕을 당했을

때 죽지 못한 것은 도영혜와 도영혜의 아이 때문이었다는 말도 했다.

또 노차순과 이성배의 관계를 말하고 김영서와 노차순의 행방불명도 말했다. 말 주변이 능하지 못했으나 도영혜한테 한 번 해 들려준 이야기였던 까닭인지 말이 실꾸리 풀리듯 술술 풀려 나왔다. 서남령 선생은 이렇게 술술 풀려 나오는 유보화의 이야길 얼굴에 아무런 변동을 일으키지 않고 듣고 있었다. 이야기가 그쳤을 적에도 역시 같은 얼굴이었다.

유보화는 서남령 선생 입에서 나올 말을 기다렸다. 그래도 선생은 아무 말 없이 앉아 있었다. 그냥 앉아 있는 것 같지는 않았다. 무겁게 앉아 있었다. 무거운 생각을 하고 있는 것이라고 유보화는 느꼈다.

그러자 그는 쓰레기보다 더한 이야길 필요 이상 지껄인 자기 자신을 뉘우쳤다. 자기는 너무 가벼운 것 같았다. 이야기한 것만이 아니라 서남령 선생을 찾은 것부터가 벌써 비굴한 짓임을 깨달았다. 도영혜나 서남령 선생 말씀 마찬가지로 죽어지지 않기 때문에 죽어지지 않는 몸뚱이를 질질 끌고 다니는 것임을 깨달았다. 도영혜한테도 서남령 선생한테도 아무 소리 없이 고스란히 곱게 죽지 못했던 것이 부끄러웠다.

"저 가겠어요."

유보화는 긴장한 낯색으로 일어섰다.

"앉아요."

이번엔 어깨에 손을 얹어 약간 눌렀다.

"가야 해요."

유보화는 앉지 않았다.

"유보화 더 오래 살구 더 잘 살아야 하지 않겠오?"

유보화는 풀썩 주저 앉으면서,

"선생님, 저 살 수가 없이 되어 있잖아요? 저 벌써 그럴 수가 없이 되어 있잖아요? 저와는 머언 거리에 있는 사람, 저와는 도무지 맞지 않는 사람의 아일 제가 어떻게 낳는단 말이에요?"

하고 애원하는 듯한 눈으로 서남령 선생을 올려다보았다.

"유보화, 맞지 않는 사람과의 관련, 그것처럼 슬프구 싫은 일두 없을 것이오. 마는 그게 우리들 세상에 흔히 있는 일이 아니오? 맞는 사람과의 관련이란 그건 지극히 드문 일일 거요."

서남령 선생도 다시 앉았다.

"선생님 그렇지만 전 그 흔히 있는 그런 축에 끼어 살구 싶진 않아요. 그렇게 구질구질하게 사느니보다 차라리 죽어 버리는 게 얼마나 깨끗해요?"

도영혜의 얼굴이 지나갔다. 도영혜처럼 살고 싶지 않다는 생각을 하고 있기 때문이리라.

"유보화 이것 봐요. 인생이란 본래부터 구질구질하게 마련된 것이 아닌가 하오. 그래서 슬픔이 있구, 아픔이 있구 한 거 아니겠오? 유보화, 그 슬픔과 그 아픔 속에서 그 슬픔과 그 아픔에 패(敗)하지 않는 자(者)만이 삶의 가치(價値), 삶의 의의(意義), 삶의 보람을 찾아내는 생(生)의 승리자(勝利者)가 아닐까요, 유보화, 유보화 말대루 잘 못된 지난 일을 모조리 묻어 버리구 그 무덤 위에 굳센 발자국을 남기며 살아 봅시다."

유보화는 대꾸 없이 서남령 선생을 보고만 있었다.

그는 서남령 선생의 말을 알아듣지를 못했던 것이다. 그렇다기보다 알아들으려고 하지 않았다. 오직 죽겠다는, 죽어야 한다는 마음만이 자기를 사로잡고 있기 때문이었다.

서남령 선생은 이것을 눈치 채었음인지 다시 입을 열었다.

"유보화, 죽음으로써 항거할 생각을 말구 굳세게 살아서 이겨 보겠다는 생각을 하시오. 사는 것이 세상에의 대한 복수(復讐)라는 것, 자기의 할 일이 무엇인 것을 알아내어 일을 하는 것이 세상에의 대한 복수라는 걸 깨달으시오."

서남령 선생도 내려다보았다. 내려다보는 눈을 유보화는 눈을 다시 떠 올려다보았다. 서늘하기만 하지 않고 광채를 심히 발산하고 있었다. 유보화는 또 한 번 눈을 다시 떠 올려다 보았다. ─그 동안 자기는 하늘빛처럼 서늘한 눈을 잊어버리고 있었던 것을 깨달았다. 그 눈을 잊어버리게 한 것은 김영서였다. 그러나 그는 김영서를 원망하고 싶지 않았다. 그 눈과 비슷하게 좋던 김영서의 눈도 머리에 떠 올랐다. 누구에게 가는 건지 모를 그리움이 밀물처럼 몰려들었다. 그것은 조금 전에 종소리와 함께 학과 시간을 파하고 밀려 나오는 학생들의 움직임을 듣던 때에 생기던 감정과 비슷한 것이었다. 가늘게 한숨이 쉬어졌다.

"선생님, 그리운 사람들과는 아주 떠나서 살구, 무섭구 징그런 사람과…… 저 그건 진정 싫어요. 무서워요, 그러니까……."

"그러니까 죽어야 한다는 말일 테지? 유보화, 그리운 사람과는 떠나 살아야 하는 거요. 떠나 살아야 그리움이 무엇인 걸 배우게 되는 거 아니겠오. 반쪽(半身)의 슬픔을 말해 준 철인(哲人)의 가르침을 우리는 몸소 실천해 가며 거기서 또 다른 슬픔(哲學)을 깨달아야 할 것이 아니겠오. 그리워서 공허(空虛)하구 공허해서 일을 하구 공허해서 하는 일처럼 일다운 일은 없을 거요. 무엇이 되고자 해서 무엇을 하고자 해서 하는 일보다 훨씬 일다운 일일 거요. 유보화, 그런 일다운 일을 하는 사람이 되구 싶잖어요?"

"선생님!"

이것은 유보화가 부른 선생님이 아니었다. 문 밖에서 학생 하나가 얼굴을 들이밀어 불렀다.

서남령 선생은 학생의 말을 듣더니 유보화에게 잠깐 앉아 있으라고 말한 다음 학생의 뒤를 따라 저쪽으로 사라졌다.

바람이 들이쳤다. 커튼이 휘날렸다. 시험관(試驗管)들이 재랑재랑한 소리를 내며 흔들렸다. 약품 냄새가 풍겼다. 유보화는 그제야 물리화학(物理化學) 교실이었던 것을 알았다. 또 교실이 무척 넓은 것도 알았다. 세상 밖에 혼자 내던지운 듯한 허전함에 그는 소름이 쪽 끼쳐졌다.

서남령 선생의 기다리라던 말을 잊어버린 듯 밖으로 뛰어 나왔다.

숙소에 이르러 아무에게도 들키지 않게 물을 준비해 가지고 방에 들어갔을 때 시계가 오후 두시 십분을 가리키고 있었다.

《어머니.

1944년 5월 2일 오후 두시 십분. 어머니는 지금 이 시간에 무얼하고 계십니까. 방아를 찧으십니까? 물을 길으십니까? 동생들의 헌 옷을 기우십니까? 어머니를 도웁지 못하고 저는 부득이 불효한 짓을 합니다. 세상은 이것 저것 모두 귀찮은 것 뿐이어서 살 수가 없어요. 이 시간까지 목메어 견딜 수 없는 것은 어머니와 동생들 일입니다. 어머니 용서해 주세요.

불효 보화 드림》

그는 눈물과 함께 그릇에 담긴 물과 또 벌써부터 지니고 있던 것을 마셔 버렸다.

장다리가 만개한 채마밭 속을 휘돌았음일까? 온통 노오랗기만 했다. 그렇다기보다 노오란 기체(氣體) 위에 몸이 둥둥 떠 있는 것 같았다. 장다리가 만개한 채마밭은 고향집 뒤뜰이었다.

나비들이 날아다닐 무렵이면 장다리는 한창이었다. 나비들은 다른 곳에 보다 이 장다리에 더 많이 모여들었다.

유보화는 장다리에 모여드는 나비잡이를 무척 좋아했다. 장다리를 넘어뜨리면서 까지라도 나비를 쫓아다녀야 했다. 바둑이가 언제나 뒤를 쫓기 때문에 장다리는 더 많이 넘어지곤 했다.

나비를 몇 마리 잡고 나면 온통 천지는 노오랗기만 했다. 집도 뜰 안도 하늘도 모두 장다리꽃 색이 되어 있었다.

"유보화! 유보화!"

먼 데서 오는 너울 소리와 같은 것이었다. 유보화는 이 너울 소리와 같은 것에 이끌리어 눈을 떴다. 역시 노오란 것 뿐이었다. 노오란 것 이외엔 아무 것도 없었다.

그는 눈을 다시 감았다. 감겨졌던 것이다. 눈을 뜨고 있을 기력이 없었던 것이다. 그가 다시 눈을 떴을 땐 둥둥 떠 있는 것 같던 몸이 누워 있는 것을 알았다. 벽과 천장과 유리창이 희미하게 보이기도 했다.

그러나 그것들은 노오란 기체 속에 싸여 있어서 윤곽이 뚜렷하지 못했다.

"유보화. 바보야."

이 소리에 유보화는 시선을 옮겼다. 역시 노오란 기체 속에 싸여 있어서 윤곽이 뚜렷하지 못했으나 그것이 누구인 것을 이어 알았다. 그와 동시에 그는 죽지 못하고 되살아났다는 것도 알았다.

"선생님."

선생님을 불렀으나 이 선생님 하는 부름에는 아무런 감정(感情)이나 의사(意思)가 내포(內包)되어 있지 않았다. 무색(無色) 무미(無味)한 부름이었다.

선생님의 얼굴이라고 알았을 때 그냥 그저 불리어진 선생님이었다.

"맘 내키는 대루 해봤으나 이젠 살아야 해요. 잘 살아야 해요, 응 유보화."

차츰 선생님의 얼굴이 뚜렷해 왔다. 잘 살아야 한다는 선생님의 말씀이 분명히 들렸다. 그러나 그는 뚜렷해져 오는 선생님을 말 없이 건너다보고만 있었다.

선생님은 죽으려다가 죽지 않고 살았으니 이제부터 잘 살라고 하는 것이나 유보화는 선생님의 그 말대로 좋으리라는 마음도 없었다. 구질구질하게 살기보다 곱게 죽었더면 하는 마음도 없었다. 그렇다고 죽지 않고 왜 다시 살아났을까 하는 뉘우침도, 죽지 않은 것이 다행했다는 마음도, 없었다. 선생님을 부르는 것과 같은 무색 무미한 감정이었다.

"그래 끝내 죽어 보니 어때?"

서남령 선생은 말 없이 아직도 건너다보고만 있는 유보화에게 물었다.

"저 꿈을 꾸다가 깼는데요. 저이집 뒤껼 장다리 밭에서 나비를 잡다가 깼는데요. 나비가 안 잡혀서 장다리 밭 속으로 휘돌며 쫓는데 동네 애들이 모여들잖아요. 그런데 이상한 건 동네 애들인 줄 알았더니 자세 보니까 선생님과 김영서애요. 참 좋아하며 그 담부턴 나비를 막 잡았어요. 한 마리두 못 잡던 나비를 한 번에 세 마리 네 마리씩 막 잡았어요."

여기까지 들릴락 말락한 소리로 이야기하고 있으려니까 노오랗던 벽 천장 유리창들의 빛깔이 잿빛으로 돌아오고 서남령 선생의 모습도 제대로 보여졌다.

다른 어느 부분보다 하늘빛처럼 서늘한 눈이 시야 속에 뚜렷이 들어왔다.

유보화는 선생님의 그 서늘한 눈을 보던 때 말할 수 없이 좋고 가슴이 아프던 기억이 떠 올랐다. 곡괭이로 찍어내는 것처럼 아프던 기억이 떠 올랐다.

"선생님."

이번엔 무색 무미한 부름이 아니었다. 선생님 하고 부르는 소리와 함께 좌르르 눈물이 흘러내렸다. 무색 무미하던 마음 속에 사념(思念)이 맑아져 왔던 것이었다.

어떤 어려운 경우에 이르더라도 뛰어 넘을 수 있는 자신과 신념(信念)이 생겼던 것이다. 어떤 어려운 말이라도 죄다 해득할 수 있을 지혜(智慧)를 얻은 것 같기도 했던 것이다.

옛날 — 창세기(創世記) 전부터 살아온 것 같이 자기가 살아온 세월이 참으로 긴 것같이 느껴지기도 했다.

그런데 어쩐 일일까? 그는 가슴이 답답해 옴을 깨달았다.

"선생님 저 가슴이 답답해요."

서남령 선생은 창문을 열어 놓았다. 유보화는 열어 놓은 창으로 외계를 내다보았다.

하늘이 눈에 들어왔다. 푸른 나무들이 눈에 들어왔다.

"선생님 저 죽지 않구 산 것이 다행했어요. 살겠어요. 잘 살겠어요. 선생님이 말씀하신 대루 삶의 의의를, 삶의 가치를 찾아내어 가며 굳세게 살겠어요. 그리워서 공허할 때 일을 하겠어요. 공허해서 하는 일처럼 일다운 일이 없다는 말씀, 저 인제사 알았어요. 선생님 저 창으로 외계를 내다봐 주세요. 저어기 저 푸른 하늘을 보아 주세요. 저걸 보시구 선생님하구 살구 싶다는 걸, 살아서 다행하다는 걸 느끼신 일이 있으시지요?"

매우 명랑하고 힘이 있는 어성이었다.

"유보화……."

서남령 선생이 유보화를 불렀을 바로 그때였다. 미닫이가 열리며 도영혜가 들어오고 그 뒤를 따라 이성배가 들어왔다.

"죽든지 살든지 임자한테 맡기려구 가서 알렸더니……."

도영혜가 문턱 앞에 발을 들여놓면서 한 말이었다. 도영혜는 유보화가 다시 살아나서 좋았다는 낯색도 아니요, 또 그렇다고 살아난 것을 귀찮게 여기는 낯색도 아니었다.

"임자가 오셨으니 그럼 가겠읍니다."

서남령 선생은 이런 소릴 하면서 크게 웃었다. 그리고 미닫이 밖으로 사라졌다. 서남령 선생이 사라지자 유보화는 산울림 뒤에 오는 것 같은 허전함을 느꼈으나 열려 있는 창문 께로 눈을 돌렸다.

하늘은 조금 전보다도 더 푸르고 넓어 보였다. 그런데도 가슴이 답답해서 견딜 수 없었다. 그는 미리 준비하고 있던 것처럼

"아버지이."

를 불렀다. 소리를 크게 내어 불렀다. 그리워서가 아니었다. 어떤 다른 힘을 빌어야 살 것 같았기 때문이었다. 사람의 힘이 아닌 다른 힘을 빌어야 살 것 같았기 때문이었다.

그러나 '아버지이' 소리 뒤엔 또한 산울림과 같은 것밖엔 오지 않았던 것이다.

(끝)

속·녹색의 문

거미줄

그날 저녁으로 유보화는 병원에서 나왔다. 이성배 누이의 집으로 왔다.

이성배에게 욕을 보던 바로 그 방에 유숙하게 되었다. 도영혜가 자기 집에 가자는 말도 없었지만 유보화 자신이 그리로 다시 들어가기가 싫기도 했다. 갈 데가 있어서 그런 것이 아니었다. 아무 데도 갈 데라곤 없었다.

도영혜가 아무 말 없이 돌아간 뒤에 이성배가 인력거를 데리고 와 타라고 했다. 유보화는 말 없이 탔다. 이성배의 말대로 움직이겠다는 생각에서 그런 것도 아니었다.

‘될 대로 되라’

는 ― 자기를 내던져 버린 마음에서 그랬다. 얼마 전 죽음에서 다시 피어났을 때 죽지 않고 산 것이 다행했노라고, 삶의 의의를, 삶의 가치를 찾아내어 가며 굳세게 살겠노라고, 그리워서 공허할 때 일을 하겠노라고, 공허해서 하는 일처럼 일다운 일이 없다는 말씀, 인제야 알았노라고, 서남령 선생한테 말했던 것이나, 그리고 열린 창으로 푸른 수목과 푸른 하늘을 내다보고 매우 명랑해했던 것이나 이성배가 병실 안에 들어서면서 부터 그런 생각은 어디로 날아가고 절망만이 가로 놓였던 것이다.

“피곤해서 일찍 자야 하겠는데…….”

줄곧 붙어 앉았던 이성배가 채 어둡기도 전에 잠 자리를 깔며 아랫목에 누운 유보화더러 그리로 옮겨 누우라고 서둘렀다.

뭘 먹으라는 둥 기분이 어떠냐는 둥 자꾸 묻곤 할 때면 눈을 감은 채로 도리를 흔들기만 해 왔는데 이번엔 그대로 있을 수가 없었다.

“제발 좀 날 혼자 둬 두세요. 날 혼자 있게 해 주세요.”

애원에 가까운, 부르짖음에 가까운 어조로 말했다.

"내외간이 다 됐는데 그럴 거 있는가?"

이성배 누인 성싶은 소리가 밖에서 들려 들어왔다. 그는 벌써부터 거기 서 있었던지 모른다. 이부자리를 들고 나온 것인지도 모른다.

"내외간이라……."

는 말에 구역질이 막 올라 미는 것을 억제하면서 유보화는 소리나는 방향을 내다 살폈다. 과연 이성배의 누이가 문턱을 짚고 안을 들여다보며 뱅긋이 웃고 있었다. 유보화는 살기 띤 눈으로 여인을 내다보았다.

여인은 움칠 웃음을 지으며 웃목에 서 있는 이성배를 쳐다보았다.

"누님은 들어가시래두. 안으로……."

보지 않아도 이성배는 누이를 흘겼을 것이다.

끝내 이성배는 유보화를 혼자 두지 않았다. 유보화더러 웃목으로 옮겨 누우라고 하다 못해 자리를 아랫목으로 당겨 왔다.

"이왕 내외간이 됐는데 사이 좋게 지냅시다. 자 이리루 바싹 가까이 와요."

이성배는 유보화의 허리를 끌어당겼다. 유보화는 심한 반격을 가하여 몸을 빼쳤다. 이성배는 유보화의 허리를 다시 끌어당겼다. 유보화는 심한 반격을 가하여 다시 몸을 빼쳤다. 나중엔 허리만 끌어당기지 않았다. 전신을 말아들렸다. 유보화는 꼼짝을 할 수가 없었다. 어느 때 거미줄에 걸린 파리를 본 생각이 났다. 거미줄에 걸린 파리는 꼼짝을 못하고 거미에게 먹혀 버리는 것이었다.

유보화는 지금 자기가 그 파리와 꼭 같은 경우에 놓여 있다는 것을 알았다. 거미에게 먹혀 버린 파리 모양으로 꼼짝을 못하고 먹히고 마는 것이라고 알았다.

그렇게 생각이 드니까 거미줄이 온통 팔과 다리에 엉켜드는 것이 분명했다. 자기를 말아들이는 것이 온통 거미줄이라고 알았다. 유보화는 정신이 가물가물해 왔다. 벌써 거미에게 먹힌 파리를 생각해 냈을 때부터 힘을 잃었는지 모른다. 자기는 꼼짝을 못하고 먹혀 버리던 파리와 같다는 생각이 들 때부터 정신을 잃었는지 모른다.

너무 오랫동안 아무 것도 먹지 않은 것이 원인이 될 것이다. 어저께 약을 마신 이후로 병원에서 링겔 주사 한 대 한 것 뿐이었다.

"아이 어쩌면 좋아. 이걸 어쩌나. 거미줄이 마구 엉켜들어서…… 엉켜들어서……."

유보화는 엉키는 거미줄을 끊느라고 양 팔과 다리를 버둥거렸다. 팔과 다리가 버둥거리니까 몸뚱이도 흔들렸다.

"가만 있어, 가만 있으래두. 거미줄은 웬 거미줄이야."

유보화는 벌써 구역질 같은 것도 잊어버렸다. 이성배의 말이란 의식조차도 없었다. 그는 완전히 가위에 눌린 상태에 빠지고 있었다.

인젠 팔 다리를 버둥거리지도 못했다. 거미줄이 차츰 더 엉켜드는 것만 알렸다.

"어머니 이 거미줄, 거미줄, 선생님 이걸 어떡함 좋아요. 이걸, 이 거미줄."

"글쎄 거미줄이 아니래두 그래. 나야, 가만 있어. 나야."

이성배는 지금 유보화가 어떤 상태에 놓여 있다는 것을 모르고 있었다.

거미줄은 더 더 엉켰다. 입에도 엉키고 눈에도 코에도 숨을 쉴 수가 없었다. 방바닥에서 천장으로 천장에서 방바닥으로 오르내리며 거미란 놈은 줄을 잔뜩 쳐 놓았다.

"어머니, 어머니."

소리를 쳤으나 입 밖에 나오지 않았다.

유보화는 거미줄 속에 아주 엉켜 버린 것이다. 거미는 엉금엉금 기어와서 팔을 잘라 먹고 다리를 잘라 먹고 눈을, 입을 파 먹었다. 유보화는 그냥 먹히고 있는 것이었다. 손가락 하나 까딱 못하고 —

어머니의 상경(上京)

며칠이 지난 뒤였다. 도영혜가 찾아왔다. 승국이를 데리고 왔다.

승국이 문턱을 바삐 넘으며 유보화에게 달려들었다.

"이놈 애가 아즘마가 어디 갔느냐구 어떻게 찾아 쌓는지……."

도영혜는 어느 지방 사투리를 써 가며 유보화를 들여다 보았다.

"아즘마 여기 있었구나."

유보화도 허공 일어나며 승국의 손을 잡아 들였다. 조그마한 손에서 오는 따사로움이 가슴 밑바닥을 적셔 주었다. 유보화는 어린 것의 다른 한 손을 마저 잡았다. 두 손을 한데 모아 자기 뺨과 입에 갖다 대었다.

"인재사 기운을 채리는군. 흐흐흣…… 아즈머니 글쎄 먹지두 않지요. 그냥 유구무언으로 있었답니다. 그날부터 이날까지…… 내 원……."

이성배가 한 말이었다. 깨사치 못한[1] 입언저리에 너물거리는 웃음이 걸쳐 있었다.

"안 먹구 어쩌게. 어머니랑 오실 텐데…… 보화야, 너 어머닐 오시라구 했다. 식을 거행해야 하잖니? 식을 속히 거행해야 해요."

도영혜는 할머니나 어머니들처럼 어른스런 태도로 말했다.

"뭐? 어머니가? 우리 어머니가 오신다구?"

어린 것의 손을 뺨에 댄 채 유보화는 도영혜를 건너다 보며 놀랐다.

"어머니가 오셔야잖니? 머니 머니 해두 어머니가 오셔야 한다. 네가 병원에서 나오던 날 편질 냈더니 오늘 아침에 편지가 왔더라. 오신다구…… 그런데 식을 어느 날 하는 건 아직 결정짓지 않아서 다시 알려 드리마구 했다."

유보화는 어린 것의 손을 놓아 버리고 눈을 감았다. 낭떠러지에 떨어지는 것 같음을 깨달았다.

"아즈머니 고맙습니다. 저두 속히 식을 거행해야 되겠다는 생각이올씨다만, 도무지 먹지두 않구 유구무언으루 있으니 그런 건 생각할 수가 있어야죠. 또 죽는다구 덤빌까봐서 한 시두 맘을 못 놓습니다그려. 우리 누님두 식을 빨리 거행

---

1 '깔끔하지 못한'을 의미하는 말인 듯함.

최정희 소설 전집 **1**

하라구 하잖어요. 누님은 속두 모르구 날더러 색시 궁덩짝에만 붙어 산다구 야
단합니다만 곁을 떠났다간 또……."

유보화는 긴 한숨을 쉬었다.

"식은 이달 말일 께 하는 게 어떨까? 이성배 씨댁 형편은 어때요?"

"글쎄올씨다. 저희들 집에선…… 추수나 한 뒤에 했음 좋겠지만……."

"추수 때까지 끌어서야 어떡하게요. 부모님한테 알리구 식을 속히 하겠다는
말씀을 하세요. 식은 서울서 간단하게 함 되잖아요. 시굴서 하게 됨 되려 비용
두 들구 할테니까…… 그런데 접때두 말했지만 틀림 없이 초혼이지요? 틀림 없
지요?"

"그럼요, 틀림 없습니다. 아즈머닐 속일라구요. 내 누이하구두 물어보심 아
실 걸요."

이성배는 자못 자신 있는, 만족한 얼굴이었다. 그러나 유보화는 가슴을 도려
내는 듯 아팠다. 가엾은 어머니의 모습이 눈 앞을 지나갔다. 동생들의 초라한
모습이 눈 앞을 지나갔다. 집에서 떠나 올라올 땐 취직을 해서 고생하는 어머니
를 도울 생각일 뿐 아니라 동생들을 데려 올려다가 공부시킬 작정이 아니었던
가. 얼마 전엔 동생 하나만이라도 우선 데려오겠노라고 편지했던 것이 아닌가.

"어머니가 어떻게 오신다구 그래요. 어머니가 못 오세요. 집을 어떡하구 오세
요. 동생들을 어떡하구 오세요."

이 말을 하는 유보화의 입은 경련에 떨고 있었다. 눈물이 쭈르르 양 뺨을 스
쳤다.

"아즘마 운다아. 우지 마아."

승국이 손가락으로 흘러내리는 눈물을 닦아 주었다. 유보화는 눈물을 닦아
주는 어린 것을 껴안았다. 그것의 작은 가슴에 얼굴을 파묻고 목을 놓아 울었
다.

유보화의 어머니는 오월 이십 팔일 저녁 차로 상경한다는 것이었다. 유보화
는 어머니 오기 전날, 이십 칠일 저녁에 도영혜 집으로 옮아갔다. 결혼식은 오

월 삼십일이었다.

"집에 와 있다가 식을 치르어야지. 어머니 올라오시기 전에 와 있어라."

도영혜는 이런 말을 하며 유보화를 데려갔다. 결혼식을 한다, 이성배의 아내가 된다, 이성배의 아이를 낳는다, 이게 모두 자기에게 닥쳐올 사실이면서도 유보화는 자기 일 같지 않게 멀게만 여겨졌다. 그러나 어머니의 슬픔을 덜기 위해서 그는 싫은 대로 행하는 수 밖에 없었다.

"애 너두 얼굴 좀 손질하구 나가자. 어머니가 그 얼굴 보심 놀라시잖니?"

어머니가 오시는 날 저녁이었다. 정거장에 마중 나갈 채비를 하고 난 도영혜가 경대 앞에서 일어서며 유보화를 돌아다보았다. 유보화는 마지 못해 경대 앞에 갔다. 누렇게 뜬 얼굴이 거울 속에 마주쳤다. 그저 그것 뿐이었다. 유보화는 전에, 제 얼굴은 지금 참 고와요, 한 번도 이렇게 고와 본 일이 없었읍니다. 이 얼굴은 아무에게도 보이지 말고 꼭 당신한테만 보이고 싶습니다…… 라고 김영서에게 편지한 일이 머리에 떠올랐다. 틈만 있으면 거울을 보는 버릇도 그날 저녁 편지를 보내고 나서 부터 시작되었던 것이다. 틈이 없더라도 틈을 내어 거울을 보았던 것이다. 밥을 먹다가도 그림을 그리다가도 책을 읽다가도 거울을 보았던 것이다. 거울은 어느 때거나 즐거운 것이었다. 거울 속엔 고운 자기의 얼굴만이 비치지 않았다. 자기 얼굴 뒤엔 김영서의 얼굴이 배광(背光)과도 같이 둘레를 지어 있었다.

"재가 왜 저러구 있어? 빨리 손질하구 나가자. 시간이 다 돼 가는데……."

도영혜가 재촉했다. 유보화는 한숨을 쉴 기력조차 없었다. 뜨브럭뜨브럭 거울 속에 누렇게 뜬 얼굴을 들여다볼 뿐이었다.

"애 제발 좀 빨리 하렴. 자 내가 해 주지. 이리 돌아앉아."

도영혜는 유보화를 안아 삐잉 돌려 앉히고 코올드로 닦아 내었다.

"너 머니 머니 하구 말루만 어머닐 생각하지 말구 어머닐 위할 생각을 좀 해봐라. 밥두 먹구 잠두 자구 몸 단장두 잘 하구 그래라. 어머니가 눈칠 채시면 어쩔라구 그러니? 어머닐 속 썩히지 말아. 머니 머니 해야 어머니 밖에 없더라. 나두 어머닐 지지리 속 썩혀 드리다가 돌려 보냈지만…… 돌아가시니 고만 아니야. 불효 막심한 일을 뉘우친들 소용 있냐 말이다. 어머니 말씀대루 하지 못한 일이 가슴 아프지만 돌아가신 뒤니 소용 있어야지. 나두 어머니 말씀대루 홍찬구에게 돌아갔덤 이 꼴은 안 됐을지 모르지……."

도영혜가 남의 푸념, 내 푸념을 섞어가며 유보화의 얼굴 만지기에 열중했다. 유보화는 얼굴을 도영혜에게 내맡기고 잠잠히 앉았으나 말 한 마디 한 마디가 가슴을 파고들어 괴로왔다.

그들이 정거장에 이르렀을 때 경원선은 벌써 출찰이 시작되어 손님들이 쏟아져 나오고 있었다. 유보화는 어머니를 발견하고 달려갔으나 어머니 소리도 못하고 짐만 받아 들었다. 어머니는 보퉁이를 이고 바가지 두 개를 들고 계셨다. 손에 든 바가지는 도영혜가 받아 들었다.

"어머니 동생들이랑 집이랑은……."

겨우 말을 꺼내었으나 채 못 마치고 고개를 숙여 버렸다.

"안 올 수 있느냐."

고 하며 어머니는 딸을 보았다. 딸은 어머니의 시선을 숙인 머리 위에 무섭게 느끼며

"어서 가십시다."

하고 어머니를 앞세우고 자기는 뒤에 떨어져 걸었다.

어머니가 걸음을 늦추어 딸과 나란히 걸으려고 했다.

"어머니 보화가 퍽 컸지요? 그새."

도영혜가 뒤를 돌아보며 물었다.

"어룬 맵실 해서 그런가 큰 것 같구만. 아 참 이 분이 도영헨가부구나? 이렇게 폐를 끼쳐서……."

어머니는 도영혜와 인사를 끝내고 또 딸을 보았다.

"긴 치마가 어색해서 그래요? 어머니."

"긴 치마 입는 건 처음 봐서 그런지 달러 뵈는구나."

"바루 모레 시집갈 테니까 긴 치마 입는 연습두 해야잖아요."

도영혜는 이런 말도 했다. 유보화는 도영혜한테 고맙다는 마음이 들었다. 도영혜가 자기의 옷을 입혀 준 것은 긴 치마 입는 연습을 시키고자 함이 아니었다. 몸의 이상(異狀)을 어머니에게 알리지 않기 위함이었음을 유보화는 알고 있는 것이다.

유보화는 도영혜가 어머니를 택시로 모셔주는 일도 고마왔다. 택시 안에서 유보화는 어머니가 생전 처음 택시를 타 보았으리라는 생각을 했다. 기차도 처음 타 보았으리라는 생각을 했다.

"어머니 어지럽지 않으셔요?"

"괜찮다."

"기차에서두 괜찮으셨어요?"

"그래."

"차비랑 어떻게 마련이 돼서 오셨어요?"

"왜 네가 보내 준……."

"아, 네가 나한테 맡겨 둔 것 중에서 보내 드렸다. 너한테 말한다구 하면서 잊었댔구나."

어머니 말씀을 자르면서 도영혜가 한 말이었다. 눈시울이 왈칵 뜨거워졌다. 도영혜가 자기 돈으로 보내 드린 것이 분명했다. 유보화가 영혜한테 맡긴 것이라곤 한 푼 없었다.

택시의 율동이 심하면 바가지가 덜그럭거렸다.

운전수는 바가지 소리에 신경이 쓰이는 모양이었다. 자꾸 돌아다보았다.

"힘이 드시는데 바가진 뭐라구 가지구 오세요?"

"지난 핸 그게 한 통이 굳었다. 순분네 집 쪽 어간 바재²에 달렸던 게다."

유보화 눈 앞엔 울타리를 돌아가며 서릿빛 같은 박꽃들이 눈부시게 피어 있

---

2 '울타리'의 방언

던 고향집 광경이 떠올랐다. 박꽃을 따 높이 추켜 들고 '박호박호 연지 박호'를 불러 박꽃 나비를 잡던 일이 엊그저께 같았다. 달밤이면 바닷소리가 귓가에 철썩거렸다.

도영혜는 어느 새 어머니를 위해 목간 물까지 데웠던 것이다. 어머니는 이러한 목간통에서 목간을 하시기가 처음일 것이라고 유보화는 또 생각하는 것이었다. 같이 들어가서 등이랑 밀어드리지 못하는 일이 기가 막혔다.

어머니에게 달라진 몸을 뵈는 일이 무서웠던 것이다. 어머니는 달라진 자기 몸에 눈치 채신다면 기절을 하실지 모르리라는 생각이었다.

저녁 상을 물리자 도영혜는

"고단하실 테니 어머니 방에 가서서 편안히 누으십시요."

하고 살뜰히 일러 드렸다.

어머니가 무슨 말을 하실까 하다가 그만 두고 일어섰다.

유보화는 어머니를 눕게 한 다음 불을 끄고 자리 옷을 갈아 입었다.

딸이 눕는 것을 기다려 어머니가 제일 첫 마디로

"신랑자가 누구냐?"

고 물었다.

딸은 얼른 대답이 안 나왔다.

"그 사람이냐?"

김영서를 이르는 말이었다.

"아녜요."

"그럼 누구냐?"

"그 사람은 없어졌어요."

도영혜가 그 어머니한테 김영서를 죽었다고 거짓말 했다던 기억이 떠올랐다.

"그럼 어떤 사람이냐?"

"동경서 알던 사람이예요."

“괜찮으냐?”

“네.”

“처자는 없겠지?”

“그건 없나 봐요.”

“네 맘에 흡족하냐?”

“네.”

“어디 사람이냐?”

유보화는 여기서 대답이 막혔다. 이성배의 고향이 어딘지를 모르고 있었다는 걸 지금에야 알았다. 어머니가 대답을 기다리길래 아무렇게나 영남 사람이라고 말했다. 김영서가 영남이라던 생각이 떠오르기에 —

“인물이 씨원찮거나 그렇진 않으냐?”

“네.”

“그런데 혼인이 왜 이렇게 갑작이냐? 아무 말 없이 있다가. 달포 전에 네가 한 편지를 받고 재균인 서울 공불 간다고 좋아하던 판에 도영혜 편지가 왔구나. 어째 그리 급히 서두느냐?”

“글쎄 도영혜 언니가 그렇게 서둘러요. 빨리 해야 한다구……”

“넌 바삐 서둘고 싶지 않구나.”

“네.”

“네 맘에 싸답잖은[3] 혼산 게로구나?”

“아뇨.”

“바루 말해라. 정거장에서 홀 보니까 어째 네 얼굴에 화색이 없더라. 그때 벌써 내 가슴이 철렁 했다.”

“아녜요. 어머니랑 도와 드리지 못하구 혼인하기에 안 돼서…… 그게 안 돼서 그래요. 동생이랑 공부시킬 수 없는 게……”

---

3 ‘시덥지않은’을 의미하는 듯함.

"그런 거야 괜찮다. 너희들이나 잘 살면야. 서울서 살게 되느냐?"

"모르겠어요. 봐야 알겠어요. 서울서 살게 됨 동생들을 데려다 공부시키겠어요."

"그거야 네 맘대로 되느냐? 시집 가믄 냄편 의사를 좇아야지. 살림이나 어렵잖고 사람이나 까다롭잖음 그래도 좋지만…… 출가 외인이라구 출가한 뒤에사 친정 걱정을 해 낼 수 있느냐. 너희들이나 잘 살아라……."

어머니는 딸에게 '신랑자가 어디 있느냐?' 고도 물었다. '서울 있다'고 대답했다. 모두 솔가해 왔느냐는 말도 물었다. 누이의 집에 와 있다고 대답했다.

"살림은 어떻다더냐?"

"그건 모르겠어요."

"서울서 살림할 눈치더냐?"

"그것두 모르겠어요."

"그런 걸 알아 보잖고…… 그런 걸 알아 봐야 한다. 너는 너무 둥한해서 그래."

어머니는 잠잠하다가 다시

"애 보화야! 신랑자가 가까운데 있음 낼 아침 좀 만나보자. 서루 오고 가고들 하지?"

"네."

"그래. 요새야 혼인 전에 서루 보는 게 일인데…… 그렇거들랑 낼 아침에 이리루 좀 오라구 해라, 보고 싶고나."

"네."

유보화의 대답 소리는 점점 속으로 기어 들어갔다. 어머니는 눈치채지 못하는 모양이었다. 잠이 와서 그러는 줄 아는 모양이었다.

"어서 자거라."

"네. 어머니두 곤하실 텐데 주무세요."

잠이 쉽게 오는 것이 아니었다. 잠은 멀리로 달아나기만 했다. 밤이 무한히

길 뿐이었다.

　잠을 이루지 못한 밤이 한 번이나 두 번 뿐도 아니었다. 서남령 선생이 보고 싶어 잠을 못 이룬 밤도 있었다. 김영서로 해서 잠을 못 이룬 밤도 있었다. 그러나 그때는 이와 같이 절망만이 가로 누워 있지 않았다. 긴장이 있고 아침에 솟아오르는 태양과 같이 이글거리는 희망이 있고 기쁨이 있었다. 어둠이 지나가고 나면 새 날이 오리라는 절대의 신앙(信仰)이 있었다 — 이 밤이 밝지 말아라. 더 괴로와도 좋다. 창세기(創世記) 전과 같은 긴 암흑(暗黑)이 천년을 계속하더라도 좋다. 밝지 말아라.

　유보화는 숨을 죽여가며 속으로 부르짖었다. 어머니가 눈치 챌까 봐 몸 한 번 까닥 않으면서. 어머니는 잠이 드신 모양 같았다.

　이튿날 아침 어머니의 보퉁이에선 아버지가 받아 잡수시던 놋바리 대접과 몇 벌의 비단 치마 저고릿감과 모시 한 필이 나왔다. 뽀얗도록 닦은 놋바리 대접은 새것같이 보였다. 바리엔 쌀이 가득 담겨 있었다. 유보화의 고향엔 시집 가는 때 놋바리 대접에 쌀을 담아 가지고 가는 풍습이 있었다. 놋바리 대접은 신랑의 것이었다. 쌀을 담는 것은 그 바리에 평생 밥이 가득 담기기를 비는 마음에서인지 모른다.

　"너이 아버지가 받으시던 거다. 쇠가 좋아서 닦기만 함 요새 새것보다 낫다. 애국반에서 놋그릇은 온통 다 바치라는 걸 이것만은 천장 속에 숨겨 뒀단다. 너이 아버지께서도 지하에서 기뻐하실 게다. 네 신랑될 사람이 당신 받으시던 밥그릇을 물려받게 됐으니…… 네 혼인에 아버지가 계셨음 얼마나 좋았겠니. 우리 보화는 이 세상엔 시집 보낼 데가 없다고 그러시더니…… 하늘에 문 달린 집에나 시집 보내신다고 하시더니……."

　어머니가 말씀 끝에 한숨을 길게 쉬었다. 유보화는 어머니의 한숨이 칼 끝 같이 가슴에 와 닿는 것을 깨달았다.

　"치마 저고리 감들은 그대로 가지고 가거라. 갑재기 꿰맬 수도 없지만……."

　"비단은 어서 이렇게 났어요?"

　　　　　　　　　　　　　　　　　　　　　　　　　

"틈틈이 사둔 거지. 근래에 와선 사두지 못했다. 이 모시로는 신랑 주우 적삼이나 지어 주자. 대관절 신랑 옷 치수부터 알아야겠는데…… 집에서 보통 뭘 입더냐? 양복이더냐? 한복이더냐?"

"글쎄요."

유보화 눈 앞엔 와이샤쓰에 양복 바지 입은 이성배의 맵시가 떠올랐다. 깨사치 못한 입 언저리, 기름을 발라 반들반들한 머리, 유보화는 진땀이 내솟았다. 현깃증이 일어났다.

"아이도 등한하기도 하다. 뭘 입구 있는지도 모르냐? 밖에서야 양복이겠지만 집에선 시원하게 한복 입는 게 좋아. 여름에사 모시가 젤이지. 이따 신랑자를 좀 오라고 해라. 아이들을 보내서……."

이러고 있을 때 도영혜가 들어왔다. 유보화는 눈을 감으며 이마의 땀을 씻었다.

"아이구우 어머니 뭘 이렇게 가지고 오셨어요. 어마나 이거 모두 그래 가져오신 거애요?"

어머니는 딸에게 한 이야기를 대강 추려서 도영혜에게 들려 주었다. 도영혜는 큰 눈을 껌벅거리며 듣고 있었다. 이마에 땀이 내배었다. 도영혜도 괴로운 모양이었다.

이성배는 오후에 왔었다. 어머니의 뜻을 받아 도영혜가 데려왔던 것이다. 이성배는 어머니 앞에 절을 넙죽했다. 어머니는 절하는 이성배를 자세 자세 훑어보았다.

"앉게, 이리 와."

절을 마치고 주춤거리는 이성배에게 어머니는 바른쪽 곁 자리를 손바닥으로 문질러 가리키셨다. 이성배는 그리 가 앉았다.

"양 부모님이 다 계신가?"

어머니는 꼬치꼬치 물으실 작정인가 보았다. 유보화는 자리를 떠나와 버렸다.

이성배가 돌아간 뒤에 유보화가 방에 들어갔더니 어머니는 벌써 모시로 이성배의 주우 적삼을 마르고 계셨다. 직접 치수를 재신 모양이었다.

"키도 훨씬 크고 잘난 사람이더고나."

어머니의 얼굴에 만족한 빛이 만연해 있었다.

"어머니가 좋다시니 좋아요."

진정 유보화는 그러했다. 어머니까지 시원찮아 하시면 어쩔까 하고 조바심을 쳤다. 그러면서 마음 한 편으로는 아버지라면 마음에 들어하시지 않으리라는 생각을 했다. 아버지는 김영서를 좋아하실 것이라는 생각을 했다. 어머니도 김영서를 보셨더라면 이성배 따위는 좋다고 안하시리라는 생각을 했다.

"이것 좀 잡아라."

어머니는 모시의 한 끝을 쥐어 주시며 가위를 들려 준다. 싸각싸각 멀어졌다 가까와졌다 하는 가위 소리. 유보화는 또 진땀이 내돋는 것을 깨달았다. 현깃증이 생기는 것도 깨달았다.

언덕을 넘어서

유보화는 카루톤을 옆에 끼고 발 가는 대로 걸었다. 화안히 트인 넓은 세상을 걷자는 마음에서였다. 산이나 골짜기나 빽빽한 숲이 있는 데보다 넓은 들이 좋았다.

햇빛은 따사롭고 바람은 부드러웠다. 치맛자락이 나부꼈다. 얼마를 걸었는지 모른다. 그의 희망대로 넓은 벌판이 눈 앞에 벌어졌다. 벌판은 그냥 평평하지 않고 약간의 굴곡(屈曲)을 지은 구릉(丘陵)이 엎드려져 있었다.

그것들의 선(線)은 매우 부드러웠다. 벌판이 그냥 펼쳐져 있기보다 아름다운 선을 지닌 구릉이 널려 있는 것이 즐거웠다.

눈을 가늘게 떠 눈 앞에 전개되는 것들을 바라보았다. 하늘이 거뜩 들린 탓인지 또는 바람이 있는 탓인지 아름다운 선들은 움직이고 있는 듯 보였다. 눈을 더 가늘게 떴다. 가늘게 뜨면 뜰수록 그것들은 꾸불텅 꾸불텅 파도와 같은 것을 지으며 다가오고 있는 것이었다.

그것은 '타나'의 '바다'[4]와 흡사하다고 생각되었다.

그림을 그리자는 생각이 가슴을 가로 질렀다. 성화 같은 의욕 속에서 카루톤을 막 내려놓으려는데 자기 이름을 부르는 소리가 들렸다. 많이 듣던 음성이다. 그럴 뿐 아니라 반가운 음성이다.

카루톤을 잡은 채로 주위를 살펴 보았다.

"보화양, 여기요, 여기."

소리는 더 커졌다. 비명에 가까운 소리를 쳐,

"어디예요? 어디 계셔요. 당신은?"

하고 불렀다.

김영서의 소리임에 틀림 없다고 알았다.

카루톤을 다시 옆에 끼고 달렸다. 부드러운 선도 '타나'의 '바다'도 다 어디 있더냐는 것이다.

"여기요? 보화양."

앞으로만 달리고 있는데 옆에서 불렀다. 과연 김영서는 마주 오지 않고 거기선 채로 있는 것이었다. 김영서는 남루한 옷을 입고 있었으며 피곤한 낯색이었다.

거기 와선 부드러운 선의 구릉들이 끝나고 숲이 잔뜩 들어 선 골짜기가 병풍처럼 둘리어 있어서 하늘이 보이지 않았다. 햇빛도 비치지 않았다. 습한 냄새가 푹푹 끼쳤다.

"어쩜 여기 계셨구만요. 여기 계신 걸 그랬어요. 어쩜 좋아요."

김영서를 보자 이런 말을 하며 그에게로 다가갔다. 김영서는 아무렇지도 않아 하는 표정이었다. 반가와하지도 않고 그렇다고 싫어하는 눈치도 아니었다.

---

4   영국의 화가 조지프 말로드 윌리엄 터너(1775~1851)의 작품을 가리키는 듯함.

늘 만나는 동네 사람과 같이 대했다. 가슴이 파열하는 것 같아 견딜 수 없었다. 그렇게도 보고 싶던 김영서가 이럴 수 있으랴 싶었다.

"그래 어떻게 지나셨어요? 그 동안 별 일 없으셨어요?"

재우쳐 물었다. 김영서는 묻는 말엔 대꾸가 없고,

"야 이건 멋이로군. 까만 옷이…… 그게 보화양에겐 잘 얼리는군 그래."
하는 것이었다.

그만 김영서 앞에 가 콱 쓰러졌다. 카루톤이 쌔리워서 저만큼 가 떨어졌다. 김영서는 캐취 볼 받 듯 가볍게 받아 안았다.

"왜 그런 대단찮은 말만 하세요? 할 얘기가 그뿐이예요?"

김영서의 이야기도 들어야 하겠지만 김영서가 안고 앉아서 기껏 포옹하는 일도 없이 있는 것이 불만이었다. 하다 못해 머리라도 쓰다듬어 주어야 할 것이 아니겠는가.

"당신은 늘 까만 옷만 입으시오. 그러니까 아베마리아 같아…… 허허 허……."

김영서는 여전히 묻는 말엔 대꾸가 없었다. 싸답잖은 웃음을 웃는 것이었다.

점점 더 어처구니가 없었다. 더구나 김영서는 연방 '보화양'이니 '유보화양'이니 하고 '양'을 붙여서 부르는 것이 아닌가.

통곡을 터뜨리거나 고함을 한 바탕 쳐야 살 것 같았다.

"절 괴롭혀 주지 마세요. 전 벌써 처녀가 아녜요. 제 뱃속엔 이성배의 아이가 들어 있어요. 당신은 그 동안 어디가 계셨어요? 왜 여기 이렇게 계셨어요?"

눈물이 흘러내렸다. 막히는 숨을 컥컥 들이그으며 울었다. 김영서는 아무 소리 없이 홱 뿌리치고 일어서더니 병풍처럼 둘리운 숲 속으로 사라져 버렸다. 뒤를 따랐으나 하늘이 보이지 않고 햇빛도 들지 않는, 컴커무레한 숲속, 어디로 사라졌는지 알 턱이 없었다.

"애…… 애. 보화야 왜 그러냐? 어디 아프냐?"
고 어머니가 곁에서 흔들어 깨웠다.

"어머니 제가 어떡했어요?"

"아까부터 끙끙 앓는 소릴 하더구나, 좋은 꿈이라도 꾸었느냐?"

딸을 생각하는 어머니의 마음은 때와 장소를 가리지 않았다.

유보화는 가느다랗게 한숨을 들이마시며 어머니를 달래는 심정으로,

"네 존 꿈을 꾸었어요. 어머니 어서 주무세요. 밤이 늦었나분데……."

하고 말하니까 어머니는 또,

"비가 오나부다. 비가 미리 잘 온다. 식날 먼지도 안 일고 쾌청하랴나부다."

고 말씀하시는 것이었다.

"글쎄 주무시래두 그러세요. 쓸 데 없는 생각 마시구……."

유보화는 얼마큼 짜증을 내면서 어머니를 죽질러⁵ 놓았다. 아무 것도 생각하기가 싫었다. 아무 것도 듣기가 싫었다. 꿈길에서 만난 김영서의 생각만으로 가슴이 꽉 찼다. 결혼식 이야기 같은 것은 더구나 딱 질색이었다.

날이 밝으면 김영서를 찾아 떠나야 하겠다. 김영서는 동경 있는 것이 틀림 없다. 이성배는 거짓말을 했다. 김영서가 말괄량이라고 빈정대던 노차순이하고 도망했을 리 없는 것이다. 김영서는 숲이 병풍처럼 둘리운 골짜기 속에 숨어 있는 것이다. 그래서 얼굴도 초췌하고 옷도 남루한 것이다. 아 참 넓은 벌은 '무사시노(武蔵野)'야. 그래 틀림 없이 그렇구나. 동경 가서 처음으로 스케취하러 나갔다가 거기서 김영서를 만나지 않았던가. 그렇다. 부드러운 굴곡을 가진 구릉이 널려 있는 것이 바로 '무사시노'야. '무사시노'벌을 지나 자꾸 가면 — 꿈에서처럼 자꾸 달리면 김영서가 숨어 있는 골짜기가 나질 것이다. 김영서는 이 산중, 하늘도 보이지 않고 햇빛도 들지 않는 골짜기에 숨어 사는구나. 일본 놈들의 편이 되어 전쟁에 안 나가려고 거기서 고생하는구나. 그 악독한 일본 제국주의 때문에 김영서씨는 그런 데 가서 고생하는구나. 오늘 날 내 신세를 이 지경

---

5 죽지르다 : 새의 날개 끝을 다듬거나 일부러 꺾다. 여기서는 말로 짓눌러 기를 꺾는 행위를 가리키는 듯함.

으로 처참히 만들어 준 것도 그놈들이다. 김영서씨는 얼마나 배고프랴? 날이 어서 밝아라. 어서 밝아라. 지구의 마지막 간 데까지라도 그를 찾아 나는 떠나리라……

유보화가 이런 궁리를 부르짖고 있는데 딸에게 죽질리운 어머니의 코 고는 소리가 들렸다. 유보화는 한숨을 크게 내쉬었다. 그리고 나서 이어 한숨 소리를 어머니가 듣지 않았을까 하는 염려를 했다. 유보화는 어머니 오신 뒤로 한숨을 크게 내쉬지 못했다. 크게 내쉬다가 또, 깜짝 깨닫고 찔금찔금 숨을 내보내고 있었다.

'가엾은 어머니.'

유보화의 생각은 인제 어머니에게로 옮아갔다. 전엔 어머니가 코를 저렇게 고시지 않았다. 너무 피곤하셔서 저렇게 지독히 고시나부다고 생각했다. 어머니의 코 고는 소리는 순편치 못하고 악몽이라도 꾸시는 듯 괴롭게 들렸다. 어머니는 도영혜 편지를 받으신 날부터 주무시지 못했을 것이라고 유보화는 짐작했다. 궁한 살림인 까닭에 더 애를 써야 하셨던 것이다. 어머니가 떠나신 뒤의 집 일 까닭에도 애를 쓰셨을 것이다. 여동생은 아직 살림을 맡길만 하지 못했다. 서울 오신 뒤에도 이틀 밤을 내처 주무시지 못했다. 오시던 날 저녁은 딸과 이야기하느라고 못 주무셨다. 이틀 되던 어제 저녁엔 이성배의 주우 적삼을 짓느라고 새벽녘까지 꼬바기 앉아 계셨다. 낮엔 낮대로 분주히 돌아가시느라고 베개에 귀를 붙일 새가 없으셨다.

'어머니 미안해요. 용서하세요. 생각 먹은 대론 하나두 안 되고 어머닐 고생만 시켜 드려서……'

유보화는 거진 입 밖에 내어 이렇게 부르짖으며 흑흑 느꼈다.

"얘가? 보화야 너 우니? 우는고나?"

어머니가 벌떡 일어나시며 딸을 더듬었다. 그렇게 곤히 코를 고시더니……

"어머니, 주무세요. 울잖아요. 어서 주무세요."

암만 빨리 울음을 수습한다고 해야 그것은 쉬이 되는 것이 아니었다. 코 멘 소리도 그렇거니와 어둠 속에서 더듬는 어머니 손에 딸의 젖은 얼굴이 만져졌다.

"얘야 어째 우느냐? 내가 암만해도 이상하구나. 맘에 덜 들어서 그러느냐? 말이나 시원시원 하려무나."

"아녜요, 어머니. 어머니가 코 고시는 게 안 돼서 울었어요. 저 때메 고단해서서 코 고시는 것 같아서……."

"그래. 야 참 아이도, 그게 뭐 그리 울 일이냐?…… 코도 전엔 안 골더니 차차 나일 먹으니까 골더구나. 아주 크게 골더냐?"

"네. 나쁜 꿈이라두 꾸시면서 고는 것 같이 들려요. 아주 괴로운 숨결이예요."

"꿈도 뀌긴 꽸나부다만 생각이 나지 않는다. 전엔 꿈을 꾸고 나도 횅하더니 인젠 꿈 애기도 바루 못하겠더구나…… 어서 자라. 밤도 꽤 갔나분데…… 난 또 왜 우나 해서 겁이 났다. 넌 어릴 때부터 에밀 생각는 맘이 다른 애들보다 더 심하더니…… 뭘 먹으라고 주면 에미 입에 갖다 넣주면서 먹지 않았다. 안 먹겠다고 네가 먹어라 하고 다시 주면 목에 와 매달리며 엄마 예쁜 엄마 어서 먹어 하고 입에 너 주잖았냐…… 어서 자라. 그게 어제 일 같은데 벌써…… 쯧쯧쯧."

"어머니 고만 주무세요."

유보화는 더 견딜 수 없었다. 소리가 목구멍 저쪽에서 나오지 않았다.

"그래. 잘 테니 너두 자라. 비는 아직 오나부지?"

"네."

어머니는 이어 또 코를 고셨다. 유보화는 잠이 오지 않았다. 어머니를 위해서 고스란히 이성배와 결혼해야 하겠다고 마음을 다졌다. 그러나 날이 밝는 대로 거리에 나가서 새까만 옷감을 뜨리라는 생각은 잊어버리지 않았다.

흑의(黑衣)

이튿날 아침 유보화는 도영혜한테도 꿈 이야길 하려다가 그만 두었다.

도영혜는 꿈 이야길 듣고 나면

“밤낮 그 빌어 먹을 김영서 김영서 하지 말아.”

하고 소리를 버럭 지를 것이라는 짐작이 갔던 것이다.

아침을 먹고 나서 유보화는 다방으로 내려갔다. 도영혜가 거기 내려간 기회를 엿본 것이다.

“언니 나 낼 새까맣게 입구 싶어요. 흰 건 얼리잖아서 그래요.”

유보화는 꿈에 김영서가 새까만 빛깔이 어울린다고 하던 말을 흉내 내듯 해서 말했다.

“새까맣게? 왜 또 새까맣게 입니? 서양 사람들은 상주가 돼야 새까맣게 입는다던데…….”

도영혜는 눈이 둥그래졌다.

“언니 그렇게 걱정할 건 없어요. 그냥 저 새까맣게 입구 싶어 그래요.”

결혼은 인제 하는 수 없어 하지만 옷만은 김영서가 좋다던 것으로 입고 싶었다. 혼인식에 뿐 아니라 유보화는 죽는 날까지 새까맣게 입고 싶었다.

“아니 글쎄 시집 가는 사람이 까만 옷을 입는 걸 어디서 봤니? 보화야 너 무슨 곡절이 있는 게구나. 곡절이 단단히 있어. 어제 저녁까지두 아무 소리 없던 게 왜 그러냐?”

“곡절이 없어요. 그냥 그래요. 흰 게 싫어서.”

“그럼 너 왜 아무 소리 없이 그 흰 옷을 짓구 있었니? 옷감 살 때두 아무 소리 없었지? 옷을 지으면서두 말 없이 짓잖았니? 얘 보화야, 밤새 너 무슨 궁릴 한 게구나, 말해봐.”

“아무 궁리두 하지 하잖았어요. 그저 그렇게 입구 싶어서 그런다니까.”

“암만 해두 얘 수상하구나. 보화야 그러지 말아. 늘 말하는 대로 어머닐 생각해서라두 참아라. 너 결혼식장에 가기 전이거나 식이 끝난 뒤에 죽어 버리려구 그러는 거지? 그렇지? 너 죽을 차부샐⁶ 하느라구 새까맣게 입겠다는 거지. 나

---

6   차림새를 뜻하는듯 함.

다 안다. 애 그러지 말아. 그럼 못써, 네가 어린애냐? 그만큼 말하는데…… 어머닌 고사하구 내 정성을 봐서라두 그래서야 쓰겠느냐……"

도영혜 얼굴에 절박한 표정이 움직였다.

"언니. 그런 생각은 먹지 않아요. 죽을려면 벌써 죽지 왜 그날 죽어요. 죽지 않아요. 오래 살 작정이예요."

오래 살아서 김영서를 만나겠다는 마음이었다.

"그럼 왜 새까맣게 입는다구 그래?"

"남들이 죄다 흰 것만 입으니까 난 좀 색다르게 입구 싶어요. 남이 다 하는 건 싫증이 나요."

"옳아 미술가시니까 독특하게 입으려구 그러는 거구만, 이 밥통은 아무 것두 모르면서……"

도영혜는 그제야 웃으며 수선을 피웠다.

"언니두……"

유보화도 약간 웃었다. 유보화가 웃으니까 도영혜는 두 손을 높이 들어 마주치며 또 한 번,

"이런 밥통이 미술가 아가씰 얼른 못 알아 봤단 말이야."
하고 깔깔 웃었다.

도영혜는 이어 유보화의 원대로 유보화를 데리고 거리에 나갔다. 물자통제니 하는 것 때문에 보통 사람은 옷감은 커녕 수건 한 개 구할 수가 없었다. 더구나 비단 옷감 같은 것은 구경도 못하는 때지만 도영혜는 용케 그것들을 구했다. 옷감은 까만 은주사였다.

"애 그래두 까만 은주사가 어떻게 있었구나. 이런 때 맘 먹은 대루 뭘 구할 수 있다는 건 간단찮은 일이야……"

돌아오는 길에서 도영혜는 자랑스런 빛을 보이며 말했다.

유보화가 저고리를 짓고 도영혜가 치마를 지어 저녁 전에 치마 저고리가 다 되었다.

"참말 좋긴 좋구나. 꼭 영화 배우 같다. 어느 영화에 저런 여자가 있드라? 아뭏든 흰 걸 입었을 때보다 훨씬 낫다."

유보화에게 옷을 입혀 보면서 도영혜가 한 말이다.[7] 그러나 유보화는 도영혜가 하는 말이 귀에 들어오지 않았다.

"어디, 저리루 돌아서 봐라."

유보화는 도영혜 말을 아직도 못 들었다.

"…야 이건 멋이로군. 까만 옷이…… 보화양에겐 그게 잘 얼리는군 그래."

김영서가 하던 말만 들려왔다.

"앤 돌아서 보래두 그래."

도영혜가 삐잉 돌려 놓았다.

그래도,

"…당신은 늘 까만 옷만 입으시요. 그러니까 아베마리아 같아 허허허."

하던 김영서의 소리만이 유보화 귀엔 무슨 요란한 악기의 소리와도 같이 들려왔던 것이다.

"얘 어머니한테 가 뵈 드려라."

유보화는 '어머니'란 말에 깜짝 정신을 차렸다.

"어머니한텐 까만 걸 입는다구 미리 알리지 마세요."

"낼 두시면 다 보실 걸 뭘 그래. 미리 뵈 드리구 얘기도 해서 양핼 구하는 게 낫다. 갑작이면 놀라실지 몰라. 아뭏든 혼인식엔 하얗게 입는 게 상식인데 까맣게 입으면 놀라실 거 아냐. 더구나 옷을 다 지어 논 걸 아시는데…."

도영혜는 제가 건너가서 유보화의 어머니를 모시고 왔다.

"어머니, 참말 보화가 곱지요. 어머니, 따님을 아주 멋쟁이루 잘 나셨어요. 낼 예식 때 저걸 입는 대요. 그래서 아침에 나가 떠다 부랴부랴 지은 거애요."

도영혜 말을 들으며 어머니는 딸의 옷차림새를 황홀한 듯 쳐다보시다가

---

7 '.'의 오식으로 보임.

"좋긴 하다만 검정 걸 왜 입으려고 그래? 요새 신식 사람들은 상복할 때 검정 걸 한다더구나. 우리 동네 새부잣집에서도 그 조부가 돌아가시니까 자손들이 왼통 검정으루 입고 팔에 두르고 하더라. 그걸 봐서 그런지 검정 게 어째 맘에 섬쩍하구나."

"어머니, 그런 염려 마세요. 보화 얘길 들어 봄 남이 다 입는 하얀 걸 입기 싫다는 거예요."

"새까맣게 입어야 멋쟁이래요. 유보화 아가씬 미술가거든요. 미술가는 미술가답게 남이 하는 대루 하지 않구 그럴 듯하게 해야 하거든요. 우리 같은 밥통은 남하는 대루 따라 했지만……."

어머니도 도영혜 수선에 입이 벌름 벌어지셨다.

"글쎄 내가 뭘 알겠니. 너이들이 졸 대로 하려무나."

"하하하 어머니두 기분 좋신 모양이시군요. 미술가 따님을 두셔서…… 그렇죠? 보화 참 곱지요? 그래두 이런 때 검정 은조사가 용케 있었어요."

도영혜는 제 공로를 드러내 보이고 싶은 충동도 없지 않았다.

"글쎄 말일쎄. 도영혜 신세가 크다. 이번에 보니 자네 보통 사람이 아닐쎄. 아뭏든 고마우네."

결혼식날

끝내 일천 구백 사십 사년 칠월 삼십 일일은 오고야 말았다 유난히 맑은 날씨였다. 전날만 하더라도 흐렸다 개었다 하더니 하늘엔 구름 한 점이 없었다.

"날씨도 좋구나. 먼지 하나 일지 않게 알맞게 비가 왔어."

어머니는 날씨까지 딸의 앞날을 축복해 주는 것이라는 듯 기뻐하셨다.

도영혜는 다방 문까지 닫아 버리고 새벽부터 서둘렀다.

승국이도 때때옷을 입고 좋아 날뛰었다.

"얘 빨리 미용원에 갈 준빌 해라."

도영혜가 유보화에게 말하자,

"나두 아즘마 따라갈 테야."

하고 승국이가 보화에게로 뒤퉁뒤퉁 걸어왔다.

유보화는 승국일 끌어다 꼭 안아 주었다.

"아이 아파. 아파 해해해."

승국이는 아프다고 소리를 치면서도 좋아했다.

"애 바쁜데 아이하구 노닥거리구 있겠냐? 승국아, 저리 나가 어서."

도영혜는 승국일 뎅강 안아 바깥에 내놓았다. 승국인 그대로 해해해해 웃으며 좋아하는 것이나 유보화는 꿈에 김영서에게 콱 던져 버리우던 때와 같이 허전한 심사였다.

"애야. 제발 좀 그러지 말아. 왜 또 이러니? 너 내 말을 아직두 못 알아 듣는구나?"

도영혜는 머엉해 있는 유보화 눈에서 유보화가 무엇을 생각한다는 걸 알았던 모양이다. 도영혜는 김영서를 잊어버리게끔 그 동안 몇 차례나 말해 들려 줬는지 모른다.

"저놈의 자식 때문에 네가 그걸 더 못 잊는구나…… 빌어 먹을 놈 저리 썩 못 가?"

도영혜는 유보화에게 먼저 말하고 나서 어린 아들에게 주먹을 둘러메어 때릴 자세를 취했다.

승국인 뒤퉁뒤퉁 달아나며 웃었다. 승국인 집안이 들썩한 위에 새 옷이랑 입은 것이 즐거운 모양이었다.

유보화는 웃지 않고, 도영혜는 웃으면서 뒤퉁뒤퉁 쫓겨가는 어린 것의 뒷모습을 바라보고 있었다.

유보화는 미장원에 가지 않았다. 손수 화장을 했다. 머리도 언제나 하던 그대로 하고 얼굴도 그대로 했다.

동경 있을 때 일이다. 유보화의 양 쪽으로 갈라 딴 머리를 김영서는 풀어 헤쳐 놓고 끝을 약간 지지라는 걸 일러준 일이 있다. 의식적이었던지 무의식적이었던지 유보화는 이때까지 그 머리 매무시대로 해왔던 것이다.

유보화의 화장이 끝난 뒤에 도영혜는 신부의 화장이 뭐가 그렇단 말이냐고 비난했으나 유보화는 끝내 말을 듣지 않았다.

"어릴 때부터 고집이 세더니…… 애야 말 좀 들어 보렴. 내가 다 안타깝구나. 그래도 그 고집 센 게 저 어른은 늘 좋댔으니 쯧쯧쯧……."

도영혜의 말을 너무 안 들으니까 어머니는 민망하기도 하려니와 좀 더 화장이랑 짙게 했으면 딸은 그야말로 상등 인물이 될 것인데 저런다는 생각이었는지 모른다.

식장엔 축하객이 예상 이외로 많았다. 도영혜의 공로라고 유보화는 새삼스레 감사하는 마음이 들었다. 축하객이 많아야 어머니가 기뻐하신다고 도영혜는 며칠 전부터 말했던 것이다. 웨딩 마취에 따라 장내에 발을 들여 놓으니 여기저기서 까만 옷 맵시에 대해서 말들을 하는 소리가 들렸다.

"색시가 왜 까맣게 입었을까? 그렇게 입으니까 참 예쁘구나."

"이채가 있군. 저게 전시 체잰지 모르지."

하고…….

주례 앞에 이르기 전에 가족석에 앉은 어머니, 승국이, 도영혜가 눈에 훌쩍 띄었다. 어머니는 외로와 보이고 불쌍해 보였다.

눈물이 좌르르 내려오는 것을 입술을 깨물어 참으려는데 승국이가,

"아즘마 운다."

하고 손가락질을 했다. 도영혜가 눈을 흘겼다. 어머니는 턱도 모르시고 들릴락 말락 혀를 두 번 차셨다. 어머니는 아버지 생각이라도 하는 줄 알았는지 모른다.

주례 앞에 서서 유보화는 어머니가 뒤에서 자기의 달라진 허리에 눈치 채시

면 어쩔까 하는 생각도 하고 혹시 어머니는 새까만 옷이요, 게다가 빳빳한 것이
므로 몸의 이상을 잘 모르실지도 모른다는 생각도 했다. 김영서는 이런 것을 염
려해서 꿈길에 나타나 새까만 옷을 입으라고 일러 준 것인지도 모른다는 생각
도 했다.

　주례가 이성배에게 뭐라고 뭐라고 먼저 묻고 나서 유보화에게 또 물었다. 유
보화는 이 서약에 대답할 때마다 자신 없는 대꾸를 했다.

　"남편으로 알고 섬기겠나?"
는 말엔 더구나 대답이 나가지 않았다.

　서약이 끝나자 축문을 읽는 사람, 축하하는 사람들이 단 위에 나왔다. 유보화
의 동창생들 중에서도 나와 준 사람이 있다. 유보화의 담임 선생님도 나와 주었
다. 담임 선생님은 유보화의 품격이며 총명과 지혜를 칭찬하고 나서 유보화는
좋은 아내, 좋은 어머니 중의 첫째 갈 인물이라는 말씀까지 해 주셨다. 유보화
는 괴로왔다. 아무 소리도 말아 주었으면 오히려 낫겠다는 생각 뿐이었다.

　그런데 서남령 선생은 결혼식에 오시지 않고 축문만 간단히 써 보내 주셨다.

　《 ― 행복 하십시오.

　　　　　　　　　　　　　　　　　　1944년 7월 31일 서남령 올림》

　너무 간단한 이 축문에 유보화는 섭섭한 감을 금치 못했다. 그리고 서남령 선
생이 와 주지 않은 것은 더 섭섭했다. 비록 이러한 결혼식이긴 하지만 그렇더라
도 서남령 선생이 오셔서 친히 긴 축사라도 해 주셨더면 좀 낫지 않았을까 하는
생각이 들었다.

　식이 끝난 뒤에 도영혜는 서남령 선생을 욕했다.

　"그렇게 몇 번씩 찾아가서 식에 참례해 달라구 했는데 결국 고 깍장이가 안
왔구나. 얘 그런 것들하구 어쩌구 저쩌구 할 것 없어 다 턱턱 팽겨쳐 버려."

　김영서까지도 포함시켜서 한 말이었다. 도영혜가 무어라고 하든, 유보화는

그 사람들을 척척 팽겨쳐 버릴 수가 없었다. 서남령 선생은 한 때 사모하던 선생님이요, 또 앞으로도 그러할 것이다. 김영서는 언제나 가슴 속 깊이 숨결과 함께 살아 있는 사람인 것이다.

추억을 씹는 사람들

피로연이라고 이름지을 것까지는 못 되었으나 도영혜는 식장에서 그대로 보낼 수 없는 사람들을 집으로 데리고 왔다. 그 가운데는 권농동 하숙집 할머니 할아버지가 끼어 있었다.

다른 손님들은 다방에서 냉차 한 잔씩으로 간단히 대접해 보내고 하숙집 할머니와 할아버지만은 위층에 모시어 유보화의 어머니랑 자리를 같이 하게 했다. 음식은 대단치 않았다. 집에서 만든 빵이었다.

"어머니 우리가 하숙하구 있던 집 할머니 할아버지애요……."

도영혜가 유보화의 어머니한테 할머니와 할아버지를 소개하자,

"작은 학생 어머니시군요. 얼마나 기쁘세요."

하고 할아버지가 허리를 굽혀가며 인사 말씀을 늘어 놓았고, 할머니는,

"반갑습니다."

고 할 뿐이었다.

"작은 학생두 인제 어른이야. 접때 집에 왔을 때만 해도 그러찮더니…… 아이들 자라는 건 알 수 없다니까요. 거저 나무 자라 듯하는군 그래. 큰 학생은 아주 중년 부인이 아닙니까?"

할아버지는 빵이 가득 들어 있는 입을 호물거리며 말을 이었다.

"할아버지 제발 좀 큰 학생 작은 학생 소릴 인제 집어 치우세요."

도영혜가 웃고 한 말이었다.

"왜? 좀 좋은가? 이 사람들아. 난 큰 학생 작은 학생하고 같이 있던 때가 젤 좋았네. 그때 생각하믄 기가 막히게 재미가 나네그려. 아 그 웃방 학생이 창경

원 담장에 올라가던 날 저녁 일이 생각나는가? 그 높은 담장에 올라갔다 오동나무 가지를 휘어잡으며 내려오잖았나? 아 글쎄 그게 젊은 사람들이나 할 짓이지 이런 늙은이야 어디 해 볼 염이나 합니까, 원……."

말 끝을 맺을 무렵엔 할아버지는 눈을 가늘게 떠 유보화의 어머니와 이성배를 건너다보았다.

"어느 애가 웃방 학생인고?"

유보화 어머니는 도영혜나 유보화 둘 중에 어느 하나를 두고 하는 말인 줄 아나 보았다. 도영혜와 딸을 번갈아 바라보며 물었다. 이성배도 대꾸를 기다리는 듯 도영혜와 유보화를 힐끗 보았다. 유보화의 어머니와 이성배는 웃방 학생이 김영서인 것을 모르고 있었다.

"그날 밤 초생달이 떴었지."

기다리는 대꾸는 젖혀 놓고 도영혜가 혼잣말처럼 지껄였다. 도영혜는 오년 전 그날 밤처럼 걷잡을 수 없는 시선을 허공에 보내고 있었다.

"그날 밤 언니 얼굴이 참 예뻤어. 지금처럼 허공을 응시하구 있었어요."

유보화도 혼잣말하듯 해 버렸다. 그는 지금 자기가 앉아 있는 자리를 잊고 있었는지 모른다. 그의 눈 앞엔 김영서가 창경원 담장에서 오동나무로, 마치 타잔같이 뛰어 건너던 모양만이 보일 뿐이었다.

허공을 응시하던 도영혜는 인제 맞은 편 벽에 시선을 보내고 있었다.

"언닌 타잔 같이 뛰어내리는 걸 보구 로미오 같다구 하셨어……."

유보화의 말에 도영혜는 잠깐 시선을 돌려 유보화를 물끄러미 보다가

"그래, 로미오. 로미오는 뛰지 않고 날랐어."

역시 혼잣말처럼 중얼거리고 있으려니까 할아버지가 이번엔 무르팍까지 치면서 나서는 것이었다.

"그래, 그래. 순전히 나는 것 같았지, 암 나는 것 같았지, 웃방 학생이야말로…… 참 훌륭한 남아야, 호걸이야……."

"외모두 씨원씨원이 잘 생기구 속 쓰는 것두 콜록……."

기침 때문에 할머니는 말 끝을 맺지 못했다.

"그런데 웃방 학생은 어찌 됐는가 몰라?"

할아버지가 말끝을 흐리우며 고개를 기웃 했다.

"할아버지, 얘길랑 그만 하시구 어서 잡수세요. 어서 그 약주두 드세요."

도영혜가 이제야 깜짝 정신이 든 모양이었다. 당황히 벌어진 화제(話題)를 수습하려는 눈치였다.

"아주머니 누굽니까? 웃방 학생이란 그 호걸 남아가?"

이성배가 미간에 주름을 잡으며 도영혜더러 물었다. 김영서를 두고 하는 이야기라고 눈치 챈 모양 같았다.

"전에 할아버지 집에 같이 하숙하구 있던 남학생이지. 나하구 연애하던 남자."

도영혜 대답이 이렇게 떨어지니까 할아버지는 이가 하나 보이지 않는 입을 아주 크게 벌려 웃으며

"그렇지 동경두 둘이서 같이 갔었지. 옳지. 그래 그 뒤엔 어찌 되었는지 물어 본다면서도 그냥 지나쳐 버렸어. 큰 학생, 웃방 학생이 어찌 되었지?"

"죽었어요."

도영혜는 자기 어머니가 물을 적에도 김영서가 죽었다고 대답했다는 이야길 유보화에게 들려 준 일이 있었다. 여기서도 도영혜는 똑 같은 말을 하는 것이었다. 유보화는 죽었다는 말이 싫었다.

"어쩌나 저런 일을."

"쯧쯧 아까워라. 큰 인물 될 줄 알았는데."

할아버지 할머니가 똑같이 애석해 하는 얼굴을 지었다.

"난 또 보화와 관계 있는 남잔가 해서 맘을 졸이었었죠."

이성배는 입가에 깨사치 못한 안도의 웃음을 넣어 놓았다.

유보화는 이성배의 그러한 얼굴이 싫기도 했지만 보화라고 만만히 부르는 일이 아니꼬왔다. 식을 거행하기 전까지는 보화씨라든가 유보화양이라고 불렀던

것이다.

"보화와 관련 있는 남자면 어떠냐 말이얘요. 과건 뚝 잘라 버림 그만인 걸. 그 깐 놈의 과건 생각해서 뭘 해요. 잊어버려야 해요, 잊어버려야 해."

도영혜는 잊어버려야 한다는 대목에 이르러 머리를 흔들며 소리를 높였다. 누구에게 들려 준다기보다 자기 자신에게 일깨워 주는 말인지 모른다.

실로 도영혜는 잊을 수 없는 과거, 잊을래야 안 잊혀지는 과거 때문에 오늘날 김영서의 애인이었던 유보화에게 최선을 다하는 것이 아닌가고 생각하는 때가 있다.

유보화의 어머니는 그날 저녁 차로 떠났다. 떠나기 전에 딸과 사위를 앞에 앉 히고

"나는 저녁 차로 떠나겠다. 집안 일이 아니믄 한 사날 더 있겠지만 워낙 집안 일이 맘이 안 놓여서…… 그래 여기서 살 텐가? 시굴 댁으로 내려가 살 텐가?" 고 사위에게 물었다.

"시굴 가믄 학병 문제가 시끄러워 못 배겨요. 누님 집에 있어야 무사할 테니 가[8] 여기서 살겠어요."

"그렇기도 하네, 어떡허든지 병정으론 뽑혀 나가지 말아야지. 무슨 수단을 써서든지…… 시굴은 아주 말이 아니다. 병정이다, 증용이다, 과년한 처녀들까지 막 뽑아 내가더구나."

"그렇습니다."

이성배가 손을 비비며 대꾸했다. 유보화는 이성배가 병정으로 안 나가려는 데는 국가나 민족을 생각해서가 아니고 오직 자기 개인의 생명의 위험을 느끼 는 데서 오는 생각임을 알고 있음으로 가만 있기가 싫었다.

"전쟁에 나간다구 다 죽나요."

---

8 '까'의 오식으로 보임.

딸의 생퉁 같은 말에 어머니는 미간을 찌푸리며

"자가 무슨 말을 저렇게 하느냐."

고 꾸짖었다. 이성배는 또 깨사치 못한 웃음을 늘어놓았다.

"그눔의 세월이 이렇잖음 집에도 다녀가고 했음 좋으련만. 젊은 사람들은 길을 떠날 수 없으니 원…… 그리고 보화야 넌 가장 말을 받들어서 가장이 하자는 대로 해라. 가장은 하늘이니라. 하늘의 뜻을 거역할 순 없는 거다. 부디 몸들이나 성하구 별 탈 없이 지냈음 좋겠다. 하두 세월이 뒤숭숭한 때라 떠나면서도 맘이 안 놓이는구나."

어머니는 이 말씀 외에도 부덕(婦德)이 무엇인 것을 딸에게 숱해 말씀해 들려주었다.

어머니의 배웅은 이성배와 둘이서만 나갔다. 도영혜는 한 사날씩 묵다간 가곤 하는 남자가 갑자기 와서 정거장까지 나가지 못했다. 정거장과 플랫폼 안은 사람의 사태가 터진 듯했다. 일장기를 들고 나온 애국반원들이 군대를 실은 기차를 환송하는 때문이었다.

기차가 떠나자 유보화는 몸을 지탱하는 수가 없었다. 어머니를 생각해서 번디디던 다리의 힘이 풀렸던 것이다. 자꾸만 몸뚱이가 깊은 구덩이 속으로 빠져들어가는 것만 같았다. 어느 기둥 하나를 꽉 붙잡고 서 있어야 했다.

"다 큰 여자가 어머닐 떨어지는 게 그렇게도 서러울까, 원."

이성배가 그의 팔을 기둥에서 풀려고 했다. 이성배는 유보화가 어머니를 떠나 보내는 것이 서러워 울고 있는 것으로 아나 보았다.

"이럭하지 말아요. 날 가만 내버려 둬 줘요."

유보화는 이성배의 손을 뿌리치며 부르짖는 어조로 말했다. 진실로 유보화는 이성배가 지금 뿐이 아니고 앞으로도 줄곧 가만 내버려 두었으면 하는 마음을 가지고서 한 말이었다.

"이거 남 창피하게 왜 이래, 어서 가요."

이성배도 뿌리치운 대로 순순히 있으려 들지 않았다. 큰 소리를 지르는 것이었다.

"나 인력거 불러 줘요. 그냥은 못 가겠어요."

큰 소리가 두려웠던 것이 아니다. 그 자리를 뜨고 싶었고 또 다만 얼맛동안이라도 혼자 있고 싶었던 것이다.

"인력걸 부르더라도 저기 나가야잖아. 어서 나가자구….."

이성배는 유보화의 손을 이끌려고 했다.

"나 혼자 걷겠어요."

"그렇담 인력걸 탈 것까지 없잖아."

"그래두 타구 갔음 좋겠어요."

"아 참 첫날 신부지. 첫날 신불 걸릴 수야 있냐. 우리 자동차를 불러 타지."

"인력거로 해 줘요."

"좌우간 역 앞에 나가보자구."

인력거가 쉽게 있지 않았다. 이성배가 한참 쫓아다녔으나 끝내 얻지 못했다.

"자동차로 가자구."

"그렇거들랑 전차루 가요."

유보화는 혼자라면 몰라도 이성배와 단 둘이 타는 자동차는 싫었다.

효자동 행을 탈 작정인 이성배에게 유보화는 황금정을 거쳐 가는 동대문행이거나 종로를 거치는 동대문 행을 타자고 했다. 효자동행이면 도영혜 집에 가게 되는 것이고 황금정이나 종로를 거치는 것이면 이성배 누이의 집으로 가는 것이 되었다.

도영혜가 벌써부터 집에서 사흘만 묵어 이성배 누이의 집으로 가라는 것이었으나 유보화는 이성배하고라면 아무 데고 간에 마찬가지라는 생각이었다. 도영혜의 남자도 묵으러 오곤 했는데 굳이 거기 가서 떠들썩할 필요가 어디 있으랴 싶었다. 더 자세히 따져 말한다면 병원에서 나오던 때와 같은…… 될 대로 돼라……는 그런 심리상태였던 것이다.

별이 흐르는 밤과 밤

낮은 이럭 저럭 넘길 수 있었다. 어질고 부지런한 이성배의 누이와 또 그 가족들을 위해서 유보화는 노력을 아끼지 않았다.

이 집 가족들은 온순한 편이요, 또 정이 붙게 굴었다. 이성배의 매부 되는 사람도 직업과는 다르게 인정 있는 사람이었다.

유보화가 부엌에서 일하는 것을 이성배의 매부는 줄곧 송구스러워 하곤 했다.

"아즘말 저렇게 일 시키지 말래두 그래."

하고 아내를 타이르는 일이 많았다. 아즘마는 아이들이 부르는 명칭을 본받은 것이었다. 남편이 이렇게 하는 말에 아내는

"낸들 시키고 싶어 하는 줄 아세요. 도무지 송구스럽구만서도 손쓸 새 없이 다좇아 하군 하니 어쩔 도리가 없구만요."

하며 대꾸하는 것이었다. 유보화는 무엇을 생각하기가 싫어서 일을 하고 있었다.

그러나 서남령 선생이 말씀하신 일다운 일이 아니라는 건 유보화 자신이 잘 알고 있는 것이다. 말하자면 생각하지 않기 위해서, 싫은 사람과 떨어져 있기 위해서 맴돌이를 하는 것이었다.

그림에 재주를 가진 둘째 조카에게 그림 공부를 시키는 일도 있었다.

"아즘마 도화 썩 잘 그린다. 도화 선생보다 났다."

고 감탄하는 어린 것의 말이긴 하지만 이런 소리에 유보화는 깜짝 잊어버렸던 자기를 깨닫는 일이 몇 번이었던지 모른다.

"어떻게 돼서 이 지경에 빠졌던가?"

이런 말을 뇌까려 보기도 했다. 불 일 듯하는 그림에의 의욕이 치밀었으나 현재의 자기 몸뚱이를 살펴보곤 처참히 한숨만 쉬었다. 자기 몸뚱이 속엔 한 없이 머언 사람의 아이가 자라가고 있지 않은가.

밤은 유보화에게 사탄의 굴 속과 같은 것이었다. 이 세상에서 제일 무서운 것이요, 제일 징그러운 것이요, 제일 싫은 것이었다. 밤의 이성배는 유보화에게 사탄으로밖에 보이지 않았다.

이성배를 알기 전엔 밤 같이 아름다운 것이 없던 것을 기억하고 있다. 지난날 여학교 기숙사 정양실(靜養室)에서 밤의 아름다움을 찬양하다가 사감에게 봉변을 당하던 일, 그때 기관지염을 앓고 있었다. 서남령 선생을 지독히 사모하고 있었다. 창이란 창을 온통 열어 젖히고 우덕우덕 짙은 숲 위에 유난히 굵은 별들이 주룽주룽 달려 있는 것을 보았다. 우덕우덕 짙은 숲과 굵은 별과는 이미 오래 전부터 한 집안 식구처럼 인연을 맺어 가지고 있는 것 같이 보였다. 그것들은 그러했노라고 속삭이고 있는 것 같았다. 그것들 축에 자기도 한몫 끼어 놀고 싶었던 것이다.

그래서 열린 창으로 목을 내밀어 '아베마리아'를 높이 불렀던 것이다. '아베마리아'를 부르고 있으려니까 정말 그것들 축에 끼인 것 같은 생각이 들며 몸이 둥둥 떠 별에게로, 숲에게로 가까이 가고 있는 것을 깨달았던 것이다.

아래층에서 뛰어 올라와 '너 미쳤느냐?'고 묻는 사감에게

"선생님 저걸 보세요. 이리 오셔서 내다 보세요. 선생님두 저걸 보심 노래 부르게 될 거예요."

하고 밖을 향해 연방 손짓하며 사감 선생을 이끌었던 것이다.

그리고 사감에게

"밤이란 잠자게 마련된 게 아니지요? 하느님이 심술쟁이어서 이렇게 좋은 걸 자기 혼자 즐기시려구 우리들더런 잠을 자라구 한 거라."

는 말도 해서 진실한 크리스천인 사감 선생님의 노염을 샀던 것이다.

"인제는 그러한 밤을 찾아 볼 길이 없다."

이성배 손아귀에서 빠져 나온 채로 유보화는 밤 거리를 얼마나 헤매었는지 모르건만 한 번도 아름다운 밤, 찬양하고 싶은 밤을 보아 온 일이 없었다. 흐트러진 머리와 허술하게 입은 옷 매무시로 해서 순사의 검문을 받는 일은 있었지

만…… 이성배의 손아귀에서 빠져 나온 채로 유보화는 옷을 다시 추켜 입을 마음도, 머리 매무시를 고쳐 볼 마음도 없었던 것이다. 개천께로 골목으로 큰길로 싸다니기만 했던 것이다.

별이 찌익 꼬리를 늘어뜨리며 흐르는 것이 보이면 꼬리를 늘어뜨리며 흐르는 별처럼 지향 없이 가고 싶다는 생각을 하면서 싸다녔던 것이다.

이성배의 가족들

시어머니의 상경(上京)은 유보화에게 다시 없는 구원의 길이었다. 시어머니는 시누이와 같이 온순해 보였다. 유보화는 시어머니가 오던 날부터 시어머니를 따라 시골 가 있으리라는 마음을 가지고 있었다. 이성배의 집이면 마음을 턱 놓고 있을 수 있으리라는 생각이 들었다. 시어머니는 추석 명절 때문에 쉬 떠날 예정이었다. 유보화는 저녁을 지난 후 모두 모여 앉은 자리에서

"저두 어머님을 따라 시굴 가 봤음 좋겠어요."

했다.

시어머니는 물론 시누이도 눈을 크게 떠 유보화를 보았다. 이성배는 한 층 더 둥그래졌다.

"서방님이 안 가도 너 혼자 갈래?"

시어머니도 아들이 고향에 갈 수 없는 것을 알고 있었다.

"네, 가겠어요."

"니는 요샛 신여성이 아이다. 신여성들은 시집이 싫어 죽을락 한다더니만……."

이성배를 피해 가려는 유보화의 숨은 마음을 시어머니가 알 리 없었다.

"그래라, 가자. 너 시어른도 니 보고 싶어 병이 날 지경인디 잘 됐다. 이분에도 너 시어른이 올락카다가 내가 왔다, 집 일 까닭에 둘이 같이 떠날 수도 없고……."

시어머니 말이 여기에 이르자 이성배는 침을 꿀꺽 삼키며

"추석이나 지나구 곧 올라와요. 다른 데 같음 보내지두 않아."

했다.

"아따, 어지가이도 떨어지기 싫은갑다."

시누이가 오라비를 놀려 주었다. 이성배는 이 말에 분명히 깨사치 못한 웃음을 늘어놓으리라고 생각했다. 유보화는 그러는 이성배의 얼굴이 보여질까봐 얼른 고개를 숙였다.

이렇게 까지 하면서 유보화는 이성배 주위(周圍)에서 뱅뱅 돌려고 드는 자기 일이 알 수가 없었다.

오히려 유보화는 더 많이 이성배 주위에서 뱅뱅 돌려는 생각인 것이다. 도영혜 집에 가 있을 수 있으면서 거기는 가지 않았다. 친정에 가 있을 수 없는 것도 아니었다.

그러한 이성배와 관련이 없는 곳엔 다니러 가자는 마음조차 없었다.

'될 대로 돼라.'

고 내던진 마음 속 한 구석엔 되도록이면 이성배에게서 떠나지 말자는, 이성배 주위에서 뱅뱅 돌자는 또 하나의 마음이 깃들어 있는 것이었다. 이성배 누이 집에 붙어있는 것부터가 그런 마음의 발로가 아니고 무엇이랴. 이성배 집에 간다는 것 역시 그 마음의 소치라고 볼 수 밖에 없는 일이었다.

이성배 고향은 경상북도 문경이라는 곳이었다. 이성배 어머니가 상경한 뒤에야 유보화는 그의 고향을 알게 되었다. 고향이 어딘 것을 물어 볼 흥미도 없었고 알고 싶지도 않았던 것이다.

유보화들이 문경 정거장에 내렸을 때는 추석을 이를[9] 앞둔 날이었다. 달이 곧고루 비칠 수 있는 위치에 떠 있었다.

"초행길이라 어두면 어찔까 싶으드이 달이 화안쿠나. 일로 가자. 일로 가서

---

9 '이틀'의 오식으로 보임.

    최정희 소설 전집 **1**

저어쪽 모퉁일 돌아서문 우리 동네 구석 마을이 나진다. 아가 조심해라 응.”

보퉁일 이고 앞을 서 걷는 시어머니의 뒤를 유보화는 아무 대꾸 없이 따르기만 했다. 손에는 크지 않은 트렁크가 들려 있고 검정 블라우스에 검정 몸뻬를 입고 있었다. 길을 떠나면서도 유보화는 흑의(黑衣)를 잊지 않았다. 결혼식 날 입었던 옷도 트렁크 속에 들어 있었다.

얼마 안 가서 큰 길을 버리고 논과 밭 사이에 뚫린 좁은 길에 들어섰다.

“야야 조심해라 응. 여긴 수숫대가 가려서 어둡구나.”

키를 훨씬 지나 올라 간 수수밭머리 길에선 그것들의 그림자가 가로 누워서 아닌 게 아니라 몇 번 발길이 위태로 왔다. 높다고 디디면 얕고 얕은 것 같아서 밟으면 높았았다. 그러한 길이 한참 이어가고 나서 돌담을 몇 개 지나더니 시어머니가 어느 사립문 앞에 이르러

“숙아.”

를 불렀다.

“예예.”

소리와 함께 열 사 오세 가량 돼 뵈는 소녀가 나오고 뒤를 이어 중년 여인네가 나오며

“인자 오는구나.”

하는 말이 끝나기도 전에

“새댁이 왔다. 시댁에 와 본닥해서 함끼 왔다.”

고 시어머니는 덜썩 떠나게 떠들었다. 숙아가 안으로 달려 들어갔다.

“새댁이 왔음니더어, 새댁이요.”

숙아의 이 소리와 함께 안에서 에헴 에헴 위신을 돋구는 기침 소리가 났다.

기침 소리의 주인공이 시아버지인 것은 안에 들어가기 전부터 짐작이 갔다. 이성배의 기침 소리와 같기 때문이었다. 유보화는 찬 바람이 스며드는 때와 같은 오싹함을 깨달았다.

기침 소리 뿐 아니라 유보화가 절을 하고 일어서며 힐끗 보니까 시아버지의

이마며 입 언저리가 지저분해 보이는 것 등이 이성배와 흡사했다.

중년 여인네한테도 절을 했다. 시고모라고 일러 주었다. 절을 하고 서 있는데 시아버지가

"앉거라, 거기."

하고 손질했다. 유보화가 조용히 앉자 시아버지는 재떨이에 장축을 탁 타악 털고 나서

"혼인식을 벼락같이 할끼 뭐꼬? 안 그랬음 우리 두 내외가 다 가 볼낀데. 혼인식 한 뒤에사 통지서를 받았으니 어짜아노."

하는 것이었다.

"이분에 내 올라가 알아봤더이 그놈의 정신대 때문에 부리나케 혼사를 치렀더구마, 야가 정신대에 뽑혀갈까봐서 그랬다요."

이성배가 꾸며댄 말인지는 모르나 시어머니는 아들 며느리를 변명해 보자는 마음 같았다.

"니가 동경 공불 했닥카지?"

유보화는 고개를 숙여 버렸다.

"스물 한살이락 하던가?"

"네."

"형제가 몇이노?"

"사남매예요."

"너어 부친은 돌아가시구 모친만 기시다지?"

"아따 다 아는 말 가지구 물어볼끼 뭔기요. 곤할 틴데 낮이나 씻구 가 자거라. 숙아 니 새댁 방 치어 놨나? 어서 가 치어라."

시어머니가 서둘러 주지 않았더면 언제까지나 시시껍지한[10] 말 대꾸를 하고 있었을 것이다. 유보화는 그 자리를 물러 나오면서 이성배는 아버지를 닮은 것

---

10 시시껍적하다 : 시시껄렁하다.

이라는 걸 알았다.

　시어머니는 밤이 깊기까지 며느리의 자랑이다. 딸한테서 얻어 들은 이야길 그대로 옮기는 모양 같았다.

　밤이 깊어도 달빛이 창호에서 물러가지 않았다. 유보화는 오래간만에 달빛의 고요를 느껴볼 수 있었다.

　"공부군이락도 살림만 잘한닥 하더라. 저 시누는 올케가 좋아서 죽고 몬 산다이까……."

　"공부군이 살림을 하자믄 더 잘 하는 기라."

　"홀몸이 아니라니 그게 더 안 고맙나."

　"암, 고맙고 기쁘고. 이 사람들아 내사 말이 안 나온다. 춤이라도 덩실덩실 추고 싶다마."

　시고모와 시어머니의 주고 받는 이런 소리가 흰 빛 고요를 흔들어 놓았다. 시아버지는 여인네들 말 참례를 하다간

　"성배놈을 동경 공불 잘 시켰어. 동경에 보내길 잘했단 말이야."
하며 같은 말을 되풀이하는 것이었다.

　이튿날은 일찍부터 일가 친척과 이웃에서 새댁 보러 온다고 모여들었다. 시어머니는 며느리에게 조선 옷을 입으라고 일러 주었다.

　유보화는 트렁크 속에 넣어 가지고 온 은주사 치마와 겹저고리를 꺼내 입었다.

　"자가요, 와 저런 걸 입노?"

　시어머니만 놀라지 않았다. 모인 좌중이 모두 괴이하다는 낯빛이었다.

　"이것만 가지구 왔어요. 전시라서 화려한 걸 입기가 싫어요."

　아무도 모르는 보배로운 흑의의 이야길 이 사람들이 알 턱이 없었다. 그제야 모두들 고개를 끄떡거리며 제 낯색으로 돌아갔다.

　"신식 아이들은 생각이 다르닥카이까."

　시어머니는 또 한 마디 며느리의 자랑을 하고야 말았다.

이성배한테선 올라오라는 편지가 연달아 왔다. 겉봉엔 언제나 여자의 이름을 쓰곤 했다. 이성배는 여자의 이름으로 편지하는 일을 잘했다. 유보화가 고향에 있을 때에도 이성배는 '이금순'이라는 이름으로 편지한 일이 있었다. 하는 짓마다 저열하다고 유보화는 편지를 받을 때마다 속으로 경멸했다. 시국이 두려워서 자기 이름을 밝히지 못하겠으면 누이나 조카들 이름으로 얼마든지 할 수 있는 일이 아닌가.

유보화는 편지를 떼지 않은 채로 들어 던지기도 했다. 시어머니나 시아버지가 무슨 말이 없느냐고 물으면 편안히 잘 있다는 편지라고 대답했다. 올라오라는 말이 씌어있다고 하지 않았다.

그렇게 하고 있는 어느 날은 노차순의 이름으로 편지가 왔다. 처음엔 이성배의 짓이거니 알고 역시 떼어보지 않았다. 그러다가 아무리 저열한 수단을 쓰는 이성배라 하더라도 노차순의 이름까지는 빌리지 않으리라는 생각이 들었다.

이성배는 김영서와 노차순이 함께 동경서 도망쳐 버렸다고 말한 일이 있다. 아무리 생각해야 딴 남자와 도망쳐 버린 과거의 사랑하던 여자의 이름으로 현재의 아내된 사람에게 편지를 보내지 않았으리라는 생각이었다.

내던졌던 편지를 도로 집었다. 아버지 별세의 전보를 받고 급히 고향으로 돌아오던 날 밤 편지를 전하고자 노차순은 김영서의 하숙에 찾아갔다. 눈보라가 몹시 치는 밤이었다. 이성배는 노차순이가 그날 밤 그 길로 돌아오지 않았다고 말했다. 노차순이가 김영서 같은 남자하고 연애를 해 보았으면 좋겠다고 하던 말도 기억에 새로왔다.

유보화의 편지 쥔 손이 떨려 왔다. 유보화는 떨리는 손에 힘을 주어가며 편지 겉봉을 떼었다.

편지

《보화야

네 소식을 알게 되니 참말 기쁘기 한이 없고나. 이성배와 네가 결혼하게 될 줄 누가 알았겠니, 가만히 앉아 생각하니 세상사가 돌아가는 모양이 묘하고나. 며칠 전 본정거리에서 우연히 동경 있을 때 우리 하숙집 옆에 있던 눈딱부리를 맞[11]났잖아. 눈딱부리가 다짜고짜로 하는 말이

"당신하고 같이 있던 유보화가 당신하고 좋아하던 남자하고 결혼식을 하게 되니 웬 일이요?"

하잖아. 그래서 자세자세 캐물어 봤고나. 그랬더니 너 결혼식 날 식장엘 눈딱부리가 가 봤다는 거야. 눈딱부리도 전연 몰랐는데 길을 걷고 있는데 결혼식 자동차가 쓱 지나가더라나. 훌쩍 들여다뵈는 것이 넌 성싶더래. 그래서 뒤를 따랐대. 달리는 자동차를 따를래니 오죽 달렸을까, 가뜩이나 눈이 불툭 나온 것이. 식장에 이르니까 벌써 신랑 신부는 웨딩마취에 발을 맞춰들어가더라고. 눈딱부리는 땀이 물 퍼붓 듯해서 눈을 뜰 수가 없었으나 수건으로 닦으면서 식장에 들어갔다는고나. 취직 부탁하러 가던 참이었다는데 그건 싹 잊어버리고 네가 신랑 이성배를 남편으로 섬길 것을 맹세한다는 말을 듣고 있었대. 그 소릴 들으니까 눈 알이 막 튀어나오더래나. 그때 눈이 더 나와서 그런지 더 딱부리가 되었더라. 아직 취직도 못하고 있대누나. 가엾고나.

피로연하는 데까지 따라갔었대. 냉차 한 잔을 얻어 먹고 나왔대나. 냉차 한 잔 얻어 먹자고 한 게 아니라 너의 행방이 알고 싶어서였대나. 눈딱부리가 널 사랑했던 게지? 그래서 우리 방을 그렇게 눈을 딱 부릅뜨고 넘겨다 봤고나. 그러느라고 눈이 더 딱부리가 됐는지도 모르겠다. 우리가 첨 봤을 땐 그다지 나오잖았었다. 차차 더 나왔었다.

보화야 그렇잖니?

네 주소를 알게 된 경로를 말할 것 같으면 그날 눈딱부리를 데리고 피

<hr>

11　'맘'의 오식으로 보임.

로연을 했다는 그 찻집에 갔지. 가서 차 나르는 아이에게 네 이야길 물었지, 그랬더니 네가 그 집에서 다른 델 갔다는거 아냐. 어딜 갔느냐고 물었더니 주인 아주머니가 알지 저는 모른대잖아. 주인 아주머니를 불러 달랬더니 이층에서 웬 여편네가 내려오더고나. 그게 도영혜였어. 아니 도영혜가 그렇게 늙었더고나. 첨엔 알아보지 못했어. 나를 먼저 알아보고 손을 덥석 잡으며

"노차순이지? 노차순이야."

하고 말하니까 알겠더고나.

도영혜는 내 손을 끌며 이층으로 올라가자는 거야. 나는 층층계 중턱에 이르러서야 내버려 둔 눈딱부리를 생각하고 되돌아서서

"거기 계세요, 내 갔다 내려오께요."

하며 손을 흔들었잖아. 눈딱부리는 눈을 딱 부릅뜬 채로 고개를 끄떡거리더고나. 도영혜는 영문도 모르고

"차순의 애인야?"

고 묻잖아.

"아뇨, 눈딱부리야요."

도영혜는 눈을 크게 뜨다가 가늘게 줄이며 고개를 갸웃거리는 거야. 도영혜는 눈딱부릴 알 턱이 없는 거야. 그렇지만 나는 눈딱부리를 뭐라고 설명해야 졸지 몰랐다. 글쎄 이름도 모르잖느냐 말이다. 이층에 올라가자 도영혜는 김영서의 말부터 묻더고나. 숨을 채 돌리기도 전에 모른다고 대답했다. 사실 나는 김영서의 소식을 모른다. 네가 너의 아버지 별세 전보를 받고 조선 나오던 날 밤 네 편지를 가지고 김영서를 찾아갔잖니? 그날 밤은 거기서 잤다마는. 눈이 마구 쏟아지고 바람이 천지를 넘어뜨릴 것 같은데 어떻게 돌아오냐 말이다. 하긴 내가 김영서에게 야심이 없었더면 눈보라가 휘몰아치는 깊은 밤중이더라도 하숙에 돌아왔을지 모르지.

그러나 보화야, 세상사가 인력으로 되는 게 아니더라. 나 혼자만 김영서를 좋다고 하면 무슨 소용 있겠니. 그 사람은 네 생각에 골똘해서 청상과부모양 청승맞게 앉아 있더고나. 눈보라치는 바깥만 내다보면서 멍하니 앉아 있는 거야. 내가 아무리 뜨거운 시선을 보내도 쓸 데 없더고나. 사랑하는 사람들이란 자석(磁石)과 같은 것인데 내 시선이 그에게 가 부딪쳐도 쓸 데 없더고나. 이성배는 내가 조금만 바라보아도 덥석 와서 껴안아 줬는데…… 야 이건 큰 실례로고나. 네 남편인데 될 말이냐. 그러나 과거에 그와 내가 지독히 사랑한 일이 있으니까 용서를 바란다. 지금은 사랑하지도 미워하지도 않는다. 너하고 결혼하지 않고 다른 여자와 결혼했더면 미워했을지 몰라. 내가 너의 애인 김영서를 사랑하려다가 미역국을 먹은 죄라고 해 두자. 그보다도 이성배가 내 마음 자리에서 싹 없어져 버린 때문일 거다. 나는 남자를 오래 두고 생각하기가 싫더라. 사랑하다가도 그 쪽에서 싫다고 하면 고만이더라. 김영서도 날 좋아하는 눈치가 아니길래 이내 단념하고 말았지. 싫다는 걸 끈적끈적하게 진을 낼 건 뭐냐. 김영서는 내가 무서워서 하숙에 못 가겠노라고 했더니 아래층에 내려가 자라면서 하숙집 아주머니를 부르는 거 아냐. 내가 왜 아래층에 가느냐고 고함을 치니까 자기는 앉아 있겠노라면서 날더러만 누워 자라고 하겠지. 나는 곧 옷을 벗고 그의 자리 속에 들어갔단다. 이튿날 아침까지 푹 잤지 뭐야. 눈을 떠 보니 방안엔 해가 쨍쨍 들이 비치고 있더라. 언제 눈보라가 쳤더냐는 듯이 김영서는 어제 저녁 앉았던 자리에 그냥 앉아 있더고나. 내가 깬 것을 알자 김영서는 내 쪽을 돌아다보며

"인제 일어나요."

하겠지. 내가 일어나니까 김영서는 또

"어서 하숙에 가 봐요."

하는 거 아냐. 하기야 하숙에 돌아가는 수 밖에 없을 테지만 나는 하숙에 돌아가기가 싫었어. 이성배를 다시 만나기가 거북하더란 말이다. 내가

비록 김영서하고 별 일은 없었다고 하더라도 이성배를 사랑하면서 김영서에게 뜨거운 시선을 보냈으니 될 말이냐. 그 길로 '간다(神田)'에 있는 동창생 집에 갔더랬지. 며칠 거기 묵고 있다가 하숙에 돌아 올양으로.

그런데 며칠 뒤 하숙집에 돌아와 보니 네 짐을 말짱 이성배가 걷어 가지고 조선 나갔다는 게 아니야.

어쩜 그럴 수 있느냐 말이다. 사랑인가 깻묵인가 하던 여자의 건 고대로 들어 던지고 네것만 가지고 가느냐 말이다. 그때부터 벌써 이성배는 유보화와 결혼할 결심이었던 거지? 그러나 보화야 나는 이성배를 미워하지 않는다. 도영혜한테서 네가 이성배와 결혼했단 말을 들었을 때 놀랐을 뿐이란다. 김영서를 그렇게 사랑하던 네가 김영서가 아닌 사람과 왜 결혼했을까? 거긴 상당한 이유가 있으리라는 생각이 들더라.

도영혜한테 물어보았으나 묻는 말엔 대꾸가 없이 김영서가 어떻게 됐느냐는 말만 묻는 게 아냐. 낸들 김영서가 어떻게 된 걸 알 게 뭐야. 그날 아침 일찌기 김영서의 하숙에서 돌아온 채 만나지 않았으니까. 나는 절대로 끈적끈적하게 쫓아다니고 싶진 않아. 그날 이후로 김영서에게 대해선 생각지 않았단다. 아니 그 방에서 잠이 들 때부터 벌써 나는 김영서하고는 짝이 맞지 않는고나 하는 생각이 들었으니까. 김영서는 유보화하고만 짝이 맞는 남자야. 나는 적어도 이렇게 생각한다.

이런 말도 큰 실례가 될는지 모르지. 그렇지만 나는 내 마음에 있는 말을 해야 시원하니까.

참 그런데 말이다. 내가 이성배를 만났잖아. 네가 있을 줄 알고 찾아갔단 말이다. 도영혜하고 같이.

가던 날이 장날이라고 이 깍정아 글쎄 네가 없더고나. 이성배씨는 말이다, 네 신랑 그이 말이다. 반가와하지도 않고 만나는 댓바람에

"김영서하고 같이 살지?"

하고 묻는 게 아냐 글쎄.

"아니."

하고 대꾸해 주니까 이번엔 김영서가 어디 있느냐는 게야. 내가 어떻게 아느냐고 딱 잡아 뗐더니 정말 모르냐는 게야. 정말 모른다고 고개를 흔들어 보이니까 그제야 안심하는 빛이 돌잖아 글쎄. 그리곤 날더러 너한테 편질 하든지 직접 시골 가든지 해서 널 서울에 속히 좀 오게 해 달라고 애걸하는 거 아냐. 참으로 세상사 돌아가는 거 묘하고나. 그렇다고 이성배 부탁을 받아 가지고 이걸 쓰는 건 아니야. 네가 보고 싶고 반가와서 쓰는 거야. 할 이야기가 있어서 쓰는 거야.

보화야, 나는 지금 문학자와 연앨 하고 있다. 이건 진짜 문학자다. 외모는 대단한 게 못 돼. 그렇지만 속은 잘 된 참외 같이 익었단다. 한 번 보여 주고 싶고나. 어서 서울 오너라. 뭘 하느라고 그 시골 구석에 가 시집살이를 하느냐 말이다. 집어 쳐라 애. 이만 하자. 너무 길게 썼다. 속히 오너라, 응? 꿉빠이.

9월 29일

노차순

참 눈딱부리는 우리가 너 만나러 가려고 내려올 때까지 거기 앉아 있더고나, 가엾지?》

유보화는 갈증 났을 때 식수를 얻은 사람처럼 긴 사연을 단숨에 읽어 내려갔다. 얇은 종이에 깨알같이 씌어 있었다. 많은 사연을 쓰기 위해서 한 노릇인 듯 싶었다.

그런데 여기에서도 김영서의 소식을 알 바 없으니 기가 막혔다. 그렇더라도 유보화는 김영서와 노차순의 사이가 아무렇지도 않았다는 사실만은 펄쩍 뛰고 싶게 반가왔다. 유보화는 차순의 편지를 다시 읽어 내려갔다. 처음엔 김영서와 차순의 사이를 살피느라고 다른 사연을 그냥 지나쳤기 때문이다.

두 번째 읽으면서 웃기도 했다. 전보다 편지를 썩 잘 쓴 것도 알게 되었다. 차순은 편지를 잘 쓰지 못했다. 이성배한테서 처음 연애 시를 받고 와서 회답을 쓸 텐데 쓸 줄 몰라서 자기더러 써 달라고 하던 일이 생각났다. 남의 연애 편지를 어떻게 쓰느냐고, 써 주지 않았더니 그는 제 마음에 있는 이야기를 곧이곧게 써 보냈는데 그때 그 편지란 우스워서 견딜 수 없을 정도였다. '나이다' '소이다'로서 일관된 편지를 읽으면서 지독히 웃었던 일도 생각났다. 차순은

"미술가처럼이야 쓸 수가 있겠냐."

고 하면서 뿌죽이 입을 내밀었던 것이다. 그러나 성난 것은 아니었다. 이 편지 가운데도 우스운 대목이 영 없지는 않았다.

'세상사가 묘하게 돌아간다.'

라던가,

'하는고나.'

의 투에선 한참씩 미소를 금치 못했다. 차순의 모습을 보는 것 같았다. 편지문 전체가 그의 일상 사용하는 언어(言語) 그대로인 것이다.

차순은 언어와 똑같은 동작을 했다. 무엇이나 가리는 것이 없었다. 곧이곧게 털어 놓았다. 그 성격이 언어 동작에 그냥 반영되었다.

이 곧이곧은 것이 그의 장점이다. 또 단점인지도 모른다. 이 편지만 하더라도 써선 안 될 말이 얼마나 많은가. 이성배와 연애하던 이야기 같은 것,

'김영서는 유보화하고만 짝이 맞는 남자야.'

라든가, 하는 말은 너무 지나친 말 같았다. 그러나 차순은 장난도 심술도 아니었던 것이다.

눈보라 치는 밤 김영서에게 한 자기의 이야기까지 곧이곧게 털어 놓는 그에게 무엇을 탓하며 의심하랴.

다시 유보화는 김영서를 오해한 자기를 부끄럽게 여겼다. 부끄러움은 어떤 분노(憤怒)를 이끌어 왔다.

"하는 짓이 모두 데데하다니까."

입 밖에 까지 내어 뱉고야 말았다. 이성배에게 가는 분노였다. 이성배만 아니

더면 그들을 오해할 능력(?)이 자기에겐 없었을 것이다.

유보화는 벌떡 일어섰다. 갑자기 구토증 비슷한 것이 생기는 것이었다. 그는 방에 그냥 있을 수 없었다. 편지를 주섬주섬 걷어 넣고 밖으로 나왔다.

시야가 아프도록 하늘이 들이밀었다. 하늘은 가슴속에 까지 밀려들었다.

유보화는 사립문 밖으로 나왔다. 작은 내가 흐르고 있었다. 빨래를 하면서, 몸을 씻으면서, 발을 담그면서 친해진 냇물이다.

디딤돌을 밟고 내를 건넜다. 내 건너는 과히 급하지 않게 엎드린 구릉이 있었다. 구릉을 넘어서기 전엔 지평선이 보이지 않았다. 하늘이 맞설 뿐이었다. 맞서는 하늘 보다 환히 트인 지평선이 보고 싶었다.

유보화는 동경 가서 얼마 안 되던 어느 날 이런 구릉을 넘어 스케취하러 가다가 김영서를 만나던 일이 눈 앞에 떠올랐다. 마치 구릉 저 쪽엔 한 없이 넓은 세계가 펼쳐져 있고 그 넓은 세계 속에서 김영서가 자기를 기다리고 있을 것 같이만 여겨지기도 했다. 어느 때의 꿈 속에서처럼

"보화양 여기요, 여기."

하고 자기를 불러 세울 것 같이 여겨졌다.

유보화는 달렸다. 바람이 스쳐갔다. 나무가 스쳐 갔다. 구름이 스쳐 갔다. 온갖 것이 스쳐 갈 뿐이었다. 그렇게 달리다가 큰 강이 가로 놓여서 멈추고 말았다.

뚝에 풀썩 주저 앉아 버렸다. 내를 건너기보다 앉아 있는 편이 좋았다.

유보화는 서울서 와서 이틀만에 이 내를 건너본 일이 있었다.

시숙 댁에 인사를 갔던 것이다. 시숙은 군청 권농과장으로 있다고 했다. 시어머니는 며느리의 자랑을 늘어놓다가 며느리가 인제 서울에 가지 않고 시집에 살면서 돼지를 치고 닭을 기르겠다고 한다는 말을 했다. 이 말을 들은 시숙은 대단히 만족해 하면서

"매우 존 생각이야. 공부한 사람들이 농촌에 들어와 농사짓고 목축업을 하고 해야 된다."

고 했다.

그리고 시숙은 말을 이어

"가아도 내려오락카지. 성배 말이오. 군이나 면에 와서 일보게 내가 조처를 해볼 참이니, 형수씨 가서 형님한테 편지 하시도록 하시소. 군이나 면에 있으믄 사 징병 문제 같은 것도 괜찮으니 말입니더."

했다.

시어머니는 그날로 시아버지에게 편지를 써 부치라고 독촉했다. 시아버지는 차일피일 하다가 닷샌가 엿샌가 지나서야 아들에게 그런 사연을 적어 보냈다. 이성배는 시골 오는 것이 싫다고 곧 회답을 보내면서 유보화더러 속히 올라오라는 말을 열 번도 더 썼던 것이다.

유보화는 손에 잡히는 대로 풀 포기를 마구 잡아 흔들다가 조약돌 한 개를 집어 쌔려 던졌다. 조약들이 내 한 가운데 가서 떨어졌다. 자기 스스로도 놀라리만큼 멀리 가 떨어졌다. 어릴 때 냇가에 가서 돌팔매질을 하면 예상 이외로 가까운 데 떨어지던 일이 생각났다. 조약돌이 떨어진 주위엔 맷방석만 한 파문이 생겼다.

또 던졌다. 자꾸 던졌다. 돌싸움이라도 하는 것처럼. 맷방석만 하던 파문이 둘레를 넓혀 갔다.

그림자와도 같이

군청에 닭 사료 배급을 받으러 갔던 머슴이 이성배가 군청 병사계에 취직이 되었으니 이성배가 곧 내려와야 한다더라고 기별을 가지고 왔다.

"인자사 사는가 싶다."

고 시어머니는 좋아했다. 시어머니는 며느리 혼자만 내려와 있는 일이 미안하고 가엾다는 것이었다. 그러면서도 며느리가 서울 올라가는 것은 싫다고 했다. 돼지 네 마리가 눈에 보이게 달라져 가는 것도 그러려니와 닭은 알을 전보다

배를 더 낳는 일이 시어머니에겐 다시 없이 기쁜 일이었다.

유보화는 사십수나 되는 닭의 얼굴을 거진 외우다시피 하고 있었다. 어느 닭은 어떤 버릇을 가지고 있고 어느 닭은 어떤 알을 낳는 것까지 알고 있었다. 한 마리의 돼지가 새끼를 낳았다. 새끼 난 돼지는 먹기만 했다. 고대 주고 돌아서도 또 먹자고 했다. 유보화는 먹자고만 하는 돼지의 요구대로 시중을 들어 주었다.

소한테도 등한하지 않았다. 소는 유보화와 같이 새벽 일찍 깨었다. 새보다도 훨씬 먼저 깨었다. 머슴보다도 먼저 깨었다. 다 잠들은 새벽에 소와 같이 깨어서 소에게 여물을 주는 일이 유보화는 즐거웠다. 소나, 닭이나, 돼지, 이것들과 친하는 일이 사람하고 보다 안심이 되기도 했다. 시어머니는 머슴이 할 일까지 해 간다고 말렸다. 그러나 시어머니는 이런 것이 또 자랑스런 일이므로 못 이기는 채 내버려 두었다.

유보화의 상경을 기다리던 이성배는 끝내 내려오고야 말았다. 유보화는 맥이 탁 풀려서 일이 손에 잡히지 않았다.

그 동안 떨어져 있던 이성배는 한층 더 추근추근하게 굴었다. 날씨가 춥든지 하면 일 터에 안 나가기가 일쑤였다.

눈이 오나 비가 와도 안 나갔다. 집에 있게 되면 유보화를 방에서 내보내지 않았다.

일이 손에 잡히지 않았지만 유보화는 그래도 일을 했다. 이성배는 어머니한테 일을 시키지 말라고 볼 부은 소리를 하곤 했다. 어머니는 아들의 이런 태도를 싫어했다. 처음 얼맛동안은 웃고 받아 주었으나 차츰은 그렇지 못했다.

"오냐, 늙은 에미가 하는 건 괜찮고 네 색시만 편했음 좋겠나?"

"어머니더러 누가 일하래요?"

아들은 철 없는 소리를 했다.

"아무두 일 안함 누가 하노? 집안 꼴이 잘 돼 간다. 잘 돼가…… 너 어룬이 그 철 없는 소릴 하더니 네가 또 그럭카는구나. 아이구 몸써리 난다 야."

“너 어른······.”

을 거들면 으레 시아버지가 나섰다.

“와 그락카노? 늙어가면서 주책 없이 잔소리만 많아 가는가 말이다.”

“주책 없는 건 임자라요. 그래 그 소리 좀 들어보지. 가만 앉아 있음 입에 밥이 들어가냐 말이오. 눈이 온다꼬만 앉아 있음 입에 밥이 들어가냐 말이오. 눈이 온다꼬 놀고 비가 온다꼬 놀고 자식 하나 둔 게 와 그렇노. 아이구 내 팔자야.”

“이 방정맞은 것아 와 이래쌓나 말이다. 뭣이 내 팔자야. 내 팔자가 으찌 됐다는 거야?”

시아버지는 장죽으로 시어머니를 때릴 자세를 취했다.

“그만 두소. 며누리가 부끄럽구마.”

시어머니는 일어나 밖으로 나갔다.

이성배는 자기가 도화선이 되어 벌어진 싸움에

“제길, 제길.”

소리만 연발하면서 오금팍에 손을 넣고 앉아 있었다.

“그게 누구 탓이게 그래요?”

유보화가 쏘아붙였다.

“누구 탓이야?”

“가슴에 손을 대구 물어보구려.”

“내 탓이란 말이야?”

유보화는 대꾸하기조차 싫었다.

“아니 그래 내 탓이란 말이야?”

이성배는 재쳐 물었다.

“저것 좀 보래. 응. 주책 없이 방정을 떨어서 아이들까지 쌈질하게 하잖나 말이다······.”

시아버지는 제법 점잔을 뺐다.

시아버지는 아들이 군청에 안 나가는 날 시어머니가 말이라도 하면

"춥운데 안 나감 어떤노."

하기가 일쑤였다.

"그렇게 안 나가도 괜찮으냐?"

고 묻는 시어머니 말에

"가가 거기 있잖나. 권농과장인듸 그만한 권리사 없을까배."

하고 나섰다.

"만날 한 푼 값어치도 못 되는 소리만 한다. 내사 며누리가 부끄럽구마."

시어머니는 남편이나 아들의 하는 짓이 늘 못마땅한 모양 같았다. 시어머니는 언제나 며느리와 뜻이 맞고 말이 맞아갔다.

노차순에게선 그 뒤에도 여러 번 편지가 왔다. 유보화도 두 번 편지를 했다. 번번히 회답할 수 없는 것은 읍내까지 가야 부치기 때문이었다. 편지마다 빨리 올라오라는 말이었다. 편지마다 애인의 이야기를 그 곧이곧은 문투로 써 보냈다. 애인의 이름이 남인준(南寅俊)이라는 것도 알려 주었다. 질색인 건 큰 고구마보다 더 크게 발꿈치가 드러난 양말을 신고 자기를 찾아오는 일이라고 했다. 오빠랑 동생들은 남인준의 이름 대신 '고구마'라는 별명을 대용한다고 했다. 그것이 차순에겐 다시 없는 불평인 모양 같았다.

유보화는 이런 일에 마음을 썩히는 차순에게

─굳은 신념을 안고 자기의 길을 걷는 사람이라면 큰 고구마가 아니라 큰 무만한 발이 드러난들 어떠랴고 써 보냈다.

그 뒤에 온 편지를 보면 차순은 이 말에서 퍽 위안이 되었던 모양 같았다. 애인에겐 물론 오빠랑 동생이랑 듣는 데서 유보화의 편지를 읽었다는 것이었다. ─굳은 신념을 운운한 대목에 가선 목을 돋구어 크게 읽었다는 것이었다. 세 번 네 번 읽어 들렸다는 것이었다. 그리고 나선 고구마라는 대명사를 쓰는 일이 적어졌다고 했다. 쓴다고 해야 동생들 뿐이고 오빠는 아예 입 밖에도 내지 않는다고 했다.

여러 가지 말을 미루어 보아서 노차순의 애인 남인준은 진지하게 살려는 사람인 듯했다.

이성배는 어느 날 노차순의 편지를 읽고 있는 유보화에게

"그 갈보년 같은 년하구 뭣이 어쨌다구 편지질을 하구 야단이야."

고 트집을 부렸다.

"그게 사람으로서 할 말인가요?"

유보화는 눈을 들어 이성배의 얼굴을 뚫어지게 보았다.

"갈보년이 아니구 뭐야. 이 남자 저 남잘 갈아대는 년이, 요샌 또 어떤 껄렝일 물어 먹었다지. 더러워서. 그런 껄렝이들이 남의 싯줄(詩)이나 베껴 가지구 다니면서 여잘 홀리는 건 모루구 진짜 문학자라구?"

"남인준이란 사람을 알구 그런 소릴 해요?"

"알긴 내가 어떻게 알아, 그런 껄렝일. 그년의 편지를 보구 알았지."

"언제 편지가 왔어요?"

"당신한테 온 걸 봤단 말이야."

"남의 편질 왜 봐요."

유보화의 말은 서릿발이 선 것 같았다. 이성배는 어이가 없는 얼굴을 들어 유보화를 보다가

"남이라니 누가 남이란 말이야?"

고 따졌다.

"내게 온 편지니까 남의 편지가 아니구 뭐예요?"

"이런 제길, 내외간이 남이란 말이야? 아니 차순이 년은 당신 편질 애인인가 보릿자룬가 하는 작자에게두 뵈는데……."

"나두 그런 애인이라면 편질 뵈 줘요."

유보화는 하고 싶은 말을 하고야 말았다. 이성배는 이 말에 움츨뜨렸다.

"남인준이란 이는 진지하게 살려는 사람인 것 같아요. 차순은 상대방을 잘 만난 것 같아요. 그야말로 쇠쪼각을 주구 금을 산 셈이더군요. 남의 시를 베껴 가

지고 다니며 여잘 홀린 건 누가 한 짓인데?"

이왕 내뱉는 김이라 다 해 버렸다.

이성배가 노차순에게 시를 베껴 보낸 걸 유보화는 알고 있었다.

당신은 하나의 별 ─

무수한 별 속에서 내가 찾아 낸 단 하나의 별.

이성배는 유보화를 유인하던 때에도 이 시를 읽어 들리려고 했다.

"단 하나의 별을 그처럼 쉽사리 버릴 수 있어요? 어떻게 그럴 수 있단 말이요?"

"왜 이렇게 파래 가지구 날뛰는 거요? 그년하고는 괜히 그랬다구 하잖았어? 당신을 만나기 위한 준비였다구 하잖았어?"

이성배는 감당해 내기가 힘이 들었던지 약간 수그러지는 기세였다.

"그러지 말아요. 떠나간 사람을 그렇게 허는 게 아니라요. 차순을 허는 게 곧 자기 자신을 헌다는 걸 알아 둬야 해요."

"글쎄 그년이 지랄 같은 년이니까 하는 소리지, 뭐. 남의 일을 가지구 이렇게 싸울 게 어디 있어, 원. 인제 그만하구 이리 와요."

이성배는 더 누그러지며 유보화의 손을 끌어당겼다. 유보화는 송충이를 떨어 던지 듯하면서 자리를 일어섰다.

유보화의 순산

유보화는 이듬해 이월에 사내 아이를 낳았다. 아침에 계사를 치우고 있으려 니까 전신이 무죽해[12] 왔다. 배가 아파 오기도 했다. 변소에 다녀와도 마찬가지 였다.

배앓이라도 하게 되는 것이 아닌가 했다. 아이를 배고 있으면서도 아이를 낳

─────────

12 무죽하다 : 무거운듯 하다.

는 일에 대한 지식을 갖고 있지 못했던 것이다. 어차피 아이를 낳긴 낳아야 하리라는 막연한 생각만 가지고 있었을 뿐이었다.

방에 들어와 누웠다. 무죽한 증세가 점점 심해 가면서 허리 근방이 끊어져 나가는 듯한 아픔이 계속되었다. 그것은 쭈욱 계속되지 않고 잠깐씩 멈추곤 했다.

멈추는 시간이면 잠이 소르르 왔다. 잠이 오다가 깜짝 깨는 때면 저도 모르게 신음 소리를 쳤다. 허리 근방이 끊어져 나가는 아픔을 겪으면서도 유보화는 참으려고 했다. 저절로 나가는 신음 소리를 입 속으로 삼키곤 했다. 아픔을 참아 본다는 마음이기도 했지만 그만큼 아프면 죽을 수 있으리라는 마음도 있었다.

시어머니가 신음 소리를 들은 모양이었다.

"야. 너 아프구나. 몸 풀 앓음이다. 몸 풀 앓음이야…."

그제야 유보화는 자기가 지금 아이를 낳으려고 한다는 걸 알았다.

당장 몸이 공중 뜨면서 덜덜 떨렸다. 심한 공포증이 엄습했던 것이다. 죽을 수 있었으면 하는 마음이면서 이런 공포증은 왜 오는 것일까?

어머니가 아기를 낳던 방이 머리를 스쳐갔다. 어머니는 이처럼 괴로와하지 않았다. 혼자 낳곤 딸을 불렀다.

공녀네 할머니를 불러다 달라는 것이었다. 언제나 보화가 자고 있을 때였다. 공녀네 할머니를 부르러 가느라면 아기 우는 소리가 들렸다. 별이 총총 밝던 것도 생각났다.

시어머니는 덜덜 떨고 있는 유보화의 손을 꼬옥 잡아 주면서

"아가 무서 말아. 맘을 단단히 묶고 힘을 꽉 줘라, 응 한참만 참음 된다. 한참만. 몸 풀 앓음 할 때사 다 몬살 것 같니라. 그때가 지나감 그만 괜찮은기라. 다 아들 이런 고패를 겪고 나사 얼나를 낳는기다. 한참만 참아라. 한참만 참고 힘을 줘라."

하고 일러 들렸다.

소르르 잠이 오는 순간에도 자지 말고 힘을 주라고 일러 들렸다. 그래도 유보화는 그 잠이 오는 순간엔 하는 수 없었다.

"야가요. 자면 못쓴닥 해도…… 힘을 줘라. 힘을…… 자면 안 된데."

시어머니 이마에서도 구슬땀이 구을렀다. 마지막 고비엔 시어머니가 아기를 낳는 것처럼 전신에서 김이 피어올랐다. 며느리와 같이 힘을 주고 있었던 것이다.

어린애 울음 소리가 들리자 뒤미처 곧 시어머니가

"아이 어짤거나. 고추가 달렸다야. 고추가……."

하고 소리를 치셨다.

태를 가르면서도 시어머니는 줄곧 외침에 가까운 어조로 중얼거리는 것이었다.

손자를 보게 한 것은 산신령님의 고마우신 은덕이라는 둥 지난 가을 산제 때 산제 터에 올라가는 영감에게 손자를 보게 해 달라고 빌라는 말을 가만히 일러 주었다는 둥 꼭 손자를 볼 것만 같아서 인줄에 엮을 고추를 준비해 두었다는 둥 하고……

시어머니 뿐 아니라 밖에서 돌아온 시아버지의 기쁨도 이만 저만이 아니었다. 벽 한 겹을 격한 사이로 유보화는 시아버지의 흥분하는 모습을 보는 듯했다.

시아버지는 아들과 사촌에게 알리겠노라고 하면서 밖으로 나갔다. 숙아를 보내면 되지 않느냐는 마나님의 말도 뒷전으로 돌리는 것이었다.

이성배는 아버지가 전해 준 소식을 듣자 곧장 뛰어온 모양이었다.

"발써 왔나? 아부지가 그새 갔구나. 빨리도 가고 넌 또 빨리도 왔다."

여느 때 같으면 퇴근시간 안에 돌아온 아들을 꾸중했을 것이지만 오히려 시어머니는 아들이 온 것을 기뻐하는 말투였다.

"어머니두 득남했는데 안 와요?"

이성배는 이런 말을 하면서 산실로 들어섰다.

"야야. 어린애한테 바람 갈라. 조심해라."

"네."

이성배는 만면에 희색을 띠고 있었다.

"수고했구려. 진작 좀 알려 줄 거지."

이성배는 유보화에게 말을 던지며 어린아이를 살폈다. 이성배는 아이를 들여다보며

"이놈이 아니 이렇게 크단 말이야."

하고 혼자 희죽거리다간

"몇 달 된 아이 같잖아?"

하고 유보화에게 얼굴을 돌렸다.

유보화는 대꾸 없이 잠잠했다.

시어머니도 두어 달 된 아이만 하다고 좋아했다. 아닌 게 아니라 유보화 자신도 아이가 다른 갓난애들 하고는 다른 것 같이 여겨졌다. 전에 동생들이 갓났을 때만 해도 몸매가 아주 작고 원숭이에 가까운 몰골을 하고 있었다.

"이름을 뭐라고 짓나?"

이성배가 아내의 얼굴을 보았다.

"글쎄."

"아버지가 지시면 고색이 창연한 이름일 걸. 당신이 짓구려."

"어머님이랑 의논하셔서 지시겠지."

"어머니? 어머니가 뭘 아신다구. 우리가 짓자구."

"이름 짓기가 바쁜가요, 차차 짓지요."

이야기를 하고 나서야 깨달은 일이지만 자기는 이성배 앞에서 이처럼 조용한 마음으로 이야기해 보기가 처음인 것을 알았다.

아픔이 잠깐씩 멈추는 순간마다 몰려들던 졸음조차 말짱히 가시고 허리가 끊어지는 아픔이 멎고 나니 그저 몸은 날 듯싶게 개운하기만 해서 유보화는 이성배가 오는 시각까지 줄곧 아이를 들여다보았던 것이다.

아이의 이마는 넓고 코가 오똑했다. 코는 자기를 닮고 넓은 이마는 이성배를 닮았구나 하는 생각을 했다.

그런데 이성배의 이마를 닮아 넓은 아이의 이마가 싫지 않았다. 어디서 들었는지 모를 이야기까지 기억에 떠올랐다.

…이마가 넓으면 마음이 넓다던 말을. 이것은 아버지가 하신 말씀인지 모른다. 어쩌면 어머니가 하신 것 같기도 하다. 어머니와 아버지는 딸의 배우자 될 인물에 관해서 이야기하는 일이 많았다. 이런 이야기를 하는 때면 '이마가 넓으면'…… 운운의 말이 입 위에 올랐다.

유보화는 아이의 얼굴을 들여다보며 김영서의 눈을 닮았으면 하는 생각도 했다. 그러나 이런 생각은 이어 망가뜨려 버렸다. 어쩐지 죄스러운 마음이 들었다.

아이를 낳기 전엔 상상도 못하던 일이었다. 몇 시간 전만 해도 그렇지가 않았다. 계사를 치워 주려고 나가다가 버드나무를 훔쩍 쳐다보았을 때 버드나무에 어느 새 물이 오르고 버드나무와 하늘과의 사이에 아렴풋한 기체가 돌고 있는 것을 알았다.

그 아렴풋한 기체는 하늘과 버드나무 사이에서만 돌고 있지 않고 유보화의 가슴 밑바닥으로 흘러드는 것이었다. 김영서의 영상(映像)과 한 가지로 흘러드는 것이었다.

이런 일은 늘 있었다. 빽빽한 숲 사이로 약간 드러나는 하늘을 보는 때에도 그 증세는 생기는 것이었다. 흐르는 냇가 물을 바라보는 때에도 생기는 것이었다.

아이의 이름은 진석(鎭錫)이라고 지었다. 유보화의 제안대로 어른들에게 작명(作名)을 맡겼다. 석(錫)자는 항렬을 좇았다. 이성배의 말을 빈다면 고색이 창연한 이름일지 모르나 이 고장 풍습에 따라 밑의 '석' 자만 부르면 음향이 나쁘지도 않았다. 이성배가

"석아."

하고 어린 것을 부르는 때면 그와의 거리(距離)가 단축(短縮)되어 옴을 깨닫게끔

좋게 들렸다.

시어머니나 시아버지가

"석아."

하고 부르는 때에도 그들과 더 가까와지는 것을 알게 되는 것이었다.

어느 토요일 저녁이었다. 이성배가 내일 아이의 옷을 사러 읍내로 같이 가지 않겠느냐고 유보화에게 말했다.

같이 가도 좋겠다는 말이 안 나왔다. 늘 하던 버릇대로 대꾸 없이 앉아 있었다.

"같이 가 봐라."

하고 시어머니가 권했다.

시어머니는 저희끼리 가는 것이 미안해서 주저하는 줄 알고 있는 눈치였다. 그래도 유보화는 같이 가겠노라는 말이 나오지 않았다.

이튿날 아침을 지나자 이성배가 나갈 채비를 하라는 말엔 그대로 좇았다.

치마도 검정이었다. 그러나 결혼식에 입었던 것은 아니었다. 저고리는 결혼식에 입었던 은주사 깨끼였다.

"야야 아무리 전시라고 나들이 갈 때까지도 검정이냐?"

고 시어머니가 답답해 했다.

유보화는 변명을 하지 않았다. 옷을 할 때마다 시어머니는 분홍이나 초록 혹은 다홍 같은 산뜻한 빛깔로 하라고 권했다.

그러면 유보화는

"전시에 아무러면 어때요."

하는 핑계로써 돌리곤 했다. 그런데 그날만은 어쩐지 자기 스스로가 꺼림칙한 것을 깨닫게 되었다.

이성배가 앞서고 유보화는 뒤를 따랐다. 시어머니가 사립문 밖에 까지 쫓아 나와 보고 있었다. 아들 며느리가 함께 나가는 것을 처음 보는 시어머니의 얼굴엔 웃음이 떠돌고 있었다.

외계는 완전히 신록이었다. 어느 나무나 잎을 잔뜩 돋히고 있었다.

유보화는 일년 전 이맘 때 병원 베드에 누워서 외계를 내다보던 일이 문뜩 눈앞에 떠올랐다. 그때와 꼭 같은 푸른 하늘과 나무들이었다. 죽으려다가 죽지 않고 되살아난 유보화는 서남령 선생이 열어 주는 창으로 푸른 하늘과 푸른 나무들을 내다보았다.

오고 가는 사람 중에는 아이를 업은 여인네들도 있었다. 유보화는 갓난 아이인 경우엔 유심히 보곤 했다. 자기 아이와 비교해 보고 싶었다.

언제 낳았느냐? 사내 아이냐? 고 물어보기도 했다. 비슷한 날에 난 아이거나 또 그것이 사내 아이면 더 여러 가지를 물어 보았다. 웃느냐? 사람을 알아 보느냐고도 물었다.

아이의 옷은 하얀 '베이비복'으로 샀다. 이성배는 유보화에게도 하얀 옷을 사라고 권했다. 잘 아는 포목점에 미리 말해 두면 마음에 드는 것으로 구할 수도 있으리라는 것이었다.

아이의 옷까지 사들고 보니 한층 자기의 검정 옷이 마음에 걸렸다. 그러나 유보화는 검정 옷이 자기에게 맞는다고 스스로 다졌다. 꿈 속에서 일러 주던 김영서의 말을 굳이 좇으려는 것이 아니라고 속으로 주장했다.

돌아오는 길에선 이성배와 좀 더 가까운 거리(距離)를 두고 걸었다. 아이의 옷을 고르면서 부터 가까운 거리를 가지게 되었다. 초라한 것 밖에 없는 중에서 가장 나은 것으로 고르느라고 그들은 많은 시간을 보냈다.

유보화는 이성배와 나란히 걸으며 서남령 선생이 하신 말씀을 되씹어 보았다.

…맞지 않는 사람과의 관련, 그것처럼 슬프고 싫은 일도 없을 것이지만 그게 우리들 세상에 흔히 있는 일이 아니냐. 맞는 사람과의 관련이란 지극히 드물다던 말씀.

이 말씀에 자기만은 흔히 있는 그런 축에 끼어 살고 싶지 않다고 했다. 그렇게 구질구질하게 사느니보다는 차라리 죽어 버리는 것이 얼마나 깨끗하냐고 했다. 서남령 선생에게 이런 말을 하고 돌아와서 독약을 마셨던 것이다.

유보화는 쓴 웃음을 웃지 않을 수 없었다. 그러나 이어 그 쓴 웃음을 지어 버렸다.

…슬픔과 아픔에 패(敗)하지 않는 자만이 삶의 가치, 삶의 의의를 찾아낼 수 있다고 하신 서선생님의 또 다른 말씀이 크게 들려 왔던 까닭이다.

그는 손에 든 아이의 옷을 가슴 가까이 갖다 안으며 발을 힘 있게 밟았다.

이때까지는 독약을 마시던 때와 똑같은 마음으로 살아온 자기였다.

해방과 함께 온 것

아이가 세살 먹던 해 팔월 십 오일에 전 민족의 숙원이던 일제의 압박을 벗어나게 되었다.

그날 유보화는 아이가 아파서 병원에 가 있는데 병원 심부름하는 사동이 달려 들어오며

"독립이 됐닥 해요, 우리 나라가 독립이 됐닥 해요."
하고 외쳤다.

그러자 정거장 역부가 청기 홍기를 손에 든채 뛰어 들어오며 같은 소리를 질렀다. 병원은 정거장 바로 옆에 있었다. 역부는 여기부터 뛰어 왔다고 말했다.

군청 마당에 줄곧 높이 달려 펄럭이던 일장기가 어느 새 없어지고 우리 나라 태극기가 바람을 한껏 안고 휘날렸다. 유보화는 전에 이 태극기를 본 일이 있다. 아버지가 보여 주었다.

유보화는 깃발을 좇으면서 군청으로 향했다. 이성배를 만나자는 마음에서였다.

들어가는 어귀에 까지 사람의 성이 쌓여 있었다. 사람의 성은 가만 있지 않고 꿈틀거렸다. 아우성 소리도 났다. 비명도 들렸다. 유보화는 깜짝 깨닫고 사람의 성을 뚫으며 안으로 들어갔다. 뚜들겨 패는 사람, 맞는 사람, 장작으로 곤봉으로 또 그리고 도끼니 낫이니 하는 것들이 번쩍거리기도 했다.

"석아야 석아야."

유보화는 이런 소리를 지르고 있었다. 석아의 아버지 이성배를 불렀다.

"이게 어디라꼬 이리루 들어오는 거요?"

한 청년이 유보화의 팔을 끌어내었다. 청년은 사람들이 없는 데까지 끌어내다 놓곤 낮은 소리로

"집에 가 보시소."

하고 다시 안으로 들어갔다. 유보화를 알고 있는 청년인가 보았다.

유보화는 한 걸음에 뛰어 집에 돌아왔다. 이성배는 집에 와 있었다. 골방에 숨어 있는 그의 얼굴은 백지장 같이 하얗다.

"독립이 됐는데 왜들 이런대요?"

"형편 없이들 날뛰지? 군청 앞으로 왔어?"

이성배는 침을 삼키며 속삭이듯 말했다.

시아버지 시어머니는 들에 나가고 안 계셨다. 좀 있다가 오촌 당숙 집에 심부름을 갔던 숙아가 돌아오더니 숨을 바로 잡지 못하면서 보고 온 광경을 늘어놓았다.

"집을 다 부셨읍니더어. 나아리는 어디로 가 뿌리고 마님과 도련님들만 계신데 사람들이 뗏목처럼 와아 몰려오는 게 아니꺼."

"여기도 올지 몰라. 나두 어딜 피해야겠는데."

이성배는 더 백지장이 되어갔다. 그는 와들와들 떨었다.

"이렇게 당황할 게 뭐예요. 군청에 다녔달 뿐이지 잘못한 거 없잖아요."

"전쟁터에들 내보냈다구 그러는 거야. 병사 사무 취급한 사람들은 더 혼날 거야."

이런 이야기를 하고 있는데 왁자지껄하니 소리가 들리고 사립문 안으로 한 패가 밀려 들었다. 유보화는 아까 군청에서 자기를 끌어내다 주던 청년을 찾았다. 그 청년이 끼어 있었으면 낫겠다는 생각이 들었다.

밀려 들어 오던 사람들은 유보화가 마주 나가자 발을 일단 멈추더니 그중의

한 사람이

"이성배란 놈을 내놔요."

했다.

유보화는 집에 있으면서 없다는 말을 하고 싶지 않았다.

"너무 흥분하지들 마세요. 좋은 땔 만나 다 같이 잘 살면 되잖아요."

유보화의 이 말에 밀려든 사람들의 흥분이 더 쳤던 것 같다.

"그건 당신이 할 말이오. 이성배란 놈 때문에 내 동생이 나가 죽었오."

"그렇다. 우리 형님도 죽었다."

"일본놈의 앞잽이질하면서 많은 청년을 죽인 놈이 이성배야."

그들은 거진 동시에 이렇게 소리를 쳤다. 또 동시에 그들은 그들이 예정하고 있던 행동을 개시했다.

이성배는 기절을 하고 말았다. 유보화와 숙아의 힘으로써 도저히 막아낼 도리가 없었다.

그날 밤으로 이성배는 대구에 있는 친척 집으로 갔다. 거기서 다시 서울로 올라갈 작정을 했다.

유보화도 뒤를 따라 서울에 올라가지 않을 수 없었다. 이성배는 유보화보다 사흘 늦게 서울에 도착했다. 중병을 치르고 난 사람 같았다. 더구나 무개차에서 그을음을 줄곧 맞고 와서 굴뚝 훑는 사람 같았다.

유보화도 이 무개차를 탔던 것이다. 아이 어른 할 것 없이 새까맣게 그을려 있었다.

이 모양새로 시누이 집에 이르니 시누이 집 역시 초상 집 같았다. 시누이의 남편이 행방불명이 된 것이다. 아이 어른 할 것 없이 온통 눈이 주먹만큼씩 부어 있었다.

유보화는 자기들 일도 서글펐지만 선량한 이 가족들로 해서 가슴이 언짢았다.

"형사질을 해도 생전 누굴 해친 일이 없을 낀데…… 자기가 늘 그렇게 말하잖았나. 조선 사람을 해치는 형사질은 안한다고.”

시누이의 남편은 한 달 가량 지난 뒤에 지겟군처럼 꾸미고 돌아왔었다.

“형님 이렇게 하면 어때요. 형님네 식구가 우리 집에 가 산단 말이오. 우린 여기서 살구요. 다른 데로 가려면 돈이 있어야 하구 하니……”

이성배 의견에 누이들 가족은 찬성이었다. 임시로 내려가 있으리라고 알았던 누이들은 시골에 눌러 앉겠노라는 기별을 이어 보내 왔었다. 집이랑 땅이랑 장만하고 농사를 지으며 닭, 돼지, 토끼, 염소까지 치기 시작했다는 것이었다.

토지개혁안이 실시되리라는 소리가 들리자 지주들은 소작인이 부치던 토지를 팔기에 급급했고 그 위에 해방이 되었다고 농촌을 버리고 도시로 이주하는 사람들이 적지 않았으며 ‘소개’로 내려간 서울 사람들도 되 올라오고 해서 집과 땅이 헐값으로 떨어졌던 까닭에 누이네들은 그 덕을 보았다고 했다.

“매부네는 되려 해방 덕을 보는 셈인 걸 우리만 녹는 판이야.”

이성배는 토지 개혁안이 실시되는 걸 무척 염려하고 있었다.

“정당하게 녹는 건 유쾌한 거예요. 토지는 농사짓는 사람들 손에 넘어가야 한다고 우리 아버지는 전부터 말씀하셨어요.”

“당신 아버지가 공산주의자야?”

“공산주의자래야 그런 소릴 하나요? 농민을 착취하는 지주에게 반기를 들어야 한다는 건 누구나 가져야 할 사상이예요.”

“아아니 당신두 공산주의자 아냐?”

이성배가 눈을 멀거니 떠 유보화를 보았다.

“그 유치한 소리 좀 작작 해요. 배운 사람은 옳고 그른 걸 판단해 알아야할 거 아뇨?”

“뭐가 유치한 소리야? 괜히 쓸 데 없이 빡빡 달려들어 가지구 그래.”

“아빠 쌈해? 엄마 쌈 하지 마. 이잉.”

석아가 눈이 둥그래서 엄마 아빠를 번갈아 보곤 했다.

“안 싸와. 안 싸와. 누가 싸우나?”

　이어 이성배는 누그러지며 아이를 끌어다 팔 안에 안았다. 아빠 품에 안겨서도 석아는 목을 꼬아 엄마를 돌려다 보았다. 엄마의 기분을 살피는 것이었다.

　"웃으라구. 아이가 자꾸 눈치만 보는데!"

　유보화는 웃지 않았다. 석아가 아빠의 말을 고대로 받아

　"엄마 웃으라구."

하며 엄마에게로 뒤뚱뒤뚱 걸어왔다. 양쪽 엄지 손가락을 엄마 입에 넣어 엄마 입을 늘리는 것이었다. 엄마는 웃고야 말았다.

　어느 날 노차순이가 찾아왔다. 도영혜 다방에 갔다가 소식을 알았노라고 했다.

　"요 깍정아 그래 와 가지고도 알려 안 줘?"

　"이럭저럭 바빠서 그랬어. 찾아가려던 참이야."

　"물론 바쁘시겠지. 사랑하는 남편과 사랑하는 아드님하고 깨가 쏟아지게 살고 있으니 안 그럴까."

　노차순은 이성배와 유보화를 보아가며 빈정거렸다.

　"왜 이래. 노차순씨두 사랑하는 남편이 있잖은가?"

　이성배가 뛰어들었다.

　"애인이지 남편이 뭐야? 결혼도 안 했는데 남편이야."

　차순은 이성배에게 옛날대로 말을 놓았다.

　점심을 먹고 나더니 차순은 도영혜 다방으로 가자고 했다.

　"추운데 집에 있지 나가긴."

　"밤낮 봐두 싫지 않은 모양이지, 나가지 말라게."

　"애 제발 좀 그 넋두릴 그만 둬라."

　"야 이건 설고나. 둘이 합작하고 막 덤빈다. 나도 응원군을 청할까보다. 하하하."

　차순은 사내처럼 웃어 젖혔다.

“그 왜 남인준인가 하는 진짜 문살 데리구 옴 되잖아?”

이성배도 말을 놓았다.

“도영혜 다방에서 그 친구 지금 눈이 껌해 기다리고 있을 거야.”

“옳아, 그래서 그리루 가자구 하는구나. 만날 약속을 했었니?”

“그럼 한 시에 만나기로 했단다.”

차순은 팔목 시계를 보더니

“어마나 이걸 어쩌나, 세시로고나.”

하고 함성을 올렸다.

“그렇거든 어서 가 봐라 얘.”

“넌 안 가고? 나만 가라는 말이지? 그러지 말고 어서 옷 입어라. 문사 애인을
뵈 줄께 그 친구도 널 만나 보고 싶대. 네 편지가 아주 잘 됐다는 거야.”

권에 못 이겨 유보화는 옷을 갈아 입었다. 아이가 따라 나서려는 것을 간신히
떼어 놓았다.

과연 차순의 연인 남인준은 도영혜 다방에서 기다리고 있었다. 검은 눈이 기
인 눈썹으로 해서 더 검어 보였다.

“엑쓰큐즈 미이.”

차순은 연인 앞에 영어로 용서를 청했다.

“인사해요. 이 사람이, 아니 이 숙녀가 바루 유보화 여사올씨다.”

유보화는 공손히 허리를 굽혔다.

도영혜는 집에 있지 않았다. 도영혜는 분주히 밖에 나돌아다닌다고 했다. 일
전에 유보화가 왔을 때에도 식모의 말이 아침 일찍 나갔다가 밤 늦게야 돌아온
다는 것이었다.

남인준은 친구와의 약속이 두시 반에 있노라면서 곧 돌아가고 차순은 유보화
더러 거리를 걷자고 했다.

“쓸 데 없이 뭣하러 돌아다니냐.”

“얘 집에만 파묻혀 있지 말고 좀 나돌아다니기도 해라. 사내들이란 집에만 있

는 여편네한텐 권태증을 느낀대."

둘이는 큰 거리쪽으로 발을 옮겼다. 연변엔 사람이 꽉 차 있었다.

"왜 사람이 저렇게 많으냐?"

"아 참 오늘 임시정부 요인들이 환국한다더라."

"그래? 인제 곧 들어오는 모양이지?"

유보화는 거리에 나오기를 잘했다고 생각했다. 시골 병원에서 해방이 됐다는 소식을 듣던 때와 같이 가슴이 뛰었다. 좀 서 있으려니까 요인들이 들어오는 것이었다. 유보화는 자기도 모르는 사이에 허리를 깊이 굽혔다.

"애 애 보화야. 저게 누구야? 김영서 아냐?"

허리를 채 펴기 전에 차순이가 쥐어 흔들며 사람의 물결 속을 손질해 가리켰다.

김영서의 출현

유보화는 허리를 채 펴지 못하고 차순의 손질하는 사람의 물결 속을 더듬었다. 과연 김영서라고 짐작되는, 아니 김영서와 같이 생긴 청년이 질서 있게 행렬하는 사람들 속에 움직이고 있었다. 머리를 아주 어른처럼 하이칼러를 하고 신사복을 입고 있었다. 검정 사지[13] '쓰메에리'[14]를 입은 김영서, 칠분[15] 가량 밖에 기르지 않은 상고머리 비슷한 머리를 한 김영서 밖에 모르는 유보화는 신사복을 입고 하이칼러 머리를 한 청년을 김영서라고 단정하기에 이르지 못했다. 김영서가 그리 쉽사리 거기 있을 것 같지 않기도 했다. 어디서 훌쩍 나타날 것 같으면서도 영영 볼 수 없는 것 같던 김영서다.

---

13 서지(serge).

14 깃의 높이가 4cm쯤 되게 하여, 목을 둘러 바싹 여미게 지은 양복. 학생복으로 많이 지었다.

15 십분의 칠이라는 뜻으로, 어느 정도 상당한 부분을 이르는 말.

“왜 이래? 사래가 들렸나? 오만상을 찌푸리고 야단이야?”

차순이가 사람 물결 속만 들입다 보고 있는 유보화를 돌이켜 세우며 한 말이다. 유보화는 자기의 행동을 정지하며 차순을 건너다볼 뿐이었다.

“어쩔 테야?”

“뭘?”

“김영서가 나타났으니 어쩔 테냐 말이다.”

“김영서가 아니야.”

“뭐가 아니야? 저게 김영서가 아니란 말이야?”

차순은 유보화의 손을 이끌며 달리자고 했다. 행렬을 쫓자는 것이었다. 유보화는 차순에게 손을 잡힌 채로 허둥지둥 행렬 속을 들여다보았다. 사람들 다리에, 발에 부딪치기도 했다. 차순이가 함부로 잡아 이끄는 때문이었다.

“자 똑똑히 봐라. 이래두 아니냐?”

더 가까이 볼 수 있는 거리(距離)에 이르렀다. 틀림 없는 김영서다. 신사복을 입었으나 하이칼러 머리를 했으나 듬성듬성 떼어 놓는 걸음걸이, 그리고 항상 밟히던 그 눈, 유보화는 쓰러지려는 자기를 곧추 세우며 그래도 김영서가 아니라고만 하고 싶었다.

“아니야. 김영서가 어떻게 거기 서 있을 수 있냐?”

“왜? 거기가 별 데야? 우리 임시정부 요인들이 오시는데 못 서 있을 게 뭐냐?”

“김영서는 그런 데 있을 수 없어. 그렇게 쉽사리 나타날 수가 없어.”

유보화의 소리는 신음에 가까웠다.

“옳아, 알겠다. 너 지금 헛소릴 치고 있고나. 말하자면 도는 과정에 있는 거야. 아서. 정신채려라. 그렇잖아도 해방 덕에 돈 사람들이 많다더라. 사람이 너무 좋아도 미치는 모양이지.”

차순은 이런 말을 하면서 유보화를 돌아다보았다. 아직도 손은 놓지 않고 있었다.

그제야 유보화는 우스꽝스러운 자기 자신에게로 눈을 돌렸다.

"얘 이걸 놔라."

차순에게 잡힌 손을 째려 당겼다. 차순이가 돌아서며

"왜 이래?"

"집에 가야겠다."

"김영서가 나타났는데 집에 가? 이성배한테로 간단 말이야?"

"쟨. 쓸 데 없는 소릴 하구 있어. 김영서가 나타났는데 집에 못 갈 거 뭐냐?"

앙칼진 목소리였다. 차순에게 들려 준다기보다 자기 자신에게 들려 주는 소리였다.

"아따. 애 앙큼스레 굴지 말아. 나한테까지 깜찍하게 속일 게 뭐냐 말이다. 아니 김영설 그렇게 환장할 지경으로 사랑하던 네가 그래 김영설 보고도 집에 곱다란히 돌아갈 수 있단 말이지?"

"너는 안 그러냐?"

고 하려다가 그만 두었다. 차순을 빈정대자면 이성배를 들먹거려야 하기 때문이었다. 이성배를 들먹거리는 일이 싫었다.

"아뭏든 난 가야 해. 석이가 울구 있을 거야."

유보화는 행렬 쪽을 등지고 걷기 시작했다.

"애, 보화야. 같이 가자꾸나. 그렇게 쏜살 같이 달릴 거야 없잖아?"

뒤에서 차순의 소리가 들렸으나 유보화는 발을 멈추지 않았다.

"이상하다, 넌."

어느 새 차순이가 옆에 와 있었다.

"뭣이?"

"김영서 보고 헛소릴 지를 지경으로 미치더니 또 이번엔 언제 그랬더냐는 듯이 아아주 싹 돌아서서 가는고나. 난 그렇게 안 된다. 김영설 보고 난즉 맘이 동요된단 말이야. 김영선 더 미남자가 됐고나. 키도 그 새 더 자랐고나. 어른이야. 남인준이하고 비하면 천양지 판이야. 남인준 같은 건 열 갤 주고도 못 바꿔 후후훗."

차순은 이렇게 지껄이고 나서 크게 소리를 쳐 웃었다. 유보화는 차순을[16] 웃는 얼굴을 옆눈으로 보고 걸으면서

"뭣이 그리 우습냐?"

고 했다.

"남인준의 알량한 꼬락서니가 생각나서 그래. 김영서와 나란히 세워 놓고 본다면 과관일 거, 후후훗."

"애 거죽만 뻔뻔함 뭘 하니? 잘 못생겼어두 사람이 되면 되는 거야."

"그렇긴 하지만 우선 쓱 보아서 미남자면 맘이 동하는 덴 어쩔 수 없잖어?"

"넌 그게 싫더라. 거죽만 뻔뻔함 고대 반해 버리는 거."

"애 말 말아. 겉볼안이란다."

"그렇다기보다 그 말은 그 반대야. 안에서 풍기는 게 있음 거죽에 까지 나타나니까 거기서 출발한 말일 거야. 암만 외모가 잘난 사람이더라도 교양을 갖추지 못한 사람이고 보면 몇 마디 대화에서 염증이 생기잖아. 그리구 좋게 뵈던 외모까지두 형편 없어 뵈잖아. 사람은 외모보다도 내용을 갖춰야 해."

"그런데 넌 왜 미남자 김영설 사랑했냐?"

"그 사람은 외모도 좋지만 안으로 풍기는……"

유보화는 중도에서 말을 끊어 버렸다.

"안으로 풍기는 게 있단 말이지? 결국 김영서란 남자가 겉도 좋고 속도 좋다는 말이로고나. 그런 남잘 네가 단념할 수 있겠냐 말이다."

"난 벌써 단념한지 오래다."

거짓말을 하고자 해서가 아니었다. 그렇게 말함으로써 자기를 지탱하려고 했던 것이다.

그러나 유보화는 자기가 지금 검은 빛깔의 옷을 입고 있는 것을 깜짝 깨달았

---

16 '의'의 오식으로 보임.

다. 집에서 나올 때까지도 김영서를 생각하고 있은 것임에 틀림 없었다. 인제 검은 옷 입은 일이 습관화되어 있어서 김영서를 생각하기 때문에 입는 옷이라고 의식하지 않지만 의식하지 않는 속에 항상 잠겨 있는 잠재의식을 거부할 수는 없었던 것이다.

유보화는 머리를 좌우로 절레절레 흔들었다. 모든 생각을 떨쳐 버리려 했다. 차순에게도 그렇게 하기를 강요했다. 남인준과 속히 결혼해서 단란한 가정을 이루라고 말해 주었다. 이 말을 하고 나서 유보화는 도영혜가 자기에게 해 준 말과 같았음을 깨닫고 혼자 쓴웃음을 웃었다. 유보화의 말을 듣고 난 노차순은 머리를 내저으며

"남잔 결국 씩씩해야 해. 김영서 모양으로 저런 데도 참례해야 해. 방 속에 들어앉아 골골하는 거 그거 별로 흥미 없고나. 해방이 되면서 난 남인준이란 작가에게 좀 흥밀 잃었어. 해방되던 날도 왼 서울 시민이 모두 거리로 쏟아져 나와 만세를 부른다, 춤을 춘다, 얼싸안고 야단 들인데, 이 꼴잔 그렇지 못하단 말이야, 기뻐하는지 슬퍼하는지 도무지 알 수 없고나."
했다.

"남인준씨라구 왜 감격이 없었겠니. 삼천만의 염원이 이루어졌는데…… 표면에 나타내지 않았을 뿐이겠지."

"아냐. 내가 너무 기뻐서 ××씨들이 있는 그 ××담장을 넘어 들어갔잖아. 그랬더니 날더러 아아주 틀렸다는 거야. 어떻게 안 그럴 수 있냐 말이다. 우리나라를 다스릴 분들이 모여 있는 델 보고 싶은 걸. 대문으론 들여놔줘야지."

"너처럼 그렇게 덜썩 떠들며 감격하는 사람두 있구, 남인준씨 모양으로 잔잔하게 감격하는 사람두 있는 거야. 표현이 다를 뿐이지 그 돗수는 같으리라구 봐."

"애, 집어 쳐라. 감격했는데 어떻게 떠들썩하지 않느냐 말이다. 너도 답답하고나. 남인준이 모양으로."

"남인준씨가 좋다구 편지랑 하던 땐, 언젠데 그러냐. 너야말로 집어 치어라

애.”

“그땐 해방되기 전이 아냐? 해방이 되니까 남자는 그래선 안 되겠다는 생각이 들더라. 연설이랑 하는…… 우리 나라를 다스릴 수 있는 정치가가 좋단 생각이 들더라.”

“정치가건 아니건 그게 문제 아냐. 사람이 되구 안 되구가 문제지…….”

“애 넌 밤낮 사람 사람 하지만 사내 대장부로 태어나서 이런 때 한 번 이름을 떨치잖음 어떤 때 떨치냐 말이다. 김영선 지금 대신이 되는 거야. 그러니까 임시정부 요인들이 오는 데 한 몫 낀 거 아니야?”

유보화는 다시 말이 없었다. 무어라고 대꾸할 말도 없었지만 화신 앞에 이르러서 그들은 갈라져야 했기 때문이다. 차순은 안국동에 있는 자기 집으로 가고 유보화는 수표정 자기 집으로 향했다.

집에 이르니 석아가 엄마 왔다고 좋아했다. 아버지를 불러 알려 주고 밥짓는 아이를 불러 일러 주고 했다.

어린 것은 그처럼 오래 엄마를 떠나 있어 보기가 처음이었다.

“어디 가서 그렇게 오래 있다 왔어? 석아가 눈이 빠지게 기다렸다니까. 대문소리가 나면 엄마를 부르며 밖으로 내달리는 거 아냐.”

유보화는 아무 말이 없었다. 그저 아이를 껴안아 주었다. 아이가 엄마 품에 껴안겨서 엄마 얼굴을 올려다 보며 히죽이 웃었다.

유보화는 아이의 쳐다보는 눈에 손을 가리었다. 그리고 다른 한 손으로 다시 한 번 아이를 꽉 껴안아 주었다.

“미안해, 미안해.”

자기도 모르게 이런 말이 입 밖으로 흘러나왔다.

밤에도 유보화는 같은 심경이었다. 오래도록 잠이 들지 않아서 이리 뒤치락 저리 뒤치락 하면서 옆에 잠들어 있는 이성배의 얼굴을 들여다보았다. 이성배의 잠들어 있는 얼굴은 깨어 있을 때보다 선량해 보였다. 유보화는 이불을 끌어올려다 잘 덮어 주었다. 그리고 곤히 잠든 어린 것을 가슴에 끌어다 안았다.

이성배의 병세

이성배가 시름시름 병석에 눕게 되었다. 팔일오 때, 맞은 것이 원인인 듯싶었다. 허리가 결리고 사지가 쑤시고 했다. 유보화는 이성배의 병은 자기 때문에 얻었다고 뉘우쳤다. 자기가 시골 내려가지 않았더면 그런 결과가 생기지 않았으리라고 알았다. 그때까지 이성배는 어느 제약회사에 다니면서 생활을 유지해 왔는데 병석에 눕게 되고 보니 생활이 곤란했다. 시골 시댁에선 한 푼의 보조도 있을 수 없었다. 오히려 아들에게 생활 보조를 요구하기까지 했다. 이제 곧 토지개혁이 실시되면 지주는 형편 없이 몰락하게 된다는 것을 그들은 미리부터 걱정하고 있었다.

유보화는 자기 손으로 생활 문제를 해결해야 하겠다고 마음 먹었다. 서남령 선생을 찾아뵐 생각을 했다. 그 동안 유보화는 전혀 서남령 선생을 찾지 않았다. 서남령 선생 뿐 아니라 김영서의 출현을 알고 나선 도영혜나 노차순도 찾지 않았다. 찾아가고 싶은 충동이 생기는 일이 있더라도 억제했다. 집에 꼬옥 들어앉아 있으면서 아이와 남편에게 충실해 보려고 했다.

도영혜나 노차순도 찾아오지 않았다. 노차순은 임시정부가 환도하는 날 만난 뒤엔 못 만났고 도영혜는 그 전에 만났다. 서남령 선생도 물론 찾아오지 않았다. 결혼식에 짧막한 축문을 보내 준 뒤에 그대로 격조했다.

서남령 선생 댁은 정동에 있었다. 모교 앞을 지나가는 코스였다. 이 모교 앞을 지나는 유보화는 감개무량했다. 교문에서 나오는 학생들을 보았던 것이다. 이제야 돌아가는 학생들은 청소를 했던가 그렇지 않으면 학교에 무슨 일이 있어서 늦게 돌아가는 학생일 것이라고 짐작했다. 유보화도 전에 종종 이렇게 늦게 돌아가곤 한 일이 있었다.

청소나 다른 일로 해서 늦기도 했지만 서남령 선생을 사모하면서 부터는 학교에 오래 남아 있고 싶었던 것이다. 기숙사에 있을 땐 서남령 선생이 돌아가신 뒤에라야 기숙사에 들어오곤 했던 것이다.

서남령 선생은 댁에 돌아와 계셨다. 부엌에 있는 부인에게

"서선생님 계십니까?"

하고 물으니까 부인은

"어디서 왔지요?"

하고 매우 무뚝뚝하게 대어드는 것이었다.

"저 선생님의 제자예요."

"제자요?"

부인이 다시 유보화에게 대어드는데

"유보화요? 보화가 왔군."

하며 건넌방 문이 열리며 서남령 선생의 반가운 얼굴이 나타났다. 그러자 안방에서 계집아이와 사내 아이가 문을 열고 내어달렸다. 그들은 유보화를 줄곧 내려다보고 있었다. 둘이 다 서남령 선생을 닮지 않아 보였다. 유보화는 어린 아이들이 있는 줄 알았더면 빈 손으로 오지 않았을 것이라고 생각하며 마루에 올라섰다.

아이들이 유보화의 뒤를 줄레줄레 따랐다.

"너희는 저 방에 가 있어. 저 방에 들어가."

서남령 선생이 아이들을 따며[17] 유보화를 방에 인도했다.

"제자도 어지간히 많다. 밤낮 제자야…… 제길."

미닫이를 닫기도 전에 부인의 소리가 들려왔다. 불안하기 짝이 없었다. 부인의 얼굴은 왁쌀스러웠다. 아이들은 부인을 닮은 것 같았다. 서남령 선생 방엔 책장 한 개와 캔버스를 메워논 이젤이 한 구석에 서 있었다. 책상 위엔 스케취부크가 펴 놓여 있었다. 유보화는 그림에 대한 의욕이 불같이 일어남을 깨달았다.

"선생님 오래간만이예요."

17　따다 : 찾아온 사람을 핑계를 대고 만나지 않다. 싫거나 미운 사람을 돌려내어 일에 관계되지 않게 하다.

"잘 있었어?"

피차에 대답은 없었고 이렇게만 말하고 한참 잠잠히 있었다. 무뜩 서남령 선생님이 해 들려 주시던 말씀이 머리에 떠올랐다. …맞지 않는 사람과의 관련, 그것처럼 슬프고 싫은 일도 없을 것이라던, 그러나 그것이 우리들 세상에 흔히 있는 일이라는, 맞는 사람과의 관련이란 지극히 드문 일이라는 말씀도 했던 것이다. 그때 서선생님은 저런 부인과 같이 살고 있기 때문에 내게 그러한 말씀을 한 것인지 모른다고 짐작했다.

"애기를 낳았다구?"

한참만에 서선생이 물었다.

"네. 어디서 아셨어요?"

"노차순을 길에서 만났지."

"차순이가 그래요? 차순일 언제 만나셨어요?

"한 삼사일 될까?"

"전 만난지 오래 돼요. 한 달 잘 되나봐요."

"바쁘다구 그러던데. 뭐라구 하는데 나간다나."

"어딘데요?"

"무슨 여성단체던 것 같아……."

"네에."

유보화는 임시정부 환도하던 날 차순이가 하던 말을 생각하고 차순은 끝내 감격을 행동에 옮겼구나 알았다.

"유보화는 어디 관계하오?"

"전 아무 데도 안해요. 선생님은 어디 관계하세요?"

"아니."

"차순인 정치랑 하는 남자가 좋다구 그래요. 이런 때 그저 가만 있는 남잔 폐물이라나요."

"그럼 난 폐물에 속하는군."

유보화는 서선생을 쳐다보고 웃었다. 또 말 없이 한참 있었다. 그러다가 유보화가 서남령 선생을 조용히 불렀다.

서남령 선생이 눈을 들어 유보화를 보았다.

"저 직업을 얻어야겠어요."

"왜?"

"글쎄요, 얻어야겠어요."

"살림이 곤란한가?"

"네."

"남편이 어느 제약소에 다닌다면서?"

"지금 앓아 누워 있어요."

"무슨 병이게?"

"늑막염인가 봐요."

유보화는 성배의 병세를 자세히 이야기하고 싶지 않았다. 또 한 번 자기가 잘못했다는 뉘우침이 가슴 복판을 누를 뿐이었다.

"중탠가?"

"그다지 중태는 아니지만 쉬어야잖아요."

"전처럼 학교에 나가겠오?"

"글쎄요. 할 수 있는 건 그 일 밖에 없을 것 같아요."

"그럼 내 알아 보지."

"감사합니다, 선생님."

"찾아 줘서 고마워요."

"어려운 일이 있음, 선생님 생각이 나요. 평생을 두고 그럴지 몰라요."

"변변찮은 사람을 그렇게 생각해 주니 고마워."

"전 선생님의 말씀을 줄곧 머리에 새기고 있어요."

또 잠깐 말 없이 앉아 있었다. 부인의 거센 소리가 안방에서 들려 왔다. 아이들하고 신경질을 부리나 보았다. 유보화는 서남령 선생을 얼핏 건너다보았다.

서선생은 아무렇지도 않은 얼굴이었다. 그런 일은 줄곧 있는 것이라는 표정이었다.

"선생님 전 선생님 말씀을 어느 성인의 말씀과 같이 여기고 있어요."

"그건 더 고맙군."

안방에서 끝내 아이들이 울음을 터뜨리고야 말았다. 서남령 선생은 그래도 별다른 표정이 아니었다.

"저 가겠어요."

"왜 더 놀다 가지."

"어둡기 전에 가야지요."

"그럼 내 그 일을 알아 볼께. 주소를 적어 주고 가요."

유보화는 서남령 선생이 내주는 종이에 주소를 적어 놓고 나왔다. 서선생이 대문 께 까지 나와 바래 주었다. 대문 밖에서도 아이들의 울음 소리가 들렸다. 유보화는…… 맞지 않는 사람과의 관련을 입 속에 중얼거리며 땅거미 짙어오는 오솔막 길을 걷고 있었다.

그 뒤에 얼마 안 되어 유보화는 모 여자 중학교에 미술선생으로 취임되었다. 이성배는 서남령 선생으로부터 온 통지서를 몇 번 읽고 되읽고 하더니

"이 사람은 당신 일이람, 한사코 해 주는군 그래."

하며 쓴 웃음을 웃었다.

"한사코 봐 주시는 일이 고맙지두 않아서 그런 소릴 하세요?"

유보화는 쏘아붙였다.

"누가 고맙잖대? 고마운 건 고마운 거구…… 또……."

"뭐예요?"

"당신 일이람 기가 나서 야단이니 우습다는 거지."

"그 염치 없는 소리 좀 그만두세요. 남의 은혜두 그렇게 몰라요?"

한 번 뿐이 아니었다. 유보화가 학교에 나가게 되면서부터 줄곧 이런 종류의

싸움이 그치지 않았다. 때로는 손찌검질을 하기까지 했다.

"취직이고 뭐고 다 관 둬. 내가 낼부터 나갈 테야. 너 깐년이 버는 걸 안 먹어."

이성배가 성가시게 구는 위에 아이도 여간 보채는 것이 아니었다. 그러다가 병이 덜컥 났다. 아이의 병은 음식물 부주의에서 생긴 소화불량증이었다.

유보화는 학교에 나가랴, 둘의 병시중을 들랴 일분의 여유가 없이 지냈다. 아이를 업고 병원에 가고 의사를 데려오고 해야 했다. 밥 짓는 아이에게 아이를 업혀 데리고 갈 수도 없었다. 병자가 혼자 있으려고 하지 않았다. 본래부터도 이런 버릇이 있었지만 병석에 눕게 되면서 한 층 더했다. 밥 짓는 아이라도 곁에 있어야 했다.

그날은 유보화가 아이를 병원에 데리고 가기 위해서 학교 시간이 파하기 전에 집에 나왔다. 다시 학교에 나가야 하겠으므로 바삐 서둘러 안방 문을 열었더니 밥 짓는 계집애가 이성배 이불 속에 들어 있는 것이었다. 이성배는 가냘픈 계집 아이의 몸을 타고 앉아 있었다. 석아는 그렇게 하고 있는 옆에서 잠들어 있었다.

유보화는 아무 말도 하지 않았다. 잠들어 있는 아이를 와락 안고 그 방을 나왔다. 밥짓는 계집애가 눈을 곤추 뜨고 허겁지겁 쫓아나오며

"아즈머이요, 아즈머이요."

하고 불렀으나 유보화는 그냥 내어 달리기만 했다. 병원에서 아이를 보이고 나왔을 때 유보화는 어디로 가야 하나 하고 병원 문 앞에 아이를 업고 한참 서 있었다. 학교에 다시 갈 생각도 없었다. 거리엔 신탁통치반대시위 행렬의 물결이 홍수를 이루고 있었다. 그 물결 속에 김영서도 끼어 있을지 모른다는 생각이 들었다. 그러나 유보화는 그런 생각을 오래 하고 있을 마음의 여유가 없었다.

물결 속을 헤엄치듯 빠져나가고 있었다. 그러다가 발길이 효자동 쪽으로 돌아섰다.

도영혜는 또 없었다. 없는 대로 방에 들어가 아이를 뉘고 자기도 그 옆에 댕

그라니 누웠다.

식모가 다락에서 무엇을 내가겠다면서 들어왔다.

"아주머니 그 동안 왜 안 오셨어요?"

"나, 바빠서 못 왔어요."

"우리 집 아주머닌 새벽 같이 나감 밤에사 돌아오신대요. 손님하고 같이 그러세요."

"손님이라니 누구?"

"그 손님 말이애요. 아주머니 서방님 말이지요. 요새 노 와 계신 걸요."

"참 승국인 어디 갔어요?"

"지금 마악 쓸어들어 한 바탕 떠들썩하다가 나간 걸요. 외투랑 입고 놀래도 막무가내로 안 입어요. 추위도 타잖는 걸요."

식모가 나간 뒤에 유보화는 잠이 들었던가 보았다. 우당탕거리는 소리에 눈을 떠 보니 승국이가 뺨이 새빨가해서 들어왔다.

"아즘마? 아즘마댔구나. 나 아즘만 줄 몰랐어. 애기랑 있어서……."

승국은 좋아했다. 잠들어 있는 진석을 신기한 듯 내려다보면서.

그는 아직 유보화와 유보화의 아이가 같이 있는 것을 보지 못했다. 유보화가 아이를 데리고 온 일이 없었으며 유보화들이 서울 온 뒤로는 도영혜도 유보화를 찾지 않았으므로 승국은 유보화의 아이가 생소할 밖에 없었다.

"승국이 잘 있었어?"

유보화는 서 있는 승국일 끌어다 안았다. 털썩 안기는 아이의 체중이 무릎에 무거웠다. 전에 안았을 땐 이렇지가 않았다. 그 동안 그는 많이 자랐던 것이다.

"승국이 아즘말 쳐다봐."

그는 시키는 대로 했다. 검고 서늘한 눈에 빛나는 정기가 가뜩 차 있었다. 가두 행렬 속에서 본 김영서의 눈도 이러했던 것을 상기했다.

"승국아 인제 아가가 병이 났거던 데리고 놀아. 아가가 승국의 동생이야."

"아가가 아파?"

“아파, 이제 곧 나요.”

“아가 이름이 머야?”

“진석이야. 석아라고 불러도 좋아.”

이 대답과 함께 층층계 쪽에서

“승국아 나와 놀아.”

하는 소리가 들려 왔다. 식모가 말하던 조무래기들인 모양이다.

승국은 뻘떡 일어나 문을 마구 걷어차며 나갔다.

유보화는 다시 석아 곁에 누워 버렸다. 그냥 앉아 있을만한 힘이 없었다. 다시 누워선 잠이 오지 않았다. 가냘픈 계집아이를 타고 앉았던 이성배의 꼬락서니가 눈 속으로 기어들었다. 그 꼬락서니를 떨쳐 버리려고 하면 할수록 기어들었다.

유보화는 벌떡 일어났다. 꽤 앉아 있을 것 같아서 일어나면 또 몸을 가눌 수가 없었다.

누웠다 앉았다 하고 있는 사이에 승국은 아즘마를 부르며 몇 번 들락날락했다. 석아는 곤히 자고만 있었다. 석아가 자고 있는 것이 한 도움이 되었다.

도영혜들은 과연 밤 늦게야 돌아왔다. ‘손님’으로 통하는 남자를 도영혜는 유보화와 인사를 시켰다. 그의 이름은 성완수라고 했다.

분열

전에 한 번 피뜩 보던 것과는 다른 인상이었다. 검데데한 얼굴색에 알맞게 꾹 다문 입이라든가, 굵직하게 울리는 음성이 나쁘지 않은 인상을 주었다.

“너 참 오래간만이다. 그 새 나두 바뻐서 못 갔지만 넌 또 왜 그렇게 못 오냐?”

인사가 끝나자 도영혜가 한 말이다.

“왔어요, 와두 늘 안 계시던 걸요.”

“그래? 그런데 오늘 저녁엔 어떻게 늦게 왔니?”

“낮에 왔어요.”

“그래?”

도영혜는 의아스런 눈으로 유보화의 얼굴을 훑었다. 유보화는 얼굴을 수그렸다.

“싸우고 왔니?”

“아뇨.”

숙인 채로 대답했다.

“봐하니 싸운 상통이야, 사느라면 싸우기두 하는 거야. 야, 참 어린앨 데리구 왔구나. 난 우리 승국인 줄 알았지.”

도영혜는 그제야 잠들어 있는 석아를 본 모양이었다. 자세 자세 들여다보더니

“저 아부지구나. 쏙 뺐다. 얘.”

하는 것이었다.

유보화는 이성배를 닮았다는 아이를 내려다보지 않았다.

“수표정 계시다지요. 도군이 그 동안 유선생을 찾는다구 늘 벼르던데…….”

“그래 벌써부터 널 만나러 간다면서 바쁘게 지내느라고 못 갔다.”

성완수의 말을 도영혜가 받았다.

“팔일오 해방 후 어느 날 집에 있은 날이라곤 없었다. 밤낮 회관에 나가 있었으니까.”

도영혜의 목소리가 갑자기 달라져 갔다. 여류투사(女流鬪士)라고 할까, 그러한 인상을 주었다.

“너두 인제 가정에서 나와 활동해라. 삼십 육년간이나 빼앗겼던 조국을 찾지 않았냐? 빼앗겼던 조국을 찾았으니 바루 잡아 세워야 한단 말이다. 잘못하면 자본주의 ×국의 속국이 되구 말지 몰라. 지금 우리가 맹렬한 투쟁을 하지 않으면 자본주의 ×국의 주구 노릇 밖에 못한단 말이다. 우리는 진정한 의미에서의 민주주의 국가를 건설해 나가야 한단 말이다.”

도영혜의 이야기가 여기까지 계속되었을 때 성완수는 다른 방으로 갔다.

도영혜의 수다가 듣기 싫다는 건지 그렇지 않으면 조용히 이야기하라고 해서 그러는 건지 알 바 없었다.

도영혜는 성완수가 나간 뒤에도 유보화에게 성완수가 ××동맹에서 주요 간부로 활약한다는 것, 자기도 ××동맹에서 활약한다는 것을 말해 주고 연방 '동지규합'이니 '동지획득'이니 하는 따위의 술어를 사용해 가며 유보화에게 자기와 같은 노선을 걷도록 강요하는 것이었다.

도영혜가 김영서의 영향을 받아 일본 제국주의를 타도한다고 동맹파업을 책동하던 여학교 때의 일이 눈 앞에 떠올랐다. 그때의 도영혜도 이와 비슷했던 것이다.

유보화는 어쩐지 쓸쓸해졌다. 모두가 멀어져 가는 것만 같아서 견딜 수 없었다. 광야에 홀로 서 있는 듯한 고독감이 전신을 엄습해 왔다. 도영혜를 찾아온 일을 뉘우치기도 했다.

따져서 말한다면 유보화는 도영혜를 찾자는 생각이 꼭 있은 것은 아니었다. 어디로 가긴 가야 하겠는데 갈 데가 없었으므로 온 것 뿐이었다.

그러나 이곳 밖에 없었던 자기임을 돌아보았을 때 유보화는 다시 한 번 뼈저리는 서글픔을 깨닫지 않을 수 없었다.

그럭저럭 한 밤을 새우고 이틀날 아침에 도영혜 집을 나왔다. 도영혜들이 일어나기도 전에.

유보화는 우선 어린 것을 업고 병원으로 갔다. 진석의 병도 이 병원에서 보아 주었고 이성배의 병도 같은 의사가 보아 주었다.

진찰실이 비어 있었다. 간호부도 나와 있지 않았다. 사동이 복도를 쓸고 있다가 인기척이 들리니까 진찰실 문을 열고 들여다보았다.

"선생님을 불러 디요?"

문을 열고 들여다보던 사동이 유보화에게 물었다.

"응, 아니 괜찮어."

유보화는 빈 방에 조용히 앉아 있을 수 있는 대로 있고 싶었다.

“관 뭐요?”

“응, 천천히 해도 괜찮어.”

“네.”

사동이 문을 닫고 ‘해방의 노래’를 흥얼거리며 다시 저 하던 일을 계속했다.

진석은 그냥 자고 있었다. 지난 밤에도 내처 자기만 했다. 전에도 지내 본 일이지만 잠만 잘 자면 병이 나았다. 시어머니 말씀도 그러했다. 아이들은 병이 나으려면 잠만 잔다는 것이었다.

진석의 병은 인제 났는 모양이라고 짐작했다. 진석이까지 내처 앓는다면 자기는 어떻게 하랴 싶었다.

간호부가 말짱히 빨아 대린 하얀 유니폼으로 나타났다. 유보화를 보자 해맑은 얼굴에 놀라는 빛을 띠면서

“아니 웬 일이세요?”

하고 물었다.

“학교 나가기 전에 다녀가려구.”

“난 또 무슨 일이 생긴 줄 알았어요. 바깥 선생님 좀 돌리셨어요? 어젯밤에 왕진 갔을 땐 선생님이 안 계시더군요.”

“아, 그래. 참 갑자기 급한 일이 생겨서…….”

유보화는 어물어물 했다.

“그래 바깥 선생님 좀 어떠세요? 어젯밤엔 꽤 급히 서둘르셨는데…….”

“내가 없어서 미안했어.”

“그래 인제 좀 괜찮으세요?”

“응.”

“전 또 급하셔서 오신 줄 알고 깜짝 놀랐어요.” 유보화는 걸상에서 일어났다. 이성배가 자기 없는 사이에 병세가 더친 모양이라고 알자 그대로 있을 수가 없었다. 그새 어떻게 되지나 않았을까 하는 기우가 치밀었다.

“선생님이 아직 안 오시는 모양인데 갔다 다시 오겠어.”

"왜요. 인제 곧 나오세요. 진지도 다 잡수신 걸요."

"그래두 갔다 와야 해."

"어젯밤에 댁에 안 들어가셨어요?"

간호부가 유보화 뒤통수에 대고 한 말이었다.

유보화는 대꾸도 남기지 않고 집으로 달렸다.

대문이 열려 있었다. 유보화는 쉽게 마당에 들어섰다. 부엌 문은 닫혀 있고 잠잠했다. 마루에 올라섰다. 역시 잠잠했다.

"선아!"

하고 부르면서 안방 미닫이를 열었다.

이성배가 아랫목에 혼자 누워 있다가 눈을 번쩍 떴다.

그러다가 이성배는 벌떡 일어났다. 그의 눈은 퀭 하니 패어 들어갔었다.

말 없이 유보화를 쳐다보더니 히잉 울음을 터뜨리는 것이었다.

유보화는 묵묵히 서 있었다. 등에 업혔던 석아가 아빠의 울음 소리에 깨었던지 등에서 버둥거리며 아랫목 쪽을 내밀어 보았다.

"아빠, 울어? 아빠 아빠."

울던 아빠가 울음을 뚝 그치고 석아를 쳐다보았다. 퀭 하니 패어 들어간 눈에 눈물이 고인 탓일까, 가긍스러워[18] 보였다.

"석아야 내리겠니?"

아이를 내려 놓았다.

이성배는 석아와 유보화를 한데 쓸어안으며

"어디 갔었어. 보화 어디 갔었어. 난 외로워 견딜 수 없어. 죽음보다두 난 이 고독이 더 싫구려. 외로워서 그따윗 짓을 했어. 잘못했어. 내 잘못을 용서해 줘. 응 보화 잘못했어."

하며 다시 울음을 터뜨렸다. 석아가 아빠의 흘러내리는 눈물을 연방 두 손으로

---

18 가긍스럽다 : 불쌍하고 가여운 데가 있다.

닦아내며 아빠더러 울지 말라고 했다.

"그래 울지 않을께. 아빠 안 울께."

이성배도 굳이 울지 않으려고 애를 썼다.

"보화 용서해 줘, 응? 나 외로워서 그따윗 짓을 했어. 당신이 너무 톡톡 쏘며 쌀쌀하게 굴기 때문에 그랬어. 그리구 당신은 내 곁에 있지 않기 때문에 그랬어……."

"엄마 인제 어디 가지 말아. 학교 가지 말아."

아빠의 말을 받아 듣고 석아가 말했다. 석아 자신도 엄마가 곁에 있지 않는 것이 싫었던 것이다. 아빠보다, 석아가 더 싫었는지 모른다.

유보화는 한숨을 속으로 들이마시며

"선이 어디 갔어요?"

하고 물었다.

"그년 쫓아 보냈어. 그리고 죽으려고 했어. 그런데 당신과 석아를 보지 않곤 죽을 수가 없더구려."

"의사가 어젯밤에 왔다 갔어요?"

"응 왔다 갔어. 선이 계집애가 보낸 모양이야. 내가 숨가빠 하는 걸 겁난 얼굴로 보더니 밖으로 내달리는 거야. 가라구 가라구 쫓아두 안 가던 년이 내가 숨을 못 쉬고 야단 법석을 치니까 쫓아나가더니 의사를 보낸 모양이야. 내가 죽는 줄 알았던 게지. 보화, 과거는 파묻어 버려 줘 응. 파묻어 버려 줘."

이성배는 얼굴을 유보화의 치마폭에 묻으며 애원했다.

"선일 가라면 어딜 가요? 그 애 잘못이던가요?"

"글쎄 아무 말두 말아 줘. 그년의 잘못이라구 누가 그랬어. 눈에 뵈니 미칠 것 같아서 쫓은 거야."

"갈 데가 없을 텐데……."

유보화는 이런 소리를 뇌까리며 부엌으로 나갔다. 아침을 지어야 하겠다는 생각에서였다.

부엌 문을 열자 담요 속에서 무엇이 꿈틀 하고 머리를 들었다. 선이였다.

"너 여기 있었구나. 추웠지?"

"아주머니."

부드러운 태도에 선이는 유보화의 치맛자락을 붙잡으며 훌쩍거렸다.

"울지 말아. 선아야."

쌀을 떠내려고 한즉 선이가 쌀 바가지를 빼앗았다.

"제가 하겠어요."

방에 들어가기도 싫고 해서 부엌에서 버성거렸다. 아침을 지난 뒤에 유보화는 학교에 나갈 생각을 했다.

"석아, 엄마 학교 갔다 올께."

마루에 나서면서 석아에게만 말하고 대문 밖에 나섰다.

학교에 갔더니 동료들이 밤 새 핼쓱해졌다고 말했다. 어저께 집에 가서 점심 먹은 것이 얹혀서 다시 나오지 못했다고 대답했다.

점심 시간에 점심을 안 먹느냐고 묻는 말에도 속이 언짢아서 못 먹는다고 대답했다.

유보화가 난로 옆에 멍하니 앉아 있으려니까 국어 선생이 밖에서 들어오며

"유보화 선생 면횝니다."

하고 일러 주었다.

반가운 생각도 궁금한 생각도 없이 멍하니 앉았던 그 기분대로 나가 보았다.

"잘 있었냐? 보화야."

노차순이가 추켜 세운 외투 에리[19] 속에 목을 옴츠린 채로 웃고 있었다.

"차순이 왔구나. 들어와."

"너의 집에 갔었지, 존 뉴우쓸 가지고…… 그런데 이성배씬 아주 말이 아니더구나. 왜 그러나?"

19　옷깃을 속되게 이르는 말.

"아프단다."

"네가 학교에 나갔다면서 쓸쓸한 표정을 짓던데. 그래 재미 좋냐? 학교가……."

노차순은 직원실에 들어와서도 수다스러울 정도로 묻곤 했다.

"여기 앉어라."

교의를 내놓아 차순을 앉히고 자기도 앉았다.

"얘. 존 뉴우쓰란 거 너 뭔지 알겠니? 한 턱 해라."

노차순은 이 말만은 귓가에 속삭여 주었다.

"요 깍정아 뭔지 알고 싶지도 않어? 궁금하지도 않으냐 말이다."

노차순이가 본성을 드러내려고 했다.

"너무 덥구나. 저기 다른 방에 가 보자."

"옳지. 비밀을 속삭이잔 말이지?"

유보화가 노차순의 손을 잡아 쥐었다.

"좋단 말이지?"

"넌 아무 데서나 떠드니?"

"그래 안 떠들께. 김영서 이얘기야 떠들어멜 수 없지."

음악실에 들어갔다. 아무도 없었다. 유보화가 피아노 앞에 앉고 그 옆에 차순이가 앉았다.

"나 김영서씰 만났어. 넌 김영서가 그리 쉽사리 나타날 수가 있겠느냐고 그랬지? 그런 헛소릴 쳤지? 인젠 헛소리 칠 게 아니라 실지루 똑똑히 보란 말이야. 학병동맹에 있다가 갈라져 나왔어. 지금은 모처에서 활동하고 있어. 김영서씬 애국자야. 사상가야. 훌륭한 인물이야."

유보화는 정신이 몽롱해 왔다. 김영서를 제 눈으로 분명히 보고 나서도 김영서가 그리 쉽게 나타날 것 같지 않게 여겨진 거나 마찬가지로 차순이가 김영서를 만났다고 해도 정말 그런 일이 있을 수가 있을까 싶었다.

"내가 그 동안 김영서씨가 있는 델 알어내느라고 얼마나 앨 썼는지 알어? 너한테 소식 없이 있은 것도 그일 찾느라고 그랬다. 어저께 저녁에사 겨우 찾잖았겠니. 반갑고 기쁜 말 할 수 없더고나."

"어디서 만났어?"

유보화는 겨우 입을 열었다.

"모처에서야. 너 한테 알리지 말래."

"내 얘기 했니?"

"그럼 네 얘기만 했지. 날 척 만나니까 첫 말이 혼자 왔느냐는 거야. 말하자면 너하고 같이 왔느냐는 말인 거야. 그래서 내가 유보환 안 왔죠 해줬지. 그랬더니 어디 있느냐는 것이야. 이성배한테 시집 가서 아들까지 낳고 사는데 왜 자꾸 묻느냐고 해 놓고는 만나게 해 드릴까요 하고 물었지. 말이 없더고나. 슬프더구나."

"…………"

유보화는 창 밖으로 눈을 돌렸다. 눈이라도 내릴 날씨였다.

"말이 없을 밖에 없잖니? 네가 이성배한테 시집 가서 아들이랑 낳고 산다는 데야 어찌겠냐 말이다. 속만 터졌지 별 도리가 있나. 좀 서 있더니 날더러 가보라는 거야. 그리고 너한테 어디 있단 말을 하지 말라는 거야. 바뻐서 들어가 봐야 하겠다면서 들어가는 거야."

유보화는 창 밖을 내다보고 있었다.

"눈이나 내렸으면……."

"너도 속 터지는 모양이고나. 눈이라도 내렸으면 속이 좀 후련할 것 같지? 그렇지만 눈이 내린다고 속이 안 터질까, 더 터질지 모르지."

상학 종 소리가 들려 왔다. 노차순은 다시 오겠노라면서 돌아갔다.

유보화는 교실에 들어갔으나 정신이 나지 않았다. 아무런 의욕도 생기지 않았다.

창 밖을 내다보며 눈이라도 내렸으면 하는 생각 밖에 하지 않았다.

유보화처럼 가르치는 데 열심인 선생도 드물었다. 직원실에서도 그렇지만 학생들 간에도 열심인 선생, 재미있는 선생, 아름다운 선생으로 정평이 있었다.

유보화는 미술 시간에 그림보다, 먼저 아름다운 생활, 아름다운 심정을 가르치기에 주력을 써 왔다. 생활에 아름답고 심정이 고운 사람이래야 좋은 그림을 그릴 수 있다는 데서 출발한 것이다.

"선생님 어디 편찮으세요?"

창 밖만 내다보고 있는 유보화에게 한 학생이 물었다.

"아니. 응 좀 머리가 아파서."

갑자기 당하는 질문에 대꾸가 허둥거리지 않을 수 없었다.

"선생님, 그럼 이 시간엔 쉬지요."

"아니 쉬지 말고 그냥 선생님은 가만 앉아 계세요. 저희들끼리 '자유화'를 그리게요."

"그래, 그래. 전 선생님이 그렇게 앉아 계신 걸 그릴 테에요."

"저두요."

"그러지 말고 우리 다들 선생님을 그리기로 하면 어때?"

"그래 그래."

한참 동안 떠들썩하다가 '선생님'을 그리기로 낙착되었다. 유보화는 그냥 앉아 있었다.

모델이 되어 있다는 생각도 없이 앉아 있었다. 좀 있더니 눈발이 희뜩희뜩 보였다.

"아 끝내 눈이 오는구나."

유보화는 이런 소리를 입 밖에 내어 중얼거리며 벌떡 일어섰다.

"아이 선생님 가만 앉아 계셔요."

그제야 유보화는 일어서선 안 되는 것을 알았다. 다시 자리에 그대로 앉았다. 힘을 들이지 않아도 같은 자세를 짓고 앉을 수 있었다.

"됐어요, 됐어요."

하는 학생들 소리에서 유보화는 생각이 자세를 마련해 주는 것이라고 알았다.

 최정희 소설 전집 **1**

"선생님 눈이 오기 때문에 선생님이 더 아름답고 멋지게 뵈요."

"선생님이 아름답고 멋지면 뭘 해. 그림을 아름답고 멋지게 그릴 수 있어야지."

"아름답고 멋진 선생님의 영상이 우리들 안계를 통해서 우리들 심정에 퍼져 들어오면 자연 아름답고 멋진 그림이 될 거 아냐?"

"옳아, 옥잔 선생님이 늘 하시는 말씀을 본따서 하는구나."

"선생님의 본을 따는 게 뭐가 나쁘냐? 존 건 그대로 본을 따야 하잖아?"

"글쎄 그렇단 말이야."

"그렇다. 난 유보화 선생님 본만 따고 싶어."

또 한참 지껄이는 소리가 들렸다. 그러나 유보화는 학생들 소리에 귀를 기울이기보다 노차순이 하던 말이 더 뚜렷이 들려왔다.

눈이 내리면 속이 더 터질지 모른다던 말 —

종소리가 나기 전에 학생들의 그린 그림이 교탁에 놓이기 시작했다. 유보화는 그래도 그냥 앉아 있었다.

"선생님 인제 움직이셔도 돼요."

"그래?"

유보화는 학생들의 그림에 눈을 가져갔다. 첫 눈에 뜨인 것이

'울고 싶은 유보화 선생님'

이라는 긴 화제(畫題)였다. 금방 울상을 하고 있는 자기가 창 밖을 내다보고 있는 그림이었다.

웃음을 내뿜지 않고는 견딜 수 없었다. 유보화는 소리를 내어 웃고야 말았다.

"누구 거냐?"

뒤의 학생들이 앞의 학생들에게 보여 달라는 시늉을 했다.

유보화가 그 그림을 쳐들어 학생들에게 보였다. 학생들은 웃지 않았다. 교실이 터지게 웃으리라고 알았는데 웃지 않고 덤덤히 보고만 있는 학생들을 유보화는 돌아다보았다. 여전히 아무도 웃지 않았다.

그것을 쥔 채로 다시 교탁 위에 놓인 그림에 눈을 돌렸다. 교탁 위에 놓인 것도 그와 비슷한 그림이었다. 한 사람의 솜씨라고 해도 곧이듣게끔 되어 있었다.

'내가 이럭하고 있었던가?'

혼잣 소리를 중얼거리며 그림을 차례로 뒤졌다. 유보화는 줄곧 웃지 않을 수 없었다. 온통 울 듯한 표정의 자기였던 것이다.

그중의 몇 학생의 것만은 그렇지 않았다. 눈을 딱 감고 앉은 것도 있었다. '생각에 잠긴 여상(女像)'이었다. 제법 그림도 잘 되어 있었다.

이와 반대로 눈을 딱 부릅뜨고 창 밖을 내다보는 것도 있었다. 다른 아이가 아니고 반 중에서 우수한 재질을 가진 학생의 것이었다.

눈을 딱 부릅뜬 것만이 이상했지만 정확한 데생에 곱게 움직인 선, 나무랄 데가 없었다. '유보화 선생'이라고 달아 놓았었다.

"영애 눈엔 내가 눈을 딱 부릅뜬 거로 뵌 게지?"

유보화는 영애의 그림을 쳐들고 영애를 내려다보았다.

"어머나 왜 저래. 선생님이 눈을 저렇게 안 뜨셨는데….'

학생들 중에서 이런 말도 들려 왔다. 그러나 영애의 그림이 늘 우수했기 때문에 비난의 소리를 감히 내지를 못하고 있었다.

영애가 잔 기침을 두어 번 하고 나더니

"선생님."

을 불렀다.

모두들 잠잠했다.

"말해 봐요. 무슨 할 말이 있어, 영애?"

"선생님은 오늘 무슨 고민이 있으신 것 같았어요. 눈이 오고 있는 탓인진 몰라도 제 눈엔 그렇게 보여졌어요."

"그런데 왜 눈을 딱 부릅뜨시냐?"

뒤의 학생이 영애의 말을 반박했다.

"그렇지만 선생님은 고민에서 솟아나려고 고민하고 계신 것을 알았어요. 정신을 가다듬고 고뇌 속에서 헤어나려고 하시는⋯⋯."

"알았어. 아무렇게 그려도 좋아요. 자기 눈에 비친 대로 그리면 돼요."

유보화는 마지막으로 이런 말을 남기고 교실에서 나왔다.

슬픔을 넘어서

이성배의 병세는 날마다 심해 갔다. 결국 병원에 입원하게 까지 되었다. 혼자 치러낼 도리가 없어서 시댁에 편지를 했다.

시어머니가 올라왔다. 시어머니가 줄곧 병자의 시중을 맡아 보아 주었다.

한 달 가량 있다가 시어머니는 이성배의 매부를 불러 올렸다.

시어머니는 아들의 병세가 만만치 않은 것을 알고 있는 눈치였다.

"저 어른을 올라오시락 할긴디 집까탄에 그럴 수 없고."

오래 생각던 끝에 사위를 오게 했던 것이다.

이성배는 매부가 올라오면서 병세가 더쳐[20] 갔다. 유보화도 학교에 못 나가는 날이 많았다. 시어머니와 교대로 병원에 나가곤 했다.

시어머니가 낮에 나가면 유보화는 밤에 나갔다. 이성배는 그렇게 병세가 말이 아니면서도 진석을 침대에 올려 앉히고 어린 것과 더불어 이야길 주고 받곤 했다.

어린 것이 잠이 들면 팔을 베워 재워 주었다. 이성배는 어린 것이나 아내에게 가지는 정이 점점 두터워 가는 듯했다.

사월도 마저 가는 어느 날 새벽, 유보화가 잠이 들었는데 대문 두드리는 소리와 함께

"아즈머니."

부르는 소리가 들렸다.

---

20 더치다 : 낫거나 나아가던 병세가 다시 더하여지다.

불안한 예감이 왈칵 치밀어 올랐다. 어제 저녁 시어머니와 교대할 때부터 이성배의 병세는 한층 더했다.

유보화도 병원에 남아 있겠노라고 했으나 시어머니가 굳이 집에 들어가 쉬라고 해서 어린 것을 데리고 집으로 왔다.

유보화는 선아를 깨우지 않고 자기가 대문을 열었다. 시누이 남편이 서 있었다.

"옷을 입고 나오십시오."

시누이 남편은 다짜고짜로 이렇게 말했다.

"어떻게 됐어요?"

"나오십시오."

유보화는 옷을 입으며 선아를 깨우며 허둥거렸다. 선아에게 석아를 울리지 말라는 부탁을 남기고 시누의 남편을 따라 병원으로 향했다.

시어머니는 울고 있었다. 이성배는 유보화가 병실에 들어서자 정신 없이 벌떡 일어나 앉으며,

"이리 가까이 좀 와요."

하는 것이었다.

눈매도 달라 보이고 손짓하는 것도 예사롭지 않아 보였다.

유보화는 침대 가까이로 갔다. 이성배는 유보화의 손을 꽉 틀어 잡았다. 유보화는 등골에 찬 물을 쫙 껴얹는 듯 오싹해지는 것을 깨달았다.

뿐만 아니라 심한 공포에 전신이 떨리기도 했다. 이런 상태가 오래 지속되면 어쩔까 하는 생각이 들었다. 차라리 숨이 지는 편이 낫지 않을까 하는 생각이었다.

"이리 더 바싹 와요."

이성배가 잡은 손을 끌어 당겼다. 자기도 모르는 사이에 유보화는 침대 곁에서 멀어졌던 것을 알았다. 한층 더 무서웠으나, 하는 수 없이 손을 잡힌 채로 서 있었다.

"나 죽은 뒤에 석아를 잘 길러 주오. 재혼을 말아 주오, 부탁이오."

시어머니는 통곡을 터뜨리셨다. 간호부가 달려 들어왔다.

"이렇게 곡성을 내심 안 돼요. 다른 환자들 생각도 해야잖아요."

쌀쌀하게 일러 주고 간호부가 나가려고 한즉 시어머니는 간호부를 붙잡으며

"간호원 양반 주사 한 대만 놔 주시소. 예 한 대만…."

하고 애원했다. 그러고 있는데 이성배는 흰 눈자위를 들어 내놓으며 침대에 뉘어 달라고 했다. 매부가 달려와서 뉘어 주었다.

"꼴깍."

소리를 한 마디를 내곤 고만이었다. 그렇게 꽉 잡아 쥐었던 유보화의 손을 스르르 놔 버렸다. 시어머니가 통곡하며 의사를 부르러 나갔다. 매부가 채 감기지 않은 눈을 내려 쓰다듬어 주었다. 그의 눈이 내려 감기었다.

의사와 간호부가 들어왔다. 주사를 한 대만 더 놔 달라는 시어머니의 말을 듣지 않고 간호부가 흰 홑이불을 씌워 놓았다.

발이 약간 내놓였다. 시어머니가 내어놓인 발을 붙잡으며 홑이불을 와락 벗기는 것이었다.

"이 불효 막심한 놈아, 너 정말 혼자 갈래? 정말 혼자 갈래?"

하다간

"선생님 주사 한 대만 놔 주시소. 예, 이걸 이래 이대로 보낼락 합니까!"

하고 의사에게 애원하기도 했다.

간호부가 다시 홑이불을 씌워 놓고 나갔다. 의사도 나갔다. 이어 들것이 왔다. 시체실로 들어가는 것이었다.

시어머니는 몸서리질을 해 가며 아들을 놓치지 않으려고 했다. 사위가 떼내고 며느리가 붙잡아도 들것에 매달려서 안 떨어졌다.

유보화는 이성배를 죽인 사람이 자기라는 생각만 하고 있었다.

이튿날 아침에 시체를 집으로 옮겼다. 유보화는 도영혜에게 알려야 하겠다는 생각에서 그를 찾아갔으나 도영혜는 와 주지 않았다.

노차순의 주소를 몰라서 알리지 못한 일이 가슴에 걸렸다. 차순은 이성배의 죽음을 슬퍼하리라는 생각이 들었다. 유보화의 감정은 이성배의 죽음을 슬퍼해 주는 사람이 많았으면 하는 생각이 간절했다.

서남령 선생에겐 알리지 않았다. 어머니한테도 알리지 않았다.

장례식은 유보화가 나가는 ×여학교 교장 이하 선생들이 서둘러 주어서 무사히 치렀다. 그들은 화장터까지 가주었다.

사월의 한낮이 따사롭긴 했으나 바람이 있었다. 때를 지난 벚꽃들이 바람에 실려 한 없이 먼 곳으로 흩어져 갔다. 화장터 굴뚝에서 뭉쿨 뭉쿨 내뿜는 연기도 꽃이파리들이 흩날려 가는 쪽으로 흩어져 갔다.

어둠 속에 휘젓는 손과 손

시어머니는 장례식이 끝난 뒤에 한 열흘 더 있다가 내려갔었다. 사위가 먼저 내려가면서 함께 내려가기를 권유했으나 시어머니는 며느리와 손자만을 달랑 남겨 놓고 내려갈 수가 없다는 것이었다.

"학교에 나가는 너를 시골 구석으로 가자칼 수도 없고……"

시어머니는 줄곧 이런 말로 걱정하는 것이었다.

"집안 일이 아니면 어머님이 여기 같이 계셔 주셨음 석아랑 외롭잖겠지만……"

유보화도 혼자 서울에 남아 있는다는 일이 두렵기까지 했다. 그렇다고 시어머니 말씀마따나 시골 내려가잘 수도 없었다.

석아를 보아서나 자기 자신을 보아서나 유보화는 서울에 남아 있어야 한다는 생각을 가지고 있었다.

"어머니 한 달만 계셔 주십시오."

시어머니가 떠나려는 전날 저녁 유보화는 이렇게 말해 보았다.

"산 것들은 그래도 살아야 하겠고…… 살작꼬 하니 안 내려갈 수 없다."

“어머님이 집을 비이신지 벌써 두 달이 넘으셨으니……”

“그러게 말이다. 가야 한다. 후유.”

말을 끝내고 시어머니는 아랫목에 앉아 과자를 먹고 있는 석아에게로 돌아앉더니

“내 강생이[21] 잘 있그라. 엥. 에미하고 잘 있그라, 응. 에미 학교에 나가고 없어도 울지 말고 잘 있그라, 엥? 애이구 내 강생이 내 강생이 후유……”

하며 아이를 끌어안고 연방 볼기짝을 두들기는 것이었다.

정거장에 나가서도 시어머니는 석아를 얼싸안고 이와 비슷한 말을 몇 십 번을 반복했던 것이다.

기차가 기적을 울리며 치익 하고 움직이자 시어머니는 차창으로 손을 내밀며

“석아야, 에미하고 잘 있그라. 에엥 에엥.”

하고 소리를 치는데 시어머니 눈에선 눈물이 좔 좔 흘러 내렸다.

“할머니 안녕히 가아. 할머니.”

석아가 손을 흔들었다. 할머니가 휘휘 젓는 것을 본받은 모양이다.

유보화도 손을 들었다. 들었다기보다 저절로 손이 들려졌다. 내밀은 시어머니의 하얀 머리카락이 너풀거렸다.

기차는 곧 폼을 빠져 나가고 꼬리에 달린 불마저 패특패특하다가 없어져 버렸다.

유보화는 들었던 손을 내려 가슴에 모으고 부디 건강하시고 부디 더 늙지 마시라고 속으로 중얼거렸다.

이런 생각은 친정 어머니가 떠나던 때에도 했다.

“엄마 인제 가. 사람들이 다 갔어.”

석아가 치맛자락을 끌어당기는 때에야 유보화는 기차가 가고 있는 먼 데 방향에서 눈을 들었다.

---

21 ‘강아지’의 방언.

폼에는 사람이 다 나가고 짐을 운반하는 짐군들만이 구루마를 끌고 왔다 갔다 했다.

"엄마 사람이 다 갔는데 무서워서 어떻게 가?"

"저 밖에 나감 사람들이 많아. 무섭잖어."

석아를 달래며 역에 나오니 역에도 사람이 어지간히 찌었었다.[22]

"이봐. 엄마 사람들이 조끔 아냐. 엄마는 안 무서워?"

"엄만 안 무서워. 사람들이 이렇게 많은데 뭐가 무서워. 석안 무섭나?"

"아빠랑 있음 나 안 무서워."

유보화는 대꾸를 못했다. 아이는 속에 있는 대로 훌쩍해 버린 말이겠지만, 유보화는 이 말이 화살처럼 가슴에 와 박히는 것을 알았다.

집에 돌아와서도 선이 계집애까지 무서워서 혼났다고 떠들어대니까 아이는 눈이 휘둥그래서 방안을 두루 살핀다, 바깥에 귀를 기울인다 하는 것이었다.

유보화는 아이의 기색을 알아채고 아이를 재우러 들며

"선아, 너두 어서 자라."

고 일러 주었다.

"선아야 여기 자. 응 여기."

아이는 웃목 쪽으로 자리를 깐 선이에게 아랫목으로 내려오라고 손짓했다.

"그래. 이만큼 내려 와."

선이가 자리를 끌고 내려왔다.

"됐다. 됐다. 엄마두 빨리 누워."

석아 얼굴에 약간의 안도의 빛이 떠도는 듯 보였다.

아이와 선이는 얼마 안 되어 잠이 들었으나 유보화는 잠이 오지 않았다. 잠을 청하느라고 눈을 감으면 감은 눈 속으로 이성배의 발이 들이밀었다. 홑이불 밑

22　찌다 : 들어온 밀물이 나가다. 고인 물이 없어지거나 줄어들다. 여기서는 사람이 줄었다는 의미로 사용되는 듯함.

최정희 소설 전집 **1**

으로 얼마쯤 드러난 발이었다.

평소에 이성배의 곰의 발처럼 즛넓죽한 발을 징그럽게 여기고 있은 탓인지 모르겠다.

곰의 발처럼 즛넓죽한 그 발에 겨울 여름 할 것 없이 땀이 나서 양말에선 줄곧 고린내가 그치지 않았다.

이러한 이성배의 양말에 한 번도 손을 대 본 일이 없었다. 방안에 벗어 논 양말이 보이면 양말을 왜 방에 벗어 놨느냐고 짜증을 내든가, 그렇지 않으면 휴지거나 그 밖의 다른 것에 싸 쥐어 가지고 밖에 내던지든가 했다.

양말을 빨아 본 일 같은 것은 한 번도 없었다.

사흘 동안이나 시체와 같이 지냈는데 하필 발만이 들이미는 것은 평소에 그러한 짓을 한 벌인지 모르겠다고 생각했다.

누워 있을 수가 없었다. 벌떡 일어나 앉았다가 건넌방으로 건너갔다. 건넌방에는 이성배의 상청이 안치되어 있었다. 상청을 안치한 달 땐 싸답지 않게 여겼다. 기독교를 믿는 가정에서 자란 탓인지는 모르지만 상청을 만들어 놓고 어쩌니 하는 것은 허위를 조장하는 일 밖에 되지 않는다는 생각까지 가졌던 것이다.

자세를 바르게 하고 상청 앞에 앉았다. 성냥을 그어 초에 불을 붙였다. 상청에 놓인 성배의 사진이 크게 드러났다. 만족한 웃음을 얼굴 전체에 늘어놓으며 유보화에게 건너와 주어서 고맙다는 말을 하는 듯했다.

'…당신한테 평소에 곰곰이 굴지 못한 일을 용서해 주세요. 당신을 세상에 살지 못하게 한 것도 나요, 당신을 세상에 사는 동안에 슬프게, 고독하게 만든 것도 나에요. 그대신 나는 당신의 유언대로 석아를 잘 기르겠어요. 그리고 나는 당신의 아내로서 평생을 마치겠어요.'

유보화는 이 비슷한 말을 몇 번씩 되풀이해 중얼거리다가 촛불이 꺼지자 자기가 얼마쯤 오래 앉아 있는 것을 알게 되었다.

문살이 훤해 왔다. 다시 초에 성냥을 그어댈 생각이 없었다.

안방에 건너와 아이 곁에 누웠다. 여전히 잠이 오지 않았다. 그런데 이번엔 발이 아니고 말소리가 귓전에 매달려서 견딜 수 없었다. 그 말 소리는 다른 사람의 것이 아니었다. 자기가 건넌방에서 중얼거린 말 소리였다. 그것이 귓전에서 뺑뺑 돌곤 했다.

그 중에서도 '당신' '당신' 하는 말소리가 더 맹랑스레 감돌아 들었다. 유보화는 '당신'이란 단어를 입 속으로 뇌까려 보았다. 한 번만이 아니고 뇌까릴 수 있는 한 뇌까려 보았다.

아무리 뇌까려 보아도 어쩐지 어색한 것 같았다. 오랫동안 쓰지 않던 말이기 때문이란 걸 알았다. '당신'이란 말은 오래 전에 김영서에게 썼다. 이 말소리가 귓전에서 뱅뱅 돌곤 한 까닭도 여기에 있은 것을 알았다.

유보화는 평소에 이성배 앞에서 '당신'이란 말을 써본 일이 없었다. '당신'이라고 부르지 못했다.

김영서한테 쓰던 말이어서 그랬다기보다 항상 싫은 감정만이 꼭 차 있는 가슴 속에서 '당신'이라는 다정한 언어가 나올 수 없다.

'…내가 정말 나빴어. '당신'이라고 한 두어 번이라도 불러 줬더면. 그 발에 신었던 양말을 한 번 손을 댔더라도 이렇지는 않았을 걸.'

줄곧 이렇게 뉘우치기만 하다가 유보화는 끝내 눈을 붙여 보지 못하고 말았다.

선이는 부엌으로 나가고 아이와 둘이 넓은 방에 누워 있으려니 이불 속으로 기어드는 바람이 한결 오싹하게 느끼어졌다. 유보화는 아이를 가까이 다가다 뉘었다. 그 바람에 아이가 눈을 떴다.

"석안 아부지한테 인사하러 안 가나?"

눈을 비비는 아이에게 던진 첫 마디였다. 시어머니가 아침마다 아이를 데리고 건너가서

"아부지 안녕히 주무셨는기요?"

하고 인사를 시켰고 상식을 드릴 적이면

"아부지 진지 많이 잡수시소."

하고 뇌까리게 해 주었다.

그리곤 시어머니는 아이를 안고 앉아 아들의 이름을 부르며 울었다. 아이도 금방 눈물을 그득 담고 할머니를 따라 울었다.

유보화는 아이에게 그렇게 가르치는 시어머니를 옳게 여기지 않았다. 바로 어저께 아침까지도 그것을 염려스럽게 여겼던 것이다.

"엄마하구 같이 가."

눈을 다 비비고 난 아이가 한참만에사 대꾸를 했다.

"엄만 갔다 왔어."

"그럼 나 안 갈 테야."

"왜?"

"싫어."

"왜 싫으냐 말이야?"

"무서워."

"석안 왜 자꾸 무섭다구 그럴까? 뭐가 무서워?"

"나 무서워."

"안 무서워요."

"…………"

아이는 엄마 가슴에 얼굴을 꼭 파묻었다. 유보화는 가슴에 얼굴을 파묻고 잠잠한 석아의 머리를 쓰다듬기만 해 주었다.

"엄마, 우리 다른 집에 가 살아."

한참만에 가슴에 파묻은 채 아이가 말했다.

"왜?"

"여긴 무서워."

유보화는 아이에게 더 묻지 않았다. 자기 마음 속에도 집을 떴으면 하는 생각이 있었다.

그것은 조금 전에 '당신'이란 소리가 귓전에 뺑뺑 돌때에 훌쩍 떠오른 생각이었다.

아침을 지난 뒤에 학교에 나가려고 채비를 하려니까 석아가 떨어 안지려고 보채었다.

"왜 안 하던 짓을 할까? 얘가?"

아예 버릇을 떼자는 마음에서 유보화는 정색을 하고 말했다.

"엄마 가지 마. 엄마가 감 나두 갈 테야."

"별 소릴 다 하네. 엄마 학교에 가는데 같이 가? 집에 있어. 선아하구 응? 엄마 올 때 까까 사다 줄께."

"싫어 싫어. 나 집에 안 있을 테야. 선아하구 공원에 가 있을래. 접때두 가 봤어. 아주 좋아."

탑동공원이 가까운 관계로 선이가 몇 번 공원에 데리고 간 일이 있은 모양이었다.

"오늘은 안 돼. 집이 비었는데 어떻게 공원 가나. 선아하구 집에서 놀아요. 엄마 얼른 갔다 올께."

겨우 달래어 놓고 집을 나선 유보화는 어린 것의 일이 마음에서 내려가지 않았다. 모퉁이 길에서 어느 어린 아이의 '엄마' 부르는 소리에도 발을 멈추고 소리 나는 쪽을 살폈다.

그날 학교에서 늦게 돌아왔다. 졸업생인 ××× 여사가 모교에 와서 강연을 하기 때문이었다.

×××여사는 정계(政界)에 이름을 날리는 사람이었다. 교장은 학생이나 선생이나 한 사람도 빠짐 없이 ××× 여사를 맞이하며 그의 말씀을 듣자는 것이었다.

선생이나 학생이나 한 사람도 빠져선 안된다는 말을 교장은 두 세 번 되풀이했다.

교장이 이처럼 몇 번씩이나 하는 말씀이길래 유보화는 그냥 빠져나올 수도 없고 해서

"교장 선생님 저는 집에 가야겠어요."

하고 말씀을 드렸다. 교장은 안경을 고쳐 쓰며 긴 말을 늘어 놓았다.

"유선생 ××× 여사와 같은 분을 만나 보는 것도 좋을 겁니다. 좋은 이야기도 듣고…… 그런 분의 말씀을 좀체 들을 수 있나요? 우리 학교 졸업생이니 우리 학교에 오신다는 거죠. 우리 학교의 영광이지."

유보화는 더 말을 못하고 ××× 여사를 맞이하기 위하여 서두르는 다른 선생님들과 한 가지로 서둘렀다.

××× 여사는 단에 올라서자마자,

"…작년 팔일오에 해방이 되어서 방방곡곡이 환희에 들끓고 무슨 당이니 무슨 회니 우후죽순처럼 생기는 통에 좌다 우다, 싸움이 벌어지고 요인 암살사건이 생기는가 하면 테로단이 백주 가로를 횡행하고, 그 뿐인가요, 패망한 일제 군인 놈들이 팽개치고 간 낡아빠진 무기를 밑천 삼아 열흘이 멀다 싶게 살인강도 사건이 생기고……."

이런 투로 줄줄 내려 뽑았다.

누구나 하는 소리요, 늘 듣는 소리건만 유보화는 집에 있는 아이 생각에 간이 졸아들면서도 그 넋두리를 들어야 하는 일이 서글프기까지 했다.

××× 여사는 어둡기까지 이와 비슷한 말을 늘어놓고 갔다.

유보화가 집에 이르렀을 땐 먼데 사람이 분명치 않을 정도로 어둠이 내려앉았다. 근처 가게에서 약속한 대로 과자를 사 들고

"석아야."

를 부르며 들어섰다. 댓돌 위에 아이의 신발이 당그랗니 놓여 있는 것이 눈에 띄었다.

"석아야."

유보화는 가슴 밑바닥에 찬 물이 흐르는 것 같은 감을 깨달으면서 아이를 한 번 더 불렀다.

대답이 없었다. 선이도 잠잠했다. 불길한 예감에 사로잡히며 안방 미닫이를 후닥딱 열었다. 석아와 선이는 잠이 들어 있었다.

석아는 베개도 베지 않고 선이의 팔에서 잠이 들어 있었다. 유보화는 조용히 그 옆에 이르러 아이의 얼굴을 들여다보았다.

눈 언저리에 채 마르지 않은 눈물 자국이 서리어 있었다.

선이도 깨우지 않고 유보화는 웃목에 차려 논 저녁을 먹었다. 깔아 논 자리에 석아를 옮기려고 들먹이니까 석아가 눈을 번쩍 떴다.

"엄마 왔구나."

엄마를 올려다보다가 큰 소리를 질렀다.

"그래 왔어. 석아 잘 놀았어? 선아하구 잘 놀았어?"

유보화는 아이의 엉덩이를 철썩 철썩 두들겨 주었다.

선이도 잠에서 깨어 났었다.

"엄마 낼은 엄마 따라갈 테야."

"아이구 어찌 울어쌓는지……."

선이가 경과보고를 시작할 눈치였다.

"인제 그만 자자."

선이의 경과보고를 막아 버리며 유보화는 아이를 끼고 자리에 누웠다. 어저께 밤을 뜬 눈으로 새운 탓인지 자리에 눕자 잠이 들었다.

도영혜의 내방

석아는 아무 날도 마찬가지였다. 아이도 견딜 수 없는 노릇이지만 어른도 견디어 내기가 힘이 들었다.

유보화는 시댁에 사정 이야기를 자세히 적어 보내어 집을 팔고 다른 델 이사 가는 것이 어떠냐고 의향을 묻는 동시에 집을 팔 의향이면 시아버지나 시어머니, 혹은 시누이 남편이라도 올라와야 하지 않겠느냐고 썼다.

시댁에선 곧 회답이 왔다. 시아버지는 며느리와 손자의 정상을 가엾이 여기는 사연을 적고 집을 옮기는 것이 좋겠다는 것을 말한 다음 몸을 뺄 수가 있었으면 올라가서 서둘러 주어야 옳을 것인데 농사가 한창 바쁜 때라 그리 못하니 널리 양해하고 며느리더러 집을 팔아 가지고 딴 데로 옮기라는 것이었다.

유보화는 편지를 받고 더욱 걱정이 되었다. 자기 주변으론 집을 팔아 가지고 다른 데로 이사를 갈 수가 있을 것 같지 않았다.

도영혜가 유보화를 찾은 것이 바로 이즈음이었다. 이성배의 별세를 알린 뒤에 거진 한 달이 가도록 나타나지 않은 일이 노여웠던 참이었다.

"언니가 어떻게 우리 집에 다 오시우."

소리 없이 들어오는 도영혜에게 유보화는 아주 쌀쌀한 어조로 말했다.

"애 바빠서 그랬다 용서해라."

"아무리 바빠두 사람이 죽어 나가는데 그럴 수가 있어요."

"애 말 말아. 한 사람쯤 죽어 나가는 게 지금 문제가 아니야. 진정한 애국자가 지금 무리 죽음을 하게 되는 판국이야. 애 정신 좀 채려. 어떻게 된 판국인지 알아?"

도영혜는 말을 퍼붓다가 움츨뜨리고 주위를 살피는 기색이었다.

"난 애국자가 못 되니까 그런 건 모르지만 진정한 애국자라면 피두 있구 눈물두 있어야 할 게 아녜요?"

"애 그만 뒈라. 싫다 싫다 하던 남편이 뭐가 그리 대단해서 그러냐?"

"언니두 그게 말이라구 해요?"

유보화는 도영혜를 쏘아 보았다.

"그래, 그래 내가 잘못했다. 그런데 말이야. 나 당분간 너의 집에 좀 있어야 하겠어."

도영혜는 소리를 아주 죽여서 말했다. 마침 선이도 없고 석아도 없는 때라 조용했다.

"왜요?"

"글쎄 그런 일이 생겼어."

유보화는 대강 짐작이 갔다. 언젠가 찾아갔을 때의 일이 생각났던 것이다.

"언니 혼자?"

"혼자."

"그인 어디 있어요? 성씨?"

"성완수씨 말이냐?"

"네."

"그인 넘어갔어."

"언제?"

"며칠 전에."

"언니두 넘어갈 거지 왜 혼자 남아요?"

"그렇게 안 돼. 좌우간 나 여기 얼맛동안만 있자. 얼맛동안만 있음 돼."

유보화는 거절하기가 힘이 들었다. 그리고 성완수가 북쪽으로 넘어갔다니까 도영혜는 이제 곧 좌익 계열에서 벗어져 나올 것이라는 예측도 하고 있었다. 좌익 계열에서 벗어져 나오면 옛날과 같이 가까와질 수가 있으리라는 기대도 가졌다.

"그런데 뭘 하느라구 공산당이 돼 가지구 야단이세요?"

"얘 아무 소리두 말아. 넌 언제나 철이 나니?"

"글쎄 내가 철이 안 나서 그럴까?"

유보화는 더 긴 말을 하지 않았다. 곤경에 빠졌을때 몰아 세우기가 싫었다.

도영혜가 와서 사흘째 되던 저녁이었다. 아이와 선이가 잠든 뒤에 유보화는 도영혜에게 김영서가 서울에 와 있다는 말을 했다.

"뭐어?"

도영혜는 깜짝 놀라며 소리를 질렀다.

"나 봤어요. 분명히 서울에 있어요. 노차순인 그이가 일하는 데까지 가서 만났다는군요."

"넌 어디서 만났냐?"

"만난 게 아니구 임시정부 요인들이 들어올 때 가두행렬 속에서 봤어요."

"임시정부 요인들 올 때? 그 캐캐 묵은 것들이 올 때 어떻게 했다구?"

"단단히 병이 드셨구려. 왜 이러시우?"

"아니 그래 어떡했어? 널 보구 뭐라구 하더냐?"

"그인 날 못 봤어요. 나만 봤지, 차순이하구 마침 거리에 나갔다 봤어요. 행렬 속에 가는 걸."

"김영선 저쪽 패구나."

도영혜는 혼잣말처럼 뇌까렸다.

한참은 아무 말이 없다가 유보화가 먼저

"성완수씨두 가구 했으니 언닌 김영서와 지내시는 게 어때요? 승국일 보아서 라두……."

"김영서가 이때까지 결혼 안 했을까봐?"

"안했음 그렇게 하겠어요?"

"안하지 않았어. 그런 남잘 이때까지 가만 놔둘라구…."

"내 생각엔 혼자 있은 것 같아요."

일전 노차순이가 김영서를 만나고 와서 하던 소리에서 유보화는 김영서가 아직 결혼을 하지 않고 있는 거라고 짐작했던 것이다.

"넌 어쩔 테냐?"

"나야 어떡해요. 난 이대루 살아가는 거지요."

"어떻게? 과부로 평생 산다는 말이지?"

"그래요."

"애 대단하구나. 이성배가 싫다더니 언제부터 또 그렇게 열녀가 됐니?"

"좋아하지 못한 업보를 치러야 할 것 같아요."

"너 그럼, 만약에 김영서가 아직 널 기다리구 있다면 어떡할래?"

"내가 결혼한 걸, 어린애까지 났단 걸 알구 있다는 걸요."

"그건 어떻게 알았대?"

"노차순이가 얘기해 줬대요."

"내 얘기두 했겠구나?"

"무슨 얘기?"

"내가 어떡하구 있다는 걸."

"차순이가 언니하구 김영서 관곌 알기나 하나요?"

"김영서가 뭘 한대?"

"그건 모르겠어요. 학병동맹에서 갈라져 나왔다구 차순이가 그러더군요."

"김영선 분명히 우익이야. 김영서 같이 씩씩한 남자가 왜 그따위야."

"언니야 말루 돌았구려. 해방 통에 도는 사람들이 많다더니만……."

"정말 돌기라두 했음 좋겠어. 도무지 갈필 잡을 수가 없어. 성완수 그 자식 저 혼자만 훌쩍 넘어갔으니 글쎄 어떡한단 말이야?"

"아니 언니 몰래 넘어갔어요?"

"그럼, 어느 틈에 넘어갔는지두 모르게 넘어갔어. 숨어 다니다 넘어갔어."

"어디 숨었댔게?"

"어디 숨은 걸 내가 알게 뭐야?"

"언니 남편인데 어디 숨은 걸 몰라요?"

"그것들은 남편이니 아내니 하는 관념두 없어. 일만 아는 사람들이야. 글쎄 넘어가면서 나한테……."

도영혜가 무슨 말을 하려다가 그만 두는 눈치였다. 유보화는 굳이 그것을 캐어 물으려 들지 않았다.

"승국이두 여기 데리고 와 계심 어때요? 우리 석아하구 놀기두 하구."

"안 돼 안 돼. 승국인 나 지금 서울에 없는 줄 알아? 우리 집에선 내가 넘어간 줄 알구 있어."

"어머나. 그럼 승국인 지금 엄마가 이북에 넘어 갈 줄 알구 있구만요?"

도영혜는 한 열흘 있다가 어디론가 사라졌다. 유보화가 학교에서 돌아와 보니 떠나고 없었다. 흙바람이 몹시 불던 날이었다. 아주머니가 뭐라고 안하더냐고 묻는 유보화 말에 선이는 아무 말도 없었다고 대답했다.

이튿날 학교에 나가던 길에 유보화가 도영혜 집에 가보았으나 집에도 가지 않았다.

승국이가 밖에서 저희 조무래기들끼리 놀다가 유보화를 보고 덜썩 떠나가는 소리로

"아즘마."

를 부르며 기를 쓰고 달려오는 것이었다.

"엄마 계셔?"

아무렇지도 않은 채 유보화는 승국에게 물었다.

"엄마 없어. 엄마 이북 갔어."

승국의 얼굴엔 금방 쓸쓸한 빛이 쫙 퍼졌다.

유보화는 승국의 손을 꼭 잡아 쥐고 안으로 들어갔다. 식모가

"아주머니 어떻게 오셨어요? 그새 통 안 오시더니…."

하고 부엌 문턱을 바삐 넘어섰다.

유보화가 아무 말 없이 식모의 낯색만 살피고 있으려니까 식모는 좀 더 다가 와서 유보화 귓전에 작은 소리로

"우리 아주머니는 이북으로 넘어가셨대요."

했다.

"다방은 하나?"

"못한 지가 언젠데요. 쿠크²³가 죄다 빼 가지고 도망간 걸요."

"돈두 다 가지구 갔어."

옆에 섰던 승국이가 어른들 말참견을 했다.

유보화는 승국이의 손을 더듬어 다시 잡으며 그를 내려다보았다. 승국은 손을 잡히면서 쳐다보았다. 쳐다보는 그의 눈길은 영락 없는 김영서의 눈이었다. 다른 때도 아니고 유보화가 김영서의 하숙을 찾아가는 때 무엇을 하고 있다가

---

23   요리사(cook)를 뜻하는듯 함.

훌쩍 돌아다보는 그 눈이었다.

유보화는 아이를 덥썩 들어 안았다.

"승국이 아즘마하구 같이 있을까?"

"으응. 나 아즘마하구 같이 있을 테야. 나 정말 데리고 있어? 아즘마……."

승국의 눈이 화안히 밝아졌다.

유보화는 식모에게 승국을 자기가 데려다 두겠다는 말을 하고 도영혜가 떠날 때 집안 일에 대해서 아무런 부탁도 없었느냐고 물었다.

"손님하구 마냥 나가시던 대루 나가시면서 여영 안 들어 오세요. 그새 친구분이 한 번 다녀가시면서 날더러 승국이랑 집이랑 잘 보살펴 달라구 그러시더군요. 요새는 그 친구분도 안 오셔요."

식모는 이런 말을 하고 나서 유보화에게로 더 바싹 다가 오면서 입에 손을 대고

"경찰에서만 줄곧 와요. 온통 뒤지고 뭣들인지 가져가군 했어요."

했다.

"아뭏든 있다 다시 오겠어."

유보화가 이 말을 던지고 나오려는데 식모가 따라 나오며

"아주머니 어려우시지만……."

"뭔데?"

"저도 아주머니 집에 데려가 주세요. 무서워 못 있겠어요. 제가 뼈골이 빠지게 일하겠어요."

"아뭏든 이따 다시 올께. 승국일 울리지 말아요."

"네."

유보화가 대문 밖에 나서니 저쪽 한참 떨어진 곳에서 조무래기들하고 놀고 있는 승국의 모습이 보였다. 병정 놀음이라도 하는 모양으로 으쓱거리며 가로수 밑을 걷고 있었다. 가로수 위에는 하늘이 푸르게 펼쳐져 있었다.

혼선

그날도 학교에서 늦게 파하게 되어서 유보화는 빠른 걸음으로 집을 향해 걸었다. 웬만하면 도영혜 집에 들러 승국을 데리고 오려 했는데 엄마를 고대할 석아의 일을 생각해서 내일로 미루기로 했다.

유보화는 대문을 바삐 열며

"석아야."

를 높이 불렀다. 유보화의 이 소리가 떨어지자

"누나."

"언니."

"인제사 오느냐."

는 여럿의 벅적거리는 소리가 나며 마루로 달려 나오는 인기척이 있었다.

방에서 새어나오는 불빛이 희미하여 분명치 못하나 그들의 음성으로써 그들이 누군인 것을 알았다.

"어머니, 재균아."

유보화는 우선 어머니와 큰 동생을 부르며 마루로 달렸다. 서로 얼싸안아 한 덩어리가 되었으며 한 덩어리가 된 그대로 방에 들어갔다.

"재식아, 보은아 보희야."

밝은 데로 돌려 세우고 유보화는 동생들 이름을 불러 보았다. 모두들 몰라 보게 자랐다.

"재균인 나보다두 크구나. 재식인 나만한데……."

막내 동생 보희도 언니 곁에 바싹 다가서서 키를 대어 보는 것이었다.

"참 보희두 퍽 컸어. 석아만 해서 떠났는데 벌써 언니 턱 밑에 오네."

유보화는 막내 동생을 번쩍 들어 안았다.

"에헤. 엄마가 저렇게 큰 앨 안았다아."

이와 같은 석아의 소리에 유보화는 뒤를 돌아다보았다. 어느 새 석아는 외할머니한테 안겨서 만면에 희색을 띠고 있었다.

외손자를 안고 계신 탓일까? 어머니는 늙어 보였다. 동생들이 몰라 보게 자라는 사이에 어머니는 저처럼 늙으셨구나 하는 생각이 났다.

"인제들 앉아라."

어머니가 쳐다보며 말씀하셨다. 유보화는 막내동생을 내려 놓고 앉았다. 동생들도 따라 앉았다.

"몰골이 말이 아니구나. 그래 애 아범은 어떡하다 그 지경 됐냐? 휘유……."

어머니는 딸의 얼굴을 들여다보며 긴 한숨을 내뿜었다.

"그 동안 늘 앓았어요."

"그런 걸 까맣게 모르고 있었으니…… 이놈의 세상이 별스러워서 그런 큰 변이 있은 것도 모르고 끌끌끌……."

어머니는 눈물을 흘렸다.

"할머니 울지 마."

석아가 외할머니를 말렸다.

"오냐 오냐, 내 새끼가 울지 말라니 안 울겠다."

어머니는 눈물을 씻으며 어린 것의 볼기짝을 두들겼다.

석아와 어머니는 처음이건만 그새 벌써 친밀한 사이가 되어 있었다. 아무의 개재도 없이 그들은 저절로 이처럼 밀착된 거리(距離)를 이루고 있었다.

"저녁은 어떡하셨어요?"

"먹었어요."

동생들이 일제히 대꾸해 주었다.

"걔들이 배고프다고 해서 먼저들 먹었다."

"잘하셨어요. 그런데 어떻게 오셨어요?"

"어서 저녁이나 먹어라. 천천히 이야기하마."

선이가 웃목에서 저녁 상을 들고 왔다. 동생들은 졸리운 모양으로 눈을 비비곤 했다.

"너희들은 자거라. 고단할 테니……."

선이가 이부자리를 깔자 동생들은 자리에 누워 버렸다.

"아까부터 졸리는 걸 너 오길 기다리느라고 앉아 있었단다."

동생들은 자리에 눕자 이어 잠이 들었다.

"어머니두 누우세요. 고단하실 텐데……."

"고단한 것도 모르겠다. 애들하고 숨어 살아온 것만…."

"삼팔선을 어떻게 넘으셨어요. 통 내왕을 못한다던데?"

"이남 장사하는 예편넬 따라 떠났으니 여기까지 왔지 어디가 어딘지 알 수 있겠더냐. 길도 아닌 생판 산허리를 넘는다 강을 건넌다 하니…… 몇 번 죽나부다 했더니 그래도 운이 좋아서 살아 왔다."

"용케 오셨어요."

"용케 무사히 온 건 다행하나 와보니 네 일이 기가 막히는구나. 이런 줄 알았덤 왜 오겠느냐. 그놈의 세상에서 견대낼 수가 없기도 했지만 너희들 있는 데 와서 살아보자고 왔더니 이렇구나. 쯧쯧쯧. 이런 줄 알았음 오지 않았을 걸."

"왜 그런 말씀하세요. 오시길 잘 하셨어요. 제가 이럴수록 어머니가 곁에 계셔야 하잖어요."

"아무 것도 없이 알몸뚱이로 와서 곁에 있음 네게 짐 밖에 되겠느냐? 애 아범이랑 있음 서울 와서 어떻게 애들도 학교에 보내 볼까 했더니……."

"어머니 아무 염려 마세요. 오시길 잘하셨어요. 편지 왕래라도 하는 때 같으면사 어머니한테 벌써 오시도록 했을거예요. 석아가 도모지 안 떨어지려구 해요. 무섭다구… 학교에 나갈 때 아주 성가셔요."

석아는 외할머니 무릎에서 잠이 들어 있었다.

"그렇더구나, 글쎄. 우리가 점심 때가 좀 지나서 왔는데 그때부터 벌써 에미를 기다리고 있더구나. 대문 소리가 나니 막 뛰어나오는 게 아니냐. 엄마 오느냐고 소릴 치면서…… 첨엔 네 새낀 줄 몰랐지. 네 시누이 아인 줄만 알았다. 이게 나서 이렇게 크두룩 모르고 있었으니…… 아이 놈이 어떻게도 영특한지. 아범이 이런 걸 두고 가다니…… 쯧쯧."

어머니는 울음 섞인 소리로 중얼거리셨다.

"걜 눕히구 어머니두 어서 주무세요."

유보화는 어머니가 울음을 터뜨릴까봐서 아이를 받아 뉘며 서둘렀다. 어머니는 누워서도 좀체 잠이 들지 않고 이야기만 하러 드는 것이었다.

"그래 애 아범이 무슨 병을 앓다 그리 됐느냐?"

"그냥 시름시름 앓다가……."

"혼인식을 하고 나서 이내 앓았느냐?"

"아뇨. 해방이 되구 나서……."

"직업을 가졌더냐?"

"네."

"어떤 일을?"

"회사에 다녔어요."

유보화는 이성배가 시골 가서 면직원으로 있었다고 알리지 않았다. 그것을 알리려면 자기가 시골 가 있은 이야기도 해야 하겠는데 지금의 유보화에게 있어선 이야기를 끄집어내는 일이 고통스러웠던 것이다.

"월급은 얼마나 되던가?"

"생활할 만큼은 받았어요."

"외모가 그만한 사람이 제 가숙을 못 거느릴라고…… 아깝구나. 저를 믿고 넘기 어려운 삼팔선을 넘어왔더니 이 모양 될 줄 꿈에나 생각했겠냐."

"어머니 염려 마시구 어서 주무세요. 넘어오시길 잘하셨어요. 요새 이리루 넘어 오는 사람들이 많은가보던데 잘 오셨어요."

"그래. 우리 동네에서만 해도 수십 가구가 넘어왔어."

"어머니 거기가 그렇게 살기 어려워요?"

"살 수 없으니까 넘어오는 게 아니겠느냐. 세상이 왼통 거꾸로 된 걸. 구두창 받던 중식이네가 지금 막 올라섰단다. 그런가 함 새부자네 같은 집에선 아주 망해 버리고 가장즙물[24] 할 것 없이 몽탕 실어가잖았어.”

“참 고모네는 어떻게 지나세요?”

“고모네도 말이 아니란다. 고모는 무슨 동맹이라나 하는 데 나가 일을 보군 하지만 고모부는 그게 딱 질색이라 집에서 파묻혀 있지. 그러자니 자연 부부간 금슬도 벌어져서 매일 같이 싸움질이다. 고모가 그러고 다니니 아이들 꼬라지 하며 말이 아니지.”

“안 됐구만요.”

“고모부는 넘어올 소릴 하더라. 아니꼬와서 못 살아. 되지도 못한 것들이 우 쭐거리는 꼴이…… 그 대신 새부자네 같이 우쭐하던 축들이 내려앉는 건 씨원 하다고들 한다. 서울 대학생 며느리를 봐 가지고 온 원산바닥이 떠나가게 덜썩 떠들어대더니…… 대학생 며느리는 저만 사람이라고 웬만한 사람은 거들떠보 지도 않았다구들 하더고나. 하긴 시애비 죽었을 때도 검정 상복을 입고 날뛰고 하잖았어…… 얘 참 난 네가 혼인식에 검정 옷 입은 게 늘 좋잖게 맘에 걸리더 니…… 휘유우.”

어머니는 또 사위의 죽음으로 이야기를 돌리려는 눈치 같았다.

“어머니 고단하실 텐데 어서 주무세요.”

“걱정이 되서 잠두 오지 않는다. 길에서 밤낮 닷새를 뜬 눈으로 새웠건만 잠 이 안 오는구나. 맨몸뚱이로 이 숱한 식구가 넘어와 놓고 보니 살까 싶지 않다.”

“염려 마세요. 제가 다 할 테니까. 동생들두 학교에 보내구 하겠어요. 집이 적 적해서 다른 델 이사가려는 생각두 있었는데 잘 오셨어요. 석아가 무섭다구 울 어서 학교에 가서두 맘을 못 놓구 있는 걸요. 어머닌 아이나 봐 주시고 선일 데 리구 살림이나 보살펴 주심 돼요.”

어머니는 딸의 말에서 안도의 감을 얻었는지 얼마 안되어 코를 골기 시작하 셨다.

24　가장집물. 집에 놓고 쓰는 온갖 살림도구.

유보화는 잠을 안 자고 동생들을 학교에 입학시켜야 하겠다는 생각, 옷을 해 입혀야 하겠다는 생각, 돈을 마련해야 하겠다는 생각을 하고 있었다.

동생들을 공부시켜야 하겠다는 생각을 줄곧 가지고 있긴 있으면서도 시행을 못하고 있던 터이라 이런 기회가 다행하다고 여기는 마음도 없지 않으나 어쩐 지 어깨가 무거워지는 것만은 숨길 수 없었다.

맞선을 보던 날

친정 식구가 넘어온지도 한 달 가량 잘 되었을 것이다. 짙은 녹음이 천지를 일색(一色)으로 물들이는 시절이 또 왔었다.

그날은 여느 때보다 일찍 파했으므로

'틀림 없이 승국일 데리러 간다.'

고 유보화가 벼르면서 직원실을 나오려는데,

"유보화 선생 같이 가십시다."

하며 따라나서는 이가 있었다. 음악 선생 한길례였다. 유보화는 바삐 옮겨 놓 던 발을 멈추고 한길례를 기다려 둘이 같이 교문을 나섰다.

"우리 집에 가십시다, 유선생."

한길례가 발을 멈추며 한 말이었다. 선생들 중에서 가장 가깝게 지내긴 하나 아직 한 번도 그의 집에 까지 가본 일은 없었다. 유보화가 줄곧 바쁘게 지내는 것을 알고 있어서 그랬는지 그는 집에 가자는 말은 하지 않다 이번에 남동생 둘 을 그의 아버지가 설립자로, 그의 오빠가 교무주임으로 있는 Y학교에 입학시켜 주기까지 했지만 한길례는 언제나 학교에 가서 그 오빠를 만나게 했다.

"존 일이 있나보군?"

"그래요. 유선생이 꼭 가 줘야 할 일이 있어요."

"무슨 일인지 모르지만 나 오늘은 집에 일찍 가야 돼요."

"밤낮 집에 일찍 가야 된다시지. 인제 어머님이랑 계신데 어린애 걱정도 없을 텐데 뭘 그리 서두서?"

"오늘은 어디 들러 가야 해요."

"어디 존 데가 있나봐? 그래도 오늘은 나하고 같이 가줘요."

전에 없이 음악 선생은 만면에 희색을 띠며 어리광 비슷한 언동을 부렸다.

"한선생 무슨 일인지? 웬만함 나 보내 줘요. 피치 못할 사정이 있어서 그래요. 벌써 해야 할 일인데 그 동안 동생을 입학시키는 일에 분망하다 보니 그만 밀렸어요."

"무슨 일인지 모르지만 하루만 연기함 안 되셔? 이때까지 연기해 왔다니 말이오."

"한선생 댁에 가는 일을 하루 연기하자구."

"안 돼요 그건. 오늘이래야 해요."

"대관절 무슨 일이게? 알구나 가든지 말든지 하십시다."

"우리 아버지 생신이래요."

한길례는 이 말을 하면서 흐드득 웃었다. 마뜩지 않은 태도였다.

"그렇담 나 그만 두겠어요. 아부님한테 인사 여쭌 일은 없지만 맘 속으로 축수합니다."

"유선생 참 깍쟁이야. 그것 말고 또 일이 있어요."

"오늘 누가 와요. 오는 사람을 유선생이 좀 봐 달라는 말이야."

"누군데? 미아일 하시나?"

"그런 것하고 비슷한 일이지."

"옳아 한선생 시집 가시는구려? 신랑 되실 분이 오신단 말이지?"

"되고 안 되고는 오늘 봐야 해요. 그러니까 유선생더러 오시라는 거야."

"내가 봄 뭘 해. 아부님이랑 오빠랑 좋다구 하셔야지."

"아뇨. 부모님이나 오빠들보다 유선생이 보시고 좋담 더 좋겠어."

"어떤 분인데?"

"아직 자세 몰라요. 오빠 중학 동창에 대학 후배래요, 일본서 대학을 마쳤대요.”

일본이란 말에서 유보화는 그리움 같은 것이 가슴에 와 걸놓였다. 한길례 집에 가 보자는 마음이 무뜩 떠올랐다.

“가십시다. 한선생 신랑될 분을 구경시켜 줘요……”

음악 선생 집은 가회동에 있었다. 네 귀가 하늘로 추켜든 집들이 즐비하게 앉아 있는 중에서도 한층 으리으리해 보였다.

한선생은 어머니 아버지한테 유보화를 소개했다. 올케도 인사시켜 주었다. 어머니 아버지는 똑 같이 유보화의 이야기를 딸에게서 잘 들었노라고 말씀하면서 매우 반갑게 대해 주었다.

어머니는 몇 번씩 혼자 고생이 얼마나 할까보냐고 걱정도 해 주었다. 어머니는 연세가 많은 모양이나 호사롭게 지내는 탓인지 머리 한 올 세지 않고 손매듭이 매끈한 대로 곱기만 했다.

유보화는 한선생의 어머니를 건너다보면서 자기 어머니의 초라한 손을 생각했다. 아직 육십도 못 되어서 검은 머리카락을 구경할 수 없게 된 어머니의 백발도 눈앞에 떠올랐다.

“유선생이 와 줘서 고맙소. 저걸 배필을 지어 줘야 할 텐데 맘에 흡족한 인물이 없단 말이오. 우리들 맘에 드는 신랑자면 제가 마다지요. 제가 괜찮아 하는 인물이라면 어른들 맘에 안 들구…… 벌써 스물 일곱 아니오? 올핸 넘기지 말아야 할 텐데 걱정이구려. 오늘 온다는 신랑 감은 어떨는지. 훌륭한 신랑 감이라군 한다지만……”

부엌에서와 마루에선 음식을 차리느라고 분주한 모양이었으나 한길례 선생이나 그의 어머니는 알은 체를 하지 않았다. 올케가 식모를 거느리고 분주히 서둘렀다.

“유선생, 내 방으로 가십시다.”

“그래. 게 가서 편안히 좀 쉬시지.”

한길례 선생 방은 뒤채에 있었다. 사간도 넘어 보이는 큰 방에 양복장 단스 의걸이가 들앉아 있는 위에 삼면경 외에 경대가 놓여 있었다. 장판은 미끄럽도록 번질거렸다.

“색시 방 같구만.”

한길례는 색시 방이라는 말에 씽긋 웃고 나서 유보화에게 집에서 입는 저고리를 내어 주며

“저고릴 벗고 이걸 입으세요, 그리고 여기 좀 누워요.”

했다.

유보화는 한길례가 하라는 대로 했다. 한길례는 세숫수건을 들고 밖으로 나갔다. 한길례가 나간 뒤에 유보화는 ‘색시 방’ 같은 방에 누워서 이것 저것 살피다가 자기 방으로 생각이 돌아갔다.

자기는 이렇게 으리으리한 방에 살아 본 일이 없다. 결혼 전에도 그러했고 결혼 후에도 그러했다. 현재 사용하고 있는 이층장도 시누이가 쓰던 것이다. 그것 외엔 가구(家具)라곤 놓여 있지 않은 초라한 방에서 살고 있는 것이다.

오그렸던 다리를 쭈욱 펴면서 밖으로 시선을 던졌다.

밖으로 던진 시선 속으로 몹시 푸른 나무가 들어왔다. 그 푸른 나무는 바람이 이는 탓인지 가만 있지 않고 출렁거렸다.

유보화는 두 다리를 다시 쭈욱 펴면서 기지개를 켜듯이 두 팔도 그와 같이 폈다.

출렁거리는 푸른 나무가 가슴 속에 까지 파동을 일으켜 주었다. 오래간만에 있는 일이었다.

“유선생도 세수하셔.”

한길례 선생이 들어왔다. 그는 수건으로 얼굴을 씻으며 유보화에게 말했다.

“세수하시래도.”

유보화가 대꾸 없이 있으니까 한길례는 다시 한 번 독촉했다.

“안해요. 나 안해요.”

"왜? 어디 아프셔?"

유보화의 어성이 달라졌는지 모른다.

"아니 어디 아프시냐 말이애요?"

"아프잖어요. 잠이 와서 그래요."

유보화는 이렇게 말하며 한길례 선생을 쳐다보았다.

"그래도 주무시진 말아요. 이제 곧 올 테니까. 여섯시에 온대요."

한길례는 이런 말을 하면서 삼면경 앞으로 다가가고 있었다. 삼면경 속에 한길례가 셋이 되었다.

"인젠 미아이[25]하기에도 진저리 났어. 오늘 저녁 오는 이는 굉장하다니 모르지만……."

세 개의 한길례가 입가에 웃음을 지으며 말하고 있었다. 그는 오래 거기 머물지 않고 웃음을 띠운 채로 경대 앞으로 갔다. 경대 속의 한길례는 하나 뿐이었다. 얼굴 전면(全面)에 코올드를 바르고 마사즈를 시작하는 것이었다. 마사즈를 하고선 탈지면을 뚝 잘라 얼굴의 크림을 닦아내고 화장수를 칠했다. 그 위에 코오티를 바르고 손 바닥에 배니싱을 펴서 얼굴을 자근자근 누른 다음 다시 또 파후를 털었다. 볼연지 입연지를 끝내곤 눈썹을 그렸다. 상당한 시간이 걸렸다.

"한선생은 늘 그렇게 하세요?"

유보화는 줄곧 한길례를 쳐다보고 있다가 이렇게 물었다. 묻고 보니 실없는 소리를 한 것 같아서 유보화는 이어

"참 예뻐요."

해 주었다.

아닌 게 아니라 한길례는 딴 사람같이 예뻤다. 눈꼬리가 쳐진 것이 흠이라면 흠이었는데 그것까지도 눈썹 그리는 것으로 어찌 어찌 해 놓더니 말짱히 감추어졌었다.

---

25 맞선, 맞선 봄을 뜻하는 일본어 見合(みあい).

웬만한 사람이면 반할 것이라는 생각을 하고 있는데

"유선생은 어떤 타입의 남자가 좋으셔?"

하고 한길례가 물었다.

"글쎄."

글쎄라고 할 밖에 없었다. 유보화는 딴 생각을 하느라고 한길례 선생의 말을 알아 듣지 못했던 것이다.

"난 스포오츠맨 형의 남자가 좋아. 남자란 꾀죄죄하지 않아야 해요. 그렇잖아요? 유선생."

"…………"

유보화는 얼른 대꾸할 말이 생각나지 않았다.

"오늘 저녁 오는 이는 스포오츠맨은 아니래도 씩씩하대나요. 남자답대요."

"그럼 아주 맘에 드시겠군. 그쪽에서두 맘에 들 건 확정적 사실이구요."

"에이고. 유선생도 그걸 누가 알아?"

한길례는 입이 반이나 벌어졌다.

"저렇게 예쁜 색실 마달 남자가 있겠어요?"

한길례의 입이 있는 대로 벌어지고 말았다. 소리를 내어 막 웃었다. 유보화도 웃었다.

막 웃고 있는데 한길례 선생 올케가 들이 달렸다.

"아가씨 오셨어. 다 됐어요?"

"네에 다 됐읍니다. 그다지 급히 서둘 거 있나요?"

한길례는 뛰는 가슴을 진정하느라고 이러는지 몰랐다.

"어머님이 속히 하시고 나오시라고요."

"네, 네."

올케가 건너가자 한길례는

"어지간히들 서둘어 쌓네."

하고 올케가 간 방향을 향해 눈을 흘겼다. 눈을 흘기는 것이나 그것은 공연히 그래 보는 것이라고 유보화는 알고 있었다.

"유선생도 얼굴을 좀 만지세요."

한길례 선생은 옷장에서 옷을 꺼내며 유보화를 내려다보았다.

"난 이대로 좋아요. 내가 선을 뵈나요."

"그래도."

"내 염려는 마시구 어서 옷을 입으세요. 색시 구경이나 실컨 하게."

한길례는 크게 소리를 내어 웃었다. 밖에서 까지 들리도록…….

한길례는 몇 벌의 옷을 입어 보고 벗곤 하다가 초록숭인 치마에 살결이 보오 얗니 내비치는 은조사 깨끼겹저고리를 입었다. 은조사 깨끼엔 핏빛 같은 옷고 름이 달려 있었다.

"이게 젤 낫겠지? 좀 일른 듯하지만……."

"좋아요."

"유선생도, 그저 좋대."

"내 보겐 존 걸 어떡해요."

"저기 온 이의 취미가 어떨지 그게 문제란 말이얘요."

"그럴 필요가 없어요. 한선생 맘에 드는 걸로 입으심 돼요. 자기 맘에 즐거운 걸 입으세요."

"그래도."

"어서 나오시래도."

올케가 또 들어왔다. 한길례는 다시 한 번 삼면경 앞에 서서 앞뒷 모습을 살 펴 보고선

"유선생 가십시다."

하며 앞을 섰다.

"색시가 멋져요."

"또 색시라네."

한길례는 웃음이 벌룸벌룸 벌어져서 견딜 수 없어했다.

“오빠 방으로 가시래요?”

“아니. 아버지 방이 아니래.”

“어머님이 지금 오빠 방으로 하라고 하셔서 그리로 하게 됐어요.”

올케와 쑤근거리던 한길례는 안방으로 들어갔다. 어머니와 뭐라 뭐라 하더니 마루로 나왔다.

“그이가 아부지랑 계신 데선 싫다고 한대. 우리끼리만 놀잔대나요.”

한길례는 이런 말을 유보화에게 하고선 앞을 서서 걸었다. 유보화는 한길례 뒤를 따라 한길례 오빠 방에 들어 섰다. 들어서자마자 유보화는 말뚝 같이 뚝 벋쳐 서지 않을 수 없었다. 방에 김영서가 앉아 있었던 것이다. 김영서는 한길 례 선생을 살피느라고 유보화는 못 보고 있었다. 그 서늘한 눈으로 한길례를 보 느라고 정신을 못 차리는 듯했다.

“이쪽으로 들어오시지요.”

한길례 선생 오빠가 자리를 가리키면서 말했다. 한길례 선생 오빠는 벌써부 터 서 있으면서 유보화를 기다리고 있는 모양이었다.

유보화는 한길례 오빠한테 허리를 굽혀 인사한 다음 그가 가리키는 자리로 갔다. 그제야 김영서는 유보화에게 시선이 옮아진 모양으로 깜짝 놀라며

“웬 일이시오? 보화씨.”

하고 외쳤다.

“아니 아셨던가요? 두 분이?”

한길례 선생 오빠가 주저주저하며 물었다.

유보화는 잠잠할 뿐이고 김영서가

“네, 압니다.”

라고 대답했다.

“아시는 분이 돼서 더욱 좋습니다. 유선생 그럼 우리 친굴 소개하겠읍니다.”

김영서 곁에 앉은 남자를 한길례 오빠가 소개했다.

“한군한테와 한길례양으로 부터 말씀 많이 들었읍니다.”

코 밑의 까만 수염 때문인지 좌중에서 제일 나이가 많아 보였다.

유보화는 말 없이 머리를 숙일 뿐이었다.

"아아니 그런데 실례지만 자넨 어느 새 유보화 선생을 알아 뫼셨던가?"

까만 수염의 남자가 김영서와 유보화를 번갈아 보아가며 말하는데 말투는 점잖았으나 그 어성과 태도에는 야유와 농조가 섞여 있었다.

유보화는 까만 수염의 남자가 이런 태도로 나오게 된 까닭이 자기가 김영서 앞에 말뚝이 되어 버린 데 있다는 것을 알았다. 그래서 유보화는 태연해지려고 속으로 숨을 들여 끊곤 했으나 좀체로 평온해지질 않았다.

"편히 앉으십시오."

한길례 오빠가 손을 내밀며 권했다. 그제야 유보화는 자기가 엉거주춤히 앉아 있었음을 알았다. 그렇게 앉지 않을 수 밖에 없었던 것도 알았다. 말뚝 같은 것이 속에 뚝 뻗쳐 있으니 어쩔 수 없었던 것이다. 그것은 마치 조각의 '심'과도 같은 것이었다. 그 '심'이 아니면 조각의 자세를 바로잡을 수 없 듯이 어디서부터 시작된 것인지는 모르나 이 말뚝이 아니면 자기는 넘어지든가 자빠지든가 했을지 모르는 일이라고 생각했다.

음식 상이 들어왔다. 음식 상과 함께 한길례 어머니가 따라 내려왔다. 그는 방에 들어오지는 않았다. 밖에 서서 김영서를 들여다보는 것이었다. 까만 수염의 남자가 일어서서 인사를 하는 것도 받는 둥 마는 둥 하는 것이었다.

"많이들 들어요. 변변친 않지만……."

이 말을 하면서도 한선생 어머니는 김영서만 살피기에 분주했다.

유보화는 인제 틀림 없이 김영서가 주인공임을 알았다. 김영서는 한길례와 맞선을 보려고 이 집에 온 것이라고 알았다.

어디서 부터 시작된 것인지 모르는 뚝 벋쳤던 말뚝이 봄눈이 녹는 듯 스스로 녹아 없어지는 것을 인식했다. 그것이 그리 되자 유보화는 금방 쓰러질 것 같았다. 전신에서 땀이 흘러내렸다. 얼굴에서 흘러내리는 땀을 수건으로 씻으며 씻으며 그는 이 자리에 앉게 된 일을 뉘우쳤다.

"유선생 더우신가봐? 선풍길 달아 놨음."

한길례가 어머니를 내다보며 서둘렀다.

"선풍긴 너무 이르다. 넌 더구나 옷을 엷게 입었는데…."

"괜찮어요."

한길례 어머니 말씀에 한층 더 흘러내리는 땀을 씻으며 유보화는 겨우 한 마디를 했다.

김영서는 벙글벙글 웃고만 있었다.

"어머닌 들어가세요."

한길례는 어머니가 걷어 든 문 발을 잡아당겨 바로잡으며 서둘렀다.

"오냐, 들어가마. 잘들 놀게."

한길례 어머니는 이런 말을 남겨 놓고 돌아섰다. 매우 만족스러운 낯색이었다.

"어머님두 들어오실 걸."

까만 수염의 남자가 눈을 껌벅해 보이며 말했다. 한길례 선생은 그것이 그렇게도 우스운지 소리를 마구 내어 웃었다.

"자아 드십시다."

한길례 오빠가 주전자를 들어 술을 따르려고 하니까 김영서와 까만 수염의 남자가 앞에 놓인 잔을 들어 술을 받았다. 김영서가 받은 잔을 놓고 주전자를 받아 들고 한길례 오빠 잔에 술을 부었다. 그리고 나서 유보화 앞에 주전자를 돌려 대며 받으라는 것이었다.

유보화는 기가 딱 찼다.

"안 돼요."

"안 될 거야 있어요? 받아 놓으십시오."

그리고 나서야 유보화는 자기 앞에 술 잔이 놓여 있는 것을 알았다.

유보화는 끝내 받지 않았다. 김영서는 주전자를 한길례 선생 앞에 내밀었다. 한길례 선생은 두 말 없이 잔을 내밀어 받았다.

“저것 보십시오. 한선생은 받잖었읍니까. 유선생두……”

김영서가 다시 유보화에게 주전자를 내밀었다. 그래도 유보화가 받으려고 하지 않으니까 김영서는 손수 유보화 잔에 술을 부어 놓았다.

“자아.”

“자아.”

“두 분의 행복을 위해서.”

한길례 오빠와 김영서는 ‘자아’ 소리만 하는데 까만 수염의 남자는 잔을 들어 김영서와 한길례 사이에 내왕 시키면서 축복하는 것이었다.

김영서는 다른 사람들과 똑 같이 말 없이 쭈욱 들이마셨다. 한길례는 잔을 들어 입에 대는 체해 보였다. 유보화만이 가만 앉아 있었다.

황혼을 걷어차면서

“유보화 선생은 안 드시는데요?”

까만 수염의 남자가 안주를 집으면서 말했다.

“좀 드셔도 괜찮습니다. 한 두 잔쯤은.”

이번엔 한길례 선생 오빠가 권했다.

“한길례 선생이 드심 보화양두 드실 겁니다. 시범을 좀 뵈시지요.”

김영서가 한길례를 건너다보며 한 말이었다.

“보화양이 아닙니다. 보화 여사애요.”

한길례가 김영서의 말을 정정했다. 웃지 않은 것으로 보아서 한길례는 ‘보화양’이라는 김영서 말이 귀에 거슬린 모양 같았다.

“아 참 그러시지. 결혼하셨다지. 어린애까지 낳셨다지…… 아아 하하…….”

김영서는 말을 맺으려다가 신음인지 하품인지 분별하기 어려운 소리를 뽑았다.

“인생이 무상하단 말인가? 세월이 유수같단 말인가?”

까만 수염이 잔을 들이마시다 말고 영탄조로 한 마디했다.

한길례 선생 오빠가 유보화와 김영서 사이에 유심한 시선을 보내고 있었다.

한길례 선생도 맹렬한 얼굴로 두 사람 사이를 타진했다.

유보화는 가슴이 콱 막혀 오는 것을 깨달았다. 금방 하체(下體)가 싸늘하게 식으면서 점심 먹은 것이 체해 왔다.

유보화에겐 본래부터 이러한 버릇이 있었다. 언짢은 일이 있을 때거나, 또는 무척 좋은 일이 있을 경우에도 그러했으려니와 싫은 사람을 대한다든지 몹시 불결한 것을 본다든지 할 때면 가슴이 막히면서 하체가 싸늘히 식어 왔다.

이 버릇은 어릴 때부터 있었다. 학교에서 도시락을 먹다가 앞에 앉은 아이 모가지의 때를 보고 나면 금방 먹은 밥이 콱 체했다.

이성배와 지내는 사이엔 이 버릇이 얼마나 자주 발동했는지 모른다. 고향에서 군수의 아들 때문에 체해 본 일도 있었다.

그와 반대인 경우에도 체해 본 일이 많다. 동경서 김영서로 인해서 몇 번이든지 경험한 일이다.

김영서를 만나고 싶을 때에도 체했으며, 김영서를 만나고 돌아서는 때에도 체했던 것이다. 김영서를 떠나 있는, 그의 소식을 전혀 모르고 있는 사이에 유보화는 수 백 번도 이 버릇 때문에 괴로움을 당했던 것이다.

"전유어라도 집으시지오. 우리만 들어서야 되겠습니까? 미안해서요."

까만 수염이 전유어 접시를 앞에 갖다 놓아 주었다.

"그럼 식혜나 드실까?"

한길례 오빠가 식혜 그릇을 들어서 유보화에게 주었다.

"못 먹습니다. 점심 먹은 것이 체해서요."

"체하였으면 한 잔만 드십시오. 따끈한 약주는 소화제가 됩니다."

한길례 오빠가 유보화 잔의 것을 쏟아 버리고 주전자에서 다시 부으며 권했다.

"안 됩니다. 전 이럴 땐 아무것두 받지 않아요. 전 가야 하겠어요. 볼 일두 있구 해서……."

유보화는 어느 새 벌떡 일어섰다. 한길례가 따라 일어서면서

"볼 일이 있다는 걸 억지로 끌고 왔더니만…… 꼭 가야 하신다면 하는 수 없죠."

했다.

한길례는 유보화가 이 자리에 없는 것이 차라리 좋다는 얼굴인 것 같았다.

남은 사람들의 표정이 어떠했는지 그것은 알 수 없었다. 그만큼, 유보화는 서둘렀던 것이다.

"내일 만나요, 유선생."

대문간까지 나와 바래 준 한길례의 소리를 뒤로 하고 유보화는 대문 밖에 나섰다.

대문 바깥도 황혼이 가뜩 깔려 있었다. 황혼은 어디까지든지 펼쳐져 있었다. 하늘과 땅 사이를 가뜩 채우고 있었다.

유보화는 하늘과 땅 사이에 가뜩 찬 황혼을 걷어차면서 움직이고 있는 것이었다. 조용히 움직이는 것이 아니라 아무렇게나 마구 움직이고 있는 것이었다.

돌을 차기도 했으며 웅덩이에 빠져 넘어질 뻔하기도 했다. 골목길을 빠질 때까지는 어디인지도 모르며 걸었고 어디로 가야 한다는 생각도 없었다.

번득번득 불빛을 뿜으며 질주하는 자동차들이 시야 속으로 들어왔다.

"여보시오. 당신이 생각이 있오, 없오? 정신을 똑 바루 채려요."

택시 운전수가 끼익 차를 멈추며 내받아 퍼붓는 것이었다.

"미안합니다."

유보화는 사과를 했다.

운전수가 핸들을 돌리더니 택시는 쭈욱 가 버렸다.

유보화는 그제야 자기가 정신 없이 허둥거리고 있었음을 알았다. 그리고 자기가 서 있는 데가 안국동 로터리인 것도 알았다.

인도(人道)로 나와야 한다는 생각을 했다.

“어딜 가야 하는 거냐?”

유보화는 혼잣소리로 중얼거렸다. 집에 가고 싶지는 않았다. 집에는 어머니와 동생들과 자기의 어린 것과 식모 아이가 한 방에 명태 두름 같이 쭈욱 누워 있을 것이다. 건넌방에는 이성배의 상청이 있을 것이다. 상청에는 사진이 놓여 있다. 그의 깨사치 못한 입언저리는 사진에도 나타나 있다.

“에익.”

유보화는 바른 발을 한 번 탁 구르며 머리를 좌우로 흔들었다. 머리 끝까지 치밀어 오르는 분노(忿怒)를 참을 수 없었다.

그런데 이 분노는 누구에게 가는 것인지 유보화 자신도 모르는 일이다.

한길례 오빠 방에 앉아 술을 마시는 김영서의 영상이 떠올랐다. 그와 마주 앉아 마구 좋아하고 있을 한길례의 모습이 떠 올랐다.

바람이 스쳐갔다. 어느 집 담장에 걸놓인 라일락크의 가지들이 휘저었다. 향취가 물컥 후각을 흔들었다. 별이 하나 둘 윤곽을 나타내기 시작했다. 유보화는 머리를 좌우로 휘저으며 발을 떼어 놓았다. 머릿속에 들어 있는 영상(映像)들을 떨어 버리자고 했다. 그의 머리는 라일라크의 자기처럼 좌우로 흔들었다.

“늦어도 가야 해. 가야 한다.”

고 그는 중얼거렸다. 어디인지 모르고 걸었고, 어디로 가야 한다는 생각도 없이 그저 아무렇게나 마구 걸어 온 자기를 일깨워 앞세우며 도영혜 아이를 찾아 가리라는 생각을 머릿속에 바꿔 넣는 것이었다.

도영혜 집에는 불이 화안히 켜져 있고 사람의 기척이 왁자왁자 했다. 옳지 도영혜가 집에 돌아오고 성씨도 돌아온 모양이라고 생각하면서 유보화는

“언니.”

를 불렀다.

그러나 안에서 내미는 얼굴은 생전 보지 못한 낯선 여자였다.

“누굴 찾아왔어요?”

낯선 얼굴이 꽤 퉁명스레 물었다.

"이살 오셨나요?"

유보화가 묻는 말에 이번엔 남자가 나타났다.

"도영혜를 찾아왔지요?"

남자는 유보화의 아래 위를 훑어 보았다.

"네."

라는 대꾸가 떨어지기도 전에

"아이고 작은 아주머니 오셨네. 어째 이렇게 늦게 오셨어요. 그새 오신다고 해서 오시나 하고 날마다 기다렸어요. 승국이도 날마다 아줌마 왜 안 오느냐고 보채쌓는데…… 지금은 자요. 어서 들어오세요. 아저씨 아줌마는 전에 우리하고 같이 살던 아줌마얘요. 아주 염려 없는 아줌마얘요."

낯선 사람들과 주고 받는 말을 듣고 내달린 식모의 말이었다. 식모는 전에 없이 수다스러울 정도로 떠들어 대었다.

"승국인 어디 있어요?"

"저 방에서 자요. 전에 아줌마가 계시던 방에 있어요. 여기 이 방엔 저 아저씨들이 계세요."

유보화는 더 별 말 없이 식모의 앞을 질러 승국이가 자고 있다는 방으로 발을 옮겨 놓았다.

문턱을 넘어서자 눈에 뜨인 것이 승국의 배였다. 승국의 배가 금방 여물을 먹고 난 소의 배때기와 같았다.

"얘가 왜 이래? 배가 왜 이리 부를까?"

"글쎄 웬 일인지 배가 그렇게 불러요."

"배가 이렇게 불러두 속은 괜찮은가?"

"왜요. 똥질을 자꾸 해요. 먹으면 설사라요."

그러고 보니 승국의 몸이 무척 여윈 것을 알았다. 뼈가 불끈불끈 내밀도록 여위어 있었다.

"약을 멕여요?"

"돈이 있어야 약을 멕이죠."

식모는 울먹울먹하며 낮은 소리로 말했다.

"저긴 웬 사람들이오? 셀 들었는가?"

식모는 입을 가리키며 소리를 낮추라는 시늉을 하고 나서

"형사애요. 큰 아줌마를 찾아오던……."

했다.

"왜 여기 와 있어?"

유보화도 소리를 낮추었다.

"가택수색을 한다고 오더니 집에 와 있겠다는 거 아녜요. 그래서 와 있으라고 했지요. 승국이하고 먹을 건 없지요, 무섭긴 하지요, 어떡해요."

"셀 들었나?"

식모는 손만 내저으며 입을 삐이쭉 내밀었다.

"그럼?"

"첨 올 땐 쌀 한 말을 주었어요. 그러더니 요샌 한테[26] 해먹자면서 데리고 있던 식모 아이까지 내보내고 그 대신 날 부려 먹는 거라요."

"월급은 주나?"

"월급은 무슨 월급이얘요. 승국이하고 둘이 먹는 것만 해도 얼마냐고 그러는 걸요."

식모가 치맛자락에 눈물을 씻었다. 유보화는 늦게 찾아온 일을 가슴 아프게 느끼지 않을 수 없었다.

"벌써 올 걸 그랬어."

"아줌마 오시길 어떻게 기다렸는지 몰라요. 아줌마 집을 알아 못 둔 게 안타까와 죽겠구만요."

유보화는 대답을 못했다. 대꾸할 말이 없었던 것이다. 대꾸할 말이 없다기보

---

26 '한데'의 오식으로 보임.

다 대책이 생각나지 않았던 것이다.

식모와 승국을 떠맡을 수는 도저히 없었던 것이다. 그리고 승국을 그냥 버려 둘 수도 없었다.

"승국일 오늘 저녁 집에 데리고 갈 테니 식모는 여기 당분간 있어요."

"혼자요?"

식모는 비명에 가까운 소리를 질렀다. 그러나 결코 소리가 크지는 않았다.

"승국이만 없으면 혼자 편할 텐데……."

"그래도 아줌마 난 승국일 떨어져선 살기 싫어요. 나가 놀다가도 내가 어디 가지 않았나 해 가지고 들어와 불러 보고사 나가곤 하는 걸요. 왜 자꾸 불러 보느냐고 물으면 아줌마 어디 갔을까봐 그래, 하는 거 아녜요. 고생스런 마련을 해선 훌쩍 어딜 가 버릴까 하다가도 그렇게 따르는 저걸 떼놀 수 있어야죠. 떼 놓고 가서 잠이 오겠어요. 요샌 아주 누워 있지만……."

식모의 말이 유보화 가슴에 와 딱딱 맞히는 듯 아팠다.

"고마워, 식모. 내 형편이 웬만 했으면 우리 집에 같이 가자구 하겠는데…… 나 형편이 피이면 데리러 올께. 도영혜 언니가 어디서 나타날지 알아? 그냥 여기 있어요, 응?"

"큰 아줌마 나타나믄 가만 둘 줄 아세요? 저것들이….."

식모가 손가락질을 해 가며 낮은 소리로 속삭였다.

"그렇기도 해."

"그럼 아줌마 승국이라도 데리고 가 주세요. 찬도 없는 밥을 얻어 멕이는 거 사나[27] 눈총을 얼마나 맞게요. 저희 아이들은 고기에 달걀에 배불리 메이면서[28] 승국이야 그런 걸 입에 넣어나 봐요…… 큰 아줌마는 뭣 대메[29] 그런 일은 해 가

---

27 '사나운'으로 오식으로 보임.

28 '멕'의 오식으로 보임.

29 '때'의 오식으로 보임.

지고 어린 걸 그 지경 만드는지 알 수 없어요. 그래 작은 아줌마, 큰 아줌마가 어디 계신지 모르세요?”

식모는 말을 더 이으려다 말고 형사네 방을 살피는 것이었다.

유보화는 모른다고 고개를 저어 보였다. 식모는 힘 없이 한숨을 쉬고 나서

“그럼 작은 아줌마 승국일 데려가 주세요.”

하고 다시 부탁했다.

유보화는 자는 아이를 깨우지도 않고 그냥 등에 업었다.

“전 같음 깼을 텐데 통 모르잖아요. 배가 나오고 설살 지독히 하면서 부터 아이가 아주 멍청해졌어요.”

“기운이 없어 그렇겠지.”

“기운도 없기사 없겠지만 아이가 달라진 것 같애요. 바보가 됐어요.”

“인제 곧 나아져요.”

유보화는 정말 곧 나아지리라는 생각을 하면서 아이를 업고 밖에 나섰다. 그새 황혼은 완전히 어둠으로 화해가고 별빛만 총총히 밝았다.

길은 어둡고 사나우나

유보화는 어두운 길을 걷기 시작했다. 중앙청 담을 끼고 내려와선 중앙청 앞을 지났다. 전차도 타지 않고 택시도 타지 않았다. 걷는 편이 나을 것 같았다. 줄곧 걸어야 할 것 같은 생각이었다.

얼마 전에 걸은 안국동 로터리에 이르렀다. 발을 멈추고 허리를 폈다. 목을 길게 빼어 가회동 쪽을 쳐다보았다. 지대가 높은 탓인지 그쪽 동네가 유난히 밝아 보였다. 별들이 그쪽 하늘에 더 다닥다닥 붙어 있었다.

“내가 왜 이러고 섰을까?”

한참 그쪽을 바라보던 유보화는 깜짝 깨닫고 다시 걷기 시작했다. 그러나 그의 눈에서 흘러내리는 눈물을 막을 수가 없었다. 흑흑 느껴지기도 했다. 울고

있는 까닭에 길은 더 어둡고 사나왔다.

집에 이르러서야 눈물이 멎었다. 눈물이 멎자 짜증이 버럭 났다. 짜증이 생기니까 눈물이 멎었는지도 모른다.

대문이 열려 있고 모두들 깊이 잠이 들어 있었다. 어머니도 깨지 않으셨다. 승국일 건넌방에 뉘고 유보화도 안방에서 자리를 걷어다가 승국이와 같이 건넌방에 누워 보았다. 이성배의 사진이 눈에 뜨여서 성가시었다. 돌아 누워도 쓸 데 없고 눈을 감아도 쓸 데 없었다.

일어나서 아랫방을 치우고 닦고 한 다음 승국일 그리로 옮기고 자리도 그 방으로 가져갔다.

이성배에게 욕을 당하던 방이요, 그와 함께 싫은 세월을 보내던 방이라 한 방에서 복작복작하면서도 유보화는 이 방을 사용하지 않았던 것이다.

잠을 청해도 잠이 오지 않고 화만 더럭 더럭 나서 누워있지 못했다. 마루에 올라와 앉아도 쓸 데가 없었다.

안방에 들어가 자는 석아를 깨워 일으켰다.

"석아야. 엄마 왔어. 엄마가……."

꽤 크게 소리를 질렀건만 깨지 않았다.

"모두들 죽었나부다. 집을 떠메 가두 모르겠네……."

이번엔 더 큰 소리를 지르며 어머니를 흘겨 보았다.

"아아니, 지금사 왔니? 늦었구나."

어머니가 눈을 비끔히 떠 딸을 쳐다보다가 다시 눈을 감았다.

"왜들 이렇게 자기만 해요? 집을 온통 떠메 가두 모르겠네요."

"어엉? 집을? 집에 가져갈 게나 있더냐?"

잠결에 하는 어머니 소리에 유보화는 울화가 더 치밀었다.

"어머닌 그런 소리나 하세요. 없어두 도적 가져갈 건 있대요."

"야가 어째 이러냐? 밤중에 화를 버럭 버럭 내 가지고…… 아무리 성가시다고 밤중에 그럴 거야 뭐 있니? 끌끌끌. 거지 꼬라질 해 가지고 있으니 자식도 업

수이 여기는구나. 아이구우……."

어머니를 끝내 노엽히고야 말았다.

"누가 거지 꼬라질 해 가지구 왔다구 뭐래요. 어머니가 그런 소릴 하시니 하는 말이지요."

"야가, 뭐랬게 그러냐? 네가 집을 떠메 가도 모른다고 볶아대니 하는 말이다. 하긴 전에는 잠이 들었다가도 쉽게 깨더니 점점 송장이 돼 가느라고 그러는지 잠만 들면 끌어가도 모르겠구나. 에이고 에이고 죽어야 해. 어서 죽어야 해, 이 신세에 오래 살아선……."

어머니는 울음 섞인 소리로 신세타령을 했다.

보화는 어머니의 울음 섞인 소리를 들으면서 석아를 안고 아랫방으로 내려갔다.

"너희 식구만 쏙 빼 가지고 가는구나. 이 귀찮은 식구들만 냉겨 두고…… 에이구우…… 흑흑."

어머니의 울음 소리가 노골적으로 터져 나왔다. 유보화는 승국이와 석아를 양쪽에 뉘고 자기가 가운데 누웠다. 어머니는 내처 우시는 모양이었다. 유보화는 올라가 어머니를 달래야 하겠다는 생각을 하면서 잠이 들어버렸다.

"진지 잡수세요."

하는 소리에 깨었을 땐 들창으로 햇빛이 쨍쨍 들이 비치고 있었다. 출근 시간이 늦은 것 같아서 후닥닥 일어났으나 머릿속이 쏟아지는 듯 아팠다.

그런 대로 세수를 하고 머리를 빗으려고 안방으로 올라갔다.

어머니만 일어나 계시고 동생들은 아직 자고 있었다. 유보화가 들어가는 것을 보시자 어머니는 동생들을 깨우는 것이었다.

"야들아, 일어들 나라. 자리를 내야지. 자리를……."

"그냥 두세요. 어머니두 누워 계세요. 벌써 일어나셔서 뭘 하세요."

어머니의 눈이 퉁퉁 부어 있었다. 유보화는 자기가 어제 저녁 어머니한테 신경질을 부린 일이 가슴에 와 걸렸다.

“어머니. 어제 저녁 일을 노여워 마세요. 제가 공연히 화풀일 어머니한테 했어요.”

“노엽지 않다. 노여울 게 어디 있니. 네 다섯 식구가 알몸뚱이로 넘어와서 홀몸으로 사는 네게 매달려 사는 일이 늘 옹색할 뿐이지…… 그러나 저러나 어떻게 살아갈지.”

“어머닌 또 그런 소릴 하셔. 그런 건 걱정 마세요.”

경대에 마주 앉은 자기 얼굴도 누르퉁퉁 말이 아닌 것을 알았다. 눈을 껌벅거리며 거울 속의 누르퉁퉁한 얼굴을 자꾸 들여다보았다. 아무리 보아야 자기 얼굴 같지 않았다. 그런데 그 누르퉁퉁한 얼굴 위엔 어느 새 어제 저므럼에 구경한 삼면경 속의 한길례 얼굴이 겹쳐 놓이는 것이었다.

유보화는 그만 경대 앞에서 일어났다.

“밥을 먹고 하려무나.”

어머니는 말했다. 딸이 경대 앞에서 일어나는 이유를 어머니가 알 까닭이 없었다.

유보화는 아랫방에 내려가 다시 누웠다. 선이가 아침을 안 먹겠느냐고 몇 번 독촉을 했으나 유보화는 몸을 추세울 근력이 없었다. 옆에서 자는 아이들을 깨워 선이에게 세수랑 시키라고 일러 주다가 곧장 늘어져서 잠만 자고 있는 승국의 일이 안 되어 유보화는 다시 일어났다.

“승국아. 인제 깰까? 승국이 어디 왔는지 알아? 아줌마 집에 왔어. 아줌마 이거 아냐.”

아줌마 소리에 승국의 눈이 띠었다. 눈을 뜬 승국은 아직 어리벙벙 했다.

“이것 봐, 아줌마 집이야. 여기 석아두 있네…….”

승국이 옆에 자고 있는 석아에게로 목을 돌리는 것이나 기운이 없어 보였다. 잠이 덜 깨어 그런가도 싶어서 유보화는 승국을 마구 흔들었다.

“우리 승국이 왜 이렇게 잠만 잘까? 깨라 얘. 아줌마 하구 놀자. 석아랑 놀자.”

그래도 승국은 마찬가지 얼굴이었다. 그러더니 뿌드득 소리를 내며 설사를 하는 것이었다. 기운이 하나 없어 하는 마련을 해서 소리가 굉장했다. 배설된 것은 사방에 뿌리워 흩어졌다.

유보화는 승국일 안아 한 쪽에 물려 뉘고 자리를 걷어 내었다.

"어머나 이 애기 어디서 왔어요?"

선이가 자리를 받아 들면서 말했다.

"암말두 말구 홑이불을 뜯기나 해라."

"아주머니 학교 시간이 늦었는데 진지 안 잡수세요?"

선이가 들이 받아 하는 소리에 뉘어논 채로 늘어져 있던 승국이 눈을 번쩍 뜨며,

"진지? 아줌마 밥 먹어, 응 밥, 밥 먹을 테야."

하는 것이 아닌가. 그리고 승국은 일어나려고 버둥거리는 것이었다.

"그래. 아줌마 우리 승국일 밥 주지. 선아 승국일 맘마 줘라."

승국인 벌떡 일어나 앉았다. 일어나 앉은 아이의 몰골은 더 볼 모양이 없었다.

유보화는 눈물이 쏟아지려는 것을 참았다. 가뜩이나 형편 없는 아이 앞에서 울 수가 없었다. 소리가 우쩍우쩍 나게 기운이 많던 아이가 한 달 동안에 이렇게 될 수가 있단 말인가. 유보화는 밥을 먹겠다는 아이를 업고 병원으로 갔다.

의사의 말에 의하면 한 달 가량 치료를 해야 한다는 것이며 병 증세는 소화불량과 영양실조에서 온 것이라고 했다.

유보화는 학교에 나가지 않았다. 오후에 한길례가 찾아 왔었다.

"모두들 걱정했어요. 김영서씨도 어떻게 걱정하시는지. 점심에 뭘 잡수셨게 체했을까?"

사람의 말 소리에 눈을 감고 누워 있던 승국이가 눈을 떴다. 사람의 소리에서라기보다 점심에 뭘 잡수셨게라는 말에 그는 귀가 번쩍 했는지 모른다. 승국은 밥 이야기거나 먹는 데 관한 이야기가 나면 정신을 차리는 것이었다. 부엌에서 그릇 소리가 나도 귀를 기울이며,

“밥이 있어? 저기.”

하고 묻는 것이었다.

“아니 얘가 누구얘요? 얘 유선생 애기가 아니잖아요?”

“네. 우리 앤 안방에 들어갔나봐요.”

“그럼 얘 누구얘요?”

“우리 일가 댁 앤데…….”

“그런데 왜 여기 와 있어요? 어디 아픈가분데? …… 어디서 보던 애 같아. 어디서 봤더라?”

한길례 선생은 목을 기웃거리며 승국일 자세 자세 들여다보았다.

“한선생은 모를 애라요. 보신 일두 없을 걸요.”

“아뇨, 그러잖아. 어디서 꼭 보던 애야.”

한길례는 연방 승국일 들여다보며 중얼거렸다. 그러다가 그는,

“아냐. 아냐. 애 눈이 어제 저녁 그이 눈 같아서 착각을 일으켰어. 어쩜 눈이 똑 같을까? 그이 아들이라 해도 곧이 듣겠네…….”

유보화는 잠잠히 승국이 이마에 내솟은 땀을 씻어 주고 있었다.

추억

“유선생 애 아버지랑 어머니랑 있어요?”

한길례는 잠잠히 땀을 씻어 주고 있는 유보화에게 또 이렇게 물었다. 한길례는 몹시 초조로운 낯색을 지었다. 유보화는 이번에도 가만 있으려다가

“어디 갔대요.”

하고 간단히 대꾸해 주었다.

“어딜 갔게 유선생이 맡으셨어요? 멀리 가셨나요?”

“네. 멀리 갔어요.”

저도 모르게 유보화는 말 끝에 긴 한숨을 쉬고 말았다.

한길례는 이 한숨에서 더 바싹 어떤 의구심(疑懼心)을 가지는 눈치 같았다. 이번엔 승국에게로 말 머리를 돌리는 것이었다.

"얘, 얘, 네 이름이 뭐지?"

승국이가 그런 말엔 흥미 없다는 듯 눈을 감아 버렸다. 승국이 눈을 감은 뒤에도 한길례는 승국을 자세히 들여다보곤 했다.

"한선생 왜 그렇게 걜 보세요?"

한길례의 내심을 몰라서 묻는 것이 아니었다. 어쩐지 한길례한테 트집을 부리고 싶었다.

"유선생은 그렇게 안 뵈셔? 눈을 감으니까 얼굴 모습이 더 김영서씨 비슷한데요?"

이 말에 유보화는 끝내 치밀을 것이 치밀고야 말았다.

"걔하구 김영서는 아무 상관 없어요. 그런 쓸 데 없는 소린 하지두 말아요."

한길례는 눈이 둥그레졌다.

"유선생 왜 화를 내세요? 내 눈엔 얘가 그이 하고 비슷하게 뵈니 하는 말인데……."

"가뜩이나 앓는 앨, 이러니 저러니 하구 말썽부리기가 싫어서 그래요. 더구나 김영서란 사람하구 관련시키는게 싫어요."

"유선생 오늘 이상해. 나한테 무슨 감정이 있는 것 같구려? 어제 저녁부터 이상했어. 김영서씰 만난 댐부터 이상하셨어. 오빠도 유선생이 왜 먼저 가셨을까? 하고 여러 가지로 생각하던데요."

"김영선 나하구도 아무런 관계가 없어요. 김영서씨 얘긴 인제 그만 두십시다."

"유선생도…… 그 이얘길 하려고 왔는데 그만 둠 어떡해요? 유선생 과거에 정말 아무 상관 없었어요?"

유보화는 이 물음에 대꾸가 얼른 나오지 않았다. 한길례의 뽀오얀 얼굴을 묵묵히 건너다보고 있었다. 한길례는 어제 저녁 선을 보이려던 때처럼 열심히 화장을 하고 온 모양으로 여느 다른 날보다 아름다와 보였다. 그리고 눈을 추켜 뜨기도 하고 스르르 내려 감기도 하는 것이었다. 이것은 전에 없던 버릇으로, 이러한 눈이 그의 아름다움을 더쳐 주기도 했다.

"바라보지만 말고 얘기 좀 하시구려. 유선생하고 어느 정도 친근하셨어?"

"아무렇지두 않았으니 한선생 결혼하시구려. 참 존 분이예요."

한숨이 나오려는 것을 속으로 걷어 넣며 유보화는 차차 태연해지려고 노력했다.

"글쎄 그래서 왔다니깐. 어제 저녁 만나 본 결과, 맘에 들거든요. 그런데 유선생하고 어느 정도 친밀한지 알 수 있어야죠. 하긴 유선생은 결혼해서 어린애까지 났으니 인제 와서 상관 있겠어요만……."

이번엔 저쪽에서 유보화를 찬찬히 쳐다보았다.

"행복하십시오. 존 분이라오."

유보화는 찬찬히 쳐다보는 그의 눈에 시선을 박으며 말했다.

"온 집안이 다들 야단이애요. 오빠도 사람이 됐다고 그러잖아요. 누구 누구 해도 오빠가 좋대야 하거든요."

"누구한테든 좋게 보일 분일 겁니다."

"그런데 유선생하곤 어떻게 알게 됐지요? 우리 집안 식구들은 이게 문제애요."

"사람과 사람이 서루 알고 지내는 일이 그렇게 문제될 거야 없잖어요."

"그야 그렇죠. 곁에 사람들이 색안경을 쓰고 보는 거겠지요. 그런데 유선생 어떡했음 좋겠어요? 결혼하는 게 좋겠어요? 그렇잖음? ……."

"그거야 내가 어쩌랄 수 있어요? 본인들의 의사에 맡길 일이지요. 두 분이 좋면 하시는 거겠지요."

"그이도 마음에 드는 눈치더군요. 날더러 또 만나자고 그러더군요."

한길례 선생 말에 유보화는 아찔해지는 것을 깨달았으나 심호흡 비슷이 숨을 들이키고 나서

“어디서 만나재요?”

하고 물었다.

“날더러 땐슬 할 줄 아느냐고 그걸 먼저 물었어요.”

“누가요, 김영서씨가?”

“그럼요. 그래서 난 우물쭈물하고 있는데 오빠 친구 고성재씨가 안다고 하잖어요. 그랬더니 땐스 홀에 한 번 같이들 가자고 그러잖어요.”

“누가?”

신음에 가까운 소리였다. 그 뒤에도 많은 소리가 있었으나 가슴이 빈 항아리 속 같으면서 말이 나오지 않았다.

“김영서씨가 그러죠. 그러니까 오빠랑 고성재씨랑 박수갈챌 보내는 거 아녜요. 난 아주 홍당무가 됐지 뭐예요. 그래도 그이는 시치밀 뚝 떼고 날 슬쩍슬쩍 보겠죠. 그러니 내 얼굴은 더 붉어질 밖에…… 그런데 유선생, 그이 눈이 이상하게 시원하고, 아주 인상적이더군요. 도무지 잊어버릴 수 없는 눈이얘요. 그래서 애 눈을 보자 이어 그이 눈이 떠 올랐는지 몰라요.”

한길례는 많은 말을 쉽게도 늘어놓았다. 이와 비슷한 말을 수태 많이 하고 돌아갔다.

대문이 닫히는 소리가 들리자 유보화는 테이블 앞에 놓인 의자에 가 쓰러지듯 앉으면서

“망할 것. 망할 것.”

을 연발했다.

물을 것도 없이 김영서를 두고 하는 욕설이었다. 이런 욕설은 권농동 하숙 집에 있을 여학생 때 그에게 퍼부은 일이 있었다. 그때 김영서가 바로 웃방에 있고, 도영혜와 자기는 아랫방에 있었다. 도영혜는 바로 웃방에 있는 김영서의 행동 일체를 놓치려고 하지 않으면서 맥을 못 쓰고 있었다. 그러는 도영혜가 미웠고 따라서 김영서가 밉고 싫었던 것이다. 그때 김영서에게 수 없이 ‘망할 것’이라고 퍼부었다. 똑바로 말하자면 ‘망할 것’이 아니고 ‘망할 자식’이었다. 끝내 자

기는 하숙에서 기숙사로 옮기고 말았다.

옆집에서 하모니카 소리가 들려 왔다. 하모니카는 옆집에 사는 중학생이 부는 것이다. 옆집 학생은 공부하기보다 하모니카를 더 좋아하는 성싶었다. 때로는 그의 부모들이 말리는 소리가 들려 오기도 했다. 시끄럽다는 생각을 가지는 때가 많았다.

그런데 지금 유보화는 이 하모니카 소리가 들리자 통곡이라고 터질 듯싶게 마음이 괴상해짐을 깨닫는 것이다. 기울어지는 햇빛이 테이블 위에 와 깔리고 있다. 유보화는 햇빛이 깔린 테이블 위에 상반신을 실으면서 또 한 번 '망할 것'을 부르짖었다. 어느 새 눈물이 흘러내렸다. 테이블 위에 마구 떨어졌다.

저녁을 먹으라는 소리에 정신을 차렸을 땐 테이블 위에 깔렸던 햇빛도 거두어지고 황혼이 깃들이기 시작했다. 벌써 승국은 저녁을 먹으라는 소리에 눈을 번쩍 뜨고

"아줌마, 밥 먹어."

하며 기동할 채비를 하는 것이었다. 유보화는 승국을 일으켜 안고 안방으로 들어갔다. 승국은 죽을 쑤어 주었다. 제 앞에 놓인 죽을 밀어내며

"나두 밥 먹을 테야."

하는 것이었다.

"승국이 참 착하지. 아픈 게 다 나으면 밥을 먹어요. 응."

그래도 승국은 도리를 흔들며 밥그릇에 곧은 눈을 보냈다.

"가뜩이나 고생스런데 걔까지 데려왔으니…… 네 고생도 팔자구나, 끌끌."

한 옆에서 어머니가 이런 말씀을 하셨다.

"어머닌 제발 좀 가만 계세요. 내사 고생하건 말건 참견을 마세요."

그러잖아도 부아가 터지는데 어머니의 한 마디 말씀에 유보화는 가만 있어내지 못했다.

"가만 있자고 해도 그렇게 돼냐. 혼자 맹맹일 치는 일이 딱해서 그러지……."

"글쎄 암 말씀 말구 진지나 잡수세요. 해 드리는 게나 잡숫구 가만 있지 못하

구 왜 그러세요.”

“에구 내가 뭐랬게 기를 쓰고 달려드느냐? 우리 식구가 성가셔서 그러는구나.”

“또 그런 소릴 하시네. 제발 좀 그런 소리 말아 주세요.”

유보화의 소리는 몹시 높았다. 밥상에 모여 앉으려던 석아는 눈이 휘둥그렇고 동생들은 풀이 없었다. 승국이만 열심히 퍼먹고 있었다. 김치니 고추장이니 할 것 없이 닥치는 대로 먹었다.

“아니, 이럭함 안 돼요. 승국아 아줌마 먹으란 것만 먹어 응?”

승국인 듣는 둥 마는 둥 그냥 퍼먹었다. 숟가락에 그뜩하게 퍼먹었다.

유보화는 웃고야 말았다. 숟가락이 그뜩하게 퍼먹고 있는 승국의 모양새에서 김영서를 발견했던 것이다.

동경 있을 때의 일이다. 그때까지도 김영서를 좋아하지도 사랑하지도 않았다. 김영서의 꿈을 꾸고 난 뒤—절벽에서 김영서가 유보화 양 어깨에 손을 얹어 꾹 눌러 앉히던 꿈을 꾸면서 부터 김영서를 한 번 똑똑히 보았으면 하는 마음을 가지고 있던 차에 어느 날 김영서가 찾아와서 뜻 밖에도 밥을 달라고 했다.

깜짝 놀랐다. 김영서는 밥을 달라는데 그렇게 놀랄 게 뭐냐고 따졌다. 왜 여기 와서 밥을 달라느냐고 했다. 김영서는 하숙에 들어갈 수가 없어서 그러노라고 했다. 하숙에 들어가면 일본 경찰에게 잡히게 된다는 것이었다.

이 말에 가슴이 철렁 내려앉았다. 언젠가 도영혜 편지로 해서 김영서가 동경에서도 잡혀 갔던 것을 알았고 권농동에서도 잡혀 갔던 것을 기억하고 있었다.

더 다른 말을 묻지 않고 밥을 짓기 시작했다. 밥을 지으면서 불우한 나라에 태어난 비운을 뼈 아프게 느꼈고, 살뜰한 마음을 기울여 밥을 지었던 것이다.

김영서는 숟가락을 들자 밥그릇이나 찬 그릇이 움쑥 움쑥 들어가게 퍼먹었다.

“어지간히 시장했던가봐요? 입이 미여지게 잡수시게….”

했더니

"본래부터 그렇습니다. 아가리가 크니까 소리두 크겠지만, 아가리가 크니까 밥두 많이 들어가더군."

김영서는 시치미를 뚝 떼고 건너다보았다. 권농동 하숙집에서 김영서가 미워 견딜 수 없을 때 김영서더러 아가리가 크니까 소리도 크다는 말을 한 일이 있었던 것인데 김영서는 그때 일을 빈정거리고 있는 것이었다. 김영서가 '아가리' '아가리'를 곱씹으면서 밥과 찬을 퍼넣는 입을 열심히 보고 있었다. 과연 그의 입이 큰가? 어쩐가를 보고 있었다. 그다지 크지두 않네요, 했더니

"그놈의 입이 조화로군. 크다 말다 하니……."

"크다 말다 한 게 아니구 전에두 크지 않은 걸 제가 크게 봤던 게지요."

"그럼 입이 조활 부리는 게 아니라 그 눈이 조화로군 그래."

"왜요?"

"미울 땐 크게 뵈구, 고울 땐 크지 않게 뵈니 말이지요."

김영서는 이 말과 함께 또 건너다보았다. 얼굴이 마구 달아올랐다. 김영서가 그렇게 보고 있는 탓도 있지만 김영서의 말대로 그가 고와지는 것이 아닌가 하는 생각이 들었던 것이다. 그리고 고와지면 어쩌나 하는 생각도 들었던 것이다.

"고와지긴 누가 고와진대요?"

늦추어졌던 마음과 자세를 가누면서 대어들었다.

"그만큼 미워 했으니 인제 좀 고와해 줌 어때요?"

"그런 강요는 하지두 마세요."

달아오르던 기운이 말짱해 가시도록 싸늘해져 갔다.

"빨개지다 파래지는 얼굴, 그건 더 고운데……."

김영서는 어간에 놓인 밥상을 물리치면서 덥석 안았던 것이다.

유보화가 몸을 부르르 떨며 승국을 두 번 불렀다.

그리고 밥을 열심히 퍼 먹고 있는 승국의 여윈 뺨에 입술을 들여대고 있었다.

석아와 어머니와 동생들의 눈이 일제히 커져갔다.

“아줌마 이거 놔. 이거 놔.”

밥 먹기에 불편을 느낀 승국은 유보화를 밀어내려고 들었다. 그러나 유보화는 팔에 까지 힘을 주어 승국을 끌어 안았다. 유보화는 껴안은 승국이가 김영서로 착각되었는지도 모른다.

도영혜의 행방

승국은 차츰 회복되어 갔다. 유보화의 지극한 정성이 미쳤던 것이다. 승국은 살이 오르면서 점점 더 김영서의 모습을 닮아 가는 것이었다. 유보화는 점점 더 김영서를 닮아 가는 승국의 모습을 보는 일이 즐거웠고 또 괴로왔다. 그러나 괴로운 것도 역시 즐거움에 속하는 일이라고 유보화는 생각했다.

학교에서 돌아올 때에도 대문간에서 유보화는 승국이를 불렀다.

“승국아.”

하고 부르면 승국은 언제나 의젓한 걸음걸이로 마주 나오는 것이었다.

“어쩜, 승국인 어른 같아. 승국인 어른이야.”

유보화는 번번히 같은 말을 지껄이며 승국을 와락 껴안았다. 어른이란 곧 김영서를 말함이었다. 승국은 걸음걸이까지도 김영서를 닮아 가는 것이었다.

유보화는 승국이에게 곤색 와이샤쓰에 흰 바지를 해 입혔다. 곤색 와이샤쓰와 흰 바지는 김영서가 잘 입던 옷이었다. 잘 입던 옷이라기보다 김영서와 유보화의 사랑이 고조에 달했을 때 김영서가 입었던 옷이었다.

유보화는 옷을 입혀 논 승국이 가슴에 얼굴을 파묻고 한참 잠잠히 있었다.

“아줌마 왜 그래? 응? 아줌마.”

놓아 주기를 기다리다 못해 승국은 이렇게 말했다. 그제야 유보화는 깜짝 깨닫고

“아줌마가, 아줌마가 승국이 새옷에서 샘물내를 맡아 본 거야.”

했다.

"으응, 그랬어. 아줌마 우나 했어."

유보화는 승국이 앞에서 몇 번 울어 본 일도 있었던 것이다.

"아냐. 인제 안 울어. 그땐 승국이가 아팠으니까 운 거야."

유보화는 거짓말까지 해야 했다.

도영혜는 그 무렵에 나타났다. 먼젓번과는 다르게 싱싱했다. 우선 옷매무시를 보더라도 멋지게 빼었었다. 머리 맵시도 달라지고 화장도 괴상하게 했기 때문에 얼핏 보아선 딴 사람 같았다. 승국이도 엄마의 매무시가 달라진 것을 알아채었다.

"어허, 엄마가 딴 사람 같다."

승국은 엄마한테로 가지 않고 유보화에게로 다가들었다. 유보화도 어리벙벙해서 무엇을 묻지도 못하고 있었다.

"보화야 고맙다. 승국일 데려왔단 말을 듣구 왔다."

도영혜는 까만 털부채를 부쳐 가면서 말했다.

"그런데 어떻게 된 셈이예요?"

찬찬히 쳐다보다 유보화게 물었다.

"나, 천천히 얘기하지. 나 한 놈 물었어."

외형은 귀부인의 채림새로 꾸몄으나 말투는 달라지지 않았다.

"뭐요?"

"왜 놀라니? 하는 수 없잖니? 그래야만 살겠는 걸 어떡하니."

유보화는 더 묻지 않았다. 옆에서 승국이가 자세히 듣고 있는 눈치를 채기도 했으려니와 유보화 자신도 숨이 막혔다.

"애 좀 들어봐라. 영감이 아님 집이랑 죄다 뺏길 뻔했어. 형사들을 쫓아내구 인제 수리를 시작했어. 말짱하게 수릴 해서 팔아 버리려구 해."

"그럼 언닌 어디 있구?"

"난 지금 있는 집에 있지. 지금 집은 더 좋아. 적산집인데 영감이 관재청에 말해서 얻었어. 살던 사람에게 얼마간의 돈은 집어 줬지만 횡재지 뭐냐."

“식모는 어떡했어요?”

“식모? 식모는 딴 데루 보냈어.”

“제가 딴 데루 가겠대요?”

“따라오자는 걸 가라구 했어. 옛날 건 모두 청산해 버릴 작정이니까.”

“언니두. 식모가 얼마나 고맙게 해 줬는지 알아요? 승국일 데리구 고생두 어지간히 했어요.”

“그렇지만 데리구 있음 여러 가지로 성가신 일이 생길 거 아냐. 온통 빠안히 알구 있으니 말이야.”

비위에 거슬리는 말 뿐이었다. 도영혜는 한 시간 가량 이러한 이야길 하다가 가야 한다면서 분주히 일어섰다.

“저녁을 잡숫구 가시지 왜 일어서세요?”

“저녁을 못 먹어. 영감이 저녁은 집에서 먹거든.”

이 말을 하고 나서 도영혜는

“마누라가 아주 딱짱떼[30]야.”

했다.

“만나보셨어?”

“먼발치에서 봤지. 말상이야. 얼굴이 끝났음 좋을 데 가서 입이 붙었으니 말상이 아닐 밖에. 글쎄 코 있는 데서 끝나야 할 텐데 입이 또 시작됐으니 말이야…… 하하하…….”

도영혜는 소리를 내어 웃기까지 했다. 유보화는 물끄러미 쳐다보는 수 밖에 없었고 승국이도 덤덤히 엄마의 하는 양을 보고 있었다.

“그럼 승국이두 성가실 거 아녜요?”

“뭣이?”

“승국이두 과거의 소산이 아니냐 말이예요.”

---

30 딱장떼다 : 꼬치꼬치 캐어묻고 따져서 닦달하다.

"으응 승국이 말이야? 승국인 당분간 네가 데리구 있어 줘. 고생스럽겠지만 그만한 댓가는 치를 테니……."

"언니두 그게 말이라구 해요. 승국일 데리구 있는 게 싫다는 건 아녜요. 그렇지만 승국인 엄마하구 있는 걸 원하지 나하구 있는 걸 원하진 않을 거예요."

"그렇지만 보화야, 어떡하니. 영감보구 아이 있다는 말을 안했어. 당분간만 네가 데리구 있어 줘 응."

승국은 제 말을 하는 것을 알았음인지 연방 엄마와 유보화의 눈치를 살피고 있는 것이었다.

"당분간이 아니라 평생 데리구 있어도 좋아요. 승국이가 귀찮아질 때가 없을 것 같어요. 언니가 그런 생각이람 승국인 제가 데리고 있겠어요."

"나 아줌마 집에 있을 테야."

승국이 유보화의 치맛자락에 기어들며 한 말이었다. 도영혜는 다행해 하는 얼굴이었다. 안도의 숨을 내쉬고 나서

"승국이 용치. 엄마 인제 과자랑 꼬까옷이랑 많이 많이 갖다 줄께 응."

승국은 고개를 끄떡거렸다. 그렇게 보아서 그런지 고개를 끄떡거리고 있는 승국의 눈엔 눈물이 어려 있는 듯 했다.

도영혜는 이것을 아는지 모르는지 영감이 올 시간이 됐다는 말을 곱씹으면서 가 버렸다.

사흘 후에 도영혜는 다시 왔었다. 이날 밤은 유보화집에서 자기로 했다. 영감이 호남 방면으로 시찰을 나갔는데 이틀 후에 돌아온다는 것이었다.

그날 밤 도영혜의 집안 속 이야기로서 영감의 큰 아들과 둘째 아들과 딸 하나가 미국에 가서 공부한다는 것, 도영혜가 살던 집 수리가 끝나고 집이 팔리기까지 했다는 것도 알았다.

유보화 편에서도 많은 이야기를 했다. 유보화는 자기에게 있어서 가장 중요하고 아픈 사실이 아닐 수 없는 한길레와 김영서와의 사이를 말해 주었다.

"그게 어떤 년이야? 그년한테 김영서의 과걸 말해 버리지 못해. 아들이랑 있

다는 걸 알리란 말이야.”

도영혜는 마구 큰 소리로 떠들었다. 승국이가 깰까 싶어서 유보화는 홑이불을 당겨다 귀를 덮어 주었다.

“한길렐 욕할 게 뭐에요? 따지고 보면 김영서를 욕할 것두 없지요. 또 우리가 그 사람 일에 이제 와서 간섭할 권한두 없는 거 아녜요?”

“왜 없어? 도영헬 이 지경 만든 건 김영서야. 싫음 끝까지 싫어할 거지 왜 건드렸느냐 말이다. 그리고도 아무렇지두 않은 척하려는 게 뭐야. 그게 그래 옳단 말이야? 할 짓을 다 하다간 인제 와서 선을 보는 건 다 뭐야? 더러워서, 더러워. 퉤, 퉤.”

도영혜는 침을 뱉으며 벌떡 일어나 않았다.

“애 넌 뭣하러 그 자식 선 보는 데 갔니? 침을 탁 맽아주고 나오지 못해. 더러운 자식. 너두 맹추로구나. 아니 그래 그 자식을 가만 두느냐 말이다. 도영헬 건드려서 아일 낳게 했다구 못해. 유보활 건드리다가 실팰 한 자식이라구 못해? 애 이 맹추야. 넌 더러운 것두 분한 것두 모르니? 한길례란 여자가 네 친구라면서 그 자식한테 따 먹히게 하려구 그러냐. 더럽다, 더러워.”

그가 걸친 누비 이불자락이 가만 있지 않는 것으로서 도영혜가 떨고 있음을 알았다.

“언니. 그러실 것 없어요. 누구를 원망할 것두 욕할 것두 없어요. 언니가 김영서 방에 뛰어 들어가지 않았더면 김영서는 결코 언니를 닿치시[31] 않았을 거에요.”

“그렇다. 거기까진 내 잘못이야. 그 댐부터는 김영서의 잘못이다. 그 자식이 날 건드렸으면 책임을 져야 할 게 아냐. 왜 헌신짝같이 내버렸더냐 말이다. 왜 똥을 떠던지 듯 버렸느냐 말이다. 왜 아일 낳게 했느냐 말이다. 아일 낳게 했음 책임을 져야 할 게 아니냐 말이다. 홍찬구한테서 쫓겨난 것두 그놈의 아이 새끼

31　‘지’의 오식으로 보임.

때문이 아니더냐. 아아 나는 이 아이 새끼 때메 항상 골탕을 먹어오는 거야. 지금두 이 아이 새끼 때메 내 신세는 조진 거야.”

“언니 고만 하세요. 설령 승국이가 언니 신셀 조졌다구 하더라두 지금 언니 입에서 그런 말이 어떻게 나와요. 승국인 영양실조증으로 다 죽다 회복되었어요. 그 동안 얼말[32] 떨어져서 풀 없이 지났어요. 어쩜 그런 말을 하세요. 너무 해요. 어른들의 잘못으로 어린 것이 이 지경에 이르렀는데 어쩜 그걸 모르세요. 언니 인젠 아무 말도 말구 조용히 누워 주무세요. 승국이가 깰지 몰라요. 깨면 너무 처참해질 테니까, 주무세요.”

유보화가 도영혜를 부축해 뉘었다. 도영혜는 잠이 오지 않는다면서 술이 없느냐고 물었다.

“언니 지금두 술을 잡수세요?”

“그 새야 술 먹을 새가 있었게. 놈들한테 쫓겨 다니느라구. 요샌 어떻게 편한지 몰라. 영감이 꽉 덮어 주니 어떤 놈이 감히 뎀벼들겠느냐 말이다.”

“도대체 언니가 뭘 하셨게? 무슨 일을 하셨어요?”

“성가하구 지내는 사이에야 일을 했지. 해방이 되면서 나는 사람이 왜 산다는 걸 알 만큼 일을 했어. 해방 전까지는 성가가 내게 자기 정체를 밝히지 않구 있어서 내가 전연 몰랐지. 그러다가 해방이 되니까 성가는 나한테 자기가 무엇을 하는 사람이라는 걸 알려 주었고 내게도 일을 맡겨 주었어. 그러나 주위의 탄압이 심해지자 그는 다시 나를 경원했어. 결국 그 자는 나 몰래 자취를 감추었어. 넘어갈 준비를 하면서도 나한텐 알리지 않았어. 남자들이란 뱃 가죽이 열 겹두 더 돼. 그 뱃속은 도무지 알 수 없어. 여자들이야 어디 그래. 제가 좋은 사람에겐 뱃속에 있는 걸 다 뽑아 놓잖어. 그것 뿐인가. 여자들은 제 좋은 남자의 주의 사상을 말짱 따라가지. 제가 좋아하는 남자의 사상이 공산주의면 공산주의자가 되는 거야. 민주주의면 따라서 민주주의자가 되는 거야. 내가 만약 김영서하

32　‘엄’의 오식으로 보임.

구 살게 됐더라면 공산주의자가 되진 않았을 거야.”

도영혜는 한숨을 휘이 쉬었다.

“언니. 김영서하구 다시 결합될 생각은 없으세요?”

한숨 뒤의 유보화가 물어본 말이다.

“뭐 김영서가 그럴 의사가 있다더냐?”

도영혜가 또 벌떡 일어나 앉는 것이었다.

무도회

“김영서가 그럴 의사가 있구 없구 보다 언니 의사가 어떠냐 말이예요?”

“나야 글쎄 세 다리 네 다리 건넌 왔지만 아직 그 녀석을 못 잊구 있지. 그렇지만 내가 못 잊는 게 문제냐. 그 자식의 의사 여하에 따를 일이지.”

“딴 문젠 다 덮어 놓더라두 승국일 생각해선 그럭하는게 나을 테니까 말이예요.”

“승국이 아니라 그보다 더한 문제가 있더라구 해두 그 자식이 말을 들어 주겠느냐 말이다. 말짱한 숫계집앨 집어 삼키구도 시침을 뚝 떼구 온갖 짓을 다 하는 자식이 이제 세 다리 네 다리 건넌 년을 받아 들일 리가 있겠냐? 장히 청교돈 척하지…… 흥. 그래 가지구도 또 한길렌가 뭔가 하는 숫처녀하구 미아일 하는 것만 보지. 사내들이란 뻔뻔스럽기 짝 없는 것들이야. 저희 새끼들은 별별 짓을 다 하다가도 여자가 좀 어쩜 트집을 잡아 가지구 지랄이거든. 더러워서…… 원.”

“글쎄 언닌 왜 자꾸 흥분만 하셔. 좀 차근차근히 생각해서 여러 사람이 보다 나아질 도리를 마련해야 되잖어요?”

유보화 자신이 김영서로 해서 흥분하던 일, 한길레 집에서 점심 먹은 것까지 체하도록 파랗게 질리던 일 같은 건 잊어버린 모양이었다.

“애 보화야. 네 말대로 여러 사람이 모두 나아질 도리를 마련하기 위해서라면 네가 김영설 꼭 붙잡아 매두는 게 좋겠어. 너두 아직 김영설 못 잊구 있지? 옳아, 참 그것부터 물어 보자꾸나. 너 김영설 아직 사랑하구 있지?"

"언닌 또 딴 소리야? 내 걱정은 마세요. 난 내 갈 길을 갈 테니 간섭할 것 없어요."

유보화는 짜증이 일어났다.

"누가 간섭하려구 그러냐. 내 생각엔 김영서의 짝될 사람은 너 밖에 없을 것 같아서 하는 말이야. 김영설 조종할 사람은 너 뿐이야."

"언니 말엔 모순성이 있어요. 사상이 없이 남자 사상 여하에 따라 이리 저리 좌우된다는 여자들이 남잘 어떻게 조종하느냐 말이예요? 김영선 남자가 아니던가요?"

"여자라도 나같이 푸푸한 여잘 두구 한 말이야. 너 같은 여잔 제외하구 말이다. 안할 말루 너 같은 여잔 수십명의 남잘 거친다 치더라도 너는 너대루 있을 걸 난 알구 있어. 넌 또 내가 한 그 말이 가슴에 꼬용하게 백혔나보지?"

"꼬용하게 백일 게야 있어요? 아까 언니가 여자에겐 사상이 없다는 말씀을 할 때 싫었어요. 그러면서두 한 편으론 사상 없이 이리 저리 아무렇게나 사는 여자들이 오히려 행복한 게 아닌가 하는 생각두 해 봤어요마는……."

"얘, 그런 골치 아픈 얘긴 그만 두구 너 김영서하구 결혼해라. 밉지만 김영서 두 생각해서 하는 말이고 그러구 승국이 문제도 해결지려구 해서 하는 말이야. 내가 맘을 탁 놓구 승국일 너한테 맡길 수 있단 말이다. 지금 너한테 걜 맡기지만……."

"알아 듣겠어요. 고만 하세요. 언니가 귀찮담 승국인 영영 제가 데리구 있어두 좋아요. 염려 마세요."

"고맙다, 보화야. 넌 날 비난하지만 난 그 놈의 새끼 때문에 활개가 늘 움츠러드는구나. 그렇다구 해서 내가 내 욕심만 채리자는 건 아니다. 내가 못 살 바엔 승국이 문제도 있겠지만 또 하나의 커다란 문제는 너하고 김영서가 사는 걸 보구 싶지 그것하고 다른 년이 사는 건 못 견딜 것 같구나."

유보화는 무턱 대고 웃어 버렸다. 도영혜도 자기와 같은 심리상태(心理狀態)임을 알았기 때문이리라.

"너 웃는 거냐? 우는 거냐?"

어둠이 막혔으니 소리로서만 확인할 수가 없었다.

"울지 않아요. 웃었어요."

"왜?"

"세상사 돌아가는 것두 그렇구, 사람의 심리상태가 참 묘하게 움직이는 게 우스워요."

"보화야. 페일언하구, 그 한길례라는 여자와의 결혼 방해 공작을 하자꾸나."

"어떻게 그런 짓을 해요."

"또 자존심이냐? 교양이냐? 애 네가 싫음 내가 할 테다. 그 자존심이니 교양이니 하는 것 때문에 속이 곪아 터지지 말구 푹푹 씨원스레 파 헤쳐 버려라."

도영혜는 역증을 벌컥 내었다.

"인제 밤두 깊었으니 잠이나 잡시다. 다 잊어 버리구……"

유보화는 홑이불을 끌어 올려다 머리에 까지 푹 썼다. 모든 것을 잊어버리고 싶었던 것이다.

"얘가 왜 이래? 이야기나 마치구 자든지 말든지 해라."

홑이불 뒤집어 쓰는 기척을 들은 도영혜는 부리나케 홑이불을 끌어 내렸다.

"도대체 그 땐스 홀엔 언제 간다든?"

도영혜는 계속 말을 끄집어 냈다.

"묻지 않았어요. 일간 쉬이 가겠지요."

"널더러 가잔 말은 안하든?"

"한길례두 간다구 대답한 건 아닌가봐요. 김영서 쪽에서 의향을 물은 거 뿐인가봐요."

"얘 너 그걸 좀 알아봐. 언제 가며 어딜 가는가."

"알아봄 어떡할래요?"

"글쎄 알아 보기만 해. 댐의 건 내게 맡기구."

"알아 보구 싶지두 않아요."

"네가 안하겠담 내가 나설 테야."

"언니두. 괜히 덤벙거리지 마세요. 언니가 뭘 어떻게 알아 본다는 거예요? 잘 못 서둘면 망신만 당하구 말아요. 저엉 원하신담 알아봐 드려요."

"꼭 알려줘. 나두 그날 저녁 같이 가 보겠다. 꼬라지들을 구경하겠단 말이야. 너두 같이 가구 말이야 응."

"어떻게 같이 가요?"

"애두, 그 사람들은 그 사람들 대루 가구 우린 우리끼리 감 되잖어."

"창피하게 굴지 말아요. 그쪽에서 우리들 얼굴을 아는데 어떻게 그래요?"

"애애. 이것두 못한다 저것두 못한다 그게 뭐냐? 속이 툭 터져 죽어두 거저 '못한다' '안된다' 면 그만이냐?"

도영혜 말이 옳기는 하다고 유보화 자신도 생각하고 있었다. 한길례가 와서 김영서가 땐스를 할 줄 아느냐? 땐스 홀에 가자느니 하는 말을 했다고 들었을 때 유보화는 신음 소리까지 발하지 않았던가.

유보화와 도영혜는 이와 같은 대화로 실랑이질을 하다가 동이 훤히 터올 때에야 잠이 들었다.

끝내 유보화는 김영서들과 한 땐스 홀에서 착잡한 감정을 감싸 안고 춤을 추게 되었다.

그것은 유보화가 어떤 계획을 세운 데서 행해진 일이 아니고 한길례들 측에서 유보화에게 같이 가기를 청해 왔던 것이다. 학교에서 시간을 파하고 나오는 유보화에게로 한길례가 마주 달려오며 바삐 주워 대었다.

"유선생 오늘 저녁에 간대요. 거기 말이애요. 지금 오빠한테서 전화가 왔는데 유선생도 꼭 같이 가셔야 한다고요. 같이 가시죠?"

유보화는 얼결에

"어딜?"

“거기 말이얘요. 그 땐스 홀 말이얘요.”

한길례의 입이 벌어지며 작게 속삭이었다.

유보화를 괴롭히던 땐스 홀, 김영서와 한길례가 땐스 홀에 가기로 되어 있다는 말을 듣던 시각부터 줄곧 그것 때문에 괴로왔던 것이 아닌가? 아름다와 보이는 한길례 선생 얼굴을 쳐다보는 때에도 가슴에 와 서리우는 생각은 그것이었다. 시간 중에도 한길례를 안고 돌아가는 김영서의 모습이 크게 앞에 와 가로 놓이곤 했다.

길을 걷다가도 그 모습 때문에 발을 무뚝 멈추는 일이 있었다. 그런 생각으로 머리가 꽉 차 있는 탓인지 꿈 속에서 까지 땐스 홀 사건이 머리를 어지럽혔다. 김영서와 얼싸안고 춤을 추던 한길례는 김영서 귀에 무엇이라고 속삭이더니 김영서는 한길례를 얼싸안은 채로 사람 물결 속을 빠져 나가는 것이었다. 숲을 뚫고 올려민 달이 넓고 화려한 대리석 난간을 비치고 있고 김영서와 한길례는 마치 바다의 고기처럼 미끄러운 스테프를 밟고 나가는 것이었다.

“가시겠어요? 어떡하시겠어? 그렇게 힘들게 생각하실 거 없어요. 다들 가는데…….”

유보화가 멍하니 생각에 잠겨 있는 것을 보고 한길례는 유보화가 땐스 홀에 가기를 주저하는 줄 알았던 모양이다.

“어떡하실 테에요? 노오요? 애쓰요?”

유보화는 그냥 그대로 앉아 있다가 노야? 애쓰냐? 하는 한길례 말에

“가십시다.”

라고 대답했다. 좌우간 같이 가서 목격하는 편이 나을 것 같았다. 보다 못해서 졸도하는 경우에 이르더라도 피하고 싶은 마음이 없었다. 한길례 집에서 그들이 (김영서와 한길례가) 맞선을 보던 날 저녁만 하더라도 거기 끝까지 앉아 결말을 보지 못한 것을 그 동안 얼마나 후회했으며 그날 저녁 이후로 얼마나 속에 불이 화알활 타올랐던 것인가.

“그럼 어디 모여서 같이 갈까요? 이쪽에서 장소를 결정지어 가지고 알려 달

래요. 유선생이 서남령 선생 만나던 다방으로 할까요?"

한길례는 다방 '모나리자'를 말하는 것이었다. 이 다방에서 유보화가 두 번 서남령 선생을 만나는데 한길례는 두 번 다 유보화와 같이 간 일이 있었다.

유보화는 학교가 파하자 곧 집에 돌아왔다. '모나리자'에 나갈 시간까지는 다섯 시간의 여유가 있었다.

결혼식날 입었던 까만 은조사 치마 저고리를 꺼내어 다려 놓았다. 목욕을 하고 미용원에도 갔다. 이때까지는 머리를 아무렇게라기보다 틀어 올렸던 것인데 미용사에게 끝을 약간 지져서 '우찌마끼'[33]라는 걸 해 달라고 말했다. 이 머리는 동경 있을 때 김영서가 머리 매무시를 고치라고 해서 양쪽으로 땋아 내렸던 머리를 풀어 끝을 지져 가지고 했던 것과 같은 매무시였다.

미용원에서 돌아왔을 땐 약속한 시간이 다 되어 있었다. 부리나케 옷을 갈아입고 나섰다. 어머니는 물론 집안 식구들이 눈이 휘둥그러해서 보고 있었다.

승국이가 먼저

"아줌마 어디 가? 아줌마 멋쟁인데……."

하고 흐흐훗 웃었다.

석아는 할머니 무릎에서 자고 있었다.

"저녁을 먹구 오게 될 거예요. 기다리지 말구 일찍 주무세요."

승국이 대문 밖에 까지 따라 나와

"아줌마 안녕."

하며 병정 경례를 붙였다. 승국인 아침마다 유보화에게 이런 인사를 했다. 석아도 승국의 본을 따서 병정 경례를 썩 잘 붙였다. 돌아오는 때에도 그들은 대문 밖에서 놀다간 병정 경례로 맞아 주었다.

'모나리자'엔 모두들 와 있었다. 유보화가 나타나자 한길례는 어디 얻어 맞기라도 한 듯한 얼굴로 유보화를 바라보다가

---

33 머리 끝을 안으로 맒. 또는 그 머리 모양.

"껌정 옷이 멋지구려. 머리도 달르게 하셨군."

하며 좋잖은 빛을 보였다.

김영서는 큰 눈을 더 크게 뜨곤 황홀해 하는 눈치였다.

"유보화 선생은 검정 옷이 더 좋아 보이는군요."

잠잠히 분위기 (특히 김영서의 눈치)를 살피던 한길례가 좋잖은 표정을 지닌 채로 말했다.

"시원해 보여서 더 좋군요."

한길례 오빠의 친구 깜장 수염이 한 마디를 던졌다.

"머릴 그러시니까 소녀 같습니다."

김영서도 한 몫 끼었다.

한길례 오빠가 차를 무얼로 하겠느냐고 물었다.

"아무 거라도 좋아요."

라고 대답하자 김영서가

"냉커피."

하며 레지에게 소리를 쳤다. 동경 있을 때 김영서와 같이 다방에 가서 김영서는 그때도 냉커피를 청했던 것을 유보화는 기억하고 있었다.

"우리 인제 어디 가서 저녁을 하구 갑시다."

유보화가 냉커피를 마시고 나자 한길례 오빠가 서둘렀다. 찻값은 김영서가 치렀다.

저녁 식사가 끝나자 일행은 목적지로 향했다.

댄스 홀에선 남녀가 밴드에 맞추어 춤을 추고 있었다. 일행이 주위에 테이블을 차지하고 앉자 보이가 맥주와 사이다를 들고 쫓아왔다.

보이는 컵에 맥주를 따르고 나서 또한 그와 같이 사이다를 따랐다. 따라 논 맥주를 제일 먼저 김영서가 들면서

"사이다는 어린 애들이나 마시는 겁니다. 맥줄 드십시오."

하고 보이에게 맥주를 가져오기를 청했다. 보이가 맥주를 따르고 했으나 마시

지 않았다.

한길례는 벌떡 벌떡 서너 모금 마시었다. 유보화가 잠잠히 앉아 있으려니까 한길례 오빠가 유보화 앞에 와서는 허리를 공손히 굽히는 것이었다. 유보화는 영문을 몰라 한길례 오빠를 쳐다만 보고 있었다.

"추시지요, 보화씨."

김영서가 넌지시 일러 주며 자기는 한길례한테 허리를 굽신 했다. 한길례는 사뿐히 일어나 바른 손으로 김영서의 왼손을 잡았다.

왼손은 김영서 어깨에 얹었다. 김영서는 바른 팔을 돌려 한길례의 허리를 안더니 미끄러지듯 음악에 맞추어 나가는 것이었다.

"저는 출 줄 몰라요."

그제야 유보화는 한길례 오빠가 왜 그렇게 하고 섰다는 걸 알았다.

유보화는 땐스 홀에 와 보기가 처음인 까닭에 이런 예절을 알지 못했다.

그리고 춤을 배우긴 했지만 남자와 같이 추어 본 일이 없었다. 동경 유학할 때 체육 시간에 배웠던 것이다.

"음악에 맞춰 돌아감 돼요, 여자는 따라만 감 돼요."

한길례 오빠의 친구, 까만 수염이 부축해 주었다.

유보화는 얼결김에 일어났다.

한길례 오빠는 김영서가 한길례한테 하듯이 했다.

유보화도 한길례가 김영서에게 하듯 했다. 두 사람도 사람 물결 속으로 들어갔다.

김영서와 한길례는 어디 끼었는지 보이지 않았다.

"잘 추시면서 사양하셨군요."

한길례 오빠가 돌아가며 유보화에게 찬사를 보냈다.

신경이 모두 김영서와 한길례에게로만 집중되지만 그렇다고 고개를 돌려서까지 찾을 수는 없었다.

그럭 저럭 한 곡이 끝났다. 음악이 끝나니까 다아들 제자리로 돌아갔다.

유보화네도 자리로 돌아왔다. 채 앉기도 전에 김영서가 맥주 컵을 비우고 나서 유보화에게 내밀었다.

유보화는 받지 않았다.

김영서의 거동에 불쾌감을 느끼면서 한길례 쪽으로 시선을 돌렸다.

한길례는 만족한 웃음을 입가에 띠고 있었다.

유보화는 김영서가 내민 컵을 와락 쌔려 받아선 곰곰치 않게 테이블 위에 놓았다.

"컵을 받았음 맥줄 받으셔야지요?"

김영서가 시치미를 뚝 떼고 하는 이 말에

"마실 줄 모르는 걸 받아선 뭘 해요?"

유보화는 아무도 안 보게 김영서를 눈 흘기며 대꾸했다.

다른 축들은 맥주 컵을 연방 비웠다.

한길례도 마시는 시늉을 했다.

한길례는 김영서가 하는 일은 해야 하겠다는 마음인 듯했다.

밴드가 다음의 곡을 뽑기 시작했다.

김영서가 아직 채 끝나지 않은 유보화의 흘기는 시선에 눈을 맞추며 허리를 굽혔다.

"춤을 못 춰요."

"두 번씩이나 모욕하실 작정입니까?"

김영서는 다시 더 말하지 않고 유보화를 재빠르게 안아 버렸다.

밴드는 느리게 곡을 뽑았다.

유보화의 허리에 힘을 주어 안은 김영서는 느리게 흐르는 음악에 스테프를 밟으려는 것이나 유보화는 움직이려고 하지 않았다.

"울지는 마십시오."

"울긴 누가 울어요."

"우는 건 아닌가요?"

"울 필요가 어디 있어요?"

"그렇담 다행입니다."

한참 말이 없었다. 밟는 스테프가 어느 사이에 익어가는 것을 알았다.

한길례는 저만큼 먼 데서 까만 수염에게 안겨 돌아가면서 연방 이쪽을 살피고 있었다.

"한길례 선생이 마음에 드세요?"

유보화가 끝내 김영서에게 물은 말이다. 이 말을 묻기 위해서 그는 얼마나 많은 준비를 했는지 모른다.

"아무 말두 말구 그냥 이렇게 있읍시다. 아무 말두 말구……."

김영서는 한층 강렬한 힘을 주어 허리를 안았다.

"공연히 그러지 마세요. 나한테 왜 거짓말을 하려 드세요."

"누가 거짓말을 해요. 내 생애는 유보화양이 망쳐 주었오. 난 인제 결혼 문제에 있어선 심각하게 생각지 않아요. 아무렇게나 아무하구나 결혼해 살 작정이라오."

"그렇담 번거럽게 선을 본다, 땐쓰 홀에 온다 할 거 없이 결혼해 버림 되잖아요."

"그렇지만 평생을 같이 살 여자가 애꾸눈이기나 하면 질색이니까……."

"땐쓰 홀에 와선 뭘 보나요? 절뚝 발인가 아닌가를 보나요?"

"그런 것두 보게 되겠지요. 그리구 운동 신경이 얼마큼 발달되었는가를 보게도 되지요. 여자가 운동 신경이 너무 둔해두 염증이 생기는 거거든."

"좋군요. 그래 어때요? 한선생은 운동 신경이 잘 발달 되었던가요?"

빈정대는 듯한 유보화 말씨에 김영서는 대꾸 없이 너털웃음을 웃었다. 유보화는 너털웃음이 싫었다.

"많이 달라졌어요."

"누구?"

"누구겠어요?"

“진보됐는가요? 그렇잖음 퇴본가요?”

“글쎄요.”

“대답이 시원찮군요.”

한창 이렇게 돌아가고 있는데 저쪽 사람 물결 속에서 손짓하는 여자가 있었다. 밝지 않은 불빛이어서 분명치는 못하나 도영혜인 듯했다.

“저리루 돌아가 보십시다.”

“왜?”

“누가 손짓하는군요.”

“어디?”

김영서가 머리를 돌려 살피기 시작했다.

“저게 누군데?”

“모르시겠어요?”

“모르겠는데…… 잘 생겼군.”

“분명히 잘 생겼지요? 저 여자하구 결혼하심 어떻겠어요.”

“대관절 누군데?”

“알 만한 여자예요. 저이하구 결혼하심 이상적일 거예요.”

“그건 또 무슨 도깨비 소리야.”

“아뭏든 가서 만나 보세요.”

김영서는 스테프를 그쪽으로 옮겨 놓았다.

머언 거리(距離)에서

유보화들이 손짓하는 쪽으로 채 가기 전에 밴드가 그쳤다. 서로 얼싸안았던 남자와 여자들이 일제히 허리를 굽혀 인사를 교환하며 풀려 나갔다.

유보화도 김영서한테서 풀리면서

“저리 가서 인사나 하시지.”

하고 김영서를 쳐다보았다. 김영서는 벌써 시선을 저쪽에 돌리고 있었다. 쳐다보던 유보화가 무색했지만 잠잠히 있었다.

"이리로 오래지. 놈팽이하구 같이 왔나분데?"

점잖지 못한 말투에도 섬뜩 했으나 그대로 견디었다.

유보화가 도영혜를 데리고 김영서 쪽으로 왔다. 도영혜는 허리를 굽히며

"오래간만이애요. 안녕하셨읍니까?"

하고 정중히 인사를 하는 것이었다.

"아아, 네네. 잘 있었죠. 일행이 있어서……."

김영서는 얼버무려 넘기며 길례들이 앉았는 테이블 쪽으로 가는 것이었다. 그것은 참으로 빠른 사이여서 도영혜가 허리를 채 펴기도 전이었다. 유보화는 어이가 없어 입을 다물지도 못하고 있는데 도영혜는 소리를 크게 쳐

"빌어먹을 놈의 자식. 누가 절 붙잡구 늘어질 줄 알았던 게지. 거지 같은 자식."

하고 욕설을 퍼부었다.

주위 가까운 사람들의 시선이 집중되었다. 그러나 한길례들 쪽에선 모르는 모양 같았다.

"저리 가 앉으십시다. 저 남자분하구 같이 오셨어요?"

"아냐, 여기 와서 만났어. 저게 홍찬규야."

"홍찬규."

유보화는 얼른 기억에 떠오르지 않았다.

"승국이 때메 쫓아낸 남자 말이다. 경부의 아들 홍찬규 말이다."

이 소리도 꽤 커서 주위 사람들의 시선을 끌었다.

"네 알았어요. 아뭏든 저리루 가십시다."

유보화와 도영혜가 테이블에 앉아

"도영혜한테서 말씀 들었읍니다. 얼마나 고생하시오? 나도 오늘 저녁 우연히 여기서 이 사람을 반갑게 만났어요. 월남한 보람을 오늘 저녁에사 느꼈지요."

　홍찬규는 이런 말을 길게 늘어놓며 벗어진 머리를 살짝살짝 만졌다. 머리엔 포마드가 처덕처덕 했다. 만지고 난 손을 수건을 꺼내 닦았다.

　"인제 그게 김영서죠? 아마 그런 것 같아요."

　홍찬규는 살진 얼굴을 두리번거리며 유보화와 도영혜를 보았다.

　"우리 얘기할 게 있으니 당신일랑 다른 델 가세요. 아까 추던 땐서하고 가 추시오."

　홍찬규 말에 대꾸가 있기도 전에 도영혜는 홍찬규를 쫓았다. 홍찬규는 당황해 하다가

　"그럭하지, 그럭하지."

하며 저쪽으로 사라졌다.

　밴드가 다음의 곡을 뽑았다. 도영혜와 유보화는 일제히 한길례 쪽으로 고개를 돌렸다. 김영서가 한길례 앞에 허리를 굽혔다. 한길례가 서툴지 않게 김영서에게 안겨서 나오고 있었다.

　"납죽이구나, 난 또 근사한 미인인 줄 알았더니……."

　도영혜가 한길례를 두고 한 말이었다. 입을 비쭉이 내밀고 말했다.

　"그런데 언닌 어떻게 알구 오셨어?"

　"나? 나 그 동안 그것만 알려구 쫓아다녔는데 왜 모르겠나?"

　"한길례한테 직접 가셨어요?"

　"아냐."

　"그럼 전활 걸었어요?"

　"아냐. 직접 안해두 다 아는 방법이 있어. 세포 조직에서 일해 본 경험이 있거든. 그까짓 것쯤이 문제냐?"

　나중 말은 낮게 속삭였다. 그리곤 목을 길게 빼어 김영서들의 행방을 살폈다.

　"문제 안 돼. 체격은 말승냥마냥 왜 저러냐?"

　도영혜는 또 한길례를 깎아 내리는 말을 했다.

　"말승냥은 왜? 현대적인데……."

"현대적? 현대적은 크기만 함 되냐? 장승처럼 꽛꽛해야 하니?"

"떠들지 마세요."

"어림도 없어. 너 오늘 저녁엔 이상하게 예쁘구나. 넌 까만 옷이 역시 좋다. 김영서가 뭐라잖아?"

"뭐라긴 뭐래요?"

"춤을 추면서 아무 말도 안해?"

"해요."

"뭐라구?"

"나때메 자기 일생은 버렸다구."

"버릴 게 뭐 있어. 인제라도 결혼함 되잖느냐구 하지 못해?"

"언니두."

"또 자존심이야. 그러지 말구 김영설 붙잡아라. 너 혼자 산다지만 여자가 혼자 산다는 일이 쉬운 줄 알아?"

"쉽잖아두 할 수 없죠."

"너 김영설 사랑하면서 왜 그래?"

"사랑한다구 결혼하게 되나요?"

"양쪽에서 사랑함 되는 거지 왜?"

"아니예요. 사랑하면서두 우리들은 피차에 머언 거리에 놓여 있어요."

"얘 또 알아 못 들을 소릴 하지 말아. 너 김영서한테 승국이 얘기 했니?"

"아직 안했어요."

여기까지 이야기가 계속되었을 때 홍찬규가 털레털레 왔다.

"춤 추러 안 오고 얘기하러 왔나요? 얘긴 집에 가서 하시지요."

"얘 너 저리 가서 춤 춰라. 난 홍찬규하구 추겠어."

도영혜가 홍찬규를 얼싸안고 발을 내밟았다. 유보화는 본래의 테이블로 갔다. 한길례 오빠와 까만 수염은 맥주를 마시고 있었다. 한길례 오빠가 까만 수염에게 말했다.

“자네 이번에 유선생을 모시고 춰 보게.”

“저 사람 보게나. 나 춤 추는 걸 봤던가? 맥주 먹으러 온 거야.”

계속되던 음악이 멈추었다. 김영서와 한길례가 나란히 들어오고 있었다. 까만 수염이 박수를 딱딱딱 쳐 주었다.

김영서는 들어오자마자 맥주를 따라 꼴딱꼴딱 마셨다.

까만 수염이 빈정대어 주었다.

“어지간히 열이 오르는 모양이구나.”

“그래, 지글지글 타네.”

김영서의 거슴츠레한 시선이 유보화에게 와 꽂혔다.

유보화도 마주 시선을 보냈다.

“추십시다.”

음악이 시작되기 전에 김영서가 서둘렀다. 까만 수염이 또 박수를 딱딱딱 쳤다. 한길계가 의아스럽다고 할까 부아가 난다고 할까 아뭏든 이 두 가지 감정이 뭉친 시선으로 까만 수염을 쏘아보았다.

김영서와 유보화와의 사이에 준비가 완료되자 음악이 시작되었다.

“룸바요. 리더 하는 대로 따라와요.”

김영서는 아까보다도 한층 힘을 주어 껴안았다.

“이러지 마세요. 이럭하는 건 실례 아녜요?”

“우리 사이에 그런 언어가 통용될 수 있을까?”

“가장 먼 거리에 있는 사이면서 공연한 제스츄얼랑 마세요. 서울에 있는 줄 알면서 모른 척해요?”

노여움과 서러움이 한데 뭉쳤다가 터졌다.

“남의 여편넬 어떻게 찾아가요. 다리가 부러지려구…… 허허허.”

김영서는 허풍을 떠는 듯한 웃음을 웃었다.

“웃음소리까지 달라지셨어요. 누가 다릴 분질러 놔요? 다릴 분질 사람이 어디 있기나 해요? 핑곈 관두세요.”

“나한테만 투정을 부리지 말구 왜 좀 못 찾아와요.”

“내가 어딘지 알아야 찾지요.”

“미쓰 한 오빠한테 물어 봄 알 거 아니겠오.”

“그렇게 해서 찾긴 싫었어요. 여자 선 보러 다니는 이를 뭣하러 찾아요?”

“선 보러 다니기 전엔 왜 못 찾았어요?”

“찾지 않구 살아보려구 했어요.”

“피차 마찬가지 심리였군 그래.”

“말이 나간다구 마구 하진 마세요.”

“남의 속두 모르구 왜 이럴까?”

김영서는 유보화의 손을 꼭 잡으면서 허리를 안은 팔에도 힘을 주었다.

“차순이 찾아갔댔죠?”

“말광량이 말이요?”

“말광량일 좋아하면서 왜 밤낮 말광량이 말광량이 하세요?”

“내가 그걸 좋아했어?”

“아니 차순일 두고 하는 말은 아녜요. 말광량이 같은 여잘 좋아한단 말이죠.”

“허허허, 그런가.”

“제발 좀 너털웃음을 작작 웃으세요.”

“대장부 풍이 있어서 좋지. 그런데 노차순이란 여자가 저번에 독부재판 방청을 왔더군. 안 다니는 데 없어⋯⋯.”

“뭐요?”

“정부와 공모하구서 남편을 독약먹여 죽인 독부 공판정에 방청 왔더라니까.”

“그건 어떻게 만나셨어?”

“내가 맡은 재판인데 몰라.”

“재판장이던가요?”

“그 비슷한거.”

“그럼 검산가요?”

"그쯤 되나부지. 왜 몰랐어요?"

"내가 어떻게 알아요? 법률 공부하던 것만 알구 있었지 검사된 건 몰랐어요. 보세요. 그것두 모르구 있었으니 얼마나 먼 거리에 있느냐 말예요."

유보화는 말 끝에 한숨을 내쉬었다. 김영서도 따라 쉬었다. 무의식 중에 쉬었는지 모르지만 둘이 같은 한숨을 쉰 것만은 사실이었다.

"도영혜 언니하구라도 결혼하세요."

북받치는 감정을 어느 정도 눌러 앉힌 뒤에 한 말이었다.

"이건 또 무슨 뚱딴지 같은 소리야."

김영서는 스테프를 멈추러 들었다.

"뚱딴지가 아녜요. 김영서씨 아들을 난 사람인데 왜 결혼 못해요?"

그는 아주 무뚝 서 버렸다.

"왜 놀라세요?"

"놀라긴. 거짓말에 놀라다니?"

"거짓말이라구요? 승국일 뵈여 드릴까요? 당신의 아들 말입니다."

"내 아들? 내 아들인지 아닌지 알 게 뭐람."

"왜 이러세요? 당신의 눈을 닮았고 당신의 코, 입, 웃는 것까지두 쏙 뺐어요."

"그런 얘기 그만 두고 춤이나 춥시다."

김영서는 발을 옮겨 놓았다. 유보화는 눈 앞이 아찔해왔다.

"그만 추겠어요."

"왜?"

"쓰러질 것 같아요."

"노차순인 스포츠 맨 비슷한 남자하구 얼렸더군."

김영서가 화제를 돌렸다.

"스포스맨이 아니에요. 문사라요."

"문산 그만 뒀다던데. 꾀죄죄해서. 이번엔 정치가라던데, 허허허. 자주 갈아 대는 모양이지?"

"남의 걱정 말구 다 각기 자기를 살피도록 하십시다."

"네 잘 알았읍니다."

이 말과 함께 음악이 끝났다.

유보화는 더 있고 싶지가 않았다. 한길례들에게 인사를 마치고 도영혜와 함께 밖으로 나왔다. 달이 떠 있었다. 무덥지 않은 바람이 스치고 지나갔다.

도영혜가 김영서와 무슨 이야길 했느냐고 내처 물었으나 유보화는 별 이야기가 없었다고만 대답해 두었다. 도영혜한테 아무 말도 하기가 싫었고 그와 얼른 헤어지기를 바랐던 것이다.

집 대문 앞에 이르니 옆집 시계가 여덟시 반을 쳤다. 유보화는 시계 치는 소리를 세고 나서 아직도 한길례들은 한 시간 이상을 출 것이라고 생각했다. 선이가 나와 대문을 열어 주며 저녁을 어떻게 했느냐고 물었다.

"걱정 말구 가 자라."

고 했다. 사람이 싫었던 것이다. 방에는 전등이 켜져 있었다.

승국이와 석아는 유보화의 자리를 가운데로 하고 양쪽 좌우에 누워 잠들어 있었다. 혹시 늦게 돌아오는 저녁이면 잠들어 있는 두 아이 뺨에다 살짝 뽀뽀를 해 주거나 엉덩짝을 또닥또닥 두들겨 주거나 했던 것인데 석아는 거들떠보지도 않고 승국의 잠든 얼굴만 뚫어지게 들여다보았다. ―속눈썹이 길었다. 코가 우뚝했다. 약간 두터운 편인 꾹 다문 입술, 어른 같았다.

유보화는 견딜 수 없는 충격에서 승국의 안면(顔面) 전부에 폭포 같은 뽀뽀를 내려 퍼부었다.

"아줌마 안녕. 아줌마 안녕."

승국은 이렇게 두 마디를 지껄이며 돌아 누웠다. 유보화는 행동을 중지하고 돌아눕는 승국을 응시했다. 처음엔 깨어서 하는 소리인 줄만 알았는데 그것은 잠꼬대임에 분명했다, ―승국은 유보화가 출근할 때 하는 짓이거니 알고 있는지 모른다.

유보화가 다시 승국을 들여다보았다. 승국은 들여다보기에 편리하게 누웠다. 편리하게 누운 승국의 얼굴은 더 어른 같았다.

승국의 얼굴 위로 김영서가 휙휙 지나간다. 한길례를 안고 돌아가는 김영서가 지나간다. 너털웃음을 웃는 김영서가 지나간다. 지나갔다간 다시 돌아와서 또 지나가곤 한다. 한길례 치맛자락이 돌아가는 바람에 공작의 날개처럼 펴진다. 공작의 날개처럼 펴지는 한길례 치맛자락에 김영서의 몸뚱이 대부분이 휩싸여 돌아간다. 쌔게 쌔게 돌아간다. 유보화는 현깃증이 생기는 것이었다. 유보화는 현깃증을 막기 위해서 — 막을 수가 없어서 승국에게로 탁 쓰러지고 말았다.

유보화의 무거운 체중을 깨달은 승국은 눈을 번쩍 떴다. 잠깐 두리번거리다가 자기 위에 쓰러져 있는 아줌마를 발견했다.

"아줌마. 왜 그래 응? 아줌마 울어?"

승국은 벌떡 일어나려고 했다. 그러나

"아냐 아냐. 승국이 어서 자요. 아줌마 잠이 와서 그래."

목 너머서 겨우 기어오르는 소리로 유보화는 승국을 달래어 뉘고 전등을 끈 다음 자기도 자리에 누웠다. 옆집 시계가 아홉시를 쳤다.

'…아직도 두 시간 동안을 줄 수 있구나……'

유보화는 속으로 이렇게 중얼거렸다. 한 번만 중얼거리지 않았다. 몇 번을 중얼거렸던 것이다.

애정(愛情)을 넘어서

도영혜가 여간첩 혐의를 받아 검거되었다는 것을 알기는 팔월 하순경이었다. 그날 유보화는 학교 직원실에 배달된 석간에서 도영혜의 이름을 목도했던 것이다. 유보화는 배달되는 신문마다 분주히 펼쳐 보았다. 어떤 신문엔 '정열의 여간첩' 도영혜로 되어 있고 어떤 신문엔 '국제스파이의 붉은 연애'라고 씌어 있었다. 기사 내용은 똑같이 과거의 범행을 은폐하고자 모 고관의 첩으로 있다는 것, 그렇게 있으면서 대한민국 정부의 동향 및 군사기밀을 탐지하여 월북한 과거의 애인 성완수와 긴밀한 연락을 하고 있을 뿐 아니라 성완수가 월북하기까지 그의 지령으로 정부 요인을 암살할 계획을 했다는 등 등이었다. 그리고 신문 기사와 아울러 검찰총장의 명의로 사건 내용의 보고문이 발표되었었다.

유보화는 이 어마어마한 사실 앞에 어리둥절해 있다가 담당 검사의 보고문을 읽기 시작했다. 보고문을 읽으려는 생각을 가지게 된 이유는 김영서가 검사인 것을 알고 있은 데서일지 모른다.

검사의 사건 내용 보고문을 다 읽고 난 유보화는 바삐 서둘러 집으로 돌아왔다. 김영서를 찾아가자는 생각을 했던 것이다.

거기가 거기 같고 거기가 거기 같은 높은 건물 긴 북판에 달린 도어를 열고 들어갔을 때 김영서는 담배를 피워 물고 안락의자에 비스듬히 기대어 앉아 있었다.

유보화가 머리를 약간 숙여 인사를 하고 난즉 김영서는 자세를 바로잡아 앉으며,

"웬 일입니까?"

하고 반가운 표시를 보였다.

"좀 뵈올 일이 있어서 왔어요."

"그래요?"

김영서는 재떨이에 담배를 비벼 껐다.

"도영혜 언니 사건 아시죠?"

"네."

"어떻게 도울 방법이 없을까요?"

유보화는 김영서의 얼굴을 찬찬히 들여다보며 물었다. 김영서는 실낱만한 움직임도 없이 담배에 성냥을 그어 대고 나서

"이 사건에 대해선 아무도 발을 못 들여놓습니다. 현재 남편인 모씨까지두 입을 다물고 있는 형편이니까요. 경찰에 검거됐을 땐 권력으로써 어떻게 해 보려

구 했다지만 워낙 도리가 없는 사건이라 현재는 잠잠히 있죠. 극비밀리에 진행된 것만 보더라두 사건이 얼마나 크다는 걸 알 수 있잖아요. 이 사건의 전모를 검찰청에서 발표하기 전엔 신문 기자들도 전혀 눈치채지 못했으니까."

김영서의 이야기는 더 계속되려 했으나 유보화는 듣고 있을 수가 없었다.

"그런 얘기보다 무슨 대책을 강구해야잖아요?"

"대책이라니? 대책이 있을 수 있어야지."

김영서는 딱 잡아 떼었다.

"이 사건을 맡은 검사가 누구예요? 소개해 주세요."

"누군지 알 수가 없어요."

"그럼 무슨 방도가 없겠단 말씀이예요?"

"그래요."

김영서는 담배 연기를 내뿜으며 간단히 내받았다.

"너무 하세요. 승국일 보아서라두 어떻게 해야잖아요. 승국이가 가엾어서 어떡해요."

"승국이가 누군데?"

"당신의 어린 아들 말입니다. 그 애는 당신 이외에 아무두 닮지 않았어요. 입이랑 코랑 눈이랑 모두 당신이예요. 그 애는 지금 내가 데리구 있어요."

유보화의 소리는 어느 새 높아져 갔다.

"왜 이리 흥분하시오? 주위에 아무두 없는 줄 아나 보군."

김영서는 어느 정도 눙치는 어조로 말했다.

"주위가 문제던가요? 김영서씨가 그처럼 피도 눈물도 없는 인간인 줄은 몰랐어요."

"피나 눈물로써 해결될 문제가 아니라니까. 민족 운명에 기우되는 문젤 어느 개인의 눈물이나 피로써 어떡한단 말이오? 법의 존엄성으로써 다스릴 밖에 없는 문제요."

김영서의 표정은 점점 냉냉해 갔다.

"그럼 도영혜 언닐 만나게 해 주세요."

"그냥 가 계시오. 이럭하다간 모두 불행해져요. 그럭하는 게 도영혜를 위하는 게 아니오. 도영혜한테 해로울뿐이오."

유보화는 도영혜한테 해롭다는 말에서 다시 입을 열지 못하고 한참이나 묵묵히 앉았다가

"그럼 어떡하는 게 도영혜 언닐 위하는 게 될까요? 너무 가엾잖아요?"
했다. 마지막 말은 목이 메어져 와서 겨우 했다.

"가서 계시오. 법의 해결이 있을 때까지."

"법의 해결이 언제 있을까요? 그리고 만약에 불리하게 되는 경우면?"

"봐야 알아요. 돌아가 계시오."

김영서가 일어서려고 했다.

"언제 검거되었어요?"

김영서는 일어선 채로

"한 달 가량 되나봐요. 검찰청에서 구속 영장을 발부했지요. 경찰에선 모씨를 두려워서 손을 못 대는 걸……."

"그런 걸 모르구 있었네. 한 번 다녀 가려니 하구 기다려도 오지 않길래 전 어디 아픈가 했어요……."

실상 유보화는 무도회에 다녀온 뒤로 줄곧 도영혜를 기다렸던 것이다. 도영혜와 둘이서 김영서의 이야기를 하고 싶었던 것이다.

"돌아가 계시오."

"정말 어쩔 방도가 없겠어요? 좀 어떻게 힘써 봐 주세요. 너무 하세요."
하고 큰 소리로 주워댔다.

"이거 왜 이러시오?"

김영서는 짜증을 내려고 했다.

"남을 위해서 자기를 잃을 필요는 없을 거예요."

유보화는 팩 쏘아 붙이고 나왔다.

태양은 뜨겁고 어느 높은 나무에서 매미가 맴맴을 아우성치고 있었다.

도영혜는 제 사회 공판에서 십 오년의 구형을 받았다. 제 일회 공판은 유보화가 김생서를 만난 이튿날 있었으나 알지 못했으므로 방청을 못했다. 이회 삼회 사회 공판엔 방청했으며 제 사회 공판 땐 승국이를 데리고 방청했다. 그것은 도영혜가 승국이를 꼭 데리고 와 달라는 부탁을 몇 번 한 데서 취해진 일이라기보다 유보화 자신도 제 삼회 공판이 있던 날 비로소 승국을 데리고 방청하겠다는 결의를 가지게 되었던 것이다. 제 이회 공판 때부터 도영혜는 승국을 데리고 와 달라는 간곡한 부탁을 했으나 어린 것에게 보이지 않을 장면을 보이기가 싫어서 도영혜의 간청을 들어 주지 않았다. 세 번째 방청하면서 보느라니까 검사는 도영혜의 범죄 사실을 어떡허든지 적발해 내려고 했고 형을 많이 주려고 애를 빠득빠득 쓰는 것이었다. 검사는 김영서 바로 그 자신이었다.

도영혜가 유보화를 보자 승국을 데리고 오라는 간청을 한 것도 김영서에게 승국을 뵈어 준다는 마음이었을지 모른다. 유보화 역시 승국을 데리고 와야 하겠다는 결의를 가지게 된 것이 김영서가 도영혜의 범죄 사실을 샅샅이 뒤져내려는 데서 생긴 반발이었던 것이다.

도영혜가 법정에 끌려 들어오기 전까지는 승국은 유보화의 손을 잡고 가만히 앉아 있었다.

처음엔 엄마를 알아 보지 못했던 모양이었다. 사슬에 매여 끌려 들어오는 도영혜를 보고만 있었다. 방청객의 전부가 그쪽으로 목을 빼들고 보니까 저도 보았는지 모른다. 집에서 유보화는 승국에게 자세한 것을 알려 주지 않고 엄마한테 가자고만 했다.

도영혜가 방청석에 얼굴을 돌렸을 때 승국은 비로소 엄마를 알아 보았다.

"엄마, 엄마."

두 마디의 소리를 내지르더니 황소 같은 울음을 터뜨리며 발을 동동 구르는 것이었다. 무엇이 어찌 된 사유를 승국이 알 바 없었지만 사슬에 매인 채 간수에게 끌려 들어오는 엄마의 몰골에서 엄마의 불행을 느꼈던 것이겠지.

도영혜게로 돌리던 많은 얼굴이 승국에게로 이동되었다. 그들은 승국의 고함소리를 듣자 앞으로 쏠리는 것이었다.

감시원이 어린애를 데리고 나가라고 유보화에게 명령 했다. 유보화는 승국을 안고 법정 뒷문으로 나왔다. 승국은 사지를 버둥거리며 유보화 팔에서 빠지려고 했다.

"승국아, 울지 말아야 안에 들어가지. 이렇게 울면 아까 똥그란 모자 쓴 사람이 막 쫓아요. 여기두 있게 못하구 쫓는다, 승국아."

승국은 쫓는다는 말이 겁났던지 울음을 딱 그치고

"아줌마 안 울믄 안에 들어가? 엄마한테 들어가?"

했다.

"응, 그래."

승국은 울음을 억제하느라고 끄응끙 안간힘을 쓰는 것이었다.

유보화들이 들어가고 있는데 법단 위 저쪽 문이 열리며 판사가 줄을 지어 나타났다. 재판장들이 제 자리에 와서 방청석과 죄수석에 기립(起立)을 명하고 경례를 호령했다. 경례가 끝나자 재판장들이 앉았다. 재판장들이 앉고 나자 김영서가 조서문이 실린 묵직한 책을 들고 나타났다. 그는 재판장석과는 떨어진 옆자리에 내려와 앉았다.

재판장이 도영혜 피고에 대한 재판을 선언했다. 도영혜가 재판장 앞에 나가섰다. 판사가 검사에게 논고를 내리라고 말했다.

김영서가 법모를 한 번 어루만져 바로 잡은 뒤에 일어섰다. 김영서는 첫 대목부터 그야말로 털끝 만큼도 놓치지 않으려는 어조로 약 한 시간이나 걸친 준렬한 논고를 내리는 것이었다.

논고문의 내용을 대간 추린다면 아래와 같았다.

— 피고인 도영혜는 남로당 간부 성완수의 내연의 처로서 효자동 ××번지에 그와 동거하면서 괴뢰집단의 두목인 김일성의 지령을 받아 대한민국 정부를

뒤집어 엎을 목적으로 요인 암살을 꾀하는 한 편 대한민국 정부의 최근 동향 및 군사기밀을 탐지하여 괴뢰집단에 보고한 사건이 명백할 뿐 아니라 현재에 이르러서도 그 목적을 달성하기 위하여 모씨의 첩으로 가회동 ××번지인 자기처소를 아지트로 사용하면서 이미 월북한 성완수와의 긴밀한 연락을 취하고 있다는 증거가 명백하므로 국가보안법 제 이조 이항을 각각 적용하여 징역 십 오년에 처하기를 사뢴다는 것이었다.

논고문 낭독의 끝마디와 함께 유보화의 고함 소리가 터졌다.

"아닙니다. 아닙니다."

유보화가 이렇게 하자 승국이 따라서 으악 울음을 터뜨렸다. 방청객의 동요가 이만 저만이 아니었다.

법정 안은 외침과 울음 소리와 함께 와글와글 끓었다.

판사가 소란을 잔즐구려고 소리를 쳤다. 조용하지 않으면 법정 밖에 내쫓겠다는 것이었다.

원정이 유보화와 승국이를 법정에서 내몰려고 했다.

"그대로 있으라구."

원정에게 판사가 명령했다.

원정이 제 자리로 돌아가고 유보화와 승국이가 진정되자 판사는 십 오분간의 휴정을 선언하고 법단 위의 저쪽 도어로 사라졌다. 검사도 뒤를 따랐다.

도영혜는 뒤를 돌아다보다가 간수에게 꾸중을 들었다.

"부인. 증인 신청을 하십시다."

변호사가 유보화 앞에 와서 바삐 한 말이었다. 보화는 김영서의 말만 듣고 이 때까지 변호사한테에도 아무런 연락을 하지 않았다.

법정에서도 잠잠히 방청만 하고 있었다. 그것은 김영서가 담담 검사임을 알고 다시 찾아갔을 때, 김영서의 말을 믿었기 때문이었다.

처음엔 유보화에게 딱딱하게 대했으나 도영혜 공판이 두 번 있고 나서 찾았을 땐 몹시 살뜰히 굴었고 도영혜한테도 자기가 힘써서 되도록 형을 적게 받게

끔 노력하겠다는 말을 했다.

"저 증언을 하겠어요."

"하십시오. 증인 신청을 하시요."

변호사가 법의(法衣) 자락을 휘두르며 제 자리로 돌아갔다.

십 오분의 휴정이 끝나자 판검사가 다시 나타났다. 소정의 예식이 끝나자 재판장이 재판을 계속하겠다는 선언을 했다. 도영혜가 일어섰다.

승국은 엄마를 보려고 목을 길게 뽑았다. 이때까지는 겁에 질려서 침만 꿀꺽 꿀꺽 삼키고 있었던 것이나 유보화가 소리를 치고 법모 법의를 입은 변호사와 유보화가 이야기를 주고 받고한 다음부터 승국은 분명히 용기를 얻은 듯했다.

증인 신청은 쉽게 채택되었다. 유보화가 증인석에 나가 서자 재판장이 유보화에게 손을 들라고 했다. 유보화는 바른 손을 들었다. 국민학교와 여학교 시절에 들던 것처럼. 재판장은 손을 든 유보화에게 진실된 증언을 하지 않으면 안 된다는 걸 아느냐고 물었다. 유보화는 한 마디의 허위도 있을 수 없다고 대답했다. 재판장이 내리라고 했다. 재판장은 유보화의 나이와 직업을 물었다. 유보화는 나이가 스물 다섯이라는 것과 모 여학교에서 미술을 가르치고 있다고 말했다.

"피고인 도영혜와는 언제부터 교우가 있었나요?"

재판장이 다음으로 물은 말이었다.

"여학교에 입학하면서 한 하숙에 있었어요. 권농동 하숙집에 도영혜씨와 제가 아랫방에 있고 김영서씨가 — 현재 도영혜씨의 담당 검사님이 바로 웃방에 중학생으로 계셨어요. 우리들 방 사이엔 전등 하나가 달려 있었어요. 그러니깐 전등을 하나 달기 위해서 벽에 구멍을 뚫어 놓았지요. 그 구멍으로 웃방의 숨소리까지도 들을 수 있었어요."

여기서 검사 김영서는 재판장에게 쓸 데 없는 증언은 거부하라고 제의했다. 재판장은 유보화에게 간단 간단히 증언하라는 주의를 주었다. 검사의 얼굴이 파랗게 질려 있었다.

"증언에 필요되는 말은 다 해야 하지 않겠읍니까?"

이번엔 변호사가 나섰다. 재판장이 다시 유보화에게 질문을 계속했다.

"피고인 도영혜와는 그때부터 쭈욱 교우가 계속되었나요?"

"그렇습니다. 도영혜씨가 저보다 먼저 이태 앞서 졸업 하고 동경 건너간 사이에도 우리들은 늘 편지 내왕이 있었어요. 제가 동경 갔을 땐 도영혜씨가 동경에 없었어요. 김영서씨한테 도영혜 행방을 물었으나 김영서씨는 우물쭈물 하면서 가르쳐 주지 않았어요. 동경 건너갈 적에 도영혜씨는 김영서씨를 따라 갔던 것이고, 동경 건너 가서도 피차 가깝게 지낸 것은 도영혜씨 편지로써 알았어요."

김검사가 판사에게 증언에 허위가 있으니 중지시켜 달라고 신청했다.

"아니예요. 제가, 재판장님 앞에 손을 들어 서약했읍니다. 그것은 재판장님 앞이라기보다 신 앞에 손을 들어 맹세한 거라고 저는 생각합니다. 제 말에 허위가 있을 수 없어요. 저를 가만 놔 두어 두세요. 제 이야길 들어주세요. 도영혜씨는 죄를 지을 수 없는 어질고 순정을 지닌 분입니다. 그의 오늘 날은 오로지 남자 때문에 이렇게 된 것입니다. 그는 한 남자에게 짓밟혔기 때문에 그러한 길을 걸어 왔읍니다. 사랑하는 남자의 아이를 가진 채 다른 남자에게로 시집을 갔읍니다. 가고 싶어서 간 것이 아니라 사랑하는 사람이 개몰아 내듯 내었기 때문에…… 그의 육체를 유린하고 나선 개 몰아내듯 했기 때문에 어질고 약한 도영혜씨는 다른 남자의 친절을 받아들였던 것입니다. 이 남자는 고향인이요, 도영혜를 항상 사모하던 남자였읍니다. 그러나 결혼해서 다른 남자의 아이를 낳았을 땐 이 남자도 도영혜씨를 쫓아냈읍니다. 아기를 업고 친정에 쫓겨 돌아온 도영혜씨는 술장수 어머니한테 줄곧 주정을 받았읍니다. 뼛골이 부서지게 벌어서 공부시킨 결과가 애비도 없는 아이를 업고 달려들기냐고, 도영혜씨는 친정에도 있을 수 없었어요. 서울 올라와서 또 다른 남자를 알게 됐읍니다. 그 남자가 바루 성완수입니다. 성완수가 공산주의자인 걸 도영혜씨는 몰랐어요. 제가 도영혜씰 처음 찾아가던 날 저녁, 성완수가 찾아왔어요. 이 집 식구들, 식모와 도영혜씨 아이 승국이까지도 성완수를 손님이라고 불렀어요. 손님처럼 며칠씩 있다간 돌아가곤 했던 것입니다. 도영혜씨는 완수를 돈 있는 사람으로만 알았어요. 그이 돈으로 다방을 했고 호의호식하며 살았던 것입니다. 저도 그 남자를 돈 있는 사람으로만 알았어요. 그러다가 해방이 됐어요. 해방이 돼서야 이 남자의 정체를 알았어요. 성완수는 틀림 없는 공산주의 진영의 사람이었어요. 성완수는 분주히 일을 하나 보았어요. 도영혜씨가 성완수의 지시대로 따랐으리라는 걸 믿고 있습니다. 도영혜씨는 남자 — 사랑하는 이의 말이라면 무조건 따르는 사람입니다. 남자가 죽으라면 죽기라도 할 것입니다. 그러나 성완수도 가 버렸습니다. 그가 월북할 때 도영혜씨 몰래 가 버렸어요. 헌신짝 버리 듯 버리고 가 버렸어요. 그가 가 버린 뒤에 도영혜씨가 얼마나 당황해 했으며, 공포에 떨고 있은 걸 제가 목격했어요. 성완수를 원망하던 걸 제가 들었어요. 현재 동거하고 있는 모씨와는 사랑하는 것도 아니고 존경하는 것도 아니예요. 오직 무서워서, 두려워서, 그 그늘 밑에 좀 숨어 보자는 마음에서 동거하게 된 겁니다. 집까지 빼앗기고 어린 건 식모한테 맡겨 놓고 이리 저리 숨어 다니기가 고통스러워서 취해진 결과입니다. 그 이외엔 아무 것도 없습니다. 성완수와의 연락이란 당치도 않은 말입니다. 그는 지금 백지입니다. 성완수를 따라 일하던 일까지도 벌써 잊어 버리고 있을 겁니다. 현재까지 성완수와의 교섭이 있다는 말은 오로지 검사의 모략입니다. 도영혜씨 자신의 말을 빈다면 여자는 주의 사상이 없다는 것이예요. 항상 상대되는 남자의 주의 사상에 움직인다는 거에요. 그는 어느 날 밤 저의 집에서 밤을 새면서 김영서하고 살았더면 자기는 민주주의자가 되었을 거라고 말했어요. 그 말이 진실입니다. 정말 김영서씨가 그를 버리지 않았더면 그는 좋은 아내로서 좋은 어머니로서 선량한 백성으로서 살아 왔을 겁니다. 도영혜씨의 오늘날을 이끌어온 사람은 저기 앉아 도영혜씨에게 죄를 주려고 애를 빡빡 쓰는 김영서씨입니다. 산 증거물, 명백한 입증물이 바로 저기 앉아 있습니다."

유보화는 몸을 홱 돌려 방청석에 멀뚱멀뚱 목을 빼고 앉아 앞을 내다보는 승국을 손질했다.

"저 아이가 바루 김영서씨의 아입니다."

여기까지 말하고 나서 유보화는 그 자리에 쓰러졌다. 유보화가 깨어났을 땐 전등이 켜 있는 자기 방에 누워 있었고 물수건을 얹은 머리를 승국이가 짚어 주고 있었다.

도영혜는 칠년의 언도를 받았다. 재판장이 할 말이 없느냐고 물었을 때 도영혜는 지극히 조용한 어조로

"제가 갈 데는 감옥 밖에 없읍니다. 감옥에 가야 조용히 쉴 것 같습니다. 유보화에게 어린 걸 맡기는 일이 죄송하긴 합니다만."
하고 말했다. 도영혜한테 어디 그런 조용한 언어와 행동이 숨어 있었는지 모를 일이다.

도영혜가 간수에게 끌려 퇴정하면서 유보화에게 승국일 부탁한다고 말했다. 어린 것에게 등한한 것이 늘 마음에 싸답잖던 유보화의 마음이 뜨거워 왔다.

인산인해를 이룬 방청객 속을 뚫고 몰려온 사람들 중에는 노차순과 그의 새 애인 원기춘이도 있었고 서남령 선생도 있었고 한길례도 있었다. 한길례는 어느 새 택시를 불러 놓고 유보화더러 타라는 것이었다. 택시엔 서남령 선생과 노차순과 그의 새 애인과 한길례까지 같이 탔다.

그들은 신문에서 읽은 유보화의 증언에 대해서 각기 한 마디씩 했다. 한길례는 자기가 승국을 틀림 없이 알아보지 않았느냐고 말하며 승국을 자기가 기르게 된다면 극진히 해 주겠다는 말을 했다. 유보화는 어느 말에거나 대꾸가 없었다.

택시에서 내릴 때, 서남령 선생한테만 내일 비행장에 나가겠노라고 말했다. 서남령 선생이 도불(渡佛)한다는 소식을 신문에서 알았던 것이다. 도불환송 축하연이 있은 것도 알았으나 도영혜 공판으로 해서 참석지 못했다.

이튿날 아침 유보화는 열시 가량 해서 반도호텔 앞에 나갔다. 서남령 선생과 그의 부인과 아이들을 위시하여 많은 환송객이 나와 있었다. 서남령 선생은 유보화에게 가까이 와서

"유보화 일을 하시오. 일을 많이 하란 말입니다."

하고 일러 주었다. 유보화는 대꾸없이 서남령 선생 얼굴을 물끄러미 쳐다보고 있었다. 서남령 선생의 서늘한 눈이 광채를 발산하고 있음을 보았다. 유보화는 그제야 머리를 숙이며 조용히 말했다.

"저 일을 하겠어요. 공허할 때 하는 일처럼 일다운 일이 없다고 가르쳐 주신 말씀 기억하고 있어요. 제겐 인제 일만이 남아 있어요."

뻐스를 타고 비행장에 이르면서도 비행기에 올라 타면서 손을 휘두르는 서남령 선생을 먼 데서 바라보면서도 유보화는 속으로는 이와 같이 중얼거리고 있었다. 프로펠러 소리가 하늘 공중에 사라지기까지도 유보화는 하늘을 쳐다보며 이와 같이 중얼거리고 있었다. 이날도 유보화는 검은 옷을 입고 있었다. 검은 옷자락이 바람에 흩날렸다.

(끝)

여자에게 남자란 무엇인가

한경희

『녹색의 문』은 최정희가 창작한 첫 번째 장편소설로, 『서울신문』에서 1953년 2월 25일부터 1953년 7월 8일까지 연재한 「녹색의 문」과 『여원』에서 1955년 10월부터 1956년 10월까지 연재한 「흑의의 여인」을 「속 녹색의 문」으로 개제한 뒤 합본하여 완성한 소설이다. 여원에서 「흑의의 여인」을 연재하기 전 1954년 정음사에서 『녹색의 문』이 발간되기도 했다. 「속 녹색의 문」이 더해진 『녹색의 문』은 1959년 민중서관에서 출간되었다.

『녹색의 문』은 일간지 및 월간지에 연재된 소설이니만큼 처음부터 대중 독자를 강하게 의식하고 쓰였으며, 특히 여성 독자의 관심과 흥미를 끌기 위해 연애와 결혼을 주제로 삼는다. 그런데 최정희는 이 주제를 쉽고 유쾌하고 편안하게만 다룰 수만은 없었던 것으로 보인다. 『서울신문』에서 「녹색의 문」 연재를 시작할 당시 최정희는 두 번의 굴곡 있는 결혼 생활을 거치고 난 후 홀로 두 딸을 키우고 있었다. 최정희는 가정을 꾸려나가는 과정에서 깊은 분노와 억울함을 느껴왔던 것으로 보이는데, 이 경험으로 인해 여성에게 있어 남성과의 관계란 결코 행복을 보장해줄 수 있는 것이 아니며, 오히려 절대로 빠져나올 수 없는 불행의 시작이 되기도 한다고 생각하게 된 것으로 보인다.

『녹색의 문』은 일제 말기 10대 후반의 여학생이었던 유보화의 일대기를 중심으로 이야기가 진행된다. 유보화는 원산에서 서울로 유학 온 여학생으로 전도유망

한 미술 특기생이다. 유보화는 권농동 하숙집에서 친하게 지내는 선배 도영혜와 함께 하숙을 하고 있었는데, 그녀들의 윗방에는 김영서라는 남학생이 살고 있었다. 민족주의 사상을 가진 그는 학생운동을 주도할 만큼 정치 리더의 자질을 갖추고 있는 '대장부' 형 인물이다. 도영혜는 그를 흠모하여 그를 따라 학교에서 반일시위를 벌이기도 하며 여학교를 졸업한 후에는 그의 뒤를 좇아 일본 유학까지 간다. 유보화는 그런 도영혜를 이해할 수가 없다. 그러나 유보화 또한 여학교를 졸업할 무렵 성인의 문턱에 들어서면서부터 사랑을 알게 되자 도영혜 못지않게 열렬한 연애를 하게 된다.

유보화는 성인의 문턱에 이르자 자신도 모르는 사이 성욕이 생겨남에 따라 남성에 대한 관심이 커져가고 사랑을 갈망하기 시작한다. 그러던 중 유보화는 여학교 졸업 후 유학 간 동경에서 김영서를 우연히 만난다. 그리고 자신의 어깨를 힘주어 누르는 김영서에게서 처음으로 '남성성'을 느낀다. 이에 유보화는 걷잡을 수 없이 김영서에게 빠져들고 이윽고 둘은 연애를 시작한다. 그러나 유보화는 김영서와 오래지 않아 헤어지고 만다. 1940년대 말 김영서가 학병 징집을 피해다니고 있던 와중에 유보화는 아버지의 상을 치르러 조선으로 잠시 귀국했는데, 그게 그대로 그 둘의 마지막이 되고 만 것이다. 그런데 아무리 일본과 조선으로 거처가 달라졌다고 하더라도 김영서는 마음만 먹는다면 얼마든지 유보화를 찾을 수도 있었다. 그래서 유보화는 김영서가 무슨 피치 못할 사정 때문에 자신에게 연락을 하지 못하고 있는 것이라 생각하며 고향에서 김영서만을 기다리고 있었다. 이런 상황이었기에 유보화는 동경에서 친구의 애인으로 알고 지냈던 이성배로부터 연락이 오자 그가 김영서의 소식을 전해줄 것이라고 기대하며 부리나케 서울로 갔던 것인데, 거기서 얼토당토않게 그에게 '욕'을 당해 그와 억지 결혼을 하게 되고 만 것이다. 이로써 앞날이 창창한 미술가였던 유보화의 삶은 그 자신이 전혀 예측하지 못했던 방향으로 흘러가기 시작한다.

유보화의 인생이 '꼬이기' 시작한 것은 김영서가 유보화에게 약속을 해놓고 제대로 지키지 않았던 일부터였다. 즉 김영서가 유보화와의 관계를 제대로 갈무리하지 않고 그저 무책임하게 유야무야 연락을 끊는 바람에 유보화가 헛된 희망을

최정희 소설 전집 **1**

가지고 김영서를 기다린 것이 불행의 시작점이라고 할 수 있다. 김영서는 유보화를 분명 사랑했다. 그러나 그는 유보화와의 관계를 정리하는 일이 그에게 부담으로 다가오자 연락을 일방적으로 끊는 방식으로 사랑에 대한 책임으로부터 도망쳤다. 그가 사랑에 대한 책임을 지지 않은 것은 그에게 있어 여성과의 사랑이란 궁극적으로 자신의 손해를 감수하면서까지 지켜나가야 할 만큼 중요한 가치를 지닌 것은 아니기 때문이라고 할 수 있다. 김영서는 여성과의 관계가 버겁게 느껴지는 상황이라면 이전에 자신이 그 여성에게 어떠한 사랑의 말을 속삭였든 어떠한 긴한 약속을 했든 간에 그 관계를 언제든지 끊어버릴 수 있는 이이다. 사랑이란 관계 안에서 여성은 자신에게 의존하는 존재, 종속된 존재에 불과하다. 따라서 여성은 남성인 자신보다 '약자'이기 때문에 여성과의 신의를 지키지 않는다고 하더라도 자신에게 손해로 돌아올 일은 생기지 않는다. 그래서 김영서는 학병 징집이라는 위급 상황에 처하자 자기 살 길을 찾는 과정에서 사랑하는 유보화를 '뒷전'으로 둘 수 있었던 것이다.

그를 열렬히 짝사랑했던 유보화의 선배 도영혜 또한 김영서가 행사하는 젠더 권력의 또 다른 피해자이다. 김영서는 유보화와 사귀기 전 도영혜와 하룻밤을 같이 보낸 적이 있다. 정조 이데올로기가 강한 가부장적 사회에서 여성은 자신과 성관계를 가진 남성과 결혼하지 않는 이상 정상적인 사회생활을 해나갈 수 없다. 이에 결혼 전 성관계를 가진다는 것은 남성과 여성 모두에게 있어 암묵적으로 결혼을 전제로 행해지는 것이라고 할 수 있다. 그러나 성관계 직후 김영서는 도영혜를 '개몰 듯' 내쫓았다. 그는 도영혜라는 성적 대상을 통해 '재미'만을 취하고 싶었을 뿐이지 그에 따른 책임까지 질 생각은 처음부터 없었다. 김영서에게 있어 도영혜는 자신보다 권력 없는 '약자'이기 때문에 성관계에 대한 책임을 지지 않더라도 도영혜는 자신에게 어떠한 불이익도 입힐 수 없다. 이와 같은 사실이 그로 하여금 쉽게 도영혜를 외면할 수 있도록 했다. 그런 그로 인해 도영혜는 평생을 '미혼모'라는 낙인 속에서 불행하게 살아간다.

『녹색의 문』은 김영서의 이와 같은 이기심과 비열함을 김영서만의 특징이 아니라 남성이라는 존재의 본성과 같은 것으로 제시한다. 정조 이데올로기가 강한 가부장적 사회에서 여성이 '순결'을 잃었다는 것은 그 여성의 일생에 있어 치명적인 사회적 낙인으로 작용한다. 따라서 여성의 입장에서는 '순결'을 잃었다면 그 남성이 어떤 남성이든 간에 그 남성과 반드시 결혼을 해야 사회적으로 생존할 수 있다. 이와 같은 기제에 의해 남성은 여성과의 성적 관계에 있어 지배력을 가지고 여성을 마음대로 쥐락펴락할 수 있게 되는 것인데, 그러한 지배 권력이 바로 성폭력으로 실천된다고 할 수 있다. 『녹색의 문』은 남성 개개인의 인품과 상관없이 구조적으로 부여되는 이와 같은 성적 권력을 남성이라는 존재의 본질적인 비도덕성으로서 재현한다. 『녹색의 문』에서 자신과 성적 관계를 맺은 여성에게 이기심과 비열함을 보이지 않는 남성은 아무도 없다. 이성배가 유보화의 남편이 될 수 있었던 것은 '강간'이라는 방식으로 이와 같은 성적 권력을 행사했기 때문이었다.

도영혜의 남자들도 마찬가지이다. 도영혜의 전남편 홍찬구는 김영서와 달리 여자 말을 잘 따르고 대장부 기질도 없는 체제순응적인 이, 그래서 친일도 하는 이이다. 도영혜는 자신이 김영서와 성관계를 가졌다는 것을 알고 있음에도 불구하고 자신을 너그럽게 받아주는 홍찬구를 보면서 홍찬구는 김영서 같은 이와 '다르다'고 믿었다. 그러나 결국 홍찬구 또한 도영혜가 낳은 아이가 자신의 아이가 아니라 김영서의 아이라는 사실이 명백해지자 가차없이 도영혜를 버렸다. 이는 홍찬구 또한 사실 도영혜가 '정조'를 잃었음을 단 한 번도 관용한 적이 없었음을 보여주는 것이라고 할 수 있다. 홍찬구는 다만 도영혜가 '정조'를 잃었다는 사실을 겉으로 표가 나지 않는 한에서 모른 척하며 덮어두었던 것뿐이었다.

이들과 정치적 지향점이 정반대인 좌파 사회주의자 남성도 마찬가지이다. 해방 전부터 도영혜와 연인 관계를 맺어왔던 성완수는 해방 후 도영혜와 함께 공산주의 활동을 했다. 그러나 그 또한 정치 상황이 자신에게 불리하게 돌아가기 시작하자 자기 한 몸만을 챙기며 도영혜에게 단 한마디 말도 없이 혼자 월북했다. 친일을 하든 우파 민족주의자이든 좌파 사회주의자이든 어떤 정치 이념을 가지고 있든 사회 체제에 저항을 하든 하지 않든 상관없이 결국 남자란 본질적으로 여성과의 관계가 자신에게 손해로 돌아올 것 같은 상황에서는 그 관계에 대한 책임을 가볍게 내팽개쳐버리는 이기적이고 비열한 존재라는 점에서 똑같다. 이로써 『녹색의 문』은 여성이 불행한 인생을 살게 되는 원인이 바로 남성이란 존재의 본질적인 이기심과 비열함 때문인 것으로 제시하는 것이다.

그러나 유보화는 자신의 불행이 김영서 때문에 시작된 것이었음에도 불구하고 김영서를 원망하지 않는다. 유보화는 김영서가 자신과 사귀기 전 도영혜와 하룻밤을 보냈다는 사실을 숨겼을 뿐만 아니라 도영혜가 김영서에게 버림받은 뒤 김영서의 아이를 혼자 낳고 키우고 있었다는 사실까지 알게 되었음에도 불구하고 김영서에 대한 사랑을 그대로 간직하며 살아간다. 유보화는 분명 김영서의 배신으로 인해 자신의 인생이 망가지기 시작했다는 것을 내심 느끼고 있으면서도 이를 인정하려고 하지 않는 것인데, 이는 성적 권력이 비대칭적인 가부장적 사회에서 여성이 남성을 사랑한다는 것의 의미가 그리 간단치 않은 것이기 때문이라고 할 수 있다. 가부장적 사회에서 남성이 여성을 지배한다는 것은 다만 사회경제적인 차원에서만 일어나는 일이 아니다. 여성에 대한 남성의 지배는 정신적인 차원에서도 일어난다. 가부장적 사회에서 여성은 남성에게 의존적인 주체로 구성된다. 이로 인해 여성적 주체에게서는 자율성이 약화된다. 그런데 자율성이 약하다는 것은 여성의 자존감을 매우 불안정하게 만든다. 왜냐하면 자율성이 약화된 주체는 자기 스스로의 힘으로 할 수 있는 것이 없으며 따라서 자신이 강한 이에게 종속되지 않는 이상 살아갈 수 없다고 생각하게 되기 때문이다. 여성적 주체의 경우는 자신이 남성에게 의존해야만 살아갈 수 있는 존재라고 인식하게 되는 것인데, 이와 같은 자기 인식은 자기 자신의 존재 가치를 오직 남성과의 성적 관계 속에서만 확인할 수 있다는 믿음으로 이어진다. 이로 인해 여성은 남성으로부터 받는 인정과 사랑에 구속되며, 이와 같은 여성적 주체의 자존감은 남성이라는 타인에게 달려있게 되므로 불안정할 수밖에 없게 된다.

『녹색의 문』에서 이와 같은 여성적 주체성의 의존적 특징은 '공허'라는 단어로 표현된다. 이는 외부로부터의 인정과 사랑 특히 남성의 인정과 사랑이 공급되지 않는 이상 자존감이 불안정한 상태에 놓이는 여성적 주체성의 특징을, 여성이라는 존재의 본질적 특성으로 바라보고 있는 것이라고 할 수 있다. 유보화는 이와 같은 내면의 '공허'를 안고 있는 전형적인 여성적 주체이다. 물론 유보화는 근대적인 신여성으로서 자기 내면의 공허를 '일'을 통해 채워나가고자 하는 능동적이고 진취적인 인물이기도 하지만, 그럼에도 불구하고 당대의 사회구조적 조건하에서 '여성'이라는 주체성에 포박되어 살아가는 인물이다. 이로 인해 유보화는 자신이 이상적이라고 생각하는 가치를 직접 추구하고 실천하는 대신 그러한 가치를 추구하는 남성을 사랑한다. 즉 사랑이라는 관계를 통해 남성에게 종속되는 방식을 통해 그 남성이 추구하고 실천하는 이상적 가치를 자신 또한 추구하고 실천하고자 한다. 그런 유보화에게 자신이 기꺼이 종속될 만한 가치를 지닌 남성이 바로 김영서였다고 할 수 있다. 김영서는 일제에 대항하는 정의감이 강한 이였을 뿐만 아니라 학문에 대한 열정 또한 깊어 보고 배울 게 많은 이었다. 그렇기에 유보화에게 있어 김영서와 연애하고 결혼한다는 것이란 진정으로 가치 있는 삶을 살아갈 수 있는 길과 같은 것이었다. 유보화가 김영서의 '진실'을 눈치채고 있음에도 불구하고 그를 마음속에서 놓지 못하는 이유가 여기에 있다. 유보화는 이성배에게 '강간'을 당해 어쩔 수 없이 이성배라는 남성과 결혼하여 살아가야만 하는 현실 속에 놓여 있다. 그런데 이성배는 김영서와 비교도 안 될 정도로 교양 수준이 낮고 사회의식 또한 저열하기 그지없다. 이에 유보화에게 있어서 이성배와 결혼하여 사는 삶 즉 이성배에게 종속되어 살아가는 삶이란 이성배의 '여자'인 자신 또한 이성배라는 인물의 수준만큼 저열하고 천박한 이가 되었음을 의미한다. 유보화가 이성배와의 결혼식에서 하얀 웨딩드레스가 아닌 흑의를 입었던 것은 자신이 결국 망가져버렸다는 절망감을 표현하기 위해서였다. 그러나 유보화는 이와 같은 사실을 순순히 받아들일 수가 없다. 그렇기에 유보화는 마음속에서나마 자신이 여전히 김영서와 같은 훌륭한 남자에게 어울리는 짝이라고 생각함으로써 스스로를 여전히 높은 가치를 지닌 존재로 여기고자 노력하는 것이다.

『녹색의 문』에서 이와 같은 유보화의 간절한 노력은 유보화와 도영혜를 '도덕적' 여성과 '비도덕적' 여성으로 나누는 차이로 나타난다. 도영혜 또한 김영서라는 남성은 자신의 삶에서 추구하는 이상적 가치 그 자체와도 같았다. 그러나 도영혜는 유보화와 달리 김영서에게 배신당한 이후 자신의 불행이 김영서 때문이라는 것을 분명하게 얘기하며 평생에 걸쳐 김영서를 원망한다. 그러나 김영서에 대한

최정희 소설 전집 **1**

원망은 도영혜에게 있어 치명적으로 작용한다. 남성과의 사랑을 통해 이상적 가치를 추구하고자 하는 여성에게 있어 남성은 존경할 수 있는 도덕적 모델이 된다는 점에서, 남성에 대한 환멸은 삶에서 추구할 만한 가치 따위는 없다는 냉소와 허무로 이어진다. 그렇기에 여성에게 있어 남성에 대한 환멸은 다만 남성에 대한 환멸로만 그치는 것이 아니다. 즉 남성에 대한 기대와 믿음을 접는다는 것이란 자신을 정화해주고 제지해줄 도덕에 대한 추구를 포기하고 허무와 공허 속에 살아가는 것과 마찬가지이다. 도영혜가 김영서에게 버림받은 이후 자기 내면의 공허감을 잊기 위해 술과 섹스와 같은 허무한 쾌락만을 좇아 살아가는 이유가 여기에 있다. 도영혜 또한 김영서와의 결혼에 실패하고 김영서만 못한 남성들과 살아가게 됨으로써 저열하고 타락한 삶을 살아가게 되었지만, 유보화가 김영서에 대한 환상을 유지해서라도 어떻게든 자신의 중심을 잡아보고자 애쓰는 것과 달리, 도영혜는 아예 그러한 노력을 내려놓고 스스로를 방임한 끝에 천박해지고 만 것이다.

그러나 『녹색의 문』 결말 부분에 다다르면 결국 유보화 역시 자신이 김영서에게 배신당했음을 인정한다. 김영서는 해방 이후 독립운동가로서 귀국한다. 그러나 유보화의 소식을 듣고도 유보화를 굳이 찾으려 하지 않는다. 유보화와 도영혜가 아버지가 없는 가난한 집안의 여성들이라는 데서도 암시되듯, 유보화와 도영혜와 같은 여성들은 김영서가 자신의 권력을 키워나가는 데 도움이 될 만한 인맥이나 경제력을 제공해줄 수 있는 여성들이 아니다. 그렇기에 아무리 사랑했다고 하더라도 김영서는 유보화를 결혼 상대로는 생각하지 않는다. 대신 김영서는 재력 있고 사회적 명망이 있는 좋은 집안의 처녀와 결혼하려고 선을 본다. 이와 같은 김영서의 모습을 보면서 그동안 유보화는 자신이 가지고 있었던 김영서에 대한 믿음이 잘못된 것이었음을 결국 인정하지 않을 수 없게 된다. 유보화는 도영혜가 김영서의 아이를 낳아 길러왔음을 말해주며, 자신은 차치하더라도 도영혜하고라도 결혼할 것을 부탁한다. 그러자 김영서는 책임은커녕 자신의 '과오'를 지우기 위해 도영혜를 간첩 혐의로 기소하고 중벌을 내리기 위해 고군분투한다. 이로써 유보화는 더 이상 김영서가 이기적이고 비열한 남성에 불과했다는 진실을 부정할 수 없게 되면서 다음과 같이 도영혜의 공산주의 활동에 대한 변호를 한다.

도영혜씨는 남자 — 사랑하는 이의 말이라면 무조건 따르는 사람입니다. 남자가 죽으라면 죽기라도 할 것입니다. 그러나 성완수도 가 버렸읍니다. 그가 월북할 때 도영혜씨 몰래 가 버렸어요. 헌신짝 버리 듯 버리고 가 버렸어요. 그가 가 버린 뒤에 도영혜씨가 얼마나 당황해 했으며, 공포에 떨고 있은 걸 제가 목격했어요. 성완수를 원망하던 걸 제가 들었어요. 현재 동거하고 있는 모씨와는 사랑하는 것도 아니고 존경하는 것도 아니예요. 오직 무서워서, 두려워서, 그 그늘 밑에 좀 숨어 보자는 마음에서 동거하게 된 겁니다. 집까지 빼앗기고 어린 건 식모한테 맡겨 놓고 이리 저리 숨어 다니기가 고통스러워서 취해진 결과입니다. 그 이외엔 아무 것도 없읍니다. 성완수와의 연락이란 당치도 않은 말입니다. 그는 지금 백지입니다. 성완수를 따라 일하던 일까지도 벌써 잊어 버리고 있을 겁니다. 현재까지 성완수와의 교섭이 있다는 말은 오로지 검사의 모략입니다. 도영혜씨 자신의 말을 빈다면 여자는 주의 사상이 없다는 것이예요. 항상 상대되는 남자의 주의 사상에 움직인다는 거에요. 그는 어느 날 밤 저의 집에서 밤을 새면서 김영서하고 살았더면 자기는 민주주의자가 되었을 거라고 말했어요. 그 말이 진실입니다. 정말 김영서씨가 그를 버리지 않았더면 그는 좋은 아내로서 좋은 어머니로서 선량한 백성으로서 살아 왔을 겁니다. 도영혜씨의 오늘날을 이끌어온 사람은 저기 앉아 도영혜씨에게 죄를 주려고 애를 빡빡 쓰는 김영서씨입니다. 산 증거물, 명백한 입증물이 바로 저기 앉아 있읍니다."

유보화는 몸을 홱 돌려 방청석에 멀뚱멀뚱 목을 빼고 앉아 앞을 내다보는 승국을 손질했다.

"저 아이가 바루 김영서씨의 아입니다."

여기까지 말하고 나서 유보화는 그 자리에 쓰러졌다. 유보화가 깨어났을 땐 전등이 켜 있는 자기 방에 누워 있었고 물수건을 얹은 머리를 승국이가 짚어 주고 있었다.

김영서라는 남성의 본모습은 그대로 대한민국이라는 새로운 국가의 본모습이라고도 할 수 있다. 『녹색의 문』에서 그 전후 사정은 구체적으로 밝혀지지 않지만, 김영서가 해방 후 임시정부 인사들과 함께 귀국한 것을 보면, 그는 동경에서 학병으로 끌려갔다가 전쟁 중 도망쳐 임시정부에 합류한 것으로 보인다. 이로써 그가 우파 민족주의자였다는 사실이 간접적으로 드러나는데, 이와 같은 설

최정희 소설 전집 **1**

정은『녹색의 문』이 김영서라는 남성을 통해 다만 남성의 본질적인 이기심과 비열함을 얘기하고자 했을 뿐만 아니라, 대한민국이라는 '새로운' 국가에 대해서도 비판의 날을 세우고자 했음을 추측토록 해준다. 해방 후 미군정이 점령한 남한에서 그리고 이승만 정권이 세운 대한민국의 도덕적 헤게모니는 반공주의와 결합된 우익 민족주의였다. 이와 같은 우익 민족주의가 바로 대한민국 정권하에서 반공 검사로 활약하는 김영서로 나타나는 것인데,『녹색의 문』은 김영서의 '이면'을 드러냄으로써 대한민국의 정통성이라는 것이 과연 진실로 도덕적으로 정당한 것인지를 되묻는다.

아울러, 이로써『녹색의 문』은 신생 반공국가 대한민국에 반(反)하는 불온한 활동 예컨대 친일 활동이라든지 공산주의 활동을 했던 과거의 책임을 여성에게 물을 수 있는지 의문을 던진다. 유보화와 도영혜가 친일 행위를 하거나 좌익 운동을 했던 것은 각각 친일파 남성 이성배와 공산주의자 남성 성완수와 어쩔 수 없이 성적 관계를 맺었기 때문이며, 이 관계들은 대한민국 정통성의 체현이라고 할 수 있는 김영서가 유보화와 도영혜에 대한 책임을 비겁한 방식으로 회피한 결과였다고 할 수 있다. 분명 유보화와 도영혜는 처음부터 김영서가 아름답고 훌륭한 사람이라는 사실을 충분히 알아보았으며 그에게 기꺼이 종속되고자 했다. 그러나 그가 자기 살 길을 이기적으로 모색하는 과정에서 이 여성들을 버렸으며 이로 인해 이들은 그때그때 자기 살 길을 찾아갈 수밖에 없었다. 따라서 이 여성들이 범한 죄의 책임은 궁극적으로 이 여성들에 대한 책임의 의무를 다하지 않은 대한민국에 있지 않느냐는 것이다. 살든 죽든 버려놓을 때는 언제고 이제 와서 '대한민국'을 배신했던 사람 취급을 하는 것은 억울하기 그지없다는 것이다.